NOEL BARBER

TANAMERA

Der Roman Singapurs

WILHELM HEYNE VERLAG
MÜNCHEN

HEYNE ALLGEMEINE REIHE
Nr. 01/6893

Titel der amerikanischen Originalausgabe
TANAMERA
Deutsche Übersetzung von Christine Frauendorf-Mössel

5. Auflage

Genehmigte, ungekürzte Taschenbuchausgabe

Printed in Germany 1989
Umschlaggestaltung: Atelier Ingrid Schütz, München
Gesamtherstellung: Presse-Druck Augsburg

ISBN 3-453-00318-7

Für Titina, Ben und Simmy.

In liebevoller, dankbarer Erinnerung
an die Freude und den Spaß,
den Ihr mir gemacht habt.

INHALT

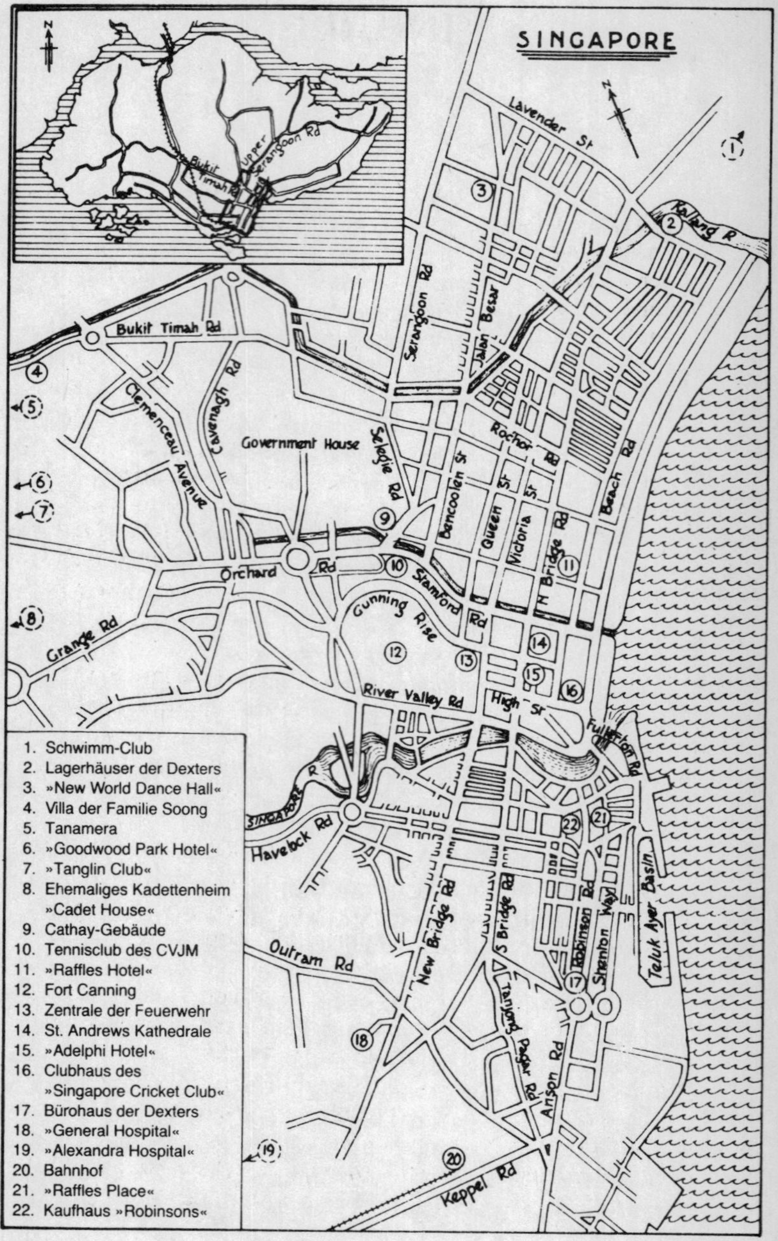
SINGAPORE
Upper Serangoon Rd
Bukit Timah Rd
Lavender St
Kallang R
Serangoon Rd
Jalan Besar
Bukit Timah Rd
Clemenceau Avenue
Cavenagh Rd
Government House
Selegie Rd
Rochor Rd
Bencoolen St
Queen St
Victoria St
N Bridge Rd
Beach Rd
Orchard Rd
Stamford Rd
Gunning Rise
Grange Rd
River Valley Rd
High St
Fullerton Rd
Singapore R
Havelock Rd
New Bridge Rd
S Bridge Rd
Robinson Rd
Shenton Way
Telok Ayer Basin
Outram Rd
Tanjong Pagar Rd
Anson Rd
Keppel Rd
1. Schwimm-Club
2. Lagerhäuser der Dexters
3. »New World Dance Hall«
4. Villa der Familie Soong
5. Tanamera
6. »Goodwood Park Hotel«
7. »Tanglin Club«
8. Ehemaliges Kadettenheim »Cadet House«
9. Cathay-Gebäude
10. Tennisclub des CVJM
11. »Raffles Hotel«
12. Fort Canning
13. Zentrale der Feuerwehr
14. St. Andrews Kathedrale
15. »Adelphi Hotel«
16. Clubhaus des »Singapore Cricket Club«
17. Bürohaus der Dexters
18. »General Hospital«
19. »Alexandra Hospital«
20. Bahnhof
21. »Raffles Place«
22. Kaufhaus »Robinsons«

VORHER

Als Großvater Jack – unter diesem Namen war er später jedermann in Singapur bekannt – beschloß, ein großes Haus zu bauen, dessen Mauern, so schwor er, mindestens hundert Jahre stehen sollten, wurde er von einem Reporter der *Straits Times* interviewt. Auf einem vergilbten Zeitungsausschnitt aus dem Jahr 1902 ist noch heute zu lesen, was damals geschrieben wurde: »Einer unserer prominentesten Bürger, Mr. Jack Dexter von der Firma Dexter & Co., hat einem Architekten den Bau eines luxuriösen Herrenhauses mit zwanzig Zimmern, drei Salons, einem Billardzimmer und einem Ballsaal übertragen. Der Ballsaal soll der kühlenden Seewinde wegen nach Westen ausgerichtet sein. Außerdem wird er mit einem Podium für Mr. Daleys Orchester und einer Tanzfläche ausgestattet, die groß genug ist, um hundert Paaren beim Walzertanzen die Bewegungsfreiheit zu bieten, die in der für unsere Stadt so typischen drückenden Hitze nötig ist.«

Und da die Zeitungsreporter damals noch offen ihre Meinung sagten, schloß der Artikel mit der ironischen Bemerkung: »Mr. Dexter hat es zwar bisher abgelehnt, den Namen seines neuen Hauses preiszugeben, das einigen als etwas monströs erscheinen mag, doch Dexters Konkurrenten in der Geschäftswelt haben es längst ›Dexters Alptraum‹ getauft.«

Der Baugrund befand sich ungefähr vier Kilometer von Raffles Place entfernt auf einer kleinen Anhöhe an der staubigen Straße, die zu dem wiederum vier Kilometer weiter außerhalb gelegenen Dorf Bukit Timah führte. Das Grundstück war vier Hektar groß und der Rest jener Plantage, die Großvater Jack durch Rodung dem dichten Dschungel abgerungen hatte, um Gambir und Pfeffer anzupflanzen. Pfeffer war immer ein gefragtes Gewürz, und Gambir wurde in den Gerbereien der ganzen Welt gebraucht. Anfangs erwies sich das Unternehmen auch als sehr einträglich. Die widerstandsfähigen Gambirbüsche dienten gleichzeitig den Pfefferranken als eine Art Spalier. Beide Pflanzen laugten allerdings den Boden rasch aus. Der größte Nachteil war jedoch, daß die Malaien die Dschungelriesen aus den Wäldern, die die Plantage umgaben, fällten, um die Gambirblätter am Holzfeuer vorschriftsmäßig trocknen zu können. Dadurch wurde der Dschungel so schnell zurückgedrängt, daß die Kulis immer längere Strecken zurücklegen mußten, um Brennholz zu holen. Aus diesen Gründen gab Großvater Jack die Plantage schließlich auf, behielt aber vier Hektar Land, um darauf sein Traumhaus zu bauen, und verkaufte das restliche Grundstück einschließlich der angrenzenden vier Hektar an den erfolgreichen chinesischen Geschäftsmann Soong, der ebenfalls den Ehrgeiz hatte, zum Zeichen seiner gesellschaftlichen Stellung und seines wirtschaftlichen Erfolgs ein großes Haus zu errichten.

Großvater Jack war damals neunundvierzig Jahre alt, ein hochgewachsener, ungewöhnlich kräftiger, untersetzter Mann mit buschigem Bart; ein erfahrener Kolonialist auf der tropischen Insel Singapur, deren weiße Bevölkerung regelmäßig durch die Gewalt der Wirbelstürme, Piraterie und Krankheiten wie Beriberi, Malaria, Pest und vor allem die gefürchtete Cholera dezimiert wurde.

Acht Monate lang hoben vierhundert chinesische Kulis – die Männer mit nacktem Oberkörper, die Frauen in schwarzen Hosen und Jacken, mit flachen Strohhüten auf den Köpfen – mit Spaten und Körben bei Temperaturen, die nie unter 35 Grad Celsius lagen, die Baugrube aus. Großvater besuchte die Baustelle täglich und wurde von seinen Arbeitern sowohl geachtet als auch gefürchtet. Manchmal kam er mit seinem 5-PS-Benz, den er noch vor der Jahrhundertwende mit dem Schiff nach Singapur hatte bringen lassen und den jeder die »Kaffeemühle« nannte. Allerdings fuhr er den neumodischen Wagen mit den hohen Sitzlehnen nur bei schönem Wetter, da man das Automobil bergauf schieben mußte, sobald die Straßen morastig und rutschig wurden. Bei Regen verließ Großvater Jack sich lieber auf seine von zwei Apfelschimmeln gezogene Kutsche und seinen chinesischen Kutscher namens Ah Wok, der gleichzeitig auch sein persönlicher Diener war.

Bald sprossen die Bambuspfähle für das Baugerüst wie Pilze aus dem Boden. Zwischen den Holzverschalungen wurden Mauern hochgezogen. Die Frühstücksveranda an der Ost- und die Abendveranda an der Westseite des Hauses nahmen langsam Formen an.

Als schließlich der große Ballsaal in Angriff genommen werden sollte, legte Großvater Jack – so erzählt man sich – ein altes, vergilbtes Bild von Schloß Fontainebleau vor und befahl, zwei symmetrische Treppenaufgänge vom hinteren Saalende zur Empore hinauf zu bauen. Außerdem beauftragte er den Architekten, für die Mauern eine spezielle Mörtelmischung zu verwenden, die zuvor nur einmal in Singapur benutzt worden war, nämlich beim Bau der St.-Andrews-Kathedrale im Jahr 1860 durch Strafgefangene. Großvater Jacks Vater war an diesem Projekt beteiligt gewesen und hatte das Geheimnis dieser Mauern bewahrt. Sie sollten allen Widrigkeiten des tropischen Klimas trotzen, das Mensch und Material gleichermaßen beanspruchte.

Großvater Jack überwachte persönlich das Anmischen des Mörtels, dessen Grundsubstanz Kalk war. Dieser wurde jedoch, anstatt wie üblich mit Sand, mit dem Eiweiß von Tausenden von Eiern und riesigen Mengen von Rohrzucker von den Kulis mit langen Stöcken zu einer zähen Masse vermengt.

Andere Kulis hatten inzwischen große Fässer mit Wasser gefüllt und zentnerweise Kokosnußschalen auf der ganzen Insel gesammelt. Die Schalen wurden gewässert, und das so aufbereitete Wasser der Kalkmischung beigegeben. Auf diese Weise entstand Mörtel. Als das Bambusgerüst schließlich abgenommen wurde, begannen Hunderte von Kulis die grell weiße aber rauhe und eisenharte Oberfläche der Mauern so lange mit Quarzsand zu schleifen, bis jeder Quadratzentimeter leuchtete und glänzte und sich so glatt anfühlte wie Marmor.

Großvater Jack war, wie schon sein Vater und der Großvater zuvor, ein Kind seiner Zeit. Sein Großvater stammte ursprünglich aus Hull in Yorkshire und war mit der *Indiana* des Kapitäns James Pearl in Singapur gelandet. Prominentester Passagier auf der *Indiana* war damals Thomas Stamford Raffles. Der erste Dexter war geblieben, nachdem Raffles auf der rattenverseuchten, sumpfigen Insel 1819 den Union Jack gehißt hatte, und hatte die Firma Dexter & Co. gegründet. Zuerst gingen die Geschäfte schlecht, doch gegen Ende des Jahrhunderts sollte sich das Blatt wenden.

Von dem Augenblick an, da im Jahr 1869 der Suezkanal eröffnet worden war, wurde die zwei Jahre alte Kronkolonie Singapur zu einem der wichtigsten Handelsumschlagplätze des britischen Empire. Das Dampfschiff brachte nämlich schier unbegrenzte Möglichkeiten, reich zu werden. Die Schiffe lagen dicht an dicht auf Reede vor den sich über fast vier Kilometer hinziehenden Werften von Tajong Pagar und warteten ungeduldig darauf, auf Dock gelegt zu werden. Auch Großvater Jack gehörte zu den ersten Aktionären der Werften. Für diejenigen, die Mut zum Abenteuer hatten, lag das Geld praktisch auf der Straße. Allerdings brauchte man auch eine besonders gute Gesundheit, um das tropische Klima mit der brütenden Hitze und den wolkenbruchartigen Regenfällen ertragen zu können. Schließlich fehlten in dem von Malaria- und Pockenepidemien heimgesuchten Land sanitäre Einrichtungen, und in den Rinnsteinen der holprigen Straßen, auf denen die Kutschen der Weißen fuhren, floß ein stinkender Fäkalienstrom in den Singapur River und mit dem Fluß ins Meer.

Es gab also viele Gründe, nicht in Singapur zu siedeln, dessen Name in Sanskrit »Löwen-Stadt« bedeutet. Die Bugi-Piraten von der nahen Küste von Johore schnitten wem auch immer für einen Dollar die Kehle durch; Tiger töteten im Durchschnitt noch immer einen Eingeborenen pro Tag; unersättliche Ameisen fraßen sich innerhalb einer Woche durch eine stattliche Hausbibliothek; Schimmelpilze färbten Kleidungsstücke in nur zwei Tagen grün; die sengende Hitze, verstärkt durch dicke, ungesunde und juckende Kleidung, trieb Menschen an den Rand des Wahnsinns.

Vor Großvaters Entschluß, das große Haus an der Bukit Timah Road zu bauen, lebte er mit seiner Frau in Tanglin, einem der Außenbezirke der Stadt. Von Mrs. Jack Dexter ist wenig überliefert, aber das rührt zweifellos daher, daß das Singapur der zweiten Hälfte des neunzehnten Jahrhunderts eine ausschließlich von Männern beherrschte Stadt war. Jedenfalls gebar Mrs. Dexter ihrem Mann 1880 einen Sohn. Die Haushaltsbücher aus dieser Zeit, die Großvater Jack sorgfältig in mit Kampfer behandelten Kästchen aufbewahrte, zeigen, daß er und seine Frau einen Butler für acht Dollar Monatslohn, zwei Hausdiener, eine Köchin, einen Schneider, eine Wäscherin, einen chinesischen Kutscher, mehrere Gärtner und Handlanger für ebenso geringe Löhne beschäftigten. Ein Hindu-Friseur kam für zwei Dollar im Monat regelmäßig ins Haus, um Großvater Jacks dichten, buschigen Bart zu stutzen.

Großvaters Tag begann pünktlich um fünf Uhr morgens mit dem Böllerschuß aus einer der schweren Kanonen vom Fort Canning, dem militärischen Hauptquartier der Kronkolonie. Vor dem Frühstück duschte er in seinem »malaiischen Bad« mit geziegeltem Fußboden, einem Holzrost und einem großen Wasserbottich, der von seinem Diener täglich frisch gefüllt wurde, und aus dem man sich mit einem Schöpflöffel aus Messing das Wasser über den Körper goß. Anschließend verzehrte er zum Frühstück Fisch in Currysoße und Reis, oder manchmal auch Eier, und trank dazu einen Krug Rotwein. Danach fuhr er mit der Kutsche zu seinem Büro hinter den Docks und Lagerhäusern.

Die meisten Büros lagen am Raffles Place, dem Treffpunkt aller Kaufleute, die den Spuren von Raffles gefolgt waren. Von seinem Büro aus überwachte Großvater Jack, wie schon sein Vater vor ihm, das Beladen und Löschen der Schiffe, die für seine Firma von Zinn bis hin zu Kisten mit Whisky nahezu alles beförderten. Die Waren wurden manchmal auf Kommission gekauft und verkauft, obwohl die Kommission oft von der Zinnmine bezahlt wurde, deren Teilhaber die Firma Dexter war, und die Frachtkosten wurden für ein Schiff entrichtet, dessen Miteigentümer wiederum die Firma Dexter war. Als Handelskontor vertrieb Dexter & Co. vom Plumpsklosett über Schiffsmasten bis zu modernen Maschinen für die ständig wachsende Zahl der Zinnminen auf der malaiischen Halbinsel nahezu alles.

Nur mit verderblicher Ware wollten die Dexters nie etwas zu tun haben. Diesen Teil des Export-Import-Geschäftes überließen sie dem ihnen freundschaftlich verbundenen Rivalen Soong und seiner Handelsagentur. Der Grundstein für Soongs prosperierendes Unternehmen wurde damit gelegt, daß der Chinese von der britischen Marine mit der Versorgung der Stützpunkte auf den Weihnachtsinseln beauftragt worden war.

Auf seine eigene Art und Weise war das Oberhaupt des Handelshauses Soong ein ebenso ungewöhnlicher Charakter wie Großvater Jack. Und zweifellos mußte man schon besondere Eigenschaften besitzen, um in jenen gefährlichen Zeiten zu überleben, geschweige denn zu Wohlstand zu gelangen. Soong war ein sogenannter »Baba«, ein chinesisch-malaiischer Mischling, der in der Kronkolonie Singapur geboren war. Sein Vater war aus China eingewandert und hatte eine malaiische Prinzessin geheiratet. Mischlinge wie Soong waren bei den Briten hochgeachtet, da man sie als Sprößlinge einer geglückten Verbindung zwischen den Chinesen – die den Briten zu gerissen waren – und den Malaien ansah, die nicht viel von Arbeit hielten.

Wie Großvater Jack hatte Soong einen gewissen Hang zum Luxus. Im riesigen Garten seines Hauses an der Küste befand sich auch ein Zoo mit einem Orang-Utan, der stets über einen

Vorrat von Soongs bestem Brandy verfügen konnte. Da Soong hauptsächlich als Schiffsausrüster arbeitete und einen festen Liefervertrag mit der britischen Marine hatte, führte Soong für alle Seeoffiziere ein offenes Haus. Bei seinen Einladungen stellte er lediglich die Bedingung, daß Abendkleidung getragen wurde. Für Seeoffiziere war diese Kleiderordnung kein Problem. Nur die Reisenden, die auf Segelschiffen nach Singapur kamen, hatten meistens keine Abendkleidung im Gepäck. Für letztere hielt Soong einen großen Schrank mit teurer Garderobe bereit.

Die Dexters hatten ihr Vermögen auf andere, nicht immer ganz ehrliche Art und Weise erworben. Den Grundstock dazu hatte allerdings Großvater Jacks Vater rechtschaffen erworben, als er 1846 einen Teil seines Kapitals in das neue Trockendock von Tajong Pagar steckte. Bis zu ihrer Zerstörung im Jahr 1865 warf die Werft auch regelmäßig eine Dividende ab. Danach waren die Aktien plötzlich nichts mehr wert, und die Firma Dexter kaufte alle Wertpapiere auf, die sie bekommen konnte. Das brachte dem Unternehmen zwar nicht sofort Gewinne ein, doch der alte Dexter ahnte, daß Singapur eines Tages der größte Hafen des Fernen Ostens werden würde.

Großvater Jack hatte nicht nur Glück, sondern kam durch eigene Kraft, Mut und Einsatzwillen zum Erfolg. Das verdeutlicht am besten eine Episode aus dem Jahr 1879, als aufständische Chinesen das neue Postamt in Singapur zu stürmen versuchten. Die Poststelle war eingerichtet worden, um den Briefverkehr zwischen den chinesischen Einwanderern in Singapur und ihren im Mutterland China zurückgebliebenen Familien zu regeln. Bis zu diesem Zeitpunkt waren die Chinesen, die regelmäßig Geldsummen an ihre Angehörigen schickten, auf private Kuriere angewiesen gewesen, die nur allzuoft mitsamt dem Bargeld spurlos verschwunden waren.

Die chinesischen Kuriere wußten, daß mit der Eröffnung des Postamtes das leicht verdiente Geld nicht mehr fließen würde. Sie rotteten sich daher zusammen und zogen mit Plakaten, auf denen sie den Tod der »Englischen Barbaren« verlangten, durch die Stadt.

Dieser Demonstrationszug war eine ernstzunehmende Bedrohung für die Weißen. Die Polizei griff ein und zerstörte die Plakate. Daraufhin versuchte der Mob das Postamt zu stürmen. Die Polizei, die gegen den Ansturm der Menge machtlos war und erkannte, daß sie allein eine Ausweitung der Unruhen nicht verhindern konnte, rief nach Freiwilligen.

Großvater Jack war als einer der ersten zur Stelle und trat den Aufrührern mit einem gefährlich aussehenden, großen Buschmesser entgegen, machte den Anführer aus und spaltete diesem kurzerhand den Schädel. Danach ergriffen die meisten Chinesen die Flucht, und mit dem Rest hatte die Polizei ein leichtes Spiel.

»Ich bin kein Freund von brutaler Gewalt«, erzählte Großvater Jack dazu später einem Bekannten. »Ich mag die Chinesen, und ich mag die Malaien. Aber hier in Singapur kann es nur einen Herrn geben.«

Großvater Jacks mutiges Eingreifen brachte ihm jedoch nicht nur einen lobenden Artikel in der *Straits Times,* sondern auch die Gelegenheit ein, sich an einem sehr einträglichen Geschäft auf der malaiischen Halbinsel zu beteiligen, wo der meistens von Chinesen durchgeführte Zinnabbau florierte wie nie zuvor. Und das trotz großer Transportprobleme, denn das Zinnerz mußte noch immer auf Ochsenkarren zur Küste gebracht werden.

Das Ganze fing damit an, daß kurz nach den Unruhen in Singapur ein Mann namens Masters in Großvater Jacks Büro erschien und ihn um eine Unterredung bat.

Masters kam ohne lange Vorrede zur Sache. »Ich habe Ihren Mut bewundert, mit dem Sie den Aufständischen gegenübergetreten sind, Sir«, begann er. »Und da ich in wenigen Wochen nach dem oberen Malaya aufbrechen werde und keine Kenntnisse über die dortigen Dialekte besitze, benötige ich einen Begleiter, der mir sowohl als Dolmetscher als auch, wenn erforderlich, als Leibwächter dient.«

Masters erklärte weiter, daß er Ingenieur sei und von offiziellen Regierungsstellen den Auftrag erhalten habe, die Möglichkeiten für den Bau einer Eisenbahn von den Zinnminen zur Küste zu erkunden. »Die Eisenbahn soll von Kuala Lumpur nach Klang führen«, fügte Masters hinzu.

»Kuala Lumpur?« fragte Großvater Jack erstaunt. »Ja, das ist die neue Stadt«, erklärte Masters. »Jetzt besteht sie erst aus ein paar Hütten. Trotzdem ist sie bereits das Zentrum des Zinnabbaus, und da Sie malaiisch sprechen, hielt ich es für eine gute Idee, Sie zu bitten, mich dorthin zu begleiten.«

»Und was springt für mich dabei heraus?« erkundigte sich Großvater Jack unverblümt.

»Die Gelegenheit, gute Geschäfte zu machen, Sir«, antwortete Masters freundlich. »Sie werden so reiche Beute finden, wie Sie es sich nie hätten träumen lassen.«

Es war charakteristisch für Großvater Jack, daß er keine Sekunde zögerte, das Angebot anzunehmen. Eines hatte er nämlich sofort erkannt: Eines Tages würde es in jedem Fall eine Eisenbahnlinie auf der malaiischen Halbinsel geben. Wenn er sich also dem Ingenieur und Regierungsberater Masters anschloß, dann hatte er vermutlich die einmalige Chance, die genaue Trassenführung der Bahn bereits vor allen anderen kennenzulernen.

Schon Wochen vor der Abreise nahm Großvater jeden Kredit auf, den er bekommen konnte, denn er war entschlossen, jeden Quadratmeter verfügbaren Bodens in der fraglichen Gegend zu kaufen.

Einen Monat später trafen die beiden Männer und ihre vier Träger schmutzig, erschöpft und mit wunden Füßen in der Barakkenstadt Kuala Lumpur ein, die damals kurz vor ihrem Aufstieg zur blühenden Handels- und Bergwerksstadt stand. Zu jenem Zeitpunkt war sie das exakte, feucht-tropische Gegenstück zu den Pionierstädten im amerikanischen Westen, und keine Übertreibung bei ihrer Beschreibung konnte zu drastisch sein.

Die Hauptstraße war ein morastiger Streifen Land, der vom Landesteg am Klang River bis zu den letzten Hütten am Rand des Dschungels führte. Offene Verkaufsbuden, Spiel- und Opiumhöllen, Bordelle, Schweineställe und Schlachtereien reihten sich dicht gedrängt an Werkstätten, in denen unter lautem Hämmern und Dengeln die Maschinen für den Zinnabbau repariert wurden. Die Stadt bot jedem Arbeit, der arbeiten wollte, und immer mehr Chinesen aus allen Teilen Malayas und sogar aus dem Mutterland China strömten nach Kuala Lumpur.

Die einheimischen Malaien, denen das Gebiet ja gehörte, schien die ungeheure Bevölkerungsexplosion, die neuen Maschinen und die laute Geschäftigkeit in den Reparaturwerkstätten nicht zu stören. Die Malaien waren auf ihre besondere Weise reich, vielleicht sogar reicher als die chinesischen Eindringlinge, die nur aus materiellen Gründen nach Kuala Lumpur gekommen waren. Schließlich konnten die malaiischen Familien in ihren Dorfgemeinschaften, den *Kampongs*, sorg- und mühelos von dem leben, was die Natur ihnen so großzügig an Früchten, Gemüse, Fleisch und Fisch gab.

Zu der Zeit, da Großvater Jack mit Masters in die Stadt kam, hatte sich jedoch auch im Leben der malaiischen Oberschicht einiges geändert. Unter dem verwunderten Staunen ihrer Untertanen gaben die Sultane und Rajas die Bergwerksabgaben, die ihnen aus den Zinnminen reichlich zuflossen, für glänzende Seidengewänder und schöne Frauen aus, oder sie verpraßten das Geld in Spielhöllen. Viele Sultane unternahmen Reisen, die sie zum ersten Mal in die Welt außerhalb ihrer Paläste führten. Aufwendige Dschungelausflüge auf Elefanten, bei denen auch der Champagner reichlich floß, und glanzvolle Feuerwerke gehörten zu diesem neuen Leben.

Schöne Frauen wurden zum Zeichen der Großzügigkeit oder des guten Willens eines reichen Mannes verschenkt. Als Großvater Jack einem Sultan eine Parzelle zu zehn Cents pro Morgen abkaufte und in bar zahlte, war der Herrscher so begeistert, daß er ihm noch zwei Mädchen dreingab, um das Geschäft freundschaftlich zu besiegeln. Da es unhöflich gewesen wäre, die großzügige Gabe des Sultans abzulehnen, »lieh« sich Großvater die Mädchen bis zu seiner Rückkehr nach Singapur aus.

»Die eine war fünfzehn, die andere achtzehn, und ich habe sie jede Nacht beglückt, solange ich dort gewesen bin«, brüstete er sich noch Jahre später stolz. »Es waren die schönsten drei Monate meines Lebens.«

Während dieser Reise durch die malaiische Halbinsel machte Großvater Jack auch die Bekanntschaft eines Mannes, dessen Freundschaft sich in späteren Jahren als sehr wertvoll erweisen sollte: Frank Swettenham, ein ehrgeiziger junger Offizier, der in den malaiischen Staatsdienst eingetreten war und die feste Absicht hatte, eines Tages Gouverneur der auf der malaiischen Halbinsel errichteten englischen Kolonien, der *Straits Settlements,* zu werden. Als Großvater Jack Swettenham kennenlernte, versuchte dieser gerade eine im Fernen Osten bis dahin unbekannte Baumart anzupflanzen, deren Samen von Bäumen in Brasilien stammten... oder vielmehr gestohlen worden waren. In Brasilien wuchsen diese Bäume wild im Mündungsgebiet des Amazonas.

Als Großvater Jack die jungen Bäume zum ersten Mal sah, waren sie gerade vier Meter hoch und die ersten Kautschukbäume, die je in Malaya gewachsen waren. Allerdings interessierte sich zu diesem Zeitpunkt niemand für die neue Pflanze, denn es dauerte fünf bis sechs Jahre, bis man damit beginnen konnte, den klebrigen Milchsaft aus dem Röhrensystem unter ihrer Rinde zu ernten, die Grundsubstanz zur Herstellung von Gummi. Damals galt der Anbau von Kaffee als einträgliches Geschäft. Großvater Jack, die Spielernatur, ließ sich von Swettenhams Begeisterung für den Kautschukbaum anstecken. Obwohl er eigentlich nur Land gekauft hatte, um es später gewinnbringend wieder zu veräußern, nahm er Swettenham, einer plötzlichen Eingebung folgend, das Versprechen ab, ihm eine bestimmte Anzahl von Kautschukbäumen zu überlassen, sobald er mehr Setzlinge aus Samen gewonnen hatte. Swettenham stellte allerdings die Bedingung, daß Großvater Jack mit diesen Bäumen eine Plantage anlegen müßte.

Masters hatte inzwischen festgestellt, daß es aufgrund der Sümpfe und des tropischen Regenwaldes nur eine einzige mögliche Route für die Eisenbahn zur Küste gab. Sobald Großvater Jack darüber Bescheid wußte, kaufte er heimlich immer mehr Land auf, wobei er stets darauf bedacht war, Eigentumsurkunden von Sultanen zu erwerben, die den Urwald für wertlos hielten.

Vor seiner Rückkehr nach Singapur besuchte Großvater Jack noch einmal Swettenham in Kuala Lumpur, um diesen an sein Versprechen zu erinnern, ihm kostenlos Stecklinge des Kautschukbaumes zu überlassen.

»Haben Sie denn das nötige Land für eine Plantage gekauft?« fragte Swettenham.

Großvater Jack sah keinen Grund, dem jungen Regierungsbeamten zu sagen, daß er inzwischen fast das gesamte Gebiet besaß, das sich zwischen Kuala Lumpur und der Küste erstreckte. Davon hatte er jedoch lediglich ein Gebiet von achthundert Hektar abstecken lassen, das er für die Plantage behalten wollte. Das Areal hatte ein charakteristisches Merkmal, geradezu ein Wahrzeichen, das Großvater von Anfang an fasziniert hatte. Dieses markante Kennzeichen war ein riesiger Baum, an dem sich eine große Liane von der Dicke des Oberschenkels eines Mannes bis zu einer Höhe von gut zwölf Metern emporgeschlungen hatte. Dort oben vermischten sich schließlich ihre Blätter mit dem Laubdach des Waldes. Die Luftwurzeln der Liane, manche dünn wie Perlenschnüre, andere dick wie Eisenstangen, hingen wie ein dichter Vorhang zu Boden, wo sie zum Teil wieder in der Erde wurzelten. Das Gebiet, auf dem die Plantage entstehen sollte, lag gut fünfzehn Kilometer von Kuala Lumpur entfernt. Swettenham und Großvater Jack ritten gemeinsam dort hinaus. Großvater Jack zeigte Swettenham die Eigentumsurkunde, und der Regierungsbeamte verpflichtete sich per Handschlag, zu gegebener Zeit die jungen Kautschukbäume zu liefern.

Auf diese Weise wurde Großvater Jack Eigentümer einer der ersten Kautschukplantagen in Malaya.

Lange bevor es soweit war, sickerte bereits die Nachricht

durch, daß eine Eisenbahn gebaut werden sollte, und die Grundstückspreise schnellten sprunghaft in die Höhe, denn es gab inzwischen genügend Spekulanten, die in der Nähe der Eisenbahnlinie Zinnminen eröffnen oder Kaffeeplantagen anlegen wollten. Noch bevor die Eisenbahn 1886 in Betrieb genommen wurde, hatte Großvater Jack fast alles Land veräußert, das er mit dem geliehenen Geld gekauft hatte. Von einem Teil des Gewinns erwarb er zwei Schiffe.

Großvater Jack mochte Zweifel bezüglich der Rentabilität einer Kautschukplantage gehabt haben, aber eines war sicher: von Kaffeeplantagen hielt er nichts. Für diesen Wirtschaftszweig sah er keine Zukunft. Und man mußte kein Finanzgenie sein, um vorauszusehen, daß mit Kaffee in Malaya bald kein Geld mehr zu machen sein würde. Denn ironischerweise versetzte ausgerechnet Brasilien, das Land also, aus dem die Kautschukbäume ursprünglich kamen, die Malaya reich machen sollten, der Kaffeeproduktion auf der malaiischen Halbinsel den Todesstoß. Als nämlich 1886 hundertsiebentausend Negersklaven freigelassen werden mußten, holte Brasilien neunhunderttausend italienische Bauern für die Arbeit auf den Kaffeeplantagen ins Land. Danach stiegen die Ernteerträge von drei Millionen Säcken im Jahr 1870 sprunghaft bis zur Jahrhundertwende auf zwölf Millionen jährlich an. Damit kam mehr Kaffee auf den Markt als in der Welt getrunken wurde, der Welthandelspreis für Kaffee verfiel zusehends, und die Kaffeeproduzenten in Malaya konnten keine einzige Bohne mehr verkaufen.

Ungefähr zu dieser Zeit mußte Großvater Jack mit seiner Kautschukpflanzung begonnen haben. Er tat das nicht nur, weil sich der Kaffeeanbau nicht mehr lohnte oder weil Swettenham ihm die jungen Bäume kostenlos zur Verfügung stellte, sondern weil er nie einen Artikel aus der *Straits Times* im Jahr 1888 vergessen hatte, in dem von einem schottischen Tierarzt namens John Boyd Dunlop berichtet worden war, der einen Luftreifen aus Gummi für sein Fahrrad konstruiert hatte. Großvater Jack hegte seitdem die Vermutung, daß dieselbe Erfindung eines Tages auch für das Automobil gemacht werden würde, und sah den steigenden Gummibedarf der Welt voraus.

Jedenfalls begann er die sogenannte »Lianenbaum-Plantage« bei Kuala Lumpur anzupflanzen. Und wiederum war das Glück auf seiner Seite. Zwei Jahre, bevor seine jungen Bäume das erntereife Stadium von sechs Jahren erreicht hatten, konstruierte der britische Botaniker Henry Ridley ein besonderes

Schneidewerkzeug, mit dem man grätenförmige Zapfschnitte an der Außenrinde der Kautschukbäume anbringen konnte. Der Milchsaft aus dem dahinterliegenden Bast konnte so austreten und in Bechern aufgefangen werden, die von den Erntearbeitern regelmäßig geleert wurden.

Plötzlich galt der Kautschukanbau als zukunftsträchtiger Wirtschaftszweig. Und jetzt erwiesen sich auch Großvater Jacks mit dem Eisenbahnprojekt verdientes Geld und die von ihm geführte erfolgreiche Handelsfirma als eine nützliche Verbindung. Denn es genügte nicht, Kautschuk anzupflanzen. Es waren auch größere Investitionen nötig, um die Maschinen zu beschaffen, in denen der Latexsaft des Kautschukbaumes koaguliert werden konnte, und um die »Räucherhäuser« zu erstellen, in denen die Gummimasse durch Räuchern konserviert wurde. Außerdem mußte der so gewonnene Rohstoff auch verkauft, verschifft und die Ladung versichert werden. Die Firma Dexter & Co. war nicht nur in der Lage, das alles für die eigenen Plantagen durchzuführen, sondern konnte darüber hinaus auch als Generalvertreter und Geschäftsführer jener kleineren Plantagen auftreten, die zwar den Anbau, nicht aber die Verschiffung und Vermarktung des Kautschuks bewältigen konnten.

Bei vielen Konkurrenten erregte Großvater Jacks Einfluß im Kautschukgeschäft Neid, doch in Wirklichkeit arbeitete die Firma nicht nur zu ihrem eigenen, sondern auch zum Vorteil der kleineren Plantagenbesitzer, die zwar einen Teil ihres Gewinns an die Firma Dexter abgeben mußten, dafür jedoch alle Vorzüge der erfolgreichen Vertriebsorganisation der Dexters in Anspruch nehmen konnten. Das wiederum verschaffte auch den kleineren Unternehmen einen spürbaren Marktvorteil gegenüber anderen Kautschukproduzenten. Immerhin verfügte die Firma Dexter über eigene Schiffe. Außerdem konnte sie als gutgehendes Export-Import-Unternehmen Kredite für die Anschaffung moderner Maschinen und einen ausgezeichneten Versicherungsservice anbieten. Auf diese Weise profitierten auch die Pflanzer, die fern des Handelszentrums Singapur im Landesinneren arbeiteten, davon, daß die Dexters nur einen Stab von Angestellten und ein Bürohaus an der Robinson Road unterhalten mußten, um die Vermarktung und Verschiffung der eigenen und fremden Waren durchzuführen.

Obwohl für die Firma Dexter das Geschäft blühte, sollte es Großvater Jack erst nach der Jahrhundertwende gelingen, zwei

Coups zu landen, die ihn schlagartig zu einem steinreichen Mann machten.

Im Jahr 1900 erfuhr Großvater Jack nämlich von einem Gerücht, das sein Vermögen auf immer konsolidieren sollte. Zu diesem Zeitpunkt wurde das im Landesinneren abgebaute Zinn in den Zinnhütten von Singapur verhüttet. Diese Zinnhütten gehörten der Straits Trading Company, und in ihnen wurde mehr als die Hälfte der Weltproduktion an Zinn verarbeitet und über Auktionen auf dem offenen Markt verkauft. Schon einige Jahre zuvor hatte Großvater Jack einen Teil seines Geldes in Aktien der Straits Trading Company angelegt. Um so mehr interessierte es ihn, als er durch einen puren Zufall von einem geheimen Plan amerikanischer Unternehmer erfuhr, die Zinnhütten von Singapur stillzulegen. Wie es dazu kam, erzählte Großvater Jack mit zunehmendem Alter immer häufiger.

Bei einem offiziellen Dinner im berühmten Raffles Hotel von Singapur war Großvater Jacks Tischnachbar ein junger, sympathischer Amerikaner namens Johnson Holden.

Großvater Jack, der sich für die jungen Leute außerhalb seiner Familie nicht besonders interessierte, hörte dem, was der redselige Amerikaner erzählte, nur mit halbem Ohr zu, unterdrückte gelegentlich ein Gähnen und hielt sich ansonsten an den Champagner, der reichlich ausgeschenkt wurde.

Erst bei dem Wort Zinn aus dem Mund des Amerikaners horchte Großvater Jack auf.

»Sagten Sie Zinn?« fragte Großvater Jack. »Sind Sie etwa im Zinngeschäft tätig, Mr.... hm... ich darf Sie doch Johnson nennen, oder?«

»Selbstverständlich, Sir. Ich habe mit Zinn nichts zu tun... aber mein Vater.«

Großvater Jack sorgte sofort dafür, das Johnsons Champagnerglas wieder gefüllt wurde, und erkundigte sich dann: »Das ist ja sehr interessant, mein Junge. Ist Ihr Vater zur Zeit auch in Singapur?«

»Nein, ich bin allein... auf Ferien hier. Aber Vater hat da eine Sache in Aussicht... und sobald die reif ist, kommt er her.«

Obwohl der Champagner dem jungen Mann bereits zugesetzt hatte, vermied der kluge Großvater Jack es, dem Amerikaner die alles entscheidende Frage zu stellen. Die Vergnügungssucht Johnson Holdens spielte Großvater Jack in die Hände, und als der Abend nach einem Streifzug durch das Nachtleben Singapurs mit einem für beide sehr angenehmen Besuch im bekanntesten

Bordell der Stadt in der Macpherson Road und mit noch mehr Champagner endete, wußte Jack Dexter, daß Johnsons Vater Mitglied eines Syndikats von reichen Amerikanern war, die das Zinnerz direkt von den Zinnminen Malayas aufkaufen und, wenn nötig, auch höhere Preise als die Straits Trading Company bezahlen wollten, um unter Umgehung der Hütten von Singapur den Rohstoff an der Ostküste Amerikas verhütten zu lassen.

Großvater Jack wußte genau, was das bedeutete. Zuerst würden die Amerikaner unverhältnismäßig viel Geld aufwenden, um dann, nachdem sie die Kontrolle über die malaiischen Zinnvorkommen errungen hatten, verhüttetes Zinnerz bei der Einfuhr nach Amerika als »Fertigprodukt« zu deklarieren und mit einem dementsprechenden Importzoll zu belegen. Ohne die Abnehmer für bereits verhüttetes Zinnerz in Amerika würden die Verhüttungswerke Singapurs innerhalb weniger Monate ihre Tore schließen müssen.

Der arme Johnson Holden begriff nie, zu welchem Reichtum er den Dexters durch seine unbedachte Bemerkung verholfen hatte. Großvater Jack kaufte jedoch aufgrund dieses Fingerzeigs noch am darauffolgenden Morgen heimlich alle auf dem offenen Markt verfügbaren Aktien der Straits Trading Company auf.

Erst dann bat er um Audienz bei Sir Frank Swettenham, der inzwischen ein gesetzter Mann mit buschigem Schnurrbart und Monokel und tatsächlich Gouverneur von Singapur und Penang geworden war.

Sir Frank empfing Großvater Jack auf der Veranda, von der aus man einen herrlichen Blick über den Garten des Gouverneurspalastes hatte. Großvater Jack erzählte Sir Frank ohne Umschweife, was er erfahren hatte. Der Gouverneur war entsetzt.

»Falls Sie jetzt erst mal Whitehall informieren, sind die Amerikaner hier fest im Geschäft, bevor dort eine Entscheidung fällt«, erklärte Großvater Jack im weiteren Verlauf des Gesprächs. »Allerdings... etwas können Sie auch von hier aus tun, um die Zinnhütten zu schützen. Erheben Sie für die Ausfuhr von unverhüttetem Zinnerz... und nur von unverhüttetem Zinnerz... einen Schutzzoll.«

Und Swettenham folgte Großvater Jacks Rat. Er erließ eine entsprechende Verordnung, ohne Whitehall vorher zu informieren. Danach war jede Ausfuhr von Zinnerz zollpflichtig.

Als die übrigen Geschäftsleute der Kronkolonie begriffen, weshalb diese Maßnahme getroffen worden war, stieg der Wert der Aktien der Straits Trading Gesellschaft sprunghaft in die Höhe.

Nur wenige Monate später gelang Großvater der zweite Coup. Sein Vater hatte zu den ersten gehört, die den Bau der Werften von Tajong Pagar finanziert hatten. Bereits vom ersten Geschäftsjahr an war regelmäßig eine Dividende von zwölf Prozent ausgeschüttet worden, so daß zur Jahrhundertwende die ursprünglich praktisch wertlosen Aktien mit drei- bis vierhundert Dollar pro Stück gehandelt wurden. Obwohl Großvater Jack bereits ein stattliches Aktienpaket der Werften besaß, kaufte er aufgrund eines Gerüchts über eine bevorstehende Verstaatlichung des Unternehmens noch zusätzlich dreitausend Aktien zu dreihundertvierzig Singapur-Dollar pro Stück – das waren dreiundvierzig Pfund – hinzu. Zwei Tage später machte die Regierung das Angebot, sämtliche Wertpapiere für zweihundertfünfzig Dollar zu übernehmen. Die Preisverhandlungen scheiterten jedoch, und vorübergehend sah es so aus, als würde Großvater Jack ein Vermögen verlieren. Schließlich schickte Whitehall jedoch einen neutralen Schlichter, der dem Unternehmen schließlich achthundertachtzig Dollar pro Aktie zugestand. Großvaters Gewinn überstieg eine Million Dollar. Von diesem Geld kaufte er sofort zwei weitere Schiffe.

Im Jahr 1903, als es soweit war, daß er von Tanglin in sein Traumhaus einziehen konnte, war Großvater ein Mann unter Männern, ein Exzentriker. Und hatte, wie es scheint, einen unstillbaren Durst, der sich mit zunehmendem Alter noch verschlimmerte. Manchmal verschwand er tagelang von der Bildfläche und tauchte übernächtigt und schweigsam wieder auf. Zusammen mit der Vorliebe für junge Frauen trugen diese Eigenschaften Großvater Jacks sicher auch zu dem frühen Tod seiner stets kränkelnden Frau bei. Großvater Jack war ein Mann, der das Leben in vollen Zügen genoß. Er haßte Halbheiten. Das manifestierte sich auch im Bau des Hauses, das er zu einem sichtbaren Zeugnis des Erfolgs des Unternehmens Dexter & Co. machen wollte.

Schließlich kam der Tag der Einweihungsfeier des neuen Hauses. Die Kutschen der Gäste passierten zum ersten Mal das große schmiedeeiserne Tor an der Bukit Timah Road, das Großvater Jack nach eigenen Entwürfen bei einem Schmied in Bukit Timah hatte anfertigen lassen, und bogen dann auf die gut einen Kilometer lange Einfahrt ein, die man durch den Dschungel geschlagen hatte.

Wie bei allen großen Villen von Singapur wurde der Haupteingang des Hauses, durch den man in den Ballsaal gelangte, von einem Säulenvorbau überspannt, unter dem die Gäste auch bei heftigen Regenfällen trockenen Fußes aus der Kutsche ins Haus gehen konnten.

Selbst die *Straits Times* erwähnte in ihrem langen Artikel, den sie dem festlichen Abend widmete, die spöttische Bezeichnung »Dexters Alptraum« mit keiner Silbe. »Nie hat Singapur ein glanzvolleres gesellschaftliches Ereignis erlebt«, schrieb statt dessen der Reporter. »Und die Roben der Damen unter den vierhundert geladenen Gästen hätten jedem Ball am britischen oder französischen Hof alle Ehre gemacht.«

Nach dem festlichen Dinner bat Großvater Jack die Gäste hinaus in den Garten, während drinnen im Ballsaal die Diener die Tische forträumten und das Parkett als Tanzfläche präparierten.

Die *Straits Times* beschrieb das Ereignis so: »Selten trafen sich soviel Glanz, Schönheit und Anmut an einem Ort. Der Garten wurde trotz der warmen Mondnacht von vielen Fackeln erhellt, als Mr. Dexter seine Gäste bat, sich vor dem Haus zu versammeln. Nachdem die Boys reichlich teuersten Champagner ausgeschenkt hatten, ließ Jack Dexter von der Militärkapelle, die mit Erlaubnis des Gouverneurs angetreten war, einen Trommelwirbel spielen. Danach war es plötzlich vollkommen still, und Mr. Dexter bückte sich, um eine Handvoll der roten Erde aufzuheben.«

Während er diese langsam durch die Finger rinnen ließ, sagte Großvater Jack: »Rote Erde heißt im Malaiischen *tana merah*. Das scheint mir auch der beste Name für ein Haus zu sein, das, wie ich hoffe, noch viele Generationen lang Heimstätte für meine Familie sein wird.«

Daraufhin bat Großvater seine Gäste erneut um Ruhe und holte einen älteren Chinesen aus den Reihen der Anwesenden zu sich nach vorn. »Besonders freue ich mich, meinen alten Konkurrenten und Freund Mr. Soong bei mir begrüßen zu können. Singapur ist ein herrliches Fleckchen Erde, aber wenn wir hier etwas erreichen wollen, dann müssen wir zusammenarbeiten.« Anschließend schüttelte er Mr. Soong symbolisch die Hand und bat zwei junge Männer, ins Licht der Fackeln zu treten. Es waren Soongs Sohn P. P. Soong und Großvaters dreiundzwanzigjähriger schlanker, hochgewachsener Sohn, den man später überall in Singapur als Papa Jack kennen sollte.

»Diese beiden sind die typischen Vertreter der jungen Generation, die die wunderbare Insel Singapur erben!« rief Großvater Jack seinen Zuhörern zu. »Und ich habe das feste Vertrauen, daß sie immer Freunde bleiben. Denn wir dürfen nie vergessen, daß wir einander brauchen. Singapur war eine Insel, doch die Briten haben aus ihr das gemacht, was sie heute ist.« Danach schüttelten sich auch die beiden jungen Männer unter dem Beifall der Gäste etwas verlegen die Hände. Erst jetzt warf Großvater Jack die obligate Flasche Champagner gegen eine der Säulen, und die Militärkapelle intonierte die britische Hymne *God Save the King*. Damit war das große Haus Tanamera getauft, in dem ich am 9. September 1913 geboren wurde.

Erster Teil

Singapur 1921 – 1936

1

Wir erlebten lange, glückliche und unbeschwerte gemeinsame Jahre, bevor der Krieg unsere Familien trennte, in denen wir Kinder miteinander auf den Rasenflächen Tanameras spielten und lachten; dies waren die Erstgeborene Natasha, meine nach unserer Mutter benannte und um vier Jahre ältere Schwester, Tim, mein älterer Bruder, Paul Soong und Julie, dessen Schwester. Väter und Mütter und sogar ein Großvater sahen uns dabei zu, während sie auf der Westveranda den leichten Whisky-Soda tranken, den man in den Tropen »Stengah« nannte. Und später, im Teenageralter, tanzten wir freitags abends zusammen Foxtrott im Raffles Hotel oder im großen Ballsaal von Tanamera, wenn die Dexters ihre großen Abendgesellschaften gaben.

Bald erweiterte sich unser Freundeskreis auch auf Miki, den Japaner, der zur ausgewählten Tennismannschaft der Universität Cambridge gehört hatte, und auf Tony Scott, der sich in Natasha verliebte und sich Hoffnungen machte, sie heiraten zu können. Doch Natasha war ein ungewöhnliches, schwer zu zähmendes Mädchen... besonders, als sie sich in den mysteriösen Schweizer Geschäftsmann Bertrand Bonnard verliebte; dann gab es natürlich auch noch Vicki, die nach Singapur gekommen war, um einen Mann zu finden, ein Auge auf mich geworfen hatte, aber schließlich Tony Scotts Vater heiratete.

Es waren jene goldenen Jahre, in denen Singapur so reich wie sein Klima feucht und heiß war, und seine Zukunft aufgrund der regen Handelstätigkeit seiner Bewohner gesichert schien. Und für mich bekam diese Zeit noch einen besonderen Glanz, als ich mich unweigerlich in Julie Soong verliebte, und wir entgegen allen ungeschriebenen Gesetzen der Gesellschaft Singapurs heimlich zu Liebenden wurden.

Weder die Verschiedenheit unserer Hautfarbe noch die Tatsache, daß Julies Vater ein typischer reicher Chinese von abschreckender Undurchsichtigkeit war, und ich eines Tages Oberhaupt einer einflußreichen Handelsfirma von Singapur werden sollte und damit einer Gesellschaftsschicht angehörte, die rigorose

Rassengesetze kannte, hätten Julie und mich daran hindern können, uns ineinander zu verlieben.

Das Leben der Soongs und Dexters war von jeher eng verknüpft gewesen. Unsere beiden Familienunternehmen ergänzten sich perfekt in ihren geschäftlichen Bereichen und arbeiteten häufig zum gegenseitigen Vorteil zusammen. Außerdem waren die Soongs unsere nächsten Nachbarn, seit Großvater Jack ihnen das angrenzende Grundstück verkauft hatte, auf dem sie ihr neues Haus bauten.

Zwar gab es genügend Anlässe, bei denen zwischen Briten und Chinesen gemäß den gesellschaftlichen Regeln Singapurs ein scharfer Trennstrich gezogen wurde – so zum Beispiel in Clubs und vor dem Traualtar –, doch das verhinderte private Freundschaften zwischen den beiden Rassen in keiner Weise. Die enge Verbundenheit der Familien Soong und Dexter gründete sich außerdem auf die Tatsache, daß sowohl meine Mutter, Natasha Brown, als auch Julies Mutter Amerikanerinnen waren. Es erregte nirgends besonderes Aufsehen, daß mein Vater eine Amerikanerin geheiratet hatte. Bei einem, wenn auch sehr reichen Chinesen war dies jedoch ausgesprochen ungewöhnlich. Daher war man in Singapur sehr erstaunt, als P. P. Soong von einer Kalifornienreise mit einer dunkelhaarigen, temperamentvollen Frau namens Sonia zurückkehrte, die aus einer Ehe zwischen einer Amerikanerin und einem Chinesen stammte und keine Ahnung von den Schwierigkeiten hatte, die sie als »weiße« Frau eines Chinesen in Singapur erwarteten. Falls sie über die merkwürdigen Rassengesetze Singapurs entsetzt war, zeigte sie es allerdings nie. Sie akzeptierte ihr neues Leben gutgelaunt und humorvoll, und bald bekamen sowohl sie als auch meine Mutter Kinder. Mrs. Soongs Sohn Paul war ebenso alt wie ich, und Julie war zwei Jahre jünger. Wir wuchsen praktisch zusammen auf, spielten abwechselnd im Garten des einen oder anderen Hauses und waren so eng befreundet, wie das Kinder nur sein können.

In fast allen meinen Kindheitserinnerungen an Tanamera spielte Julie eine Rolle. Und Tanamera war mit seinen dreißig Zimmern, in denen sich die Diener lautlos und unauffällig bewegten, und den drei Generationen von Dexters, die darin lebten, ein wunderschönes Zuhause. Es war sechs Uhr morgens am). September 1921, als meine Mutter mich mit einem Kuß weckte und flüsterte: »Herzlichen Glückwunsch zum Geburtstag, Johnnie. Na, wie fühlt man sich mit acht Jahren?«

Normalerweise teilte ich mit Tim ein Zimmer, doch wegen

etwas erhöhter Temperatur hatte man mich ins »Lazarett« gelegt, wie der Raum von Großvater Jack getauft worden war. Eigentlich war er nur ein überzähliges Gästezimmer, aber beim geringsten Anzeichen einer Erkältung oder einer Infektionskrankheit oder sogar nur wegen einer schmerzenden Schnittwunde wurde jedes Familienmitglied, von Großvater Jack bis zum jüngsten Dexter, von Mama dorthin verbannt.

»In den Tropen ist mit diesen Dingen nicht zu spaßen«, lautete Mutters Wahlspruch, während Großvater Jack, der mich mit seinen schrecklichen Geschichten schon geängstigt hatte, bevor ich überhaupt Einzelheiten davon begriff, zu diesem Thema in seiner drastischen Sprache erklärt hatte: »In Singapur gibt's nur eins: Entweder du frißt die Würmer, oder die Würmer fressen dich.«

Meine Vorliebe für das kleine, weißgetünchte Krankenzimmer mit seinen Rattanjalousien gegen Sonne und Regen und seinem vibrierenden Ventilator an der Decke hatte einen besonderen Grund: Normalerweise mußte ich Mama morgens beim Wecken immer mit Tim teilen. Nur im Krankenzimmer hatte ich sie für mich allein, konnte mich in die Kissen zurücklehnen und voller Glückseligkeit ihre strahlend blauen Augen, das dichte blonde Haar und die schönen rosaroten oder hellblauen Kleidungsstücke bewundern, die sie morgens trug.

»Du hast mein blondes Haar geerbt, aber es muß dringend geschnitten werden«, bemerkte sie an jenem Morgen und strich mir über den Kopf. »Aber du wirst groß und stark werden wie dein Vater. Meines Erachtens bist du wieder gesund.« Sie lachte. »Und jetzt setz dich im Bett auf und schau dir deine Geschenke an.«

Das war der großartigste Augenblick an unseren Geburtstagen, denn solange ich denken kann, wurden wir in Tanamera im Bett beschert. Und das geschah früh, denn der Arbeitstag in Singapur begann meistens um sechs Uhr. Die Idee dazu stammte ursprünglich von Großvater Jack, der stets auf die ausgefallensten Dinge kam. Und da er mit seinen achtundsechzig Jahren nicht mehr in der Firma arbeitete, hatte er Zeit und Muße, sich alles mögliche auszudenken.

Manchmal lud er abends einen Vereinschor oder die Polizeikapelle zu einer Curry-Mahlzeit ein. Wenn dann anschließend musiziert wurde, schwang Großvater Jack meistens höchstpersönlich den Taktstock. Meine Kindheit erscheint mir daher rückblickend als eine unendliche Folge von fröhlichen Sing- und

Kostümfesten, selbst ausgedachten und aufgeführten Theaterstücken und verrückten Einfällen von Großvater Jack.

Natürlich hatte die amüsante Verrücktheit von Großvater Jack auch ihre Kehrseite. Davon erfuhr ich allerdings erst viel später. Alle drei Monate einmal nämlich verließ Großvater Jack Tanamera, um sich tagelang ausschweifenden Vergnügungen hinzugeben, von denen er dann zurückgebracht werden mußte. Anschließend lag der »arme Großvater Jack« meistens mindestens eine Woche mit sogenanntem »Fieber« im Lazarett, und wir Kinder bekamen auf unsere drängenden Fragen von den Eltern nur sehr unbefriedigende und ausweichende Antworten.

»Ich höre sie schon kommen«, flüsterte Mama an jenem Morgen meines achten Geburtstages. »Setz dich auf.« Im nächsten Augenblick wurde heftig geklopft, die Tür flog auf und Großvater Jack schritt an der Spitze einer kleinen Prozession ins Zimmer.

An jenem Morgen war er in spendabler Laune. Zu Weihnachten und zum Geburtstag bekamen wir von ihm meistens Geld, und diesmal schenkte er mir hundert Dollar. Diese Summe überstieg mein Vorstellungsvermögen, bis Großvater Jack einen Lederbeutel öffnete und eine Serie von Silbermünzen auf die Bettdecke schüttete.

»Danke, Großvater!« rief ich begeistert. »Soviel Geld habe ich ja noch nie gesehen.«

»Gib aber ja nicht gleich alles für Frauen aus!« warnte er mich geheimnisvoll zwinkernd.

Als nächster Gratulant trat Papa Jack an mein Bett. Mein Vater war ein athletisch gebauter, gut einen Meter neunzig großer Mann, der stets makellos weiße, frisch gestärkte Anzüge und einen randlosen Zwicker auf der Nase trug, der zum großen Erstaunen von uns Kindern nicht einmal dann herunterfiel, wenn er sich mit einem Taschentuch den Schweiß vom Gesicht wischte.

Ich umarmte ihn stürmisch, als ich das erste Luftgewehr meines Lebens ausgepackt hatte. Von Mama bekam ich einen Kricketschläger, von Tim ein Briefmarkenalbum und von Natasha eine luftdicht verschlossene Dose mit Parkinson's Butterscotchbonbons. Diese Süßigkeit war in Singapur sehr kostbar und hoch geschätzt, weil die Bonbons einzeln in Silberfolie eingewickelt waren, die nie klebte.

Nachdem ich sämtliche Geschenke ausgepackt hatte, mußte ich einem anderen Brauch Tanameras entsprechend die Glückwünsche der Hausangestellten entgegennehmen, die sich zu jeder Weihnachts- und Geburtstagsfeier vor uns versammelten. Dasselbe taten wir, sobald eines ihrer Kinder Geburtstag hatte. Mit dieser Gepflogenheit wollte Papa Jack ausdrücken, daß jeder, der in Tanamera arbeitete, zur Familie gehörte, obwohl es nur einen Herrn im Haus geben konnte.

Als das Hauspersonal wieder gegangen war, verkündete Großvater Jack auf seine polternde Art: »Und jetzt raus aus dem Bett, Johnnie! In genau zwanzig Minuten gibt's Frühstück. Du hast gerade noch Zeit zum Rasieren, Duschen und ...«

»Aber Großvater!« fiel Mama ihm warnend ins Wort. Damals merkte ich gar nicht, wie oft sie Großvater Jack mitten im Satz unterbrach, und es dauerte Jahre, bis ich den letzten Teil seiner zahlreichen Aussprüche kennenlernen sollte.

Auf dem Weg zum Frühstück rutschten Tim und ich vorzugsweise auf den beiden Geländern des breiten Treppenaufgangs zum Ballsaal um die Wette.

Am oberen Ende des Ballsaals befand sich ein ausgekacheltes Wasserbecken mit einem hübschen Springbrunnen inmitten einer Gruppe von Farnen. Zu beiden Seiten des unteren Treppenabsatzes führten hohe Jalousiedoppeltüren in die Räume im Parterre, wie zum Beispiel in das offizielle Speisezimmer mit zwei Tischen für jeweils zwanzig und zwölf Gäste. Getrennt wurden beide Tische durch einen weiteren gekachelten Springbrunnen.

In diesen Räumen führte meine Mutter das Regiment. Hier hatte sie sich mit ihrem Geschmack gegen Großvater Jack durchgesetzt und den Zimmern ein Gesicht verliehen, das sie gegen das übrige Haus kraß absetzte. Meine Mutter hatte Dekorationsstoffe für Bezüge und Vorhänge aus Amerika mitgebracht, die man in Singapur nicht kannte, wo die Einrichtung hauptsächlich aus Rattanmöbeln bestand. Im Salon waren die Sessel und Couchen mit einem Gobelin mit einem grün-weißen Blattmuster bezogen, das sich auch in den Vorhängen wiederholte. Außerdem hatte Mama ein wunderschönes Schränkchen aus Ahornholz aufgestellt, das ebenfalls aus ihrer Heimat stammte und ihr als Hausbar diente. Die Farben Grün und Weiß herrschten auch auf den Veranden vor.

Sämtliche Räume waren hell und kühl; da es damals noch keine Klimaanlagen gab, wurde bereits bei der Anordnung der Zimmer darauf geachtet, daß sie gut durchlüftet waren. Das war in einem Klima besonders wichtig, dessen Temperaturen das ganze Jahr über kaum unter fünfunddreißig Grad im Schatten lagen. Unser Leben spielte sich hauptsächlich auf den beiden Veranden ab. Auf der Veranda auf der Westseite wurden die abendlichen Drinks eingenommen, während wir auf der östlichen Veranda, die größer als ein normales Zimmer war, bei frischen Papayas mit Limonensaft, Porridge, Toast mit Orangenmarmelade, Tee für uns Kinder und Kaffee für die Erwachsenen frühstückten.

Von dieser Veranda aus hatte man einen herrlichen Blick auf die großen Rasenflächen mit den Flamboyantbäumen und dem Saum des von der ehemaligen Pfefferplantage übriggebliebenen Sekundärwaldes im Hintergrund, der aus Kokosnußpalmen, Sagopalmen, dickblättrigen Bäumen und Büschen, Bananenstauden und einer Gruppe von sechs Tulpenbäumen bestand. Dieser wilde Teil des Gartens erschien uns Kindern undurchdringlich und aufregend. Die bunten Vögel, die dort nisteten, und die Affen, die sich dort vor unserem Zugriff sicher fühlten, erhöhten seine Attraktivität nur noch. Von außen war unser Garten nicht einzusehen, und mit Ausnahme der Soongs kannten wir unsere Nachbarn nicht.

»Los, machen wir vor dem Frühstück noch einen Wettlauf zum Dschungel!« forderte Tim mich auf. Natürlich sagte ich nicht nein. Auch wenn ich wußte, daß ich der Verlierer sein würde. Tim war immerhin zwei Jahre älter und hatte längere Beine als ich.

Als wir schließlich keuchend im Gras unter den Flamboyantbäumen lagen, überkam mich trotz meiner Jugend das merkwürdige Gefühl, daß Tim mich nicht gern hätte. Schon im nächsten Augenblick verdrängte ich schuldbewußt den absurden Gedanken. Schließlich mußte Tim mich mögen. Ich war sein Bruder.

Während wir uns dort im Gras ausruhten und ich auf das unvermeidliche Kommando zur Revanche wartete, die abzulehnen ich nicht wagte, sah Tim eigentlich weniger abweisend aus als sonst. Im Grunde waren wir uns nicht besonders ähnlich. Tim war hagerer als ich, und man behauptete, daß ich ihn bald an Körpergröße überflügelt haben würde. Außerdem war Tim dunkelhaarig, während normalerweise alle Dexters blonde Haare hatten.

In diesem Augenblick rief das Dienstmädchen zum Frühstück, und der Gong ertönte. Natasha trat aus dem Haus. Mit ihren zwölf Jahren kam sie sich schon schrecklich erwachsen vor.

»Los, ihr zwei!« rief sie uns zu. »Papa ist schon auf dem Weg zur Veranda.«

Das war genug, um uns zur Eile anzutreiben, denn Papa konnte sehr ärgerlich werden, wenn wir nicht schon vor ihm am Frühstückstisch saßen. Als wir zur Frühstücksveranda hinübergingen, sagte Tim hochnäsig: »Ich hab' natürlich schon wieder gewonnen.«

»Du müßtest Johnnie eigentlich einen Vorsprung lassen«, konterte Natasha.

Ich nannte Natasha oft bei ihrem Spitznamen »Natflat«, der noch aus der Zeit meiner ersten Sprechversuche stammte, als ich Natasha nicht richtig hatte sagen können. Natasha sah genauso aus wie Mama auf den Kinderfotos, die wir von ihr kannten. Sie hatte dieselben kornblumenblauen Augen und das dichte blonde Haar. Weil sie wußte, wie sehr ich sie vergötterte, ergriff sie fast immer meine Partei.

»Du bist unfair, wie üblich, Tim«, schimpfte sie unseren Bruder.

Wir frühstückten jeden Tag pünktlich um halb sieben, da die Büros in der Robinson Road um halb acht öffneten. Und wir mußten alle angezogen am Frühstückstisch erscheinen. Nur Mama machte eine Ausnahme und kam im Morgenmantel, da sie als Dame des Hauses jeden Morgen ein heißes Bad in einer Zinkbadewanne nahm. Das Wasser dazu wurde in Eimern zu ihr hinaufgetragen. Papa Jack trug meistens einen seiner weißen Anzüge und ein weißes Hemd mit steifem Stehkragen. Um Viertel nach sieben signalisierte lautes Motorengeräusch, daß der Chauffeur mit Papas viersitzigem Swift vorgefahren war.

»Noch einen schönen Geburtstag, Johnnie«, wünschte er und stand auf. »Zur Geburtstagsparty heute nachmittag bin ich wieder zu Hause.«

Mr. Soong, der ebenfalls stets zu den Gästen bei unseren Geburtstagsfesten zählte, war ein strenger, ernster, hagerer Mann, der kaum je eine Miene verzog und uns wohl auch deshalb wesentlich älter als unser humorvoller Vater vorkam, obwohl die beiden Männer beinahe gleichaltrig waren.

Damals fiel uns auch nie auf, daß wir ihn stets Mr. Soong nannten, während wir zu seiner Frau von jeher Tante Sonia sagten. Natürlich sahen wir Tante Sonia viel häufiger als Mr. Soong, denn es gab nur wenige Amerikaner in Singapur, und obwohl Tante Sonia eine Halbchinesin war, hatten sich Mama und sie eng befreundet. Tante Sonia kam häufig mit einem großen Chevrolet mit Chauffeur zu uns zum Tee, war immer voller Energie und sprühendem Temperament und machte begeistert jedes unserer Spiele mit; von »Reise nach Jerusalem«, »Hänschen, piep einmal« bis zum Versteckspiel. Sie hatte dichtes, lockiges, dunkles Haar, und ich fand sie fast so schön wie Mama.

Auch an meinem achten Geburtstag war die temperamentvolle Tante Sonia diejenige, die noch vor Mr. Soong, Paul und Julie aus dem Wagen sprang, kaum daß dieser angehalten hatte, mich schon im Garten umarmte und flüsterte: »Herzlichen Glückwunsch, Johnnie. Sobald wir deiner Mutter guten Tag gesagt haben, darfst du die Geschenke aufmachen.«

Damit überließ sie mich den anderen Gratulanten.

»Du verwöhnst die Kinder wieder mal«, protestierte Mama, denn Tante Sonia hatte mir ein Paket überreicht, das, wie ich erriet, jene große Schachtel mit einzeln in Silberpapier gewickelten Schokoladentäfelchen enthielt, die jede unserer Geburtstagsfeiern versüßte. Und in diesem Jahr bekam ich von Tante Sonia noch etwas ganz Besonderes, nämlich zwei amerikanische Tennisschläger.

Bekleidet mit einem weißen Rock, einer weißen Bluse und einem breitrandigen Hut, der wunderbarerweise nie verrutschte, führte sie mich auf den Tennisplatz hinter dem Haus und gab mir die erste Lektion in der Sportart, die mich ein Leben lang faszinieren sollte.

Offenbar muß ich mich sehr geschickt angestellt haben, denn es dauerte nicht lange, und Tante Sonia rief Paul, der dann mit mir weiterspielen sollte.

Paul war immer sehr geschmackvoll und gut angezogen. Schon als Junge schien es ihm Spaß zu machen, elegante Sachen zu tragen, und trotz der großen Hitze war sein Hemd stets ordentlich in den Hosenbund gesteckt. Ganz im Gegensatz zu mir, der ich immer ziemlich wild aussah. Paul hatte die großen Augen seiner Mutter, jedoch den leicht goldenen Teint seines Vaters geerbt, wirkte ansonsten allerdings weder wie ein Chinese noch wie ein Amerikaner. Ich fand, daß er sehr hübsch war, doch Tim mochte ihn nicht. Aber diese Abneigung hatte Tim gegen alle Chinesen.

Julie hatte dieselben großen Augen wie Paul und sah trotz ihres langen, glatten und blauschwarzen Haars und des goldbraunen Teints ihrer Mutter sehr ähnlich.

»Möchtest du mal mit meinem Schläger spielen?« fragte ich sie nach einer Weile höflich, aber Julie schüttelte den Kopf. »Sollen wir dann schwimmen?« Jetzt nickte Julie begeistert. Tanamera hatte nämlich einen eigenen Swimmingpool, was damals in Singapur noch sehr selten war.

»Julie möchte schwimmen!« rief ich Papa Jack zu. Indem ich Julies Namen erwähnte, hoffte ich, daß Papa uns das Schwimmen früher als sonst erlauben würde. Aufgrund der großen Mittagshitze durften wir normalerweise erst nach fünf Uhr abends ins Wasser.

Doch an diesem Tag gab es kein vergnügtes Schwimmen. Der alte Li kam nämlich und unterhielt sich flüsternd mit Papa. Ich sah ihm sofort an, daß etwas passiert war.

»Tut mir leid, Kinder... aber wir haben kein Wasser«, sagte Papa schließlich. »Niemand ist schuld, aber der Druck in den Leitungen ist offenbar zu schwach. Warum, weiß ich auch nicht.«

»Dann gehen wir eben in den Tanglin-Club!« rief ich spontan. Der Tanglin war Singapurs vornehmster Club und hatte einen phantastischen Swimmingpool, in dem die Mitglieder zu bestimmten Zeiten auch mit ihren Kindern baden konnten.

Die Dexters und Soongs wechselten bedeutungsvolle Blicke, bevor Mama sanft sagte: »Dazu ist es schon ein bißchen zu spät, Johnnie.«

»Aber es ist mein Geburtstag!« protestierte ich eigensinnig. »Und ich möchte mit Julie schwimmen gehen.«

»Verschieben wir das Schwimmen auf einen anderen Tag und spielen statt dessen noch ein bißchen Tennis!« schlug Tante Sonia ein wenig zu enthusiastisch vor.

Und erst als die Geburtstagsparty vorüber war und sich die Soongs mit Julie und Paul verabschiedet hatten, fiel mir die Sache mit dem Schwimmen wieder ein. Wir saßen auf der westlichen Veranda. Eine kühle Brise raschelte in den Palmen und Büschen am Saum des Dschungels, und ich sah einige Blätter über das harte Tropengras fliegen, der sichere Vorbote des Windes aus Sumatra, der meistens Regen mit sich brachte. Dieser Regen wurde in Singapur heiß ersehnt, denn er senkte die Temperaturen.

Großvater Jack und Papa Jack tranken ihren ersten Whisky-Soda, den Li täglich unaufgefordert um Punkt sechs servierte, und ich lag in einem Liegestuhl, betrachtete einen meiner neuen Tennisschläger und nippte genüßlich an meinem vierten Glas frischen Limonensaft. Mama las Zeitschriften, die mit dem letzten Schiff gekommen waren.

»Das ist das letzte Glas, Johnnie«, sagte sie und sah auf. »Sonst kriegst du an deinem Geburtstag noch Bauchschmerzen.«

Trotz regte sich in mir und ich fragte quengelnd: »Warum durfte ich heute eigentlich nicht mit Julie in den Tanglin Club?«

Großvater und Papa unterhielten sich angeregt, und Mama flüsterte mit einem flüchtigen Lächeln: »Nicht jetzt, Johnnie.«

Doch in diesem Augenblick rief Tim dazwischen: »Julie ist eine verdammte Chinesin, deshalb darf sie nicht in den Tanglin Club!«

Natürlich hatte ich es insgeheim gewußt. Wir waren von Anfang an mit strikten Rassengesetzen aufgewachsen. Doch eine innere Stimme hatte mich dazu getrieben, jemand zu zwingen, es laut auszusprechen, und als Tim die Wahrheit so verächtlich hervorstieß, schnürten mir Wut und Tränen die Kehle zu, und ich warf instinktiv meinen Tennisschläger nach ihm. Mit einem Aufschrei versuchte er sich zu ducken, sein Stuhl kippte, und bei dem Versuch, seinen Sturz aufzuhalten, griff er nach dem Tisch mit den Getränken und riß ihn mit sich zu Boden. Mein Schläger traf ihn heftig an der Stirn, der Krug mit Limonensaft ergoß sich über ihn, und Gläser zerbrachen klirrend auf dem Fußboden.

Tim reagierte prompt und auf die übliche, vorhersehbare Weise. Er warf sich auf mich, riß mich mitsamt dem Stuhl zu Boden, und als nächstes fühlte ich seine Fingernägel schmerzhaft in meinem Gesicht. Ich biß und wehrte mich heftig, doch Tim war der Größere und Stärkere.

Im nächsten Augenblick wurden wir beide von Großpapa Jacks kräftigen Händen am Kragen gepackt, geschüttelt und unsanft auf die Beine gestellt. »Ich hab's genau gehört, mein Bürschchen!« schrie er Tim an. »In meinem Haus redet niemand abfällig über Chinesen, verstanden?« Dann wandte er sich an mich: »Und du bist nicht besser. Wenn du dich schon mit jemandem prügeln mußt, dann benutze gefälligst deine Fäuste!«

Die Kratzer in meinem Gesicht waren zwar nicht sehr tief, doch als es Zeit zum Schlafengehen war, bestand Mama darauf, daß ich die Nacht im »Lazarett« verbrachte.

Während sie meine Wunden mit einem sauberen Tuch abtupfte, sagte sie seufzend: »Du bist unartig gewesen, Johnnie.«

»Er hat Julie eine verdammte Chinesin genannt!« begehrte ich auf.

»Das war natürlich nicht nett, aber Tim hat das sicher nicht ernst gemeint.«

»Natürlich hat er's ernst gemeint, Mama«, beharrte ich, und erneut traten mir Tränen in die Augen. »Tim haßt Julie, weil sie meine Freundin ist... und weil er keine echten Freunde hat.«

Mit einem Seufzer... der wie schweigende Zustimmung klang... küßte Mama mich stumm auf die Stirn und verließ das Zimmer.

Als ich kurz darauf Stimmen auf der Veranda an der Westseite unter meinem Fenster hörte, schlich ich schnell über den Korridor und holte Natasha aus deren Zimmer. Da wir in Tanamera meistens draußen im Garten waren, gehörte es zu unseren Lieblingsbeschäftigungen, die Erwachsenen zu belauschen, obwohl wir natürlich größtenteils überhaupt nicht begriffen, wovon sie redeten.

Natasha, die dieses Spiel liebte, war sofort Feuer und Flamme und folgte mir in ihrem rosaroten Nachthemd lautlos auf den Balkon. Unter uns hörten wir ganz deutlich Großvater Jacks laute, polternde Stimme.

»Tja, also eines ist wohl klar«, sagte er gerade wütend. »Unser junger Master Tim hat für die Chinesen nichts übrig. Wenn ich schon sehe, wie er sie behandelt! Wie den letzten Dreck! Das ist verdammt noch mal nicht gut!«

»Er ist erst zehn«, entgegnete mein Vater beschwichtigend.

»Was Hänschen nicht lernt, lernt Hans nimmermehr«, beharrte Großvater Jack. »Und ich nehme an, daß Tim das Familienoberhaupt wird, wenn du dich aus dem Geschäft zurückziehst. Aber solange er nicht frühzeitig lernt, mit den Eingeborenen umzugehen, sehe ich schwarz für die Firma. Du kriegst bestimmt Schwierigkeiten mit dem Jungen.«

»Ja, ich weiß«, erwiderte Papa Jack gedehnt. »Was mir viel mehr Sorgen macht, ist seine Art... ich kann es nicht erklären, aber es ist merkwürdig, wie Kinder oft instinktiv etwas richtig empfinden. Johnnie hat da was gesagt, das mir zu denken gegeben hat. Er spürt offenbar, daß Tim ein Außenseiter werden wird. Und das ist mein größter Kummer.«

»Johnnie sieht offenbar 'ne ganze Menge«, seufzte Großvater Jack. »Hast du bemerkt, wie er sich um die kleine Miß Julie bemüht? Das Mädchen wird eine Schönheit werden. Ich kenne den Typ... sie bekommen immer alles, was sie wollen. Genau wie unsere Natasha! Sie hat so ein Glitzern in den Augen...«

Natasha stieß mir den Ellbogen in die Rippen und konnte nur mühsam ein Kichern unterdrücken.

»Keine Angst, wir finden schon rechtzeitig einen Mann für sie«, erwiderte Papa lachend.

»Dann sucht lieber auch gleich eine Frau für Johnnie«, schnaubte Großvater Jack. »Wenn er nämlich nach seiner Mutter schlägt, dann gibt's mit ihm und Julie Soong in zehn Jahren einige Probleme.«

2

Großvater Jack sollte sich nur um drei Jahre verschätzen, denn es war im Sommer 1934, in meinem einundzwanzigsten Lebensjahr, daß ich anfing, mich heimlich mit Julie zu treffen. Es war noch keine Liebe, eher Verliebtheit. Natürlich hatten wir uns jahrelang auf Partys gesehen, und ich hatte mir oft vorgestellt, wie es wohl wäre, mich in Julie zu verlieben, doch diese Überlegungen waren müßig, da wir nie allein miteinander gewesen waren.

Das alles sollte sich ändern. Es geschah nach einem Tennismatch. Normalerweise spielte ich im Cricket-Club, in dem nur Europäer zugelassen waren. Da wir dort 1934 jedoch nur sechs junge Männer waren, die einander in der Spielstärke entsprachen und man manchmal ohne Partner ausging, wenn man sich nicht schon Tage im voraus verabredete, war ich auch dem Tennisclub des Christlichen Vereins junger Männer beigetreten.

In diesem Club spielten auch einige gute Tennisspieler chinesischer und malaiischer Herkunft. Außerdem gab es noch den Japaner Jiroh Miki, der Ende Zwanzig und Jugendmeister von Japan gewesen war.

Mit Miki, der im Baugeschäft seines Vaters tätig war, konnte ich mich beinahe messen ... wenigstens bis zu jenem Tag, an dem ich während eines Matchs mit ihm zufällig zum Nachbarplatz hinübersah, auf dem vier andere junge Leute unter lautem Gelächter Doppel spielten.

Eine der beiden Tennisspielerinnen vom Nebenplatz war natürlich Julie. Ich hatte das dunkelhaarige Mädchen in weißen Shorts mit den langen Beinen und der in der Abendsonne goldbraun schimmernden Haut sofort erkannt.

Als ich nach dem Match bei einem kühlen Bier, das Miki bei einem Straßenhändler hatte besorgen lassen, auf der Veranda des ziemlich schäbigen einstöckigen Clubgebäudes saß, kam Julie zu mir und setzte sich auf einen Rattanstuhl. »Ich wußte gar nicht, daß du hier Mitglied bist«, begann sie lächelnd. »Du hättest übrigens beinahe gewonnen.«

Da ich Julie längere Zeit nicht gesehen hatte, starrte ich sie einen Augenblick nur schweigend an und dachte insgeheim, welche Zierde sie neben den gesunden, sportlichen Europäerinnen mit der rosigen Haut für den Cricket-Club gewesen wäre.

Julie hatte einen ausgesprochen schönen, einladenden Mund, doch das aufregendste an ihr waren die Augen. Ihre höfliche, charmante und zurückhaltende Art war das Produkt der rigorosen Disziplin, die im Haus Soong herrschte. Doch weder ihr chinesischer Vater noch die amerikanische Mutter konnten etwas gegen diese für Julies Wesen so verräterischen Augen tun, aus denen stets Temperament, Leidenschaft und bedingungsloser Kampfgeist sprühten.

»Kann ich dich nach Hause bringen?« fragte ich schließlich.

»Danke, aber Paul holt mich ab.« Sie schüttelte mit belustigtem Lächeln den Kopf. »Selbst mein Tennisvergnügen wird strikt beaufsichtigt. Vater läßt mich nur spielen, wenn Paul als Anstandsdame einspringt und mich abholt. Später als halb sieben darf ich nie nach Hause kommen.«

»In diesem Fall warten wir eben gemeinsam auf Paul«, erwiderte ich mit einem Blick auf die Uhr. »Bis er kommt, haben wir genau zwanzig Minuten. Brauchst du für diese Zeit auch einen Anstandswauwau?«

Und so begann es. Zuerst ganz unschuldig und undramatisch, ohne Kämpfe, Liebeserklärungen oder den Gedanken an eine tiefere Liebesbeziehung. Trotzdem war das der Tag, an dem sich alles änderte, an dem wir aufhörten, Jugendfreunde zu sein, die sich lediglich im Kreis ihrer Familien oder Freunde trafen und zu heimlichen Verschwörern wurden, die nur deshalb sicher vor Entdeckung waren, weil es nichts zu entdecken gab. Zuerst spielte ich immer ein paar Sätze Tennis mit Miki und verbrachte anschließend eine gute Stunde mit Julie auf der Veranda, bis Paul kam, um sie abzuholen. Und dann kam der Tag, an dem ich die ersten Anzeichen eines Tennisarms spürte und nicht spielen konnte. Da ich jedoch wußte, daß Julie auf mich wartete, ging ich trotzdem in den Club.

»Ich sehe dir einfach ein bißchen zu«, erklärte ich. Julie verschwand wortlos in der Damenumkleidekabine und kam kurz darauf mit einem geheimnisvollen Lächeln auf den Lippen zurück.

»Ich habe mein Doppel abgesagt«, verkündete sie mit gelassener Selbstverständlichkeit, als müßte ich auch ohne weitere Erklärung wissen, weshalb sie diese Entscheidung getroffen hatte.

In einem Anflug von Leichtsinn schlug ich prompt vor: »Dann gehen wir jetzt ins ›Raffles‹!«

Das Raffles Hotel war alles andere als ein heimliches Versteck, in dem unser Zusammensein Anlaß zu Klatsch geboten hätte. Jeder, der uns dort sah, mußte annehmen, daß wir uns ganz offiziell getroffen hatten, denn hätten wir etwas zu verbergen gehabt, hätten wir uns natürlich nie das Raffles als Kulisse ausgesucht. Ohnehin ging man nachmittags nicht ins Raffles; jedenfalls nicht in den Kreisen, in denen wir verkehrten. Schon aus diesem Grund konnte uns dort eigentlich niemand beobachten.

Singh, der indische Türsteher mit seinem weißen Turban, geleitete uns in die große Eingangshalle mit dem Marmorfußboden, und dort gingen wir in den Gesellschaftsraum. Einige Pflanzer und Männer aus den Zinnminen im Landesinneren lehnten dort an der Bar, während mehrere Touristen durch den Säulengang schlenderten, der an der Längsseite des Saales entlang in den Garten führte.

Auf dem Podium spielte die Dan-Hopkins-Kapelle zum Tanztee. Irgendwie war es den Musikern gelungen, aus dem populären Schlager »You're Driving me Crazy« einen Slowfox zu machen. Dazu drehten sich zwei Paare verloren auf der Tanzfläche.

Nachdem Julie kurz an ihrem frisch gepreßten Zitronensaft genippt und ich einen Schluck Bier getrunken hatte, sagte ich nach kurzem Zögern: »Komm, wir tanzen.«

»Sollen wir wirklich?«

Ich wußte nicht, ob Julie Angst oder, wie ich, unbewußt das Gefühl hatte, daß es sich nicht schickte, nachmittags zu tanzen.

»Nur diesen einen Tanz«, drängte ich.

Die Kapelle spielte inzwischen »Just a Song in my Heart«. Es war eine langsame, sentimentale Melodie, und ich hielt Julie beim Tanzen enger an mich gepreßt, als ich das je bei einer Party in Tanamera gewagt hätte, und dabei atmete ich den Duft ihres blauschwarzen Haars ein, das mich an der Wange kitzelte, und fühlte, wie sich ihr Körper an mich schmiegte. »Das ist besser als Tennis«, flüsterte ich. »Bist du nervös?«

»Ein bißchen. Vater würde der Schlag treffen.«

»Meinen Vater sicher auch. Aber zum Glück haben die beiden keine Ahnung«, fügte ich gutgelaunt hinzu.

Nachdem wir kaum einen Tanz ausgelassen und uns jedes Mal noch enger aneinandergeschmiegt hatten, wurde auch ich langsam nervös und begann mich immer häufiger nach bekannten Gesichtern im Saal umzusehen.

»Du hast ja plötzlich Angst«, murmelte Julie und lachte leise.

»Eigentlich nicht. Aber Tim kommt oft hierher. Und er würde... also, er ist...« Ich verstummte.

»Du meinst, er fände es nicht schicklich? Aber deshalb brauchst du doch nicht gleich verlegen zu werden, Johnnie!«

»Es ist besser, wir gehen jetzt«, sagte ich hastig und brachte Julie zum Tisch zurück.

Erst jetzt sah ich, daß es draußen bereits dunkel zu werden begann. Ich bezahlte schnell die Rechnung, und wir rasten in meinem Morgan zum Tennisclub zurück. Julie hielt mit beiden Händen ihr flatterndes Haar fest. Schließlich bremste ich mit quietschenden Reifen vor dem Clubhaus.

»Wir gehen bald wieder tanzen«, versprach ich ihr leise und küßte sie spontan auf den Mund. Ihre Lippen öffneten sich leicht. Fünf Minuten später, als wir bereits sittsam auf der Veranda des Clubpavillons saßen, kam Paul.

Von da an tanzte ich jeden Donnerstagnachmittag mit Julie im Raffles Hotel.

Seit meinem achtzehnten Lebensjahr hatte ich natürlich nicht mehr wie ein Mönch gelebt und mein sexuelles Verlangen mit Tennisspielen oder kalten Duschen unterdrückt. Paul und ich hatten einige Erfahrungen mit den Mädchen der »Macpherson Road« und jungen Sekretärinnen vom Schwimmclub gemacht, die ebenso gelangweilt und neugierig waren wie wir. Keines dieser Mädchen war jedoch mit Vicki vergleichbar, die ich einige Wochen vor meinem ersten Tanznachmittag mit Julie im Raffles auf einer Party kennenlernte.

Paul stellte uns vor, nachdem er mir ins Ohr geflüstert hatte: »Sie ist in Singapur, um sich einen Mann zu angeln. Angeblich ist der alte Scott ganz scharf auf sie. Aber die Gute versucht das Leben noch ausgiebig zu genießen, bevor sie in den sauren Apfel beißt.«

»Scott?« erwiderte ich erstaunt. »Scott ist ein alter Mann. Er...«

»Ich weiß. Und sie ist jünger als Scotts Sohn Tony.«

Das machte die Sache natürlich ausgesprochen pikant, denn Tony Scott war mit Natasha so gut wie verlobt. Wenn Natflat Tony heiraten sollte, dann bekam sie möglicherweise eine Schwiegermutter, die jünger als sie und Tony war.

Vicki ließ keinen Zweifel daran, daß sie heiraten wollte ... und daß sie Scott sofort wie eine heiße Kartoffel fallenlassen würde, falls ich ihr einen Antrag machen sollte. Doch wir wußten beide nur zu gut, daß wir nicht ineinander verliebt waren und es auch nie sein würden. Deshalb tat sie das Vernünftigste und versuchte sich so gut es ging zu amüsieren, bevor sie vor den Traualtar treten mußte.

»Du bist für die Liebe wie geschaffen«, sagte ich scherzhaft zu ihr, nachdem wir zum ersten Mal miteinander geschlafen hatten.

Trotz ihrer freien Ansichten über Sex war Vicki eigentlich ein bürgerliches, erfrischend englisches Mädchen, das mich an jene leicht gebräunten Fotomodelle erinnerte, die in griechischen Gewändern an Palmenstränden Reklame für Parfüms oder Schokolade machten.

Inzwischen arbeitete ich bereits seit zwei Jahren in unserem Familienunternehmen und lernte das Export-Import-Geschäft sozusagen von Grund auf. Anlaß für mein Eintreten in die Firma war Tims Entschluß, nach seinem Abschluß am Raffles College in England eine Karriere in der Armee anzustreben. Das kam im ersten Moment natürlich einer Familienkatastrophe gleich.

Großvater Jack tobte. Seiner Meinung nach hatte niemand – und schon gar nicht der älteste Sohn – das Recht, die Fortführung des Familienunternehmens Dexter abzulehnen. Für ihn war es mehr als nur Tradition, ja beinahe eine Lebensphilosophie, daß der Sohn dem Vater folgen mußte. Erstaunlicherweise nahm mein Vater Tims Entscheidung wesentlich gelassener hin.

Im Lauf des ganzen Hin und Hers kam mir dann plötzlich der Verdacht, daß es nicht nur Tims Wunsch, die Offizierslaufbahn einzuschlagen, war, weshalb er Singapur verließ. Es gab da einige Ungereimtheiten, und ich hatte beinahe den Eindruck, als wollte man Tim so schnell wie möglich aus Singapur abschieben. Mein Vater konferierte manchmal stundenlang mit zwei Unbekannten in seinem Arbeitszimmer in Tanamera, und zahllose Telegramme wurden zwischen Singapur und London hin und her geschickt, bevor mein Vater fast erleichtert bekanntgeben konnte, daß Tim beim Yorkshire Leibregiment des Königs Aufnahme gefunden hatte. Obwohl ich die Wahrheit erst viele Jahre später herausbekam, fühlte ich schon damals, daß bei dieser Geschichte etwas nicht stimmte, als ich erfuhr, daß Tim sich bereits Anfang 1935 nach England einschiffen sollte. Danach begann für mich automatisch die harte Kaufmannslehre, die jeder zukünftige »Tuan bezar«, wie die Malaien den Chef eines Familienunternehmens nannten, durchmachen mußte. Dabei dachte mein Vater noch lange nicht daran, sich aus dem Geschäftsleben zurückzuziehen. Doch bei den Dexters war es von Anfang an Tradition gewesen, daß Vater und Sohn eng zusammenarbeiteten.

Die Büros von Dexter & Co. in der Robinson Road gegenüber dem »Telok Ayer Basin« im Hafen bestanden aus einem Gewirr alter Gebäude, die ihr Gesicht im Lauf der vergangenen fünfzig Jahre kaum verändert hatten. Im Parterre befanden sich riesige Lagerhallen, die sogenannten »Godowns«, in denen Ware für ein bis zwei Tage vor ihrer Verladung gelagert werden konnte. Manchmal konnte man von neuen Maschinen für die Kautschukpflanzer und die Zinnminen über Toiletten, Waschbecken und Badewannen, Kisten mit Whisky und Gin, Stoffballen, Kisten mit Geschirr für »Robinson's«, dem großen Kaufhaus am Raffles Place, bis zu Kosmetikartikeln für die Drogerie »Maynard's« in der Battery Road und Kisten mit Büchern für »Kelly an Walsh«, alles mögliche bestaunen. Die einzige Ware, die von der Firma Dexter ständig vertrieben wurde und doch nie in diesen Lagern lagerte, war Kautschuk.

Der Latex stank nämlich bestialisch. Aus diesem Grund lagerte man ihn in einem Gebäude an der Anson Road und im Hauptlager der Firma am Ufer des lehmigen, schmutzigen Kallang Rivers, in der Nähe des Dorfs Geylang vier Kilometer östlich der Stadt. Der Kallang war ein kleiner Fluß und kaum annähernd so breit wie der Singapur River, doch immerhin tief genug für unsere Schuten.

Durch die Frachtkähne sparten wir viel Geld, denn während einer der Lastwagen, die zwischen der Anson Road und dem Hafen verkehrten, nur fünf Tonnen Latex-Felle laden konnte, hatten die Schuten eine Nutzlast von annähernd hundert Tonnen und beförderten die Ladung direkt zum Hochseefrachter.

Das erste Vierteljahr meiner Lehrzeit verbrachte ich im Lagerhaus am Kallang River, um alle Feinheiten des Kautschukgeschäfts kennenzulernen. Das Lager war ein riesiges Gebäude mit einer Grundfläche von achttausend Quadratmetern. Dort wurde größtenteils die Ernte der Ara-Plantage, unserer firmeneigenen

Pflanzung, eingelagert. Die stinkenden, dünn ausgewalzten Kautschuk-Felle waren in Ballen zu je fünf Zentnern zusammengerollt. Um ein Zusammenkleben der Ladung zu vermeiden, wurden diese mit einer angedickten Lösung aus Talkpuder, Abfallgummi und Terpentin eingestrichen. Das hatte zur Folge, daß alles und jeder in der Umgebung der Ballen ständig mit einer weißen Staubschicht bedeckt war.

Jeder Arbeitsgang im Lagerhaus mußte überwacht werden, und mein Vater war der Ansicht, daß die Arbeit mir später um so leichter fallen würde, je mehr ich über das Verladen und die Verschiffung des Kautschuks wußte. Es kam zum Beispiel häufig vor, daß beim Abzählen der Ballen absichtlich Fehler gemacht, daß Ballen als angebliche Ausschußware aussortiert, heimlich beiseite geschafft und privat verkauft wurden oder daß bestochene Kulis die Ballen mit einer dreifach dicken Talkpuderschicht einstrichen, um das Gewicht zu manipulieren. Die Ballen wurden auf Waagen gewogen, die zu beiden Seiten des Schreibtisches des Aufsehers standen, denn jemand mußte ständig darauf achten, daß die Talkpuderschicht nicht zu dick und das Gewicht der Ware korrekt war.

Am rückwärtigen Ende des Lagerhauses führte eine Treppe zu einem auf der Galerie gelegenen Büro hinauf, von dessen Fenstern aus man sowohl den Schreibtisch des Aufsehers mit den Waagen als auch die Laderampe überblicken konnte, wo die Kulis die Ballen mit langen Eisenhaken von den Holzpaletten auf ein primitives Fließband aus Eisenrollen zogen, auf dem auch Frauen die Ballen ohne große Anstrengung zu den bereitliegenden Schuten schieben konnten.

Drei Monate im Lagerhaus waren genug. Anschließend kam ich ins Hauptbüro in der Robinson Road, das gleichzeitig auch das einzige der Firma Dexter war. Von dem keineswegs pompösen Eingang führte eine Steintreppe in den ersten Stock, in dem der große Büroraum für die Stenotypistinnen und chinesischen und eurasischen Buchhalter, Vaters geräumiges Privatbüro, das er von Großvater Jack übernommen hatte, mein Zimmer und die winzigen Räume der beiden Handelsgehilfen Ball und Rawlings lagen, die im übrigen die einzigen bei der Firma beschäftigten Engländer waren. Und eigentlich waren es diese beiden, die mir all das beibrachten, was ich über das Export-Import-Geschäft wissen mußte.

Was mein Leben so aufregend machte, waren nicht Julie, unsere heimlichen Zusammenkünfte, das Tennisspielen oder die Arbeit im Büro, sondern die Tatsache, daß ich mich als Bestandteil Singapurs fühlte, dieser lebendigen, faszinierenden Stadt, in der jede Straße zum Hafen zu führen schien.

Ich bin mit dem Geruch des Singapur-Flusses und der Tropen aufgewachsen, den ich als ein Gemisch wahrnahm von Abwässern, Sümpfen, Trockenfisch und aromatischen Gewürzen, die per Schiff aus Bali, Java oder Celebes kamen. Besucher hielten sich oft angewidert die Nase zu, aber wenn man sich einmal daran gewöhnt hatte, war der Geruch längst nicht mehr unangenehm, und man vergaß ihn nie. Schließlich war er der charakteristische Geruch einer aufregenden, internationalen und reichen Stadt, in der, da sie auf Sumpf gebaut war, eine halbe Million Malaien, Chinesen und Inder und eine Handvoll Europäer tagaus, tagein unter dem feuchtheißen Klima litten.

Julies Bruder Paul führte mich häufig in die kleinen, in versteckten Winkeln der Stadt liegenden malaiischen und chinesischen Restaurants, die exotische Gerichte anboten, die man sonst in keiner der größeren Gaststätten bekam. Dort gab es dann Köstlichkeiten wie zum Beispiel in Kokosnußmilch gedünstete Königskrabben in Tontöpfen.

Paul war ein sehr eleganter junger Mann mit einer beneidenswerten Garderobe geworden. Im Gegensatz zu mir schien er nie zu schwitzen, und selbst als Teenager schon machte er einen wesentlich weltgewandteren Eindruck als ich, der ich das Raffles College besucht hatte, während Paul in Kalifornien zur Schule gegangen war.

»Mutter möchte eigentlich, daß ich mir in Amerika eine Existenz aufbaue, aber vorerst will ich hierbleiben. Die amerikanischen Mädchen sind schrecklich«, fügte er hochmütig hinzu. »Sie haben keine Ahnung, wie man Männer bezaubert. Da sind die Mädchen hier schon fügsamer.«

»Mußt du eigentlich nicht in der Firma deines Vaters arbeiten?« fragte ich ihn eines Tages.

»Nein, da habe ich ausgesprochen Glück. Im Gegensatz zu deinem Vater, der harte Arbeit offenbar für ein Statussymbol hält, ist mein Vater der Meinung, daß es dem Ansehen der Familie schadet, wenn ich arbeite. Und warum sollte ich versuchen, ihn umzustimmen?«

Ich glaubte zu wissen, weshalb Paul nicht arbeiten mußte. P.P. Soong hatte nämlich von einem Besuch in seiner Heimat

China einen jungen Mann namens Soong Kaischek mitgebracht. Dieser Soong war zwar kein Blutsverwandter, doch da seine Mutter nach ihrer Scheidung einen Soong geheiratet hatte, trug der Junge diesen Namen. Als ich Paul das offen sagte, nickte er.

»Richtig, das stimmt. Vater will ihn als Geschäftsführer anlernen.« Paul seufzte. »Er ist ein schrecklich häßlicher Bursche mit einem unguten Temperament. Wie ich meinen Vater kenne, würde es mich nicht überraschen, wenn er vorhat, ihn mit Julie zu verheiraten.«

»Aber das kann er doch nicht machen!« entfuhr es mir unwillkürlich.

»Na, du kannst sie doch auch nicht heiraten«, entgegnete Paul lachend. Und als ich ihn entgeistert anstarrte, fügte er hinzu: »Lassen wir das Theater, Johnnie. Ich weiß über eure Schäferstündchen im Tennisclub Bescheid.«

Als ich daraufhin noch immer schwieg, beruhigte er mich: »Keine Angst, Johnnie. Vater kann Julie nicht zwingen, jemanden zu heiraten. Mama hat Vater irgendwie in der Hand. Ich glaube, sie besitzt Beweise dafür, daß er sich nebenher noch zwei Konkubinen hält.«

»Das ist doch wohl nicht dein Ernst! Gleich zwei?«

»Natürlich, das ist bei Chinesen durchaus normal. Man wird der Ehefrau überdrüssig, sucht Abwechslung... Mutter sieht das selbstverständlich etwas anders. Und das kann man ihr kaum verübeln. Meine Eltern streiten oft furchtbar miteinander. Mein Gott, Mama kann vielleicht schreien, wenn sie wütend ist! Sie hat schon mehrmals gedroht, ihn zu verlassen. Das will Vater nicht, weil er dann vor seinen Freunden das Gesicht verliert. Deshalb konnte Mama ihn auch zwingen, für Julie und mich Treuhandvermögen zu errichten. Ich weiß das, weil ich die Urkunde unterschreiben mußte. Wir sind also versorgt.«

Ich hatte von den Spannungen im Haus Soong bereits von anderen gehört. Besonders Großvater Jack, der diese Art von Klatsch liebte, hatte diesbezügliche Andeutungen gemacht, die ich allerdings als Übertreibung eines alten, neugierigen Mannes abgetan hatte.

»Mißversteh' mich bitte nicht«, fuhr Paul fort. »Ich habe großen Respekt vor meinem Vater. Er ist ein Arbeitstier und verdammt schlau. Aber die Chinesen sind alle gleich. Sie schuften wie der Teufel im Beruf, aber sobald sie die Bürotür hinter sich zugemacht haben, denken sie nur an Sex. Ich möchte wetten, daß er Mutter ganz schön zum Narren gehalten hat.« Und mit einem schlauen Blick auf mich fügte er hinzu: »Laß dich ja nie mit Chinesen ein, mein Junge.«

Im Vergleich dazu mußte manchen Leuten unser Leben in Tanamera und in der Firma als ausgesprochen langweilig erscheinen. Doch das war nicht der Fall; wenigstens nicht für mich. Arbeit und Freizeit waren für mich gleichermaßen angenehm und anregend, und manchmal gar nicht voneinander zu trennen. Ausgerechnet durch meinen Tennisfreund Miki sollte ich nämlich eine wertvolle Geschäftsverbindung mit einem Schweizer knüpfen, der mit Mikis Familie befreundet und daran interessiert war, mit den Dexters Geschäfte zu machen.

Ich traf Bertrand Bonnard zum ersten Mal im vornehmen Cricket-Club, mitten im »weißen« Singapur mit seinen breiten Avenuen, die von Rasenstreifen und farbenprächtigen tropischen Blütenbüschen gesäumt wurden.

Monsieur Bonnard war ungefähr dreißig Jahre alt, er kam aus dem französischsprachigen Teil der Schweiz, war mittelgroß und schlank, hatte dunkles Haar, das er länger trug, als damals sonst üblich, und ein längliches Gesicht mit gesunden weißen Zähnen und abenteuerlustigen Augen. Seine Frau hatte eine unüberwindliche Abneigung gegen die Tropen und war daher in Genf geblieben, wo sich auch die Hauptgeschäftsstelle seiner Firma befand, die hauptsächlich im asiatischen Raum operierte.

Bonnard, der elegante Mann von Welt, besaß außerdem eine gehörige Portion französischer Arroganz. Er war es offenbar gewohnt, sich mit schönen Frauen zu umgeben, nur in den teuersten Restaurants zu verkehren und Weinflaschen zurückgehen zu lassen, deren Inhalt seiner Ansicht nach »korkig« schmeckte. Ich staunte sehr, als er erzählte, daß er außer der Wohnung in Singapur auch Apartments in Tokio und Shanghai unterhielt. Obwohl es sich die Dexters hätten leisten können, überall dort Wohnungen zu mieten, wo es ihnen gefiel, waren wir im Grunde doch sparsame Leute aus Yorkshire geblieben, die einen aufwendigen Lebensstil verabscheuten.

»Eines Tages, mon cher ami, werde ich Sie bitten, mir zu helfen«, sagte Bertrand Bonnard gegen Ende unserer ersten Begegnung. Das war seine höfliche Art, mir mitzuteilen, daß er den Dexters eines Tages ein gutes Geschäft zukommen lassen würde. Danach traf ich mich verhältnismäßig häufig mit Bonnard, verschaffte ihm eine Mitgliedschaft im Cricket-Club, indem ich die lange Warteliste umging, und stellte ihn schließlich in Tanamera der Familie vor, wo er sofort alle Herzen im Sturm gewann, als er beim ersten Besuch mit einem großen Blumenstrauß für Mama erschien.

Beim dritten oder vierten Besuch brachte Bertrand... wie ich ihn inzwischen nannte... zwei Sträuße der sündhaft teuren Rosen mit, die täglich mit dem Nachtzug aus dem kühleren Hochland nach Singapur transportiert wurden. Ein Strauß war für Mama, den anderen bekam Natasha. Daraufhin konnte Mama Bertrands Bitte, Natasha am Abend zum Tanzen ausführen zu dürfen, kaum ablehnen. Mir war allerdings nicht klar, ob Bertrand über Tony Scott Bescheid wußte.

»Das geht dich doch gar nichts an«, entgegnete Natasha, als ich sie später diesbezüglich zur Rede stellte. »Im Gegensatz zu Tony, der wie ein Schlachtroß über die Tanzfläche stampft, tanzt Bertrand einfach himmlisch. Das ist alles.«

»Das behauptest du.«

»Außerdem ist er verheiratet«, erklärte Natasha, als würde das jede Diskussion von vornherein ausschließen. »Seine Frau lebt in der Schweiz.«

»Als ob das einen Franzosen schon mal gehindert hätte, ein Verhältnis anzufangen«, bemerkte ich. »Alle Franzosen sind Filous.«

»Er ist kein Franzose, sondern Schweizer«, wies Natasha mich zurecht.

»Aber er benimmt sich wie ein Franzose. Hat er dich vielleicht schon französisch geküßt?«

»Du Biest! Ich finde dich einfach widerlich!« Natasha machte Anstalten, auf mich loszugehen.

»Beantworte meine Frage!« beharrte ich. »Tu nicht so, als wüßtest du nicht, was ich meine. Du brauchst doch keine Geheimnisse vor deinem Bruder zu haben.« Ich streckte die Zungenspitze heraus und bewegte sie hin und her.

Natasha ließ sofort von mir ab und wurde dunkelrot. Sie stand noch einen Augenblick in ihrem rosaroten Kleid bewegungslos vor mir, dann wandte sie sich abrupt ab und lief ins Haus.

Ich berührte das Thema nicht weiter, denn damals stand die Firma Dexter kurz vor dem Abschluß eines Geschäfts mit Bertrand Bonnard. Drei Monate später hatten wir den Auftrag, einer von Mikis Vater und Bonnard gemeinsam geführten Firma in Japan Erdaushubmaschinen und Gerätschaften im Wert von zwei Millionen Singapur-Dollar zu liefern. Das war in jener Zeit viel Geld. Ich hatte mich zuvor mit meinem Vater darüber beraten, ob es klug war, mit Japan Geschäfte zu machen, denn es hatte Anfang desselben Jahres einige Empörung in China ausgelöst, als die Russen die Chinese Eastern Railway in der Mandschurei nicht an China, sondern an Japan verkauft hatten, und ich wollte unsere reichen chinesischen Kunden nicht brüskieren.

»Mach nur weiter«, riet mein Vater. »Aber verlange von diesem Schweizer eine schriftliche Erklärung, daß die Maschinen nicht in die Mandschurei geschickt werden. Sonst könnten wir eines Tages Schwierigkeiten bekommen.«

Bonnard unterschrieb sofort ein entsprechendes Papier und versicherte mir, daß mit den Baumaschinen Lager für Erdbebenopfer in Japan gebaut werden sollten.

Ich war glücklich, als ich schließlich bei Abschluß des Vertrages einen Scheck über fünfundzwanzig Prozent der Vertragssumme im Empfang nehmen konnte. Noch stolzer allerdings machte mich das Lächeln auf Papa Jacks Gesicht, als ich ihm den Scheck aushändigte. Das Geld spielte dabei nur eine untergeordnete Rolle, aber ich hoffte, daß ich damit meine Befähigung, der nächste »Tuan bezar« zu werden, zum ersten Mal unter Beweis gestellt hatte. Ich wußte, wie enttäuscht mein Vater über Tims Entschluß, nicht in die Firma einzutreten, gewesen war, und ich wollte mein Bestes tun, diese Scharte auszuwetzen.

3

Bald fieberte ich jede Woche dem Donnerstagnachmittag mit Julie entgegen, doch es kam mir dabei nicht in den Sinn, mehr zu wagen als nur mit ihr zu tanzen und ein paar harmlose Küsse auszutauschen.

Ich wollte unbewußt diese Nachmittage nicht dadurch verderben, daß ich etwas anfing, das keine Zukunft haben konnte und durfte. Das wußte ich, Julie wußte es, und sobald ich versucht war, von Liebe zu reden, lenkte Julie meistens ab.

»Sag' mal... wenn wir so eng tanzen... fühlst du dann nicht... dasselbe wie ich?« fragte ich eines Tages stockend.

»Was glaubst du denn? Du bist der erste Mann, der je so mit mir getanzt hat. Natürlich... erregt es mich.«

»Dann tanzen wir in Zukunft vielleicht lieber wie unsere Eltern.« Ich hielt Julie weit von mir und drehte mich mit hocherhobenem Kopf mit ihr im Kreis.

»Idiot!« flüsterte sie. »Ich habe zwar manchmal ein bißchen Angst vor mir selbst, aber ich mag die Art, wie du mit mir tanzt und die Spannung und Erregung, die du bei mir auslöst. Mama ist lieb und nett, aber abgesehen von den Krächen meiner Eltern ist es zu Hause furchtbar langweilig.« Sie preßte sich enger an mich. »Mit dir habe ich das Gefühl, mir ein Stück von dem im Leben zu stehlen, was ich eigentlich noch gar nicht genießen dürfte. Ich bin doch noch viel zu jung.«

»In deinem Alter sind einige schon verheiratet«, entgegnete ich. »Komm, wir fahren in den Club zurück und warten dort auf Paul. Er kommt heute ja erst eine Stunde später.«

»Aber der Pavillon ist doch jetzt sicher geschlossen.«

Ich schüttelte den Kopf.

Nachdem Paul mir gesagt hatte, daß er Julie an diesem Abend nicht vor halb acht Uhr abholen würde, hatte ich den Hausmeister bestochen und überredet, den Pavillon des Clubs für uns bis zu diesem Zeitpunkt unverschlossen zu lassen.

Als wir schließlich im Halbdunkel des schäbigen Pavillons auf dem Rattansofa lagen, uns küßten und ich Julies lange, schlanke Beine mit der goldbraunen Haut streichelte, hatte ich das Gefühl, nie mehr aufhören zu können.

»Ich habe mich nach diesem Augenblick gesehnt, Johnnie«, flüsterte Julie. »Aber bitte sei vorsichtig. Mach es mir nicht noch schwerer...«

»Wie meinst du das?«

»Es könnte sein, daß ich dann nicht mehr nein sagen kann. Ich fühle genau wie du. Oh, Liebster... wir wissen doch beide, daß unsere Eltern... bitte, bring mich nicht in Versuchung.«

»Keine Angst«, murmelte ich heiser vor Erregung, streichelte ihre Brüste und Hüften und wußte insgeheim, daß es zu mehr nicht kommen durfte. Es gab da in mir eine geistige Barriere, die mich trotz des quälenden Verlangens und der Begierde, die ich verspürte, davon abhielt, bis zum Äußersten zu gehen. Dabei wußte ich, daß Julie jetzt soweit war, jederzeit meinem Drängen nachzugeben.

Aber in den dreißiger Jahren war – wenigstens in Singapur – noch vieles anders. Ein Teil von mir war sich schmerzlich darüber im klaren, daß ich die Verantwortung für Julie trug, die ich seit meiner Kindheit kannte und achtete. Trotzdem wünschte ich mir nichts sehnlicher, als mit dem Mädchen, das ich liebte, zu schlafen. Es wäre auch völlig normal gewesen, doch wir waren damals anders erzogen.

»Bist du sicher, daß es dir nicht wie Mark Twains ›Mister Wilson‹ geht?« fragte Julie plötzlich hintergründig. Und als ich sie nur verständnislos ansah, da ich bei Mark Twain automatisch an »Tom Sawyer« dachte, zitierte Julie: »Adam begehrte den Apfel nicht um des Apfels willen, sondern weil er verboten war.«

»Das glaubst du doch nicht im Ernst!« protestierte ich.

»Nein, eigentlich nicht. Allerdings würden dir Mark Twains Gedichte bestimmt gefallen. Ich habe mein ganzes Geld für Gedichtbände ausgegeben. Leider enden sämtliche Liebesgeschichten traurig... besonders wenn die Beziehung verboten ist... wie unsere.«

»Eines Tages dürfen wir uns lieben«, versprach ich ihr, als sie ihr weißes Kleid über die Knie zog. »Ich will dich so sehr, Julie... und ich fühle mich jetzt miserabel, obwohl ich gewissermaßen froh bin, daß ich's nicht getan habe. Verstehst du das? Wenn ich dich nicht so gern hätte, hätte ich mich sicher hinreißen lassen. Eines Tages können wir sicher... aber nicht so... in dieser Umgebung.« Ich sah mich in dem staubigen Pavillon mit den billigen Rattanmöbeln um.

»Wenn du es willst, gehöre ich dir, Johnnie«, erwiderte Julie ernst. Kaum standen wir draußen vor dem Haupteingang, bog Pauls Wagen um die Ecke der Bras Basah Road, und im nächsten Augenblick war Julie mit ihm verschwunden.

Das aufgestaute sexuelle Verlangen quälte mich, und in meiner Not rief ich Vicki an. Sie war zu Hause.

Vicki und ich aßen schnell im »Adelphi« zu Abend, dann brachte ich sie in ihre kleine Wohnung hinter der Orchard Road zurück und liebte sie so leidenschaftlich und heftig, wie ich es nie zuvor getan hatte. Keinen Augenblick lang sah ich dabei Vicky, ihr blondes Haar oder ihre schönen Beine, dachte nicht an sie und fühlte sie nicht. Einzig und allein Julie war für mich gegenwärtig. Ich weiß nicht mehr, was und wie ich es in dieser halben Stunde getan habe.

Erst als Vicki eine Zigarette anzündete, kam ich langsam auf den Boden der Wirklichkeit zurück. Vicki sah mich stumm an, holte tief Luft und seufzte glücklich. »Mein Gott, Johnnie! Und wenn ich jede Nacht bis ans Ende aller Tage mit Männern schlafe, kann's nie wieder so sein wie heute.«

In diesem Augenblick, als meine Erregung abgeklungen war

und die durch das sexuelle Verlangen geschärften Sinne sich beruhigt hatten, stellten sich Schuldgefühle ein, und mir wurde klar, daß ich noch an diesem Abend die Affäre mit Vicki beenden mußte. Nachdem Vicki Kaffee gemacht hatte, eröffnete ich ihr meinen Entschluß. An meine Worte kann ich mich nicht mehr genau erinnern, aber Julie erwähnte ich nicht.

Als ich geendet hatte, fühlte ich mich erleichtert. Trotzdem musterte ich Vicki ängstlich. Es war ihr anzusehen, wie enttäuscht sie war.

»Du hast dir wirklich einen merkwürdigen Zeitpunkt ausgesucht, mit mir Schluß zu machen«, murmelte sie schließlich und zündete sich die nächste Zigarette an. »Eigentlich wäre es stilvoller gewesen, mich aufzuklären, bevor du dich bei mir sexuell abreagiert hast.«

»Entschuldige«, brachte ich mühsam heraus.

»Aber vermutlich trifft uns beide Schuld«, seufzte Vicki. »Ich habe nur eine Bitte. Komm' ja nie wieder zu mir, wenn du... wenn du sexuell überreizt bist.« Sie lächelte sarkastisch.

Ich weiß nicht mehr genau, wann meiner Familie zuerst mein verändertes Verhalten auffiel. Jedenfalls nahm Papa Jack eines Morgens im Büro die Brille ab und sagte mit halb verlegener, halb verschwörerischer Miene: »Du bist in letzter Zeit so übermütig, Johnnie? Ist eigentlich alles in Ordnung? Bist du öfters in der ›Macpherson Road‹?«

»Nein, nicht in der ›Macpherson Road‹.« Bei dem Gedanken an meine nicht sonderlich erfolgreichen Erfahrungen mit den käuflichen Damen in der deprimierenden Umgebung mußte ich unwillkürlich lächeln.

»Aber Mädchen sind im Spiel?«

»Ich kenne etliche«, gab ich zu.

»Das hoffe ich auch. Aber bitte tu nichts, worüber sich deine Mutter aufregen könnte. Du weißt, wie empfindlich Frauen... und besonders Mütter sein können. Insbesondere, wenn es um ein Mädchen aus Singapur geht. Binde dich nicht zu früh. Das kann fatale Folgen haben.«

»Das habe ich auch nicht vor. Verlaß dich darauf.«

Mama war weniger direkt. Manchmal werde ich das Gefühl nicht los, daß meine Mutter resigniert und sich bedingungslos in das Leben in Singapur gefügt hatte. Sie beklagte sich zwar nie und war sicher auch nicht unglücklich, aber wie Tante Sonia sich nach Kalifornien sehnte, vermißte sie New York... und wohl auch Amerika. Und ich glaubte zu spüren, daß sie vielleicht tief in ihrem Inneren den eingeschlagenen Lebensweg ein wenig bereute und daher gegen äußere Anfechtungen, wie zum Beispiel Avancen von anderen Männern, nicht ganz gefeit war.

Wir saßen an einem jener kühlen Morgen, an denen das Gras nach einem nächtlichen Regenschauer feucht glitzerte, auf der Veranda beim Frühstück, als Mama mit einem prüfenden Blick auf mich sagte: »Mir fällt auf, daß Johnnie in letzter Zeit freitags riesige Portionen zum Frühstück ißt. Hat das sonst niemand bemerkt?« Sie sah Natasha an, und ich fühlte, daß ich rot wurde.

»Vermutlich ist er verliebt«, erwiderte Natasha spöttisch.

»Das ist mehr, als man von dir behaupten kann«, konterte ich. »Mit Tony Scott gehst du spazieren, und mit Monsieur Bonnard gehst du tanzen.«

»Kann ich vielleicht was dafür, daß Tony nicht gut tanzt?« entgegnete Natasha kichernd.

»Das war eben nicht sehr nett von dir, Johnnie«, wies Mama mich zurecht. »Entschuldige dich sofort.« Nachdem ich das mit einem heimlichen Augenzwinkern getan hatte, fuhr Mama dann kühl fort: »Ich nehme an, daß das Tennismatch vom Donnerstag mit Mr... deinem japanischen Freund, an deinem Appetit schuld ist.«

»Du meinst sicher Miki.«

»Ja, richtig.« Als sie fortfuhr, hätte ich mich beinahe an meinem Kaffee verschluckt. »Vielleicht sehe ich dir einmal zu. Ich bin noch nie im Tennisclub des Christlichen Vereins junger Männer gewesen.«

»Ein häßlicher Club«, murmelte ich in der Hoffnung, das würde Mama von einem Besuch dort abhalten. Außerdem fragte ich mich natürlich, ob sie mehr wußte, als sie durchblicken ließ. Aber zweideutige Bemerkungen waren in Tanamera an der Tagesordnung. Mama und Papa hatten diese Art des Gesprächs kultiviert, weil sie bezüglich ihrer Äußerungen vor Großvater Jack stets vorsichtig sein mußten. In meiner Jugend hatte ich die versteckten Spannungen nie bemerkt, die entstehen, wenn eine große Familie zusammen in einem Haus lebt. Schließlich stand Mama lächelnd vom Frühstückstisch auf. »Keine Angst, mein Junge... ich stecke meine Nase nicht in die Geheimnisse anderer.«

Nachdem sie ins Haus gegangen war, erhob sich auch Natasha, behauptete, sie wolle noch ein paar Blumen pflücken, und sah mich aus funkelnden Augen an. Dann wackelte sie mit ihrer

Zungenspitze und sagte: »Glaubst du, sie weiß, was das bedeutet?«

Tim hatte bisher zu allem geschwiegen, doch als ich Natflat ein Stück Brot hinterherwarf, wandte er sich mit düsterer Miene an mich: »Ich weiß, daß es nicht Tennis ist. Vor einigen Wochen habe ich dich nämlich mit Vicki bei ›Adelphi‹ gesehen. Es heißt, sie will Tony Scotts Vater heiraten.« Als ich nickte, fuhr er fort: »Wenn sie Scott heiraten möchte, dann verstehe ich das Ganze nicht. Ich wette, du hast mit ihr geschlafen.«

»Diese Wette hast du schon gewonnen«, entgegnete ich gutgelaunt.

»Denkst du gar nicht an Scott? Hast du ihm gegenüber keine Schuldgefühle?«

»Tim, Scott ist ein reicher Mann in den besten Jahren. Er fährt jeden Donnerstag zum Treffen der Kautschukpflanzer. Die restliche Woche hält er das arme Mädchen am kurzen Zügel. Ich habe ihr lediglich ein paarmal ein bißchen Abwechslung verschafft. Das war alles. Aber damit ist es jetzt sowieso aus.«

»Du bist ein Schwein!« zischte Tim haßerfüllt. »Ich bin verdammt froh, daß ich nächste Woche nach England fahre.«

»Wenn's dir hier nicht paßt, ist es wohl das Beste«, konterte ich. »Hier vermißt dich sowieso keiner.«

Tim stürmte mit einem letzten bösen Blick auf mich ins Haus. Ich blieb sitzen, um weiter auf Papa zu warten, mit dem ich jeden Morgen ins Büro fuhr. Dann fiel mein Blick auf Natasha, die in der Nähe Blumen pflückte. »Was ist eigentlich mit Tim los?« rief ich ihr zu. »Weshalb ist er immer so gemein zu mir?«

»Er ist auf dich eifersüchtig«, erwiderte Natasha und richtete sich auf. »Und neidisch, weil er gern all das tun würde, was du machst. Aber er kann's einfach nicht... nicht aus körperlichen Gründen.« Sie tippte sich an die Stirn. »Hier liegt der Hase begraben. Tim traut sich einfach nichts zu.«

»Vielleicht, wenn er bei der Armee ist... und weit weg von uns...«

Natasha schüttelte heftig den Kopf. »Tim ändert sich nie. Komisch, daß er so anders ist als wir. Wir beide haben einen ähnlichen Geschmack, was?« Sie wackelte erneut mit ihrer rosaroten Zungenspitze. »Wetten, daß Tim das nie probiert hat? Ganz im Gegensatz zu dir natürlich. Von jetzt an werde ich den französischen Kuß ›Johnnies-Spezial‹ nennen. Erzähl' ja nie Mama davon. Sie würde ohnmächtig werden. Aber mir gefällt die Methode.«

»Praktizierst du sie mit Bertrand?«

»Jedenfalls ist er wesentlich aufregender als deine Freunde vom Cricket-Club«, seufzte sie. »Und ein Mädchen hat schließlich ein Recht auf ein paar Abenteuer, bevor es im sicheren Hafen der Ehe landet.«

»Mit Tony?«

»Vermutlich. Papa und Mama deuten ständig an, daß wir uns verloben sollen. Ich hab's zwar nicht eilig, aber...« Sie verstummte, als Papas Wagen hupend vorfuhr und ich ins Büro mußte.

Drei Wochen später teilten Natasha und Tony den Eltern mit, daß sie sich offiziell verloben wollten. Großvater Jack schlug daraufhin spontan vor, aus diesem Anlaß in Tanamera einen Ball zu geben, und alle waren einverstanden.

Arme Natflat! Bonnard war nämlich für einige Wochen mit dem Flugboot der Imperial Airways nach Europa zurückgekehrt, da seine Frau ein Kind bekam. Fairerweise muß ich sagen, daß Bonnard aus dem Zustand seiner Frau nie ein Geheimnis gemacht hatte. Doch das angeblich oberflächliche Abenteuer, in das sich Natasha mit ihm gestürzt hatte, schien meine Schwester tiefer zu berühren als ich ursprünglich angenommen hatte.

Tony Scott war ein sympathischer junger Mann. Obwohl er zwei Jahre älter war als ich, sah er mit seinem lockigen Haar, der gesunden Gesichtsfarbe und der athletisch durchtrainierten Figur noch immer wie ein zu groß geratener Schuljunge aus. Allerdings war ich sicher, daß er Natasha ein treuer und liebevoller Mann sein würde. Zweifellos war sie bei ihm besser aufgehoben als bei einem Filou wie Bonnard. Das Schwierige war allerdings, daß ich nicht wußte, worauf Natasha eigentlich mehr Wert legte.

An dem Tag, an dem Großvater Jack den Vorschlag machte, in Tanamera einen Ball zu geben, nahm Mama mich unverhofft beiseite und sagte lächelnd: »Ich habe gestern zufällig mit Mrs. Dillon von Boustead gesprochen. Sie behauptet, dich in der Stadt gesehen zu haben.«

»Mich?« fragte ich mit einer Unschuldsmine.

»Ja, mein Junge. Du bist letzten Donnerstag angeblich im ›Raffles‹ beim Tanzen gewesen.«

Zum Glück hat es vergangenen Donnerstag geregnet, schoß es mir sofort durch den Kopf. Trotzdem zögerte ich einige Sekunden, bevor ich erwiderte: »Das Match ist wegen des Regens ausgefallen, Mama. Deshalb bin ich mit einem der Mädchen zum Tanztee gegangen.«

Mama wußte natürlich genau, daß im Tennisclub des CVJM keine Europäerin ... oder wenigstens keine Europäerin aus unseren Kreisen verkehrte. Trotzdem fragte sie nicht, wer meine Begleiterin gewesen war.

Natürlich war mir während dieser Unterhaltung klar geworden, daß danach mit den donnerstäglichen Rendezvous mit Julie Schluß sein mußte. Ich überlegte fieberhaft, wie ich Julie warnen konnte. Sofort fiel mir Paul ein. »Ab und zu ist so was ja ganz nett, aber laß es nicht zur Gewohnheit werden«, riß mich meine Mutter aus den Gedanken.

»Natürlich nicht«, log ich. »Es war ja nur wegen des schlechten Wetters.«

»Ja, das ist verständlich. Aber ... schlechte Angewohnheiten wird man nur schwer wieder los!« Mama lachte. »Wir sprechen ja sonst nie über andere Leute, aber denk bitte daran, wie unglücklich die arme Tante Sonia ist.« Es war das erste Mal, daß meine Mutter die Zustände im Haus Soong auch nur erwähnte.

»Ja, ich weiß Bescheid. Paul hat so was angedeutet ...«

»Armer Paul«, murmelte Mama. »Stell' dir vor, wie ... ja wie tragisch es wäre, wenn Paul in Singapur eine Europäerin heiraten würde.« Mama machte eine bedeutungsvolle Pause. Oder bildete ich mir das nur ein? »Dasselbe gilt natürlich für Julie«, fügte sie schließlich hinzu.

»Aber Julie ist praktisch Europäerin«, entgegnete ich. »Sie hat die amerikanische Staatsbürgerschaft.«

»Sicher, mein Junge. In Amerika ist natürlich alles anders. Aber ich spreche ja auch von den Menschen, die hier leben müssen, die hier arbeiten ... und die nach Singapur gehören.« Ich begann mich zu fragen, ob Mama von mir redete, der ich praktisch das beste Beispiel für diejenigen war, deren Zukunft untrennbar mit Singapur verbunden war. War Mutters Bemerkung eine versteckte Warnung?

»Julie ist ein sehr schönes Mädchen.« Sie seufzte. »Und angesichts der häuslichen Schwierigkeiten auch so verwundbar. Sie muß sich ja danach sehnen, dem allen zu entfliehen. Aber jeder Europäer, der ihr falsche Hoffnungen macht ... der sie im Glauben läßt, daß seine Liebe zu ihr ewig währt ... würde ihr Leben ruinieren.«

Mama wartete meine Antwort erst gar nicht ab, sondern fügte gutgelaunt hinzu: »Ach, was soll das Gerede! Ich will die Zeit des nächsten ›Tuan bezar‹ nicht unnötig in Anspruch nehmen.« Damit legte sie die Arme um meine Schultern und gab mir einen Kuß auf die Wange. »Du bist genau wie dein Vater, als dieser noch jung war. Alle Mädchen hatten es auf ihn abgesehen. Und jetzt, da Tim bereits auf dem Weg nach England ist, ist dein Vater sehr stolz auf die Art, wie du dich in der Firma etabliert hast. Er braucht dich, mein Junge.«

Einige Tage später rief Vicki bei mir im Büro an und teilte mir mit, daß sie Ian Scott heiraten würde. Ich wünschte ihr aufrichtig viel Glück. »Wann ist es denn soweit?« erkundigte ich mich dann. »Vielleicht solltet ihr eure Verlobung am selben Tag wie Natasha und Tony bekanntgeben.«

»Das ist eine großartige Idee.« Sie lachte leise.

Und so geschah es dann. Was ich Vicki beinahe im Scherz vorgeschlagen hatte, wurde in Tanamera begeistert aufgenommen. Vickis zukünftiger Mann, Ian Scott, war nicht nur ein alter Freund der Familie, sondern auch ein wichtiger und geschätzter Geschäftspartner und außerdem bald Natashas Schwiegervater. Eine solche Doppel-Verlobung war ein großes gesellschaftliches Ereignis, und was lag näher, als es mit einem Ball in Tanamera zu feiern?

4

Der Ball sollte im Frühjahr 1935 stattfinden, und Mama hatte die Gästeliste schon fast fertig. Wie alle anderen Europäer aus unseren Kreisen in Singapur besaßen wir für jede Gelegenheit feste Gästelisten, die jederzeit untereinander austauschbar waren. Diesmal hatte ich jedoch eine persönliche Bitte. Mein Freund Miki hatte mich bereits mehrmals in den japanischen Tennisclub mitgenommen, und da ich ihn meinerseits nicht in den Cricket-Club einführen konnte, hätte ich diese Peinlichkeit gern durch eine Einladung zu unserem Ball aus der Welt geschafft. Als ich dieses Thema an einem Abend zur Sprache brachte, an dem Großvater Jack nicht da war, schüttelte mein Vater jedoch energisch den Kopf.

»Das ist ganz unmöglich, Johnnie ... Keine Japaner, bitte.«

»Aber Miki hat für uns die Verbindung zu Bertrand Bonnard hergestellt, die sich für uns immerhin als sehr gewinnbringend erwiesen hat«, gab ich zu bedenken.

»Ja, ich weiß«, stimmte mein Vater zu. »Aber wenn wir die Soongs oder andere Chinesen zu uns bitten, können wir keine Japaner einladen. Augenblicklich herrscht zwischen diesen beiden Nationen ein sehr gespanntes Klima. Du brauchst nur die *Straits Times* aufzuschlagen, um das zu erkennen.« Mehr mußte mein Vater nicht sagen. Ich hatte die Artikel über die japanischen Aktivitäten in der Mandschurei schließlich selbst gelesen.

»Ich bin sicher, daß Konflikte im Kernland Chinas nicht ausbleiben«, prophezeite mein Vater. Als er mein enttäuschtes Gesicht sah, zuckte er mit den Schultern. »Singapur ist im Augenblick offenbar ein sehr heikles Pflaster.«

»Möchtest du sonst vielleicht jemanden einladen?« fragte meine Mutter.

Bevor ich noch antworten konnte, meldete sich Natasha zu Wort: »Warum bitten wir nicht Bertrand Bonnard zu kommen. Soviel ich weiß, ist er wieder in Singapur. Und zwar ohne Ehefrau.«

»Ja, das stimmt.« Ich hatte Bertrand nur ein paarmal gesehen. Trotzdem konnte ich mir nicht verkneifen, hinzuzufügen: »Er ist jetzt ja stolzer Vater.«

»Na, und?« fragte Natasha schnippisch.

»Ich finde Monsieur Bonnard sehr sympathisch«, warf meine Mutter gelassen ein. »Und alleinstehende Männer sind bei einem Ball, auf dem getanzt wird, immer willkommen.«

»Ich finde, der Mann ist ganz in Ordnung«, stimmte Papa Jack ihr zu. »Ein vernünftiger, intelligenter Zeitgenosse. Lade ihn ruhig ein.«

Später nahm ich Natasha beiseite. »Natflat, es ist immerhin deine Verlobungsfeier«, begann ich. »Du kannst Bertrand unmöglich einladen.«

»Warum nicht? Was ist daran denn so schlimm? Wir sind ein paarmal tanzen gewesen, und Tony weiß das. Ich habe nichts zu verbergen...«

»Sicher nicht?«

»Natürlich nicht! Außerdem lädt Vater ihn ja ein.«

»Ich finde es jedenfalls nicht richtig.«

»Sei doch nicht so spießig.« Und plötzlich sah ich eine Träne in ihrem Augenwinkel.

»Es ist dumm... aber wir haben uns gestritten.« Sie tupfte die

Träne mit dem Taschentuch ab. »Jetzt, da ich heiraten werde, ist sowieso alles vorbei. Trotzdem möchte ich ihn wiedersehen... auch wenn's nur in Gegenwart von vielen anderen ist.«

»Und du schwörst, daß nichts zwischen euch war, außer...«. Ich mußte unwillkürlich grinsen. »Außer ein paar französischen Küssen?«

»Ach du mit deinen französischen Küssen! Es war nur ein kurzer Rausch. Aber was würdest du sagen, wenn Julie nicht zum Ball eingeladen worden wäre?«

Ich schwieg beschämt und schuldbewußt.

Als die ersten Autos der Gäste in der von vielen Fackeln hellerleuchteten Auffahrt auftauchten, nahm Großvater auf dem thronartigen Sessel im Ballsaal Platz, von dem aus er die Gäste begrüßen wollte. Ich stand neben ihm und fragte mich wie schon so oft, was die Leute wohl empfanden, wenn sie dem alten Mann gegenübertraten, der als einer der ersten Siedler Singapurs schon zu Lebzeiten eine Legende geworden war. Seine barsche und laute Stimme und der Stock mit dem Silberknauf, mit dem er herrisch auf den Fußboden zu klopfen pflegte, gaben ihm selbst im Alter noch eine Autorität, die er liebte und pflegte.

»Eine junge Dame mit hochfliegenden Plänen, diese Engländerin, die Ian Scott heiraten will«, bemerkte Großvater flüsternd, nachdem er Vicki begrüßt hatte, und rollte die Augen. »Sie hat einen verdammt guten Fang gemacht... Aber Ian muß von allen guten Geistern verlassen sein. Sie ist schließlich jünger als sein Sohn!«

Er schwieg einen Augenblick, und es war ihm deutlich anzusehen, daß er angestrengt nachdachte. »Ist es einem jungen Mann eigentlich gesetzlich verboten, mit seiner Stiefmutter sexuellen Verkehr zu haben?« erkundigte er sich schließlich grinsend.

Ich sah ihn mit gespieltem Entsetzen an, doch bevor ich antworten konnte, fuhr er fort: »Wollen wir wetten? Sagen wir um zehn Singapur-Dollar? Enge verwandtschaftliche Beziehungen waren noch nie ein Hinderungsgrund, mein Junge.«

Großvaters Blick schweifte zufrieden durch den pompösen Ballsaal, den er am meisten liebte, wenn er wie jetzt voller Menschen war. Damen in langen Abendkleidern und Herren in Smokings und Abendanzügen standen bei den goldenen italienischen Tischen und tranken Champagner oder Whisky. Das prunkvolle italienische und französische Mobiliar, das den unterschiedlichsten Stilepochen nachempfunden war, wirkte zwar in

Tanamera völlig fehl am Platz, doch zu der Zeit, da Großvater das Haus gebaut hatte, war es die neueste Mode gewesen.

Während ich beobachtete, wie die Kapelle ihre Plätze einnahm, überlegte ich erneut, was Gäste wie zum Beispiel der weltgewandte Bertrand Bonnard von dem pompösen Zwillings-Treppenaufgang, den schweren Balken an der sonst weißen Decke, den beiden riesigen Kronleuchtern zwischen den Ventilatoren und den zum Teil schrecklichen alten Bildern denken mußten, die skrupellose Händler Großvater Jack damals aufgeschwatzt hatten und die er mittlerweile für Familienerbstücke hielt.

Schließlich fiel mein Blick auf den wie immer bestechend eleganten Paul im dunklen Abendanzug, der in einer Ecke stand. Mit seinen europäischen Zügen und der goldbraunen Haut wirkte er beinahe wie ein überdurchschnittlich großer Italiener. Seine lässige Trägheit und der schleppende Akzent aus dem amerikanischen Westen, wo Paul die Schulzeit und häufig auch die Ferien verbracht hatte, verstärkten diesen Eindruck noch. Als ich ihm ein Zeichen machte, zu uns zu kommen, nickte er mir mit dem für ihn charakteristischen leicht belustigten Lächeln zu.

Der Mann an Pauls Seite, der mit ihm auf uns zuging, war Soong Kaischek, der »Cousin« aus China, der nun bereits seit einem Jahr bei den Soongs in Singapur lebte. Ich mochte ihn nicht.

Kaischek, der nach chinesischer Tradition den Familiennamen vor den Vornamen stellte, war ungefähr Ende Zwanzig, dunkelhäutig, drahtig und hatte ein schmales, hageres Gesicht mit hohen Wangenknochen und tiefliegenden, starrenden Augen. Er war mir auf den ersten Blick zuwider gewesen, und die Tatsache, daß er mich auf Partys stets düster und feindselig beobachtet hatte, sobald ich mich mit Julie unterhalten hatte, hatte ihn mir nicht gerade sympathischer gemacht.

Als wir nun zu dritt neben Großvater Jack standen, der bequem auf seinem erhöhten Sessel saß, trat auch Bonnard zu uns. Großvater Jack trank einen Schluck Whisky-Soda und wandte sich dann unvermittelt an Kaischek: »Na, was gibt's Neues von den Japanern?«

Wir hatten alle gelesen, daß es vereinzelt erneut zu bewaffneten Auseinandersetzungen in der Mandschurei gekommen sein sollte.

»Eine üble Geschichte«, erwiderte Kaischek schroff. »Die Japaner sind Chinas Erbfeinde; und das bleiben sie, bis wir sie vernichtet haben.«

»Da haben Sie sich aber viel vorgenommen, mein Junge«, bemerkte Großvater Jack grinsend.

»Sind Sie auch dieser Meinung, Monsieur Bonnard?« fragte Kaischek den Schweizer.

»Wir Schweizer sind neutral...«

Bertrand versuchte die Frage mit einem Lachen zu übergehen, was Kaischek offenbar nur noch wütender machte. »Nur leider nicht so neutral, als daß sie den Japanern nicht schwere Maschinen und Geräte verkaufen würden. Und das auch noch mit Hilfe einer britischen Handelsgesellschaft!« zischte Kaischek und starrte mich böse an.

Paul versuchte Kaischek zu besänftigen, doch Bonnard war viel zu gerissen, um sich provozieren zu lassen.

»Die Maschinen sind für die Erdbebenhilfe des Roten Kreuzes nach Japan gegangen und folglich völlig zweckneutral«, entgegnete Bonnard gelassen. »In China gibt es allerdings ebenfalls Naturkatastrophen, bei denen neutrale Hilfe nötig wäre. Aber offenbar scheint sich die chinesische Regierung um das Leid der Bevölkerung wenig zu kümmern.«

»Wir sind ein riesiges Land. China kann unmöglich...«

»Natürlich, das verstehe ich durchaus«, unterbrach Bonnard ihn. »Aber falls der Hwang Ho, der gelbe Fluß, das nächste Mal über die Ufer tritt, und eine Million Bauern vom Hungertod bedroht ist, dann sagen Sie mir bitte Bescheid. Ich bin sicher, daß die Schweiz China sehr günstige Kreditkonditionen einräumen wird. Nur woher sollen wir wissen, daß Hilfe nötig ist, wenn sich niemand darum kümmert... uns niemand informiert?«

»Jetzt haben Sie's ihm aber gegeben!« Großvater Jack schlug sich vergnügt auf die Schenkel. Doch Kaischek hatte sich bereits mit wutverzerrtem Gesicht abgewandt.

»Ein etwas aggressiver junger Mann«, murmelte Bonnard.

»Er ruiniert unsere Familie«, erklärte Paul unumwunden. Als Bonnard sich entschuldigte, um Natasha zu begrüßen, die ihm zugewinkt hatte, flüsterte Paul mir zu: »Er spioniert überall herum und erschleicht sich das Vertrauen meines Vaters. Es dauert nicht mehr lange, und er hat meinen alten Herrn völlig in der Hand.«

»Ich glaube nicht, daß dein Vater so naiv ist, sich das gefallen zu lassen«, entgegnete ich und wechselte hastig das Thema: »Wo sind Tante Sonia und Julie?«

»Mutter ist ziemlich überstürzt nach Amerika abgereist«, erwiderte der sonst so höfliche Paul in einem Ton, der keine weiteren Fragen duldete. »Julie muß jeden Augenblick kommen. Sie macht sich übrigens Sorgen wegen... wegen eurer Donnerstagsverabredung zum ›Tennis‹«, fügte er mit einem spöttischen Lächeln hinzu.

Ich seufzte. »Ja, wegen Donnerstag muß ich mir was einfallen lassen. Ich habe nur Angst vor deinem Vater.«

»Wenn man vom Esel spricht...! Da ist er ja. Mit Julie.«

Ich drehte mich um. In diesem Augenblick wurde die große Flügeltür geöffnet, und das schönste Mädchen der Welt sah mich lächelnd an. Ich ging auf die beiden zu, begrüßte sie respektvoll und bat dann Julie um den ersten Tanz.

Julie trug ein weißes, raffiniert einfach geschnittenes Abendkleid mit tiefem Rückendekolleté, schmalem Goldgürtel und goldene Abendsandaletten. Ihr dunkles langes Haar wurde ebenfalls von einem Goldband zurückgehalten. »Unsere ›Tennisverabredungen‹ sind geplatzt«, murmelte ich leise, während wir die ersten Tanzschritte machten. »Wir müssen vorsichtig sein. Hat Paul dir erzählt, daß wir im ›Raffles‹ gesehen worden sind?«

Was mir insgeheim am meisten Sorge machte, war, daß P. P. Soong von unseren Rendezvous erfuhr und mir dann verbieten würde, Julie je wiederzusehen. Julie würde in diesem Fall sicher mit dem nächsten Überseedampfer irgendwohin geschickt werden, und ich war gegen all diese Maßnahmen völlig wehr- und machtlos.

Die strikten Rassengesetze der Gesellschaft von Singapur kannten keine Ausnahme. Es war zwar völlig normal, daß wir mit einer Familie wie den Soongs befreundet waren und umgekehrt, denn die Rassenschranken waren nicht nur von einer Seite errichtet worden, doch eine Mischehe war ganz ausgeschlossen.

Dieses Thema stand außer Frage. Dabei war es gleichgültig, ob man sich nun in die Tochter eines Millionärs chinesischer oder eurasischer Abstammung verliebte. Die farbigen Mädchen auf unseren gemischtrassigen Partys waren für uns tabu. Eine Liaison mit einer von ihnen hätte nicht nur den gesellschaftlichen Ruin der Betroffenen bedeutet, sondern wäre dem Mädchen gegenüber auch unfair gewesen, da von vornherein klar war, daß die Verbindung keine Zukunft haben konnte. Selbst wenn das Mädchen ein Kind bekam, würde der Vater sie aus dem Haus weisen. Ein chinesisches – vor allem ein guterzogenes chinesisches Mädchen – tat vor der Hochzeit »so etwas« nicht. »Je reicher das Mädchen, um so ärmer der Bastard«, war einer von Großvater Jacks Lieblingssprüchen zu diesem Thema.

Im Rückblick auf diese Vorkriegszeit erscheint mir dieser merkwürdige Sittenkodex aus der Sicht eines »Tuan bezars« in einem Vielvölkerstaat wie Singapur als unwürdig und verachtenswert.

Zwar sprach mein Vater nur gut von den »Eingeborenen«, doch mit dieser Haltung stand er ziemlich allein. Herausgebildet hatte sich der Sittenkodex im Umgang mit den »Eingeborenen«, als die Briten Indien für sich erschlossen. Seit dieser Zeit war er nie mehr revidiert worden. Die Welt hatte sich geändert, ja änderte sich noch laufend, aber die Haltung der Weißen gegenüber den Farbigen hatte sich eher noch verhärtet.

Der Ballsaal war bereits voller Menschen, als ich mit Julie zu tanzen begann. Bonnard schwebte mit Mama über das Parkett, die besonders schön und entspannt wirkte. Offenbar genoß sie die charmanten Aufmerksamkeiten des weltgewandten Ausländers. Als das Paar an mir und Julie vorüberglitt, rief Bonnard für alle hörbar mir zu: »Elle est ravissante, votre Mama!« Natasha und Tony kollidierten kurz darauf mit uns, und Natashas Kommentar klang wesentlich bodenständiger: »Paß gefälligst auf deine großen Füße auf, Bruderherz!«

Doch obwohl ich jedem freundlich zulächelte und mich leicht verbeugte, als ich P. P. Soong im Gespräch mit Ian Scott sah, nahm ich kaum jemanden wahr, so sehr war ich plötzlich von dem wütenden Gefühl erfaßt worden, wie ungerecht das Leben mich und Julie behandelte. Nicht zum ersten Mal empfand ich es als unsinnig, daß es Julie und mir verboten sein sollte, uns zu küssen, zu lieben und unsere Verlobung zu verkünden. Was würde geschehen, wenn wir einfach gemeinsam davonliefen, schoß es mir durch den Kopf. Warum sollten wir es nicht wagen? Welches Recht hatten Eltern... ob nun von gelber oder weißer Hautfarbe... uns vorzuschreiben, wie wir leben sollten?

Mit zunehmender Wut hielt ich Julie immer fester an mich gepreßt. Bei dem langsamen Foxtrott, den wir tanzten, fiel das kaum auf, und ich fühlte, wie Julie leicht den Rücken durchbog, um sich enger an mich zu schmiegen. »Hm, das gefällt mir, Johnnie«, flüsterte sie. »Zum Glück merkt es keiner.«

»Ich halt's kaum noch aus«, seufzte ich unterdrückt, während ich mich lächelnd zur Seite verbeugte: »Guten Abend, Mrs. Dickinson.« Dann wieder zu Julie gewandt flüsterte ich: »Wenn wir nur irgendwo allein sein könnten! Magst du?«

»Ja, egal wo... Hauptsache, wir sind allein.«

»Bist du ganz sicher, daß du das willst, Julie?« fragte ich und nickte lächelnd im Vorbeitanzen Mama zu. In diesem Augenblick fiel mir Mamas Warnung ein, daß der Mann, der Julie verführte, ihr Leben ruinieren würde. In meiner Verwirrung kam ich aus dem Takt und trat Julie auf den Fuß. »Ich komme mir ganz schlecht vor, daß ich dich dazu verleite«, murmelte ich unglücklich.

»Nein, das ist doch Unsinn. Ich bin alt genug, um mich selbst entscheiden zu können... und außerdem liebe ich dich.« Diesmal war sie an der Reihe, einem anderen Paar zuzulächeln. Sie bewegte kaum die Lippen, als sie leise hinzufügte: »Aber so... so ist es grausam. Wir quälen uns doch nur.«

In diesem Augenblick schlug Papa Jack auf den großen Gong am Fuß des Treppenaufgangs. Die Paare auf der Tanzfläche blieben stehen, als die Kapelle einen Tusch spielte. Danach verstummten auch die Gespräche abrupt.

Mein Vater sah in seinem neuen weißen Dinnerjackett sehr elegant aus, wirkte jedoch etwas müde. Er war in der letzten Zeit sichtlich gealtert, hatte allerdings nichts von dem messerscharfen Intellekt eingebüßt, den ich so an ihm bewunderte. Papa Jack vertrat eine moderate konservative Lebenshaltung, die längst nicht so aggressiv war wie bei Großvater Jack und die sich zum Beispiel darin äußerte, daß er die Erfindung der Hornbrillen zwar begrüßte, persönlich jedoch weiterhin den randlosen Kneifer trug.

Obwohl der Ball natürlich zu Ehren der beiden frisch verlobten Paare stattfand, war das Fest doch auch ein persönlicher Triumph von Papa Jack. Er, der Natasha zwar nie zu einer Heirat mit Tony Scott gezwungen hätte, hatte diese Beziehung besonders gefördert und war nun glücklich darüber, daß sich seine Wünsche wie von selbst erfüllt hatten. Das war sicher auch der Grund dafür, daß wir gleichzeitig die Verlobung von Ian Scott und Vicki feierten. Scott war als Direktor der Consolidated Latex ein einflußreicher und wichtiger Geschäftspartner. Indem Tony nun Natasha heiratete, wurde die Verbindung zwischen den beiden Familien noch enger, was sich natürlich zwangsweise auch förderlich auf die Geschäftsbeziehungen auswirken mußte. Und für alle geschäftlichen Dinge hatte Papa Jack stets ein gutes Gespür bewiesen. Die Rede, die er aus diesem Anlaß vor seinen Gästen hielt, war kurz und humorvoll.

Begleitet vom Beifall der Anwesenden gingen Natasha und

Tony zur Empore hinauf. Es wurde ein Toast auf sie ausgesprochen, und sie küßten sich. Ich muß gestehen, daß die beiden ein hübsches Paar waren. Nachdem Mama ihrem zukünftigen Schwiegersohn ebenfalls einen Kuß gegeben hatte, rückte Papa Jack seinen Kneifer zurecht und verkündete dann die Verlobung von Ian Scott und Vicki. Daraufhin stiegen Vicki und Ian Scott ebenfalls die Treppe hinauf. Vicki sah ernster und sittsamer aus, als ich sie je erlebt hatte. Ian Scott machte einen sehr zufriedenen Eindruck, was ich ihm nicht verdenken konnte. Mit Vicki hatte er einen guten Griff getan.

Ich kann mich nicht mehr erinnern, was Vater im einzelnen sagte, aber während wir im Gedränge der vielen Gäste standen, schob Julie plötzlich ihre Hand in meine Hand. Ohne sie anzusehen, flüsterte ich: »Ich wünschte, wir stünden dort oben!«

»Ein dreifaches Hoch auf unsere beiden jungen Bräute!« rief mein Vater in diesem Augenblick. »Und jetzt darf ich Sie bitten, sich in den Garten zu begeben, meine Herrschaften. Dort ist das Abendessen serviert.«

Als wir mit ungefähr sechs anderen jungen Paaren, einschließlich Tony, Natasha und Bertrand in den Garten kamen, wurden uns von einem Diener Teller gereicht. Als auch Julie einen Teller hatte, führte ich sie weg von den anderen zu einem langen, mit Delikatessen beladenen Buffet und sagte leise: »Ich bringe jetzt keinen Bissen herunter. Ich muß allein mit dir sein.«

»Gut«, murmelte Julie.

Mein Herz klopfte zum Zerspringen. »Nimm dir was zu essen«, bat ich sie und hielt meinen Teller einem Diener hin. »Dabei vermißt uns niemand. Wir haben genau eine halbe Stunde Zeit. Es ist das beste, du gehst unauffällig zum Sommerpavillon.« Julie kannte den Ort. Schließlich hatten wir als Kinder oft im Sommerpavillon neben dem Tennisplatz gespielt. »Ich passe auf, daß dich niemand sieht, und komme dann nach.«

Julie nickte.

»Julie, Liebling, bist du ganz sicher, daß du es willst?« fragte ich heiser. »Du weißt, was es bedeutet?«

Julie legte nur schweigend einen Finger auf die Lippen und ging. Nachdem ich mich vergewissert hatte, daß niemand uns beobachtete, trat ich hastig in den Schatten der großen Bäume und lief zum Sommerhaus. Dort kam ich beinahe gleichzeitig mit Julie an. Ich schloß sie in meine Arme, fuhr mit den Händen durch ihr schönes Haar, streichelte ihren Rücken und preßte sie so fest an mich, daß ich ihre Brüste spürte. Dann führte ich sie in den Pavillon.

Der Sommerpavillon war eigentlich eine große, runde, nach allen Seiten offene Veranda, unter deren ausladendem Dach ein Divan und mehrere Rattanliegestühle standen.

Draußen im Garten veranstalteten die tropischen Frösche und Grillen ihr nächtliches Konzert, während wir uns auszogen. Nackt und mit klopfendem Herzen standen wir uns schließlich gegenüber.

»Es ist meistens viel zu schnell vorüber«, sagte ich leise. »Komm zuerst in den Garten. Ich möchte dich erst nackt im Mondlicht betrachten.«

Stumm gingen wir auf den feuchten Rasen und sahen uns an. Ich schämte mich beinahe meiner Erregung. Das Blut pochte in meinen Schläfen, als ich sie an mich zog und ihre schönen langen Beine streichelte, bis meine Hand wie selbstverständlich ihr Schamhaar berührte. Durch Julie ging ein Zittern. Ich hob sie auf meine Arme, trug sie in den Pavillon und legte sie auf den Divan. Das, so schien es mir, war der Augenblick, auf den ich ein Leben lang gewartet hatte.

Unsere Körper fanden sich schon beim ersten Mal in dieser sternklaren, warmen Nacht wie selbstverständlich. Ich hörte kaum ihren schnellen Atem, fühlte nur ihr Gesicht und ihre Lippen eng an den meinen, dann war alles vorüber und kulminierte in jenem herrlichen Schmerz, dem Höhepunkt des monatelang aufgestauten Verlangens.

Eine Minute lang lag sie bewegungslos, den Kopf an meine Schulter geschmiegt, das Gesicht von ihrem schönen dunklen Haar fast völlig verdeckt. Ihre Zehen berührten meine Füße. Ich fühlte, daß ich sie nicht befriedigt hatte, daß sich ihr Körper noch fordernd an mich preßte.

»Das ist für dich ganz allein«, flüsterte ich heiser, und meine Hand glitt zwischen ihre Schenkel. Als sie sich unter meiner Berührung zu winden begann, zog ich mich hastig zurück. »Nein!« stieß sie atemlos hervor. »Bleib!« Sie führte meine Hand erneut zu der Stelle. Schon in jener Nacht legte Julie jede Scham mir gegenüber ab, und ich versuchte ihr auch ohne viel Worte das Gefühl zu geben, daß sie denselben Anspruch auf Erfüllung hatte wie ich.

Ich weiß nicht, wie lange wir eng umschlungen auf dem Divan gelegen hatten, bis ich zum ersten Mal wieder aus der Ferne Gelächter und Musik hörte. Ich erkannte die Melodie von »Love in Bloom«, dem damals populärsten Schlager in Singapur. Die Gäste hatten offenbar inzwischen gegessen und waren wieder in den Ballsaal zurückgekehrt. »Julie, Liebling... wir müssen gehen. Aber ich verspreche dir... Ich finde einen Ort, wo wir zusammensein können.« Als wir hastig nach unseren Kleidern tasteten, fügte ich scheu hinzu: »Ich habe das bisher noch nie gesagt, aber ich liebe dich. Bitte glaub' ja nicht, daß ich das nur...«

»Ich liebe dich... dich ganz allein«, murmelte Julie und küßte mich.

»Komm, beeil dich!« seufzte ich. »Mein Gott, wenn die da drüben wüßten, was sie hier versäumt haben!« Jetzt, da die innere Spannung vorbei war, konnte ich sogar wieder lachen.

Julie kämpfte mit dem Verschluß ihres BH. Als ich ihr half, kam mir plötzlich ein Gedanke. »Julie, hast du keine Angst? Ich meine, kann was passieren?«

»Du brauchst dir keine Sorgen zu machen«, versicherte sie mir. »Ich arbeite seit einiger Zeit zwei Vormittage in der Woche im Alexandra-Hospital. Ich wußte... habe gehofft..., daß das eines Tages geschehen würde.« Sie senkte scheu den Kopf. »Und deshalb habe ich mir von einer älteren Krankenschwester... Rat... geholt. Ich wollte durch Angst nicht alles verderben.«

Als Julie in ihrer Tasche nach einem Kamm kramte, stutzte ich. Draußen war eine merkwürdige Veränderung vor sich gegangen.

»Horch!« flüsterte ich atemlos und griff nach Julies Hand.

»Ich kann nichts hören.«

»Ich auch nicht, das ist es ja. Es muß was passiert sein.«

Es war plötzlich merkwürdig ruhig geworden. Eine geradezu unheimliche Stille hatte Stimmengewirr, Gelächter, Musik und das Klirren der Gläser, all die pulsierenden Geräusche eines fröhlichen Festes abgelöst.

»Mein Gott! Es muß etwas Furchtbares geschehen sein«, stieß ich ahnungsvoll hervor. All die Zärtlichkeit und Leidenschaft der vergangenen halben Stunde waren plötzlich ausgelöscht. Auch Julie hatte Angst, das spürte ich. »Geh' denselben Weg zurück, den du gekommen bist!« sagte ich hastig. Damit stürmte ich auf den Rasen hinaus und wischte mir den Schweiß von der Stirn. Als ich an der Veranda auf der Westseite des Hauses noch im Laufen meine Schleifenkrawatte zurechtrückte und das weiße Dinnerjackett glattstrich, versuchte ein Diener mir den Weg zu vertreten. »Tuan... Sir!« begann er. Ich stieß ihn nur wortlos beiseite.

In dem Augenblick, in dem ich den großen Ballsaal betrat und als erstes wie durch einen Schleier die entsetzten Gesichter von Vicki und Ian Scott und die maskenhafte, eisgraue Miene von P. P. Soong wahrnahm, wußte ich instinktiv Bescheid. Am rückwärtigen Ende des langen Saals, in dem es trotz der Ventilatoren totenstill und stickig heiß war, lag neben seinem Sessel die einst so große und eindrucksvolle Gestalt Großvater Jacks zusammengesunken auf dem Podium. Zwei Diener kehrten die Scherben des Whiskyglases zusammen, das Großvater Jack im Sturz zerbrochen hatte. Mein Vater kniete mit zwei anderen Männern neben Großvater Jack und versuchte gerade, dessen Krawatte zu lockern und den Hemdkragen zu öffnen.

»Ist er tot?« flüsterte jemand in meiner Nähe.

»Nein, er hat einen Herzanfall«, sagte ein anderer. Großvaters Kopf hing kraftlos zur Seite, und seine linke Gesichtshälfte war zu einem grotesken Lächeln erstarrt.

Während ich mich langsam durch die Reihen der Gäste nach vorn kämpfte, wurden überall flüsternde Kommentare laut. »Ich glaube, wir sollten nach Hause gehen«, schlug jemand in meiner Nähe vor, doch niemand rührte sich vom Fleck. Als ich Großvaters Sessel beinahe erreicht hatte, kam Mama von rechts auf das Podest der Kapelle zu. Die Gäste öffneten ihr eine Gasse. Als ich zu ihr trat, drückte sie meine Hand und sagte leise: »Geh' und hilf deinem Vater, mein Junge.« Auf ein Zeichen meiner Mutter begann die Kapelle ihre Instrumente einzupacken.

Ian Scott und mein Vater versuchten schließlich Großvater Jacks Oberkörper hochzuheben, während zwei Diener seine Füße packten. Neben Papa Jack erkannte ich jetzt unseren Hausarzt Dr. Sampson.

»Lassen Sie mich das machen«, murmelte ich und schob einen der Diener energisch zur Seite. Stumm starrte ich in das bleiche aber gefaßte Gesicht meines Vaters.

»Wo bist du gewesen? Ich habe dich gesucht«, war alles, was er zu mir sagte.

Dr. Sampson gab inzwischen den Dienern Anweisungen, die ein Türblatt als Trage brachten. Irgendwie gelang es uns schließlich, den schweren alten Mann darauf zu legen. Dann trugen wir ihn durch die breite Flügeltür neben dem Treppenaufgang hinaus.

»Wie schlimm steht es?« fragte ich den Arzt. Dr. Sampson schüttelte den Kopf. »Es sieht nicht gut aus. Ich habe ihm zwar eine Spritze gegeben, aber den Rest... den Rest muß der Körper allein tun.« Er zuckte hilflos mit den Schultern. »Ihr Großvater ist ein zäher Bursche. Männer wie er haben immer eine Chance... auch noch im hohen Alter.«

»Sampson sagt, er atmet noch.« Mein Vater keuchte noch Minuten später von der Anstrengung, die es gekostet hatte, die provisorische Trage auf Großvaters Bett zu hieven. »Der Krankenwagen ist schon unterwegs.«

Wir wußten alle, daß wir jetzt nichts anderes tun konnten als warten. Erst nach und nach wurde uns das Schreckliche, was passiert war, in vollem Umfang bewußt. Es gab Krankheiten, die, mochten sie auch noch so schwer sein, Hoffnung auf vollständige Heilung ließen. Doch bei einem Schlaganfall stellte sich wohl bei jedem sofort die Assoziation von jahrelang dahinsiechenden Menschen ein. Unsere Gäste schienen dieselben düsteren Gedanken zu bewegen, denn sie standen in kleinen Gruppen herum, unterhielten sich gedämpft und starrten sehnsüchtig in ihre leeren Gläser. Aus Respekt vor Großvater Jack wagte jedoch niemand mehr, etwas zu trinken.

»Gib die Hoffnung nicht auf.« Paul war der erste, der mich tröstete. »Er schafft's bestimmt. Du mußt nur Geduld haben.«

Hinter Paul traten auch P. P. Soong und Julie zu mir. Ich wagte kaum, Julie anzusehen. Der Gedanke, daß wir uns geliebt hatten, während Großvater bereits mit dem Tod gerungen hatte, lag schwer auf meinem Gewissen, so unsinnig das auch sein mochte. P. P. Soong legte die Hand auf meine Schulter. »Wir Chinesen haben ein Sprichwort, das lautet: Ein Mann aus Eisen muß drei Tode sterben.« Julie senkte den Blick.

In diesem Moment kehrte auch Vater in den Ballsaal zurück und sprach kurz und ernst mit Mama. Dann stellte er sich auf die Treppe, schlug den Gong und bat um Aufmerksamkeit.

»Liebe Gäste«, begann er ruhig und gefaßt. »Wie Sie wissen, hat Großvater Jack einen Herzinfarkt erlitten. Wir können im Augenblick nur hoffen, daß er wieder gesund wird. Trotz allem würde Großvater Jack es mir jedoch nie verzeihen, wenn ich deshalb seinen Gästen nichts mehr zu trinken anbieten würde, während sie auf ihren Wagen warten. Champagner und Whisky, bitte!« rief er.

Wie auf Kommando betraten Diener mit großen Silbertabletts den Saal, auf denen Gläser mit Champagner und Whisky standen. Ein Seufzer der Erleichterung ging durch die Reihen der Gäste. Die gedrückte Stimmung lockerte sich etwas.

Nach Mitternacht, als die Wagen der letzten Gäste vorgefahren waren, wurde die nächtliche Stille plötzlich durch mehrere aufeinanderfolgende Explosionen zerrissen, denen ein merkwürdiges Zischen folgte. Meine Mutter schlug entsetzt die Hand vor den Mund.

Alle rannten hinaus. Dort erhellte ein lautes und buntes Feuerwerk die Nacht. Unter ohrenbetäubendem Lärm explodierten Feuerwerkskörper, breiteten sich wie hängende Blumen über dem samtschwarzen Himmel aus und verglühten, um bereits Sekunden später von anderen grellen Bildern abgelöst zu werden. Wir alle hatten vergessen, daß bereits seit Stunden einige Boys aus Tanamera am nahen Waldrand kampiert hatten, um wie verabredet pünktlich um Mitternacht ein Feuerwerk für die Gäste zu veranstalten. Die armen Boys hatten zweifellos keine Ahnung, was inzwischen geschehen war.

Ich machte Anstalten, über den Rasen und zum Waldrand zu laufen, um dem makabren Spiel ein Ende zu machen, doch Paul hielt mich zurück. »Dein Großvater würde es nicht anders wollen.«

5

Knapp drei Wochen lag Großvater Jack bewegungslos, mit geschlossenen Augen und durchsichtig wachsbleicher Haut im Koma, ohne daß sich trotz der täglichen Ansprache durch die Krankenschwestern, Ärzte und Papa Jack und mich etwas an seinem Zustand geändert hätte.

Zu Hause in Tanamera herrschte eine gedrückte Stimmung. Selbst die Diener bewegten sich lautlos und ängstlich, obwohl Großvater Jack nicht im Haus, sondern im Krankenhaus lag.

Papa Jack und ich gingen wie gewöhnlich regelmäßig ins Büro, wir hatten jedoch vereinbart, daß mindestens einer von uns telefonisch immer erreichbar war. Diese zwanzig Tage waren die Hölle. Abgesehen von der Sorge um Großvater Jack quälte mich die Gewißheit, Julie nicht wiedersehen zu können. Ich lebte in Tanamera wie in einem Gefängnis.

Natasha war selten zu Hause, da sie die Möglichkeit hatte, der düsteren Atmosphäre zu entfliehen und wenigstens einige Stunden am Tag im Bungalow der Scotts in Tanglin zu verbringen.

Auch Vater und Mutter konnten sich in die gemeinsamen Räume zurückziehen, sich gegenseitig trösten und aussprechen. All das fehlte mir. Das Schmerzlichste dabei war, daß ich den einzigen Menschen, mit dem ich nach allem, was geschehen war, gern gesprochen hätte, nicht sehen durfte. Wir hatten den wichtigsten Augenblick in unserem bisherigen jungen Leben miteinander verbracht, und trotzdem konnte ich es nicht einmal wagen, die Familie Soong zu besuchen. Hin- und hergerissen von meinen Gefühlen und am Rande der Verzweiflung, sagte ich schließlich Paul, daß ich Julie unbedingt sehen müsse. Ich verschwieg zwar, was zwischen uns auf dem Ball vorgefallen war, doch es war mir auch gleichgültig, welche Vermutung er aus meiner dringenden Bitte ableiten würde. Paul arrangierte schließlich eine heimliche Begegnung zwischen mir und Julie im schäbigen Gebäude des Tennisclubs des CVJM.

Julie und ich hielten uns dort im düsteren Korridor vor den Umkleidekabinen eng umschlungen und konnten nichts weiter tun, als unser nächstes Rendezvous zu planen. Zuerst hatte mich der Gedanke gequält, Julie könnte denken, daß ich sie nicht wiedersehen wolle, nachdem ich eine Woche lang nichts hatte von mir hören lassen. Doch der leuchtende Blick in ihren Augen, als wir uns umarmten, sagte mir sofort, daß sich nichts geändert hatte. Und zu meiner großen Überraschung war Julie diejenige, die eine Möglichkeit geschaffen hatte, daß wir uns regelmäßig sehen konnten. P.P. Soong hatte offenbar ihrem Drängen nachgegeben und zugestimmt, daß sie einmal wöchentlich von sechs bis halb zehn Uhr abends Nachtdienst im Alexandra-Hospital machen durfte, wo sie inzwischen zu den qualifizierten freiwilligen Helferinnen gehörte. Und dabei lernte ich eine andere Seite von Julies Charakter kennen, nämlich die Zähigkeit und Entschlossenheit, mit der sie ein Ziel zu verfolgen imstande war.

»Ich liebe dich seit meiner Kindheit, Johnnie«, flüsterte sie. »Ich würde alles tun, nur um mit dir ab und zu allein sein zu können. Vor dem Ball in Tanamera hätte ich nie gewagt, es dir zu sagen. Ich wußte, du hast mich gern ... aber ich habe, ehrlich gesagt, angenommen, daß ... da ich Chinesin bin ... na, du kennst die Spielregeln!«

»Zum Teufel mit diesen Spielregeln.«

»Es ist sinnlos, sich dagegen aufzulehnen, Johnnie ... wenigstens in der Öffentlichkeit. Und wenn Vater je herausbekommen sollte, was zwischen uns ist, schickt er mich mit dem nächsten

Passagierdampfer nach Amerika. Also sei bitte vorsichtig, Johnnie, mein Geliebter.«

Julie berichtete anschließend, daß sie sich mit einer Schwester angefreundet hatte, die ebenfalls einen Freund hatte, und die bereit war, Julies Nachtschicht zu übernehmen. Der Hausmeister des CVJM bedeutete uns bereits mit ärgerlichen Blicken auf die Uhr, daß er das Gebäude schließen wollte, als Julie noch hastig sagte: »Vielleicht ist es nur Liebe zu dir ... vielleicht auch, weil es das erste Mal war ... aber ich kann den nächsten Donnerstag kaum erwarten. Du findest irgendeinen Ort, wo wir uns treffen können, ja?« Der Ton ihrer Stimme sagte mir, daß diese Bitte von Herzen kam.

Doch so sehr ich mir auch den Kopf zerbrach – ich spielte sogar vorübergehend mit dem Gedanken, Vicki zu bitten, uns ihre Wohnung zur Verfügung zu stellen, was mir dann doch zu geschmacklos vorkam –, es gab nur eine Möglichkeit: Julie und ich mußten uns in meinem kleinen Büroraum in der Robinson Road treffen.

Ich holte Julie am darauffolgenden Donnerstag um sechs Uhr vor dem Alexandra-Hospital ab, wo Paul sie kurz zuvor abgesetzt hatte, und fuhr mit ihr in die Robinson Road. Die Büros von Dexter & Co. schlossen pünktlich um fünf Uhr, und da ich wußte, daß weder Ball noch Rawlings wegen der Zeitverschiebung zwischen Singapur und London Überstunden machten, konnte ich sicher sein, daß wir dort ungestört waren. Meine einzige Sorge war der indische Wächter des Bürohauses. Ich hoffte allerdings, daß er, der kaum das weibliche Personal der Firma kannte, annehmen würde, ich wolle mit meiner Sekretärin Überstunden machen. Jedenfalls konnte er unmöglich wissen, wer Julie wirklich war. Meine Befürchtungen erwiesen sich dann auch als völlig unbegründet. Der Wächter schenkte Julie nicht die geringste Beachtung.

Ich schloß die Tür auf, machte das Licht an und ging die Treppe voraus in den ersten Stock. Kaum standen wir in meinem kleinen Büroraum, sanken wir uns in die Arme.

Am zwanzigsten Tag nach dem Ball in Tanamera, an einem Dienstag, ging ich nach einem Match mit meinem Tennispartner im Cricket-Club ins Krankenhaus. Meine täglichen Besuche bei Großvater waren eine traurige Pflicht geworden. Als ich diesmal eintrat, lag der alte Mann wie immer bewegungslos auf seinem Bett. Sofort begann die Krankenschwester mit den üblichen aufmunternden Redensarten, mit denen sie Großvater aus seinem Koma zu holen versuchte, und kitzelte ihn an den Fußsohlen.

Der laute Schrei, den ich plötzlich ausstieß, erschreckte mich selbst. Die Krankenschwester ließ die Decke über Großvaters Füße fallen und sah mich entgeistert an. »Er hat sich bewegt!« brachte ich heiser heraus. »Sein Fuß hat sich bewegt.«

Die Krankenschwester fühlte Großvater geistesgegenwärtig den Puls und beauftragte eine Kollegin, Dr. Sampson zu rufen. Ich starrte wie gebannt in das hagere, faltige Gesicht mit dem inzwischen struppig gewordenen Bart. Als habe Großvater Jack meinen Schrei gehört, schlug er für einige Sekunden die Augen auf. Dann senkten sich die schweren Lider wieder über die Pupillen.

Ich stürmte ins Wartezimmer und rief erregt Papa Jack an. »Er lebt! Er lebt!« schrie ich ins Telefon. Sämtliche Krankenschwestern der Abteilung liefen zusammen, und zwanzig Minuten später kam auch Papa Jack.

Was dann geschah, war für uns alle wie ein Wunder. Großvater machte zwar nur ganz langsam Fortschritte, doch nach Ablauf von zwei Wochen begann er immerhin, undeutlich Worte zu formen.

»Für einen Mann in seinem Alter ist das wirklich erstaunlich«, gestand Dr. Sampson später. »So etwas habe ich noch nie erlebt. Ich bin sicher, er erholt sich im Lauf der Zeit so weit, daß er wieder ein annehmbares Leben führen kann.« Und mit einem beinahe neidvollen Seufzer fügte er hinzu: »Die Generationen vor uns waren doch aus einem anderen Holz geschnitzt.«

Es dauerte tatsächlich lange, bis Großvater Jack wieder einigermaßen hergestellt war. Nach acht Monaten konnte er, gestützt von Li oder der Krankenschwester, einige Schritte machen. Das bedeutete, daß er in Zukunft zumindest in der Lage war, allein zur Toilette zu gehen oder in seinen Wagen zu steigen, um einen Ausflug zu unternehmen. »In solchen Fällen erwies Geld sich wirklich als nützlich«, bemerkte Papa Jack dazu. »Wir haben vier Krankenschwestern, die sich bei Großvater Jacks Pflege ablösen, und sie sind jeden Penny wert, den sie kosten.« Großvater Jack machte allerdings nur selten Ausflüge mit dem Wagen. Er zog es vor, sich von Li im Rollstuhl durch den Garten schieben zu lassen.

Auf diese Weise verging ein Großteil jenes wunderbaren, glücklichen Jahres 1935. Glücklich nicht nur deshalb, weil Julie und ich lange vor Jahresende eine Wohnung gefunden hatten, in der wir uns regelmäßig treffen konnten, sondern vor allem, weil sich unsere anfänglich stürmische und neugierige Verliebtheit in ein tieferes, beständiges Gefühl verwandelt hatte. Ich war verrückt nach Julie. Sie hatte mich verzaubert.

Und meine Zukunftsangst und Sorge wuchs, weil Julie mir mit ungenierter Offenheit zeigte, wie sehr sie nicht nur meine Nähe, sondern auch die körperliche Liebe mit mir brauchte.

»Es ist doch nicht falsch, keine Zweifel daran zu lassen, daß man einen Mann will, oder?« fragte sie eines Tages.

»Nicht, solange ich dieser Mann bin«, erwiderte ich scherzhaft.

»Du wirst immer dieser Mann sein. Die Frage ist nur, ob ich die Frau bleiben werde. Angeblich verliert man den Partner schnell, wenn man zu entgegenkommend ist.«

»Das passiert viel eher, wenn eine Frau frigide ist«, entgegnete ich.

»Wäre ich frigide, hätte es mit uns nie angefangen«, antwortete Julie. »Weißt du, daß ich es darauf angelegt hatte, Johnnie? Begonnen hat alles auf dem Ball in Tanamera.«

»Richtig. Und zwar, als ich dich gebeten habe, mit mir in den Pavillon zu kommen.«

»Nein, schon viel früher beim Tanzen, als mein Körper dir so deutliche Zeichen gegeben hat. Da erst bist du auf die Idee gekommen, mich in den Pavillon zu locken.«

Natürlich hatte Julie recht.

Es war ausgerechnet Bertrand Bonnard, der die besagte Wohnung für uns fand... oder besser, der sie uns zur Verfügung stellte. Ich wußte natürlich, daß es riskant war, wenn wir uns häufig im Büro in der Robinson Road oder in Junggesellenwohnungen trafen, die uns Freunde aus dem Cricket-Club für ein paar Stunden freigemacht hatten. Aber ich hatte keine Ahnung, daß man uns entdeckt hatte, bis Bonnard eines Abends im Club versonnen in sein Whiskyglas sah und wie beiläufig sagte: »Du bist vergangene Woche gesehen worden, als du mit einem Mädchen aus guter Gesellschaft ein Apartment in der Cluny Road verlassen hast, Johnnie.«

Ich erschrak zutiefst. Konnte man in dieser verdammten Stadt denn nichts tun, ohne daß es an die große Glocke gehängt wurde, schoß es mir durch den Kopf. Bevor ich jedoch ein Wort herausbrachte, fuhr Bonnard fort: »Keine Angst, ein Freund hat es mir erzählt.« Ich war viel zu verwirrt, um mich nach dem Namen dieses Freundes zu erkundigen, der sich offenbar für mich und Julie interessierte.

Bonnard bestellte noch zwei Whisky-Soda. »Ich glaube, wir sind inzwischen so gut befreundet, daß ich dir meine Hilfe anbieten kann, Johnnie.«

»Mir? Ich wüßte nicht, wozu.« Im ersten Augenblick war ich viel zu verärgert, um dankbar zu sein. »Außerdem ... außerdem ist das eine ziemlich private Angelegenheit.«

»Selbstverständlich. Nur...« Bonnard zögerte. »Ich bin ein verheirateter Mann, und obwohl meine Frau in Genf lebt, vermeide ich es, Mädchen in meine Wohnung in Cathay einzuladen. Dafür unterhalte ich noch ein Einzimmerapartment...« Als ich etwas einwenden wollte, brachte er mich mit einer Handbewegung zum Schweigen. »Ein paar Freunde benutzen diese Wohnung gelegentlich ebenfalls.« Er nannte die Adresse. Die Abingdon Mansions in der Scotts Road hinter dem Goodwood Park Hotel waren, soviel ich wußte, ein vierstöckiger Block mit Atelierwohnungen.

»Das Apartment hat einen großen Vorteil«, erklärte Bonnard. »Zum Haus gibt es insgesamt vier Eingänge, und selbst an der Rückseite liegen zwei Lifts. Selbst ein Taxi- oder Rikschafahrer, der einen Passagier vor dem Vordereingang absetzt, kann also nicht sehen, wer das Haus durch eine der Hintertüren betritt. Aus Sicherheitsgründen muß jeder ein paar Regeln strikt einhalten. Zum Beispiel darf ein Paar nie gleichzeitig und durch denselben Eingang das Haus betreten.«

Bonnard gab mir einen Schlüssel. »Da du den Schlüssel hast, mußt du zuerst im Apartment sein und deiner Freundin öffnen. Außerdem möchte ich dich unbedingt bitten, die Wohnung nie zu benutzen, bevor du dich nicht bei mir vergewissert hast, daß sie frei ist. Manchmal steht sie zwar tagelang leer, aber man kann nie vorsichtig genug sein.«

Auf diese Weise wurde ich Mitglied des »Club d'amour«, wie Bonnard unseren Kreis scherzhaft nannte. Das Apartment in den Abingdon Mansions bestand aus einer winzigen Küche, einem Bad mit nur fließend kaltem Wasser und einem Zimmer mit einem breiten Bett und für meinen Geschmack etwas zu vielen großen Spiegeln. In allen Wohnungen des Hauses wurde am frühen Vormittag saubergemacht und täglich die Bettwäsche gewechselt, wie das in Singapur üblich war. Ich sorgte dafür, daß im Eisschrank stets genügend Bier und Gin stand, und merkte, daß die übrigen Benutzer diesen Getränkevorrat nach eigenem Gutdünken ebenfalls ständig auffüllten.

Meistens traf ich Julie zur Mittagszeit. P. P. Soong war nicht nur einverstanden gewesen, daß Julie weiterhin als freiwillige Helferin im Alexandra-Hospital arbeitete, sondern hatte ihr auch erlaubt, sich an der sogenannten »Chinese Academy« einzuschreiben, einer Schule, die junge Mädchen zu Sekretärinnen ausbildete. Glücklicherweise waren die Schulgebühren so hoch, daß die Leiterin, eine Madame Chang, nur ungern eine Schülerin verlor und sich daher nie beklagte, wenn Julie zum Nachmittagsunterricht zu spät aus dem Krankenhaus kam. Ich war normalerweise bereits in der Wohnung und hatte ein paar Sandwiches als Mittagessen mitgebracht, wenn Julie mit einem der unauffälligen, überall in Singapur verkehrenden Ford-Taxis vor dem Hintereingang der Abingdon Mansions ankam.

Trafen sich die Familien Dexter und Soong bei offiziellen Einladungen, so erlebte ich eine ganz andere Julie. Wir machten höflich Konversation, tanzten steif miteinander und genossen das Wissen um das Geheimnis, das wir teilten. Manchmal kam es vor, daß wir uns gerade zu dem Zeitpunkt in den Abingdon Mansions hastig ausgezogen hatten, um uns in den wenigen gestohlenen Augenblicken zu lieben, als unsere Eltern sich für die Party angekleidet hatten. Diese kurze Zeitspanne des Glücks war für uns das Leben, das es festzuhalten und zu genießen galt; denn sollten wir je entdeckt werden, so konnte uns nie wieder etwas eine solche Erfüllung bringen.

Gelegentlich hatte ich mit den Menschen meiner Umgebung beinahe Mitleid, weil diese meiner Ansicht nach nicht wußten, was Glück wirklich bedeutete. Im Gegensatz zu Vicki und Scott waren Natflat und Tony noch nicht verheiratet, sondern hatten vage einen Termin für den Anfang des Jahres 1936 festgesetzt. Natasha hatte es mit der Heirat gar nicht eilig. Arme Natflat! Ich bemerkte natürlich das Leuchten in ihren Augen, wenn sie mit Bonnard tanzte, und fragte mich häufig, was sie wohl sagen würde, erführe sie von der Wohnung in den Abingdon Mansions.

Ausgesprochen traurig stimmte mich allerdings die Tatsache, daß ich mich wegen Julie weder Mama noch Papa anvertrauen konnte.

6

Die ersten Monate des Jahres 1936 waren, abgesehen von den wunderbaren, heimlichen Stunden mit Julie, vor allem durch harte Arbeit im Büro der Firma Dexter gekennzeichnet.

In Singapur herrschten schwierige Zeiten, was viele Überstunden und kurzfristig anberaumte Geschäftsessen zu Hause in Tanamera zur Folge hatte. Die Stadt schien die wirtschaftlichen Gefahrenzeichen aus Europa und Amerika zu reflektieren, und die Firma Dexter war von allem betroffen. Der Reichtum Singapurs als internationaler Umschlaghafen stand in enger Abhängigkeit von anderen Nationen, und eine führende Handelsfirma wie Dexter & Co. reagierte daher auf jede Veränderung in Singapur und dem malaiischen Festland sehr empfindlich.

Am meisten Sorgen machten uns der Kautschukmarkt und die Bürokratie, der wir uns unterwerfen mußten, weil wir das Privileg besaßen, die Gummimengen, die wir hätten produzieren können, nicht herstellen zu müssen. 1936 lag der Kautschukpreis bei weniger als acht Pence pro halbem Kilo, und fast jede Plantage war gezwungen gewesen, bis auf den Verwalter sämtliche europäischen Angestellten zu entlassen. Um eine Marktschwemme mit folgendem Preisverfall zu vermeiden, hatte das Internationale Komitee zur Regulierung des Gummimarktes eine Gesamtproduktionsmenge festgesetzt, die uns verbot, neue Pflanzungen anzulegen.

»Ich darf gar nicht daran denken, daß wir 1910 noch soviel Kautschuk verkauft haben, wie wir nur irgendwie produzieren konnten«, seufzte mein Vater eines Tages im Büro. »Und das zu mehr als acht Shilling pro halbes Kilo. Erinnerst du dich noch an die Linggi-Plantage? Das Unternehmen hat 1910 seinen Aktionären noch eine Dividende in Höhe von 237 Prozent gezahlt.«

In jenen ersten Jahren, als ich Anfang Zwanzig war, wußte ich nicht viel über die Hochfinanz oder Weltpolitik, aber ich war praktisch in einem Handelsunternehmen groß geworden und hatte begriffen, wie so etwas funktionierte. Ich brauchte mich nur unter den befreundeten Familien umzusehen um festzustellen, daß der niedrige Kautschukpreis ihren Lebensstil in keiner

Weise geändert hatte. In ernsthaften Schwierigkeiten befanden sich nur die großen Finanzunternehmen in London, die mehrere Plantagen besaßen, und ihr Wirtschaftspessimismus war eine der Auswirkungen der allgemeinen Unsicherheit in der Welt. Davon lasen wir fast täglich in den Leitartikeln der *Straits Times* und der *Malaya Tribune*.

Schon Monate zuvor hatte Deutschland den Versailler Vertrag für ungültig erklärt, und Hitlers Nationalsozialistische Partei hatte die Macht ergriffen.

Ohne daß es vorauszuahnen gewesen wäre, hatte Hitler gegen den laschen, rein verbalen Protest von Frankreich und Großbritannien sogar das Rheinland besetzen und mit der Judenvernichtung beginnen können.

»Die Welt ist verrückt geworden«, lautete Papa Jacks Kommentar. »Und dieser Mussolini fällt einfach in Abessinien ein.«

Andererseits war mein Vater ein viel zu gerissener Geschäftsmann, um nicht zu wissen, daß man allem auch eine positive Seite abgewinnen konnte. In diesem Fall hatte die prekäre internationale Lage für Singapur den Vorteil, daß sich Großbritannien gezwungen sah, seine Verteidigungsbereitschaft zu festigen und damit auch den 1925 begonnenen und dann aus finanziellen oder politischen Gründen unterbrochenen Ausbau Singapurs als Marinestützpunkt wieder voranzutreiben. Noch wichtiger war allerdings der 1936 gefaßte Entschluß der Royal Air Force, eine Reihe von Flugplätzen in Malaya zu bauen, denn dazu brauchte man Baumaterial und Unterkünfte.

Als unsere Konkurrenz, die Firma Soong, den lukrativen Auftrag bekam, die Lebensmittelversorgung der Arbeiter zu übernehmen, standen wir in nichts nach. Der Firma Dexter wurde der Import von Baumaterial, Stahl und – unser neuester Verkaufsschlager – von Fertigbauteilen für Barackenbauten übertragen.

Insgeheim war ich stolz darauf, als erster die Bedeutung der sogenannten »Fertighäuser« erkannt zu haben. Unsere Firma besaß stattliche Anteile an der Holzindustrie in Zentralmalaya und Burma, und ich überzeugte Papa Jack davon, daß es wesentlich einträglicher sein konnte, das Holz als Fertigprodukt als einfach nur als Sägewerksware zu verkaufen. Auf diese Weise kamen wir dazu, vorgefertigte Teile für Barackenbauten jeder Größe und Form zu vertreiben. Diese Bauart war besonders in Dschungelgebieten günstig, wo der Transport von größeren Maschinen und Gerätschaften problematisch war.

»Wenigstens helfen wir so Großbritannien, in Malaya Flagge

zu zeigen«, sagte damals mein Vater. »Hauptsache, die Japaner werden dadurch eingeschüchtert. Was die zur Zeit machen, gefällt mir gar nicht.«

Das war damals die Meinung der meisten Menschen im Fernen Osten. Anfang 1936 hatte eine Gruppe japanischer Offiziere mehrere Minister und andere hochgestellte Politiker ermordet und praktisch eine Militärregierung eingesetzt.

Eine für mich damals unersetzliche Quelle von Informationen war der von mir sehr geschätzte George Hammonds, der stellvertretende Herausgeber der *Malaya Tribune*. Hammonds war einige Jahre älter als ich, und wir lieferten uns im Cricket-Club spannende Billardpartien.

»Die Japse haben dafür gesorgt, daß Hitler und Mussolini in Europa freie Hand haben, und jetzt versuchen sie dasselbe in Asien«, sagte er bei einem Besuch in Tanamera.

Mama lehnte sich in ihrem Lieblingssessel im Salon zurück und fragte: »Glauben Sie, daß das Krieg bedeutet, George?«

»Ich hoffe nicht.« Er zog eine weitere Zigarette aus einer zylinderförmigen Dose. »Aber die Japaner sind unberechenbar. Sie denken anders als wir.«

»Jeder weiß, daß ein Krieg sinnlos wäre«, bemerkte Papa Jack. »Selbst der Gewinner würde ein Verlierer sein. Das hat der letzte Krieg doch schon deutlich gezeigt. Trotzdem sollten wir Stärke demonstrieren... wenn auch nur mit ein paar neuen Flugplätzen und einem Marinestützpunkt.« Und lächelnd fügte er hinzu: »Und mit ein paar Baracken von der Firma Dexter.«

»Ich bin überzeugt, daß die Japaner China angreifen«, warf P. P. Soong ein, der ebenfalls auf einen Drink zu uns gekommen war. In seinem etwas gespreizten Englisch fuhr er fort: »Meine Landsleute haben mich wissen lassen, daß sie sehr besorgt sind.«

»Also... das möchte ich doch stark bezweifeln«, widersprach Papa Jack. Für ihn war nur dann ein »Krieg«, wenn Großbritannien daran beteiligt war.

»Der Krieg hat längst angefangen.« George nickte, als Li ihm ein frisches Glas Whisky-Soda anbot. »Aber keine Sorge... er spielt sich augenblicklich zwischen der Luftwaffe und der Armee ab.« Als alle ihn verwirrt ansahen, fuhr er fort: »Die Armeeführung ist wütend, weil die Luftwaffe völlig eigenmächtig und ohne vorhergehende Konsultationen über die Standorte der neuen Flugplätze in Malaya entschieden hat... wo sie natürlich eure Fertigprodukte einsetzt. Die Armeeführung behauptet, die

Flugplätze lägen derart abseits, daß sie im Ernstfall gar nicht verteidigt werden könnten.«

Es war beinahe halb acht Uhr abends. Soong war bereits gegangen, doch George Hammonds hatte Mamas Einladung, zum Abendessen zu bleiben, erfreut angenommen. Plötzlich stürmte Natasha ins Zimmer. Sie wirkte erhitzt und schien es, wie immer in letzter Zeit, sehr eilig zu haben.

»Trink ein Glas mit uns, Natasha«, forderte meine Mutter sie auf. »George bleibt zum Essen.«

»Tut mir leid, ihr Lieben, aber ich habe gerade noch Zeit, schnell ein Bad zu nehmen und mich umzuziehen, bevor ich wieder weg muß.« Sie trank im Stehen einen Schluck Whisky.

»Mit wem gehst du aus?« erkundigte sich Papa Jack, der manchmal zu vergessen schien, daß Natasha bereits siebenundzwanzig Jahre alt war.

»Mit der üblichen Clique. Im Schwimmclub ist heute abend Tanz.«

»Vielleicht komme ich nach dem Essen auch noch auf einen Sprung dort vorbei«, verkündete George Hammonds.

»Oh, prima! Aber... ich glaube, es gibt ein furchtbares Gedränge«, fügte Natasha beinahe trotzig hinzu. »Ich kann also bestimmt nichts dafür, wenn Sie mich nicht finden.«

Als George Hammonds Vater in ein ernstes Gespräch über den Kautschukmarkt verwickelte, machte Mama mir ein Zeichen, mich zu ihr aufs Sofa zu setzen.

»Findest du nicht, daß sich Natasha in letzter Zeit ein bißchen merkwürdig benimmt?« fragte sie mich leise. »Ich meine... sie macht so einen gehetzten Eindruck.« Mama sagte das mit einer merkwürdigen Betonung. »Natürlich muß ich sie verteidigen, wenn dein Vater deswegen ärgerlich wird, aber...«

»Sprecht ihr über Natasha?« unterbrach Vater sie unvermittelt. »Ich finde, es ist Zeit, daß sie diesen aufreibenden Lebenswandel aufgibt. Schließlich sind es nur noch... wann findet eigentlich die Hochzeit statt?«

»In sechs Wochen. An Ostern. Aber laß den jungen Leuten doch den Spaß, Jack. Wenn es Tony nichts ausmacht, von einem Tanzvergnügen zum anderen geschleppt zu werden...« Sie vollendete den Satz offenbar absichtlich nicht. »Und wenn die beiden erst verheiratet sind, gibt sich das sicher von ganz allein.«

»Wenn sie verheiratet sind, dann übernimmt Tony hoffentlich die Leitung der Ara-Plantage«, vertraute Papa Jack George

Hammonds an, der unsere Pflanzung in der Nähe von Kuala Lumpur kannte. »Tony möchte das Kautschukgeschäft für ein oder zwei Jahre von der Pike auf lernen. Ara ist eine herrliche Plantage... genau der Ort, wo Natasha ihr erstes Kind aufziehen sollte.«

»Liebster, die beiden sind ja noch nicht mal verheiratet«, protestierte Mama.

»Ich wünschte, ich hätte diese Chance«, seufzte George Hammonds. »Ich meine jetzt nicht die Sache mit dem Baby, sondern das Leben auf der Plantage. Es war immer mein Traum.«

»Ohne Ihren Beruf als Journalist würden Sie es bestimmt nicht lange aushalten, George«, warf ich ein.

»Ja, vielleicht haben Sie recht. Aber für einen jungen Mann muß das Leben auf einer Plantage doch einfach herrlich sein. In den Städten ist alles so kompliziert. Selbst Singapur ändert sich ständig. Augenblicklich findet man ja nicht mal mehr einen Parkplatz.«

»Mein Chauffeur hat damit keine Probleme«, erklärte Vater, der seit Jahren nicht mehr selbst hinter dem Steuer gesessen hatte.

»Sie dürfen nicht vergessen, daß Johnnie und ich selbst fahren.« George lachte. »Aber selbst die Dexters werden manchmal mit dem städtischen Chaos nicht fertig. Vor ein paar Tagen habe ich auch Natasha mit ihrem Wagen in der Scotts Road gesehen. Sie war ebenfalls verzweifelt auf der Suche nach einem Parkplatz.«

»Das kommt natürlich, weil der Tanglin-Club...«

»Ja, ich weiß. Besonders an Sonntagen. Aber es war viel weiter nördlich als der Tanglin-Club«, fuhr George unbekümmert fort. »Und vor zehn Jahren hat man dort weit und breit noch kein Auto gesehen. Aber seit sie die Abingdon Mansions gebaut haben...«

Ich glaubte, mein Herz müßte aufhören zu schlagen. Papa machte irgendeine unwichtige Bemerkung über den Bauboom, und George erwiderte etwas, doch ich nahm meine Umgebung nur noch wie durch eine Nebelwand wahr.

Beim Stichwort »Abingdon Mansions« hatte ich sofort gewußt, warum Natasha dort hatte parken wollen. Es konnte nur einen Grund geben, weshalb sie in dieser Gegend einen Parkplatz gesucht hatte. Mein Gott, wir beide, und das im selben Bett, dachte ich erregt. Denn es gab nur eine Möglichkeit: Meine schöne Schwester traf sich in den Abingdon Mansions mit einem

Mann, und wenn mich nicht alles täuschte, konnte das nur Bonnard sein. Natflat war die Geliebte von Bertrand Bonnard.

Alles schien sich um mich herum zu drehen. Natasha hatte die ganze Zeit über Theater gespielt, mich angelogen. Am schlimmsten traf mich die Tatsache, daß Bonnard immerhin ein verheirateter Mann war. Wie hatte er mir nur stets so selbstbewußt und gelassen gegenübertreten können? Und ausgerechnet er wußte natürlich über Julie und mich Bescheid.

Am nächsten Morgen stellte ich Natasha nach dem Frühstück, das die Familie noch immer gemeinsam in der Veranda auf der Ostseite des Hauses einnahm, zur Rede.

Normalerweise standen Natasha und ich als letzte vom Tisch auf, nachdem Papa Jack und Mama bereits wieder hinaufgegangen waren, um Papa Jacks Abfahrt zum Büro vorzubereiten. Schon die ganze Mahlzeit über hatte ich gespürt, daß Natashas Stimmung sehr gedrückt war, und plötzlich hatte ich Mitleid mit ihr. Ich glaubte, den Grund für ihre Affäre mit Bonnard zu erraten. Und jetzt, da in sechs Wochen die Hochzeit sein sollte, wurde mir zum ersten Mal klar, welche Angst sie davor haben mußte.

»Warum läßt du die Hochzeit nicht platzen?« fragte ich sie. »Du wärst nicht das erste Mädchen, das es sich anders überlegt hat.«

»Wenn Tony mir gleichgültig wäre, wäre es leicht ... aber ich kann ihn nicht mal hassen«, seufzte sie. »Ich mag ihn. Er ist wie ein lieber, netter Teddybär.«

»Und deshalb willst du ihn heiraten?« erkundigte ich mich ungläubig.

»Ist das denn so schlimm? Tony ist ...«, sie suchte nach dem richtigen Wort, »... so verläßlich. Und ich bin inzwischen immerhin siebenundzwanzig. Wenn ich nicht aufpasse, werde ich eine alte Jungfer.«

Das meinte Natasha natürlich nicht ernst, denn ich kannte mindestens ein halbes Dutzend Männer, die meine Schwester vom Fleck weg geheiratet hätten. Aber ich wußte, wo das Problem lag. Es mußte Bonnard sein.

»Es ist Bonnard, stimmt's?«

»Nein, nein!« log sie. »Weshalb versteifst du dich so auf ihn? Außerdem geht es dich eigentlich gar nichts an.«

»Ich versuche nur, dir zu helfen. Und Bonnard spukt schon verdammt lange in deinem Leben herum.«

»Nein, du übertreibst«, wehrte Natasha ab. »Es ist nicht nur

Bertrand, obwohl alles ein riesiges Vergnügen mit ihm ist. Das ist es. Er verkörpert alles, was Spaß macht!«

Offenbar hatte ich sie reichlich verständnislos angesehen, denn sie fuhr fort: »Spaß am Leben, Europa, Reisen, Tanzen, Hotels... einfach alles. Ich will das Beste aus dem Leben machen, und das wird mir hier in diesem trüben Nest nie gelingen. Das deprimiert mich wirklich. Das ist es, was ich vermissen werde... besonders, wenn ich erst einmal eine brave Ehefrau geworden bin. Ich werde wie Papa und Mama enden. Die beiden sind lieb, aber gibt es ein langweiligeres Leben als das, das sie führen? Ich weiß, sie sind glücklich, aber solange sie jung gewesen sind, müssen sie doch auch Hoffnungen gehabt haben.«

»Arme Eltern. Sie sind auf ihre Weise ganz glücklich.«

»Ich will nicht glücklich sein!« rief Natasha unbeherrscht. »Mein ganzes Leben bin ich jetzt glücklich gewesen. Und wenn ich Tony heirate, dann werde ich wieder glücklich sein... und zwar den Rest meines Lebens. Aber das will ich gar nicht.«

»Du meinst, du willst das Glück wie eine bequeme Beigabe? Wie bei einem Sandwich? Aber dieses Leben kannst du nicht bestellen wie ein belegtes Brot.«

»Aber man kann es sich schnappen, wenn's sich einem bietet, oder?«

»Natflat«, sagte ich eindringlich. »Sei vorsichtig. Bonnard kannst du nicht heiraten... selbst wenn er's wollte, und er will nicht. Katholiken lassen sich niemals scheiden. Spürst du außerdem denn nicht...« Ich versuchte so schonend wie möglich zu sein. »...daß es für ihn... längst nicht so ernst ist wie bei dir?«

»Reden wir nicht mehr darüber, Johnnie. Du verstehst das nicht. Es geht nicht ums Heiraten... oder um Liebe. Sprechen wir nicht mehr darüber, ja?«

»In Ordnung. Ich halte den Mund... auch gegenüber Bonnard, wenn ich ihn nächste Woche treffe.«

»Du triffst Bertrand? Weshalb?« fragte sie beinahe schroff.

»Wir haben geschäftlich miteinander zu tun.«

»Ich wußte gar nicht, daß wir noch Geschäfte mit Bertrand machen. Das hat er mir nie erzählt.«

»Ich habe auch nichts von den Geschäften gewußt.«

»Und du wirst nicht...«

»Nein, die Sache ist vergessen.« Ich gab ihr einen Kuß auf die Wange. »Und... vertrau mir lieber. Vergiß nicht, was Großvater Jack immer gesagt hat: ›Wenn du schon nicht brav sein kannst, dann sei wenigstens vorsichtig.‹«

Der Grund für meine geschäftliche Besprechung war Papa Jacks Überzeugung, daß es die Japaner nie wagen würden, das mächtige britische Empire herauszufordern. Deshalb hatten wir die Verhandlungen um einen großen Auftrag des japanischen Staates aufgenommen, der dieselben Baueinheiten kaufen wollte, wie sie die britische Armee in Malaya benutzt hatte. Nur sollten sie in Japan als Unterkünfte für Erdbebenopfer dienen.

Im japanischen Club hatte Miki mir erzählt, daß die Firma seines Vaters beauftragt worden sei, ein Flüchtlingslager für Erdbebenopfer zu bauen, und er hatte mich gefragt, ob wir an diesem Projekt interessiert seien. Offenbar waren unsere Baracken aus Fertigbauteilen genau das, was sie wollten. Ich hatte nur Angst vor der Reaktion unserer chinesischen Kunden.

Miki deutete mein Zögern instinktiv richtig. »Es handelt sich um ein internationales Hilfsprojekt«, versicherte er mir. »Die Finanzierung hat die Schweiz übernommen, und unser gemeinsamer Freund Bonnard wurde mit der Abwicklung betraut. Wenn es um humanitäre Hilfsaktionen geht, läßt sich die Schweiz nie lumpen.«

Das änderte die Situation natürlich erheblich. Trotzdem beschloß ich, mich mit meinem Vater zu beraten.

»Ich glaube, die Sache ist in Ordnung, Johnnie«, erklärte Papa Jack nach reiflicher Überlegung. »Du solltest allerdings zuerst noch mal mit ihm sprechen. Sei vorsichtig. Nach allem, was P. P. Soong gestern abend gesagt hat, ist es sicher riskant, sich auf Geschäfte mit den Japanern einzulassen, bevor diese Militärregierung in Tokio nicht wieder abgesetzt ist.« Schließlich gewann die Geschäftstüchtigkeit, die er von seinen Vorfahren aus Yorkshire geerbt hatte, wieder die Oberhand. »Es sei denn... es handelt sich um ein lukratives Geschäft, bei dem bar bezahlt wird«, fügte er hinzu.

Und es war ein gutes Geschäft. »Wir brauchen Fertigteile für gut fünftausend Baracken... und zwar so schnell wie möglich«, sagte Miki.

»Fünftausend?« wiederholte ich überrascht. »Das ist eine ganze Menge!«

»Die Schweizer bezahlen es«, entgegnete Miki.

»Und wo wird das Lager gebaut?«

»Auf Yakushima. Das ist eine kleine Insel südlich von Kyushu. Im Rahmen eines Regierungsprogramms sollen hunderttausend Menschen aus Erdbebengebieten auf der Insel angesiedelt werden.«

»Aber inzwischen hat in Japan ein Umsturz stattgefunden«, wandte ich ein. »Ihr habt eine Militärregierung.«

»Das Umsiedlungsprogramm wird auch von der neuen Regierung durchgeführt.« Miki legte mir ein diesbezügliches Telegramm vor. »Das habe ich gestern abend bekommen. Ich schlage vor, wir treffen uns so bald wie möglich mit Monsieur Bonnard.«

Eine Woche später saßen Miki, Bonnard und ich in dem mit Schilfmatten ausgelegten separaten Gastzimmer des Tokio Restaurants an der Duncarn Road. Seit ich die Wahrheit über Natasha und Bonnard wußte, hatte ich mich vor einer Begegnung mit dem Schweizer gefürchtet, doch ausweichen konnte ich ihr schon aus geschäftlichen Gründen nicht. Obwohl es sich um ein reines Geschäftsessen handelte, war es schwierig, sich einem Mann gegenüber formell und sachlich zu verhalten, der häufig Gast in Tanamera gewesen war, mir ein Bett in den Abingdon Mansions zur Verfügung gestellt und sich dafür meine Schwester ausgeliehen hatte. Es gelang mir daher kaum, meine beinahe feindseligen Gefühle gegenüber Bonnard zu verbergen. Und das, obwohl ich wußte, daß mich die Sache eigentlich nichts anging.

Bonnard hatte ein gutes Gespür für die Gefühle und Stimmungen seiner Umgebung, denn als Miki kurz hinausging, um Akten aus seinem Wagen zu holen, fragte er unvermittelt: »Was ist mit dir los, Johnnie?«

»Nichts. Wieso?« Ich schüttelte den Kopf.

»Du machst einen ziemlich gereizten Eindruck.« Er zögerte. »In den Abingdon Mansions ist doch hoffentlich alles in Ordnung?«

»Selbstverständlich.«

»Na, gut. Sei trotzdem vorsichtig. Man sollte nicht nachlässig werden.«

»Und was ist mit dir? Mußt du dich nicht auch daran halten?«

»Selbstverständlich. Das sollten wir alle.« Bonnard war offenbar entschlossen, sich seine gute Laune nicht verderben zu lassen.

Miki kehrte zurück. Kurz darauf begannen die eigentlichen Geschäftsverhandlungen, und ich war bald so konzentriert, daß ich meinen Ärger über Bonnard vergaß.

»Steht schon fest, wie groß die Fertighäuser sein müssen?« fragte ich schließlich. »Wann kriege ich die entsprechenden Details?«

»Die habe ich bereits hier«, erwiderte Miki mit einem Lächeln und legte mir die Konstruktionspläne vor. Überrascht starrte ich auf Mikis Unterlagen. Die Japaner hatten wirklich an alles gedacht. Von der Größe der einzelnen Baueinheiten bis zum Material für die Strom- und Wasserversorgung war bereits jede Abmessung und Liefermenge errechnet und festgelegt. Das war ich von unseren britischen Kunden nicht gewöhnt.

»Donnerwetter, du scheinst ja wirklich blendend informiert zu sein«, mußte ich Miki zugestehen. In Gedanken befaßte ich mich bereits mit dem Transportproblem. Der Betrieb, der die vorgefertigten Bauteile herstellte, lag im Bergland von Pahang im Landesinneren der malaiischen Halbinsel, die einen geradezu unbegrenzten Vorrat an billigem Bauholz besaß. Normalerweise brachten wir die Bauteile mit Lastwagen zu den Kautschukplantagen, den Zinnminen und neuerdings auch zu den Flugplätzen. Bei diesem Auftrag mußte die Ware allerdings zuerst zum Hafen Kuantan an der Ostküste transportiert und dann auf unsere Schiffe verladen werden.

»Miki hat wirklich an alles gedacht«, sagte Bonnard lachend und zwinkerte dem Japaner zu. »Ein ganz klein wenig ist das allerdings auch Angabe. Die Größe der Baracken entspricht nämlich genau den Unterkünften, die ihr für die Royal Air Force baut.«

Ich starrte Bonnard entgeistert an. Man hatte mir gesagt, die Pläne für die neuen Flugplätze seien geheim, und mich angehalten, strengstens Stillschweigen über Einzelheiten zu bewahren.

»Na, du weißt doch«, fuhr Bonnard unbekümmert fort. »Ich meine die Anlagen in Malim Nawar und außerhalb von Sungei Siput.«

»Aber diese Pläne gelten als geheime Verschlußsache«, entfuhr es mir unwillkürlich. Ich konnte es noch immer nicht fassen, daß ein Schweizer Bürger über geheime Flugplätze wie Malim Nawar Bescheid wissen sollte. »Woher hast du eigentlich diese Informationen?« erkundigte ich mich.

Bonnard lachte. »Keine Sorge, wir sind keine Spione. Diese Dinge sind nur in der Theorie geheim. Miki hat mir alles darüber erzählt.«

»Und ich weiß es aus der *Malaya Tribune*«, erklärte Miki und zog einen Zeitungsausschnitt aus der Brieftasche. »Es sind sogar Fotos erschienen.«

Es war unglaublich, aber Miki hatte recht. Die RAF hatte den Reportern der *Malaya Tribune* tatsächlich erlaubt, die voraussichtlichen Standorte ihrer Flugplätze zu fotografieren und im dazugehörenden Text eine exakte Beschreibung der geplanten Anlagen zu bringen. Wenn die Militärs schon so leichtsinnig waren, dann konnte ich daraus nur schließen, daß wir das »Kriegsgeschrei« der Japaner doch nicht ernst zu nehmen brauchten.

7

Die meisten Liebenden denken nicht im Traum daran, daß jemand ihr Geheimnis entdecken könnte. Und obwohl ich durch Zufall von Natashas Affäre mit Bonnard erfahren hatte, sah ich die Zeichen der Gefahr nicht.

Auf diese Weise kam Julies erregter Anruf im Büro für mich völlig überraschend. Julie rief jedesmal vor einem geplanten Treffen vormittags bei mir an. Sie nannte dabei natürlich nie ihren Namen und vergewisserte sich nur, daß bei mir nichts dazwischengekommen war. Diesmal gab sie mir mit einigen hastigen Worten zu verstehen, daß sie nicht kommen könne, und legte auf.

Ich wollte schon Paul anrufen und ihn bitten, mit mir im Raffles zu Mittag zu essen, als erneut das Telefon klingelte. Vicki, jetzt Mrs. Scott, war am Apparat.

»Kannst du so schnell wie möglich kurz bei uns vorbeikommen?« fragte sie, und es klang dringend.

»Schickt sich das denn?« entgegnete ich scherzhaft.

»Die Angelegenheit ist überhaupt nicht lustig, mein Lieber. Jemand möchte unbedingt mit dir sprechen.«

Und erst in diesem Augenblick fiel es mir wie Schuppen von den Augen. Ich begriff, daß Julies und Vickis Anrufe irgendwie zusammenhingen. »Ist es ...«, begann ich unüberlegt, doch Vicki unterbrach mich rechtzeitig.

»Nein, deine geliebte Julie ist nicht der Grund... obwohl sie ebenfalls hier ist.«

Dann legte sie auf. Ich starrte verblüfft auf den Hörer in meiner Hand. Wieviel wußte Vicki von Julie und mir? Und worum ging es überhaupt?

Ohne im geringsten zu ahnen, wer mich bei den Scotts erwartete, fuhr ich mit meinem schnellen Morgan um den Cricket-

Club herum, am Supreme Court, dem Obersten Gerichtshof, vorbei, raste an der großen Rasenfläche des Paradeplatzes entlang in die Stamford Road und von dort in die Orchard Road, von der ich schließlich in die Keok Road abbog und mit quietschenden Bremsen kurz vor der Ecke zur Clemenceau Avenue vor dem gepflegten Garten des Bungalows der Scotts hielt.

Kaum hatte mir der Diener die Tür geöffnet, tauchte hinter ihm auch schon Vicki auf. »Keine Panik, Johnnie. Es geht um deine Schwester.«

»Natasha? Wo ist sie?«

Ich ging in den Salon. Nur im Unterbewußtsein registrierte ich, daß Vicki die düsteren viktorianischen Möbel im Haus des alten Scott offenbar durch moderne Stühle, Sessel und Sofas mit hellen freundlichen Bezügen ausgetauscht und neue Bücherregale hatte anfertigen lassen. Auf dem großen Diwan zwischen diesen Regalen lag meine Schwester. Julie saß neben ihr und tupfte ihr die Stirn mit einem Tuch ab.

»Wo ist Ian?« fragte ich automatisch, während ich auf die beiden zuging.

»In Kuala Lumpur. Er bleibt über Nacht.«

»Und Tony?«

Vicki schüttelte nur warnend den Kopf und legte den Finger an die Lippen.

»Entschuldige, Johnnie.« Natasha hielt mir die Hand hin. Sie fühlte sich kalt und feucht an. Ich berührte ihre schweißnasse Stirn. »Du brauchst dir keine Sorgen zu machen. Ich muß nur unbedingt mit dir sprechen, weil ich dich bitten möchte ...«

»Du bist ja eiskalt!« unterbrach ich sie besorgt.

»Halb so schlimm«, beruhigte Julie mich. »Sie hat einen Schock, das ist alles.«

»Aber Julie ... weshalb ist Natasha denn hier? Was ist passiert?«

»Ganz ruhig, Johnnie! Sterben muß hier niemand«, warf Vicki ein.

»Also würde mir vielleicht jetzt mal endlich einer erklären, was hier los ist!« brauste ich auf.

»Ich mußte einen ... einen Arzt aufsuchen«, erwiderte Natasha tonlos und fröstelte. »Danach habe ich mich so elend gefühlt, daß ...«

»Natasha hat mich angerufen«, vollendete Vicki den Satz. »Sie hat mich gebeten, sich bei mir ein wenig ausruhen zu dürfen. Und ... na, und dann hat sie plötzlich Blutungen bekommen ...«

»Weshalb, zum Teufel, habt ihr nicht Dr. Sampson geholt?«

»Ich wußte, daß Julie im Alexandra-Hospital arbeitet und habe sie gebeten, herzukommen.« Vicki nahm mich beiseite. »Natasha kann sich jetzt unmöglich von Dr. Sampson behandeln lassen.«

»Johnnie, bitte setz dich zu mir!« Natasha klopfte auf das Polster neben ihr. »Ich möchte heute nacht hierbleiben. Kannst du das mit Papa regeln? Sag' ihm, was du willst, nur...«

Ich nickte. »Natürlich. Aber soll ich denn nicht Tony Bescheid sagen?«

»Du liebe Zeit! Bitte, ja nicht. Wenn er erfährt, daß ich eine Abtreibung hinter mir habe...«

In diesem Augenblick war das Wort zum ersten Mal gefallen. Julie, die bisher geschwiegen hatte, nahm meine Hand und gab mir lächelnd einen Kuß. »Natasha war bei einem chinesischen Kurpfuscher, aber mit Ruhe und ein bißchen Geduld geht es ihr morgen wieder besser.«

»Was ist mit Tony?«

»Ich will, daß niemand etwas davon erfährt. Am wenigsten Tony«, seufzte Natasha. »Übernimmst du Papa?«

»Wer ist es gewesen?« erkundigte ich mich.

»Erstens kenne ich seinen Namen nicht, und zweitens möchte ich dich bitten, keine Fragen zu stellen. Das ist allein meine Sache. Ich möchte nur nicht, daß Papa es erfährt. Julie war einfach wunderbar. Mindestens so gut wie dein Dr. Sampson.«

»Ich habe ihr nur eine Dosis Chloralhydrat gegeben. Das benutzen wir auch im Krankenhaus«, erklärte Julie. »Sie ist jetzt nur überdreht und durcheinander, aber die Blutungen haben aufgehört. Mit diesem Mittel wird sie bald schlafen.«

»Julie ist ein Engel!« Natasha sah zu mir auf. »Ich beneide dich, Johnnie.«

»Natasha muß jetzt schlafen«, entschied Julie. »Sie braucht nach dem Blutverlust unbedingt Ruhe. Und ich muß jetzt gehen. Sonst komme ich zu spät zur Schule. Morgen mittag, Johnnie?«

Ich nickte und küßte sie zum Abschied zum ersten Mal vor anderen. Nachdem ich sie zur Tür gebracht hatte, kehrte ich in den Salon zurück. Im Augenblick verspürte ich nur eine ohnmächtige Wut auf Bonnard.

»Seid vorsichtig«, riet Vicki mir zum Abschied. »Ich bin nicht die einzige, die über euch Bescheid weiß.«

»Wie hast du es herausbekommen?« fragte ich prompt.

Vicki zuckte mit den Schultern. »Eigentlich habe ich so etwas von Anfang an vermutet. Und Natasha hat natürlich ein paar Andeutungen gemacht.«

»Und wer weiß es sonst noch?«

»Wahrscheinlich Paul... und ich glaube, auch dieser schreckliche Kaischek Soong. Natasha hat mir erzählt, daß er Julie nachspioniert und sich schon im Krankenhaus nach ihr erkundigt hat. Du weißt, er macht sich Hoffnungen, Julie mit Zustimmung ihres Vaters heiraten zu können.«

»Vorher bringe ich ihn um.«

»Das wäre dann vielleicht sogar nötig. Ich würde diesem unsympathischen Kerl jedenfalls keine Träne nachweinen. Auf Wiedersehen, Johnnie. Sorge du dafür, daß dein Vater nichts merkt. Ich kümmere mich schon um Natasha.«

Natasha kam am darauffolgenden Abend wieder nach Hause und bezog sofort das Krankenzimmer. Die alte Hausregel, nach der uns als Kinder verboten gewesen war, uns im sogenannten »Lazarett« zu besuchen, galt schon lange nicht mehr. Nachdem ich mit Papa aus dem Büro zurückgekehrt war, ging ich daher sofort zu Natasha.

»Tut mir leid, daß ich dich da mit hineingezogen habe«, seufzte Natasha. Sie lag zwar im Bett, sah jedoch längst nicht mehr so blaß und elend aus wie am Tag zuvor. »Aber als Julie gekommen war... Ich wußte ja seit Monaten über euch Bescheid.«

Ich verschwieg ihr, daß ich meinerseits längst von ihrer Affäre mit Bonnard erfahren hatte. »Es war Bonnard, stimmt's?«

Natasha nickte.

»Hat Mama Verdacht geschöpft?«

»Um Himmels willen, nein! Ich habe behauptet, ich hätte meine Periode besonders stark bekommen! Wenn es doch nur so wäre!«

»Glaubst du nicht, daß Tony es wissen sollte?«

Natasha schüttelte energisch den Kopf. »Nein, auf keinen Fall. Meinst du, es ist falsch, ihn nach alledem noch zu heiraten?«

»Das mußt du selbst entscheiden. Allerdings wird es ihn sicher hart treffen, falls er es später zufällig selbst herausbekommt.«

»Das wird nicht geschehen. Das Verrückte dabei ist, daß ein Teil von mir ihn tatsächlich heiraten will. Vergiß, was ich dir vor kurzem gesagt habe. Ich habe nur einfach Angst vor der Zukunft. Tony ist so ruhig und verläßlich... vielleicht kann ich ihn deshalb länger lieben als wenn... wenn es nur um Sex ginge.«

»Hast du denn Angst vor Bonnard?«

Natasha zog die Decke bis zum Kinn und strich sie mit ihren langen, schlanken Fingern glatt. »Nein, eigentlich nicht. Aber... es fällt mir einfach schwer, ihm zu widerstehen. Dabei bin ich weder eine Nymphomanin noch... noch eine Julie.«

Ich sah mich instinktiv um, ob die Tür geschlossen war.

»Julie hat eine sehr... erotische Ausstrahlung«, fuhr Natasha versonnen fort. »Besonders, wenn sie mit dir zusammen ist. Mein Problem ist intellektueller Natur. Sex macht mir Spaß... aber ich tu's auch nur aus Spaß oder hauptsächlich, um einem Mann zu gefallen.«

»Ich beobachte euch auf der Party bei den Koos nächste Woche«, erwiderte ich sarkastisch. »Da kann ich euch dann richtig vergleichen.«

»Tu das lieber nicht, Bruderherz... Das heißt, vielleicht gehe ich gar nicht mit. Halte dich lieber von Julie fern. Es gibt Augenpaare – wie die von Kaischek – die euch sehr genau beobachten.«

Einmal im Jahr luden die Brüder Koo, die in Singapur vier Nachtclubs besaßen und dabei waren, weitere in Hongkong zu eröffnen, zu einem Vormittagsempfang in ihr Haus in Tanglin ein. Da sich die Koos als »tonangebend« in der feinen Gesellschaft Singapurs betrachteten, hatten sie ihren Lebensstil dem amerikanischer Hollywoodstars angepaßt, den man damals aus Illustrierten zur Genüge kannte. Was dabei herauskam, war eine ziemlich chinesisch-übertriebene Version dieses Geschmacks, die sich hauptsächlich im überladenen Blumenschmuck der Koo-Villa ausdrückte, so daß man sich dort ständig an eine Beerdigung erinnert fühlte.

Die beiden unverheirateten Brüder bewohnten die Villa über dem Golfplatz von Tanglin gemeinsam, und ihr ganzer Stolz war der Garten mit seinen von blühenden Rankpflanzen überwucherten Kolonnadenwegen, die meistens in lauschigen Nischen und Lauben endeten, wo eifrige chinesische Diener den Gästen Getränke und Speisen in Hülle und Fülle anboten. Das kalte Buffet der Koos war in Singapur so berühmt, daß manche Leute jede andere Verpflichtung absagten, sobald sie eine der begehrten Einladungen hatten ergattern können.

Selbstverständlich gingen die Dexters ebenso wie die Soongs, die Scotts und George Hammonds alljährlich zu diesem Empfang. Da Papa in diesem Jahr in Kuala Lumpur über Verträge mit den Kautschukplantagen Elphil und Kitson verhandelte, und Mama ohne ihn selten Partys von Nicht-Europäern besuchte, machte ich mich mit Tony Scott und Natasha trotz der Hitze in Dinnerjackett, steifem Kragen und Krawatte auf den Weg. Bei den Koos sollten wir auch Ian Scott und Vicki treffen.

Ich hatte Ian Scott länger nicht gesehen und war deshalb um so überraschter, ihn so verändert zu finden. Das Auffälligste war, daß er stark abgenommen hatte. Da ich einem älteren Mann diesbezüglich kein Kompliment machen konnte, schwieg ich. Vicki schien meinen verwunderten Blick jedoch bemerkt zu haben, denn sie sagte mit amüsiertem Lächeln: »Ian macht eine Diät. Findet ihr nicht, daß sie ihm gut bekommen ist?«

»Sie sehen blendend aus, Sir«, bemerkte Paul Soong ehrlich bewundernd.

»Daran ist nicht nur die Diät schuld«, entgegnete Ian gutgelaunt. »Die Ehe tut mir ausgesprochen gut. Ich fühle mich wie neugeboren und kann diese Methode nur wärmstens weiterempfehlen.«

Seit er mit Vicki verheiratet war, wirkte der sonst zwar nette, doch eher langweilige Ian Scott wie ausgewechselt. Er strahlte Energie und Zuversicht aus.

»Na, was ist mit Ihnen?« wandte Ian sich lächelnd an Julie. »Sie müßten doch jetzt schon im heiratsfähigen Alter sein.«

Julie erwiderte sein Lächeln. »Ich hab's nicht eilig. Erst möchte ich meinen Schwesternkurs beenden und das Sekretärinnenexamen machen.«

Inzwischen hatte sich auch George Hammonds mit der unvermeidlichen Zigarette in der Hand zu uns gesellt. »Soviel ich gehört habe, ist Papa Jack in Sungei Siput. Stimmt das?«

Ich nickte und warf Scott einen belustigten Blick zu. »Es ist schließlich kein Geheimnis, daß er mit zwei großen Plantagen dort oben ins Geschäft kommen möchte. Amerika braucht mehr Kautschuk.«

Ian Scott wurde natürlich mit seiner Interessengemeinschaft der Plantagenbesitzer nicht gern ausgebootet, aber für meinen Vater war Geschäft eben Geschäft. In diesem Punkt nahm er nicht einmal auf ein zukünftiges Mitglied seiner Familie Rücksicht.

Scott, der sich jedoch nichts anmerken ließ, wandte sich anderen Gästen zu.

»Hier kann sowieso jeder genug Geld verdienen«, bemerkte George Hammonds, der wohl meine Gedanken erraten hatte. Wir kamen auf den Ausbau des Hafens als Militärstützpunkt zu sprechen.

»Jemand hat mir erzählt. daß auf dem Boden des neuen Schwimmdocks sechzigtausend Mann Platz haben«, sagte plötzlich Paul Soong.

»Und wozu soll das gut sein?« fragte Tony verächtlich.

»Für den Kriegsfall natürlich«, erwiderte ich. Als ich mich umdrehte, sah ich, daß P. P. Soong uns schweigend wie immer und mit einem Glas Champagner in der Hand aufmerksam zugehört hatte. Im grellen Sonnenlicht, das vereinzelt durch das dichte Laub fiel, sah seine Haut längst nicht so stumpf und grau aus wie sonst.

»Aber wer sollte denn gegen wen Krieg führen, Mr. Soong?« wandte sich auch Tony an ihn.

»Das weiß niemand.« Soong zuckte mit den Schultern. »Aber die Geschichte lehrt uns, daß eine große Nation nicht ohne triftigen Grund anfängt, Vorratswirtschaft zu betreiben, das heißt, plötzlich lebenswichtige Rohstoffe zu horten. Es sei denn, diese Großmacht hat Angst vor einem Krieg. Amerika kauft zur Zeit die Hälfte unserer Kautschukproduktion und über die Hälfte der in Malaya geförderten Zinnmenge auf. Das brauchen die dort doch wohl nicht nur für Reifen und Konservenbüchsen, oder?«

Gespräche wie diese wurden seit einiger Zeit immer häufiger bei gesellschaftlichen Anlässen wie diesem geführt. George Hammonds mischte sich ebenfalls ein:

»Es hat 'ne Menge Streiks und andere Probleme auf dem Arbeitsmarkt und einige antibritische Demonstrationen bei uns gegeben, Mr. Soong. Und Zwischenfälle dieser Art scheinen zuzunehmen. Glauben Sie, es besteht ernsthaft die Gefahr eines Auseinanderbrechens unserer Vielvölkergemeinschaft?«

Soong schüttelte den Kopf. »Noch nicht«, erwiderte er betont bedächtig. »Aber es ist unvermeidbar. Hier in Singapur leben vierhunderttausend Chinesen, beinahe hunderttausend Malaien und Inder und achttausend Europäer, die die übrigen regieren. Das ist doch wohl ein reichlich... unausgewogenes Verhältnis, finden Sie nicht?«

»Was halten Sie von der kommunistischen Gefahr?« fragte George.

»Das kommt ganz darauf an, Mr. Hammonds«, antwortete Soong gelassen. »Kommunisten schlagen erst zu, wenn der Feind bereits schwankt. Sie sind wie Schakale, die das Wild von anderen hetzen lassen und ihm dann selbst den Garaus machen.«

Ich spürte, daß George mit seinen Fragen eine bestimmte

Absicht verfolgte. Und plötzlich sagte er geradezu aufreizend lässig: »Könnte ein Mann wie Loi Tek daran etwas ändern?«

Für den Bruchteil einer Sekunde wirkte P. P. Soong wie erstarrt. »Woher kennen Sie diesen Namen?« erkundigte er sich schließlich.

»Oh, aus einem vertraulichen und streng geheimen Regierungsdokument«, erwiderte George ungerührt. »Darin steht, daß er nach Singapur kommen und die Malaiische Kommunistische Partei auf Vordermann bringen soll.«

»Wäre es nicht besser, über geheime Regierungsdokumente nicht öffentlich zu reden? Ich meine, das wäre doch der Sinn der Sache, oder?« entgegnete Soong mit scharfem Unterton in der Stimme.

»Keineswegs, Mr. Soong«, widersprach George. »In diesem Dokument werden wir gebeten, den Namen nicht zu erwähnen, aber es hängt für jeden lesbar am Schwarzen Brett in der Redaktion.« Nach einer Pause fügte er mit bitterem Lächeln hinzu: »Wenn eine Regierung etwas als ›geheim‹ bezeichnet, dann bedeutet das, daß zwar jeder darüber sprechen kann, wir nur nicht schreiben dürfen, worüber überall gesprochen wird.«

»Loi Tek ist ein brillanter, aber gefährlicher Mann«, bemerkte Soong. »Die Internationale hat ihn nach Singapur geschickt, um die Kommunistische Partei hier neu zu organisieren. Ich zweifle nicht daran, daß es ihm bald gelingen wird, sich an ihre Spitze zu setzen.«

Nachdem Soong sich anderen Gästen zugewandt hatte, trat Bonnard zu uns. Er fragte Paul ohne Umschweife: »Sagen Sie, sprechen einflußreiche Männer wie Ihr Vater je über die Möglichkeit der Unabhängigkeit Malayas?«

Paul zuckte mit den Schultern. »Chinesische Väter vertrauen sich kaum je ihren Söhnen an. Ich persönlich glaube allerdings, daß sich die Chinesen und Malaien im Fall der Unabhängigkeit bald bitter bekämpfen würden. Deshalb halte ich es für besser, die ganze Sache den Briten zu überlassen. Unter ihnen herrscht hier Friede. Die Briten lassen die Chinesen ein Vermögen am britischen Zinn verdienen und die malaiischen Sultane können von den Abgaben der Briten ein Vermögen ausgeben. Auf diese Weise ist jedem gedient.«

Der Empfang zog sich in die Länge, und ich war schon beinahe entschlossen, mich zu verabschieden, als ich P. P. Soong auf mich zukommen sah. Aus den Augenwinkeln beobachtete ich dann, wie Soong Paul beiseite nahm und ernst auf ihn einsprach.

Schließlich trat P. P. Soong zu mir und fragte in seinem korrekten Englisch: »Ich muß das Fest unverhofft verlassen, um etwas Wichtiges zu erledigen, und möchte, daß Paul mich begleitet. Würden Sie mir einen Gefallen tun, und Julie später nach Hause bringen?«

»Selbstverständlich«, erwiderte ich und gab mir Mühe, meine Freude nicht zu zeigen.

»Es eilt nicht. Vielleicht sind wir sogar schon vor euch zu Hause. Julie!« rief Soong seiner Tochter zu. »Johnnie bringt dich nachher nach Hause!«

»Gut, Vater«, erwiderte Julie wohlerzogen.

Während ich P. P. Soong nachsah, der sich durch die Reihen der Gäste zum Ausgang drängte, ahnte ich noch nicht, welche beängstigende Szene mir bevorstand. Kaum waren die beiden Soongs gegangen, flüsterte ich Julie zu: »Komm, wir machen uns schon auf den Weg. Auf diese Weise können wir wenigstens ein paar Minuten allein sein.«

Wir liefen auf die Straße hinaus, wo auf der Schattenseite in langen Reihen die Autos und Chauffeure der Gäste warteten. Als wir meinen kleinen Morgan erreicht hatten, schlug ich das Verdeck zurück, wir stiegen ein und fuhren anschließend Händchen haltend die Küstenstraße hinunter und waren einfach nur glücklich, zusammen zu sein. Schließlich erreichten wir das offene Land mit seinen weißen, vom azurblauen Meer gesäumten Sandstränden, die teilweise durch Mangrovenwälder unterbrochen wurden, deren bizarr gewundene Baumwurzeln wie Spinnennetze das Wasser durchzogen und nur darauf zu warten schienen, daß Treibholz und alles andere, was das Meer zu bieten hatte, sich in ihre Fallen verirrte.

Kurz vor dem Schwimmclub machten wir kehrt und fuhren an jenem kleinen übelriechenden Flüßchen entlang in die Stadt zurück, an dessen Ufer Raffles einen Berg von Totenschädeln entdeckt hatte, die Piraten zurückgelassen hatten. An der nächsten Kreuzung bogen wir auf die Bukit Timah Road ein.

Die Einfahrt zur Villa der Soongs war nicht zu übersehen. Sie wurde von zwei ungefähr drei Meter hohen grauen Steinsäulen gesäumt, auf denen zwei furchterregend aussehende Drachen mit heraushängender Zunge thronten, in deren ausgestreckten Krallen sich die schmiedeeisernen Schlangen, die den Rahmen des eigentlichen Tores bildeten, im Todeskampf zu winden schienen.

»Diese Drachen jagen mir jedesmal einen kalten Schauer über

den Rücken«, bemerkte ich lächelnd, schaltete in einen niedrigeren Gang und lenkte den Wagen auf die Auffahrt hinauf.

Die Gärten der Soongs waren in ganz Asien berühmt. Fotos dieser asiatischen Kostbarkeit erschienen regelmäßig in den Illustrierten, und jeder Besucher versuchte einen Blick auf den wertvollen Zwergbambus der Soongs zu werfen. Die Hecken waren zu Tiergestalten geschnitten, und in einer Ecke stand eine große Vogelvoliere, deren Bewohner, einige Pfauen, bei Festen stets auf die große Rasenfläche gelassen wurden. In der Mitte dieses Rasens befand sich ein großer kreisrunder Weiher voll herrlicher Lotosblüten.

Im Gegensatz zum Garten wirkte das Haus merkwürdig finster und abweisend. Wann immer wir dort als Kinder eingeladen gewesen waren, hatten wir die Kälte, die von seinen Mauern ausging, zu spüren geglaubt.

Julie stieß die schwere Haustür auf und führte mich in den zentralen runden Raum des Hauses. Er besaß eine Kuppeldecke und hatte einen Durchmesser von mindestens fünfzehn Metern. Die Wände waren aus grauem Stein, in die glaslose Fenster eingelassen waren. Da der Raum ein Zwischenstockwerk hatte, erhöhte sich noch der Eindruck von Weite und Höhe.

»Warte hier bitte einen Augenblick«, sagte Julie. »Ich bin gleich wieder zurück.«

Ich setzte mich in einen tiefen Sessel in der einzigen gemütlichen Sitzecke des Raumes, die durch einen sechsteiligen, schwarz-blau gemusterten Paravent abgeteilt wurde. Die orientalischen Blumenmotive auf den Bezugsstoffen der Sitzmöbel verrieten Tante Sonias Geschmack. Das einzige chinesische Möbelstück war hier, abgesehen von den reichverzierten Bronzeaschenbechern, ein großer viereckiger Lacktisch mit goldenem Blattmuster und Messingverstrebungen. Das Besondere an diesem Tisch war, daß er sich zusammenklappen ließ. Früher hatten solche »Klapptische« chinesischen Adeligen als transportable Picknicktische gedient. Seit P. P. Soong mir vor vielen Jahren, als ich noch ein kleiner Junge gewesen war, gezeigt hatte, wie dieser Tisch funktionierte, hatte er mich fasziniert. Und Soong, der wohl meine Begeisterung gespürt hatte, hatte mir damals versprochen, ihn mir eines Tages zu vermachen.

Ich griff gerade nach einer Illustrierten, als sich die Glastür öffnete, die zum Innenhof und dem Swimmingpool des Hauses hinausführte. Herein kam Kaischek. Sein Haar war durcheinander und sein pockennarbiges Gesicht wirkte grau und fahl.

Er musterte mich mit der für ihn typischen aggressiven Arroganz.

»Hallo«, begann ich und bemühte mich, trotzdem freundlich zu bleiben. »Wir haben Sie beim Empfang der Koos vermißt.«

Kaischeks Antwort traf mich wie eine kalte Dusche.

»Stehen Sie gefälligst auf, wenn Sie mit mir reden, weiße Ratte!« zischte er. Diese Beschimpfung von einem Chinesen kam für mich völlig unerwartet, denn normalerweise bewahrt man in China selbst dann höfliche Umgangsformen, wenn man entschlossen ist, zu töten. Jedenfalls war ich so verblüfft, daß ich tatsächlich aufstand. »Moment mal! Mit wem glauben Sie eigentlich...«

»Bleiben Sie, wo Sie sind!« befahl Kaischek scharf, als ich einen Schritt vorwärtsging.

Dann rief er etwas auf Chinesisch, das ebenfalls wie ein Kommando klang. Mein Herz hörte beinahe auf zu schlagen, als ein ungewöhnlich großer und gefährlich aussehender deutscher Schäferhund hereinkam. Kaischek gab einen zweiten Befehl. Der Hund hörte sofort auf zu bellen und setzte sich mit aufgestellten Ohren knurrend und sprungbereit neben seinen Herrn. Der Angstschweiß brach mir aus, denn mir wurde klar, daß mich der Hund auf ein Kommando hin jederzeit in Stücke reißen konnte.

»Jetzt kriegen Sie's wohl mit der Angst zu tun, was? Es hat keinen Sinn wegzulaufen, weiße Ratte!« höhnte Kaischek.

»Weshalb haben Sie es ausgerechnet auf mich abgesehen...«

»Tja, warum wohl?« Sein Akzent wurde mit zunehmender Erregung stärker. »Keine Angst, weiße Ratte, ich habe mir schon lange gewünscht, Ihnen einmal allein zu begegnen, um mitanzusehen, wie Sie vor Angst zittern.«

»Aber warum denn nur?«

»Weil ich alles weiß!« zischte er. »Sie haben die Ehre der Soongs mit Füßen getreten. Leugnen Sie ja nicht!«

»Selbstverständlich leugne ich!« entgegnete ich. »Sie sind ja total verrückt!«

»Wirklich? Und was ist mit Ihrem Liebesnest in Abingdon Mansions?«

In diesem Augenblick verwandelte sich meine Angst in nacktes Entsetzen. Plötzlich war mir klar, wie recht Vicki gehabt hatte. Kaischek hatte Julie offenbar beobachten lassen.

»Keine Angst, ich mache mir die Finger nicht an einem Weißen schmutzig und riskiere damit eine Gefängnisstrafe. Noch nicht ...! Aber eines Tages ist es soweit, und dann bezahlen Sie mir dafür.«

Vorerst waren das leere Drohungen. Natürlich war mir klar, daß Kaischek es jetzt nicht wagen würde, handgreiflich zu werden. Ein Chinese, der zu diesem Zeitpunkt einen Engländer tätlich angegriffen hätte, wäre ein Geächteter gewesen.

Aber dieser Gedanke war keinesfalls beruhigend, denn ich wußte, daß die Affäre mit Julie ein Ende haben mußte. Kaischek schien zu allem fähig, und die Familie Soong war mächtig genug, bezahlte Killer für ihre Zwecke anheuern zu können. Allerdings hatte ich mehr Angst um Julie als um mich. Wenn P. P. Soong die Wahrheit erfuhr, dann sorgte er sicher dafür, daß wir uns nie wiedersehen würden. Und gegenwärtig war nicht einmal Tante Sonia da, um Julie in dieser Situation beizustehen. Mittlerweile munkelte man bereits, sie würde nicht wieder aus Amerika zurückkehren.

»Hören Sie«, versuchte ich ihn zu beruhigen. »Das ist doch absurd. Schicken Sie den Hund weg. Wir können doch vernünftig miteinander ...«

»Eine Bewegung genügt, und ich hetze den Hund auf Sie!« wiederholte Kaischek seine Drohung böse. »Ich kann jederzeit behaupten, Sie seien heimlich bei uns eingedrungen. Dieser Hund ist darauf abgerichtet, Einbrecher zu stellen.«

Die Knie wurden mir weich, und ich hatte das merkwürdige Gefühl, alles wie in einem bösen Traum zu erleben. Ich dachte an Julie und überlegte fieberhaft, ob Kaischek tatsächlich alles wußte oder ob er nur bluffte.

Als habe Kaischek meine Gedanken erraten, sagte er haßerfüllt: »Sie haben Julies Ruf befleckt! Aber wir Chinesen waschen schmutzige Wäsche nicht in der Öffentlichkeit... Doch Julie sehen Sie in Ihrem Leben nie wieder. Dafür sorgen die Soongs.«

»Sie können mich nicht daran hindern ...«

»Natürlich kann ich das. Und zwar schon jetzt. Auch ohne Hilfe des Hundes!« entgegnete Kaischek heiser und hob die Arme. »Und zwar mit diesen Händen hier.« Ich starrte auf die kraftvollen sehnigen Hände. Kaischek besaß als Karatekämpfer bereits den schwarzen Gürtel. »Nein, ich brauche den Hund wirklich nicht«, murmelte er wie zu sich selbst.

Ich weiß nicht, was geworden wäre, wenn ich in diesem Augenblick nicht Schritte hinter mir gehört und aus dem Augenwinkel Julie in den Raum kommen gesehen hätte. »Verschwinde, du

Hure!« schrie Kaischek sie an. »Sonst hetze ich den Hund auf deinen erbärmlichen Liebhaber!«

»Lassen Sie Julie aus dem Spiel!« entgegnete ich scharf. »Bitte, geh, Julie!« Ich machte automatisch einen Schritt vorwärts. Es war nur ein Schritt, aber das genügte. Der große Schäferhund schnellte vorwärts und verbiß sich knurrend in meinen Schuh.

Kaischek schrie ein Kommando auf Chinesisch. Zähnefletschend und geduckt zog sich der Hund ein paar Schritte zurück. Ich registrierte noch, daß Kaischek erschrocken Julie ansah, und rief: »Laß den Unsinn!« Dann ertönte ein ohrenbetäubender Knall, beißender Pulvergeruch stieg mir in die Nase, und das große Tier vor mir sank jaulend in sich zusammen.

Als ich mich wie in Trance zu Julie umdrehte, hielt sie noch immer eine schwere Pistole auf das blutende Tier gerichtet.

Kaischek starrte einen Moment fassungslos auf seinen Hund, dann stürzte er sich mit einem wütenden Aufschrei auf Julie.

Erst in diesem Moment begannen meine Reflexe wieder zu funktionieren. Blitzschnell warf ich mich dazwischen und versetzte dem verblüfften Kaischek einen so kräftigen Faustschlag ins Gesicht, daß seine Brille zerbrach und er augenblicklich von Julie abließ.

Da mir klar war, daß ich bei einem Karatekämpfer wie Kaischek mit der feinen englischen Art nicht weiterkam, nutzte ich die Gelegenheit, als er nach dem Verlust seiner Brille blind um sich tastend stolperte, und stieß ihm das Knie in die Lenden. Stöhnend krümmte er sich zusammen und ging zu Boden.

»Julie, ist mit dir alles in Ordnung?« fragte ich keuchend.

»Ich habe gewußt, daß er eine Waffe bei sich aufbewahrt, seit bei uns eingebrochen worden ist«, erwiderte Julie mit ruhiger Stimme und zitternden Händen. »Wenn ich nur den Mut gehabt hätte, *ihn* zu töten!«

In diesem Augenblick wurde die Haustür geöffnet, und P.P. Soong und Paul kamen herein.

Paul lief sofort auf uns zu, während sein Vater wie erstarrt stehenblieb und mit ausdrucksloser Miene von einem zum anderen sah. Mit Julie, die noch immer die Waffe in der Hand hielt, dem blutenden toten Hund und Kaischek, der sich mühsam aufzurichten versuchte, mußten wir ein seltsames Bild bieten.

»Er hat deine Schwester verführt«, brachte Kaischek schließlich keuchend heraus und kam auf die Knie. »Er ist ihr Liebhaber. Sie sind zusammen hier ins Haus gekommen... ganz offen...«

Schweigend trat P. P. Soong auf Kaischek zu und gab ihm rechts und links eine schallende Ohrfeige. Ich glaubte, mein Herz müsse aufhören zu schlagen. »Das ist nicht wahr, Mr. Soong«, begann ich atemlos.

»Sie treffen sich regelmäßig in einem Apartment...«

»Schweig!« herrschte P. P. Soong Kaischek an. »Du hast den Sohn eines ehrenwerten Freundes beleidigt, indem du einen Hund auf ihn gehetzt hast. Das ist unverzeihlich! Du wirst dich wenigstens entschuldigen!«

»Niemals!« weigerte sich Kaischek mit schriller Stimme.

»Das ist nicht so wichtig«, murmelte ich niedergeschlagen. »Vergessen wir's...« Insgeheim wußte ich natürlich, daß das nicht möglich war. In diesem Augenblick stürzten zwei chinesische Diener, gefolgt von der aufgeregten Kinderfrau Julies, der Amah, herein. Es begann ein lautstarkes Palaver auf Chinesisch, von dem ich kein Wort verstand.

Ich versuchte etwas zu sagen, brachte jedoch kein Wort heraus. Offenbar mußte ich sehr schlecht ausgesehen haben, denn Julie trat mit besorgter Miene zu mir.

»Geh in dein Zimmer, meine Tochter«, wandte sich Soong in einem Ton an Julie, der grenzenlose Trauer ausdrückte. Wie tief ihn unser Verhalten verletzt hatte, spiegelte sich in seinem grauen Gesicht wider. Müde und verzweifelt ging ich zur Couch, sank auf die Polster und verbarg das Gesicht in den Händen. Als ich wieder aufsah, war nur noch Paul da.

»Du solltest jetzt lieber gehen«, sagte er leise. »Ich melde mich bei dir, sobald ich was weiß. Unser Chauffeur bringt dich in deinem Wagen nach Hause. Er kann dann zu Fuß zurückkommen. Jedenfalls solltest du jetzt nicht selbst fahren.«

8

»Du bist nicht nur ein verdammter Idiot... Das könnte ich noch verkraften... Aber was du getan hast! Die... unschuldige Tochter eines unserer ältesten Freunde... ein anständiges Mädchen aus bestem Haus... zu verführen... Das ist einfach schändlich!«

Ich hatte meinen Vater noch nie so wütend erlebt. »Steh nicht herum wie ein Ölgötze!« brauste er auf. »Bereust du denn nichts? Tut es dir denn gar nicht leid?«

»Selbstverständlich tut es mir leid«, murmelte ich.

»Du lügst!« Papa Jack zog verächtlich die Mundwinkel herunter. »Gar nichts tut dir leid. Zur Reue gehört ein gewisses Anstandsgefühl. Dir tut's nur leid, daß man dir auf die Schliche gekommen ist.«

Das konnte ich tatsächlich nicht leugnen. Wir standen uns im Arbeitszimmer meines Vaters gegenüber. Ich hatte keine Ahnung, wie er von Julie und mir erfahren hatte, vermutete jedoch, daß er und P. P. Soong nach jener alptraumhaften Szene im Haus der Soongs eine Aussprache gehabt hatten. Inzwischen wußte sicher schon ganz Singapur von der Sache.

»Du verstehst das nicht«, begann ich, doch mein Vater ließ mich gar nicht erst zu Wort kommen.

»Halt' den Mund!« schrie er unbeherrscht. »Unterbrich mich gefälligst nicht!«

»Du hast mich doch gefragt...«

»Man sollte glauben, daß jemand mit zweiundzwanzig erwachsen ist«, fuhr er bitter fort. »Aber das war ein Irrtum... Und so was ist mein Nachfolger... der nächste ›Tuan bezar‹. Schöne Aussichten sind das! Hast du gar kein Verantwortungsgefühl? Deine Mutter und mich monatelang zu belügen...«

»Wenn ich vielleicht auch mal was sagen dürfte...«

»Hast du noch mehr Lügen auf Lager? Willst du vielleicht behaupten, daß das alles nicht wahr ist... daß du Julie Soong nie angerührt hast?«

Ich schwieg.

»Natürlich, darauf weißt du keine Antwort!« fuhr er verächtlich fort. »Was also hast du schon zu sagen, wenn du die Sache nicht leugnen kannst?«

Meine Mutter hatte mich zu Geduld und Umsicht erzogen; und während ich meinem wütenden Vater gegenüberstand, versuchte ich krampfhaft ruhig zu bleiben und abzuwarten, bis er sich abreagiert haben würde.

Als Vater jedoch statt dessen immer ausfallender wurde, konnte ich nicht länger schweigen. Schließlich ging es um Julies und meine Zukunft. Wie kam mein Vater dazu, sich zum Richter über unser Schicksal aufzuschwingen? »Kann ich jetzt vielleicht auch mal was sagen!« unterbrach ich ihn scharf.

»Wenn ich fertig bin, bitte.«

»Gut, dann gehe ich lieber.« Ich wandte mich zur Tür.

»Du bleibst hier!« schrie mein Vater. »Wohin zum Teufel willst du eigentlich!«

»Raus. Einfach nur raus hier.«

»Ich bin mit dir noch längst nicht fertig.«

»Aber ich mit dir«, entgegnete ich schroff. »Ich habe nicht die Absicht, mir deine Schimpftiraden noch länger anzuhören.«

Mein Vater verstellte mir den Weg zur Tür. Er war krebsrot im Gesicht.

»Du bleibst jetzt hier!« befahl er mir scharf.

»Ich bleibe, wenn du mich endlich auch zu Wort kommen läßt. Du beschuldigst mich seit einer halben Stunde, daß ich mich wie ein Verbrecher benommen hätte und gibst mir nicht mal Gelegenheit, mich zu verteidigen. Ich bin kein Schuljunge mehr. Ich kann mir jederzeit selbst Arbeit suchen. Zum ersten Mal in meinem Leben ist mir klar geworden, wie schlau Tim gewesen ist.«

So hatte ich noch nie mit meinem Vater gesprochen, und an seiner starren Miene war nicht abzulesen, wie er meine Worte aufgenommen hatte. Er ging lediglich einen Schritt zurück, nahm seinen Kneifer ab und sah mich aus seinen hellen, wäßrigen Augen an. Ohne Kneifer wirkte er ganz verändert. Schließlich putzte er umständlich die Gläser und setzte sie wieder auf. »Gut, ich höre.«

Ich schluckte und murmelte trotzig: »Julie und ich... wir lieben uns. Es ist schon immer so gewesen.«

Und dann tat mein Vater etwas, das für mich noch schlimmer als Wutanfälle und Schreien war. Er lachte. »Ich hab's ja gewußt! Das mußte kommen! Romeo und Julia! Du unverbesserlicher Traumtänzer! Du ruinierst die Freundschaft zwischen zwei Familien und beschmutzt unseren Namen, nur weil du eine Schwärmerei für Liebe hältst. Was zum Teufel weißt du in deinem Alter denn schon von Liebe. Das ist doch nur eine billige Ausrede für...«

»Das muß ich mir wirklich nicht anhören. So ist es nie gewesen. Nie!«

»Und wie soll diese große Liebe enden? Mit der Hochzeit? Willst du in Singapur eine Chinesin zur Frau nehmen? Du mußt ja verrückt sein.«

»Ich... ich könnte wohl auch in Amerika Arbeit finden«, begann ich unsicher. »Dort herrschen andere Verhältnisse.«

»Du scheinst dabei nur eines zu vergessen«, entgegnete mein Vater herablassend und belehrend. »Mein Gott, begreifst du denn nicht, daß Julies Vater Chinese ist? Selbst wenn ich mit dieser Heirat einverstanden wäre, er würde nie seine Einwilligung geben. Er ist schließlich ein Chinese... ein geachteter Geschäftsmann und führendes Mitglied der chinesischen Gesellschaft, dessen Familienehre durch einen Weißen befleckt worden ist! Schon deshalb kannst du sicher sein, daß du deine Julie nie wiedersehen wirst.«

»Dann gehe ich eben!« schrie ich unbeherrscht. »Wenn du nur das Schlechteste von mir annehmen willst, dann habe ich hier nichts mehr verloren. Bitte geh von der Tür weg, Vater. Ich liebe und schätze dich, aber wenn du jetzt versuchst, mich aufzuhalten...«

Das Gesicht meines Vaters wirkte plötzlich müde und eingefallen. Ich liebte und respektierte ihn wirklich, aber mir war klar, daß er meine Gefühle nicht verstehen konnte. Ich streckte den Arm aus, um ihn beiseite zu schieben.

»Rühr mich nicht an«, murmelte er heiser und trat freiwillig auf die Seite.

Es war kurz vor zwölf Uhr mittags, als ich aus dem Haus und zu dem überdachten Unterstand stürmte, der uns als Garage diente. Ich hatte nicht das Gefühl, etwas Dramatisches zu tun, denn ich wollte einfach nur eine Weile aus dem Haus und allein sein. Beinahe automatisch landete ich im Cricket-Club. Mit einem Glas Gin-Soda setzte ich mich auf die Veranda, zündete eine Zigarette an und starrte über die weite Rasenfläche zu dem dichten Verkehr hinüber, der hinter den blühenden Alleebäumen vorüberfloß.

Julie hatte einmal behauptet, unser Leben gehöre uns. Damit hatte sie vermutlich recht gehabt, überlegte ich. Aber es war reine Theorie. In der Wirklichkeit sah alles ganz anders aus... besonders was sie selbst betraf. Julie war nicht nur minderjährig, sondern die Tochter einer chinesischen Familie, und als solche der strikten Familiendisziplin und der nach chinesischem Brauch absoluten Autorität des Vaters unterworfen. Gegenwärtig war nicht einmal Tante Sonia da, um die eisige Verachtung, die Julie jetzt im Haus Soong zu spüren bekommen mußte, zu lindern. Was konnten wir tun? Sollten wir durchbrennen? Natürlich besaß ich auf einer Londoner Bank ein Treuhandvermögen über mehrere tausend Dollar, über das ich seit meinem einundzwanzigsten Lebensjahr frei verfügen konnte. Doch was nützte jetzt schon Geld? Damit konnte ich Julies Freiheit nicht erkaufen.

Mir war nur eines klar: Ich mußte sie unbedingt sehen. Der einzige, der mir in dieser Beziehung helfen konnte, war Paul. George Hammonds, Stammgast im Cricket-Club, erklärte sich auf meine Bitte hin sofort bereit, Paul anzurufen. Ich wollte ihn eine halbe Stunde später im Raffles treffen.

Als ich dort ankam, stand Paul bereits an der Bar.

»Nein, ausgeschlossen«, erwiderte er, als ich ihn fragte, ob ich Julie heimlich treffen könnte. »Sie darf nicht aus dem Haus, und du müßtest schon bei uns einbrechen, um hineinzukommen.«

»Ich könnte im Krankenhaus... oder in der Sekretärinnenschule auf sie warten«, schlug ich vor.

»Krankenhausdienst und Schule hat mein Vater gestrichen.« Paul machte dem Barkeeper ein Zeichen.

»Mein Gott, wir leben im Jahr 1936 und nicht mehr im Mittelalter«, entgegnete ich verzweifelt. »Man kann heutzutage doch ein Mädchen nicht wie eine Gefangene behandeln.«

»Vielleicht lebt ihr Europäer im Jahr 1936, Johnnie, aber in unserem Haus gelten noch die Sitten des kaiserlichen China.« Er hielt sein Glas gegen das Licht. »Ich kann mir vorstellen, wie dir zumute ist, aber ihr beide... Julie und du... habt das schlimmste Verbrechen begangen, das die chinesische Familie kennt. Wenn mein Vater könnte, wie er wollte, würde er dich kastrieren, aber auch er muß sich an gewisse Gesetze halten. Allerdings rate ich dir, dich vor Kaischek in acht zu nehmen.«

»Aber... wir lieben uns, Paul.«

»Liebe spielt in China nur eine untergeordnete Rolle. Nimm zum Beispiel meine Eltern. Mein Vater hat Mutter sehr gern geheiratet, aber sein Vergnügen sucht und findet er nur bei den Mädchen, mit denen er seine Freizeit verbringt. Für einen gebildeten Chinesen sind Liebe und Ehe zwei streng voneinander getrennte Dinge.«

»Und trotzdem lieben wir uns«, beharrte ich eigensinnig.

»Das glaube ich dir, Johnnie. Aber ihr seid beide ein bißchen zu... zu romantisch veranlagt. Allerdings mag ich dich ja gerade deshalb. Sonst hätte ich bestimmt nicht weiter ruhig zugesehen, nachdem ich gemerkt hatte, was los war. Im Gegensatz zu meinem Vater bin ich eben in Kalifornien aufgewachsen. Vater hat für die westliche Lebensweise nur Verachtung übrig. Ich habe euch aus zwei Gründen gewähren lassen. Erstens hast du Julie glücklicher gemacht, als sie es vermutlich je wieder in ihrem Leben sein kann, und zweitens habe ich gewußt, daß du sie nie im Stich lassen würdest.«

»Aber genau das habe ich doch getan.«

»Unsinn! Kaischek hat alles verdorben. Wenigstens habt ihr etwas, an das ihr euch immer im Guten erinnern könnt.«

»Mein Gott, Paul! Ich will nicht von Erinnerungen, sondern in der Gegenwart und Zukunft leben. Ich möchte Julie heiraten. Vielleicht sollten wir nach Amerika auswandern. Daran habe ich eher gedacht. Wie meinst du das überhaupt mit den Erinnerungen? Wie soll das überhaupt werden, wenn wir uns auf Partys sehen und...«

Paul führte mich zu einem ruhigen Ecktisch am hinteren Ende der Bar. Dort war die Musik des Dan-Hopkins-Orchesters weniger laut zu hören. »Für euch gibt es keine Zukunft, Johnnie.« Er deutete auf einen Stuhl. »Setz dich lieber.«

»Ich bin doch nicht betrunken.«

»Trotzdem... Ich muß dir nämlich leider sagen, daß Julie Singapur in zwei Tagen verläßt.«

Vor Schreck stieß ich mein Glas um. »Das kann doch nicht dein Ernst sein!«

»Leider doch. Es hat keinen Sinn, etwas zu beschönigen. Julie reist auf der *Pacific Princess* nach San Francisco. Vater hat es noch in letzter Minute geschafft, eine Passage für sie zu bekommen, und Mutter hat durch Beziehungen für Julie einen Studienplatz in Berkeley ergattert.«

Paul zog einen kleinen Zettel aus der Jackentasche.

»Julie hatte keine Zeit mehr, dir länger zu schreiben, deshalb hat sie mir das hier für dich mitgegeben. Du kennst ja ihre Vorliebe für Gedichte.« Ich betrachtete den Zettel. Darauf stand der Vers eines Dichters, von dem ich noch nie gehört hatte. Die Überschrift lautete: In Liebe von J. – und Humbert Wolfe.

Wenn es denn so sein muß,
laß uns weder weinen noch klagen.
Wir besitzen, was nie wiederkehrt.
Dennoch weht die Flagge,
und die Stadt ist nicht gefallen.

Ich las diese Zeilen mit dem deprimierenden Gefühl, den Abschiedsgruß eines zu lebenslanger Haft Verurteilten in den Händen zu halten.

»Sie können Julie doch wohl nicht für immer nach Amerika verbannen, oder?«

»Ich glaube kaum, daß das beabsichtigt ist«, erwiderte Paul.

»Sie soll vermutlich nur so lange bleiben, bis sich eure Gefühle abgekühlt haben und ihr zur Vernunft gekommen seid.«

»Das wird nie passieren. Niemals!« versicherte ich ihm.

»Selbstverständlich wird es das, Johnnie. Das hoffe ich wenigstens um euretwillen ... und ich wünsche es vor allem Julie.« Als er meine ärgerliche Miene sah, fuhr er fort: »Du solltest jetzt nicht die Nerven verlieren, Johnnie. Ihr habt eine wunderbare Liebe erlebt, und ihr vergeßt diese Zeit bestimmt nicht. Aber du weißt ja selbst, welches heillose Fiasko diejenigen erlebt haben, die sich gegen die gesellschaftlichen Spielregeln Singapurs aufgelehnt haben. Zum Schluß würdet ihr euch nur noch hassen.«

»Das würde ich riskieren.«

»Das sagen sie alle. Ich weiß, du würdest es tatsächlich in Kauf nehmen ... und Julie geht es nicht anders. Tut mir leid, Johnnie, aber ich muß gestehen, ich bin froh, daß niemand euch die Chance dazu läßt. Immer wenn meine Mutter Heimweh nach Kalifornien hatte, hat sie gesagt: ›Gegen das System ist kein Kraut gewachsen.‹«

Die Gewißheit, daß Julie Singapur verließ, war niederschmetternd. Gleichzeitig hatte jedoch die Endgültigkeit dieser Tatsache eine eher ernüchternde Wirkung auf mich. Je vernünftiger ich über alles nachdachte, desto besser begriff ich, daß vieles, was Paul im Raffles gesagt hatte, durchaus richtig war. Und obwohl ich mit meinen zweiundzwanzig Jahren das Gefühl haben mußte, das Leben sei sinnlos geworden, wußte ich doch instinktiv, daß es irgendwie weitergehen würde. Trotz des Bewußtseins, daß ich nie mehr eine Frau so lieben könnte wie Julie, klammerte ich mich an den Glauben, daß die Zeit alle Wunden heilte.

Auf der Rückfahrt nach Tanamera tauchten tausend Bilder der Erinnerung an Abingdon Mansions vor meinem geistigen Auge auf. Eigentlich hatten wir ja immer gewußt, daß eines Tages das Ende kommen mußte, daß wir nie heiraten konnten. Seltsamerweise hatte gerade diese nie offen ausgesprochene, jedoch uns beiden sichere Gewißheit, unsere Gefühle und Zärtlichkeit füreinander noch verstärkt. Für Eifersucht und Mißgunst war daher bei uns nie Platz gewesen, und wir hatten die wunderbarste Zeit miteinander verlebt, die man sich vorstellen konnte.

Jetzt allerdings hatte ich Julie ohne ein letztes Wort oder einen Abschiedskuß aufgeben müssen. Als ich in die Einfahrt von Tanamera einbog, erschien mir angesichts der freudlosen Zukunft, die Julie und mich erwartete, selbst mein Zuhause wie eine kalte, abweisende Stätte.

Ich parkte den Morgan vor dem Eingang. Als ich das Verdeck locker befestigte, wurde Großvater Jack von Li im Rollstuhl um die Ecke geschoben. Großvater war inzwischen ein alter, gebrechlicher Mann mit tiefen Falten im hageren Gesicht und struppigem Bart. Seine Augen wirkten hinter der neuen Brille unnatürlich groß. Ich war noch immer der Liebling meines Großvaters, und er und Li lauerten mir oft im Garten auf, um mich in ein vertrauliches Gespräch verwickeln zu können. Das ließ ich gern geschehen, denn ich hatte meinen Großvater, dem ich offenbar sehr ähnlich bin, gern.

Li, der alte Diener, hielt den Rollstuhl an und lächelte mir zu. Sein Gesicht wirkte wie faltiges, gegerbtes Leder. Großvater Jack kam ohne Umschweife zur Sache: »Du steckst bis zum Hals in Schwierigkeiten, was?« Da das eher wie eine Feststellung als eine Frage klang, nickte ich nur.

»Du hast mein volles Mitgefühl«, fuhr Großvater fort. »Mir ist so was häufig passiert. Mein alter Herr hat mich oft deshalb mit dem Gürtel verdroschen. Geholfen hat's allerdings nicht. Bei der nächstbesten Gelegenheit habe ich wieder mit ihr geschlafen ... Sie war Inderin.« Ich ließ es mir nicht anmerken, daß ich die Erzählungen von seinen Abenteuern bereits auswendig kannte. »Ich kann deinen Geschmack allerdings nur bewundern«, sagte er dann. »Wenn man so was schon tun muß, dann sollte man sich auch immer nur die Beste aussuchen.«

Die Richtung, die das Gespräch zu nehmen drohte, gefiel mir nicht. »Vergiß es, Großvater«, seufzte ich. »Es ist sowieso alles vorbei.«

Großvater zuckte mit den Schultern. »Dein Vater muß ja schrecklich wütend gewesen sein. Aber wenn man im Glashaus sitzt, sollte man nicht mit Steinen werfen. Er war schließlich auch mal jung.«

Ich lächelte. Das Angenehmste an diesen Gesprächen war, daß Großvater Jack, wie alle Herrn in seinem Alter, nie eine Antwort erwartete. »Tröste dich damit, daß jeder seine Erfahrungen machen muß.«

»Weißt du, daß sie Julie nach Amerika schicken wollen?« fragte ich.

»Hm, das tut natürlich weh. Aber glaub mir, es ist nur zu eurem Besten. Sei bitte nicht zu streng mit deinem Vater.«

»Ich streng ... mit Vater?« wiederholte ich verblüfft.

»Ja, Johnnie. Die Sache nimmt ihn vermutlich noch mehr mit als dich.«

Und nach kurzem Nachdenken sagte Großvater etwas, das ich nie mehr vergessen sollte: »Euer Pech ist, daß ihr der Zeit vermutlich ein paar Jahre voraus seid. Die Welt ist im Umbruch begriffen. Wenn es in Europa Krieg gibt, dann bleiben wir hier nicht verschont. Danach wird sich alles ändern . . . auch Singapur. Und es würde mich nicht wundern, wenn Mischehen zwischen Schwarz und Weiß oder Chinesen und Europäern dann etwas ganz Alltägliches würden.«

An jenem Abend wurde der Streit beigelegt. Papa Jack war beim Golfspielen, als ich noch in Gedanken bei dem, was Großvater gesagt hatte, das Haus betrat und Mama im Wohnzimmer fand. Ich legte den Kopf an ihre Schulter und ließ es zu, daß sie mich in ihre Arme nahm.

»Ich werde mich bei Vater entschuldigen«, murmelte ich. »Es tut mir aufrichtig leid, wenn ich ihm wehgetan habe.«

»Ihm geht's genauso, Johnnie. Er bereut, was er gesagt hat. Ihr Dexters verliert immer so leicht die Beherrschung. Ich habe ihn noch nie zuvor so aufgebracht erlebt.« Sie strich mir übers Haar. »Deine Haare sind noch immer ganz hellblond«, murmelte sie geistesabwesend.

»Daran ist die Sonne schuld«, erwiderte ich.

»Für heute abend werden wir ein besonders gutes Abendessen herrichten. Natasha und Tony kommen. Ich lasse Champagner kalt stellen.«

»Vielleicht ist Vater gar nicht danach. Und ich kriege keinen Schluck herunter, wenn ich weiß, daß Julie Singapur verläßt.«

»Er hat dich sehr gern, Johnnie. Und er braucht dich. Tu ihm den Gefallen. Es wird ihn glücklich machen.«

Als ich aufstand, fügte sie hinzu: »Und glaube bitte nicht, es täte mir nicht weh, dich so leiden zu sehen. Für mich ist Julie das bezauberndste Mädchen der Welt. Ich wäre glücklich, sie zur Schwiegertochter zu bekommen . . . wenn es nur möglich wäre.«

»Ich kann einfach nicht verstehen, warum es so unmöglich ist. Aber wenn du nur begreifen könntest, daß es . . . daß es nicht nur eine oberflächliche Spielerei war.«

»Das weiß ich, mein Junge. Seit Monaten habe ich gemerkt, daß du verliebt bist. Es ist in der Nacht passiert, als Großvater Jack den Herzinfarkt hatte, stimmt's?«

Ich starrte sie entgeistert an. »Woher weißt du das?«

»Deine glänzenden Augen haben dich damals verraten. Und ich habe diesen strahlenden Ausdruck ... den Triumph des Eroberers, den kein Mann verbergen kann ... zuvor nur einmal in meinem Leben gesehen ... und zwar in Augen, die deinen sehr ähnlich sind. Neun Monate, bevor Natasha auf die Welt gekommen ist.«

Als Papa Jack vom Golfspielen nach Hause kam, fing ich ihn im Ballsaal ab, sobald der Diener verschwunden war. Ich umarmte ihn, und wir entschuldigten uns gegenseitig. Schließlich legte er die Hand auf meine Schulter und wir gingen zur Veranda auf der Westseite des Hauses, um einen Whisky-Soda zu trinken.

Als Vater mir dort in seinen weißen Sporthosen und leichtem Baumwollhemd gegenübersaß, fiel mir zum ersten Mal auf, wie müde und erschöpft er wirkte. »Ja, da Tim nun in der Armee dient, muß ich mich allein auf dich stützen. Ich gehe langsam auf die Sechzig zu.«

Ich nickte. Vater erwähnte Julie nur kurz. »Ich möchte, daß du weißt, daß ich mit P. P. Soongs Plan, Julie nach Amerika zu schicken, nichts zu tun habe. Er ist ein sehr konservativer Chinese, und vielleicht ist es für alle Beteiligten das beste. Ich habe eingehend über dich nachgedacht, Johnnie, und bin zu dem Schluß gekommen, daß auch dir eine Luftveränderung guttäte. Unser Geschäft mit Japan wird reibungslos abgewickelt. Ich schlage deshalb vor, daß du ein Jahr in unser Büro nach London gehst ... und zwar als stellvertretender Direktor. Du solltest wissen, wie unsere Niederlassung in London arbeitet, bevor ich mich aufs Altenteil zurückziehe.«

Zuerst war mir der Gedanke, nach London zu gehen, zuwider. Doch die Vorstellung, dort bleiben zu müssen, wo mich alles an Julie erinnerte, war so schrecklich, daß ich schließlich einwilligte.

An jenem Abend wurde zum Essen der beste Champagner des Hauses serviert. Natflat sah bezaubernd aus, Tony wirkte wie immer ruhig und verläßlich, Mama hatte feuchte Augen, und Vater machte einen ausgesprochen stolzen Eindruck. Er brachte sogar einen Toast auf mich aus: »Auf unseren neuen stellvertretenden Direktor in London, Johnnie.«

Drei Wochen später und zwei Tage nach der Hochzeit von Natasha und Tony machte ich meine letzte Runde durch Tanamera, schüttelte dem jungen Li die Hand und ging dann an Bord der *Blantyre Castle*, die mich nach London bringen sollte.

Zweiter Teil

London 1936–1937

9

Als ich im späten Frühjahr 1936 an einem trüben, regnerischen Tag in London ankam, fühlte ich mich wie ein Häftling beim Antritt seiner Gefängnisstrafe. Gemeinsam mit der Familie war ich zwar regelmäßig in London gewesen – damals nahmen die meisten Leute in Singapur alle drei Jahre ein halbes Jahr »Heimaturlaub« –, doch diesmal war es anders. Ein Traum war für mich zerbrochen, und durch meinen Kopf geisterten unaufhörlich unausgegorene Pläne darüber, wie ich die Scherben wieder zusammenkitten könnte. Meistens kreisten meine Gedanken um die Möglichkeit, Julie aus Amerika in ein fernes Land zu entführen, wo wir unbehelligt ein neues Leben beginnen würden. Allerdings konnte ich lediglich über ihre Mutter Kontakt zu Julie aufnehmen, und damit scheiterten meine Pläne bereits im Ansatz. So gab ich mich eben den üblichen Tagträumen des verbannten Liebhabers hin, einem geradezu masochistischen Vergnügen, das vielleicht den Vorteil hatte, daß man echten Schmerz unter der Patina falscher Hoffnungen erstickte.

Das Büro, in dem ich von jetzt an arbeiten mußte, lag an der Ecke Swallow Street und Piccadilly. Eine einfache Messingtafel mit der Aufschrift »Dexter & Co. London – Singapur« markierte den Eingang zu einer ebenso bescheidenen Büroetage im zweiten Stock des Eckhauses, die in fünf Arbeitsräume aufgeteilt war. Zwei düstere Zimmer lagen über einem Hinterhof an der Vine Street, doch die drei größeren Büroräume befanden sich an der Front zum Piccadilly, wobei man vom mittleren Zimmer aus einen schönen Ausblick auf die von Christopher Wren erbaute Kirche hatte, vor der ein einzelner Magnolienbaum stand.

Hinter dem Schreibtisch im Mittelzimmer mit dem Ausblick auf die Kirche saß der Direktor unserer Londoner Niederlassung, Mr. Cowley. Er war ein untersetzter Mann Mitte Fünfzig mit der selbstgefälligen Miene desjenigen, der sich seiner Position wohl bewußt ist. Ich kannte Cowley noch aus der Zeit, da er als Junggeselle im Cadet House in Singapur gewohnt hatte.

»Willkommen in London, Mr. Dexter«, begrüßte Cowley mich an meinem ersten Morgen im Büro. »Wie geht es dem jungen ›Tuan‹?« Er sprach mit dem nachsichtigen und wohlwollenden Unterton des geachteten älteren Angestellten. Ich hatte natürlich den Verdacht, daß er von Papa Jack die Anweisung bekommen hatte, ein bißchen auf mich aufzupassen. Cowley hatte das angrenzende kleinere Büro für mich herrichten lassen, das traditionsgemäß mein Vater – wie vor ihm Großvater Jack – während seiner Anwesenheit in London bezog.

»Kaffee kommt gleich.« Cowley bedeutete mir, auf einer Ledercouch Platz zu nehmen, vor der ein japanischer Teetisch stand. Als eine Sekretärin kurz darauf den Kaffee servierte, stellte Cowley sie vor: »Das ist Gwen.« Gwen war ein hübsches Mädchen Anfang Zwanzig. »Gwen ist zwar erst seit einem Jahr bei uns, aber inzwischen schon eine unentbehrliche Kraft.«

»Hoffentlich gefällt es Ihnen bei uns«, bemerkte ich etwas dümmlich.

»Ja, sehr... danke.« Für ihr einladendes Lächeln hatte ich in meiner gegenwärtigen elenden Verfassung kein Interesse.

Mr. Cowley versicherte mir anschließend, wie froh er über meine Anwesenheit in London sei. Das Kautschuk- und Zinngeschäft blühe, erzählte er, und die fünf Angestellten der Niederlassung könnten die anfallende Arbeit kaum noch bewältigen. »Außerdem lastet eine große Verantwortung auf uns«, fügte er hinzu. »Sie wissen ja, was eine übereilte, falsche Entscheidung für Folgen haben kann, Johnnie... Ich darf Sie doch Johnnie nennen. Jedesmal können wir ein Vermögen gewinnen oder verlieren. Ich fürchte, es wird uns immer schwerer, die Vorgänge auf dem Markt in Singapur aus der Entfernung richtig zu beurteilen. Gerade in diesem Punkt hoffe ich auf Ihre Mithilfe, Johnnie.«

Wir unterhielten uns fast den ganzen Vormittag lang. Cowley erklärte mir das System, nach dem das Internationale Komitee den Kautschukmarkt kontrollierte. »Allerdings ist diese Regelung sehr problematisch«, sagte er schließlich.

Gemäß den internationalen Vereinbarungen wurde jedem Land entsprechend seiner Produktionskapazität ein bestimmtes Exportkontingent gewährt. »Leider kann aber jedes Land die eigene Exportmenge selbst kontrollieren. Das führt natürlich dazu, daß die meisten mit gefälschten Daten arbeiten. Wie Sie ja wissen, erhält jede Plantage in Malaya Coupons für den Export zugeteilt. Der Nennwert der Coupons entscheidet über die Menge, die exportiert werden darf. Aber die Chinesen fälschen die

Coupons in unglaublichen Mengen... und machen uns praktisch lächerlich.«

Gwen, die Sekretärin, kam gerade in dem Augenblick wieder herein, um den Kaffeetisch abzuräumen, als ich sagte: »Das alles interessiert mich wirklich sehr, Mr. Cowley. Könnten wir nicht zusammen zu Mittag essen? Was halten Sie von einem anständigen Steak im Stone's Chop House?«

»Tja...«, begann er unsicher. »Das ist etwas schwierig... Eigentlich bin ich schon zum Mittagessen verabredet, aber...«

Er zögerte und wechselte einen flüchtigen Blick mit Gwen. Da wußte ich Bescheid.

Ich fand eine kleine, hübsche Atelierwohnung an der Fulham Road. Sie gehörte zu einem Komplex von vierzig Wohneinheiten, die ein italienischer Bildhauer namens Mario Manenti selbst entworfen und am Rand eines großen alten Gartengrundstücks hatte bauen lassen. Den Garten selbst hatte er in kleine, durch schmale Pfade miteinander verbundene Parzellen umgestaltet, die zu den einzelnen Wohnungen gehörten. Ich mietete das Studio Z, das einen handtuchgroßen Garten mit einem Birnbaum in der Mitte besaß und aus einem großen Wohnzimmer mit Oberlicht bestand, von dem aus eine viktorianische schmiedeeiserne Wendeltreppe zu einer unter der Dachschräge verlaufenden Galerie hinaufführte, die wiederum in einem Schlafzimmer endete, das über dem Badezimmer und der kleinen Küche im Parterre lag. Im Wohnraum standen eine Couch, hohe Bücherregale, ein Klavier und mehrere Sessel.

Bis auf einige Bücher war ein Foto von Julie, für das ich bei einem nahegelegenen Antiquitätenhändler einen Silberrahmen besorgt hatte, der einzige persönliche Gegenstand, den ich mitgebracht hatte.

Nachdem ich bereits mehrere Wochen in London war, fand ich eines Morgens auf meinem Schreibtisch im Büro einen Brief aus Amerika in einem blaßblauen Kuvert, der an mich persönlich adressiert war. Mir war sofort klar, daß er nur von Julie sein konnte, und mein Herz machte vor Freude einen Sprung.

Um die Vorfreude noch ein wenig hinauszuzögern, ließ ich ihn eine Weile liegen, betrachtete die Briefmarken und die beinahe kindliche, schwungvolle Handschrift und versuchte mir vorzustellen, unter welchen Umständen Julie diesen Brief geschrieben hatte. Schließlich öffnete ich ihn.

Lieber Johnnie, las ich.

Ich habe nie geahnt, daß ich jemanden so vermissen würde, und obwohl Mama sehr lieb ist, hasse ich San Francisco und hoffe, daß Du London genauso haßt. Mama hat mir strikt verboten, Dir zu schreiben, weil es alles nur noch schwerer machen würde, aber ich mußte es trotzdem tun. O Johnnie, Du fehlst mir so sehr. Wenn ich manchmal die Mädchen aus meiner Klasse sehe und an Abingdon Mansions denke, weiß ich erst, wie glücklich ich gewesen bin.

Ich würde alles... alles darum geben, um bei Dir sein zu können... und wäre es auch nur für einen Tag oder eine Stunde. Ich frage mich, wie es sein wird, wenn wir uns wiedersehen... falls das je geschieht. Es ist mein erster Liebesbrief, und ich begreife selbst nicht, wie schwer es mir fällt, Dinge zu schreiben, die ich Dir so leicht sagen konnte... nämlich, daß ich Dich liebe und immer lieben werde. Ich bin hier in einem Buch auf ein Gedicht von Robert Frost gestoßen, das für uns gemacht zu sein scheint:

Zwei Wege trennten sich im Wald, und ich...
ich nahm den einsamsten von beiden.

Julie gab noch eine Adresse in Berkeley an, an die ich heimlich schreiben konnte, und ihr Brief klang so traurig und verzweifelt, daß ich ihr noch am selben Tag mein Herz in einem langen, leidenschaftlichen Antwortbrief ausschüttete.

Danach vergingen zwei Monate, bis ich einen zweiten Brief aus Amerika bekam. Doch diesmal kam er nicht von Julie, sondern von Tante Sonia.

Ich brauchte nur die ersten Zeilen ihres Briefs zu lesen, um zu begreifen, wie wütend sie beim Schreiben gewesen sein mußte. Tante Sonia war für uns Kinder immer nur der gute Kamerad, die lustige Tante gewesen, die sich an all unseren Spielen beteiligt hatte. Selbst bei den Kinderfesten im Haus der Soongs hatte sie sich nie als typische Mutter gebärdet. Das tat sie allerdings jetzt um so energischer. Tante Sonia schien fest entschlossen, ihr Kind zu beschützen.

Der Brief begann folgendermaßen: »Es war gemein von Dir, Julie zu schreiben und ihr all diese unsinnigen Versprechungen zu machen, von denen Du genau weißt, daß Du sie nie halten kannst.« Ohne näher darauf einzugehen, wie sie überhaupt an meinen Brief gekommen war, fuhr sie fort: »Allerdings trägt Julie ebensoviel Schuld wie Du, denn offenbar war Dein Brief die Antwort auf ein Lebenszeichen von ihr. Natürlich ist Julie unglücklich, aber Du kannst ihr nicht helfen, sondern Du wirst sie im Gegenteil noch mehr quälen, wenn Du den Kontakt zu ihr aufrechthältst. Wenn Du Julie wirklich eine Chance lassen willst, über alles hinwegzukommen, dann laß sie in Ruhe. Nur so fällt es ihr leichter, das, was gewesen ist, zu vergessen.

Du weißt so gut wie ich, daß eine Ehe zwischen Euch nicht in Frage kommt. In Amerika herrschen andere Verhältnisse, aber Dein ganzes Leben ist eng mit Singapur verbunden, und ich selbst habe auf sehr schmerzliche Weise lernen müssen, daß Mischehen dort nicht gutgehen können. Ich werde alles tun, um zu verhindern, daß Julie so leiden muß, wie ich es getan habe. Je eher Du eine nette Engländerin oder Amerikanerin findest, desto besser ist es für Euch beide.«

Es folgte ihre Unterschrift und dahinter der hastig hinzugefügte Satz: »Es gibt Krieg. Bleib nicht zu lange in England.«

In Roosevelt, der bestimmt im Spätherbst wiedergewählt wird, hat England allerdings einen verläßlichen Freund und Partner.

Tante Sonias Appell an meine Vernunft und Einsicht ging mir schon deshalb sehr nahe, weil sie mit ihren Argumenten einfach recht hatte. Ich durfte ihre Bitte nicht ignorieren, wenn ich Julie nicht wehtun und es ihr nicht erschweren wollte, ihren Kummer zu vergessen. Trotzdem zögerte ich zuerst, Tante Sonias Aufforderung nachzukommen. Schließlich hatte Julie das der Mutter gegebene Versprechen bereits einmal gebrochen. Weshalb sollte ich also nicht dasselbe tun? Die Frage war nur, was zwischen Mutter und Tochter in San Francisco vorgefallen war, daß Julie keinen zweiten Brief mehr geschrieben hatte. Ich nahm an, daß Tante Sonia gegenüber Julie ähnlich argumentiert hatte wie in dem Brief an mich und der Tochter geraten hatte, sich das Leben nicht durch einen jungen Engländer ruinieren zu lassen. Das war ein durchaus stichhaltiges Argument.

Ich träumte noch immer voller Liebe und Zärtlichkeit von Julie... doch im Laufe der arbeitsreichen Monate des Jahres 1936 wurden die Gedanken an Julie immer weniger quälend. Meine Liebe zu ihr war unverändert, doch das ständige Verlangen, die schmerzliche Sehnsucht wurden mit jedem Monat, der verging, weniger.

Ich lernte in diesem Winter nur wenige Freunde kennen, mit denen ich gelegentlich eine Kneipentour unternahm oder ins Kino ging. Tim, der inzwischen als Lieutenant in Richmond in Yorkshire stationiert war, kam öfters übers Wochenende nach London. Wir besuchten dann jedesmal eine Theatervorstellung, und obwohl diese Begegnungen immer nett und angenehm waren, ist mir keine genauer im Gedächtnis geblieben. Erst im Frühjahr 1937 sollte sich mein Leben in London grundlegend ändern. Schuld daran war kein anderer als Jiroh Miki.

»Das darf doch nicht wahr sein!« entfuhr es mir unwillkürlich, als eines Morgens im Büro das Telefon klingelte und sich am anderen Ende eine bekannte Stimme mit dem unverwechselbaren japanischen Akzent meldete: »Hast du Lust auf ein Tennismatch?«

»Miki!« sagte ich. »Was, zum Teufel, machst du denn hier?«

»Ich bin mit dem Flugboot hergekommen, um drei Monate hart zu arbeiten.«

»Donnerwetter! Es muß sich ja um ein Bombengeschäft handeln.«

»Ja, vielleicht.«

»Worum geht's denn?« fragte ich automatisch.

»Das ist streng geheim.« Ich glaubte ihn vor mir zu sehen, als er fortfuhr: »Ich wohne im Savoy-Hotel. Toller Schuppen.«

Miki war dem Queen's Club beigetreten, nachdem er in die Turniermannschaft der Universität von Cambridge aufgenommen worden war, und hatte dort viele Freunde gefunden. Wir begannen regelmäßig dort zu spielen, und bald waren seine Freunde auch meine.

Die Japaner waren zu dieser Zeit wachsender Kritik ausgesetzt, weil sie militärische Auseinandersetzungen in China provozierten, doch der Mißmut richtete sich noch nicht gegen Einzelpersonen. Schließlich blieb man auch mit Italienern und Deutschen befreundet, obwohl man die Afrikapolitik Mussolinis verurteilte und Hitler verachtete.

Außerdem schien Miki selbst während der normalen Geschäftsstunden Tennis spielen zu können, und obwohl ich ihn nur zweimal wöchentlich traf, machte mich der geheimnisvolle Bauauftrag neugierig, der Miki veranlaßte, drei Monate im Savoy in London zu bleiben. Gelegentlich verschwand Miki nach einer Ankündigung wie »Ich muß in den Norden« oder »Ich fahre in den Westen« tagelang von der Bildfläche, doch Genaueres über seine Aktivitäten erfuhr ich nicht. Meine Fragen wehrte er meistens mit einem freundlichen Lächeln und Achselzucken ab.

Schließlich wurde es Frühsommer, und ich freute mich, wieder auf den frischgemähten grünen Rasenflächen spielen zu können. Obwohl wir natürlich in London auf die indischen Balljungen verzichten mußten, ohne die mir früher ein Match unmöglich erschienen wäre, genoß ich es, nach einem harten Spiel auf der breiten Terrasse des Clubpavillons in der Sonne zu sitzen, ein Glas Bier mit Limonade zu trinken und die anderen Spieler auf dem ersten Platz zu beobachten.

Es war auch Miki, der mich eines Tages fragte: »Hast du Lust, am Sonntag im Rahmen einer Gartenparty Tennis zu spielen?«

»Um Himmels willen, nein! Ich kann so was nicht ausstehen.«

»Schade!« Miki entblößte seine strahlend weißen Zähne und lächelte belustigt. »Wir spielen auf den besten Rasenplätzen von ganz London... Bis auf dich sind alle anderen international erfahrene Spieler oder gehören zu Universitätsmannschaften. Außerdem habe ich ein Auto zu meiner Verfügung.«

Natürlich ging ich dann doch mit.

Wie es sich für eine berühmte Tennisfamilie gehörte, lebten die Bradshaws in einem großen Haus mit Doppelgiebel an der Parkside gegenüber den öffentlichen Anlagen von Wimbledon. In der Auffahrt stand ein teurer und seltener italienischer Sportwagen. Die Eingangstür stand weit offen. Wir betraten die Diele. Es war alles sehr englisch, mit Jagdstichen an den Wänden, einem Schirmständer aus Schmiedeeisen, einer Mahagoni-Garderobe, Silbertabletts und einem breiten Treppenaufgang mit weißlackiertem Geländer.

»Hübsches Haus«, bemerkte Miki mit strahlendem Lächeln. »Und gutes Tennis wird hier auch gespielt.« Die Diele nahm den gesamten mittleren Teil des unteren Stockwerks ein. Auf der Rückseite führte eine breite Glastür direkt in einen riesigen Garten mit zwei tadellos gepflegten Tennisplätzen.

»Ich dürfte es eigentlich nicht sagen«, begann Sir Keith, der einmal im Turnier von Wimbledon gespielt hatte, »aber meine Plätze sind fast ebensogut wie die ›Centre Courts‹. Schließlich haben wir denselben Platzwart. Er kommt einmal pro Woche, um den Rasen zu trimmen.«

Auf einer Terrasse über den Plätzen waren für diejenigen die gerade nicht spielten, Stühle aufgestellt. Lady Bradshaw, die einen malerischen Hut mit breiter Krempe trug, der ideal in diese

Umgebung paßte, machte charmant mit mir Konversation: »Sie kommen aus Singapur, Mr. Dexter? Wie aufregend. Aber wie kann man nur in dieser schrecklichen indischen Hitze Tennis spielen?«

»Mama, sei doch nicht albern. Singapur liegt nicht in Indien.«

»Darf ich vorstellen? Das ist meine Tochter Irene.«

Ich drückte einem großgewachsenen Mädchen mit langen Beinen, einem fröhlichen Lächeln und schulterlangem blondem Haar höflich die Hand.

»Spielen Sie nicht?« fragte ich sie.

»Nein, nie! Meine Beine sind mein bestes Kapital«, erwiderte sie lachend. »Ich habe nicht die Absicht, sie zu ruinieren. Selbst in Roedean habe ich mich geweigert, Sport zu treiben.«

Irene hatte nichts von dem unsicheren, zurückhaltenden Auftreten ihrer Mutter, die vermutlich glaubte, ich würde die Malaien in Singapur auspeitschen. Als sie mein Gesicht sah, lachte sie erneut und sagte: »Abgesehen vom Tennis bin ich ganz die Tochter meines Vaters.«

Und Sir Keith war ein Mann, der mit beiden Beinen auf der Erde stand. Selbst die Art, wie er die einzelnen Tennisbegegnungen arrangierte, zeugte von Energie und Entschlußkraft.

Insgesamt waren die Bradshaws eine sehr sympathische englische Familie. Die beiden Söhne waren Anfang Zwanzig und gehörten wie Miki zur Auswahlmannschaft von Cambridge. Ich wußte von Miki, daß der älteste Sohn Bill ein besessener Tennisspieler war, der nur seinem Sport frönte, sich weigerte zu arbeiten und zu Hause vom Geld seiner Eltern lebte. Offenbar war er das schwarze Schaf der Familie.

Obwohl dieser Nachmittag bei den Bradshaws eine angenehme Abwechslung für mich war, hatte ich gerade dort besonders großes Heimweh nach Singapur. Während ich auf dem Rasen saß und auf mein nächstes Spiel wartete, wurde mir plötzlich bewußt, wie sehr ich Singapur und Tanamera vermißte; ganz zu schweigen von Julie mit dem schwarzen Haar und dem goldbraunen Teint. Erneut erwachte in mir die Erinnerung an die kleine Wohnung in Abingdon Mansions und die Augenblicke, in denen ich dort am Fenster gestanden und Julie nachgesehen hatte.

Wahrscheinlich erinnerte mich gerade das zwanglose Familienleben der Bradshaws so sehr an Tanamera, daß ich von da an fast jeden Sonntagnachmittag in Wimbledon verbrachte. Wir spielten meistens Tennis, und es gab immer angenehme Gesellschaft. Und nachdem Miki nach seinem dreimonatigen Aufenthalt in London nach Singapur zurückgekehrt war, fühlte ich mich so einsam, daß meine Besuche bei den Bradshaws sogar noch häufiger wurden.

»Ein netter Kerl, Ihr japanischer Freund«, sagte Sir Keith eines Tages und schnitt das Ende einer sehr teuer aussehenden Zigarre ab. »Weniger gefällt mir allerdings das, was die Japaner in China machen. Wissen Sie, daß sie jetzt Peking genommen haben? Shanghai wird als nächstes fallen.«

»Miki ist eigentlich kein richtiger Freund«, entschuldigte ich mich. »Wir haben in Singapur lediglich oft zusammen Tennis gespielt.«

»Macht sich Ihr Vater eigentlich manchmal Sorgen wegen der Japaner? Ich meine, so wie wir uns vor diesem Hitler fürchten?«

»Nein«, entgegnete ich. »Mein Vater behauptet, die Amerikaner würden die ganze Sache aufbauschen. Deshalb hat er eher Angst vor dem, was die Amerikaner tun werden.«

»Die Amerikaner? Das verstehe ich nicht. Was können die schon tun?«

»Sie haben China von jeher als ihre Interessensphäre angesehen und betrachten die Expansion der Japaner natürlich mit großem Mißtrauen. Die Japaner sind ziemlich skrupellos...«

»Möglich. Aber die Amerikaner können doch nicht in den Krieg eintreten...«

»Ich glaube nicht, daß es um Krieg geht, Sir Keith. Aber es heißt, daß die Amerikaner ihre Verbündeten dazu überreden wollen, die Versorgung Japans mit Öl und anderen Rohstoffen drastisch einzuschränken, um ihnen eine Kriegführung unmöglich zu machen.«

»Die Amerikaner geraten immer leicht in Panik«, seufzte Sir Keith. »Hoffentlich gehen sie nicht zu weit. Wenn die Japaner erst mit dem Rücken zur Wand stehen, muß es zwangsläufig zu einem Krieg kommen.«

»Ich glaube nicht, daß das geschieht.«

»Hoffentlich haben Sie recht«, murmelte Sir Keith. »Diese verdammten Kriege. Dabei gibt's doch immer nur Verlierer.«

»Jetzt habt ihr aber genug über Politik geredet«, unterbrach uns Irene energisch. »Johnnie und ich hören uns jetzt Schallplatten an.«

Der blanke Holzfußboden in Irenes Zimmer eignete sich ausgezeichnet zum Tanzen, und wir harmonierten perfekt, als wir zu Jack Hyltons »Oh! Give me Something to Remember You By« durch den Raum wirbelten. Und es gab dort niemanden, der hätte sehen können, wie geschickt Irene sich an mich schmiegte.

Ich wollte eigentlich gar nicht mit ihr schlafen, obwohl sie mich ähnlich reizte, wie Vicki es getan hatte. Bisher hatte ich mein sexuelles Verlangen beim Tennisspielen und unter der kalten Dusche abreagieren können, doch kein Mädchen hatte mich so herausgefordert wie Irene, die mir außerdem anvertraute, daß sie gerade eine unglückliche Affäre mit einem verheirateten Mann überstanden hatte.

Der Wendepunkt kam, als mir bewußt wurde, daß ich mich für die Gastfreundschaft der Bradshaws nur erkenntlich zeigen konnte, indem ich Irene in London ausführte. Natürlich war es unmöglich, die ganze Familie in meine kleine Atelierwohnung nach Fulham einzuladen, aber irgend etwas mußte ich tun.

»Wie wär's mit einem Besuch im Aldwych Theater?« schlug ich vor. Tom Walls, Robertson Hare und Ralph Lynn hatten gerade mit Ben Travers neuester Komödie großen Erfolg.

»Du bist ein Schatz. Ich brenne schon die ganze Zeit darauf, das Stück zu sehen.«

Das einzige Problem war, wie ich Irene nach dem Theater nach Hause bringen sollte. Schließlich hatte ich keinen Wagen.

»Oh, das ist ganz einfach«, erwiderte Irene auf meine Frage. »Ich übernachte bei Jane.« Jane war Irenes Schulfreundin, die sonntags gelegentlich mit ihrem Mann zum Tennisspielen zu den Bradshaws kam. »Das tue ich immer, wenn ich ins Theater gehe. Sobald du die Karten hast, rufe ich sie an.«

Es war ein wunderschöner, warmer Juliabend. Wir aßen nach der Vorstellung im Savoy zu Abend und tanzten dann zur Musik der Kapelle von Caroll Gibbons. Nach dem zweiten oder dritten Tanz flüsterte Irene plötzlich: »Komm, wir gehen! Einverstanden?«

»Schon? Natürlich, wie du willst.« Ich bezahlte die Rechnung und sagte dann automatisch: »Ich bestelle ein Taxi. Der Chauffeur kann dich dann vor Janes Wohnung absetzen.«

»Vor Janes Wohnung? Du bist komisch, Johnnie.«

»Was ist daran komisch?«

»Wie zum Teufel kommst du bloß auf die Idee, daß ich bei Jane übernachten will? Jane ist nur mein Alibi. Ich bin schon so gespannt auf deine Atelierwohnung.«

Danach war mir natürlich klar, was Irene erwartete. Während ich in meiner Tasche nach dem Wohnungsschlüssel kramte, befiel mich ein schmerzlicher Gedanke an Julie, die jetzt zehntausend Kilometer weit von mir entfernt irgendwo in San Francisco war. Seit jenem einzigen Brief war ein Jahr vergangen. Inzwischen konnte viel geschehen sein. Vielleicht hatte sie sich sogar in einen anderen Mann verliebt! Ich verspürte einen Stich in der Herzgegend. Dabei hatte ich kein Recht, eifersüchtig zu sein. Schließlich hatte ich Irene in meine Wohnung mitgenommen, obwohl ich wußte, was nun geschehen würde.

Ich knipste das Licht an und ließ Irene den Vortritt. Dann holte ich eine Flasche Scotch aus dem Schrank.

»Die Wohnung ist himmlisch!« begeisterte sich Irene. »Ich bin wirklich froh, daß ich mitgekommen bin.«

Nachdem ich ihr ein Glas Whisky eingeschenkt hatte, sah sie mich an und sagte: »Du bist verliebt, stimmt's?«

Ich nickte.

»Wirst du sie heiraten?« Als ich den Kopf schüttelte, fuhr sie fort: »Armer Johnnie. Ich will gar nicht heiraten ... mich nicht verlieben. Wenn ich je heiraten sollte, dann bestimmt nicht aus Liebe.«

»Das meinst du doch sicher nicht ernst, oder?«

»Doch, natürlich. Ich hasse es, mich gefühlsmäßig zu binden. Eigentlich wünsche ich mir jemanden wie dich.« Sie musterte mich aufmerksam. »Du weißt schon ... Du bist ein Freund, Johnnie. Und warum sollten Freunde einander nicht auch glücklich machen dürfen?«

»Ja, warum nicht«, murmelte ich. Irene redete wie Vicki. Dabei war sie zwei Jahre älter als ich.

Ich hatte die kleine Nachttischlampe im winzigen Schlafzimmer mit den schrägen Wänden brennen lassen, und später, als sie in meinen Armen lag, wickelte sie sich eine blonde Haarlocke von mir um ihren Zeigefinger und sagte: »Es ist merkwürdig, wenn du so wenig redest. Du scheinst wirklich unsterblich verliebt zu sein.«

Ich nickte nur stumm.

»Wir tun einander gut«, entschied sie. »Keine Verpflichtungen ... aber ich bin froh, daß wir uns kennengelernt haben. Belassen wir's dabei. Bleiben wir eben ... nur gute Freunde.«

»Intime Freunde«, verbesserte ich sie lachend.

»Intim ... und hungrig! Wieviel Uhr ist es? Zwei Uhr!« Und damit sprang sie mit ihren langen, schönen Beinen aus dem Bett, zog meinen chinesischen Kimono an und verkündete: »Sobald ich geduscht habe, mache ich Spiegeleier mit Speck. Ich rufe dich, wenn ich fertig bin.«

Ich lehnte mich im Bett zurück und rauchte eine Zigarette. Bald stieg aus der Küche der Duft von gebratenem Speck zu mir herauf. Spiegeleier mit Speck nach einer wundervollen Bettszene, dachte ich. Was für ein Leben! Trotzdem wußte ich, daß ich immer nur Julie lieben könnte.

10

Mitte August rief Tim an und kündigte seinen Besuch für das nächste Wochenende an.

»Wie wär's mit einer kleinen Party?« fragte er. »Ich habe das Gefühl, schon seit Jahren nicht mehr in London gewesen zu sein. Könntest du nicht zwei Mädchen auftreiben? Ich möchte mal wieder ins Theater oder zum Essen gehen.«

»Ich werd's versuchen«, versprach ich. Anschließend rief ich Irene an. Bei den Bradshaws schienen ständig nette Mädchen ein und aus zu gehen. »Zaubere einfach eine aus dem Zylinder«, riet ich Irene. »Egal welche. Mein Bruder ist leider ein bißchen steif.«

Als Tim dann im eleganten Dinnerjackett in meiner Wohnung auftauchte, mußte ich neidlos eingestehen, daß er sehr gut aussah. Die beiden Mädchen waren bereits da, und wir wollten zuerst essen und dann zum Tanzen in das Ambrose in Mayfair gehen. Irene hatte Jill mitgebracht, die ich bereits von den Tennis-Partys bei den Bradshaws kannte. Die Wahl war offenbar auf sie gefallen, weil sie einen kleinen Morris fuhr und somit das Transportproblem gelöst war.

Der Abend wurde ein voller Erfolg; und zwar hauptsächlich deshalb, weil Tim ganz offensichtlich nicht von Jill, sondern von Irene restlos begeistert war.

»Ein tolles Mädchen!« schwärmte er später, nachdem sie und Jill in der Toilette verschwunden waren, um ihr Make-up aufzufrischen. »Wie hast du die denn kennengelernt?«

»Beim Tennis«, antwortete ich. Als ich sein enttäuschtes Gesicht sah, fügte ich lachend hinzu: »Keine Angst, sie spielt nie. Sie behauptet, es würde ihre schönen Beine verderben.«

»Da hat sie natürlich recht«, murmelte Tim. »Sie ist doch nicht deine ... deine Freundin, oder?«

»Um Himmels willen, nein!« Ich mußte unwillkürlich lachen. »Ich gehe nur gelegentlich mit ihr aus, um... um mich für die Gastfreundlichkeit ihrer Familie erkenntlich zu zeigen. Und ich muß sagen, man langweilt sich nie mit ihr.«

Ich glaube, Tim war in diesem Augenblick nahe daran, mir genau wie damals bei Vicki die Frage zu stellen, ob ich mit Irene geschlafen hatte. Wenn er es nur getan hätte. Aber in diesem Augenblick begann die Kapelle »Love Is the Sweetest Thing« zu spielen, und die Mädchen kamen an den Tisch zurück. Tim forderte Irene auf.

Wir ließen damals keinen Tanz aus, und da beide Mädchen gut tanzten, war es mir gleichgültig, wen ich als Partnerin bekam. Trotzdem ertappte ich mich dabei, wie ich wünschte, die beiden Mädchen wären nicht ausgerechnet in diesem bestimmten Augenblick zurückgekehrt. Hätte Tim mich damals gefragt, hätte ich ihm die Wahrheit gesagt. Das hätte uns später sicher manches erspart. Am nächsten Morgen riefen mich sowohl Tim als auch Irene im Büro an. Tim sagte mir, daß er sich für den Abend mit Irene verabredet hatte, und wollte damit wohl indirekt erforschen, ob ich etwas dagegen hätte. Irene teilte mir anschließend kichernd mit, daß Tim sie eingeladen habe, und fragte ganz offen: »Es macht dir doch nichts aus, Johnnie?«

»Natürlich nicht. Vergiß nicht, wir sind nur gute Freunde.«

»Du Biest!« Sie lachte. »Es ist dir also tatsächlich egal!«

Tim und Irene verbrachten nicht nur diesen, sondern auch jeden folgenden Abend während Tims Urlaub zusammen. Das überraschte mich offengestanden, denn früher hatte sich Tim nie besonders für Mädchen interessiert. Am Tag vor Tims Rückreise nach Richmond kam er auf einen Drink zu mir.

Ich hatte gerade zwei Gläser Gin-Tonic eingeschenkt, als er ohne Umschweife erklärte: »Wir haben uns verlobt.«

Ich war so verblüfft, daß ich mir das Glas Gin über die Hose kippte. Fluchend versuchte ich, das klebrige Getränk abzuwischen.

»Willst du mir denn nicht gratulieren?« fragte Tim.

Ich schüttelte ihm mit klebrigen Fingern die Hand.

»Das ist ja prima, Tim!« sagte ich. »Ich freue mich für dich. Bist du deiner Sache sicher?«

»Selbstverständlich... vom ersten Augenblick an war ich das«, erwiderte Tim mit der für ihn typischen belehrenden Selbstsicherheit, die mich von jeher rasend gemacht hatte.

»Irene ist wirklich ein bezauberndes Mädchen«, bemerkte ich.

»Ich freue mich für euch beide. Außerdem sind die Bradshaws eine sympathische Familie.«

»Natürlich. Das weiß ich. Ich mußte schließlich bei Sir Keith um Irenes Hand anhalten.«

»Natürlich.« Tim merkte gar nicht, daß ich ihn nachmachte.

»Du bist also nicht böse, alter Junge?« erkundigte er sich mit dem wohlwollend selbstgefälligen Blick, den ich seit meiner Kindheit an ihm haßte.

»Wann wollt ihr denn heiraten?«

»Nicht so schnell. Irene und ich haben Ringe bei Cartier gekauft. Papa habe ich telegrafiert, und er schenkt uns die Ringe. Verdammt großzügig von ihm.«

»Tja, dann muß ich euch wohl ein paar Kochlöffel kaufen.« Ich grinste. Mein erster Gedanke war, daß Tim nie erfahren durfte, was zwischen mir und Irene gewesen war. Daß das auch Irenes Wunsch war, erfuhr ich am Tag nach Tims Abreise, als ich mit ihr in einem kleinen Restaurant in der Nähe des Büros zu Mittag aß.

»Eigentlich halte ich ja nichts vom Heiraten.« Irene machte einen ebenso traurigen, resignierten Eindruck wie Natasha vor der Hochzeit mit Tony. »Aber ich bin fünfundzwanzig, und Daddy liegt mir schon die ganze Zeit in den Ohren... Und da du nicht heiraten willst... Tja, außerdem sind meine Eltern von der Aussicht, einen Offizier als Schwiegersohn zu bekommen, restlos begeistert, und ich habe es einfach satt, zu Hause zu wohnen. Ich will einfach mal raus!«

»Du wirst mir fehlen«, seufzte ich. »Merkwürdigerweise muß ich mich ständig von hübschen Mädchen verabschieden, die...« Ich dachte an Vicki.

»Vermutlich wollen eben alle außer dir heiraten, mein Lieber.«

»Trotzdem, Irene... Tun wir so, als sei zwischen uns nichts gewesen. Jedenfalls bleiben wir Freunde.«

»Ich habe gewußt, daß du das sagen wirst.«

Ich sah Irene nachdenklich an. Die Tatsache, daß sich Tim Hals über Kopf in sie verliebt hatte, kam für mich völlig unerwartet. Wie ein Frauenfreund hatte sich mein Bruder schließlich nie benommen, im Gegenteil. Schon während unserer Kindheit in Tanamera war mir aufgefallen, daß er den physischen Kontakt mit Frauen, ja selbst mit Mama oder Natasha, scheute. Und möglicherweise hatten meine Liebeleien seine instinktive Abneigung gegen mich noch verstärkt. Schon aus diesem Grund interessierte es mich brennend, wie er wohl Irene erobert hatte.

»Sag' mal«, begann ich beinahe neidvoll. »Ist Tim im Bett so gut wie ich?«

»Du bist einfach schrecklich, Johnnie!« Irene kicherte. »Ich hatte leider noch keine Vergleichsmöglichkeit, mein Lieber. Dein Bruder hat sehr strenge Moralbegriffe. Wenn man jemanden liebt, behauptet er, tut man's erst in der Hochzeitsnacht.«

»Na, dann mußt du eben bis dahin warten. Vielleicht bin ich wirklich so schrecklich, wie du behauptest, Irene, aber ich kann auf keinen Fall weiter mit der Verlobten meines Bruders schlafen.« Das ist das Ende einer netten Freundschaft, einer Verbindung, wie ich sie schon einmal mit Vicki geteilt hatte, die mehrere glückliche und sorglose Wochen lang gedauert hatte, dachte ich.

11

Im Herbst 1937 begann man auch in Großbritannien langsam mit der Möglichkeit eines Krieges in Europa zu rechnen. Politiker und Bevölkerung reagierten heftiger auf die Ereignisse auf dem Kontinent und im Fernen Osten, wo die Japaner nach der Eroberung von Peking nun auch in Shanghai einmarschiert waren und die internationalen Niederlassungen dort mit ihren exterritorialen Gebieten wie eine weiße Insel im tosenden Gelben Meer isoliert hatten.

Aus den Briefen von Papa Jack war zu entnehmen, daß man auch in Singapur auf die japanischen Aggressionen immer empfindlicher reagierte. Eines Tages erhielt ich von meinem Vater ein merkwürdiges Telegramm mit der Frage: »Wie lange ist Miki in England gewesen?« Nachdem ich die Antwort telegrafiert hatte, erhielt ich einen Luftpostbrief.

In diesem Schreiben teilte Papa Jack mir mit, daß Bonnard und Miki ihm einen weiteren Auftrag über die Lieferung von Fertigteilen für Baracken in Aussicht gestellt hätten. In diesem Zusammenhang wollte mein Vater von mir wissen, ob Miki mir gegenüber in London eine dementsprechende Andeutung gemacht oder Angebote anderer britischer Firmen in England eingeholt habe. Außerdem bat er mich nachzuforschen, ob es in den Londoner Wirtschafts-, Finanz- oder Regierungskreisen eine ernstzunehmende antijapanische Lobby gäbe.

»Es ist ein lukrativer Auftrag, und ich mag Bonnard«, schrieb Papa Jack. »Aber die Vereinigung Chinesischer Geschäftsleute in Singapur spricht von einem totalen Handelsboykott gegen Japan, und ihre Beweggründe sind verständlich. Du wirst verstehen, daß ich unsere chinesischen Freunde nicht brüskieren möchte. Wir müssen langfristiger planen und denken.«

In meiner Antwort schrieb ich Papa Jack, daß, obwohl tatsächlich eine starke antijapanische Stimmung in der Bevölkerung und in Regierungskreisen herrsche, niemand Angst vor einer Eskalation der militärischen Auseinandersetzungen zwischen Japan und China habe.

Ich hatte hier in London verstehen gelernt, daß die Briten die Vorgänge in Südostasien nicht so wichtig nahmen, weil ihre Angst vor einem Krieg in Europa wesentlich größer war. Schon zu Jahresbeginn hatte man die Einkommensteuer wegen erhöhter Militärausgaben drastisch angehoben.

Paradoxerweise bescherte diese kritische internationale Lage der Firma Dexter ein noch größeres Auftragsvolumen und höhere Umsätze. Der Bedarf an Schutzhelmen, Gasmasken und Panzerwagen und damit natürlich an Gummi und Zinn stieg rapide. Malaya und Brunei besaßen damals eine Kautschukanbaufläche von 1200000 Hektar, und es existierten bereits Pläne, die Anbaubeschränkungen wieder aufzuheben. Als dann der Kautschukpreis von zehn Pence im Jahre 1935 auf einen Shilling zwei Pence pro Pfund stieg, bedeutete das für uns alle bares Geld. Dasselbe galt natürlich für Zinn. Durch die weltweite Aufrüstung nahmen die Spekulationskäufe zu, die den Preis in ungeahnte Höhen trieben. Das Geschäft blühte. Sogar die Frachtkosten hatten sich 1937 verdoppelt.

Seltsamerweise ging das Leben in Großbritannien trotz der großen Kriegsgefahr seinen gewohnten Gang.

Es bewegte die Menschen viel mehr, daß Amelia Earhart bei ihrem Alleinflug über den Pazifik ums Leben gekommen, der Zeppelin *Hindenburg* bei der Landung in Amerika ausgebrannt war und die *Normandie* den Atlantik in weniger als vier Tagen überquert hatte.

Niemand machte sich ernsthaft Sorgen um die Zukunft... am allerwenigsten ich... bis Irene mich drei Wochen nach unserer letzten Begegnung anrief. »Ich muß dich unbedingt sprechen«, sagte sie mit ungewohnt ängstlichem Unterton in der Stimme.

»Aber wir haben doch vereinbart, uns nicht mehr zu treffen«, entgegnete ich.

»Ich weiß ... aber es muß sein. Für mich hat sich die Situation vollkommen geändert.«

»Hat Tim einen Rückzieher gemacht?«

»Nein, nein. Unsinn! Kann ich heute abend zu dir kommen?«

Als ich ihr später die Tür öffnete, hatte ich keine Ahnung, welchen Schock sie mir versetzen sollte. Es gab keine schonende Vorbereitung, keine Warnung, und ich hatte nicht einmal Zeit, Luft zu holen.

»Darf ich dir einen Drink anbieten?« fragte ich.

»Ich bin überfällig«, begann sie mit tonloser Stimme. »Fünf Wochen.«

Mein erster Gedanke galt Tim, und ich wünschte inständig, mein prüder Bruder hätte mit ihr geschlafen.

»Ist es von mir?«

Irene nickte. »Wir sind doch Freunde, Johnnie, und ich will dich wirklich nicht in Schwierigkeiten bringen. Dazu habe ich dich zu gern.« Sie lachte verkrampft. »Offengestanden mag ich dich lieber als Tim. Außerdem bin ich ziemlich monogam. Solange es gedauert hat, warst du der einzige.«

Sie setzte sich auf die Kante der Couch. »Ich habe Angst, Johnnie. Jetzt brauche ich wohl doch was zu trinken.«

Ich holte Eiswürfel aus der Küche, und als ich zurückkam, sagte Irene mit hilfloser Kinderstimme: »Ich bin ratlos. Daddy wage ich nicht einzuweihen. Er wäre außer sich vor Wut ... genau wie Tim.«

»Die beiden sind ein reizendes Paar ... dein Vater und Tim.«

»Da hast du recht. Ich weiß nicht, wer mir mehr Angst einjagt.«

Ich mixte einen starken Gin-Tonic. Irene trank einen großen Schluck. »Natürlich habe ich über Abtreibungen gelesen, aber ich habe keine Ahnung, an wen ich mich wenden soll.«

»Reg' dich nicht auf«, beruhigte ich sie. »Wir finden einen Weg.«

»Ich habe Angst, Johnnie. Natürlich würde ich alles tun ... Aber mir graut vor einem Kurpfuscher.«

Mir ging es nicht anders. Schließlich hatte ich noch immer Natasha vor Augen, wie sie damals bleich und elend in Vickis Wohnung auf der Couch gelegen hatte.

Allerdings hatte ich nicht die geringste Ahnung, was wir tun konnten. Im Jahr 1937 war eine Abtreibung etwas so Schreckliches, daß man nicht einmal das Wort in den Mund nahm. Natürlich wußte ich, daß gelegentlich altmodische, freundliche Hausärzte bei Familien, denen sie vertrauten, auf unorthodoxe Weise Abhilfe schufen. Doch die Dexters kannten keinen altmodischen, freundlichen Hausarzt in England.

»Was wird Tim dazu sagen?« fragte Irene kaum hörbar.

»Keine Ahnung. Besonders glücklich wird er sicher nicht sein.«

»Wer soll es ihm sagen?«

»Wer soll es vor allem deinem Vater sagen?«

»Oh, Johnnie, es tut mir leid, daß das passiert ist. Du glaubst nicht, daß Tim trotzdem ...«

Ich schüttelte energisch den Kopf. »Nicht, wenn ein Baby unterwegs ist. Und vor allem nicht, wenn er erfährt, daß es von mir ist. Ich sollte eigentlich nicht darüber sprechen, aber Tim kann mich im Grunde nicht ausstehen.«

»Das glaube ich nicht ...«

»Aber ich weiß es.«

»Warum denn nur?«

»Vermutlich weil er nicht wie ich die Gabe hat, immer das Beste aus dem Leben zu machen. Tim hat sich nie ein Vergnügen gegönnt... bis er dich kennengelernt hat. Er ist ein komischer Kauz. Nicht auszudenken, daß er sich in ein tolles Mädchen wie dich verliebt und nicht mal versucht hat, mit dir ins Bett zu gehen ...«

»Ja, wenn es nur dazu gekommen wäre«, seufzte Irene. »Dann wäre alles kein Problem gewesen.« Sie ahnte wohl nicht, daß sie damit meine Gedanken laut aussprach.

»Allerdings hätten wir dann nie gewußt, wessen Kind es eigentlich ist«, bemerkte ich.

»Du bist unmöglich, Johnnie!« Trotzdem mußte Irene lächeln.

Als sie sich verabschiedete, war sie wieder ruhig und gefaßt. Am darauffolgenden Tag machte ich mich daran, eine Lösung für unser Problem zu finden, doch ebensogut hätte ich versuchen können, eine Reise zum Mond zu buchen. Von meinen wenigen Freunden kannte keiner einen Arzt, der zu einer Abtreibung bereit gewesen wäre, und außerdem mutete man das einem »netten Mädchen in Schwierigkeiten« einfach nicht zu. »Du mußt eben, wie die meisten von uns, in den sauren Apfel beißen«, sagte schließlich ein Freund an der Bar des Queen's Club.

»Wie bitte?« Ich hatte keine Ahnung, was er damit meinte.

»Glaubst du vielleicht, auch nur die Hälfte unserer Freunde wäre verheiratet, wenn sie die Mädchen nicht vorher in andere Umstände gebracht hätten?«

»Ach so!« Der Groschen war endlich auch bei mir gefallen. Da ich Julie nicht heiraten konnte, hatte ich nie den Wunsch gespürt, mein angenehmes Junggesellendasein aufzugeben. Allerdings war mir klar, daß es nach meiner Rückkehr nach Singapur, wo mich noch mehr Verpflichtungen erwarteten, keine Vickis oder Julies mehr geben würde.

Und dann dachte ich wieder an Tante Sonias Brief. Sie hatte wirklich recht gehabt. Falls Julie eines Tages nach Singapur zurückkehren sollte, dann wäre das Leben für uns alle wesentlich einfacher, wenn ich bis dahin mit einer netten Engländerin verheiratet sein würde. Schließlich mußten die Soongs und Dexters in Singapur miteinander leben und auskommen. Man traf sich dort auf Partys und Empfängen, und als verheirateter Mann konnte ich Julie unbefangener gegenübertreten. Insgeheim hoffte ich sogar, daß eine Ehe auch den Schmerz über den Verlust von Julie lindern würde. Alles in allem gesehen war diese Entwicklung der Dinge eigentlich recht positiv. Selbst Papa Jack würde begeistert sein, da Irene die ideale Frau für einen »Tuan bezar« war.

Drei Tage später rief ich Irene an.

»Hast du eine Möglichkeit gefunden?« fragte sie sofort.

»Kann uns niemand hören?«

»Nein, Johnnie. Sag' doch ... gibt's was Neues?«

»Können wir morgen zusammen zu Abend essen und anschließend ... die Nacht bei Jane verbringen? Du weißt, was ich meine.«

»Du meinst bei dir? Ausgeschlossen.«

»Ich dachte, wir könnten zu Hause eine Kleinigkeit essen und miteinander schlafen; bis du das Frühstück machst«, neckte ich sie.

»Das ist Unsinn, Johnnie ...« lehnte sie gelassen ab, doch das Zittern in ihrer Stimme war mir nicht entgangen.

»Miß Bradshaw«, begann ich ernst. »Ich bin nicht so altmodisch wie mein Bruder Tim. Meiner Meinung nach sollte man vor der Ehe erst ausprobieren, ob man auch im Bett harmoniert. Das ist schließlich nur recht und billig.«

Ich hörte, wie Irene am anderen Ende des Telefons scharf die

Luft anhielt und dann tief seufzte. War es vor Erleichterung, Glück oder Zweifel? »Johnnie ... das ist doch sicher nicht dein Ernst«, sagte sie schließlich.

»Wir sitzen beide im selben Boot«, erwiderte ich. »Und es ist die einfachste Lösung. Und ... und vielleicht wird's sogar ein Heidenspaß«, fügte ich lachend hinzu.

»An mir soll es nicht liegen«, murmelte sie mit merkwürdig belegter Stimme.

Am darauffolgenden Abend kam Irene zu mir in meine Atelierwohnung.

»Das einzige, was mich bedrückt, ist ...« begann sie. »Bist du noch immer in eine andere verliebt?«

»Das ist eine hoffnungslose Geschichte.«

»Ist es das Mädchen auf dem Bild auf dem Klavier?«

Ich nickte. »Es ist vorbei.«

»Erzähl' mir von ihr. Bitte glaub' nicht, daß ich nur neugierig bin. Ich möchte, daß wir fair zueinander sind, Johnnie. Daß du eigentlich gar nicht heiraten willst, weiß ich ... Das war doch so ausgemacht. Aber es ist eine schwerwiegende Entscheidung, die wir ... die du treffen *mußtest*. Deshalb möchte ich wissen ... ist es wirklich vorbei mit ihr?« Sie nahm den Silberrahmen und betrachtete eingehend das Foto. »Sie ist wunderschön, Johnnie. Du hast mir nie ihren Namen gesagt.«

»Julie«, antwortete ich.

»Und warum könnt ihr nicht heiraten? Hat sie schon einen anderen?«

Ich schüttelte den Kopf. »Also gut, Irene. Es ist vielleicht wirklich besser, wir haben keine Geheimnisse voreinander. Es wäre sonst ein schlechter Anfang für eine Ehe. Julie und ich ... wir sind lange ein Liebespaar gewesen.«

»Und?«

»Julie ist keine Weiße. Ihre Mutter ist Halbchinesin und in Amerika aufgewachsen, ihr Vater ist Chinese.«

»Aber das kann doch wohl kaum der Grund ...« begann Irene.

»Doch, natürlich«, unterbrach ich sie. »Der Teufel war los, als die Wahrheit über uns herauskam. Julies Vater ist nicht nur ein steinreicher Mann, sondern der Führer der chinesischen Bevölkerung Singapurs. Die Tatsache, daß seine unberührte Tochter von einem ›weißen Barbaren‹ verführt worden ist, bedeutete für ihn einen Gesichtsverlust, den er wieder wettmachen mußte. Deshalb wurde Julie nach Amerika verbannt, wo ihre Mutter lebt. Und mich hat man nach England geschickt.«

»Aber hättest du nicht um sie kämpfen können?«

Ich zündete eine Zigarette an und betrachtete Julies Foto. »Das ist zwecklos. Trotzdem habe ich's versucht. Es hat furchtbaren Streit in unserer Familie gegeben. Aber gegen das System ist kein Kraut gewachsen. Selbst wenn ich meinen Vater hätte überreden können, einer Ehe mit Julie zuzustimmen, Julies Vater hätte es nie erlaubt.«

»Aber jetzt bist du älter«, entgegnete Irene. »Kannst du dich jetzt nicht erfolgreicher zur Wehr setzen? Komisch, aber eigentlich sollte ich dir die Ehe mit mir wohl lieber nicht ausreden.« Sie lächelte traurig.

»Das kannst du gar nicht. Ich habe mir den Kopf lange genug darüber zerbrochen, bevor wir uns kennengelernt haben. Es ist aussichtslos. Ich bin eines Tages der Chef der Firma Dexter, verstehst du? Und das ist eines der größten Handelsunternehmen im Fernen Osten. In Singapur herrschen strengere Spielregeln als beim Turnier in Wimbledon. Mischehen sind tabu.«

»Aus geschäftlichen Gründen, meinst du?«

»Nein, aus gesellschaftlichen Gründen. Es ist unsinnig zu glauben, die Leute würden plötzlich keine Geschäfte mehr mit der Firma Dexter machen, nur weil ich eine chinesische Frau hätte... die zudem fast wie eine Amerikanerin aussieht, wie du sicher festgestellt haben wirst. Das ist gar nicht das Problem. Man würde uns nur einfach schneiden.«

»Wäre das denn so schlimm?«

»Ein Mann kann damit fertig werden. Aber Julie kommt aus einer der ältesten und vornehmsten chinesischen Familien Singapurs. Für sie wäre es furchtbar, ausgestoßen zu sein, weil sie eben eine Soong ist. Ich bin wirklich kein Gesellschaftshai, Irene, aber du hast keine Ahnung, wie hart es sein kann, wenn man von Kindheit an einfach nur das Beste vom Besten gewöhnt ist. Und das trifft auf Julie ebenso zu wie auf mich. Es bedeutet ja nicht nur, daß man nicht mehr auf Partys eingeladen wird. Wir könnten nicht mal einen anständigen Tisch im Raffles Hotel bekommen, nicht dieselben Clubs besuchen und müßten uns schließlich mit der Gesellschaft anderer ausgestoßener Paare begnügen.«

»Armer Johnnie! Das tut mir wirklich leid. Trotzdem bin ich froh, daß du's mir erzählt hast. Bist du sicher, daß du nie den Wunsch haben wirst, auszubrechen, wenn wir erst verheiratet sind?«

»Deshalb brauchst du dir keine Sorgen zu machen. Du kannst mir nur helfen.«

»Das hoffe ich. Ich möchte nur nicht, daß du mir eines Tages vorwirfst, ich hätte dich daran gehindert...«

»Soweit wird es nie kommen«, versprach ich ihr.

»Ich will mein Bestes tun, alles wiedergutzumachen«, erwiderte Irene, und ich wußte, daß sie das auch halten würde.

Am meisten Kopfzerbrechen machte mir allerdings die Frage, wie wir der Familie Bradshaw schonend beibringen konnten, daß Irene ein Kind erwartete. Je länger ich jedoch darüber nachdachte, desto klarer wurde mir, daß gar keine Notwendigkeit bestand, irgend jemand einzuweihen.

»Die Tatsache, daß ich schwanger bin, wird Tim... und auch Daddy am härtesten treffen«, seufzte Irene, als wir später beim Essen saßen.

»Es gibt eigentlich keinen Grund, darüber auch nur ein Wort zu verlieren«, erwiderte ich. »Einen diesbezüglichen Verdacht haben sie nicht, also...«

»Sollen wir wirklich gar nichts sagen?«

»Warum denn nicht? Tims männlicher Stolz wäre stark angeknackst, und die anderen wären schockiert. Ich habe zwar an jenem Abend in Mayfair versucht, Tim reinen Wein einzuschenken, aber...

»Ich habe gleich gespürt, daß ihr gerade über mich gesprochen hattet«, gestand Irene.

»Na, jedenfalls seid ihr zu früh an unseren Tisch zurückgekommen. Es ist besser, wir sagen gar nichts. Du hast's dir einfach anders überlegt, basta.«

»Nur... allzu lange können wir mit der Hochzeit nicht mehr warten«, murmelte Irene und legte die Hand auf ihren Bauch.

Doch ich hatte bereits alles genau geplant. Sir Keith wollte ich übernehmen, und ich setzte noch am selben Abend ein Telegramm an Papa Jack mit folgendem Inhalt auf:

> ERSCHRECKT NICHT – IRENE HEIRATET NICHT TIM SONDERN MICH – MIT VOLLEM EINVERSTÄNDNIS DER ELTERN – HOCHZEITSTERMIN MITTE OKTOBER – AM BESTEN IHR BUCHT FLUG – MÖCHTE GLEICH NACH DER HOCHZEIT NACH SINGAPUR ZURÜCKKEHREN – NUTZEN ÜBERFAHRT ALS HOCHZEITSREISE – WARTE DRINGEND AUF EURE ZUSTIMMUNG – ALLES LIEBE – JOHNNIE.

Drei Tage später erhielt ich folgende Antwort aus Singapur:

> SIND ERSTAUNT ABER GLÜCKLICH – NEHMEN DIREKTFLUG NACH LONDON ZUR HOCHZEIT – FREUEN UNS ÜBER EURE RÜCKKEHR NACH SINGAPUR – ÜBERLASSEN DIR BUCHUNG DER PASSAGE.

»Wenn wir erst die Seereise hinter uns haben und in Singapur sind, zählt niemand mehr die Monate bis zur Geburt des Kindes«, erklärte ich Irene. »Außerdem sind Siebenmonatskinder nichts Seltenes.«

»Wie soll es denn heißen?«

»Bengy«, antwortete ich, ohne einen Augenblick zu zögern.

»Vielleicht wird's ein Mädchen«, gab Irene zu bedenken.

»Bestimmt nicht«, versprach ich.

Ich schrieb Tim. Das war schon deshalb sehr schwierig, weil ich ihm die Wahrheit nicht sagen konnte. Ich erwartete keine Antwort, und es kam auch keine. Meine Unterredung mit den Bradshaws hatte streckenweise komödienhafte Züge.

»Ich bin ganz schön perplex«, sagte Sir Keith. »Diese Mädchen heutzutage... völlig unberechenbar. Trotzdem bin ich offengestanden ganz froh. Schon den ganzen Sommer über habe ich gedacht, was für eine verdammt nützliche Ergänzung unseres Familienteams du beim Tennis abgeben würdest. Ich dachte schon, du würdest dich nie erweichen lassen... und dann wärst du beinahe noch aus dem Rennen geworfen worden.«

Lady Bradshaw schien gar nicht zu begreifen, daß zwischen mir und Tim ein Unterschied bestand. »Ich bin sicher, Irene wird mit einem von euch beiden glücklich«, bemerkte sie zerstreut. »Nur schade, daß ihr ausgerechnet in Indien leben müßt. Das ist schrecklich weit weg.«

Mr. Cowley war sehr beeindruckt, als ich ihm mitteilte, daß ich heiraten wollte, und er erfuhr, daß Irene die Tochter eines Adligen war.

Er gratulierte mir überschwenglich. »Heute morgen ist übrigens ein Telegramm für Sie gekommen«, verkündete er dann.

Ich ging zu meinem Schreibtisch, öffnete den Umschlag und las:

HERZLICHE GLÜCKWÜNSCHE ZUR VERLOBUNG – KOMMEN AM ABEND DES VIERZEHNTEN OKTOBER AN BORD DER BERENGARIA IN LONDON AN – BLEIBE EINE WOCHE IN LONDON UND BEGLEITE SIE DANN NACH FRANKREICH INS MÄDCHENPENSIONAT – HOFFE DICH BALD WIEDERZUSEHEN – PAUL.

Natürlich wußte ich, wer »sie« war. Und am fünfzehnten Oktober sollte meine Hochzeit stattfinden.

Julie kam nach London. Was würde es bedeuten, sie nach all den langen Monaten wiederzusehen? Und was würde sie empfinden? Unser junges Leben war durch eine heimliche, heftige Liebesaffäre erschüttert worden, in deren Verlauf wir nicht nur immer mehr über einander, sondern über die Liebe an sich und schließlich auch über das menschliche Dasein gelernt hatten. Welche Gefühle würden wir haben, wenn wir uns nach fast zweijähriger Trennung wiedersahen?

Was hatte Julie in dieser Zeit erlebt? Welche Erfahrungen hatte sie gemacht? Hatte sie vielleicht eine Affäre mit einem älteren Mann gehabt, der in der Kunst der Liebe erfahrener gewesen war als ich damals in Abingdon Mansions? Erinnerte sie sich jetzt nur noch belustigt an unsere ersten, unsicheren Schritte auf diesem Gebiet? Hatte sie die furchtbare Einsamkeit der Verdammung in den ersten Monaten wie ich erlebt?

Während ich auf das Telegramm starrte, erfaßte mich Panik. Vielleicht sollte ich lieber als erstes feststellen, wann die *Berengaria* auslief, und Paul telegrafieren, daß ich bei ihrer Ankunft nicht in London sein könnte. Hätte die Hochzeit nur ein paar Tage früher stattgefunden, hätte ich nicht vor dieser quälenden Entscheidung gestanden. Aber ich wollte Julie sehen ... nur mit ihr sprechen. Und ich wußte, daß, ganz gleich, was sie in San Francisco erlebt hatte, sie diejenige gewesen war, die Paul gebeten hatte, diese Begegnung zu arrangieren.

Plötzlich war es mir im Büro zu eng. Ich klopfte bei Mr. Cowley an, entschuldigte mich unter dem Vorwand, Kopfschmerzen zu haben, lief den Korridor entlang am Lift vorbei und die Treppe hinunter. Als ich auf die Swallow Street hinaustrat, winkte ich ein Taxi herbei und ließ mich nach Hause fahren. Dort schenkte ich mir einen dreifachen Scotch ein, füllte das Glas einmal und noch einmal nach und gab mich dem Selbstmitleid hin.

Irgendwann schlief ich ein. Als ich wieder aufwachte, war es draußen dunkel. Ich hatte einen schlechten Geschmack im Mund und Kopfschmerzen. Während ich langsam zu mir kam, merkte ich, daß ein lautes Poltern an der Tür mich geweckt hatte. Ich sprang aus dem Bett, stolperte durchs Zimmer, tastete nach dem Schalter der Stehlampe am Kamin und rief: »Komme schon!«

Die Hand schützend gegen das grelle Licht über die Augen haltend, schob ich den Türriegel zurück. Noch im selben Moment wurde die Tür von außen mit solcher Heftigkeit aufgestoßen, daß sie mich zu Boden warf. Einbrecher, war mein erster Gedanke. Ich begann laut um Hilfe zu schreien und versuchte hastig, aufzustehen. Ich registrierte noch eine dunkle Gestalt, die plötzlich vor mir auftauchte, dann traf mich ein wuchtiger Fußtritt in die Lenden, der mir den Atem nahm. Gekrümmt ging ich erneut zu Boden. Im Fallen sah ich den Fuß, der zum zweiten Schlag ausholte. Diesmal zielte er auf mein Gesicht. Instinktiv riß ich die Hände hoch, doch der Schuh stieß sie beiseite und traf mich an der Wange. Noch bevor der Schmerz einsetzte, fühlte ich warmes Blut über meine Haut rinnen.

»Ich habe gerade mein erstes Angriffstraining hinter mir«, zischte Tim böse. »Mit Kerlen wie dir kann man nicht anders umgehen.«

Ich wollte etwas sagen, doch ich brachte kein Wort heraus. Es war absurd, aber in diesem entsetzlichen Augenblick dachte ich nur daran, was Manenti dazu sagen würde, wenn ich seinen Teppich mit Blutflecken ruinierte.

Instinktiv griff ich blind nach Tims Beinen und zog kräftig daran. Er stürzte vornüber, schlug gegen einen Sessel und schrie überrascht auf. Allerdings schien er sich nicht sehr weh getan zu haben, denn er ging mit schwingenden Fäusten erneut auf mich los. Ich hatte das Gefühl, überall zu bluten, doch das Schlimmste war der Schmerz in den Lenden. Als ich sah, wie er mit dem Fuß erneut zum Schlag ausholte, rollte ich zur Seite und versuchte, einen Stuhl als Schild zu benutzen. Mit einer beinahe verächtlichen Geste stieß er den Stuhl einfach beiseite und stürzte sich auf mich. »Hör doch endlich auf, du verdammter Idiot!« krächzte ich, dann traf mich der nächste Fußtritt an der Brust, und ich hörte meine Rippen knacken.

»Das ist dir hoffentlich eine Lehre! Du spannst keinem mehr sein Mädchen aus!« brüllte er wütend.

»Du verdammter Idiot!« keuchte ich, umklammerte wild entschlossen seine Beine und brachte ihn zu Fall. Tim begann erneut, mich mit schmerzhaften Faustschlägen einzudecken, und diesmal hatte ich tatsächlich Angst um mein Leben. Die Angst, er könne mich umbringen, gab mir wieder Kraft. Irgendwie bekam ich den Fuß der Stehlampe zu fassen. Ich hatte kaum noch genügend Energie sie aufzuheben, geschweige denn besonderes Kampfgeschick, und selbst der Haß auf den Gegner fehlte, um mich anzuspornen. Lediglich ein letzter Rest von Selbsterhaltungstrieb ließ mich handeln. Ich schwang die Lampe über meinem Kopf. Der Schirm flog weg, als ich blindlings zum Schlag in Tims Richtung ausholte.

Zum Glück verfehlte ich mein Ziel nicht. Die heiße Glühbirne traf ihn an der Stirn direkt über dem Nasenansatz. Es roch plötzlich nach verbrannter Haut. Mit einem Schmerzensschrei packte Tim die Birne mit beiden Händen. Als sie zerbrach und tiefe Schnittwunden in seinem Gesicht und an den Handflächen zurückließ, wußte ich, daß ich endlich vor ihm sicher war. Meine Kraft schwand endgültig, und ich wurde ohnmächtig.

Mario Manenti hatte offenbar unsere Schreie gehört oder war von Nachbarn alarmiert worden, denn als ich wieder zu mir kam, wurde ich bereits von einem seiner Freunde, einem italienischen Arzt aus dem Haus gegenüber, versorgt. Er nähte die tiefe Platzwunde an meiner Wange und bandagierte meinen Brustkorb. Ich hatte mir drei Rippen gebrochen. Tim hatte schwere Verbrennungen im Gesicht und an den Händen und mußte ins Krankenhaus gebracht werden.

Glücklicherweise hatte Manenti wie die meisten Ausländer Angst vor der Polizei. Als er sich daher vergewissert hatte, daß keiner von uns beiden bleibende Schäden davontragen würde, überging er stillschweigend den Bruderzwist.

12

Papa Jack und Mama trafen wie verabredet mit dem Flugzeug in London ein und bezogen nach alter Familientradition eine Suite im Hyde Park Hotel. Schon Großvater hatte auf dieser Unterkunft bestanden, und sie gehörte seither zum Lebensstil der Dexters und ihrer Diener, die sie stets auf ihren Reisen begleitet hatten.

Meine Mutter erschrak, als sie mich sah, und ich mußte sie sanft von mir weghalten, da meine Rippenbrüche noch nicht geheilt waren. »Es ist halb so schlimm«, beruhigte ich sie. »Nur die Rippen und das Gesicht tun weh. Ich freue mich so, daß ihr da seid.«

»Was hast du denn nur angestellt, Johnnie?«

»Nichts«, log ich. »Ich hab' mich nur auf eine harte Partie Rugby eingelassen. In ein paar Tagen sieht man schon nichts mehr.«

»Aber du hast doch früher nie Rugby gespielt!«

»Es war auch das letzte Mal, das verspreche ich dir, Mama. Aber laß dich ansehen! Du wirst immer jünger und schöner, Mama.«

Meine Mutter sah tatsächlich erstaunlich gut aus. Zwar hatte sie ihr wahres Alter nie verraten, doch wir wußten, daß sie ungefähr zehn Jahre jünger als Papa Jack, also mittlerweile Mitte Vierzig, sein mußte. Und dafür hatte sie sich phantastisch gehalten.

»Na, sieht dein Vater nicht gut aus?« fragte sie. Und ich mußte ihr recht geben. Er hatte eine bessere Hautfarbe als noch vor zwei Jahren, und die scharfen Falten an Stirn und Backen schienen sich geglättet zu haben.

»Ich habe den Segen der Vitamintabletten entdeckt«, erklärte Vater lächelnd. »Wir sehen uns dann in zehn Minuten in der Bar. Ich bringe deine Mutter nur schnell in die Suite hinauf.«

Dieses Gespräch unter vier Augen hatte ich schon befürchtet. Mama konnte ich täuschen, doch bei Papa Jack war das etwas schwieriger.

»Du hast seit deiner Schulzeit nie mehr Rugby gespielt«, begann Papa Jack dann prompt. »Was ist eigentlich wirklich passiert?«

»Ich hatte eine Prügelei.«

Papa Jack sah mich einen Moment nachdenklich an und fragte dann: »Hatte diese Auseinandersetzung vielleicht mit der Tatsache zu tun, daß die Braut ihre Meinung geändert hat?«

Ich schwieg. Was hätte ich darauf schon antworten sollen?

»Habe ich doch recht gehabt. Es war Tim, stimmt's? Ist mit Tim soweit alles in Ordnung?«

»Ja. Er ist wieder bei seiner Einheit.«

»Ging es um Irene?«

Jetzt konnte mir nur noch die Wahrheit helfen. Papa Jack mußte erfahren, weshalb Irene mich Tim vorgezogen hatte.

»Weiß ihr Vater Bescheid?« erkundigte sich Papa, nachdem ich geendet hatte.

Ich schüttelte den Kopf. »Nein, du bist der einzige, den ich eingeweiht habe. Und sonst soll es auch niemand erfahren. Deshalb wollten wir auch gleich nach der Hochzeit nach Singapur zurückkehren. Auf diese Weise wird es schwieriger, die Zeit nachzurechnen.«

»Du machst es uns manchmal wirklich nicht leicht«, seufzte Papa Jack. »Immer diese Frauengeschichten! Muß das sein? Kannst du nicht mal an was anderes denken, als an... Na, du weißt, was ich meine.«

»Du tust mir unrecht«, entgegnete ich. »Seit meiner Ankunft in London war Irene die einzige. Und sie ist ein bezauberndes Mädchen. Sie gefällt dir bestimmt.«

»Bisher ist dein Leben allerdings reichlich kompliziert gewesen.« Mein Vater bestellte für jeden noch einen Drink. »Ihr jungen Leute macht euch alles nur noch schwerer. Das begreife ich einfach nicht. Aber... Ende gut, alles gut! Das heißt, das hoffe ich wenigstens. Diese Irene scheint ja ein nettes Mädchen zu sein. Und vielleicht... zähmt dich die Ehe ein bißchen. Wenigstens bedeutet es, daß du die Sache mit Julie Soong überwunden hast.«

Ich war nahe daran, ihm zu sagen, daß man ein Mädchen, mit dem man zufällig ein Kind zeugt, nicht unbedingt lieben oder seinetwegen eine andere, hoffnungslose Liebe vergessen muß.

»Vielleicht wirst du jetzt ruhiger«, fuhr mein Vater fort. »Da Tim offenbar in der Armee bleibt, wirst du bald der neue ›Tuan bezar‹ sein. Alles ist im Umbruch begriffen. Du mußt mit einer veränderten Welt fertig werden, Johnnie.«

»Vielen Dank, daß wir nach Singapur zurück dürfen. Ich freue mich auf die Arbeit dort. Aber was verstehst du unter einer ›veränderten Welt‹?« fragte ich.

»Schwer zu sagen. Es ist nur so ein Gefühl, daß sich vieles ändern wird«, erwiderte Papa Jack. »Die farbige Bevölkerung will mehr Mitspracherecht. Ich bin durchaus dafür. Daran ist nichts Dramatisches. Natürlich gehöre ich nicht zu diesen Sozialisten, die das Empire auflösen wollen, aber es kommt die Zeit, da müssen wir uns auf eine Partnerschaft mit den anderen einigen.« Und er fügte sarkastisch hinzu: »Wobei wir die Führung natürlich nicht aus der Hand geben. Aber wenn wir nicht bald etwas tun, dann werden *uns* die Ereignisse überrollen.«

»Mr. Cowley... und mein zukünftiger Schwiegervater sind da

ganz anderer Meinung«, bemerkte ich. »Sie plädieren für die britische Oberhoheit.«

»Möglich, daß ich etwas übertreibe«, räumte Papa Jack ein. »Aber ich hoffe wirklich, daß du jetzt deinen Lebensstil etwas änderst. Und falls es tatsächlich zu größeren Veränderungen kommt, dann hoffe ich, daß du leichter damit fertig wirst, als Tim das gekonnt hätte.«

Schon lange vor meinem Hochzeitstag hatte man mir den Brustverband abgenommen. Ich sah wieder einigermaßen normal aus, als ich am Vormittag des fünfzehnten Oktober gegen zehn Uhr das Savoy betrat. Ich hatte mich mit Paul in der Empfangshalle verabredet. Die Hochzeit sollte um halb drei am selben Nachmittag stattfinden.

Paul war wie immer elegant gekleidet, doch ich war es so gewohnt, ihn in weißer Tropenkleidung zu sehen, daß er mir in seinem dunkelblauen Anzug ganz fremd vorkam. Das Lächeln in seinem goldbraunen Gesicht war mir jedoch sehr vertraut. Wären wir allein und nicht von fremden Menschen umringt gewesen, wir wären uns sicher vor Wiedersehensfreude in die Arme gefallen. Meine Befürchtung, unsere Begegnung könne nach allem, was passiert war, und nach der langen Zeit vielleicht peinlich werden, erwies sich als völlig unbegründet. Es war, als wären wir nie getrennt gewesen.

»Mein Gott, Johnnie, komm bloß bald wieder nach Singapur zurück!« Sein Lächeln war ansteckend wie immer. »Du fehlst mir. Ohne dich langweile ich mich schrecklich. Du bist übrigens schlanker geworden.«

»Ich spiele viel Tennis.«

»Und natürlich die Frauen. Oder ist es damit jetzt vorbei?« Er grinste.

»Was ist in Singapur los? Erzähl! Wie geht es George Hammonds? Und Bonnard? Was Frauen betrifft, solltest du dich lieber an ihn halten.« Ich überschüttete ihn mit Fragen.

»He! Immer langsam!« unterbrach er mich lachend. »Ich bin das letzte Mal vor zwei Monaten in Singapur gewesen. Dann bin ich nach Amerika gefahren, um Julie abzuholen, und bin mit ihr hier nach London gereist. Ich soll sie in ein Mädchenpensionat in Tours bringen. Sie bleibt dort ein halbes Jahr. Anschließend kehre ich so schnell wie möglich nach Singapur zurück.«

»Wie geht es Julie?« fragte ich leise, denn das war in Wirklichkeit das einzige, was mich interessierte.

»Sie wartet oben in ihrem Zimmer auf dich«, erwiderte Paul. »Und... herzlichen Glückwunsch. Es ist das Beste, glaub mir. Julie hättest du nie heiraten können, und auf diese Weise ist der Bruch wenigstens endgültig.«

Er nannte mir die Nummer ihrer Suite, und ich lief mit wild schlagendem Herzen zum Lift. Vor der Tür blieb ich zögernd stehen. Dann klopfte ich.

»Komm rein, Johnnie!« hörte ich Julie rufen, und ich öffnete die Tür. Sie kam mit ein paar schnellen Schritten auf mich zu, und im nächsten Augenblick lagen wir uns in den Armen. Lachend und weinend zugleich küßten wir uns, bis uns der Atem ausging.

Schließlich hielt ich Julie auf Armeslänge von mir weg und sah sie an. Sie lächelte auf diese für sie so typische Art, und plötzlich hatte die Vergangenheit mich mit einem Mal wieder eingeholt.

»Weißt du noch...« begann ich.

»Bitte nicht jetzt, Johnnie«, unterbrach sie mich und hielt meinem Blick ruhig stand.

»Es kommt mir wie eine Ewigkeit vor, seit du... seit du nach Amerika gegangen bist.«

»Wenn wir doch nur dort gelebt hätten«, seufzte Julie. »Es ist ein wunderbares Land. Aber jedes Mal, wenn mir das Leben dort anfing Spaß zu machen, wurde die Erinnerung an dich so stark, daß ich mich nicht weiter anpassen konnte.« Sie lächelte. »Aber daran bist du nicht allein schuld. Ich hab's wohl nicht anders gewollt.«

Paul hatte recht. Julie hatte sich in den vergangenen beiden Jahren verändert. Erst auf den zweiten Blick merkte ich, daß sie einen anderen Haarschnitt trug, etwas reifer und fraulicher wirkte als früher. Trotzdem war sie schöner denn je. Ihre Augen hatten ihren faszinierenden Glanz nicht verloren, doch den übermütigen Blick von früher suchte ich darin vergebens. Julie war offenbar erwachsen geworden.

»Dein Haar ist viel dunkler«, murmelte sie unvermittelt.

»Die Sonne Singapurs fehlt eben«, erwiderte ich.

»Und dein Gesicht... wie bist du zu der Narbe auf der Backe gekommen?«

»Ich habe mich geprügelt.«

Offenbar hielt sie das für einen Scherz, denn sie fuhr ungerührt fort: »Und du bist schlanker geworden.«

»Daran ist die Sehnsucht nach dir schuld. Ich möchte jetzt zwar nicht sentimental werden, aber die ersten Monate hier in London waren für mich die Hölle.«

»Mir ist es genauso ergangen. Und als Mutter dann deinen Brief entdeckt hat... Ich hatte sie noch nie so wütend erlebt. Aber sie hatte recht, uns den Briefverkehr zu verbieten.«

»Wirklich? Ich bin da nicht so sicher.«

»Doch, Johnnie. Sie behauptet, daß man mit der Zeit über alles hinwegkommt... aber nur, wenn der andere bereit ist, zu helfen.«

»So, tatsächlich?« Kaum hatte ich die Worte ausgesprochen, wußte ich, wie dumm und hilflos sie klangen.

»Na, dir scheint es doch gelungen zu sein.«

Ich wollte mich nicht auf gefährliches Parkett begeben, sondern war in das Savoy gekommen, weil ich Julie einfach wiedersehen *mußte*. Trotzdem murmelte ich: »Das stimmt nicht, Julie.«

»Du heiratest doch«, entgegnete sie traurig.

»Julie, du selbst hast gesagt, daß wir nie heiraten können. Aber das alles bedeutet doch nicht, daß sich meine Gefühle für dich geändert haben. Und wenn du heiratest, dann ergeht es dir genauso.«

»Ich kann immer nur dich lieben«, erklärte sie schlicht. »Selbst wenn wir uns nie wiedersehen sollten. Vielleicht heirate ich wirklich irgendwann... aber es wird nie so sein wie mit dir.«

»Mir geht es genauso, Julie.« In diesem Augenblick beschloß ich, ihr zu verschweigen, daß ich noch am selben Nachmittag heiraten würde. Als wir uns schließlich setzten, versuchte ich das Thema Irene tunlichst zu meiden. Ich wollte die kurze Zeit mit Julie genießen, denn wir wußten beide, daß es möglicherweise das letzte Mal war, daß wir allein miteinander sein konnten. Und obwohl wir beide diese kostbare Chance nicht verspielen wollten, kamen wir unweigerlich wieder auf Irene zu sprechen.

»Es ist manches nicht so, wie es scheint«, sagte ich schließlich. »Du bist mir doch nicht böse, Julie?«

»Nein, dir könnte ich gar nicht böse sein. Irgendwie bin ich sogar froh, daß es so gekommen ist... um meinet- und um deinetwillen. Die Tatsache, daß du heiratest, schafft klare Verhältnisse. Auf diese Weise ist es für mich leichter, nach Singapur zurückzukehren.«

Die weiblichste aller Fragen konnte Julie sich dennoch nicht verkneifen: »Liebst du mich wirklich noch?«

»Julie, du weißt, daß es so ist... und nie anders sein wird.«

»Mehr als... Ich habe ihren Namen vergessen.«

»Viel mehr. Es ist zwar nicht besonders nett, daß ich es sage, aber ... ich kann Irene nie so lieben, wie ich dich liebe ... obwohl sie wirklich ein nettes Mädchen ist «

Da ich einen Abschied mit Tränen vermeiden wollte, hatte ich Paul gebeten, nach einer halben Stunde in der Suite anzurufen. Mehr Zeit konnte ich an diesem ereignisreichen Tag meines Lebens nicht erübrigen. Und als das Telefon klingelte und Julie mir ausrichtete, daß Paul heraufkommen würde, sagte ich hastig: »Ich möchte gehen, bevor er hier ist. Julie, ich bin sicher, daß wir uns wiedersehen. Es ist unser Schicksal. Bestimmt.«

Ich hatte bereits die Hand am Türgriff, als Julie fragte: »Ich weiß, daß wir keine Chance in Singapur hatten, Johnnie, aber mußtest du unbedingt ... heiraten?«

»Kannst du es dir nicht denken, Julie? Wir mußten uns ziemlich schnell dazu entschließen. Irene erwartet ein Kind.«

»Ich habe mich schon gewundert.« Tränen rannen Julie über die Wangen. »Ist das nicht Pech? Wenn *ich* doch damals nur von dir ein Kind bekommen hätte.«

Julie machte die Tür hinter mir zu. Ich wollte Paul nicht mit Tränen in den Augen gegenübertreten und ging deshalb durch die Tür mit der Aufschrift »Notausgang« und stieg die Treppe in das nächst tiefere Stockwerk hinunter. Dort erst nahm ich den Lift, verließ das Savoy durch die große Glastür, um mir bei »Moss Brothers« den geliehenen Cut für die Hochzeit abzuholen.

Die Hochzeitsfeier wurde ein großer Erfolg. Irene und ich fuhren noch am selben Abend mit dem Zug nach Southampton, wo wir an Bord der *Orient Princess* gehen sollten. Es war ein eleganter Passagierdampfer, auf dem ich bereits einmal, aber damals noch als Junggeselle, gefahren war. Allein die Erregung, die jeden Reisenden vor einer so langen Überfahrt erfassen mußte, übertönte in diesem Augenblick alle meine anderen Gefühle. Die *Orient Princess* mit ihren langen, mit Mahagoni getäfelten Korridoren, dem breiten Treppenaufgang, der in den großen Salon führte, und den riesigen Wandgemälden machte eine lange Seereise zu einem angenehmen Vergnügen. Einige Passagiere suchten in der Schiffsbibliothek bereits nach einer geeigneten Lektüre, andere nahmen an der Bar einen ersten Drink. Es herrschte allgemeiner Trubel und Aufbruchstimmung.

»Ach, es ist aufregend, Liebling.« Irene drückte meinen Arm. »Ich habe noch nie eine so lange Reise unternommen. Drei Wochen auf See. Bereust du nichts?«

»Dummes Mädchen. Sehe ich vielleicht so aus?«

Ein Gehilfe des Zahlmeisters führte uns in unsere luxuriöse Kabine mit zwei großen Betten, einem Badezimmer und einem geräumigen Schrank, in den wir unser Gepäck stellen konnten.

»Wir packen erst morgen aus«, schlug Irene vor. »Ich möchte an Deck sein, wenn wir auslaufen.«

Als das letzte Gepäckstück an Bord gehievt worden war und das große Netz am Kran leer und schlaff in der Luft hing, ertönte über Lautsprecher die Aufforderung an die Besucher, das Schiff zu verlassen. Nur ein paar Zuschauer beobachteten vom Kai aus, wie die große Gangway eingeholt wurde. Die Schiffssirene heulte zum letzten Mal, die schweren Taue wurden losgemacht und der Ozeanliner entfernte sich langsam rückwärts von seinem Liegeplatz.

In diesem Augenblick, das wußte ich, war die endgültige Trennung von Julie vollzogen. Von jetzt an mußte sie der Vergangenheit angehören. Ich konnte sie vergessen, dessen fühlte ich mich sicher. Schließlich lag eine Zukunft mit einer hübschen Frau vor mir, die mir, wie ich hoffte, bald einen Sohn schenken würde. Auch wenn sich bei dem Gedanken an Julie ein dumpfer, ziehender Schmerz regte, wußte ich doch, daß auch ihn die Zeit heilen würde.

Das einzige, was mir zu diesem Zeitpunkt nicht in den Sinn kam, war, daß die glückliche Braut, die neben mir über der Reling lehnte und in das dunkle Wasser des Hafenbeckens starrte, Singapur von dem Augenblick an hassen würde, da sie ihren Fuß zum ersten Mal auf die Insel setzen sollte.

Dritter Teil

Singapur und Malaya 1937 – 1941

13

Es war herrlich, wieder zu Hause zu sein. Als wir am frühen Morgen in den Hafen einliefen, löste sich der Morgendunst auf, und vor uns in der flimmernden Hitze lag Singapur... mit der ziemlich unromantischen Skyline der glänzenden runden Öltanks auf der linken und dem Saum von Kokosnußpalmen auf der rechten Seite. Hunderte von kleinen chinesischen Booten tanzten auf dem Wasser, und die zahllosen Inseln vor der Küste schimmerten wie Felsen im Meer. Der Himmel darüber war rot von der aufgehenden Sonne. Als ich Irene die Gangway der *Orient Princess* hinunterführte, schlug uns die vertraute feuchtheiße Hitze entgegen und der süßliche Geruch des Flusses stieg mir in die Nase. Die laute Geräuschkulisse mit den Arbeitsgesängen der Kulis und den schrillen Schreien der Straßenverkäufer ließ mein Herz höher schlagen. Ich hatte endlich wieder das Gefühl zu leben.

Ich weiß nicht, was Irene erwartet hatte, obwohl ich auf dem Schiff versucht hatte, sie auf Singapur vorzubereiten. Natürlich war es für eine Frau, die die vornehme Stille und das gemäßigte Klima Wimbledons gewohnt war, eine große Umstellung, losgelöst von der Familie zehntausend Seemeilen zu einer feuchtheißen Insel zu reisen, wo sie vorerst ihre Schwangerschaft verheimlichen und in Zukunft mit völlig anderen Menschen, Sitten und klimatischen Bedingungen zurechtkommen mußte.

Irene sprach nicht viel, als wir im Wagen durch die Stadt fuhren, doch ich schrieb das den neuen Eindrücken zu, die in dieser bunten asiatischen Stadt plötzlich auf sie einstürmten. Allein die Straßenszenen waren für sie sicher neu und zweifellos völlig unerwartet.

In Wirklichkeit hatte ihr Schweigen eine ganz andere Ursache. Die Hitze hatte ihr den Atem genommen. Ich, der ich in diesem Klima geboren worden und aufgewachsen war, hatte keinen Augenblick lang daran gedacht, daß die Hitze für jemanden ein Problem darstellen könnte. Trotz mancher Unbequemlichkeiten und der hohen Luftfeuchtigkeit war es die schwüle Luft Singapurs, die ich in London am meisten vermißt hatte. Sie war ein

Teil meines Lebens. Jetzt erinnerte ich mich allerdings, daß Irene schon während unseres kurzen Aufenthalts in Port Said über die trockene Wüstenhitze geklagt hatte, die im Vergleich zu dem feuchtheißen Backofenklima Singapurs geradezu milde war.

Die Ankunft der ersten jungen »Memsahib« in Tanamera seit dem Tag, da meine Mutter dort Einzug gehalten hatte, war vor allem für das Hauspersonal, das ja wußte, daß eines Tages Irene die Herrin sein würde, ein großes Ereignis. Die Diener und Mädchen hatten sich in zwei Reihen in der Säulenhalle aufgestellt, wo meine Eltern, die uns vorausgereist waren, uns auf dem obersten Treppenabsatz erwarteten. Auch der Patriarch der Familie, Großvater Jack, hatte sich von Li im Rollstuhl dorthin fahren lassen. Er wirkte müder und eingefallener als bei unserer letzten Begegnung zwei Jahre zuvor. Die Zeiten, da er Irene vermutlich mit einer von ihm persönlich dirigierten Blaskapelle empfangen hätte, waren längst vorbei.

Es war typisch für Irene, daß sie es sofort verstand, die Herzen der Wartenden im Sturm zu erobern, indem sie, ohne einen Augenblick zu zögern, auf den alten Mann im Rollstuhl zuging und lächelnd sagte: »Hallo, Großvater Jack!« Und bevor er noch etwas antworten konnte, drückte sie ihm einen Kuß auf die bärtige Backe und verkündete fröhlich: »Ich kenne dich aus Johnnies Erzählungen besser als irgendeinen anderen Menschen in Singapur.«

Ich weiß nicht, was Irene bei dieser Szene wirklich empfunden hat, aber Großvater Jack war jedenfalls restlos hingerissen. Er murmelte irgend etwas Unverständliches. Noch begeisterter von dieser Geste war Papa Jack, die in seinen Augen das höchste Kompliment an ihn, die Familie und das Haus sein mußte.

Unsere Ankunft erlebte allerdings erst den Höhepunkt, als wir das Hochzeitsgeschenk meiner Eltern bekamen. Natürlich hatte Papa Jack uns bereits in London den traditionellen Scheck überreicht und die Passage auf der *Orient Princess* bezahlt, uns dabei jedoch noch ein weiteres Geschenk in Aussicht gestellt.

»Allerdings müßt ihr warten, bis ihr zu Hause seid«, hatte er Irene erklärt. »Ihr bekommt es erst in Tanamera.«

Papa Jack hatte sich mit Irene auf Anhieb verstanden. Die beiden schienen sich so gut zu verstehen, daß ich das Gefühl hatte, mein Vater würde im Fall eines Streits sich jederzeit auf Irenes Seite stellen. Für ihn war Irene die ideale Schwiegertochter. Daraus machte er kein Hehl.

Irene hatte Papa Jack schon in London gedrängt, mehr über dieses Geschenk zu sagen, doch er hatte lachend abgewehrt.

»Nein, es soll eine Überraschung sein. Ich kann nur soviel sagen, daß ein großes, solides und sehr bequemes Doppelbett dabei ist.«

»Also, wirklich!« Irene lachte. »Ihr Männer aus Yorkshire scheint doch immer nur an das eine zu denken.« Jetzt, nachdem die formelle Begrüßung vorüber war, fragte Irene deshalb: »Also, Papa Jack... wo ist unser Geschenk?«

»Kommt mit!« verkündete er und wehrte Mamas Protest, Irene wolle vielleicht zuerst eine Tasse Tee trinken, mit einer Handbewegung ab. Wir folgten ihm die Treppe am hinteren Ende des Ballsaals hinauf. Dort öffnete er hinter der Galerie eine Tür, die, soviel ich mich erinnern konnte, in einen bislang ungenutzten Raum führte. »Hier! Das ist euer Geschenk!« erklärte er.

Mama und er hatten dort fünf Zimmer in eine abgeschlossene Wohnung umbauen lassen. Zu ihr gehörte eine große Veranda, ein Wohnzimmer, ein Ankleidezimmer, eine kleine Küche mit Eisschrank und einem Herd, auf dem wir Tee oder Kaffee kochen konnten, falls wir allein sein wollten, und ein Schlafzimmer mit Klimaanlage. Letztere war im Singapur des Jahres 1937 der Gipfel des Luxus. Es war herrlich, nach der Rückkehr aus dem Büro einen Whisky-Soda zu mixen und sich damit im Kühlen auszuruhen oder nachts mit mehreren Decken schlafen zu können.

Alle waren von Irene begeistert, und sie schien zuerst auch recht glücklich zu sein. Allerdings machte sie oft einen etwas müden, erschöpften Eindruck, doch das war verständlich. Natasha kam häufig aus Ara zu Besuch, sobald ihre kleine Tochter Victoria alt genug war, allein in der Obhut der »Amah« zu Hause zu bleiben. Tony war ganz vernarrt in seine Tochter und genoß ganz offenbar das freie Leben auf der Plantage, während Natflat sich dort eher langweilte. So war es Natasha, die die gleichaltrige Irene animierte, häufiger auszugehen, sie zum Einkaufen mitnahm und mich überredete, die beiden gelegentlich zum Abendessen ins Raffles auszuführen. Bei diesen Gelegenheiten gesellte sich fast immer Vicki zu uns, der die Ehe mit Ian Scott ausgesprochen gut zu bekommen schien. Ihre Züge waren weicher und fraulicher geworden, und sie wirkte sanfter und zurückhaltender. Es war ihr anzusehen, daß sie entschlossen war, aus der Ehe mit einem älteren Mann das Beste zu machen. Im Raffles trafen wir fast alle Freunde von früher. Bonnard war dort ein häufiger Gast und natürlich auch Paul. Der eine stellte jetzt, da Natasha eine junge Mutter war, kaum noch eine Gefahr dar, und Paul konnten wir bedenkenlos auch nach Tanamera einladen, da seine Schwester, die sich noch immer in Tours aufhielt, auch keine Gefahr mehr für mich, den angehenden Vater war. Eigentlich hatten die meisten aus unserem früheren Freundeskreis geheiratet und waren solide geworden. Nur Paul und auch Bonnard, dessen Frau ja weit weg in der Schweiz lebte, führten noch ein Junggesellendasein.

Mama verhielt sich in der veränderten häuslichen Situation großartig. In ihrer sanften, zurückhaltenden Art ließ sie uns allein, wann immer wir allein sein wollten, und war doch immer da, sobald Irene sie brauchte. Sie fand in jeder Situation stets die richtigen Worte und wußte immer, was zu tun war. Außerdem besaß Mama ein untrügliches Gespür dafür, ob Gefahr im Verzug war.

»Bist du Irene gegenüber nicht ein bißchen zu egoistisch?« fragte Mama mich eines Tages. Ich fiel aus allen Wolken.

»Egoistisch? Alles andere als das!«

»Du solltest vielleicht öfter mit ihr ausgehen.«

»Aber, Mama!« protestierte ich. »Irene bekommt ein Kind... und wir können uns im Büro vor Arbeit kaum retten.« Die Kriegsangst in Europa hatte das Kautschuk- und Zinngeschäft noch weiter angeheizt, so daß wir beinahe mehr Aufträge hatten, als wir bewältigen konnten. »Ich bin jedesmal völlig erschöpft, wenn ich nach Hause komme.«

»Natürlich, du arbeitest hart, mein Junge«, entgegnete sie. »Und dein Vater ist auch sehr stolz auf dich.« Sie lächelte flüchtig. »Aber vielleicht wärst du zu Hause nicht so müde, wenn du nach den anstrengenden Bürostunden nicht auch noch täglich zum Tennisspielen gehen würdest.«

»Aber das habe ich doch immer getan.«

»Ich weiß!« Sie mußte unwillkürlich lachen. »Nur bist du damals auch noch nicht verheiratet gewesen.«

»Hm«, murmelte ich etwas niedergeschlagen. »Irene stammt aus einer Familie, in der täglich Tennis gespielt wird. Ihr Vater... ihre Brüder, das sind Tennisfanatiker. So habe ich sie schließlich kennengelernt.«

»Trotzdem spielt Irene nie, stimmt's? Vergiß, was ich gesagt habe, Johnnie. Es ist ja alles halb so schlimm. Ich finde nur, daß sie eigentlich recht einsam ist... Sie braucht ein bißchen mehr Aufmerksamkeit. Irene ist wirklich sehr lieb, weißt du.«

Natürlich waren nicht nur mein Egoismus oder mein Faible für Tennis schuld. Abgesehen von unseren engeren Freunden wie Vicki, Natasha, Bonnard und anderen, langweilten die Geschäftsfreunde der Dexters Irene tödlich. Sie zeigte es zwar nie, dazu war sie zu gut erzogen, und versuchte außerdem, pflichtbewußt ihre Aufgaben zu erfüllen, doch ich spürte es. Das Problem dabei war nur, daß der geschäftliche Erfolg der Dexters auf dem engen persönlichen Kontakt mit den »Freunden« beruhte. Denn sobald diese Leute geschäftlich eine Entscheidung treffen mußten, konnten wir damit rechnen, daß sie sich instinktiv an die Firma Dexter wenden würden. Diese sogenannten »Freundschaften« wurden durch eine endlose Reihe von Abendgesellschaften in Tanamera gefestigt, und da ich der Nachfolger meines Vaters als »Tuan bezar« war, war meine Anwesenheit dabei unerläßlich.

Auch Irene konnte sich in solchen Fällen nicht ausschließen – mit Ausnahme der letzten Monate ihrer Schwangerschaft natürlich –, denn alle unsere Geschäftsfreunde, die normalerweise ihre Frauen mitbrachten, waren gespannt, die junge, hübsche Frau des zukünftigen »Tuan bezar« kennenzulernen. Dabei blieb es jedoch nicht, denn den Abendessen bei uns folgten Einladungen unserer Gäste. Alle waren von Irene begeistert.

»Du kannst dich glücklich schätzen, junger Mann!« sagte Ian Scott eines Tages und zwinkerte mir belustigt zu. Scott schien seit seiner Hochzeit mit Vicki um Jahre jünger geworden zu sein.

»Bestimmt nicht glücklicher als Sie, Sir«, erwiderte ich respektvoll... und wissend.

Selbst P. P. Soong wirkte weniger steif und ernst, wenn Irene in der Nähe war. Tante Sonia hatte sich inzwischen endgültig geweigert, wieder nach Singapur zurückzukehren. Der Bruch war also vollzogen. Und soviel ich von Paul wußte, war P.P. Soong darüber sehr aufgebracht. Ich hatte allerdings das Gefühl, daß er über meine Heirat mit Irene geradezu erleichtert war. Obwohl ich ahnte, daß P. P. Soong mir nie verzeihen würde, mußte er mich akzeptieren, da die Firmen Dexter und Soong enger denn je zusammenarbeiteten.

Unser Unternehmen handelte hauptsächlich mit Kautschuk, Zinn und Bauholz, betrieb eine Reederei, eine Schiffsversicherungsagentur und eine gutgehende Fabrik für Holzfertigbauteile. Das Familienunternehmen der Soongs dagegen hatte seit dem ersten Versorgungsauftrag für den britischen Militärstützpunkt auf den Weihnachtsinseln eine mächtige Importgesellschaft für Güter des täglichen Bedarfs aufgebaut. Grundlage ihres guten Rufs bildete noch immer der erste Auftrag der Verwaltung des britischen Marinestützpunkts auf den Weihnachtsinseln, den die Firma, unter Verzicht auf einen hohen Gewinn, mit soviel Sorgfalt und Pflichtbewußtsein erfüllt hatte, daß die Regierungsbeamten für die Folgeaufträge nie eine andere Firma auch nur in Betracht gezogen hatten. Die Gewinne aus diesen Geschäften waren geschickt investiert worden, und man hatte ganz Malaya mit einem Netz von Warendepots überzogen, von denen aus man dasselbe Warensortiment vertreiben konnte wie das, das zu den Inseln im Indischen Ozean verschifft wurde. Und wie der Vorfahre von P. P. Soong einst das Monopol im Import von Eisblöcken innegehabt und die erste Bäckerei in Singapur eröffnet hatte, so besaßen seine Nachfolger Exklusivverträge für den Import und Vertrieb von Zinnfertigprodukten, Haushaltswaren, Eisschränken ... einfach von sämtlichen Waren vom Gasbrenner bis zur Eiscreme. Im Lauf der Jahre hatten die Soongs auch Kleidung und andere Textilwaren in ihr Sortiment aufgenommen, so daß sie wohl mit Recht behaupten konnten, sie seien in der Lage, eine Plantage mit allem auszustatten, was der Mensch brauchte.

Von Singapur aus wurden die Waren der Soongs per Eisenbahn ins Landesinnere transportiert. Wir waren daran insofern beteiligt, als wir die Transportversicherung übernahmen, unsere Kulis das Abladen der Fracht besorgten, und wir gelegentlich für die Waren eines unserer Lagerhäuser zur Verfügung stellten. Schon bei dem ersten Versorgungsauftrag für die britische Marine auf den Weihnachtsinseln hatten die Soongs für den Transport unsere Schiffe benutzt. Damals hatte die Flotte der Dexters aus mehreren Trampschiffen von dreitausend bis viertausend Bruttoregistertonnen bestanden, die von Großvater Jack in Erinnerung an seinen Vater nach mehreren kleinen Dörfern in der Umgebung von Hull auf die Namen *Analby*, *Ferriby*, *Willerby* und *Brough* getauft worden waren.

Selbstverständlich konnte jeder zahlungsfähige Geschäftsmann Frachträume auf unseren Schiffen mieten. Im Frühjahr 1938 jedoch, als Irene im siebten Monat schwanger war, war die Firma Soong plötzlich daran interessiert, jeden verfügbaren Frachtraum auf den Schiffen der Dexters zu mieten.

Eines Morgens kam Papa Jack in mein kleines Büro und sagte

kurzangebunden: »Bitte, laß alles stehen und liegen. Wir essen im separaten Clubraum mit P. P. Soong und seinem Direktor zu Mittag. P.P. will Frachtraum. Ich habe keine Ahnung, was dahintersteckt, aber es muß sich um eine große Sache für die Soongs handeln, wenn P.P. ein ganz privates Geschäftsessen arrangiert hat.«

Danach bat Papa Jack Ball und Bill Rawlings, eine Aufstellung über den gesamten freien Frachtraum unserer kleinen Flotte für die kommenden drei Monate anzufertigen.

»Bis wann brauchen Sie die Liste?« erkundigte sich Ball.

»Bis morgen abend. Ist das möglich?«

»Klar«, antwortete Ball, der es liebte, sich vormittags besonders kurz zu fassen, während er nach der Mittagspause zu ausschweifenderen Redewendungen neigte.

Soong war ein Mann, der andere gern lange im Ungewissen ließ, während Papa Jack ganz und gar nicht der Typ war, der sich gern auf die Folter spannen ließ. Jedenfalls kannten sich die beiden gut und respektierten einander.

Im privaten Clubraum des Raffles, den P. P. Soong für diese Gelegenheit gemietet hatte, trafen wir P. P. und seinen Direktor T. L. Tan, einen kleinen, untersetzten Mann mit dicken Tränensäcken, die graue Eminenz des Soong-Imperiums und Vizepräsident der chinesischen Handelskammer in Singapur. Ich war beinahe erleichtert, als ich feststellte, daß Kaischek nicht dabei war.

Nachdem wir alle einen Drink am kalten Buffet genommen hatten, kam P.P. Soong ohne Umschweife zur Sache: »Was ich zu sagen habe, ist bis zu einer entsprechenden offiziellen Verlautbarung am kommenden Montag als streng vertraulich zu behandeln.« Er lächelte flüchtig und prostete uns mit seinem Glas Papayasaft zu. »Es handelt sich schlicht darum, daß die britische Marine beschlossen hat, ein Ausbildungslager auf Pulau Tenara, einer Insel in der Nähe der Weihnachtsinseln, zu errichten.«

»Pulau Tenara?« entfuhr es mir überrascht. »Was will die Marine denn auf dieser gottverlassenen Insel? Dort haben's ja nicht mal die Strafgefangenen ausgehalten.« Die Insel, die vorübergehend als Strafkolonie benutzt worden war, war kaum fünfzehn Kilometer lang. Ihr einziger Vorteil war ihre sturmgeschützte Lage innerhalb eines breiten, für die Schiffahrt sehr gefährlichen Korallenriffs, das auch der einzige Grund war, warum diese an sich unbedeutende Insel auf jeder Landkarte verzeichnet war.

Papa Jack reagierte völlig anders. »Ein Ausbildungslager?« wiederholte er und pfiff leise durch die Zähne. »Das kann nichts Gutes bedeuten.«

»Tut es auch nicht«, erwiderte P. P. »Wie Ihnen ja bekannt ist, arbeitet meine Familie seit vielen Jahren für die britische Militärverwaltung auf den Weihnachtsinseln. Aus diesem Grund hatte ich einmal die Gelegenheit, Pulau Tenara zu besuchen. Die Insel ist mit den Nachbarinseln kaum zu vergleichen, denn sie ist erstens unbewohnt und besteht zweitens nur aus Sand und Felsen. Sie hat nur einen Vorteil: Es gibt dort viel Wasser. Unter dem Siegel der Verschwiegenheit wurde mir mitgeteilt, daß die Armee diese Insel als Trainingslager für den Wüstenkrieg benutzen will.«

»Selbst wenn es Krieg geben sollte«, begann Papa Jack und schüttelte lachend den Kopf. »Wüsten haben wir in Europa nun mal nicht.«

»Ich nehme an«, mischte sich zum erstenmal Mr. Tan ein, »daß die Briten im Kriegsfall mit einem Hitler-Mussolini-Pakt rechnen, und dann gibt es auch Krieg in Nordafrika.«

»Das sind natürlich alles nur Mutmaßungen.« P. P. Soong lud eine Portion kalten Truthahn und Salat auf seinen Teller. »Aber die Entscheidung ist offenbar gefallen. Ich halte sie zwar für unsinnig, aber da wir bereits Erfahrungen mit der Versorgung der Weihnachtsinseln haben, hat sich die britische Regierung zuerst an mich gewandt. Sämtliche Unterkünfte wird die Armee selbst bauen, aber wir sollen Lebensmittel, Kleidung, Vorräte und so weiter zusammen mit Holz und anderen Baumaterialien liefern.«

»Können Sie das denn, P. P.?« erkundigte sich Papa Jack.

»Ich habe zwar sofort zugesagt aber ...« P. P. Soong lächelte schlau, »... aber so genau weiß ich das selbst noch nicht. Es hängt ganz von Ihnen ab. Selbstverständlich kann ich Vorräte und Ausrüstungsgegenstände beschaffen. Das ist kein Problem. Aber in der Aufbauphase des Militärstützpunkts brauchen wir jeden verfügbaren Frachtraum, den wir bekommen können. Wenn die Versorgung erst einmal läuft, beanspruchen wir nur die normalen Kapazitäten. Außerdem fehlen uns natürlich Bauholz, Maschinen, Leitungsrohre und anderes Installationsmaterial. Ich hielt es für das Natürlichste der Welt, diesen Teil des Auftrags meinem ältesten Freund anzubieten.«

Normalerweise bearbeitete ich die Auslastungspläne für unsere kleine Flotte, und obwohl Ball bereits mit einer detaillierten

Aufstellung betraut war, wandte sich Papa Jack mit ein paar diesbezüglichen Fragen kurz an mich. Schließlich sah er Soong an. »Wann soll der Transport beginnen?«

»Ungefähr in drei Monaten. Zuerst müssen die Bautrupps der Armee zusammengestellt werden. Anschließend sollen Ihre Baracken aus Fertigbauteilen, Funkstationen und ein Elektrizitätswerk errichtet werden. Allerdings müssen sämtliche schweren Ausrüstungsgegenstände bereits vor Baubeginn auf Pulau Tenara sein.«

»Die *Analby* ist zur Zeit in Kuching und die *Willerby* liegt in Cheribon«, klärte ich Papa Jack auf. »Ich sehe da keine Probleme. Die Frage ist nur, wie die Fracht entladen werden soll. Vor allem, wie sieht der Hafen aus?«

Soong versicherte uns, daß diesbezüglich alles geregelt sei. Noch zu der Zeit, da Pulau Tenara eine Strafkolonie gewesen war, war eine Hafenmole innerhalb der Lagune gebaut worden, die geschützt hinter dem Korallenriff lag.

»Die Regierung behauptet, es gebe eine breite Fahrrinne durch das Riff«, fuhr P. P. Soong fort. »Sie soll für Schiffe mittlerer Größe wie geschaffen sein. Und die Mole ist noch intakt. Wir müssen lediglich die Frage lösen, wie wir die Entladekräne an Land bekommen.«

Wir beendeten in Ruhe unser gemeinsames Mittagessen. Die Kostenrechnungen überließen wir den Finanzspezialisten unserer Firmen. Doch zu diesem Zeitpunkt wußte ich noch nicht, was alles auf mich zukommen würde. Erst einige Tage später, als Papa Jack und ich vor allen anderen allein am Frühstückstisch saßen, sagte Papa Jack mit leisem Bedauern: »Ich gehe auf die Sechzig zu, Johnnie, und ich möchte mich aus dem Pulau-Tenara-Geschäft eigentlich heraushalten. Deshalb bitte ich dich, die Sache allein mit der Firma Soong durchzuführen. Ich möchte lediglich auf dem laufenden gehalten werden.«

Als ich zögerte, fragte er: »Traust du es dir zu? Oder ist es dir zuviel?«

»Die Arbeit macht mir nichts aus«, antwortete ich. »Es ist nur wegen Irene. Eigentlich wollte ich ein paar Tage mit ihr im kühleren Gebirgsklima der Cameron Highlands ausspannen.«

»Das kannst du trotzdem. Ist sie...« Papa Jack suchte offenbar nach dem richtigen Wort. »...ist sie deprimiert?«

»Das wäre übertrieben«, entgegnete ich. »Aber... sie mag Singapur nicht besonders. Im Vergleich zu London kommt es ihr wohl ziemlich langweilig und provinziell vor. Ich habe dich das nie gefragt, Papa... aber wie hat Mama sich eigentlich anfangs hier zurechtgefunden? Immerhin kam sie aus New York.«

»Mama hat Singapur gehaßt«, erwiderte Papa Jack freimütig. »Wir beide... wir sind da anders. Wir lieben Singapur. Ich kann Irene verstehen. Sie ist jung und hübsch... Ich mag sie.«

»Mama hat sich offenbar auch an Singapur gewöhnt.«

Mein Vater zögerte einen Augenblick, dann gestand er mit einem traurigen Lächeln: »Jetzt ist das alles längst vergessen, Johnnie, aber es gab eine Zeit, da hing unsere Ehe an einem seidenen Faden.«

Ich starrte ihn ungläubig an. »Du meinst... ihr wolltet euch scheiden lassen?« fragte ich fassungslos.

»Über Scheidung wurde nie gesprochen.« Papa schüttelte den Kopf. »Als ich so alt war wie du, gab's so was in Singapur gar nicht.« Und seufzend fuhr er fort: »Nach der Geburt von Natasha war deine Mutter in so schlechter Verfassung, daß ich ihr den Vorschlag gemacht habe, eine Zeitlang aus Singapur wegzugehen. Das hat sie dann auch getan. Bitte mißversteh' mich nicht, Johnnie. Das hat nie als Trennung gegolten. Ich habe deine Mutter lediglich für ein paar Monate nach New York geschickt, und sie ist freiwillig vorzeitig... und völlig verändert zurückgekommen.«

Ich schwieg. Mir fehlten die Worte. Offenbar hatte Papa Jack diese späte Beichte doch etwas verlegen gemacht, denn er fuhr übertrieben fröhlich fort: »Ich an deiner Stelle würde mir wegen Irene nicht allzu viele Sorgen machen. Sie hat Heimweh. Sobald das Baby da ist, schicke sie für einige Zeit nach England. Vielleicht kannst du sie sogar begleiten. Nehmt das Flugzeug... das ist das Verkehrsmittel der Zukunft. Aber jetzt zurück zum Geschäft. Glaubst du, du kannst es schaffen?«

»Selbstverständlich«, antwortete ich gedehnt und versuchte etwas Zeit zu gewinnen, um mich nach der überraschenden Eröffnung von Papa Jack langsam wieder auf andere Dinge zu konzentrieren. »Es ist eine ganze Menge Geld im Spiel.«

»Je höher die Summen, desto weniger Probleme gibt es«, erwiderte Papa Jack gutgelaunt. »Das schafft Spielraum für mögliche Fehler. Schwierig wird's erst dann, wenn Geld knapp ist. Und vergiß nicht, daß dieses Geschäft einen Durchbruch für uns bedeuten könnte«, fügte er hinzu. »Plötzlich besteht ein Rekordbedarf an Kautschuk, aber der Preis fällt täglich.«

Es war tatsächlich paradox. 1937 hatte das Internationale Komitee zur Regulierung des Kautschukmarktes angesichts des hohen Bedarfs Amerikas an Kautschuk die Produktionskontingente auf neunzig Prozent unserer möglichen Produktionskapazität erhöht. Alle waren überglücklich. Man stellte neue Arbeitskräfte ein. Bei dem damaligen Preis von über einem Shilling pro Pfund und wachsendem Bedarf schien es, als könne jeder mit Kautschuk ein Vermögen verdienen. Doch dann kam im Mai 1938 der große Einbruch. Zu diesem Zeitpunkt lag soviel Kautschuk auf Lager, daß der Preis auf fünf Pence pro Pfund sank.

»Obwohl wir mehr Kautschuk denn je exportieren, machen wir laufend Verlust. Mit dem Auftrag für die Weihnachtsinseln sind wenigstens unsere Schiffe ausgelastet.«

Wir nahmen uns noch eine Portion Eier und Speck aus der Wärmepfanne. »Außerdem, Johnnie... wenn wir dieses Geld nicht mitnehmen, dann tut's ein anderer«, erklärte Papa Jack. »Trotzdem ist mir nicht klar, weshalb die britische Regierung für eine so verrückte Idee das Geld zum Fenster rauswirft. Ein Wüstenkrieg! Es gibt keinen Krieg in Europa, geschweige denn in Nordafrika. Chamberlain und Hitler einigen sich. Da bin ich sicher.«

»Und wer soll das bezahlen?« fragte ich.

»Der Steuerzahler natürlich«, antwortete mein Vater. »Du hast es doch erlebt, daß Sir John Simon die Einkommensteuer im Vereinigten Königreich auf fünf und dann auf sechs Prozent erhöht hat. Auf diese Weise haben sie genügend Geld, um das Projekt auf Pulau Tenara zu bezahlen.«

»Im Vergleich zu dem gesamten Aufrüstungsbudget ist das sowieso völlig unbedeutend. Nimm zum Beispiel den Marinestützpunkt von Singapur.«

»Mit unserem Fort ist das was anderes«, widersprach Papa Jack. »Großbritannien braucht unbedingt einen größeren Marinestützpunkt im Pazifik... und sei es nur, um den anderen zu demonstrieren, daß wir noch immer die größte und schlagkräftigste Marine der Welt besitzen. Wir müssen Flagge zeigen. Ich traue den Japanern nicht. Allerdings glaube ich kaum, daß sie uns angreifen würden... besonders dann nicht, wenn wir ein bißchen bluffen. Wie geht es eigentlich deinem japanischen Freund Miki?« fragte Papa Jack unvermittelt. »Ich habe ihn lange nicht gesehen.«

Ich schüttelte den Kopf. »Es ist eigentlich idiotisch. Wir haben sonst regelmäßig miteinander Tennis gespielt, aber auch im Club des CVJM sind Japaner jetzt unerwünscht.«

Inzwischen gab es sogar in Singapur eine spürbare antijapanische Stimmung. Die relativ kleine japanische Bevölkerungsgruppe konnte zwar ungestört ihrer Arbeit nachgehen, aber gesellschaftlich waren die Japaner vor allem bei den Chinesen unerwünscht. Ich hatte zwar noch einmal mit Miki Tennis gespielt, doch es war Paul Soong gewesen, der mir geraten hatte, mich vorerst nicht mehr mit Miki zu treffen.

»Versteh' mich nicht falsch«, sagte Paul bei einem Drink im Raffles. »Ich habe nichts gegen ihn, aber es wäre doch schade, wenn man dir deine hübschen Ohren abschneiden oder dir ein Messer in den Rücken jagen würde.« Paul grinste.

»Das ist doch alles Kriegshetze, Paul«, entgegnete ich. »Hier wird es nie Krieg geben. Wozu haben wir den Marinestützpunkt mit seinen schönen großen Kanonen?«

»Aber zwischen China und Japan herrscht bereits Krieg«, konterte Paul mit sanftem Nachdruck. »Und Hitler hat die japanische Oberhoheit in der Mandschurei anerkannt. Deshalb droht ein chinesischer Geheimbund jedem, der sich mit Japanern einläßt, die Ohren abzuschneiden. In der letzten Woche sind allein sechs Fälle bekannt geworden, bei denen die betroffenen Personen ihre Ohren mit der Post wieder zugeschickt bekamen. Ich habe keine allzu große Angst, daß die Japaner hier in Singapur einfallen werden... und wenn, ist das ein Problem der Briten. Aber es ist schließlich kaum zu übersehen, daß die Japaner bereits weite Teile Chinas erobert haben.«

»Ist das denn auch dein Krieg... Ich meine, du bist immerhin britischer Staatsbürger und lebst in Singapur?«

»Ja, Johnnie. Natürlich sind wir beide in Singapur geboren und leben hier. Aber wie würdest du reagieren, wenn die Deutschen London bombardierten?«

»Oh, ich wäre wütend!« gab ich zu.

»Und du würdest sicher schon am nächsten Morgen dafür sorgen, daß kein Deutscher den Cricket-Club mehr betreten dürfte.«

»Ja, möglich.« Ich lachte und wechselte dann hastig das Thema. »Was hört ihr von Julie?«

»Sie schreibt wohlerzogene Briefe an Vater.« Paul zuckte lässig die Schultern. »Vermutlich hat Mutter sie noch vor der Abreise aus Amerika mit antichinesischen Vorurteilen vollgestopft.«

Mein Herz schlug ungestüm.

»Sie kehrt Ende dieses oder Anfang des nächsten Jahres nach Singapur zurück«, fuhr Paul fort und grinste. »Aber das interessiert dich als soliden Ehemann wohl nicht im geringsten.«

Ich gab Paul im Spaß einen sanften Stoß in die Rippen. Natürlich wußte Paul sehr gut, daß mir auch als »verheiratetem Mann« allein das Wort »Julie« einen Stich in der Herzgegend versetzte. Paul war wirklich ein wunderbarer Freund. Ich kannte damals Dutzende von Eurasiern in Singapur, die das Leben in der Kronkolonie mit Haß erfüllt hatte. Ich konnte ihre Gefühle verstehen, denn auch mir widerstrebte es, daß sie von den Briten als Menschen zweiter Klasse behandelt wurden. Paul war völlig anders. Vermutlich war es sein amerikanisches Erbteil oder der Reichtum und Einfluß seiner Familie, der ihn vor den Minderwertigkeitskomplexen bewahrte, unter denen Tausende von unterbezahlten eurasischen Büroangestellten litten, deren einziger Ehrgeiz es war, Regierungsbeamte zu werden, und die das ihnen völlig unbekannte England als ihre Heimat ansahen.

Nach allem, was zwischen mir und Julie passiert war, hätte Paul mich hassen können. Statt dessen erfuhr ich von dem sensiblen, feinfühligen Paul nur Freundschaft und Verständnis. Und ich glaube, der Grund für unsere enge geistige Verwandtschaft lag vor allem darin, daß wir, ungeachtet unserer unterschiedlichen rassischen Herkunft, Singapur als unsere gemeinsame Heimat betrachteten.

Und diese Tatsache wiederum konnte Irene, wie so manches in Singapur, am wenigsten verstehen. Niemand durfte natürlich von ihr erwarten, daß sie bereits nach wenigen Wochen Aufenthalt auf der tropischen Insel dasselbe empfinden würde wie Paul und ich. Es fehlten ihr einfach die vielen Jahre, die wir bereits in Singapur gelebt und die Menschen dort verstehen gelernt hatten.

Einer der Gründe für Irenes Enttäuschung war auch Miki, den ich kaum noch traf. »Ich habe Miki eine Ewigkeit nicht mehr gesehen«, sagte Irene eines Tages. »Immerhin haben wir uns durch ihn kennengelernt. Können wir ihn nicht mal zu einem Drink einladen?«

Als ich Irene erklärte, daß es in der gegenwärtigen politischen Situation unklug wäre, mit Japanern zu verkehren, war sie nicht wütend, sondern völlig entgeistert.

»Soll das heißen, daß du Angst hast, ihn einzuladen, nur weil dein Vater es mißbilligen könnte?«

»Nein, das ist es nicht. Im Augenblick herrscht hier eine starke antijapanische Stimmung.«

»Ich dachte bisher, Miki sei dein Freund!« entgegnete sie scharf.

»Er war mein Tennispartner, Liebling.«

»Also... wenn er nicht gewesen wäre, dann wären wir heute nicht verheiratet. Singapur ist ja noch rückständiger und provinzieller als Wimbledon.«

Wir saßen in der Bibliothek und warteten auf Bertrand Bonnard, der gerade von einer Japanreise zurückgekehrt war. Als er schließlich kam, schlug er sich sofort auf Irenes Seite.

»Wir als Schweizer machen keine... Unterschiede. Ich verstehe die Antipathien der Chinesen gegen die Japaner... und ich würde Jiroh Miki selbstverständlich nicht zusammen mit Mr. Soong hierher einladen. Trotzdem gefallen mir die Japaner.« Und zu Irene gewandt fügte er hinzu: »Wenn du Jiroh wirklich wiedersehen möchtest, dann arrangiere ich ein Abendessen in meiner Wohnung... falls Johnnie nichts dagegen hat.«

»Das wäre wunderbar!« Irene war sofort Feuer und Flamme. »Ich tue alles, nur um aus diesem eintönigen Leben auszubrechen.« Sie sah mich an. »Natasha kommt eine Woche aus Ara hierher, während Tony einen Fortbildungskurs besucht. Darf ich sie mitbringen, Bertrand?«

»Selbstverständlich«, erwiderte Bonnard lächelnd. »Natasha ist eine sehr charmante junge Frau.«

Am 8. Mai 1938 wurde Bengy geboren. Er kam im klimatisierten Schlafzimmer unserer Wohnung zur Welt und wog siebeneinhalb Pfund. Dr. Sampson, der auch die Geburtshilfe übernommen hatte, war für eine Hausgeburt gewesen. »Sie sollte das Kind in Tanamera bekommen«, hatte er zu mir gesagt. »Irene leidet sehr unter der Hitze, und in ihrer gewohnten Umgebung ist sie bestimmt weniger nervös und weniger deprimiert.« In den Krankenhäusern von Singapur gab es damals lediglich in einigen Operationssälen Klimaanlagen.

»Er wird uns für alle Probleme, die wir hatten, entschädigen«, sagte Irene später, als sie erschöpft im Bett lag. »Vor allem dich, Liebling.«

»Du hast mich schon genügend für alles entschädigt«, antwortete ich. »Du bist bald wieder wohlauf. Dafür werde ich sorgen.«

In diesem Punkt sollte ich mich allerdings täuschen. Aber daran war keine Krankheit schuld. Obwohl Irene eine verhältnismäßig leichte Geburt gehabt hatte, war besonders der letzte Monat der Schwangerschaft anstrengend und nervenaufreibend gewesen; und das nicht nur für sie selbst, sondern für uns alle.

Mir war klargeworden, daß Irene ihre Familie und das schöne

Zuhause in Wimbledon sehr vermißte, und ich hatte daher vorgeschlagen, ihre Mutter kommen zu lassen. Papa Jack wollte großzügigerweise die Reisekosten übernehmen. Da man jedoch 1938 eine Flugreise noch als unnötiges Risiko ansah, wurde daraus nichts.

Es war nicht nur die kleine, enge Welt von Singapur, die Irene so hart zusetzte. Sie mochte die Stadt nicht, doch ihre Antipathie rührte hauptsächlich von der erbarmungslosen Hitze her, die sie dazu zwang, den größten Teil des Tages in unserem klimatisierten Schlafzimmer zu verbringen. Das wiederum bedeutete, daß sie ihrem Körper nie eine Chance gab, sich an das Klima der Insel zu gewöhnen. Denn die Hitze und die hohe Luftfeuchtigkeit waren eine Herausforderung für jeden Weißen. Und diesen Kampf mußte man gewinnen, wollte man glücklich überleben. Allerdings konnte das Klima nur besiegt werden, indem man sich ihm stellte, indem man versuchte, schweißgebadet und nach Atem ringend die Hitze auszuhalten, bis der Tag kam, an dem man sie kaum noch spürte. Und Irene brachte nie die Energie auf, diesen Kampf zu gewinnen.

14

Einige Wochen, nachdem wir mit Miki bei Bonnard zu Abend gegessen hatten, traf ich den Japaner zufällig im Adelphi.

»Tut mir leid, daß wir in letzter Zeit nicht mehr Tennisspielen konnten«, entschuldigte ich mich. »Aber du weißt ja, wie das ist. Wenn es auf der internationalen politischen Bühne knistert, dann müssen wir alle für die Hälfte des Geldes doppelt soviel arbeiten.«

»Ich bin auch ziemlich beschäftigt«, erwiderte Miki, der vermutlich genau wußte, daß ich viermal in der Woche im Cricket-Club Tennis spielte. Und als wir uns in den Rattansesseln des Adelphi gegenübersaßen, während an der Decke die Ventilatoren summten, sagte ich unvermittelt: »Geht ihr Japaner in China nicht ein bißchen zu weit?« Ich lächelte, um meinen Worten die Schärfe zu nehmen. Miki seufzte auf die typische japanische Art, die meistens seinen Ärger ausdrückte. »In Japan sind zur Zeit zu viele ungeschickte Leute am Werk. Sie bringen den Rest der Welt gegen uns auf.«

»Bei den Chinesen in Singapur haben sie das jedenfalls gründlich geschafft«, entgegnete ich.

»China und Japan sind von jeher Feinde gewesen. Das ist nicht so wichtig. Wichtig ist, daß unsere dämlichen Politiker Angsthasen sind...«

»Das mußt du mir schon näher erklären«, forderte ich ihn auf, sah mich jedoch hastig nach allen Seiten um. Es war mir unangenehm, im Gespräch mit einem Japaner beobachtet zu werden, seit die ersten Nachrichten von den Greueltaten der japanischen Armee in China auch Singapur erreicht hatten.

»Weil die Japaner unbedingt Öl brauchen, drohen wir jetzt schon den USA. Aber Amerika ist ein mächtiges Land. Ah, da ist mein Freund!« Ein Inder kam geradewegs auf uns zu. Miki stand auf und sagte hastig: »Vielleicht können wir mal wieder im japanischen Club Tennis spielen, ja? Grüße bitte Irene von mir. Gerade vergangene Woche habe ich einen Brief von Sir Keith bekommen.«

»Von Bradshaw?« fragte ich verblüfft.

»Vielleicht mache ich bald eine Geschäftsreise nach Großbritannien, und die britischen Einwanderungsbehörden sehen es immer gern, wenn japanische Besucher eine Ehrenerklärung von einem britischen Staatsbürger vorweisen können. Irenes Vater will mir helfen.«

Der Chinesisch-Japanische Krieg war jedoch bald nicht mehr unser einziges Problem. Im Herbst 1938 wurde auch die Kriegsgefahr in Europa immer akuter. Selbst wir in Singapur spürten das.

An dieser Entwicklung waren Hitler und Mussolini wohl nicht allein schuld. Die allgemeine Lage war deprimierend. 1938 gab es in Großbritannien zwei Millionen Arbeitslose, und ein Drittel der Bevölkerung lebte vom Existenzminimum.

In England hatte die Regierung damit begonnen, für den Kriegsfall Lebensmittellager anzulegen, im September war die Mobilmachung der Marine erfolgt und an alle Bürger wurden Gasmasken verteilt.

»Nicht nur in England sieht es schlecht aus«, bemerkte Papa Jack eines Tages nach der Zeitungslektüre. »In Amerika gibt es seit Anfang des Jahres elf Millionen Arbeitslose, und dreiundzwanzig Millionen leben inzwischen von der Wohlfahrt... das sind fast zwanzig Prozent der Bevölkerung.«

Uns in Singapur war das Münchener Abkommen vom September dieses Jahres nur wie ein böser Spuk erschienen, obwohl publik geworden war, daß bereits Pläne für die Evakuierung Londons existierten. Alle diese Nachrichten erreichten uns jedoch über die KLM mit drei Tagen Verspätung.

»Wenn es tatsächlich Krieg in Europa gibt«, sagte Papa Jack unvermittelt, »ist es besser, ich übernehme die Leitung unseres Londoner Büros. Allein der ungeheure Bedarf an Kriegsmaterial wird einen Boom entfachen, dem wir sonst kaum Herr werden können.«

»Kann Cowley das denn nicht auch?« erkundigte ich mich, und plötzlich war die Erinnerung an jenes Jahr wieder besonders stark, in dem ich Irene kennengelernt hatte.

»Ausgeschlossen. Vor allem dann nicht, wenn plötzlich sämtliche Produktionsbeschränkungen für Kautschuk aufgehoben werden sollten. Wir dürfen schließlich nicht zulassen, daß sich jeder bedient...«

Ich hatte plötzlich den Eindruck, daß Papa Jack geradezu nach einem Vorwand suchte, Singapur verlassen zu können. Heimweh konnte er allerdings kaum nach England haben, das er nur von gelegentlichen Besuchen her kannte. Und obwohl das feuchtheiße Klima auch von ihm Tribut gefordert hatte, verfügte er noch immer über eine gute Konstitution.

»Bitte vergiß nicht, daß ich im Kriegsfall vermutlich eingezogen werde, und du dann hier in Singapur gebraucht wirst«, entgegnete ich.

»Du wirst nicht eingezogen! Was soll der Unsinn?« entgegnete mein Vater barsch. »Es genügt, wenn einer meiner Söhne in der Armee dient... und das ist Tim. Deine Aufgabe ist es, hier die Fäden in der Hand zu behalten.«

Der Verdacht, daß Papa Jack Singapurs... und alles anderen überdrüssig geworden sein könnte, überraschte und schockierte mich. Als ich daher meine Mutter einige Tage später allein im Salon traf, fragte ich sie, was mit Papa Jack los sei.

»Er wird alt, Johnnie«, erwiderte sie lächelnd. »Er braucht Ruhe und Entspannung...«

»Aber Großvater Jack ist über achtzig und...« begann ich.

»Es hat ja auch niemand behauptet, daß dein Vater bald stirbt«, erwiderte sie gelassen, und plötzlich entdeckte ich erschrocken, daß die vergangenen Jahre auch an Mama nicht spurlos vorübergegangen waren. Die feinen Linien um Augen und Mund waren schärfer geworden.

»So habe ich es auch nicht gemeint, Mama.«

»Heutzutage ist alles anders als zu Großpapa Jacks Zeiten«, fuhr sie fort. »Seine Widersacher waren lediglich das Klima und die Konkurrenz. Er hat den Kampf gegen beide gewonnen. Aber du weißt am besten, wie es jetzt in der Firma zugeht. Unsere alte Welt ist im Umbruch begriffen, und das zermürbt deinen Vater am meisten.«

»Aber dieser Umbruch ist doch gerade in England am stärksten spürbar!« widersprach ich.

»Das kann man nicht vergleichen, Johnnie. Was in England passiert, berührt deinen Vater weniger, weil er nie Teil der alten Ordnung dort gewesen ist. Hier ist er Teil dieser Ordnung, und er haßt, was jetzt in Singapur passiert.« Mit einem Seufzer schnitt sie kleine achteckige Stücke aus buntem Stoff für die Patchworkdecke aus, an der sie gerade arbeitete. »Dein Vater hatte eine furchtbare Auseinandersetzung mit dem Gouverneur.«

Als Mama mein entsetztes Gesicht sah, lachte sie.

»Keine Angst, ins Gefängnis kommt er deshalb nicht.«

»Mit Shenton Thomas? Dieser aufgeblasene Emporkömm...«

»Sachte, mein Junge.« Dann erzählte sie mir, was passiert war. Der Sultan von Johore hatte eine Nachtclubtänzerin aus London kommen lassen, um die Frau zu ersetzen, von der er sich gerade hatte scheiden lassen.

»Lydia Hill?«

»Oh! Du weißt davon?« Mama schien erstaunt zu sein.

»Sie ist eine tolle Person.«

»Wirklich?« Und mit einem Lächeln fragte Mama: »Erinnert sie dich nicht auch an Vicki?«

»An Vicki? Nein, warum? Und warum sollte sich der Sultan denn eigentlich keine schöne Frau als Lebensgefährtin aussuchen?«

Mama berichtete daraufhin, daß Shenton Thomas so entrüstet über die neue Geliebte des Sultans gewesen war, daß er seinen Regierungsbeamten die Teilnahme am alljährlichen großen Fest des Sultans in Johore Bahru verboten und der Handelskammer von Singapur empfohlen hatte, ihren Mitgliedern ebenfalls den Besuch der Festlichkeit zu untersagen, was diese dann auch prompt getan hatte.

»Ich habe deinen Vater noch nie so wütend erlebt«, schloß Mama. »Natürlich hat er Shenton Thomas sofort um eine Unterredung gebeten, jedoch nichts erreicht. Thomas hat ihm lediglich entgegnet: ›Die Entscheidung liegt bei Ihnen. Ich kann nur Ratschläge geben.‹«

Papa, der wußte, daß er im darauffolgenden Jahr turnusmäßig zum Präsidenten der Handelskammer gewählt werden würde, war entschlossen, an dem Fest des Sultans teilzunehmen, und ging hin. Abgesehen von einigen Zeitungsreportern und Amerikanern war er dort der einzige Vertreter der weißen Gesellschaft von Singapur. Eine Woche später kam der gegenwärtige Präsident der Handelskammer aufgeregt zu meinem Vater und teilte ihm verlegen mit, daß man beschlossen hätte, ihn im folgenden Jahr nicht zur Präsidentenwahl der Handelskammer aufzustellen. Erst im übernächsten Jahr, wenn sich die Wogen etwas geglättet hätten, solle er das Amt übernehmen.

Dies war ein unglaublicher Vorgang, da seit Bestehen der Handelskammer regelmäßig auch ein Dexter die Präsidentschaft übernommen hatte.

Irene nahm an allen kleinen Damengesellschaften teil, die meine Mutter gab. Meistens waren die Gäste ältere Damen, doch oft gesellte sich auch Natasha dazu, die immer häufiger bei uns Abwechslung suchte und Tony allein auf der Plantage zurückließ. Tony schien das nicht zu stören. Er schien sich in der Gesellschaft der Pflanzer, die sich allabendlich im Club trafen, ausgesprochen wohl zu fühlen.

An Tagen, an denen diese Damenkränzchen stattfanden, hatte ich es nie eilig, nach Hause zu kommen. Manchmal blieben die Damen sogar bis vier Uhr nachmittags, und anschließend wurde Siesta gehalten. Hätte ich mich zusammen mit Irene in unserem klimatisierten Schlafzimmer entspannen können, wäre ich natürlich gern nach Tanamera zurückgekehrt, doch Irenes Einstellung zum Sex hatte sich in der Ehe völlig geändert. Zwar hatte sich dieser Wandel nicht abrupt, aber doch spürbar vollzogen.

Ich hatte durchaus Verständnis dafür, daß eine Frau kurz vor und nach der Geburt eines Kindes ein etwas distanziertes Verhältnis zu diesen Dingen hat, doch bei Irene schien sich Grundlegendes geändert zu haben. Ich kam insgeheim zu dem Schluß, daß ihre vorehelichen Eskapaden einfach nur der Versuch gewesen waren, alles zu erleben und zu entdecken, was sich bot, sie jedoch schließlich zu der Erkenntnis gelangt war, daß Sex sie im Grunde langweilte.

Irene verweigerte sich mir nicht offen, doch allmählich wurde mir klar, daß das, was ihr in der Fulham Road noch Vergnügen bereitet hatte, in Singapur zur leidigen Pflicht geworden war.

Noch sagte sie häufiger ja als nein, doch es wurde oft nur eine sehr einseitige Angelegenheit, die mir Gelegenheit geben sollte, mich abzureagieren, bei der sie jedoch sanft alle meine Versuche, sie zu erregen, abwehrte. Es fiel nie ein böses Wort zwischen uns, und nach außen hin waren wir ein glückliches Paar.

Es kam sogar soweit, daß wir darüber sprachen.

»Irgendwas stimmt mit dir nicht, Liebling«, schnitt ich eines Tages das Thema an. »Kann ich dir denn nicht helfen? Wenn diese verdammte Kriegshetze in Europa nicht wäre, würde ich vorschlagen, daß du Urlaub in Wimbledon machst...«

»Unsinn, Johnnie! Im Augenblick könnte ich nicht riskieren, Bengy mitzunehmen. Dich trifft keine Schuld. Ich weiß, daß ich hier glücklich sein müßte. Schließlich habe ich alles, was man sich wünschen kann. Ich verstehe es ja selbst nicht.«

»Und was Sex betrifft...« begann ich zögernd.

»Bitte glaub' nicht, daß ich nichts für dich empfinde... Aber es ist eben auch nicht mehr, als du für mich übrig hast. Wir müssen unsere Illusionen über die Ehe wohl alle früher oder später aufgeben.«

Es war dann ausgerechnet Mrs. Vicki Scott, die mir meine restlichen Illusionen nahm. Wir trafen uns an einem Sommerabend auf der offiziellen Abendgesellschaft der Vereinigung der Kautschukpflanzer im Sea View Hotel. Das Hotel lag in der Nähe des Schwimmclubs an der East Coast Road. Die Party fand im großen Ballsaal statt, dessen Längsseite zum Meer hin teilweise offen war. Es waren kleine Tische für je vier Personen aufgestellt, die nach dem Abendessen beiseite geräumt werden konnten, um die Tanzfläche in der Mitte zu vergrößern. Die Tischordnung, bei der in Singapur immer streng darauf geachtet wurde, daß Ehepaare nicht zusammen saßen, war im Entrée aufgehängt. Als ich zu meinem Tisch kam, sah ich erfreut, daß Vicki meine Tischdame war.

»Jetzt bist du besser dran, als wenn du mich geheiratet hättest«, neckte ich sie, nachdem unsere Tischnachbarn tanzen gegangen waren.

»Bestimmt«, erwiderte sie lächelnd.

»He! Auf einen leisen Zweifel in der Stimme hatte ich immerhin gehofft!«

»Oh, es hätte mit dir bestimmt Spaß gemacht«, gestand sie. »Aber eben nur so lange, wie der Rausch dauert.«

»Das trifft mich.«

»Ganz so war's nicht gemeint. Du bist ein toller Bursche, und ich habe noch immer ein Faible für dich. Trotzdem glaube ich, daß du ein besserer Liebhaber als Ehemann bist!«

»Unsinn! Du hast mich ja nur als Liebhaber ausprobiert.«

»Du bist nicht gerade egozentrisch... aber ihr Dexters seid hart und kompromißlos. Ihr wollt immer euren Willen durchsetzen, und schafft das auch. Ian hält euch für eine skrupellose Bande. Und nur mit dieser Einstellung habt ihr es wohl soweit bringen können.«

»Wir sind nicht skrupellos!« widersprach ich lachend, obwohl ihre Worte mich ziemlich erschüttert hatten. »Wir sind nur ein sehr altmodisches Unternehmen.«

»Den Eindruck pflegt ihr natürlich nach außen hin. Vielleicht glaubt ihr es sogar selbst. Trotzdem seid ihr harte Geschäftsleute!« Sie zögerte einen Moment. »Es geht mich eigentlich nichts an, aber... aber die Art, wie du Irene behandelst...«

»Irene? Aber Irene geht es bei uns prima.«

»Wirklich? Sie langweilt sich doch zu Tode. Darf ich mal fragen, was du dagegen unternimmst, Johnnie?«

»Aber was kann ich da tun?«

»Ihr könntet zum Beispiel mit dem nächstbesten Schiff nach Hongkong oder Bali fahren. Ich war mit Ian dort. Es ist phantastisch.«

»Aber wir arbeiten zur Zeit sehr hart. Ich kann die Firma nicht von einem Tag auf den anderen allein lassen. Übrigens trifft mich wohl nicht allein die Schuld. Irene wird immer spröder. Du weißt schon... das Übliche... Depressionen, Kopfschmerzen... Und natürlich immer dann, wenn ich Lust auf Sex habe.«

»Tja... die Ehepaare. Sicher bist du nicht allein schuld. Aber ich rate dir, was die Gefühle anderer Menschen betrifft, dir keine Hornhaut zuzulegen. Es wäre schade um dich.«

Ich stand hastig auf, als ich aus den Augenwinkeln unsere Tischnachbarn von der Tanzfläche zurückkehren sah. »Komm, tanzen wir!« forderte ich Vicki auf. »Ich möchte mich weiter ungestört mit dir unterhalten.«

Die Kapelle spielte ein Potpourri der Melodien aus dem Disneyfilm »Schneewittchen und die sieben Zwerge«, der gerade mit großem Erfolg im Capitol lief. Während wir tanzten, sah Vicki mich plötzlich mit einem belustigten Lächeln an. »Und ausgerechnet dich, den Unersättlichen, muß es treffen.« Sie schüttelte den Kopf.

»Unersättlich? Nur weil wir's manchmal in einer Nacht zweimal gemacht haben?«

»Schsch...« Sie tat, als sei sie entrüstet. »Vergiß bitte nicht, daß ich eine anständige, verheiratete Frau bin.«

Es war fast ein bißchen Neid dabei, als ich sagte: »Ich wette, dein Mann macht's nicht zweimal pro Nacht.«

»Gott sei Dank nicht!« entgegnete sie im Brustton der Überzeugung und fügte lächelnd hinzu: »Er ist froh, wenn er's zweimal pro Woche schafft.«

»Mein Gott, für eine junge Frau wie dich muß das ja schrecklich sein.« Ich steuerte mit ihr zum Rand der Tanzfläche und winkte einen Boy mit Getränken herbei. »Wir möchten auf der Terrasse etwas trinken«, sagte ich ihm. »Zweimal pro Woche... und das ausgerechnet bei dir, Vicki...« Mehr brauchte ich nicht zu sagen.

Als uns der Boy zwei Whisky-Soda serviert hatte, starrte Vicki nachdenklich in ihr Glas. »Komisch, wie man sich ändern kann, Johnnie. Aber zweimal pro Woche genügt mir.«

»Früher hast du mich schon zum Frühstück vernascht.«

»Tja, jetzt bin ich zu Papaya und der *Straits Times* übergegangen.« Sie lachte. »Die Ehe verändert uns wirklich. Ian ist prima... großzügig, rücksichtsvoll...«

»Ist er gut im Bett?« fragte ich brutal.

»Jedenfalls nicht schlecht. Aber nach ein paar Jahren Ehe wird alles anders. Sex wird zur angenehmen Pflichtübung. Es macht noch immer Spaß... versteh' mich nicht falsch... aber die anfängliche Leidenschaft nimmt ab. Aber vielleicht ist das ganz gut so.«

Die Kapelle spielte »Love in Bloom«. »Aber... du mußt doch sicher manchmal Lust auf Sex haben«, begann ich heiser vor innerer Erregung.

»Natürlich«, erwiderte sie offen. »Aber das ist was anderes. Jede verheiratete Frau träumt davon, verführt zu werden... aber natürlich nur von einem Freund.«

»Nicht vom jeweiligen Ehemann?«

»Ehemänner verführen einen ja nicht.« Sie lachte erneut. »Außerdem kommt es auf die Umstände an. Man trifft jemanden... es ist sicher... und solange man niemandem wehtut, ist doch alles in Ordnung, oder?«

»Glaubst du, ich wäre ein guter Verführer?« flüsterte ich mit belegter Stimme.

»Hm, du könntest glatt dein Geld damit verdienen. Wäre das nicht amüsanter als die Arbeit in der Firma Dexter?«

»Ich werd's mir überlegen«, antwortete ich, denn ich hatte Angst, zu weit zu gehen.

»Überleg's dir nicht zu lange. Wenn für eine Frau der Augenblick gekommen ist, muß man handeln, bevor sie Angst vor ihrer eigenen Courage kriegt.«

»Das leuchtet mir ein... aber wohin sollten wir?« Ich nahm das Geplänkel noch immer nicht ganz ernst.

Vicki sah mir gerade in die Augen. »Ist der Strand nicht gut genug?« Und dann stieß sie unterdrückt hervor: »Jetzt!«

Das Sea View Hotel lag direkt am Strand. Von der Terrasse aus führte eine Holztreppe zu einem schmalen Sandstreifen hinunter, auf dem seitlich vor dem Hotel eine Reihe gestreifter privater Strandzelte standen. Im Schutz der Säulenarkaden der Terrasse liefen wir über den weichen Sand.

»Das hier!« entschied Vicki, schlug die Plane über dem Eingang eines Zelts zurück, und wir sanken auf eine Gummimatratze. Vicki hatte kaum Zeit ihr Kleid hochzuschieben, dann hatte ich meine Hose ausgezogen und fiel in ihre Arme. Ich verschloß ihren Mund mit Küssen.

»Beeil dich, Liebster«, keuchte Vicki. Und ich gehorchte. In wenigen Minuten war alles vorbei. Irgendwie gelang es mir, mich zurückzuhalten, bis Vicki soweit war, und wir erlebten den Höhepunkt gemeinsam. Keiner machte dem anderen etwas vor. Ich wußte, daß Vicki wie ich zum Orgasmus gekommen war. Allerdings auf andere Art und Weise als ich. Denn kaum drang ich in sie ein und hörte ihren leisen Aufschrei, als sie mich spürte, hatte ich Vicki... Irene und alles um mich herum vergessen und liebte nur noch Julie.

Einige Augenblicke lag ich schweigend und mit klopfendem Herzen neben ihr. Ich hatte fast vergessen, was es bedeutete, auf den Wellen der Lust zu reiten und zu spüren, wie sich die Nägel in meinen Rücken gruben, bis alles in Ekstase endete. Benahmen sich alle verheirateten Frauen wie Vicki? Hatte Irene, die mich so in der Atelierwohnung in der Fulham Road geliebt hatte, je Kratzer auf dem Rücken irgendeines Liebhabers in einem Strandzelt oder einem Schlafzimmer hinterlassen?

Vicki lag bewegungslos neben mir und sagte dann mit einem Seufzer: »Himmel, war das gut.«

Sie lachte belustigt. »Das war natürlich gemein von uns, Johnnie... aber genau das habe ich mit Sex außerhalb der Ehe gemeint.«

Mit dem typisch weiblichen Sinn fürs Praktische gab Vicki mir einige Papiertaschentücher aus ihrer Handtasche, bevor ich meine Hose wieder anzog. Dann strich sie ihr Kleid glatt und verkündete: »Ich gehe jetzt zu Irene und sage ihr, daß du dich plötzlich nicht wohl gefühlt hast.«

»Irene!«

Ich nickte nur stumm mit dem Kopf. Vicki wollte über die Terrasse in den Ballsaal zurückkehren, während ich einige Minuten in der Hoteltoilette warten sollte, bevor ich ihr folgte.

Kurz bevor wir uns ohne Kuß oder Umarmung trennten, murmelte Vicki lächelnd: »Und Johnnie, bitte glaub' jetzt nicht, daß du mich anrufen mußt, wenn Ian nicht zu Hause ist, um dich mit mir zu verabreden. Ich möchte nicht, daß das einmal pro Woche zur Gewohnheit wird. Das ist nicht mein Stil. Im Grunde bin ich eine treue Frau. Vergiß, was passiert ist, und falls sich bei einer anderen Party die Gelegenheit ergeben sollte... wir wissen beide, wann wir so etwas wiederholen wollen.«

Als ich den Ballsaal wieder betrat, hatte sich die ursprüngliche Tischordnung aufgelöst. Familien und Freunde hatten Tische zusammengestellt und sich in größeren Kreisen zusammengefunden. Irene saß bei Papa Jack, Mama, Ian, Vicki, Natasha und Bertrand Bonnard. Die ganze Familie war also beisammen. Vikki, die noch vor wenigen Minuten eine Matratze am Strand mit mir geteilt hatte, sah so vornehm und distanziert aus, als könnte sie kein Eis zum Schmelzen bringen.

Als ich verlegen an den Tisch trat, flüsterte Vicki Irene hastig und vertraulich etwas zu und ließ uns dann allein.

»Du siehst wirklich nicht gut aus, Liebling«, bemerkte Irene ehrlich besorgt. »Was ist passiert?«

»Keine Ahnung«, murmelte ich. »Plötzlich ist mir übel geworden. Aber jetzt geht's mir schon wieder besser.«

15

Im August 1939, also knapp vor der Kriegserklärung Englands an Deutschland, kehrte Julie nach Singapur zurück.

Irene verlor zuerst kein Wort über dieses Ereignis. Vermutlich hatte sie die Angelegenheit als Jugendschwärmerei abgetan und längst vergessen. Mama allerdings scheute dieses Thema nicht, als sie mich in der Bibliothek in ein längeres Gespräch unter vier Augen verwickelte.

»Deine Sturm- und Drangzeit ist vorbei, Johnnie«, begann sie unumwunden. »Du bist jetzt sechsundzwanzig... und ich habe Irene sehr ins Herz geschlossen. Sie ist wie eine Tochter für mich... und eine bezaubernde Frau. Ich wünsche daher nicht, daß du hinter ihrem Rücken eine... etwas mit Julie anfängst.«

Ich wollte ihr schon versichern, daß ich die besten Vorsätze hätte und sie auch zu halten gedächte, als Mama mir allen Wind aus den Segeln nahm, indem sie einfach nur sagte: »Ich vertraue dir, Johnnie.«

»Danke, Mama«, murmelte ich.

»Für einen verheirateten Mann sollte es eigentlich Ehrensache sein, die eigene Frau nicht zu betrügen«, fuhr sie schließlich streng fort. »Ich kann dieser modernen Einstellung zur Ehe nicht zustimmen, bei der es geduldet wird, daß man sich während einer Party... am Strand zu einer Dummheit hinreißen läßt.« Diesmal lächelte sie ausgesprochen süffisant. »Aber obwohl ich es nicht billige, verstehe ich es. Bei Julie... diesem liebenswerten Mädchen... wäre es etwas ganz anderes. Ich glaube, ich könnte dir nie verzeihen, wenn du Irene in irgendeiner Weise hintergehst.«

»Keine Sorge, Mama, es ist endgültig vorbei.«

»Na gut. Dann sei jetzt so lieb und bring mir meine Patchworkdecke.«

Bereits wenige Tage nach dem Gespräch mit Mama traf ich Julie auf einer Party und war selbst erstaunt, wie leicht es mir fiel, im Kreis unserer Freunde neben ihr zu stehen und über Belanglosigkeiten zu reden. Natürlich löste allein ihr Anblick wieder jenes altbekannte Glücksgefühl in mir aus, aber das würde sich nicht ändern, solange ich lebte. Zum Glück wollte Irene erst später nachkommen, so daß ich Julie ungestört beobachten konnte. Und ich bereute es nicht zum ersten Mal seit unserer Trennung, daß ich Julie damals nicht gegen jeden Widerstand geheiratet hatte. Jetzt war es zu spät, und mir waren nur die Erinnerungen an die Nacht im Gartenpavillon und die heimlichen Begegnungen in den Abingdon Mansions geblieben. Alles an Julie erschien mir perfekt: Der lange, schlanke Hals, der aus einer eleganten, fast männlich streng geschnittenen Seidenbluse hervorwuchs, das pechschwarze, glänzende Haar, die wohlgeformten Beine mit den schmalen Fesseln und die feingliedrigen Finger. Ihre Kleidung und die rotlackierten Fingernägel verrieten Pariser Chic.

Aber es waren nicht nur diese Äußerlichkeiten, die den alten Zauber ausmachten. Julie wandte plötzlich den Kopf, fing meinen Blick auf, lächelte, und ich spürte sofort ihre magnetische Ausstrahlung, die Wärme und Zärtlichkeit, die sich mir ohne Worte mitteilten. Ich empfand in diesem Augenblick kein drängendes Verlangen, sondern war einfach nur glücklich, sie ansehen zu können. Und dabei schwelgte ich eher in Erinnerungen an die Vergangenheit, als daß ich mir Hoffnungen auf eine Zukunft gemacht hätte.

Ich ging auf sie zu und sagte nur: »Schön, dich wiederzusehen.«

»Wie geht es deinem kleinen Sohn?« fragte sie schüchtern.

Wir sprachen über Belangloses, bis Julie sich nach Irene erkundigte. »Ist sie hier? Ich möchte sie gern kennenlernen.«

»Es kommt mir so idiotisch vor, daß wir so miteinander reden, Julie«, gestand ich endlich. »Natürlich bin ich jetzt ein verheirateter Mann, aber warum soll ich dir nicht trotzdem sagen, daß ich dich schrecklich vermißt habe? Nicht nur wegen ... du weißt, was ich meine. Du hast mir gefehlt. Allein, daß du da bist, ist schön. Aber, mein Gott, du würdest einen Heiligen verführen.«

»Keine Angst, genau das werde ich nicht tun. Ich bin nicht der Typ, Männer zu verführen. Natürlich freue ich mich, dich wiederzusehen. Aber wir haben uns beide seit damals verändert.«

»Ich weiß.« Ich sah mich um, aber niemand schien von uns besonders Notiz zu nehmen. »Manchmal denke ich an dich ... und zwar ... nun auf die alte Art und Weise.«

Julie lachte. »Ich eigne mich nicht zur Ehebrecherin. Aber wenn du noch ein alleinstehender Mann wärst ... und zwar nicht nur für einen Tag, eine Stunde oder einen Monat ... Ich bin nicht sicher, was ich dann täte. Ich liebe dich noch immer und könnte wohl kaum der Versuchung widerstehen, dich zu erobern.«

»Wirklich?«

»Nein, ich glaube nicht.« Sie lachte. »Und wenn ich damit nur eine andere davon abhalten könnte, dich mir wegzunehmen.«

»Es ist nicht wahrscheinlich, daß das passiert, aber ich werd's mir merken.« Ich mußte ebenfalls lachen.

Julie sah an mir vorbei zur Tür. »Ist das deine Frau dort drüben?«

Ich drehte mich um und machte Irene ein Zeichen, zu mir zu kommen. Früher oder später mußten sich die beiden kennenlernen, und je eher ich es hinter mich brachte, desto besser. Doch all meine Befürchtungen waren unbegründet gewesen. Die beiden unterhielten sich freundlich, ungezwungen und ohne einen einzigen falschen Ton oder eine zweideutige Bemerkung. »Ich habe fast das Gefühl, Sie zu kennen, Julie«, sagte Irene. »Johnnie hat mir erzählt, wieviel Sie ihm bedeutet haben.«

Sie sprachen über Belanglosigkeiten, tauschten Einladungen aus, ohne allerdings ein bestimmtes Datum festzulegen, und erst spät am Abend, in unserem kühlen, klimatisierten Schlafzimmer ließ Irene die Katze aus dem Sack. Während sie vor ihrem Toilettentisch saß und Nachtcreme auf ihr Gesicht auftrug, bemerkte sie plötzlich beiläufig: »Die Tatsache, daß ich Mrs. Dexter bin, macht alles viel einfacher... Ich meine jetzt, da ich Julie kennengelernt habe.«

»Sie ist ein liebes Mädchen«, sagte ich, ohne nachzudenken, um dem gefährlichen Thema die Spitze zu nehmen.

»Ein liebes Mädchen?« wiederholte Irene. »Na, ich weiß nicht so recht. Ich hoffe, sie ist es... um unseretwillen, und natürlich wegen Ben. Denn eins ist sicher: Sie liebt dich noch immer, Johnnie. Also nimm dich in acht.«

Bis auf die Tatsache, daß die Kautschukproduzenten und die Zinnminenbesitzer immer reicher wurden, hatte der Krieg in Europa vorerst keine unmittelbaren Auswirkungen auf das Leben in Singapur.

Von Tim erfuhren wir nur wenig. Obwohl er regelmäßig schrieb, waren seine Briefe mit Rücksicht auf die Zensur so nichtssagend und förmlich gehalten wie offizielle Presseverlautbarungen. Obwohl ich von Anfang an vermutet hatte, daß der pflichtbesessene, obrigkeitshörige Tim darauf bedacht war, seinen tatsächlichen Aufenthaltsort zu verheimlichen, war ich doch immer der Meinung gewesen, daß er in England war. Alle seine Briefe trugen englische Poststempel. Dann machte er eines Tages, wohl ganz unbewußt, einen entscheidenden Fehler, als er den harmlosen Satz schrieb: »Habe heute ganz zufällig Jimmy Cartright getroffen. Er läßt Euch herzlich grüßen.«

»Cartright?« wiederholte Papa Jack sofort verblüfft. »Ich habe vor einigen Tagen Post von ihm bekommen. Er lehrt zur Zeit an der Universität von Kairo.«

Cartright war ein bekannter Arabist und hatte als Zivilist keinen Grund, seinen Aufenthaltsort geheimzuhalten.

»Das bedeutet, daß Tim in Nordafrika ist«, entfuhr es mir prompt.

»Offenbar hatten die Briten doch gar nicht so unrecht damit, ein Trainingscamp für den Wüstenkrieg in der Nähe der Weihnachtsinseln aufzubauen«, murmelte Papa Jack.

»Sollte ich nicht lieber auch Soldat werden?« schnitt ich ein in letzter Zeit häufig diskutiertes Thema an.

»Nein«, widersprach mein Vater energisch. »Wir haben jetzt oft genug darüber gesprochen. Ein Kautschukexperte ist in Zivil mehr wert als in Uniform.« Damit war das Thema für ihn erledigt.

Im Sommer 1941, kurz nach Ende des Monsuns, brachen Irene, Bengy und ich nach Ara auf, wo wir traditionsgemäß bei Tony und Natasha unseren Jahresurlaub verbringen wollten. Meine Schwester lebte mit ihrem Mann zu diesem Zeitpunkt bereits seit drei Jahren auf der Plantage fünfzehn Kilometer außerhalb von Kuala Lumpur. Papa Jacks Entscheidung, Tony die Verwaltung der Plantage zu übertragen, hatte sich bisher für alle Beteiligten nur positiv ausgewirkt. Ian Scott, der mit neunzehn Jahren selbst als Pflanzer angefangen hatte und dessen Unternehmen Consolidated Rubber mittlerweile florierte, war nicht nur froh, daß Tony durch seine Heirat mit Natasha die Verbindung der Familien Dexter und Scott gefestigt hatte, sondern sah es auch nur als vorteilhaft an, daß Tony das Kautschukgeschäft von Grund auf lernte. Papa Jack war erleichtert, in Tony einen tüchtigen Pflanzer zu haben, auf den er notfalls Einfluß nehmen konnte, und Mama war glücklich, daß Natasha in der Nähe lebte und regelmäßig Tanamera besuchen konnte. Irene, Bengy und ich wiederum hatten bei Tony und Natasha auf Ara ein ideales Ferienquartier gefunden. Ich mochte die Plantage seit der Zeit, da ich dort ein halbes Jahr gearbeitet hatte. Natasha hatte am Leben als Frau eines Pflanzers offenbar Gefallen gefunden, da es ihr regelmäßige Besuche in Singapur erlaubte. Alles schien perfekt zu sein.

Wir hatten vor, zwei Wochen auf Ara zu verbringen, und kamen in der ersten Juniwoche mit unserem Buick dort an. Die Einfahrt der Plantage markierte wie schon zu Großvater Jacks Pionierzeiten der von Lianen überwucherte Urwaldriese.

Ich steuerte den Wagen die rote Schotterstraße hinauf zu dem Haus, das in der Mitte der Plantage auf einer kleinen Anhöhe lag. Natasha erwartete uns bereits vor der Haustür. »Ich habe eure Hupe schon von weitem gehört«, erklärte sie und begrüßte uns herzlich. Wir folgten ihr durch die Diele mit der viktorianischen Garderobe und dem Waffenschrank ins Wohnzimmer. Natasha hatte Mamas Sinn für Farben und Gemütlichkeit geerbt. Im Gegensatz zu der sonst üblichen Standardeinrichtung der

Pflanzerbungalows war ihr Haus mit schönen Schränken, bunten Lampen und tiefen Sesseln mit farbenfrohen Chintzbezügen eingerichtet. Das Familienleben spielte sich zumeist auf einer großen Veranda mit Rattanmöbeln ab, auf der mindestens zwölf Personen Platz fanden, und von der aus man einen schönen Ausblick auf den von Bananenstauden und Papayabäumen gesäumten Gemüsegarten hatte.

Die friedliche Stille und Schönheit der üppigen Vegetation ließen uns den Krieg in Europa fast vergessen, bis Natasha das Radio anstellte. Die BBC-Nachrichten waren deprimierend wie immer. Die *Bismarck* hatte die britische *Hood* versenkt, Kiew hatte vor den Deutschen kapituliert, und die Wehrmacht stand mittlerweile vor Leningrad. Der einzige Hoffnungsschimmer schien der Krieg in Nordafrika zu sein, wo die Briten den Italienern eine Niederlage nach der anderen beibrachten. Den Schluß der Nachrichten bildete die Meldung aus London, daß beim letzten deutschen Bombenangriff das Parlamentsgebäude getroffen worden sei.

»Bitte macht das Radio aus!« sagte Irene mit belegter Stimme. »Allein die Vorstellung, daß meine Eltern zu Hause Bombenangriffe erleben, während wir hier Urlaub machen ... Oh, Johnnie, wenn ich doch nur bei ihnen sein könnte.«

»Wimbledon liegt weit weg von Whitehall«, versuchte ich sie zu beruhigen. »Bitte, mach' dir keine Sorgen. Du willst Bengy doch sicher nicht der Gefahr aussetzen ...«

»Es ist merkwürdig, aber uns hier in Singapur, wo wir sicher vor einem Krieg sind, berührt das alles gar nicht so«, seufzte Natasha. »Aber ich kann dich gut verstehen, Irene.« Sie schaltete das Radio aus. »Du bist schließlich in London geboren und hast deine ganze Familie dort.«

»Wo ist eigentlich Tony?« fragte ich.

»Er macht noch seine Kontrollrunde«, erwiderte Natasha. »Es hat Unruhen unter den Arbeitern gegeben. Vielleicht kommt er erst spät. Nehmt euch also schon einen Drink.«

Mir fiel auf, daß Natasha blaß und abgespannt aussah. Auch Irene schien das nicht entgangen zu sein. »Ich habe von den Unruhen in der *Malaya Times* gelesen«, sagte Irene unvermittelt, nachdem der Hausboy ein Schälchen mit Kokoschips und Nüssen gebracht hatte. »Ist es denn schlimm?«

»Nein ... nur so unsinnig«, entgegnete Natasha leichthin. »Sie benehmen sich wie Kinder. Tony glaubt, daß bezahlte Agitatoren dahinterstecken.«

»Das bedrückt dich also«, schloß Irene prompt. »Ihr solltet mal Urlaub machen.«

»Ja, du hast recht«, murmelte Natasha.

Ich sah meine Schwester aufmerksam an. Sie hatte Irene etwas zu schnell und bereitwillig zugestimmt, als diese den Grund für ihre Blässe und Nervosität erkannt zu haben glaubte.

Ich fragte mich plötzlich, ob sich Tony mit einer »Vicki« eingelassen haben könnte und Natasha dahintergekommen war. Deshalb nahm ich mir vor, unter vier Augen mit meinem Schwager Tony zu sprechen. Die beste Gelegenheit dazu bot sich, als Tony mich einlud, die morgendliche Kontrollrunde mit ihm zu machen.

Der Boy weckte mich um halb sechs Uhr am darauffolgenden Morgen und brachte mir eine Tasse schwarzen Tee ans Bett. Frühstück sollte es erst einige Stunden später geben. Auf Ara waren damals ungefähr dreihundert Frauen und Männer beschäftigt, die mit ihren Kindern auf der Plantage lebten und kostenlos verpflegt wurden. Als ich zu den Pfahlhütten hinunterkam, die in mehreren Reihen auf drei Seiten des rechteckigen Sammelplatzes standen, herrschte dort bereits rege Betriebsamkeit. Unter meinen Füßen rauschte das Wasser in den Leitungsrohren, und dünne Rauchsäulen stiegen von den Küchenfeuern auf, vor denen Frauen und Kinder saßen. Die Kinder wurden später in die Schule oder Kinderkrippe der Plantage gebracht.

Tony kam, als der Oberaufseher, ein Inder, gerade die Tagesarbeiten verteilte. Meistens waren es reine Routinearbeiten, da die einzelnen Erntearbeiter stets dasselbe Quartier betreuten. Dort wurde von den Bäumen täglich in alternierender Reihenfolge von halb sechs Uhr bis halb elf Uhr morgens geerntet, da der Latexsaft mit zunehmender Mittagshitze sonst eintrocknete. Nachdem die Erntearbeit vergeben war, wurden die übrigen Arbeiter zum Unkrautjäten, Reinigen der Entwässerungsrohre und zur Insekten- und Schädlingsbekämpfung eingeteilt.

Tony war seit seiner Heirat mit Natasha reifer geworden. Er trieb viel Sport, um sich fit zu halten, trank gern, aber nie zuviel, spielte leidenschaftlich Poker, aber nie mit hohen Einsätzen, war ein ausgezeichneter Kamerad und Sportsmann und bei den anderen beliebt, kurzum der ideale Pflanzer.

Mit seinen dreißig Jahren war er drei Jahre älter als ich, aber jünger als Natasha, und Leben und Arbeit auf der Plantage schienen ihm zu liegen. Und er machte seine Sache ausgezeichnet. Das zeigte schon die Art, wie er die Arbeiter bei der Ernte beobachtete und gelegentlich die Korrektheit eines Zapfschnittes prüfte.

»Das ist ein guter Mann«, erklärte er mir. Tony kannte die meisten Erntearbeiter beim Namen und ließ ihnen soweit wie möglich freie Hand. »Siehst du die Punkte? Besser kann man es nicht machen.« Er deutete auf eine senkrechte Reihe von schwarzen Punkten an der Seite des Baumstammes. Jeder einzelne Punkt wurde am Ende eines Monats vom jeweiligen Arbeiter eingezeichnet und bedeutete die Arbeit eines Monats, also fünfzehn Zapfschnitte. »Der Bursche schafft dreihundert Bäume pro Tag«, erklärte Tony und wandte sich an den Arbeiter. »Gut gemacht, Singh«, lobte er ihn auf Tamil. »Habt ihr Probleme mit Streikenden?«

»Noch nicht, Tuan«, antwortete der Mann. »Aber sie versuchen uns zu überreden, für mehr Geld zu streiken.«

»Die Unruhen weiten sich aus«, seufzte Tony. »Ich bin sicher, daß die Streikwelle uns in ein oder zwei Tagen ebenfalls erreicht. Nein, nein...«, wehrte er ab, als er meinen fragenden Blick auffing. »Es besteht keine unmittelbare Gefahr für euch. Bezahlte Agitatoren nutzen den Boom im Kautschukgeschäft aus, um höhere Geldforderungen der Arbeiter durchzusetzen. Unsere Bäume sind in bester Verfassung. Wir ernten jährlich bis zu sechs Pfund Latex pro Baum, und bei fünfzig Bäumen pro Hektar und fünfzigtausend Hektar... nun, das kannst du dir ja selbst ausrechnen. Jedenfalls machen wir in Malaya Rekordernten.«

Nach dem Frühstück hatte ich Gelegenheit, mich von den stattlichen Latexerträgen der Plantage zu überzeugen. Die großen Alutanks, in die die Erntearbeiter ihre Eimer mit dem klebrigen Saft kippten, waren fast alle gefüllt.

Als wir zum Bungalow zurückschlenderten, fragte ich Tony: »Du bist hier glücklich, was, Tony?«

Tony nickte. »Kann man wohl sagen. Mir graut vor dem Tag, da mich mein alter Herr wieder nach Singapur zurückbeordert.«

»Auch eine Großstadt hat ihre Vorteile«, entgegnete ich. »Es gibt Gesellschaften, gutes Essen und... hübsche Mädchen«, fügte ich nach kurzem Zögern hinzu. »Es muß doch furchtbar langweilig sein, immer nur dieselben Gesichter zu sehen.«

»Die englischen Mädchen in Kuala Lumpur sind nicht zu verachten«, konterte Tony. »Aber Seitensprünge lohnen sich nicht. Das habe ich am Beispiel einiger Kollegen gesehen. Man gerät nur in ein heilloses Durcheinander. Außerdem solltest du nicht vergessen, daß Natasha eine Dexter ist.« Tony musterte mich grinsend. »Sie ist nicht nur die schönste Frau im Distrikt, sondern ist auch ausgesprochen sexy ... und sie ziert sich nie. Ich kann mich wirklich nicht beklagen.« Plötzlich fragte er: »Und was ist mit dir? Ich habe gehört, daß Julie wieder in Singapur lebt. Mein Gott, den Tag, an dem die Bombe geplatzt ist, vergesse ich nie. Den Knall hätte man von Singapur bis San Francisco hören können.«

»Es ist vorbei«, murmelte ich. »Endgültig.«

»Trotzdem dürfte es schwierig sein zu vergessen, wenn du Julie dauernd auf Partys begegnest«, sagte Tony.

»Vergessen ... das kann und werde ich nicht. Aber irgendwie muß man damit leben. Ich bin froh, daß es Bengy gibt. Er hat vieles verändert.«

»Tja, das Leben ist herrlich. Man darf nur nicht schwach werden.«

Wir duschten uns und zogen frische Hemden und Khakishorts an. Kurz darauf gab es bereits Mittagessen. Natasha hatte eine große Reistafel vorbereitet. Dazu tranken wir Bier, und zum Nachtisch gab es eine typisch malaiische Nachspeise aus Sagomehl, Kokosmilch und Palmzucker.

»Ah, das ist ein herrliches Leben«, seufzte ich nach dem Essen und reckte die Glieder.

»Ja, aber jetzt freue ich mich auf eine Siesta«, sagte Irene lachend. Sie schien bester Laune zu sein.

»Mir geht's genauso«, stimmte Tony ihr zu. »Ich bin rechtschaffen müde. Wir könnten heute abend alle zusammen in den Club gehen. Es findet der monatliche Tanzabend statt. Seid ihr einverstanden?«

Tonys Idee wurde begeistert aufgenommen. Wir überließen die Kinder der »Amah« und zogen uns auf unsere Zimmer zurück. Irene und ich bewohnten das freundliche Gästezimmer mit dem breiten Bett, über das, wie überall auf den Plantagen, ein großes Moskitonetz gespannt war.

»Hier auf Ara ist es herrlich, was?« Ich legte mich neben Irene auf den Rücken.

»Himmlisch«, stimmte sie mir zu. Dann sagte sie mit einem neckenden Unterton in der Stimme: »Hast du Lust auf einen ›Fulham Road‹?«

Ich war erstaunt, als ich diesen halbvergessenen Ausdruck hörte. Er war sozusagen ein geheimes Zeichen, mit dem Irene mir zu verstehen gab, daß sie mit mir schlafen wollte. Und zwar nicht, um mir einen Gefallen zu tun, sondern weil sie selbst es wünschte.

Das kam selten genug vor, denn sobald sie merkte, daß mir nach Sex zumute und sie bereit war, sah sie mich meistens mit einem überlegen schwesterlichen Lächeln an und fragte: »Willst du mit mir schlafen, Liebling?« Es geschah nicht häufig, daß sie offen zugab, Sex zu brauchen. Und wenn es doch vorkam, versteckte sie ihre Gefühle hinter der Anspielung auf jene Nächte in meiner kleinen Wohnung in der Fulham Road.

Als ich später aufwachte, lag Irene mit offenen Augen neben mir auf dem Rücken. Da ich meine Worte nach jenen seltenen Gelegenheiten, da Irene voll aus sich herausgegangen war, immer sorgfältig wählen mußte, wich ich auf ein vermeintlich unverfängliches Thema aus.

»Übrigens, ich glaube nicht, daß Natashas Blässe und Nervosität von häuslichen Schwierigkeiten kommt«, begann ich. »Ich meine... sie hat keine Probleme mit Tony.«

»Das weiß ich längst.« Irene zündete sich eine Zigarette an und lächelte. »Du bist wirklich naiv, Johnnie. Natasha ist schwanger... und ich hoffe, es nach dieser Bettszene heute nachmittag ebenfalls zu sein.«

»Was?« Ich richtete mich abrupt auf. »Das ist unmöglich... Tony hat kein Wort...«

Irene setzte sich im Bett auf und deckte das Laken züchtig über ihren nackten Busen. Sie musterte mich mit nachsichtigem Lächeln. »Natasha wird's wohl am besten wissen. Außerdem hat sie es Tony noch gar nicht gesagt.«

»Und was hat das Ganze mit dir zu tun?«

Irene zog an ihrer Zigarette. »Nun, sagen wir, ich habe keine Vorkehrungen getroffen, bevor wir miteinander geschlafen haben.«

»Und weshalb nicht?«

»Es wird Zeit, daß Bengy einen Bruder oder eine Schwester bekommt. Natürlich weiß ich, daß du die Ehe langweilig findest, aber das ist sie eigentlich nicht. Es ist eben nur anders. Du bist leider noch immer nicht erwachsen geworden. Vermutlich bin ich im Bett nicht so gut wie... ich möchte keine Namen nennen, die der Vergangenheit angehören. Aber du kannst mich nicht ändern. Und dich auch nicht. Du bist lieb und großzügig... aber ich weiß, daß du mich nicht liebst...«

»Das ist ein verdammt merkwürdiger Grund, ein Baby zu wollen.«

»Es ist der beste. Vielleicht hilft ein zweites Kind.«

16

Wir waren in bester Laune, als wir mit Tony am Steuer des Kombis zum Club fuhren, der ungefähr fünfzehn Kilometer von Ara entfernt an der Bentong Road lag. »Normalerweise kann man im Club nicht essen«, erklärte Tony während der Fahrt. »Nur wenn Tanz ist, gibt's Würstchen und Kartoffelbrei.«

Als wir ankamen, war der Club bereits gut besetzt, und es trafen laufend noch mehr Gäste ein. Die Abendanzüge der Herren und die langen Kleider der Damen wirkten in dem verhältnismäßig primitiv eingerichteten Clubgebäude etwas fehl am Platz. Die Räumlichkeiten bestanden aus einem langen, kahlen Saal mit einer Bar in der einen und einem Klavier in der gegenüberliegenden Ecke. Der einzige Nebenraum war in ein Billard- und ein Bridgezimmer aufgeteilt. Getanzt wurde im Saal. Da die Kapelle jedoch noch nicht zu spielen begonnen hatte, saßen dort lediglich ein paar Damen in den Korbstühlen und blätterten in Illustrierten.

Ich trat auf die Veranda hinaus und starrte in die Nacht. Es war Halbmond, und das Mondlicht spiegelte sich in den Metallpfosten der Rugbytore und der Tennisnetze auf der Rasenfläche zwischen dem Clubhaus und dem Fluß. Das sonst braune Wasser glitzerte jetzt wie ein silbernes Band. Unweit des Ufers stand eine Gruppe »Arekas«, jene Palmen, von denen die Malaien und Tamilen die Bethelnüsse ernteten, die sie mit Vorliebe kauten, und die ihnen die Zähne und Lippen rot färbten. Hunderte von Glühwürmchen leuchteten auf den Büschen vor den dunklen Schatten des Dschungels auf der gegenüberliegenden Uferseite. Nur die Milchstraße mit ihren hellen Sternen ließ ahnen, wo der Wald endete und der Himmel begann.

Das eintönige Zirpen der Zikaden war die alles beherrschende Geräuschkulisse der Tropennacht. Nur gelegentlich war noch das Klicken der Billardkugeln aus dem Clubhaus zu hören. Ich war so versunken in die Schönheit der Tropennacht, daß ich erschrocken zusammenfuhr, als sich plötzlich eine Hand auf meine Schulter legte und Natasha hinter mir leise sagte: »Diese Nächte sind wirklich wunderbar.«

Wir saßen eine Weile stumm nebeneinander. Schließlich brach Natasha unvermittelt das Schweigen: »Siehst du Julie eigentlich manchmal?«

»Na, du stellst vielleicht Fragen!«

»Ich habe gerade vor ein paar Tagen an euch gedacht... an dich und Julie. Sie war ein bezauberndes Mädchen. Ich habe sie eine Ewigkeit nicht mehr gesehen. Inzwischen soll sie ja wieder in Singapur sein. Begegnet ihr euch öfter?«

»Ab und zu auf Partys.« Und um das Thema zu wechseln, fragte ich: »Wo sind die anderen?«

»Irene und Tony haben sich zu einer Partie Bridge überreden lassen... Hier wird vor dem Tanzen immer Bridge gespielt. Sie bekommen sonst so selten vier Partner zusammen.« Und nach einer Pause sagte sie: »Ich könnte jetzt einen Drink vertragen, Johnnie.«

Ich schlug mit der Handfläche auf die altmodische Messingglocke auf dem Tisch und bestellte zwei Whisky-Soda. Natasha unterschrieb die Rechnung, die der Boy ihr reichte. Ich, als Gast des Clubs, konnte das nicht. »Jetzt lasse ich mich schon von meiner älteren Schwester aushalten«, neckte ich sie bewußt. Ich hatte das Gefühl, daß sie etwas auf dem Herzen hatte, und wollte sie aufheitern. »Na, wie fühlt man sich mit dreißig?«

»Gib nicht so an! Du bist auch bald soweit.« Sie lächelte. »Wie die Zeit vergeht! Aber jetzt mal im Ernst. Julie und du... ihr habt euch doch sehr geliebt, oder? Ich weiß noch, daß ich oft gedacht habe, wie phantastisch es sein muß, so verliebt zu sein wie ihr beide.«

»Es war phantastisch... *war*!«

»Und du bereust nichts?«

Ich schüttelte den Kopf. »Natürlich nicht. Keine Sekunde!« Ich sah Natasha an. »Sag' mal, Schwesterherz, bedrückt dich eigentlich was?« Da ich über ihren Zustand Bescheid wußte, war das eine bedeutungsschwere Frage. »Kann ich dir irgendwie helfen?«

Natasha schwieg eine Zeitlang beharrlich. Dann holte sie plötzlich tief Luft und ergriff wie in unserer Kinderzeit meine beiden Hände und flüsterte mit Tränen in den Augen: »Ich bin so unglücklich, Johnnie. Mein ganzes Leben ist ein heilloses Durcheinander.«

Ich legte den Arm um ihre Schultern. »Natflat, sag' mir endlich, was los ist, ja?«

Natasha wischte sich die Tränen aus den Augen. »Ich muß

unbedingt weg von hier, Johnnie«, begann sie schließlich, ohne mich anzusehen. »Könntest du Papa Jack überreden, mich nach England zu schicken?«

»England? Möchtest du unbedingt einen Bombenangriff miterleben?«

»Mir ist alles gleichgültig. Ich will nur weg.«

»Ist es... wegen Tony?«

»Nein, nein. Armer Tony, wenn's nur so einfach wäre! Nein, Johnnie. Weißt du, daß ich ein Kind bekomme?«

»Ja.« Es gab keinen Grund, warum ich ihr verschweigen sollte, daß Irene es mir bereits erzählt hatte. Sie hatte es sich schließlich denken können.

Natasha holte erneut tief Luft und hielt meine Hand noch fester umklammert. »Ich bin in einen anderen verliebt... und das Kind ist nicht von Tony.«

»Mein Gott, Natflat... nicht schon wieder!« stöhnte ich unwillkürlich. Automatisch stand mir wieder die Szene in Vickis Wohnung in Singapur vor Augen. Jetzt war Natflat also zum zweiten Mal aus der Bahn geraten. Und das, obwohl sie nach außen hin den Eindruck einer glücklichen und sorglosen jungen Frau machte.

»Ich bin ein Idiot! Tony hat natürlich keine Ahnung. Aber lange kann ich's nicht mehr verheimlichen. Und wenn er's erfährt, weiß er auch sofort, daß es nicht sein Kind ist.«

Nach einer Pause fuhr sie fort: »Es ist in dem Monat passiert, als Tony zur Konferenz nach Batavia geflogen war, und ich in Tanamera gewesen bin.«

»Wer ist der Vater?« fragte ich, und kaum hatte ich es ausgesprochen, dämmerte mir die Wahrheit. »Doch nicht etwa Bonnard?« entfuhr es mir unwillkürlich.

Natasha nickte nur schweigend. Hinter uns im Clubhaus ertönte der Gong, der die Mitglieder zum Essen rief.

»Mein Gott, Natflat, warum hast du das getan? Ich dachte, die Affäre ist längst vorbei.«

»Wie bei dir und Julie, meinst du wohl?« entgegnete sie mit Bitterkeit in der Stimme. »Für euch war das einfach. Euch hat man getrennt. Uns nicht. Gut, ich bin hier nach Ara gekommen, aber ich kann jederzeit nach Singapur fahren. Außerdem liebe ich ihn, Johnnie. Es ist nie anders gewesen.«

»Und Tony... hat er einen Verdacht?«

»Nein, sicher nicht. Tony fährt oft zu Konferenzen oder Kongressen, und ich bin dann immer in Tanamera.«

»Aber jetzt kriegst du ein Kind! Warum hast du denn nicht besser aufgepaßt?« entgegnete ich verständnislos. »Ich meine ... das tut doch jede Frau.«

»Ich wollte ein Kind von Bertrand!« erklärte Natasha beinahe trotzig. »Es war Absicht.«

»Und er? Er ist damit einverstanden? Aber Bonnard ist verheiratet und katholisch!«

»Um Gottes willen, nein! Bertrand hat natürlich keine Ahnung. Er würde sonst einen Anfall bekommen! Das Kind gehört mir, mir ganz allein. Ich wollte nur ... jetzt hältst du mich vermutlich für völlig übergeschnappt ... aber wenn ich ihn schon nicht heiraten kann, dann wollte ich wenigstens ein Kind von ihm.«

»Und wie willst du dieses ... dieses ›Souvenir‹ mit deiner Ehe vereinbaren?« erkundigte ich mich sarkastisch. »Hast du vor, es Tony als sein Kind unterzuschieben?«

»Deshalb möchte ich ja fort von hier.«

»Du hast meine Frage nicht beantwortet.«

»Also gut. Zuerst ist das mein Plan gewesen, aber dann ... Nein, ich könnte das Tony nicht antun. Wenn ich ihn hassen würde, vielleicht ... aber so ... Ich liebe ihn auf eine andere Art. Nur bin ich eben nicht in ihn verliebt. Das bin ich nie gewesen.«

»Warum hast du ihn dann geheiratet.«

»Alle haben mich dazu gedrängt ... Du kennst doch unsere Familie ...«

»Es hat dich aber niemand dazu gezwungen, Natflat.«

»Nein, natürlich nicht. Aber man hat es eben von mir erwartet. Es schien damals auch ganz in Ordnung zu sein ...«

Während ich Natflat ansah, mußte ich unwillkürlich an Irene denken. Da waren zwei Mädchen, die fünfzehntausend Kilometer voneinander entfernt aufgewachsen waren, liebevolle und großzügige Eltern hatten und doch verzweifelt versucht hatten, der wohlmeinenden Güte zu entkommen, die einen Menschen ersticken konnte.

»Ich dachte nach der Abtreibung ...«

»Ich habe versucht, Schluß zu machen, Johnnie. Immer wieder ... trotzdem bringe ich es nicht fertig. Und heute abend, als ich dich gesehen habe, dachte ich ... Ich meine, du hast es geschafft, von Julie loszukommen, weil praktisch der ganze Atlantik zwischen euch lag ...«

Ich schwieg. Nachdem uns der Boy noch zwei Whisky-Soda gebracht hatte, fuhr Natasha fort: »Ich weiß, daß ich das Baby nicht bekommen und so tun darf, als sei es Tonys. Moralisch gesehen wäre es gegenüber Tony eine Gemeinheit. Aber ich möchte ihm nicht wehtun, Johnnie. Und ich will in Ruhe über alles nachdenken können. Das ist nur möglich, wenn ich weit fort von hier bin, wo ich Bertrand nicht mehr sehe. Deshalb möchte ich nach England. Ich bin schließlich britische Staatsbürgerin.«

»Sicher ist das möglich. Aber wie wär's mit Amerika?«

»Ja, vielleicht! Mein Gott, wo bin ich da nur hineingeraten? Vielen Dank, daß du mich angehört hast, Johnnie. Ich habe dich immer für den Verrückten in unserer Familie gehalten. Aber du warst schlauer als ich.« Der zweite Gong ertönte. Das Essen war offenbar serviert.

»Komm, wir müssen hinein«, forderte Natasha mich auf. »Sonst fallen wir auf. Ich wisch' mir nur die Tränen ab.«

»Die Frauen haben in Malaya einen großen Vorteil«, bemerkte ich, um sie aufzuheitern. »Wenn die Schminke aufweicht, kann man jederzeit die Hitze dafür verantwortlich machen.«

Ich wollte mich gerade auf den Weg machen, Irene zu suchen, als plötzlich, wie aus heiterem Himmel, ein Schuß fiel. Glas klirrte, und laute Angstschreie ertönten.

Die Schreie kamen aus dem Bridgezimmer, wo, wie ich wußte, auch Irene sein mußte. Ich ließ mein Whiskyglas fallen und rannte laut nach Irene rufend in das Spielzimmer. Pulvergeruch stieg mir ätzend in die Nase, und ich wurde beinahe von den Frauen umgerannt, die plötzlich hinter der Trennwand aus Rattan, hinter der die Bridgetische standen, hervorquollen. Alle schrien wild durcheinander. »Das war einer der Aufständischen! Verdammte Kommunisten! Wo ist der Kerl? Los, den greifen wir uns! Bleibt von den Fenstern weg!«

Da jedoch kein zweiter Schuß fiel, legte sich die Panik der ungefähr fünfzig Clubgäste schnell.

»Mir ist nichts passiert«, sagte Irene atemlos, als ich mich schließlich bis zu ihr vorgekämpft hatte. »Aber einen doppelten Scotch könnte ich jetzt vertragen.«

Es stellte sich bald heraus, daß niemand verletzt worden war. Die meisten machten ihrer Wut in Beschimpfungen an die Adresse der »verdammten Aufständischen« Luft, bis sich der Clubsekretär, ein freundlicher ehemaliger Pflanzer, Gehör verschaffen konnte. »Ich bitte um Ruhe!«

Sofort wurde es im Saal still. »Die unmittelbare Gefahr ist vorbei. Ich rate Ihnen allerdings, die Veranda nicht mehr zu betreten, meine Herrschaften. Es war offenbar nur ein einziger

Schütze, aber er könnte noch in der Nähe sein. Ich habe sofort Kuala Lumpur verständigt. Die Polizei ist bereits unterwegs. Außerdem ist das Essen serviert.«

Die Tische waren nach dem Essen noch nicht abgeräumt, als sich der Clubsekretär erneut an die Gäste wandte: »Meine Damen und Herren! Die Polizei hat den Heckenschützen gefaßt!« Bravorufe und Beifall ertönten. Als alles wieder ruhig war, fuhr der Clubsekretär fort: »Und jetzt möchte Mr. Langworthy, der Chef der Polizeieinheit, noch ein paar Worte an Sie richten.«

H. B. Langworthy hob die Hand, um sich Gehör zu verschaffen. Der ungefähr dreißigjährige ehemalige Marineoffizier in eleganter Khakiuniform war überall in Malaya wegen seines Mutes und seiner persönlichen Einsatzbereitschaft bekannt.

»Es besteht kein Grund zur Aufregung«, begann er. »Ich möchte Sie also bitten, sich ruhig anzuhören, was ich Ihnen zu sagen habe. Es sieht so aus, als habe der einzelne Heckenschütze mit seinem Schuß ins Fenster nur die Aufgabe gehabt, die Polizei hierher zu locken, um uns vom wahren Geschehen abzulenken. Mittlerweile haben sich nämlich kleine Gruppen von Aufständischen auf den einzelnen Plantagen zusammengerottet.« Als alle erschrocken die Luft anhielten, fuhr er ruhig fort: »Bisher sind nur ein paar Steine geworfen worden, aber ich halte es trotzdem für richtig, wenn Sie jetzt alle in Ihre Bungalows zurückkehren.«

Irene beugte sich über den Tisch zu mir und stieß dabei ein Bierglas um. Die braune Flüssigkeit ergoß sich über ihr weißes Kleid. »Komm, wir gehen Johnnie! Bengy... Ich habe Angst, daß ihm etwas passieren könnte!«

»Du hast recht.« Ich stand auf. Da bald sämtliche Straßen verstopft sein würden, wollte ich so schnell wie möglich zum Parkplatz kommen.

»Noch etwas!« rief Langworthy. »Alle freiwilligen Mitglieder der Kolonialschutztruppe sammeln sich morgen vor vier Uhr in Uniform vor dem Polizeihauptquartier.«

»Donnerwetter! Die Sache scheint ernster zu sein, als ich gedacht habe«, rief Tony mir zu. »Los, machen wir, daß wir nach Hause kommen!«

Als wir den Wagen erreichten, salutierte ein Polizeioffizier vor Tony. »Das ist Sergeant Corrie!« stellte Tony ihn mir vor.

»Ich fahre mit Ihnen, wenn Sie nichts dagegen haben, Mr. Scott«, erklärte er. »Es ist zu Krawallen auf Ara gekommen.« Als Natasha etwas sagen wollte, unterbrach er sie hastig: »Keine

Sorge, es ist nichts Ernstes, Mrs. Scott. Wir haben bereits einen Beamten vor Ihrem Bungalow postiert.«

»Sollten wir nicht zuerst anrufen?« fragte Natasha.

Corrie zögerte. »Tut mir leid, aber die Telefonleitung nach Ara ist gekappt worden«, erwiderte er schließlich mit tonloser Stimme. »Überall sind die Leitungen blockiert.«

Tony brach auf der Rückfahrt sämtliche Geschwindigkeitsrekorde. Mit quietschenden Reifen rasten wir die kurvenreiche Straße durch den Dschungel entlang.

Auf der Fahrt erfuhr ich dann endlich, was eigentlich geschehen war. Seit Wochen hatte es kleinere Streiks indischer Plantagenarbeiter auf den einzelnen Pflanzungen gegeben. Die meisten waren sofort wieder beigelegt worden. In der vorausgegangenen Woche hatte die Polizei jedoch einen Inder namens Nathan wegen Widerstands gegen die Staatsgewalt festgenommen. Agitatoren hatten daraufhin die Verhaftung des Inders benutzt, um die leichtgläubigen indischen Arbeiter aufzuhetzen. Die Folge war ein Demonstrationszug vor das Arbeitsaufsichtsamt in Kuala Lumpur gewesen. Die meisten Inder hatten gar nicht begriffen, worum es eigentlich ging und wollten auch nicht streiken, aber sie waren verunsichert und verängstigt. Das schuf ein gefährliches Klima. Jede gegen sie gerichtete Regierungsaktion konnte zu neuen und schwereren Unruhen führen.

Hinter der letzten Kurve auf der Durchgangsstraße von Bentong nach Kuala Lumpur bremste Tony scharf ab und lenkte den Wagen in die Einfahrt von Ara. Direkt hinter dem Tor bot sich uns ein schreckliches Bild. Um zwei große Feuerhaufen, deren lodernde Flammen die Nacht erhellten, hatte sich eine laut schreiende und aufgeregt gestikulierende Menschenmenge versammelt. Über der ganzen schaurigen Szene erhob sich das Wahrzeichen von Ara, der lianenüberwucherte Urwaldriese, wie ein Totempfahl.

Ehe wir uns versahen, hatte Tony die Autotür aufgestoßen und war hinausgesprungen. »Was zum Teufel glauben die Kerle eigentlich, was sie sich auf Ara erlauben können!« schrie er aufgebracht.

Doch bevor Tony in seiner Wut etwas Unüberlegtes tun konnte, war Sergeant Corrie ihm gefolgt und legte ihm beschwichtigend die Hand auf die Schulter. »Überlassen Sie das bitte mir, Sir«, sagte Corrie ruhig und überlegen.

Ich war inzwischen ebenfalls ausgestiegen und starrte entsetzt auf die unruhige, teilweise mit Stöcken und Hackmessern bewaffnete Menge, unter der sich auch einige wenige Frauen und Kinder befanden.

Corrie ging mit erhobenem Kopf und gemessenen Schrittes auf die Leute zu. Er zögerte kein einziges Mal und ließ seinen Dienstrevolver unberührt im Halfter. Das laute und aufgebrachte Geschrei verebbte allmählich. Alle standen wie erstarrt. Schließlich blieb Corrie stehen und hob die Hand. Plötzlich war nur noch das Knistern der Flammen zu hören.

»Mr. und Mrs. Scott haben einen anstrengenden Tag hinter sich und möchten so schnell wie möglich zu ihrer kleinen Tochter zurück und ins Bett«, erklärte er gelassen und freundlich. »Bitte kehrt in eure Hütten zurück und laßt uns passieren.«

Die Menge zögerte einen Augenblick unschlüssig. Einige machten bereits Anstalten beiseite zu treten, als plötzlich ein Inder aus der Menge sprang und wüste Beschimpfungen gegen uns ausstieß. Tony wollte sich auf den Mann stürzen, doch Corrie hielt ihn mit eisernem Griff zurück und beschwor ihn, Ruhe zu bewahren. »Ihr Weißen behandelt uns wie Sklaven!« schrie der Inder. »Ihr laßt unsere Kinder hungern!«

»Er gehört nicht zu meinen Arbeitern!« zischte Tony dem Polizeioffizier zu. »Er ist ein fremder Agitator.«

Corrie nickte unmerklich und wandte sich an den Sprecher: »He, du! Zu welcher Arbeitsgruppe von Ara gehörst du?« Die Menge beobachtete stumm die Machtprobe zwischen den beiden Männern.

»Ich frage euch!« schrie der Inder. »Was ist mit mehr Arbeitslohn? Was ist mit höheren Zulagen?«

»Erst wenn du hier arbeitest, hast du ein Recht, solche Fragen zu stellen«, konterte Corrie.

»Ich will die Antwort jetzt wissen! Die Polizei geht das gar nichts an. Diesmal müssen die Plantagenbesitzer nachgeben! Ich tue nichts Unrechtes!«

»Da irrst du dich!« widersprach Corrie gelassen. »Das hier ist ein Privatgrundstück. Wenn du die Plantage nicht augenblicklich verläßt, muß ich dich wegen unerlaubten Betretens von Ara verhaften.«

»Sind wir nicht berechtigt zu sagen, was wir denken?« kreischte der Inder. »Sie können mir nicht drohen!«

»Wirklich nicht?« sagte Corrie. »Ich gebe dir genau dreißig Sekunden Zeit, hier zu verschwinden.«

Der Inder mußte längst erkannt haben, daß er die Kraftprobe verlieren würde. Mit einer arroganten Geste schrie er: »Imperialistenpolizei! Wir fordern Gerechtigkeit!« Und dann ließ er sich dazu hinreißen, den blutroten Klumpen zerkauter Bethelnüsse, den er in der Backe gehabt hatte, Corrie vor die Füße zu spukken. Ich bin sicher, daß er den Sergeant nicht hatte treffen wollen, doch der widerliche rote Saft spritzte auf die Hosenbeine von Corries tadellos sauberer Uniform.

Corries Haltung änderte sich schlagartig. Mit wenigen schnellen Schritten war er bei dem Inder und schlug ihm zweimal mit dem Handrücken beinahe lässig ins Gesicht. Mit einer blutenden Lippe ging der Inder zu Boden. »Steh auf!« herrschte Corrie ihn an. »Du hast einen Polizeioffizier tätlich angegriffen! Das kann mit Deportation bestraft werden! Du kommst mit mir nach Kuala Lumpur, und von dort verfrachten wir dich geradewegs zurück nach Indien!«

Die zwangsweise Deportation in ihre Heimatländer war das, was die Chinesen und Inder in Malaya am meisten fürchteten, denn sie wußten, daß sie es auf der malaiischen Halbinsel um vieles besser hatten als dort, wo sie herkamen.

Wie auf Kommando begann sich die Menge langsam aufzulösen. »Die Gefahr ist vorbei«, sagte Corrie zu Tony. »Entschuldigen Sie, daß ich kurz die Fassung verloren habe.«

Um den hellerleuchteten Bungalow herum war alles ruhig. Irene und Natasha sahen sofort nach den Kindern, die jedoch bewacht von der schnarchenden »Amah« friedlich schliefen. Im Haus hatte niemand, nicht einmal der auf der Veranda postierte Polizeibeamte, etwas von der häßlichen Szene an den Toren der Plantage bemerkt.

Der Boy, der für unsere Rückkehr bereits einige Flaschen Eiswasser bereitgestellt hatte, brachte mir einen Whisky-Soda. Ich trank ihn dankbar, während ich darauf wartete, daß Tony von seinem Kontrollgang durch Haus und Garten zurückkam.

»Heute nacht können wir ruhig schlafen«, verkündete er schließlich. »Aber die Sache ist noch längst nicht vorbei. Da kommt noch einiges auf uns zu.«

Tony sollte recht behalten. Innerhalb der folgenden beiden Tage traten insgesamt siebentausend Arbeiter auf zwanzig Plantagen, Ara eingeschlossen, in den Streik. Dessen ungeachtet schienen die Häuser der Weißen auf den Plantagen vorerst ungefährdet zu sein. Die Taktik der Agitatoren zielte lediglich darauf ab, die Latexproduktion lahmzulegen und direkte Auseinandersetzungen mit den Ordnungskräften zu vermeiden.

Tony war täglich mit zwei Kollegen von der Kolonialschutztruppe in seinem gepanzerten Jeep auf Patrouille unterwegs.

»Hier oben im Bungalow sind wir sicher«, erklärte Tony am Abend. »Vorerst sind die Kerle viel zu sehr damit beschäftigt, den Erntearbeitern die Fahrradreifen zu zerschneiden und sie weiter einzuschüchtern.«

Am vierten Tag streikten bereits sechzehntausend Plantagenarbeiter. Allein in der Umgebung von Kuala Lumpur waren es viertausend. Der Distriktkommissar rief daraufhin in Selangor den Ausnahmezustand aus und forderte Militär an. Schon im Morgengrauen des nächsten Tages traf ein Bataillon indischer Soldaten der Kolonialtruppe ein.

Niemand zweifelte mehr daran, daß es ein Blutvergießen geben würde, aber unglücklicherweise wählten die Kontrahenten ausgerechnet Ara als Schlachtfeld.

17

Zum »Kampf um Ara«, wie die *Malaya Tribune* den Zwischenfall nannte, kam es durch einen dummen Zufall. Allerdings schien am Tag der Entscheidung einfach alles schiefzugehen. Um acht Uhr morgens erfuhren wir, daß Tony mit seiner Freiwilligen-Einheit nach Klang gerufen worden war, wo sich die Ortspolizei den Aufständischen nicht mehr gewachsen fühlte, und erst spät nachts zurückkommen würde. Gegen zehn Uhr entdeckte ich dann auf der Zufahrt zum Bungalow einen dunkelblauen Ford, der in einer roten Staubwolke und mit überhöhter Geschwindigkeit über den Kies raste. »Das ist Rickie Sando«, erklärte Natasha wenig begeistert. Sie hatte den Wagen sofort erkannt.

Sekunden später stürmte ein wütender und aufgebrachter Rickie Sando auf die Veranda. »Sando ist umzingelt!« keuchte er. »Ungefähr hundert Kerle waren hinter mir her und wollten Blut sehen. Ich bin ihnen nur knapp entkommen! Es ist einfach nicht zu fassen!«

Sando hatte von seinem Vater eine der wenigen kleineren Plantagen geerbt, die in privater Hand geblieben waren, und war in der ganzen Gegend als brutaler, mit vielen Rassenvorurteilen behafteter Arbeitgeber bekannt. Ich hatte den gut zehn Jahre älteren Sando gelegentlich auf Partys getroffen, kannte ihn jedoch persönlich kaum.

»Mach' dir keine Sorgen, Rickie«, sagte Natasha, nachdem unser Boy ihm unaufgefordert eine Flasche Bier gebracht hatte. »Es geht alles vorüber.« Sie lächelte herablassend.

»Ist Tony da?« erkundigte sich Sando.

»Nein, er kommt erst gegen Mitternacht zurück.«

»Verdammter Mist!« entfuhr es Sando unwillkürlich.

»Er ist in Klang«, mischte ich mich ein.

Rickie Sando schnalzte mit der Zunge, zögerte einen Moment und sagte dann: »Auf Sando konnte ich der Meute knapp entkommen. Ich hoffe nur, daß sie mir nicht nach Ara gefolgt sind.«

Das allerdings hoffte ich auch. Das Haus wurde von einem unbewaffneten Polizisten und fünf indischen Soldaten bewacht. Und insgeheim wußte ich, daß sie kommen würden, wenn die Wogen des Hasses nur hoch genug schlügen. Von der Veranda aus gesehen, bot die Umgebung ein ruhiges, friedliches Bild voller landschaftlicher Schönheiten. Die Kinder planschten unter einem nach allen Seiten offenen Pavillon in einem kleinen Wasserbecken, und die »Amah« döste in ihrer Nähe im Schatten. Am Fuß des Abhangs, hinter den Bürogebäuden der Plantage, konnte ich die Strohhütten der Arbeiter erkennen. Dünne Rauchsäulen stiegen über den Dächern auf. Alles wirkte ruhig und beschaulich.

Schließlich rief ich im Polizeihauptquartier von Kuala Lumpur an und war froh, als man mich mit Sergeant Corrie verband. Ich erklärte ihm kurz unsere Situation und daß Rickie Sando bei uns Zuflucht gesucht hatte.

»Tut mir leid, Sir, aber in diesem Fall müssen Sie mit dem Schlimmsten rechnen«, erwiderte Sergeant Corrie. »Mr. Sando weiß es vermutlich noch gar nicht, aber die Meute hat seinen Bungalow gestürmt und in Brand gesetzt. Die Inder sind hinter ihm her. Ich schicke Ihnen unverzüglich eine Polizeieinheit nach Ara. Falls Sie irgendwas Verdächtiges bemerken sollten, rufen Sie mich sofort an. Ich möchte Ihnen wirklich keine Angst machen, aber es ist besser, Sie bringen die Kinder in einen sicheren Raum im ersten Stock. Diese Leute wollen Sando, Sir.«

»Aber was hat er denn getan?« fragte ich verblüfft.

»Er hat vorgestern einen der Unruhestifter fast zu Tode geprügelt... und es war nicht das erste Mal, daß so was auf Sando vorgekommen ist. Damit handelt man sich natürlich nur Schwierigkeiten ein. Sando ist schließlich ein Privatmann und nicht die Polizei!«

Nach dem Telefongespräch mit Corrie rannte ich sofort in den Garten hinaus. Von der Veranda aus sah ich, daß inzwischen weit unten hinter den Hütten der Arbeiter eine Gruppe von Männern aufgetaucht war. Die Kinder spielten noch immer im Planschbecken.

Ich rief den Frauen zu, im Haus zu bleiben, und sprintete dann zum Pavillon hinunter. Dort sah die »Amah« mit einem trägen Lächeln zu mir auf.

»Lekaslah!« schrie ich.

Die Kinder sahen auf. Sie konnten genug Malaiisch, um mich zu verstehen. »Kommt schnell!« wiederholte ich auf Englisch und zwang mich zur Ruhe. »Ihr wart lange genug in der Sonne.«

Beide Kinder protestierten heftig, bis Irene mir zu Hilfe kam. Unten auf dem Platz bei den Hütten hatte sich inzwischen eine große Menschenmenge versammelt.

»Mein Gott«, flüsterte Irene. »Was machen wir mit den Kindern?«

»Im rückwärtigen Schlafzimmer im ersten Stock dürften sie vorerst sicher sein«, antwortete ich. »Sobald ihr die Kinder versorgt habt, soll Natasha die beiden Jagdgewehre in der Diele laden.«

Während sich die Frauen um die Kinder kümmerten, fuhr ich unsere beiden Autos, die auf der Rückseite des Bungalows im Schatten gestanden hatten, in Fahrtrichtung vors Haus, damit wir im Notfall mit dem Wagen fliehen konnten.

Meine Wut auf Sando war groß. Männer wie er, und es gab viele davon, schürten den Haß zwischen den Rassen mehr als die Kolonialgesetze dies vermochten. Ich war von Papa Jack ohne Rassenvorurteile gegen die Chinesen und Malaien erzogen worden und wußte, daß sie dieselben Rechte auf menschenwürdige Behandlung hatten wie wir. Das Dienstpersonal in Tanamera war von jeher behandelt worden, als gehörte es zur Familie. Und auch auf Ara wurde das so gehalten.

Die aufgebrachte Menge war inzwischen bereits an dem Verwaltungstrakt der Plantage vorbeigezogen und näherte sich nun auf der weiten grünen Rasenfläche Natashas sorgfältig gepflegten Blumenbeeten. Beinahe erleichtert stellte ich fest, daß niemand auf die Idee kam, sich von der Rückseite her dem Bungalow zu nähern. Auf eine Belagerung des Hauses schienen sie es also nicht abgesehen zu haben. Trotzdem jagte mir allein der

Anblick der mindestens dreihundert mit Hackmessern und Stökken bewaffneten grölenden Männer einen kalten Schauer über den Rücken.

Neben Beschimpfungen verstand ich immer wieder den Namen Sando.

»Die Meute will Sie!« sagte ich zu Sando.

»Da müssen sie mich erst holen!« zischte Sando.

»Mißverstehen Sie mich nicht«, konterte ich mit mühsam unterdrückter Wut. »Ich mache mir Sorgen um unsere Kinder... nicht um Sie! Sie haben uns alle in Gefahr gebracht!«

Sando ließ sich durch meine Bemerkung nicht aus der Ruhe bringen. Ich sah mich um. Irene war zu den Kindern hinaufgegangen. Natasha stand abwartend im Türrahmen. »Ich werde mit ihnen reden!« sagte ich zu ihr.

»Nein, laß mich das machen«, widersprach sie. »Mich kennen die Leute.«

»Das glaube ich kaum«, entgegnete ich. »Das sind die Arbeiter aus Sando und nicht von Ara. Corrie hat mich schon vor ihnen gewarnt.«

Natasha zuckte hilflos mit den Schultern, und ich trat auf die Veranda hinaus. »Ruhe!« rief ich. »Ich habe euch etwas zu sagen!« Doch ich erntete nur höhnisches Gelächter und Beschimpfungen. »Sando! Sando!« ertönte es wieder im Chor. Aus den Augenwinkeln sah ich, wie Sando langsam durch die Diele in Richtung Verandatür schlich.

»Verdammt! Bleiben Sie, wo Sie sind, Sie Idiot! Lassen Sie sich ja nicht blicken!« zischte ich. Sando zog sich augenblicklich wieder zurück.

Der nur mit einem Gummiknüppel bewaffnete Polizist stand breitbeinig vor dem Treppenaufgang. Mittlerweile war die Menge noch gut hundert Meter von uns entfernt, stellte also noch keine unmittelbare Bedrohung für uns dar. Ich konnte ihre lauten Schreie nicht verstehen und hatte den Eindruck, daß es sich um eine völlig unorganisierte Meute gefährlich erregter Männer handelte, die sich für die ihnen auf Sando zugefügte Erniedrigung rächen wollten.

Dann kamen sie unaufhaltsam näher.

Die kreischende Menge war noch immer fünfzig Meter von uns entfernt, als ich von fern das Dröhnen von Motoren hörte, und im nächsten Augenblick tauchten über der kurvenreichen Zufahrtsstraße verräterische Staubwolken auf. Da wußte ich, daß wir gerettet waren. Bis zur Ankunft der Polizei konnten wir noch ausharren. Ich war meiner Sache ganz sicher, als ich sah, daß einige der aufgebrachten Arbeiter stehengeblieben waren und zur Straße hinunterstarrten.

Diesen Moment suchte Sando sich aus, um auf die Veranda zu treten. Entsetzt nahm ich wahr, daß er ein Gewehr in Anschlag brachte. Ein Aufschrei sagte mir, daß auch die Menge das gesehen hatte. Ich versuchte verzweifelt, Sando die Waffe zu entreißen. Dabei löste sich ein Schuß. Niemand wurde getroffen, doch genügte es, um die Gemüter weiter anzuheizen. Dann fielen zwei Schüsse, die offenbar die Soldaten von der Straße aus abgegeben hatten.

»Weg mit dem Gewehr, Sie Idiot!« brüllte ich Sando an, und er gehorchte sofort.

Im nächsten Augenblick sauste eines der scharfen, gefährlichen Hackmesser dicht an meinem Kopf vorbei und blieb im Türrahmen hinter mir stecken. Wieder fielen Schüsse.

Da sah ich einen Mann in der vordersten Reihe blutüberströmt zusammenbrechen. Der erste Mannschaftswagen der Polizei hielt in der Einfahrt, und plötzlich schwirrten zahllose Hackmesser und Wurfpfeile durch die Luft. Geistesgegenwärtig ließ ich mich hinter einen Tisch fallen und ging in Deckung.

Durch die Ritzen der Balustrade beobachtete ich, wie die Menge vor den geordneten Reihen der mit gefährlich blinkenden Bajonetten bewaffneten Polizisten zurückwich. Dann ging alles sehr schnell. Ein Großteil der aufständischen Arbeiter ergriff die Flucht, und nur ein harter Kern von ungefähr dreißig Männern, versuchte erbittert, Widerstand zu leisten. Die Polizeieinheit wurde jedoch auch mit dem kläglichen Rest schnell fertig.

Kurz darauf war der Kampf um Ara vorbei.

Als die letzten Aufständischen geflohen waren, blieben fünf tote Arbeiter auf dem grünen Rasen des Bungalows zurück. Ein sechster starb später im Krankenhaus. Ein Polizist war schwer verletzt worden, erholte sich jedoch wieder. Als Irene und Natasha herunterkamen – die Kinder waren in der Obhut der »Amah« im ersten Stock geblieben –, wendeten die beiden Polizeifahrzeuge auf dem Rasen und fuhren zum Dorf hinunter, wo sie fast zweihundert Männer verhafteten. Kein einziger stammte von Ara.

Die Nachricht von dem »Kampf um Ara« verbreitete sich schnell, da die Regierung aufgrund der Tatsache, daß es Tote gegeben hatte, gezwungen war, ein offizielles Kommuniqué herauszugeben. Tony, der davon über den Rundfunkdienst der Armee erfuhr, rief als erster bei uns an.

Sando entschuldigte sich bei Natasha, aber niemand konnte es ihm schließlich zum Vorwurf machen, daß er auf Ara Zuflucht gesucht hatte. »Die ganze Geschichte tut mir sehr leid. Aber wer weiß... vielleicht kann ich es eines Tages wiedergutmachen.« In der Aufregung blieb diese prophetische Bemerkung völlig unbeachtet.

Am Abend rief schließlich Papa Jack an. Zu diesem Zeitpunkt war das Geschehen auf Ara in den Nachrichten bereits übertrieben dramatisiert worden, so daß ich meinen Vater erst einmal beruhigen mußte. Anschließend hatte er Neuigkeiten für mich. Er wünschte aus verschiedenen Gründen, daß ich sofort nach Singapur zurückkehrte. »Wir sind eingeladen worden, an einer Konferenz auf höchster Ebene in Fort Canning teilzunehmen«, erklärte er mir. »Offenbar haben die Japaner mal wieder mit dem Säbel gerasselt.«

»Aber das ist doch nichts Neues.« Ich lachte.

»George Hammonds behauptet jedenfalls, es gäbe Beweise dafür, daß die Japaner eine großangelegte Invasion in unseren Breiten planen. Aber das ist noch nicht das Schlimmste, Johnnie. Ich habe schlechte Nachrichten aus London.«

Was Papa mir dann mitteilte, war tatsächlich wenig ermutigend. Cowley, der Leiter unserer Londoner Niederlassung, war bei einem Bombenangriff ums Leben gekommen. Papa Jack hatte am Vormittag ein entsprechendes Telegramm aus London erhalten. »Jetzt bleibt mir wohl gar nichts anderes mehr übrig, als selbst nach London zu gehen«, schloß er.

18

Die Szene kam mir unwirklich, ja beinahe gespenstisch vor. Ich saß unter den zwölf wichtigsten Repräsentanten der Geschäftswelt Singapurs im stickig heißen Sitzungssaal von Fort Canning und hörte den Ausführungen eines hohen Offiziers zu, der uns über die Doppelzüngigkeit der japanischen Politik aufklärte. Wir erfuhren, daß die zähen japanisch-amerikanischen Verhandlungen endgültig gescheitert waren, da sich Amerika hartnäckig weigerte, die Öllieferungen an Japan wieder aufzunehmen. Wie ernst die Lage war, verdeutlichte noch die Tatsache, daß die Japaner im Sommer 1941 ihre Hegemoniebestrebungen auf ganz Indochina ausgedehnt hatten und damit die japanische Armee Malaya bedrohlich nahegerückt war. »Und was noch schlimmer ist«, fuhr der Offizier fort, »das Oberkommando der britischen Streitkräfte verfügt über Geheiminformationen, die darauf hindeuten, daß Japan eine Invasion im südasiatischen Raum plant. Und wir können die Möglichkeit nicht ausschließen, daß auch Malaya davon betroffen sein könnte.« Selbstverständlich versicherte uns der Sprecher der Armee, daß wir mit unseren neuen Flugplätzen gut gerüstet waren, gab uns jedoch ganz unmißverständlich den Ratschlag, wenn möglich, Frauen und Kinder außer Landes zu schicken.

Doch es waren vor allem die Dinge, die bei der Konferenz nicht zur Sprache gekommen waren, die mir zu denken gaben. George Hammonds schien ähnliche Gedanken zu haben, denn als wir uns nach der Konferenz bei einem Drink trafen, sagte er bitter: »Diese schrecklichen Regierungsbeamten werden's nie lernen. Die Leute wollen die Wahrheit wissen und nicht in falscher Sicherheit gewiegt werden.«

»Eigentlich waren sie doch ganz hart und offen«, wandte ich ein.

»Aber eben nicht offen genug. Sie haben uns natürlich nur die Hälfte der Geschichte erzählt, weil sie noch immer nicht begriffen haben, daß die Leute auf die Wahrheit durchaus zu reagieren wissen.«

»Aber was ist denn die Wahrheit?« fragte ich.

»Das will ich dir sagen!« Hammonds bestellte noch zwei Whisky-Soda. »Die Wahrheit ist, daß die Japaner die Invasion nicht planen... sondern sie definitiv vorbereiten. Das hat uns unser Freund in Fort Canning verschwiegen. Der Geheimdienst verfügt über Fotos... echte Fotos, die japanische Einheiten beim Training von Landemanövern zeigen. Ich habe den Bericht unseres V-Mannes selbst gesehen.«

»Weiß man denn auch, wo das Trainingsprogramm der Japaner durchgeführt wird?« erkundigte ich mich mit einem flauen Gefühl in der Magengegend.

»Natürlich. Auf der kleinen Insel Yakushima«, antwortete George prompt.

Ich hatte es schon lange geahnt und nur nicht wahrhaben wollen, daß die angesehene Firma Dexter dem potentiellen

Feind fünftausend Baracken für ein Trainingslager geliefert hatte, in dem der Angriff auf Malaya geprobt wurde.

»Ich muß dich bitten, mit niemandem ... wirklich mit niemandem darüber zu sprechen«, warnte George. »Ich bin erledigt, wenn davon was durchsickert.«

»Du kannst dich auf mich verlassen«, murmelte ich geistesabwesend, denn mich beschäftigten bereits ganz andere Dinge. Das Geschäft mit den Japanern war längst abgeschlossen. Daran konnte ich nichts mehr ändern. Außerdem hatte die Firma korrekt gehandelt und sogar die Zustimmung der Regierung zu diesem Projekt eingeholt. Auch die moralische Schuldfrage kümmerte mich nur am Rande. Schließlich hätten die Japaner ihr Trainingsprogramm mit und ohne unsere Hilfe verwirklicht. Wesentlich beunruhigender war der Gedanke an die Personen, die uns in diese Falle gelockt hatten.

Da war Miki – der Mann, durch den ich Irene kennengelernt hatte, der so beharrlich über den Sinn und Zweck seiner häufigen Besuche in London geschwiegen und für seine letzte Einreise nach England sogar Irenes Vater als Bürgen gewonnen hatte. Konnte ich ihm überhaupt noch trauen? Immerhin war er Japaner und mußte uns als solcher absichtlich getäuscht haben.

Und was war mit Bertrand Bonnard? Meine Zweifel an ihm wogen noch wesentlich schwerer. Bonnard war ein angesehener Bürger der neutralen Schweiz, dessen Referenzen und Vergangenheit gründlich überprüft und für tadellos befunden worden waren. Andererseits unterhielt Bonnard seit Jahren ein Verhältnis mit meiner schönen Schwester, weigerte sich, von ihr abzulassen, und war dabei, ihr Leben zu ruinieren. Sollte ausgerechnet Bonnard ein Spion sein?

Automatisch fiel mir das Apartment in den Abingdon Mansions ein. Bevor er mir das Angebot gemacht hatte, es zu benutzen, hatte er behauptet, ein Freund und Kontaktmann habe Julie und mich zusammen gesehen. Schon damals hatte ich mir Gedanken über diesen sogenannten Freund gemacht. Waren wir zu diesem Zeitpunkt absichtlich beschattet worden? Hatte man mich dazu verleitet, in die Abingdon Mansions zu kommen, um für den Fall, daß ich mich weigerte, auf Mikis geschäftliche Angebote einzugehen, eine Handhabe gegen mich zu haben? So weit hergeholt diese Möglichkeit auch scheinen mochte, ausschließen konnte ich sie nicht. Weshalb hielt sich überhaupt ein kluger Geschäftsmann wie Bonnard eine zweite Wohnung, obwohl er wie ein Junggeselle in einem Luxusappartement lebte, da seine Frau nie nach Singapur kam? Falls er überhaupt eine Frau hatte, sagte ich mir.

Was sollte ich tun? Den Gedanken, mich einem Offizier von Fort Canning anzuvertrauen, verwarf ich sofort wieder. Noch befanden wir uns nicht im Krieg, und es war fraglich, ob es überhaupt je soweit kommen würde. Außerdem besaß ich für meinen Verdacht gegen Bonnard keine Beweise. Ich beschloß allerdings, ihn in Zukunft aufmerksamer zu beobachten.

Bei Miki lag der Fall anders. Ich mochte Miki, sah mich jedoch gezwungen, andere zu warnen. Das Militär war nicht zuständig, da sich der Zivilist Miki nichts anderes zuschulden hatte kommen lassen, als einen jungen, unerfahrenen Geschäftsmann hinters Licht zu führen. Nach reiflicher Überlegung entschied ich, mich einem alten Freund der Familie anzuvertrauen, dem Chefinspektor Dickie Dickinson von der Polizei in Singapur. Und selbst Dickinson war beinahe erleichtert, als er nach einschlägigen Recherchen seiner Angestellten erfuhr, daß Miki Singapur längst verlassen hatte und nach Japan zurückgekehrt war.

Nach allem, was in den vergangenen Tagen geschehen war, durfte Papa Jack seine Abreise nach London nicht länger hinausschieben. Auch die Regierung und das Oberkommando der Streitkräfte, die ja selbst an reibungslosen Zinn- und Kautschuklieferungen interessiert waren, erkannten die Notwendigkeit, das Londoner Büro unserer Firma so schnell wie möglich wieder zu besetzen. Allerdings war es inzwischen ausgesprochen schwierig geworden, zu den britischen Inseln zu kommen. England wurde fast ausschließlich über den Seeweg versorgt, und die deutschen U-Boote beherrschten den Atlantik. Es war ihnen gelungen, so viele Handelsschiffe zu versenken, daß Passagiere, ganz abgesehen von dem persönlichen Risiko, das sie eingingen, auf Frachtern kaum willkommen waren, da jeder Quadratmeter Laderaum kostbar geworden war.

Nach einem regen Austausch von Telegrammen zwischen Singapur und der englischen Regierung wurde meinem Vater schließlich mitgeteilt, daß er die Erlaubnis erhalte, per Flugzeug über Ceylon, Südafrika, die afrikanische Westküste und das neutrale Portugal zu reisen.

»Und ich? Was wird mit mir?« erkundigte sich meine Mutter, die ich selten so aufgebracht erlebt hatte. »Man kann uns doch nicht einfach trennen!«

»Du vergißt, daß in Europa Krieg ist«, entgegnete Papa Jack fast etwas kleinlaut.

»Unsinn! Krieg oder nicht Krieg... Ich lasse dich nicht allein reisen!« So fernab vom eigentlichen Kriegsgeschehen machte sich meine Mutter offenbar keine Vorstellungen von den wahren Verhältnissen, die von allen Opfer verlangten.

»Selbstverständlich reise ich allein!« beharrte mein Vater lachend.

»Ist Fliegen nicht gefährlich? Warum nimmst du nicht das Schiff?« fragte Irene.

Die Tatsache, daß eine Schiffsreise mittlerweile wesentlich gefährlicher geworden war als das Fliegen, spielte längst keine Rolle mehr, da der Passagierverkehr zwischen Singapur und Großbritannien eingestellt worden war. Und selbst wenn Papa Jack wenigstens den ersten Teil der Strecke per Schiff zurückgelegt hätte, hätte das doch eine große zeitliche Verzögerung bedeutet. So war es vermutlich schneller und sicherer, über Lissabon nach England zu fliegen, obwohl die in Frankreich stationierten deutschen Jagdflugzeuge auch auf dieser Route gefährlich waren.

»Dann bleibe ich eben mit Johnnie hier«, entschied meine Mutter energisch.

»Kommt nicht in Frage, meine Liebe«, widersprach Papa Jack. Er genoß es beinahe, seine Autorität auszuspielen. »Ende Juli fährt ein Passagierschiff von Singapur zur amerikanischen Westküste. Johnnie wird dich an Bord bringen. Von der Westküste aus kannst du dann sofort nach New York weiterreisen.«

»Und ich?« machte Irene sich ärgerlich bemerkbar. »Man kann doch wohl eine Tochter nicht daran hindern, ihre Eltern zu besuchen!«

»Wenn sich ein Land im Krieg befindet, durchaus, Irene«, erwiderte mein Vater.

»Aber... es ist meine Familie!«

»Das interessiert die Ausreisebehörden nicht«, erklärte mein Vater. »Die Evakuierung in ein sicheres Land wird gestattet, aber für die Ausreise in ein Kriegsgebiet bekommt man als Privatperson keine Erlaubnis. Die Behörden argumentieren natürlich, daß du ebensogut zu Hause bei deinem Mann bleiben könntest. Johnnie harrt schließlich auch nicht zum Spaß hier aus. Er hat einen verdammt wichtigen Job zu erledigen.«

»Selbstverständlich würde ich auch hierbleiben!« Irene wandte sich an mich: »Du hast mir eingeredet, daß es in Singapur zu gefährlich ist!«

»Keine Angst, irgendwie kriegen wir dich schon nach England«, beruhigte ich sie.

»Ihr behandelt mich schon fast wie eine Kranke!« sagte Irene halb im Scherz. »Ich bin doch nicht Großvater Jack!«

»Großvater Jack reist ebenfalls nach Amerika«, entschied mein Vater. »Dort ist wenigstens seine ärztliche Versorgung gesichert. Sein Zustand wird immer labiler.«

»Und was ist mit Natasha?«

»Für sie kommt ebenfalls nur Amerika in Frage. Ich habe gestern mit Ara telefoniert. Tony ist dafür, daß sie das Land verläßt. Und in Amerika sind Frauen und Kinder am sichersten. Außerdem kann ich später meine Beziehungen in New York spielen lassen, um euch doch noch eine Einreise nach England zu ermöglichen.«

Erst am darauffolgenden Tag, als wir in seinem Büro allein waren, gestand mein Vater, daß er gar nicht die Absicht hatte, Irene, Natasha und die Kinder nach England nachkommen zu lassen. »Um Himmels willen, das wäre viel zu gefährlich. Um deine Familie brauchst du dir also keine Sorgen zu machen. Bei deiner Mutter ist das was anderes. Es ist besser, wir bleiben zusammen. Vielleicht ist es egoistisch von mir, aber meine Aufgabe in England wird nicht leicht werden. Ich brauche deine Mutter. Und selbst wenn sie Unbequemlichkeiten in Kauf nehmen muß, ist sie glücklicher, solange wir zusammen sind.«

Und so wurde alles geplant: Papa Jack bereitete sich auf den Flug vor, die anderen sollten per Schiff reisen. Für die Familie wurden Passagen auf der *Pacific Rover*, einem soliden amerikanischen und damit neutralen Passagierdampfer, gebucht, auf dem man noch wie in Friedenszeiten Luxuskabinen bekommen konnte, auf die die Dexters großen Wert legten. Wir hatten keine Probleme, Plätze auf dem Schiff zu buchen, denn es gab nur wenige Frauen, die sich den Luxus leisten konnten, nach Amerika auszureisen. Die meisten hatten Australien gewählt.

Nur bei Großvater Jack scheiterte Papa Jack mit seinen Überredungskünsten gründlich. Großvater war jetzt über achtzig und bereits seit sechs Jahren an den Rollstuhl gefesselt. Ich sah als erster ein, daß es unsinnig war, den alten Mann nach Amerika zu verpflanzen, und schlug mich in der hitzigen Diskussion auf seine

Seite. Falls Großvater Jack sterben sollte, so hatte er wenigstens ein Recht darauf, in seiner Heimat und auf seinem eigenen Grund und Boden zu sterben.

»Ich finde, Großvater Jack sollte in Singapur bleiben«, erklärte ich daher. »Ich brauche seinen Rat.«

Alle starrten mich verblüfft an. Ich stand auf, ging zu Großvater Jack, der in seinem Rollstuhl saß, und ergriff seine gesunde rechte Hand. »Ich kümmere mich um dich«, versprach ich. »Ich brauche dich hier!«

»Na, also seht ihr!« schnaubte der alte Mann. »Johnnie braucht mich!«

Damit war die Diskussion praktisch beendet. Großvater Jack blieb in dem Haus, das er gebaut und dem er den Namen Tanamera gegeben hatte.

Papa Jack verließ Singapur Mitte Juli an Bord einer britischen Militärmaschine. Da ihn niemand zum Militärflugplatz begleiten durfte, tranken wir zusammen mit Ball, Rawlings und den Sekretärinnen ein letztes Glas Whisky. Bevor er sich verabschiedete, sagte er zu mir: »Mach' dir wegen Irene keine Sorgen. Ich tue alles, daß sie in New York bleibt, bis die Bombenangriffe aufgehört haben.«

»Bitte nicht, Papa«, entgegnete ich. »Irene hat wirklich Heimweh. Und sie hat mir versprochen, Ben bei Natasha zu lassen. Sie soll ruhig versuchen, nach England zu kommen. Falls es ihr nicht gelingt, hat sie sich später nichts vorzuwerfen. Aber bitte gib ihr die Chance, ihre Familie wiederzusehen.«

Als Mama mit dem Packen fertig war, kam Li zu mir auf die Veranda und meldete, daß sie mit mir sprechen wolle.

Ich ging hinauf. Insgeheim fürchtete ich einen tränenreichen Abschied.

»Es wird ja nicht ewig dauern«, murmelte ich, während Mama ein paar in Seidenpapier eingeschlagene Blusen glattstrich.

»Das hoffe ich«, seufzte sie. »Aber ich lasse dich sehr ungern allein, mein Junge. Aber dein Vater hat natürlich recht. Du leistest hier denselben Beitrag wie Tim bei seiner Einheit. Zum ersten Mal bin ich längere Zeit von allen meinen Kindern getrennt. Aber ich werde euch schreiben. In Amerika wird die Post doch noch nicht zensiert, oder? Bevor ich weiter nach England reise, bekommt ihr einen genauen Bericht über alles.«

Ich hatte das Gefühl, daß sie die Tatsache, daß ich allein in Singapur blieb, mehr beunruhigte, als sie zugab. »Papa ist sehr stolz auf dich.« Sie lächelte. »Aus dir ist wirklich ein ›Tuan‹ geworden. Enttäusche deinen Vater nicht... mit Julie Soong, meine ich.«

»Keine Angst, Mama«, beruhigte ich sie. »Irene hofft, wieder schwanger zu sein. Und ein... ›Tuan‹ betrügt seine Frau nicht, wenn sie ein Baby erwartet!« fügte ich leichthin hinzu.

Irene verlor über dieses Thema nicht viele Worte. »Ich verlange kein Versprechen von dir, Liebling. Abgesehen davon, glaube ich nicht, daß du es halten könntest, wenn dieser verdammte Krieg noch lange dauert. Aber wenn du in Versuchung gerätst... und wir alle wissen durch wen... dann solltest du daran denken, daß du vielleicht noch vor Kriegsende zum zweiten Mal Vater wirst.«

Ungeachtet der mißlichen Umstände hielt die *Pacific Rover* an der alten Tradition fest, eine Abschiedsfeier an Bord zu veranstalten. Diese Party gehörte zum Lebensstil Singapurs, wo jede Familie alle drei bis vier Jahre Heimaturlaub nahm, und dieser Anlaß wurde mit einem kleinen Empfang an Bord gefeiert. Ben begriff kaum, was um ihn herum geschah, nachdem auch Natasha mit Victoria gekommen und er durch die Spielgefährtin abgelenkt war. Der Steward servierte Drinks, und wir begrüßten und verabschiedeten befreundete Familien, die sich ebenfalls an Bord der *Pacific Rover* eingefunden hatten. Beim Abschied steckte Natflat mir noch einen Zettel zu, auf dem stand: »Danke für deine Hilfe!« Nachdem Tony und ich alle geküßt und umarmt hatten, ertönte ein Sirenenzeichen, und alle Gäste wurden über Lautsprecher aufgefordert, von Bord zu gehen.

Während ich meiner Familie vom Kai aus zum letzten Mal zuwinkte, kam es mir beinahe so vor, als sei es erst gestern gewesen, daß ich London an Bord der *Orient Princess* zusammen mit Irene verlassen und dieselbe Durchsage gehört hatte. Auch damals war Irene schwanger gewesen.

Auf der Rückfahrt mit Tony nach Tanamera war jeder in seine Gedanken versunken. Ich fragte mich insgeheim, ob und wann meine Familie wohl wieder nach Singapur zurückkehren könnte. Was würde bis dahin in Singapur und Großbritannien noch alles geschehen? Ein Gefühl von Einsamkeit und Angst erfaßte mich. Aber ich fürchtete mich nicht vor dem Krieg, sondern eher vor der Zukunft und der Verantwortung, die jetzt auf mir lastete. Denn wie Mama bereits gesagt hatte, war ich jetzt »Tuan bezar«.

Richtig bewußt wurde ich mir meines neuen Status erst, als ich meinen Wagen durch das riesige Tor steuerte, das Großvater Jack vor vielen Jahren bei einem Kunstschmied hatte anfertigen lassen, und mit Tony auf dem Beifahrersitz langsam auf das schöne Haus mit den seidig glänzenden, blendend weißen Mauern zufuhr, in dem ich – wenigstens vorübergehend – allein der Herr sein würde.

Vierter Teil

Singapur 1941 – 1942

19

Im November 1941 gab es deutliche Anzeichen dafür, daß Japan eine Landeaktion in Südostasien plante. Wir rechneten in diesem Zusammenhang alle mit vermehrten Kampfaktionen in Indochina, doch niemand glaubte ernsthaft daran, daß Japan Malaya angreifen würde. Doch für den Fall, daß der Krieg mit China noch eskalierte, war die Lage völlig ungewiß.

Nachdem ich Nachricht aus England und Amerika hatte, daß meine Familie wohlbehalten angekommen war, war ich beinahe erleichtert, in Singapur allein zu sein. Auf diese Weise mußte ich mich nur um die Firma und Großvater Jack kümmern.

Papa Jack hatte sich in seinem geliebten Hyde Park Hotel einquartiert und erwartete Mamas Ankunft in England, die dank Vaters Beziehungen offenbar keine Schwierigkeiten gehabt hatte, eine Passage von New York nach Großbritannien zu bekommen. Drei Wochen später erhielt ich ein Telegramm mit dem Wortlaut: »Papa und ich senden liebe Grüße, Mama.« Meine Mutter war also sicher in England gelandet. Irenes erster Brief klang zuversichtlich, war jedoch äußerst nichtssagend.

Tony verbrachte noch ein paar Tage bei mir in Tanamera, bevor er nach Ara zurückkehrte, so daß ich nach seiner Abreise endgültig mit Großvater Jack allein war. Trotzdem sah ich den alten Mann meistens nur dann, wenn ich aus dem Büro zurückkehrte, und der alte Li ihn im Rollstuhl durch den Garten fuhr oder ein paar Schritte mit ihm zu Fuß ging. Allerdings machte Großvater seit der Entscheidung, daß er in Tanamera bleiben sollte, einen wesentlich ruhigeren, ausgeglicheneren und gesünderen Eindruck.

Normalerweise hätte ich mein Strohwitwerdasein mit alten Freunden und Partys gefeiert, doch jetzt war alles anders. Die Freunde waren entweder ebenso beschäftigt wie ich oder hatten Singapur bereits verlassen. Manchmal kam mir Tanamera wie ein Luxushotel vor, in dem es niemanden gab, mit mir den Luxus zu genießen.

Auch die Hektik der Arbeit im Büro war ungewohnt. In einem Land mit feuchtheißem, tropischem Klima, in dem Banken und

Büros um fünf Uhr nachmittags schließen, kann niemand Wunder erwarten. Wir taten zwar, was wir konnten, und bereiteten uns schon aus Solidarität mit den Briten mit Luftschutzübungen und Erste-Hilfe-Kursen auf das Schlimmste vor, doch abgesehen von der Tatsache, daß meine Eltern in London Bombenangriffe erleben mußten, erschien mir wie vielen der Krieg in Europa ebenso irreal wie die Möglichkeit eines Krieges in Asien.

Eine Sorge ließ mich allerdings nicht los: Bonnard. Abgesehen von seiner Affäre mit Natasha belastete mich der Verdacht, daß er die Firma Dexter bei dem Geschäft mit Japan wissentlich getäuscht haben könnte.

Ich wußte, daß ich ihn eines Tages mit meinen geheimen Informationen über das japanische Trainingscamp auf Yakushima konfrontieren mußte. Die Gelegenheit war günstig, als ich ihn zufällig in Begleitung von Julie und Paul Soong im Koos traf.

Julie arbeitete mittlerweile fünf Tage pro Woche als Hilfsschwester im Alexandra-Krankenhaus. Obwohl wir uns noch immer häufig auf Partys oder bei anderen gesellschaftlichen Anlässen trafen, war ich entschlossen, die Vergangenheit ruhen zu lassen. Ich konnte allerdings nicht verhindern, daß mir allein ihr Anblick jedesmal Herzklopfen verursachte.

Paul unterhielt sich angeregt mit Bertrand Bonnard, und während ich den Schweizer aufmerksam beobachtete, kam mir sein vielgerühmter Charme plötzlich künstlich und unnatürlich vor. War das Einbildung? Einem Freund verzieh man Weibergeschichten durchaus, aber wenn die Betroffene ausgerechnet die eigene Schwester war, dann fiel das schwerer. Nicht, daß ich das Recht gehabt hätte, Bonnard Vorwürfe zu machen. Natashas Ehe war ein ebenso halbherziges Arrangement wie meine Verbindung mit Irene. Trotzdem konnte ich meine Wut nur mühsam verbergen, als ich die Hand auf Bonnards Schulter legte und ihn energisch beiseite nahm.

»Ah, mon cher! Ich freue mich immer, einen Freund zu treffen.«

»Hast du in letzter Zeit mal was von Miki gehört?« fragte ich, ohne auf seine Schmeichelei einzugehen.

»Mais non. Die Lage in Japan ist ziemlich gespannt. Ich nehme an, daß er sich vorerst ruhig verhalten wird.« Und nach einer Pause erkundigte er sich beiläufig: »Vermißt du ihn aus irgendeinem besonderen Grund?«

»Ja, das kann man wohl sagen«, entgegnete ich. »Du erinnerst dich doch an das Hilfsprojekt für japanische Erdbebenopfer? Die Aktion war ebensowenig humanitär wie Hitlers Bombenangriffe.« Ich beobachtete Bonnards Mienenspiel aufmerksam. »Unsere Baracken beherbergen mittlerweile eine japanische Eliteeinheit, die auf den Einsatz in Südostasien vorbereitet wird.«

»C'est pas possible! Du mußt dich täuschen, Johnnie! Miki hätte uns... mich nie so getäuscht!«

»Bist du sicher? Außerdem mußt du doch was gewußt haben. Meine Firma ist jedenfalls von dir... oder von Miki, vielleicht sogar von euch beiden schändlich hintergangen worden.«

»Ich kann einfach nicht glauben, was du da behauptest! Weshalb hätte die neutrale Schweiz sonst für ein solches Projekt so große Summen ausgeben sollen?«

»Ist das Geschäft denn unmittelbar von der Schweizer Regierung finanziert worden?«

»Natürlich.«

»Mit einem Scheck der Regierung?«

»Nein, nicht ganz. Die Schweizer Regierung wickelt ihren Zahlungsverkehr über verschiedene Banken und andere Geldinstitute ab. Bei einem größeren Projekt wird ein Bankkonto eröffnet, mit dem sämtliche Zahlungen gedeckt werden. Ich hatte das offengestanden alles selbst organisiert... Mit der Zustimmung der Regierung natürlich.«

»Hm, da fällt mir ein seltsamer Ausspruch meiner Schwester Natasha ein«, log ich einer plötzlichen Eingebung folgend. »Du hast sie doch ganz gut gekannt, nicht?«

»Wir sind gelegentlich zum Tanzen ausgewesen, ja.«

Als ich ihn nur schweigend ansah, fragte er ungeduldig: »Und was hat sie gesagt?«

»Sie hat behauptet, nicht jeder Schweizer sei das, was er zu sein vorgebe.«

»Wer ist schon das, was er zu sein scheint?« konterte Bonnard lachend. »Überlaß es mir, herauszufinden, was wirklich geschehen ist, Johnnie. Ich telegraphiere in die Schweiz... und versuche mehr über Mikis Rolle in dieser Angelegenheit zu erfahren. Für mich ist das in der gegenwärtigen Situation in Europa einfacher als für dich. Ich halte dich auf dem laufenden.«

»Ich kann nur hoffen, daß du recht behältst.« Danach kehrten wir zu den anderen zurück.

Ungefähr zur selben Zeit erhielt ich einen zweiten langen Brief von Irene. Er war im Staat New York abgestempelt und natürlich unzensiert. »Ich habe die Hoffnung, nach England weiterreisen zu können, schon fast aufgegeben«, schrieb sie. »Ich habe alles Mögliche versucht, aber die Reederei ist nicht einmal in der Lage, mir zu sagen, wie lange ich noch auf eine Passage warten muß. Wir wohnen jetzt alle zusammen im Haus der Familie deiner Mutter in Brewster. Brewster ist eine hübsche amerikanische Kleinstadt in der Nähe von New York. Deine Mutter vermissen wir alle sehr, aber das Haus ist einfach herrlich, und die Amerikaner sind so gastfreundlich. Besonders wir beiden schwangeren Frauen genießen das angenehme Leben. Ja, Du hast richtig gelesen. Der Hausarzt der Familie hat es bestätigt und ein Vermögen für die Konsultation verlangt. Ben ist lieb, aber er vermißt Dich. Hoffentlich ist dieser schreckliche Krieg vorbei, bevor er Dich ganz vergessen hat.«

Und dann kam jener wundervolle 17. Dezember, der letzte Sonntag vor Kriegsbeginn, an dem ich Julie wiedersah. Zu den sonntäglichen Bräuchen in Singapur gehörte es, daß man sich vormittags zu einem Cocktail im Sea View Hotel traf, das uns in diesen schweren Zeiten fast wie ein nostalgisches Relikt aus einer anderen, besseren Welt vorkam.

Als ich die Terrasse betrat, waren bereits alle Tische besetzt. Es herrschte die übliche feuchtheiße Hitze. Die Männer schwitzten trotz Shorts und offenen Hemdkragen, und die Damen fächelten sich Kühlung zu. Ich war mit George Hammonds von der *Tribune* verabredet, und ich hoffte von ihm die neuesten inoffiziellen Nachrichten zu erfahren.

Schließlich entdeckte ich George an einem der vordersten Tische. Er hatte mir den Stuhl neben sich freigehalten.

Es gab schlechte Nachrichten. Die Schlagzeile der *Tribune* lautete an diesem Morgen: »27 japanische Truppentransporter mit Kurs auf die Ostküste Malayas gesichtet.« Außerdem wurden gemäß einer Regierungsverlautbarung die Bürger Singapurs aufgefordert, die Stadt nicht mehr zu verlassen, oder für den Fall, daß sie sich auf Reisen befanden, unverzüglich nach Hause zurückzukehren.

»Die Bombe ist geplatzt«, kommentierte George die jüngsten Ereignisse. »Jetzt ist der Krieg auch in unserem Teil der Welt unvermeidlich.« Der Ober servierte mir den Drink, den George bereits für mich bestellt hatte. Kurz darauf stimmte die Kapelle das Lied an, auf das alle, die sich auf der Terrasse des Sea View Hotels versammelt hatten, warteten. Gemeinsam sangen wir die erste sentimentale Strophe von »There'll always be an England«, mit der seit Ausbruch des Krieges in Europa jeden Sonntagvormittag das freie England beschworen wurde, das uns allen so sehr am Herzen lag.

Nachdem das Lied verstummt war, begannen sich die Reihen der Gäste auf der Terrasse langsam zu lichten. Plötzlich sah ich Paul Soong in eleganter weißer Hose und hellem Seidenhemd neben Julie in der Terrassentür stehen. Ich machte den beiden ein Zeichen, an unseren Tisch zu kommen.

»Für die patriotischen Lieder kommst du zu spät, Paul«, spottete ich zur Begrüßung und wandte mich dann an Julie. Auch diesmal verschlug es mir im ersten Augenblick die Sprache, als sie mir groß und grazil gegenüberstand. Die dunklen, von langen Wimpern überschatteten Augen, die hohen Wangenknochen, der goldbraune Teint, das schulterlange schwarze Haar und ihr Lächeln faszinierten mich wie eh und je.

»Was macht die Arbeit im Krankenhaus?« fragte ich.

»Oh, ich habe meine Ausbildung inzwischen abgeschlossen und werde als volle Kraft eingesetzt«, erwiderte sie.

»Vater ist natürlich sauer«, mischte Paul sich ein. »Er findet es höchst unschicklich, daß seine Tochter Umgang mit nackten Männern hat.«

»Unsinn, ich arbeite doch auf der Frauenstation«, konterte Julie belustigt. »Wie geht's dir, Johnnie? Was hörst du von Bengy?«

»Natasha, Irene und die Kinder sitzen momentan in einer Kleinstadt in der Nähe von New York fest«, antwortete ich. »Aber Amerika ist in der gegenwärtigen Situation nicht der schlechteste Aufenthaltsort.«

George Hammonds stand auf. »Tut mir leid, aber ich muß zu einer dieser sinnlosen Pressekonferenzen, die die Militärs zum Anlaß nehmen, uns mit Lügen einzudecken«, seufzte er, steckte seine Zigarettendose ein und wandte sich zum Gehen.

»Bis bald, George!« rief ich ihm nach, bevor ich mich wieder an Paul wandte. »Da ich jetzt Strohwitwer bin, möchte ich euch gern zum Essen einladen. Einverstanden?«

Es stellte sich heraus, daß Paul bereits eine Verabredung hatte. »Warum ißt du nicht mit Julie allein zu Mittag?« schlug er jedoch mit verschmitztem Lächeln vor. »Ohne mich amüsiert ihr euch bestimmt viel besser.«

Als er meine zweifelnde Miene sah, fügte er hinzu: »Mach' dir keine Sorgen, Johnnie. Theoretisch kann Julie immer eine Sonderschicht im Alexandra-Hospital einlegen. Im Ernstfall bin ich jederzeit bereit, dieses Alibi zu bestätigen.«

»Willst du?« fragte ich Julie beinahe schüchtern.

»Ich könnte mir nichts Schöneres vorstellen«, antwortete sie.

»Also abgemacht«, entschied Paul. »Jetzt, da ich meine kleine Schwester endlich los bin, kann ich mich wenigstens meinem Privatleben widmen.«

»Aber nur solange das Mittagessen dauert«, entgegnete ich lachend.

»Das kann man endlos ausdehnen«, belehrte Paul mich. »Bis dann!«

Nachdem Paul gegangen war, bestellte ich zwei Gin mit Zitronensaft, eine Spezialität des Sea View Hotels, die eisgekühlt in Champagnergläsern serviert wurde. Dann ließ ich durch den Boy einen Tisch im Restaurant reservieren, da es draußen zu heiß zum Essen war.

»Es ist ein merkwürdiges Gefühl, nach all den Jahren mal wieder mit dir allein zu sein«, begann ich. »Bist du nervös?«

»Nein, eigentlich nicht. Ich bilde mir nur ein, daß alle uns beobachten.«

»Da irrst du dich. Die Leute haben jetzt andere Sorgen. Der Krieg... die Trennung von der Familie... es wird hier bald die Hölle los sein.«

»Ja, ich weiß. Es ist auch nur, weil ich früher ständig Angst haben mußte, daß wir gesehen werden.«

»Und davor fürchtest du dich noch immer?« Ich beugte mich vor und legte die Hand auf ihren Arm. Ihre goldbraune Haut fühlte sich seidenweich an.

»Du bist unmöglich! Nimm die Hand von meinem Arm! Was sollen denn die Leute denken!« Sie lachte. »Weißt du noch, daß du gesagt hast, ich sei wie aus Blattgold?«

»Ja, ich erinnere mich an alles, Julie.«

»Mir geht es genauso.«

Mein Blick schweifte über die noch immer gut besetzten Tische der Hotelterrasse. »Hier sind mir zuviel Leute! Wenn wir doch nur irgendwo allein sein könnten! Ich wage es allerdings nicht, dich mit nach Hause zu nehmen.«

»Bist du sicher, daß du mit mir nicht nur allein sein willst, weil... weil ich keine Weiße bin?« neckte sie mich.

»Unsinn! Die Zeiten haben sich geändert, Julie. Du bist nicht auf dem laufenden!«

»Glaubst du wirklich, daß es hier Krieg gibt?«

»Es ist Irrsinn, aber ich sehe keine Möglichkeit, wie man ihn noch verhindern könnte«, erwiderte ich.

»Das ist furchtbar, Johnnie. Vielleicht siehst du deine Familie mehrere Jahre nicht wieder.«

»Ja, damit muß ich rechnen.«

»Und wenn die Japaner anfangen, auch Singapur zu bombardieren, sehe ich dich vielleicht auch nie wieder«, murmelte Julie.

»Julie, Liebste... sei nicht so pessimistisch.«

»Das bin ich nicht. Aber wenn ich an die schönen alten Zeiten denke... der Krieg wird alles ändern, nicht?«

»Wenn du damit sagen willst, daß man in einem Krieg nimmt, was man bekommen kann... von einem Tag zum anderen lebt, weil man am nächsten vielleicht tot ist... Ja, die Situation ändert wirklich alles.«

»Bist du sicher?«

»Ja.« Ich wich ihrem Blick nicht aus. »Und es gibt Krieg.«

Julie trank ihr Glas aus, bestellte einen frischen Drink und fragte dann: »Hast du wirklich noch Hunger?«

»Nein, eigentlich nicht mehr.«

»Bist du mit dem Wagen da?« Als ich nickte, beugte sie sich zu mir und sagte leise mit unsicherer Stimme: »Lassen wir das Mittagessen ausfallen. Fahr' mit mir nach Tasek Layang in Changi. Der Bungalow steht zur Zeit leer. Wir können dort im Meer baden, und anschließend koche ich dir ein echtes Mahmi, ein chinesisches Nudelgericht.«

Tasek Layang war der Name des Wochenendbungalows der Soongs am Meer. Jetzt klopfte mein Herz tatsächlich zum Zerspringen. War es vor Angst oder Verlangen? Während ich Julie ansah, gewann das Verlangen eindeutig die Oberhand. Der Blick in ihren Augen war ernst, doch ihr Mund lächelte. In diesem Moment kam es mir vor, als seien die Jahre der Trennung zu einem Tag zusammengeschrumpft. Dann drängte sich das Bild von Irene und Bengy zwischen mich und Julie, und das schlechte Gewissen regte sich.

»Bist du sicher, daß es Krieg gibt?« fragte Julie erneut, als ich schwieg. »Was hat George Hammonds gesagt?«

»Er ist der Meinung, die Bombe sei geplatzt, und es gebe kein Zurück mehr«, erwiderte ich. Mein Verlangen nach Julie verursachte mir beinahe körperliche Schmerzen. Schuldgefühle hatte ich weniger wegen Irene als vielmehr wegen des Kindes, das sie erwartete.

»Mein Gott, weshalb sind die Menschen nur zu so etwas Schrecklichem fähig, Johnnie?«

»Uns hier in Singapur wird wohl kaum viel passieren«, beruhigte ich sie. »Was können die Japaner schon gegen das britische Empire... gegen Fort Canning und unsere Kanonen ausrichten? Aber der Krieg bringt viel Elend über Asien und weitet sich zu allem Übel sicher auf die ganze Welt aus.«

»Bedrückt dich das alles sehr, Liebster?«

Julie hatte das Wort »Liebster« wie damals ausgesprochen, als wir noch ein heimliches Paar gewesen waren. Dieses eine Wort ließ mich mit einem Mal die Jahre der Trennung vergessen. Ich zwang mich zur Ruhe. »Natürlich bin ich von der Aussicht, daß es einen Weltkrieg geben kann, nicht begeistert«, antwortete ich. »Vor allem mache ich mir um meine Eltern Sorgen, die den schrecklichen Krieg in England erleben müssen.«

»Und deine Frau... und Ben?«

»Natasha, Irene und den Kindern geht es in Amerika gut. Sie sind in Sicherheit und haben genug zu essen.«

Es ist Krieg, dachte ich. Und dieser Krieg wird uns Jahre trennen. Das änderte tatsächlich alles. In einem Krieg, der Familien auseinanderriß, in dem es Tote gab, verloren alte Ehrbegriffe wie Treue ihren Wert. Allein der Gedanke an Bengy hielt einen letzten Rest von Zweifeln in mir aufrecht. Doch kaum sah ich Julie an, die mir mit ernster Miene gegenübersaß, schien mir der Krieg mehr als nur eine billige Ausrede, sondern ein triftiger Grund für eine Untreue zu sein. Schließlich hatte ich alles versucht, ein guter Ehemann und Vater zu sein. Inzwischen waren vier Monate seit Irenes Abreise vergangen, ohne daß ich bisher mit dem Mädchen, das ich ein Leben lang lieben würde und das im Nachbarhaus wohnte, mehr als nur einige belanglose Worte geredet hatte.

Julie riß mich aus meinen Gedanken, als sie fragte: »Erinnerst du dich, was ich zu dir auf der ersten Party nach meiner Rückkehr aus Amerika gesagt habe? Du hast gemeint, man könne die Vergangenheit nicht wieder lebendig machen... und ich habe dir recht gegeben, mit einer Ausnahme: Nämlich, daß du eines Tages wieder frei und allein wärst. Dann wollte ich meine Ansprüche geltend machen, bevor es eine andere tut.«

»Ja, ich erinnere mich sehr gut.«

Julie legte die Hand auf meinen Arm. »Warum machst du ein

so trauriges Gesicht, Johnnie. Du bist ein aufrichtiger und loyaler Mann. Wenn das nicht so wäre, hätte ich dich nie so lieben können. Aber jetzt kommt Krieg... Wir leben plötzlich in einer Art Vakuum. Und was in solchen Zeiten zwischen einem Mann und einer Frau geschieht, ist nicht mit normalen moralischen Maßstäben zu messen. Wir sind Opfer der Umstände, Johnnie.«

»Du brauchst mich nicht erst zu überzeugen, Julie«, entgegnete ich. »Ich verstehe dich durchaus. Wir lieben uns... sind plötzlich uns selbst überlassen... Und dieser Zustand kann Jahre dauern.«

Julie leerte ihr Glas. »Ich liebe dich, Johnnie«, sagte sie. »Das war immer so und wird auch so bleiben. Vielleicht ist es egoistisch, so zu denken, aber dieser schreckliche Krieg gibt ausgerechnet uns eine Chance.«

»Die Chance, noch einmal den Himmel auf Erden zu erleben?«

»Ja. Wenn auch nur vorübergehend. Du weißt, daß ich nicht zu den Frauen gehöre, die skrupellos Ehen zerstören. Aber wir müssen jetzt plötzlich mit der schrecklichen Wahrheit leben, daß wir nächste Woche schon tot sein können. Und... mein Gott, ich schäme mich nicht, es zu sagen... ich würde den Gedanken nicht ertragen, diese eine Woche nicht mit dir erlebt zu haben.«

Ich mußte erneut an die Warnung meiner Mutter denken. Doch sie verblaßte vor Julies Argumenten. Sie hatte recht. Mit ihrer ruhigen und bestimmten Art hatte sie vollkommen recht.

»Soweit ich das beurteilen kann, hast du dich Irene gegenüber doch bisher sehr anständig und ehrenhaft benommen. Du hast sie schließlich geheiratet. Aber wer weiß, ob man sich nach dem Krieg je wiedersieht? Findest du nicht, daß du deine Ehrenschuld bezahlt hast? Ich meine, unter diesen besonderen Umständen...«

»Ich hatte mir vorgenommen, dich nie wieder in eine so schreckliche Situation zu bringen wie damals, Julie. Trotzdem hast du natürlich recht. Was gibt es darüber schon zu diskutieren? Es ist lächerlich! Wir lieben uns! Ich habe keine moralischen Skrupel. Ginge es danach, hätte ich mich längst von Irene trennen müssen. Wenn ich an die vielen Male denke, da ich mit Irene geschlafen und mir vorgestellt habe, du seist es! Darum geht es bestimmt nicht. Ich habe einfach Angst.«

»Doch nicht vor Kaischek?«

»Mein Gott, nein!«

»Wovor dann?«

»Vor der Zukunft!«

»Johnnie, es gibt keine Zukunft. Nicht, solange Krieg ist. Und bis der vorübergeht, können Monate... Jahre verstreichen. Ich finde, wir sollten erst weiter darüber reden, wenn es soweit ist.«

»Du hast dich verändert, Julie. Amerika hat eine andere Frau aus dir gemacht.« Als sie nur lachte, fragte ich: »Hast du wirklich keine Angst? Ich meine, vor deinem Vater... böswilligen Gerüchten...?«

Julie schüttelte den Kopf. »Früher schon. Aber seit ich Krankenschwester bin, ist manches anders geworden. Es läßt sich jederzeit arrangieren, daß ich wegen eines Notfalls im Krankenhaus übernachten muß. Das gibt mir Freiheiten. Und wenn Krieg kommt, hat niemand Zeit, sich wegen uns Gedanken zu machen.«

»Meine schöne, geliebte Julie! Ich versuche ja auch nur, dich zu warnen«, murmelte ich. »Ich wünsche mir nichts sehnlicher, als mit dir zu schlafen. Wir fahren jetzt sofort nach Tasek Layang... Aber du solltest wissen, was das bedeutet. Wenn wir es tun, brechen wir praktisch alle Brücken hinter uns ab. Selbstverständlich sind wir vorsichtig und diskret. Nur ein Zurück gibt es dann nicht mehr.«

Julie starrte zu den kleinen Inseln hinüber, die hinter den Fischfanggerüsten aus Bambus im Dunst lagen. »Ich hatte nur so schrecklich Sehnsucht nach dir. Und wer weiß? Vielleicht sehen wir uns nie wieder. Ich bin zum ersten Mal in meinem Leben allein im Sea View Hotel. Papa wäre außer sich vor Wut... Aber er ist zur Zeit in Malakka. Angst macht mir nur der Krieg. Und weil es mit dir so schön gewesen ist... und wir vielleicht keine Zukunft mehr haben...«

»Sag' nichts mehr, Liebste.« Ich bezahlte die Rechnung, bestellte den Tisch im Restaurant ab, und wir gingen.

Als Julie neben mir auf den Beifahrersitz meines Wagens kletterte, wußte ich, daß ein neuer Abschnitt meines Lebens begonnen hatte. Nie wieder würde es so sein wie früher. Das Sea View Hotel lag bereits an der Küstenstraße nach Changi. Ich schaltete die Zündung ein. »Es ist besser, ich ducke mich, bis wir die Stadt verlassen haben«, sagte Julie.

Als wir den Schwimmclub hinter uns hatten, setzte sich Julie wieder auf. Ich lenkte den Wagen mit einer Hand und legte den anderen Arm um Julies Schultern. Dann trat ich plötzlich auf die Bremse und küßte sie auf die leicht geöffneten Lippen. Staub wirbelte hinter den Rädern auf, als ich wieder anfuhr. Mit der linken Hand streichelte ich wie damals im Sommerpavillon in Tanamera Julies Schenkel. Es herrschte reger Verkehr, und ich hätte beinahe einen Zusammenstoß mit einem Handkarren verursacht. Ich griff nach Julies Hand und wollte sie an meine Lenden führen, doch Julie zog den Arm zurück. »Warte!« sagte sie leise.

In Changi herrschte reger Betrieb. Soldaten und Zivilisten, zum größten Teil Inder, drängten sich durch die Straßen und vor den offenen Verkaufsbuden. Julie rutschte wieder tiefer in die Polster und wies mir den Weg. Ich fuhr die mit Flamboyantbäumen gesäumte Allee entlang und bog am Ende der Stadt in einen schmalen, staubigen Weg ein, der sich in vielen Kurven zwischen Kautschuk- und Bananenplantagen hindurchschlängelte und an einigen einsamen Hütten vorbei zum Meer führte. Schließlich kamen wir zu einem Gartentor, das die Grenze des Grundstücks der Soongs markierte. Ich sprang aus dem Wagen und öffnete es. Julie stieg ebenfalls aus.

»Wir lassen den Wagen am besten hier stehen«, sagte sie. »Das Haupttor ist abgeschlossen.«

Tasek Layang war, wie die Chinesen es liebten, von der Außenwelt völlig abgeschirmt. Hohe Bäume und dichte Bambusbüsche bildeten eine schier undurchdringliche Mauer. Selbst der schmale Rasenstreifen, der zum Strand hinunterführte, war durch hohe Flechtmatten geschützt, und ein Teil des Meeres mit Netzen gegen die Haie abgetrennt.

Die große Veranda und der Hauptraum des Bungalows mit seinen Bambusliegen, dem breiten Sofa in der Ecke, den Bücherregalen und alten chinesischen Möbeln wirkten trotz ihrer Schäbigkeit gemütlich und verwunschen. An der Außenseite der Veranda waren Rattanjalousien angebracht, die bei Regen heruntergelassen werden konnten.

Im nächsten Augenblick lag Julie in meinen Armen, und wir küßten uns wild und leidenschaftlich, als hätten wir Angst, schon in wenigen Minuten voneinander getrennt zu werden. Ich hatte ganz vergessen, wie spontan Julie in der Liebe war. Nie hatte sie sich Sorgen um Lippenstift oder Make-up gemacht. Alles, was sie tat, war instinktiv von Leidenschaft und Zärtlichkeit bestimmt. Und für mich kehrte in diesen Sekunden eine Liebe zurück, die jahrelang halb vergessen nur noch in meiner Erinnerung existiert hatte. »Komm raus auf die Wiese«, flüsterte ich impulsiv. »Niemand kann uns sehen.«

Wir gingen in den Garten. Ohne ein weiteres Wort öffnete

Julie mit schnellen, graziösen Bewegungen Rock und Bluse. Als beide Kleidungsstücke zu Boden glitten, löste sie geschickt den Verschluß ihres BH, zog den Slip aus und stand nackt, mit goldbraun schimmernder Haut und schulterlangem pechschwarzem Haar, das sich so erregend in einem kleinen Vlies zwischen ihren Schenkeln wiederholte, vor mir. Ich riß sie in meine Arme und preßte sie leidenschaftlich an mich.

»Laß ... ich ziehe dich aus«, sagte sie leise. »Ich weiß, wie sehr dich das immer erregt hat.« Unter Julies geschickten Fingern öffneten sich Hemdknöpfe und Gürtel im Nu. Dann streifte sie Hose und Unterhose über meine Hüften, kniete vor mir nieder und streichelte und küßte mich.

»Das ist unfair, Julie«, seufzte ich heiser. »Ich kann nicht warten.«

»Das brauchst du auch nicht«, erwiderte sie leise, stand auf und begann mich lange, forschend, leidenschaftlich und zärtlich zu küssen, während sie mich weiter streichelte.

In der Hitze des Nachmittags waren das Rascheln der Blätter und das sanfte Rauschen der Brandung die einzigen Geräusche. Über uns wölbte sich ein stahlblauer flimmernder Himmel, der plötzlich durch einen zischenden Lichtstrahl noch greller erleuchtet wurde. Es folgte ein fernes Grollen, das wie Kanonendonner klang. In dieser Sekunde glaubte ich, das Ende der Welt sei gekommen. Doch auch das spielte keine Rolle mehr. Weder Irene, die Kinder, Papa Jack, Mama oder die Soongs waren noch von Bedeutung. Das einzige, was zählte, war dieser Tag und diese Stunde. Mehr konnte ich vom Leben nicht mehr verlangen.

»Warte nicht, Liebster«, flüsterte Julie. »Denk' nicht an mich. Das ist mein Geschenk an dich. Jahre habe ich davon geträumt, genau das zu tun ... für dich allein. Das nächste Mal, nach dem Essen, kannst du dasselbe für mich tun.«

Als wir später nebeneinander auf der Flechtmatte im Gras lagen, kehrten flüchtig die Gedanken an Irene und Sex in Tanamera zurück, die Erinnerung an das Warten, bis man im Bett lag, an die Vorbereitungen, die Nachtcreme, das Verriegeln der Türen, an die Handtücher, die bereitgelegt werden mußten ... All jenen Bildern gelang es jedoch nicht, diesen Augenblick zu zerstören. Im Gegenteil, sie machten mir nur noch deutlicher, was ich in all den Jahren vermißt hatte ... die Lust und das Verlangen, die sich nicht länger unterdrücken ließen, und der Wunsch, den herrlichen Moment des Höhepunkts noch um einige Sekunden hinauszuzögern.

Ich hob den Kopf und fing Julies nachdenklichen Blick auf. »Woran denkst du?« fragte ich.

»An zwei Zeilen aus einem Liebesgedicht«, erwiderte sie und zitierte:

Du zählst die Grashalme
und ich zähle die Sterne...

»Es ist unser Gedicht, wenn wir uns heute nacht im Garten lieben.«

Julie strich sich eine dunkle Haarsträhne aus der Stirn. »Es ist nur Poesie«, fuhr sie fort. »Trotzdem gilt, was ich gesagt habe, Johnnie. Ich habe nicht vor, deine Ehe zu zerstören. Sobald das alles vorbei ist, verschwinde ich wieder aus deinem Leben. Aber vorerst... vorerst hoffe ich inständig, daß dieser Tag nie enden wird.«

20

In jener Nacht... oder besser gesagt in den frühen Morgenstunden brach in Malaya der Krieg aus. Bombendetonationen weckten uns. Wir hatten eng umschlungen auf der Couch geschlafen. Da P. P. Soong in Malakka war und Julie häufig im Alexandra-Hospital übernachtete, schienen wir vor einer Entdeckung sicher zu sein.

»Vorher rufe ich allerdings meistens zu Hause an«, hatte Julie mir am Nachmittag erklärt. »Ich muß mich bei Paul melden... Wegen des Alibis.«

Da es im Bungalow kein Telefon gab, fuhren wir am Spätnachmittag, nachdem wir uns erneut geliebt hatten und im Meer schwimmen gewesen waren, nach Changi. Von dort aus telefonierte Julie mit Paul. Anschließend gingen wir einkaufen. In der einst ruhigen und verträumten Kleinstadt wimmelte es von Leuten. Überall tauchten Gruppen britischer Soldaten im Straßenbild auf. Sie hatten teilweise Blüten an ihre Kappen geheftet, waren fröhlich, sommersprossig und unternehmungslustig. Sie betasteten neugierig die Waren im Souvenir Shop eines Singalesen, oder erkundigten sich nach den Preisen des Schneiders, der vor seiner Werkstatt auf der Straße an einer alten Singer-Nähmaschine saß und versprach, in sechs Stunden einen Tropenanzug maßzuschneidern.

Das war am Nachmittag gewesen. Am Abend, kurz vor Einbruch der Dunkelheit, schwammen wir wieder nackt im warmen, salzigen Meer. Dem leidenschaftlichen Verlangen war eine tiefe Zärtlichkeit gefolgt. Wir versuchten, uns im Wasser zu lieben, gaben jedoch bald lachend und prustend auf. Statt dessen legten wir uns in den kühlen, nassen Sand in der Brandungszone, hielten uns eng umschlungen und ließen uns von den Wellen umspülen. Plötzlich schrie Julie erschrocken auf: »Eine Schlange!«

Die Schlange war ein kleines, harmloses Exemplar, doch nach dem Schreck trug ich Julie zur Veranda hinauf. Später briet Julie ein paar Spiegeleier, und nach dem Essen schliefen wir müde vom Lieben zärtlich aneinandergeschmiegt friedlich ein. Ich glaube, einen glücklicheren Tag in meinem Leben hat es nie gegeben.

Dann kam die Nacht. Bombendetonationen und das dumpfe Krachen von Kanonensalven weckten uns abrupt.

»Mein Gott! Sie bombardieren uns! Jetzt ist es soweit!« Ich versuchte, die Zeit auf meiner Uhr zu entziffern. Es war Viertel nach vier. Mit einem Satz sprang ich auf und lief auf die Wiese hinaus. Julie folgte mir.

»Oh, mein Gott«, flüsterte sie heiser. »Das ist ja furchtbar!« Fassungslos starrten wir auf die rosafarbenen Rauchwolken über der dunklen Stadt.

»Es brennt«, murmelte ich und schob Julie ins Haus zurück. »Mein Gott, was ist nur in Singapur los?«

Wir zogen uns hastig an und fuhren fröstelnd vor Angst in meinem Wagen in Richtung Stadt zurück. Zu diesem Zeitpunkt wußten wir noch nicht, daß die Japaner drei Stunden zuvor an der Ostküste in Kota Bahru gelandet waren.

Auf der rasenden Fahrt verabredeten wir, daß ich Julie am Alexandra-Hospital absetzen würde, damit ihr Alibi für den Fall gesichert war, daß ihr Vater aus Malakka anrief. Davon abgesehen hätte ich es nie gewagt, Julie zum Haus der Soongs oder nach Tanamera zu bringen.

Schließlich tauchte Singapur vor uns auf. Um zum Krankenhaus zu kommen, mußte ich fast die ganze Stadt durchqueren. Ich trat unwillkürlich auf die Bremse, als ich das Lichtermeer vor mir sah, und schüttelte entgeistert den Kopf. Trotz eines heftigen Luftangriffs der Japaner war ganz Singapur strahlend hell erleuchtet. Selbst das militärische Hauptquartier von Fort Canning blinkte im Schein der Lampen. Als wir an der großen Rasenfläche vor dem Cricket-Club vorbeifuhren, sahen wir entsetzt, daß selbst sie von den umstehenden Bogenlampen hell erleuchtet war. Vor uns strahlte der Turm der Victoria Memorial Hall wie eine Fackel. Das gefährlich nahe Dröhnen der japanischen Bomber wurde vom lauten Krachen der Flugabwehrgeschütze begleitet. Hinter der Rasenfläche, an der Küstenstraße, hatte sich eine Menschenmenge versammelt, die staunend das makabre Schauspiel beobachtete.

»Das ist kein Spaß mehr!« entfuhr es mir unwillkürlich, als ich in einen langsameren Gang schaltete und den Wagen über die Anderson-Brücke lenkte. Neben mir rutschte Julie zitternd tiefer in die Polster. »Alles in Ordnung, Liebste?« rief ich ihr zu.

»Das ist ein Alptraum. Ich habe das Gefühl, daß ich jeden Augenblick in Tarek Layang wieder aufwachen müßte!«

»Das ist leider alles Wirklichkeit, Julie.« Auf der Höhe des Fullerton Building rasten ein Krankenwagen und die Feuerwehr mit heulenden Sirenen an uns vorüber. Wir fuhren am Postamt vorbei, den Collyer Quay hinauf und bogen dann zum Krankenhaus nach links ab.

Unser Abschied bestand aus einem hastigen Kuß. »Ich muß mich beeilen«, rief Julie mir zu. »Sicher hat es Verletzte gegeben.«

»Versprich mir, daß du mich morgen ... nein, natürlich heute im Büro anrufst, ja? Ich muß dich wiedersehen. Irgendwas wird mir einfallen!«

Im nächsten Augenblick war Julie im Eingang des Krankenhauses verschwunden. Der Morgen graute bereits, als ich nach Tanamera zurückkehrte. Bei dem Gedanken an Großvater Jack trat ich das Gaspedal durch. Schließlich war er mit den chinesischen Hausdienern allein, und für einen alten Mann, der bereits einen Infarkt hinter sich hatte, konnten die Schrecken eines Luftangriffs tödlich sein.

Dann tauchte Irenes Bild vor meinen Augen auf, und ich überlegte, was sie jetzt denken würde. Vermutlich hatte sie die Nachricht über den Angriff auf Malaya noch gar nicht gehört. War man in New York unserer Zeit einen Tag voraus, oder war es umgekehrt? Ich wußte es in diesem Augenblick selbst nicht mehr. Irene hatte also vielleicht gar keine Ahnung, daß Singapur von den Japanern bombardiert wurde und ihr Mann die letzte Nacht im Frieden mit einer anderen Frau verbracht hatte, ohne einen einzigen Gedanken an sie oder den Rest der Familie verschwendet zu haben.

Erst als ich die Bukit Timah Road hinauffuhr, dachte ich an sie... und vor allem an Bengy. Doch es waren müßige und flüchtige Gedanken. Ich fühlte mich großartig, als ich in die Auffahrt nach Tanamera einbog. Li erwartete mich bereits, als ich vor dem Eingang anhielt.

»Keine Angst«, beruhigte ich den aufgeregten Chinesen. »Ich lasse mich nicht von einer Handvoll Japaner einschüchtern!«

»Japaner nicht gut, Tuan«, murmelte der alte Li.

»Wie geht es meinem Großvater, Li?« fragte ich.

»Tuan Großvater Jack ist sehr glücklich.« Li grinste über das ganze faltige Gesicht.

Für diese Situation schien das ein etwas unpassender Ausdruck zu sein, doch Li hatte recht. »Wir liefern den Kerlen eine verdammt gute Show!« begrüßte Großvater Jack mich. »Das hätte ich um nichts auf der Welt verpassen wollen. Das wird diesen Japsen eine Lehre sein!«

Offenbar war Großvater Jack vollkommen entgangen, daß umgekehrt die Japaner uns eine Lektion erteilten.

»Bist du die ganze Nacht fortgewesen?« fragte Großvater plötzlich. »Wohl bei einer Frau, was? Junge, hast du ein Glück.«

»Richtig«, erwiderte ich gutgelaunt. »Nicht mal im Traum habe ich mir ausgemalt, daß ich eines Tages so glücklich sein könnte.«

Zwei Stufen auf einmal nehmend lief ich in meine abgeschlossene Wohnung hinauf. Es war absurd, aber an diesem Morgen war ich trotz Ausbruch des Krieges in Malaya beinahe trunken vor Glück. Als ich mich entspannt unter der kalten Dusche abseifte, freute ich mich bereits auf das ausgiebige altenglische Frühstück, das ich beim Koch bestellt hatte.

Ich konnte mich nicht erinnern, je eine solche Nacht voller Leidenschaft und Zärtlichkeit verbracht zu haben. Immer wieder hatten wir uns geliebt, bis wir erschöpft in einen glücklichen, traumlosen Schlaf gefallen waren.

Wie lange war es her, daß ich Stunden erlebt hatte, in denen jede Berührung in mir erneut Verlangen geweckt, in denen ich Angst davor gehabt hatte, es erneut zu versuchen, obwohl ich längst zu keinem Höhepunkt mehr fähig war und der Reiz nur wenige Minuten anhielt, bevor ich erschöpft einschlief.

Ich trocknete mich ab und betrat das klimatisierte Schlafzimmer, das ich all die Jahre mit Irene geteilt hatte. Mein Blick schweifte flüchtig über die Bilder von ihr und Ben in den Schildpattrahmen auf dem Nachttisch und die kleinen, sehr weiblichen Nippes- und Erinnerungsstücke, die Irene zurückgelassen hatte.

Nachdem ich eine frisch gestärkte weiße Hose und ein leichtes Hemd angezogen hatte, ging ich zum Frühstück auf die Veranda hinunter. Es war paradox, doch in diesem Augenblick bewegten mich keine Gedanken an Krieg und Zerstörung, sondern nur die Chance, aufgrund der veränderten Situation Julie öfter sehen zu können. Es mußte einen Weg geben, soviel Zeit wie möglich mit ihr zu verbringen. Li servierte mir einen Teller mit einer großen Portion Spiegeleier und Speck. Ich begann hungrig zu essen.

Was mir zu diesem Zeitpunkt nicht einmal andeutungsweise in den Sinn kam, war, daß die Japaner Singapur je erreichen könnten. Der Marinestützpunkt Fort Canning mit seinen schweren Geschützen und der Gürtel undurchdringlichen Dschungels im Norden schienen mir die Garantie dafür zu bieten, daß weder ein Landeversuch vom Meer her noch ein Angriff aus dem Norden von Johore aus gelingen konnte.

Geistesabwesend schaltete ich das Radio neben dem Frühstückstisch ein. »Die Pioniereinheit der Japaner, die in Kota Bahru gelandet war, ist erfolgreich zurückgeschlagen worden«, sagte gerade der Nachrichtensprecher. »Lediglich der Flugplatz außerhalb der Stadt wurde durch Bombenangriffe beschädigt. Es gab weder Tote noch Verletzte. Die japanischen Landefahrzeuge ziehen sich zurück, und die Reste der Invasionstruppe...«

In diesem Augenblick verstummte der Rundfunksprecher abrupt, und eine ernste Stimme kündigte eine wichtige Durchsage an. Ich stellte das Radio lauter. Auf die Meldung, die dann kam, war ich allerdings nicht gefaßt gewesen: Die Japaner hatten Pearl Harbor bombardiert und einen Großteil der amerikanischen Pazifikflotte versenkt. Anschließend wurden wir auf weitere Nachrichten, die im Laufe des Tages folgen sollten, vertröstet.

Amerika! Die Japaner müssen verrückt geworden sein, war mein erster Gedanke. Sie hatten tatsächlich gewagt, eine der schlagkräftigsten Seestreitmächte der Welt anzugreifen. Eine ganze Nation hatte ganz offenbar vor, Harakiri zu begehen.

Am Abend holte ich Julie vom Alexandra-Hospital ab. Sie sah in ihrer rot-weiß-goldenen Schwesterntracht einfach hinreißend aus.

»Mein Vater ist zurück«, sagte sie. »Man darf mich auf keinen Fall mit dir sehen.«

Ich hatte bereits vorgesorgt. Auf dem Rücksitz des Wagens lag eine leichte Leinenplane. Sobald wir die nächste Seitenstraße erreicht hatten, kauerte Julie vor dem Beifahrersitz nieder, und ich breitete die Decke über sie. »Dort unten wird's dir sicher schrecklich heiß werden, aber später spendiere ich dir ein Bad«, versprach ich gutgelaunt. Ohne Julie ein Wort zu sagen, fuhr ich auf dem schnellsten Weg nach Tanamera, parkte den Morris an der Rückseite des Hauses und brachte Julie in den Sommerpavillon. Li hatte auf meine Bitte hin bereits frisches Wasser in den Swimmingpool eingelassen.

Um Julie nicht der Peinlichkeit einer Mitwisserschaft von Dienstboten auszusetzen, hatte ich Li damit beauftragt, schon am Spätnachmittag eine Thermosflasche mit Eiswasser, Scotch, Wodka und eine Platte mit belegten Broten in den Pavillon zu bringen. Was Li sich dabei dachte, war mir gleichgültig. Hauptsache, er sah Julie nicht.

In meiner Vorfreude auf die gemeinsamen Stunden mit Julie war ich gar nicht auf die Idee gekommen, daß das Rendezvous eine herbe Enttäuschung werden könnte. Doch das wurde es. Vom ersten Augenblick an spürte ich, daß Julie gerade Heimlichkeiten in der vertrauten Umgebung unserer Kindheit bedrückten. Damals, bei unserem ersten Zusammensein im Sommerpavillon, hatten Abenteuerlust und ungestilltes Verlangen alle anderen Gefühle verdrängt. Jetzt war das anders. Julie war eine Frau geworden und das Versteckspiel auf Tanamera widerstrebte ihr.

»Das machen wir nie wieder«, versicherte ich ihr. »Es war ein Fehler. Aber ich mußte dich einfach wiedersehen.«

»Können wir uns nicht wieder in den Abingdon Mansions treffen?«

»Ich habe Bonnard schon vor Ausbruch des Krieges längere Zeit nicht mehr gesehen«, erwiderte ich. »Aber ich finde etwas für uns. Verlaß dich drauf.«

Der Krieg dauerte gerade drei Tage, als wir die erste Niederlage einstecken mußten. Die Japaner hatten erfolgreich die Insel Penang vor der Westküste Malayas angegriffen. Trotz großzügiger Versprechungen der Briten hatten sie keine Hand zur Verteidigung der Insel gerührt, und die beiden einzigen schweren Geschütze in der Hauptstadt des schönen, verträumten Penang hatten gegen die Übermacht der japanischen Bomber nichts ausrichten können. Mehr als tausend Menschen starben auf Penang in dem Glauben an die Hilfe der britischen Schutzmacht. Als die Briten auf militärischen Befehl die Insel in einer Nacht-und- Nebel-Aktion verließen, blieben eine funktionierende Sendestation, die Ölraffinerie, große Vorräte an Öl und Treibstoff und seetüchtige Schiffe als willkommene Geschenke für die Japaner zurück.

Eigentlich erschütterte uns der Verlust Penangs sogar noch mehr als die nachfolgende Katastrophe. Ich lag gerade auf der Veranda des Cricket-Clubs in einem Liegestuhl, als das Musikprogramm im Radio für eine wichtige Durchsage unterbrochen wurde. Im Cricket-Club wurde es plötzlich unheimlich still. Starr vor Entsetzen hörten wir die Meldung, daß die beiden größten Schiffe der britischen Flotte, das Schlachtschiff *Prince of Wales* und der Schlachtkreuzer *Repulse*, von japanischen Flugzeugen versenkt worden waren.

Im Cricket-Club herrschte gut eine halbe Minute betretenes Schweigen, bis irgendwo klirrend ein Glas zu Boden fiel und alle wie auf Kommando anfingen, aufgebracht durcheinanderzureden. Ein älterer Herr, der neben mir über der Balustrade lehnte und auf die Rasenfläche hinunterstarrte, schüttelte fassungslos den Kopf. »Die Japaner haben innerhalb weniger Tage Singapur bombardiert, einen strategisch wichtigen Flugplatz erobert, Penang genommen und zwei unserer größten Kriegsschiffe versenkt«, begann er wie zu sich selbst. »Herrgott, da muß doch irgendwas faul sein!«

Mit Pauls Hilfe traf ich Julie am darauffolgenden Freitagabend. Paul, der sich sicher denken konnte, daß wir nicht den ganzen Sonntag im Sea View Hotel verbracht hatten, rief mich an. »Julie hat seit Tagen rund um die Uhr Dienst, Johnnie. Sie könnte ein bißchen Aufheiterung vertragen. Hast du Lust, mit uns im Raffles zu Abend zu essen?«

Paul und Julie kamen gemeinsam. Julie trug ein langes weißes Abendkleid, das ihren goldbraunen Teint und das dunkle Haar vorteilhaft zur Geltung brachte. Da es ein Freitagabend war, trugen Paul und ich Abendanzüge. Julie und ich begrüßten uns förmlich. Wir bestellten Whisky-Soda und richteten uns auf einen angenehmen Abend in dem alten, traditionsreichen Hotel ein, das seit den ersten Tanzversuchen zu unserem Leben gehörte.

»Hast du dieses Treffen angeregt?« fragte ich Julie, als wir einen Slowfox tanzten.

»Natürlich«, erwiderte Julie leise. »Ich mußte dich einfach sehen...«

»Ich habe leider vergeblich versucht, etwas zu finden, wo wir uns treffen könnten. Wohnst du noch immer zu Hause?«

Julie nickte. »Allerdings kann ich jederzeit im Schwesternheim übernachten. Das hat mir die Krankenhausleitung wegen der immer schlechter werdenden Transportmöglichkeiten angeboten.«

»Glaubst du, dein Vater erlaubt dir, ins Krankenhaus zu ziehen?«

»Im Krieg beugt selbst er sich den Emanzipationsversuchen der Frauen.«

»Nehmen wir mal an, ich finde eine... eine kleine Wohnung für uns, Julie«, begann ich stockend. »Könntest du deine Familie überzeugen, daß du im Krankenhaus untergebracht bist, und...«

»Ich soll mit dir... in eine Wohnung ziehen? Mit einem verheirateten Mann?« Julie war wie immer sehr direkt. »Ja, das könnte... und würde ich tun«, antwortete sie mit geheimnisvollem Lächeln. »Allerdings müßte ich natürlich immer im Dienst sein, falls sich ein Neugieriger nach mir erkundigen sollte. Aber das kann ich arrangieren.« Nach kurzem Zögern fügte sie hinzu: »Ist dir klar, daß wir mit einer gemeinsamen Wohnung sehr viel weitergehen als mit der Nacht in Tasek Layang, Johnnie? Damit setzt du deine Ehe aufs Spiel.«

Wir tanzten eine Weile schweigend weiter. »Ich wünschte, du hättest das nicht gesagt, Julie. Eigentlich wollte ich einfach nur alles vergessen... von einem Tag zum anderen leben.«

Der Druck von Julies Hand auf meiner Schulter wurde stärker. »Das ist auch das Beste, was wir tun können, Johnnie.« Julie nickte einem bekannten Ehepaar freundlich zu. »Hab' keine Angst. Wenn der Krieg zu Ende ist, ist auch für uns alles vorbei.«

»Aber vielleicht will ich dann gar nicht mehr Schluß machen«, entgegnete ich spontan.

»Es bleibt dir nur leider nichts anderes übrig, Johnnie.«

»Aber die Verhältnisse haben sich jetzt schon verändert. Versteh doch, Julie! Wenn dieser Krieg zu Ende ist, kann auch Singapur nie wieder dieselbe Stadt sein wie früher. Das gilt selbst für den Fall, daß es dann noch britisch sein sollte.«

»Warten wir's ab.« Julie lächelte. »Du bist ein Träumer. Ich mag das.«

Schließlich brachte ich Julie zu unserem Tisch zurück. Nie war mir der Gedanke gekommen, meine Ehe aufzugeben... die Familie zu entzweien. Trotz meiner Liebe zu Julie wäre es furchtbar für mich gewesen, auf Bengy und vielleicht noch ein zweites Kind verzichten zu müssen. Ich erkannte das Gefährliche meiner Handlungsweise und hatte doch nur einen Wunsch: mit Julie mehr als nur ein paar heimliche Stunden zu verbringen. Ich wollte morgens in ihren Armen aufwachen und mit ihr frühstücken.

Früher hatte ich davon geträumt, Julie zu heiraten. Doch das war nicht möglich gewesen. Jetzt gab uns der Krieg die Chance, wenigstens für eine Zeit so zu tun, als seien wir Mann und Frau. Weshalb sollten wir sie nicht nutzen?

»Also gut«, sagte ich beim nächsten Tanz leise zu Julie. »Leben wir in der Gegenwart, und kümmern wir uns nicht um die Zukunft. Ich bete, daß dieser Zustand ewig dauert.«

»So was darfst du nicht sagen.«

»Aber ich empfinde so. Jetzt brauche ich nur noch eine Wohnung für dich zu finden. Aber keine Angst. Ich mute dir keine zwielichtigen Hotels oder schlechten Gegenden zu. Irgend etwas wird sich ergeben.«

Es ergab sich tatsächlich etwas, und zwar noch in derselben Nacht und mit Hilfe der Japaner. Obwohl unser Rendezvous zu dritt wohl für alle Beteiligten unbefriedigend war, zögerte ich, dem Abend ein Ende zu machen und nach Hause zu fahren. Die Verdunkelungsvorschriften hatten zur Folge, daß kaum einer den anderen deutlich sehen konnte und man sich vor allem auf der Tanzfläche ständig auf die Füße trat oder anrempelte. Außerdem konnte ich nicht allzu häufig mit Julie tanzen und Paul allein am Tisch sitzen lassen.

Das abrupte Ende des Abends im Raffles kam mit dem Fliegeralarm. Sämtliche Ober stürzten sofort auf die Ausgänge zu. Sekunden später hörte ich bereits die ferne Detonation von Bomben, und gleichzeitig gingen sämtliche Lichter aus.

»Komm, wir gehen, Paul!« Julie wandte sich automatisch an ihren Bruder. »Ich habe immer Angst, wenn Vater allein zu Hause ist.«

»Mir geht's genauso«, stimmte ich zu. »Großvater Jack ist allein in Tanamera.«

Paul und ich hatten die Autos in der Beach Road geparkt, die direkt gegenüber dem Raffles Hotel am Strand entlangführte.

Draußen herrschte ein höllischer Lärm. »Nimm du Julie mit!« rief Paul mir zu. »Wir treffen uns dann vor unserem Eingangstor!« Ich war mit Julie kaum an der nächsten Ecke nach rechts in die Bras Basah Road eingebogen, als wir bereits die nächsten Bomben fallen hörten.

Wir schwiegen beide. Ich mußte mich auf die Straße konzentrieren, denn sämtliche Straßenlaternen waren ausgeschaltet, und der abnehmende Mond spendete kaum Licht. Als wir die Kreuzung an der North Bridge Road überquerten, nahm ich unwillkürlich Gas weg und wäre dann vor Schreck beinahe gegen eine Hauswand gerast, als ganz in unserer Nähe ein Flugabwehrgeschütz mit ohrenbetäubendem Lärm losging.

»Das muß die Flakstellung hinter der Kathedrale gewesen sein«, schrie ich Julie zu. »Das weckt ja Tote auf!«

Als ich in die Selegie Road einbiegen wollte, blockierten drei Krankenwagen die Kreuzung an der Orchard Road, und ich mußte halten. Vor uns an der Bukit Timah Road schien es irgendwo zu brennen. Ein weiterer Krankenwagen raste an uns vorbei. Schließlich kam ein Mann von der freiwilligen Feuerwehr auf uns zu.

»Ist es schlimm?« fragte ich.

»Ziemlich«, antwortete er. »Ich rate Ihnen, so schnell wie möglich nach Hause zu fahren!« Ich nickte ihm zu und gab Gas. Es blieb mir nichts anderes übrig, als von der Orchard Road abzubiegen, den Umweg über den Park der Gouverneursresidenz zu nehmen und die Clemenceau Avenue hinaufzufahren, die schließlich wieder in die Bukit Timah Road mündete.

»Wir sind gleich zu Hause«, begann ich und hielt dann abrupt inne. Nur wenige hundert Meter vor uns brannte es auf der linken Seite der Bukit Timah Road irgendwo lichterloh. Die hoch in den Himmel lodernden Flammen erinnerten mich unwillkürlich an ein Freudenfeuer, das ich in meiner Kindheit in England auf dem Land miterlebt hatte, bei dem nach alter Tradition die Spottfigur des Guy Fawkes verbrannt worden war. Da an der Bukit Timah Road fast ausschließlich vornehme Villen in großen Grundstücken lagen, war es unmöglich festzustellen, wo es eigentlich brannte.

»Beeil dich, Liebster!« drängte Julie. Im nächsten Augenblick trat ich hart auf die Bremse und brachte den Wagen gerade noch vor dem Gewirr von Schläuchen, das von einem Feuerwehrauto aus quer über die Straße führte, zum Stehen. Vor uns versperrte ein zweites Fahrzeug der Feuerwehr den Weg.

»Es ist unser Haus!« schrie Julie entsetzt.

»Nein, keine Angst. Das kann nicht sein«, beruhigte ich sie. »Aber wir müssen zu Fuß weiter.« Als wir beide aus dem Wagen stiegen, wurde mir plötzlich klar, wo es brannte. »Mein Gott! Es ist Tanamera! Großvater Jack!«

Tanamera lag mit seinem riesigen Grundstück weiter von der Straße entfernt als jedes andere Haus der Nachbarschaft, so daß das Feuer zum Großteil von den hohen Bäumen verdeckt wurde. Nur der glutrote Schein am Himmel war verräterisch.

Das Tor zum Haus der Soongs lag ungefähr dreihundert Meter vor der Einfahrt nach Tanamera, und Paul wartete dort bereits auf uns.

»Ich bin noch nicht bei euch drüben gewesen«, sagte er. »Aber ich weiß von einem der Feuerwehrleute, daß nur die Anbauten auf der Rückseite, also der Dienstbotentrakt, aber nicht das Haus selbst getroffen worden ist. Beeil' dich, Johnnie! Ich bringe Julie schon nach Hause.«

»Was ist mit Großvater Jack?«

Paul zuckte nur bedauernd mit den Schultern.

Die bange Frage, was mit Großvater Jack geschehen sein könnte, trieb mich zur Eile an. Ich verabschiedete mich flüchtig von Julie und Paul und lief weiter. Schon am Tor der Einfahrt nach Tanamera war der Boden durch lecke Feuerwehrschläuche so tief aufgeweicht, daß ich knöcheltief im Morast stand. Um mit ihren schweren Spritzen überhaupt zur Rückseite des Hauses zu kommen, hatten die Feuerwehrleute Teile des Zaunes niederreißen müssen. Auf ihrem weiteren Weg hatten sie Büsche und Blumenbeete niedergewalzt und tiefe Spuren im gepflegten Rasen hinterlassen. Als ich den Kiesweg zum Haus hinauflief, wäre ich beinahe mit einem Mann mit kurzem weißem Bart zusammengestoßen.

»Wilf! Gott sei Dank, daß Sie da sind!« stieß ich atemlos hervor. »Wie schlimm ist es?«

Wilf Broadbent war der Chef der Berufsfeuerwehr, ein alter Bekannter unserer Familie, der im Krieg auch die Einsätze der freiwilligen Feuerwehr leitete. Seine Leute hatten bereits gute Arbeit geleistet.

»Was ist mit Großvater Jack?«

»Den haben wir ins Allgemeine Krankenhaus bringen lassen, Johnnie. Mein Gott, war der Mann wütend! Aber hier konnte er allein nicht bleiben.«

»Ich fahre sofort zu ihm.«

»Das wäre zwecklos, Johnnie. Die Sanitäter haben ihm eine Beruhigungspille gegeben. Nach dem Schock brauchte der alte Mann erst mal Ruhe. Vor morgen früh wacht er sicher nicht auf.«

»Und das Haus?«

»Tanamera selbst ist nicht beschädigt. Aber die Anbauten haben einiges abgekriegt. Zum Glück hatte sich dort gerade niemand aufgehalten. Ich rate Ihnen allerdings, heute nicht in Tanamera zu übernachten. Das Haus ist alt. Wer weiß, welche Schäden entstanden sind. Sicher ist es auf keinen Fall.«

Nach einer schlaflosen Nacht, die ich entgegen Wilfs Rat doch in Tanamera verbracht hatte, fuhr ich am Morgen sofort zu Großvater Jack ins Krankenhaus. Der alte Herr nahm die Nachricht, daß er vorerst nicht in sein Heim zurückkehren könnte, wider Erwarten gelassen hin.

Anschließend schickte ich ein Telegramm an Papa Jack und einen kurzen Brief an Irene. Ich fürchtete, meine Eltern könnten aus der Zeitung von dem Bombentreffer auf das Grundstück von Tanamera erfahren und sich Sorgen machen. Natürlich wußte ich nicht, als ich ihnen in knappen Sätzen die Situation schilderte, daß die Zeitungen in London nur noch aus zwei bis vier Seiten bestanden, auf denen wahrlich kein Platz für derartige Trivialitäten war.

Auf dem Weg ins Büro überlegte ich mir dann ernsthaft, wo ich in Zukunft wohnen sollte. Wilf hatte mit seiner Warnung durchaus recht gehabt. Durch die Erschütterung des Bombeneinschlags waren auch im Haupthaus Schäden entstanden, die sich erst nach und nach bemerkbar machten. Das Treppenhaus war jedenfalls einsturzgefährdet. Wenigstens das hatte ich schon am Morgen feststellen können.

Als ich ins Büro kam, wußten dort schon alle von der Bombe, die Tanamera nur knapp verfehlt hatte. Obwohl ich als Tuan von allen mit dem nötigen Respekt behandelt wurde, hatte ich zu Ball und Rawlings ein eher kameradschaftliches Verhältnis. Schließlich hatte ich bei ihnen gelernt und mir auch später oft Rat und Hilfe bei ihnen geholt.

Rawlings war es schließlich auch, der mich auf die Idee brachte, mich im Cadet House einzuquartieren.

»Was ist mit dem Cadet House?« sagte er fragend, als ich ihm meine Lage schilderte.

Ich sah ihn erstaunt an. »Aber da ist doch die Armee drinnen.«

Die Firma Dexter hatte das Cadet House an der Tanglin Road schon etliche Jahre vor meiner Geburt gekauft und in kleinere Wohnungen für die jungen Lehrlinge der Firma aus London aufgeteilt. Die meisten der jungen Männer waren dann nach einer einjährigen Lehrzeit wieder nach England zurückgekehrt.

Auch Ball und Rawlings hatten in ihrer Junggesellenzeit dort gewohnt.

»Die Armee kann das Haus nicht brauchen«, entgegnete Rawlings. »Es ist ihr zu klein. Ich hielt es für unwichtig. Sonst hätte ich es Ihnen natürlich gesagt, Mr. Dexter.«

»Steht eine Wohnung leer?«

»Das ganze Haus ist leer«, erwiderte Rawlings. »Natürlich ist es möbliert... allerdings kaum luxuriös, sondern...«

»Was ist mit Dienstboten?«

Rawlings schüttelte den Kopf. »Seit einem Vierteljahr ist das Haus völlig unbewohnt.«

»Haben Sie die Schlüssel? Gut! Dann holen Sie sie bitte. Ich fahre gleich hin und sehe mir das Haus mal an. Und schicken Sie bitte den Chauffeur mit dem Wagen nach Tanamera. Er soll Li abholen und sofort zum Cadet House bringen. Ich warte dort auf ihn.«

Das Cadet House, dachte ich. Es war Jahre her, seit ich das Gebäude, das immerhin der Firma gehörte, besucht hatte. Zehn Minuten später fuhr ich die Orchard Road in Richtung Nassim Hill hinauf. Dort, wo die Orchard Road in die Nassim Road überging, sah ich auf der rechten Seite das Hinweisschild »Nassim Hill«. Eine schmale Straße führte eine kleine Anhöhe hinauf und endete vor einem Tor, auf dem der Name »Cadet House« stand. Das Haus selbst war ein großes, weißgetünchtes Gebäude mit dunklem Dach und aufgemaltem Fachwerk. Ein Kiesweg führte zum Haupteingang auf der linken Seite.

Ich hielt meinen Wagen vor dem Säuleneingang an. Zu meiner Linken erstreckte sich eine von Bambusgebüsch gesäumte, leicht abschüssige Rasenfläche.

Mein Herz klopfte plötzlich wild. Der Gedanke, der mich beherrschte, seit Rawlings das Cadet House erwähnt hatte, war zu aufregend.

Das Cadet House war das perfekte Versteck. Es lag einsam in einem großen Garten, hatte keine Nachbarn und schien für Julie und mich wie gemacht.

Die Frage war nur, ob Julie tatsächlich zu mir ziehen würde. Vor Beginn des Krieges wäre die Vorstellung einfach grotesk gewesen, doch jetzt, da Julie als Krankenschwester gebraucht wurde, bot uns der Dienst im Alexandra-Hospital eine perfekte Tarnung. Wir befanden uns im Krieg, und angesichts der Bombenangriffe konnte selbst der strengste Vater seiner Tochter nicht verbieten, als Krankenschwester ihre Pflicht zu tun.

Gleichzeitig wurde es immer schwieriger, sie telefonisch zu erreichen, und Kollegen hatten ihr bereits versprochen, ihr in diesem Fall zu helfen. Theoretisch würde sie im Krankenhaus leben, und in Wirklichkeit könnte sie bei mir im Cadet House wohnen. Die Idee war einfach phantastisch.

Gegen zehn Uhr kam Li. Als der Wagen vor dem Portal anhielt, packte mich plötzlich das schlechte Gewissen. Die schwerwiegende Bedeutung meines Vorhabens stand mir wieder klar vor Augen. Das Gefährlichste dabei war, daß ich nicht irgendwo in einer einsamen Gegend Malayas mit Julie zusammenleben wollte, sondern ausgerechnet mitten in Singapur, in der Stadt, in der ich später wieder mit Irene und Ben leben mußte.

»Das ist unser neues Heim«, sagte ich zu Li, als mein Diener aus dem Wagen stieg. »Der Wagen steht den ganzen Tag zu deiner Verfügung. Hol' meine Kleidung und alles andere, was wir brauchen, aus Tanamera hierher. Wenn dann noch was fehlt, kaufe es.«

Ich gab ihm Geld. »Der Koch soll in Tanamera bleiben und dafür sorgen, daß der Dienstbotentrakt wieder aufgebaut wird«, sagte ich hintergründig. Unser Koch war ein Vertrauter meiner Mutter, und einen Spion konnte ich jetzt nicht brauchen. »Kannst du uns einen neuen Koch besorgen?«

»Selbstverständlich.« Li strahlte über das ganze Gesicht. Ich war froh, als ich von ihm erfuhr, daß sein Vater, der alte Li, bei meinem Großvater im Krankenhaus war. Die treue Seele wich Großvater Jack nicht von der Seite.

In diesem Augenblick beschloß ich, Li ins Vertrauen zu ziehen. Meinem persönlichen Diener konnte sowieso nicht verborgen bleiben, wer bei mir einzog.

»Du bist jetzt seit vielen Jahren bei mir, Li«, begann ich. »Ich vertraue dir. Also hüte in Zukunft deine Zunge. Miß Julie wird hier mit mir wohnen.«

Li, der natürlich über meine Vergangenheit Bescheid wußte, nickte mit strahlendem Lächeln.

Da das Telefon im Cadet House abgestellt war, fuhr ich zum Telefonieren zum Goodwood Park Hotel, das damals noch ein kleines, gemütliches Etablissement war. Vom Empfang aus rief ich Julie im Krankenhaus an.

»Julie, Liebste... ich hab' ein Haus... unser erstes Heim gefunden«, begann ich und berichtete ihr dann hastig alles, was ich erlebt hatte.

»Moment mal!« unterbrach sie mich am anderen Ende lachend. »Ich verstehe gar nichts. Was ist los?«

Ich erklärte es ihr. »Du kommst doch, oder?« fragte ich schließlich von Zweifeln geplagt.

»Natürlich. Das weißt du doch.«

»Gut. Ich habe mir folgendes überlegt, Julie. Am besten fährst du heute nach dem Dienst nach Hause und sagst deinem Vater, daß du aufgefordert worden bist, im Krankenhaus zu wohnen. Morgen früh hast du doch frei, oder? Dann treffen wir uns um zwölf Uhr vor dem Robinson. In Ordnung?«

»Vor dem Robinson? Ist das nicht zu riskant?«

»Nur dieses eine Mal. Es gibt einiges zu erledigen. Schließlich könnten wir uns auch rein zufällig getroffen haben.«

Julie war einverstanden.

21

Am darauffolgenden Morgen goß es in Singapur in Strömen. Ich hatte bereits im Cadet House übernachtet. Gegen sechs Uhr morgens kam Li wie immer lautlos in mein Zimmer, begann leise das seltsame chinesische Lied zu singen, mit dem er mich sanft zu wecken pflegte, und servierte mir die erste Tasse Tee des Tages.

Der Regen draußen war so dicht, daß ich nicht einmal die Bambusbüsche vor der Veranda sehen konnte. Es war einer der tropischen Regengüsse, die schuld daran waren, daß jedes größere Haus in Singapur einen überdachten Eingang hatte. Auf diese Weise konnte man ohne Schirm und Regenmantel wenigstens im Trockenen in den Wagen steigen.

Während ich später die Orchard Road hinunterfuhr und die Scheibenwischer kaum gegen die Wassermassen, die vom Himmel fielen, ankamen, dachte ich an Julie. In diesem Augenblick hatte sie ihr Zuhause mit einer Lüge verlassen. Mir war klar, wie sehr sie mich lieben mußte, wenn sie bereit war, das Risiko auf sich zu nehmen, von ihrem Vater eines Tages als Geliebte eines verheirateten Mannes entlarvt zu werden. In diesem Fall würde sie nach dem strengen Sittenkodex der Chinesen enterbt und von der Familie ausgestoßen werden.

Diese Erkenntnis war beklemmend. Doch als ich Julie um

zwölf Uhr im Robinson bei einer Tasse Kaffee gegenübersaß, war das alles vergessen. Ich wußte zu diesem Zeitpunkt noch nicht, daß die beiden glücklichsten Wochen meines Lebens vor mir lagen.

Und das trotz der Rückschläge, die die britische Armee im Landesinneren Malayas hinnehmen mußte, und trotz der zusätzlichen Arbeitsstunden, die der freiwillige Dienst beim Luftschutz mit sich brachte. Da die Luftangriffe auf Singapur jedoch immer seltener wurden, ließen langsam auch Angst und Spannung nach, die in der Stadt geherrscht hatten. Doch obwohl die unmittelbare Gefahr vorerst gebannt schien, bewirkte die allgemeine Unsicherheit, daß jeder das Leben und die Liebe in vollen Zügen genoß.

»Obwohl wir hier mitten in einer Stadt mit vielen Menschen wohnen, habe ich das Gefühl, auf einer verlassenen Insel zu leben«, sagte Julie eines Morgens im Bett zu mir. »Natürlich wissen wir, daß es eines Tages zu Ende sein muß... aber das Wie und Wann ist uns unbekannt.« An einem anderen Morgen fragte sie mich: »Quält dich manchmal das schlechte Gewissen?«

»Du meinst, weil ich den Ruf eines schönen Mädchens ruiniere?« entgegnete ich ausweichend.

»Du hast mich nicht ruiniert, Liebster«, erwiderte sie beinahe traurig. »Ein chinesisches Sprichwort sagt, daß man zwar hundert Leben hat, aber nur eines es wert ist, daß man sich daran erinnert. Das ist das Leben, das mir im Gedächtnis bleiben wird. Ich erwarte von der Zukunft nichts mehr, denn nichts kann je wieder so schön sein, wie das, was wir jetzt erleben.«

»Ein schlechtes Gewissen habe ich nicht«, murmelte ich. »Das hätte ich offengestanden nur, wenn ich nach einer Nacht mit dir zu Frau und Kindern zurückkehren müßte. Jetzt bist du vorübergehend meine Frau. Ich weiß, daß es Irene gegenüber nicht fair ist, aber gegen meine Gefühle kann ich nichts tun.«

»Wenn ich bedenke, was wir tun, fühle ich mich manchmal schlecht und verdorben«, fuhr Julie fort. »Ist es nicht furchtbar, daß man anderen etwas wegnehmen... stehlen muß, um glücklich zu sein? Oft möchte ich nach Hause gehen, aber dann kommst du müde und abgespannt, berührst mich... und ich frage mich, wie lange noch? Noch einen Tag? Noch eine Stunde? Noch eine Minute? Haben wir nicht auch ein Recht auf Glück, da wir schon mal hier leben müssen? Es ist Krieg. Dort draußen herrscht eine Luft, die tötet. Augenblick, wo habe ich diesen Satz nur gelesen?«

Sie lief zu ihrem Bücherregal, zog einen schmalen Gedichtband heraus und blätterte ihn hastig durch.

»Ich lese viel, wenn ich Nachtdienst habe«, hatte sie mir einmal erklärt. »Ah, hier ist es! Das Gedicht ist von Housman. ›Eine Luft, die tötet, weht von einem fernen Land und läßt mein Herz erstarren‹«, zitierte Julie. »Findest du nicht, daß diese Zeile sehr treffend das charakterisiert, was die Japaner uns antun?« fragte sie.

Und wir lebten tatsächlich wie auf einer einsamen Insel. Zur Außenwelt hatte ich nur Kontakt, solange ich im Büro war. Die Familie hatte ich beinahe aus meinem Bewußtsein verdrängt, bis eines Tages Tony Scott anrief.

Die Verbindung war verhältnismäßig gut. »Ich bin in Kuala Lumpur, Johnnie. Drei Tage hat es gedauert, bis ich endlich nach Singapur durchgekommen bin. Wie geht es Natasha? Wo ist sie?«

»Hast du denn nichts von ihr gehört?«

»Nein, kein Wort. An dem Sonntag damals mußte ich mich bei den Freiwilligen melden... und seit dieser Zeit bin ich nicht mehr auf Ara gewesen. Man hat mich in einen Panzerwagen gesteckt und ab ging's nach Sungei Siput. Ich hatte nicht mal ein frisches Taschentuch mit. In Malaya ist die Hölle los. Die Japaner drängen uns immer weiter zurück.«

Ich erzählte ihm, daß Natasha und Victoria zusammen mit Irene in der Nähe von New York waren.

»Gott sei Dank!« Tony atmete hörbar auf. »Von hier aus kann ich nicht schreiben. Wir haben nicht mal Tinte oder Papier. Aber ich möchte Natasha wenigstens ein Lebenszeichen geben. Sie soll wissen, daß es mir soweit gut geht.«

Ich dachte nach und fragte mich, ob Tony bereits wußte, daß Natasha ein Kind erwartete. Hatte sie es ihm vielleicht in letzter Minute erzählt? Ich hatte nicht die geringste Ahnung.

»Auch von hier aus ist es ziemlich sinnlos, einen Brief abzuschicken«, sagte ich schließlich. »Aber ein Telegramm an Papa Jack... Ja, das ist die Lösung. Er kann dann versuchen, Natasha in Amerika zu benachrichtigen.«

»Großartige Idee. Hast du Nachrichten von Irene?«

»Den letzten Brief habe ich vor der Katastrophe von Pearl Harbor bekommen.«

»Sie fehlt dir sicher sehr. Trotzdem bin ich froh, daß unsere Frauen in Sicherheit sind. Diese Japaner haben verdammt brutale Methoden. Ich...« Es knackte in der Leitung, dann war die Verbindung unterbrochen.

Obwohl ich mich gefreut hatte, von Tony zu hören, hatte das Gespräch mit ihm meinen Ärger und meine Wut darüber, daß ich noch immer Zivilist war, erneut verstärkt. Eine Luft, die tötete. Wie recht Julie hatte, dachte ich. Selbst das Glück mit Julie konnte mein schlechtes Gewissen angesichts meiner Hilflosigkeit gegen die Japaner nicht verdrängen. Ich hatte mich zwar inzwischen erneut freiwillig gemeldet, war jedoch von der Musterungskommission aufgrund meiner zivilen Aufgaben abgelehnt worden.

22

Kurz vor Weihnachten versuchte ich verzweifelt, für eine Ladung Kautschuk einen Frachter zu finden, denn das Schiff, das ursprünglich für den Transport vorgesehen war, war bei einem Bombenangriff im Hafen getroffen und schwer beschädigt worden. Ich hatte bereits den ganzen Tag in zähen Verhandlungen mit einem Marineoffizier verbracht, der einfach nicht einsehen wollte, daß wir dringend eine Transportmöglichkeit für das von den Briten und Amerikanern dringend benötigte Rohmaterial brauchten.

Die Auseinandersetzungen mit den Militärbehörden kosteten immer Nerven und verlangten beinahe übermenschliche Geduld. Ich war daher in einer ziemlich aggressiven Stimmung, als am Spätnachmittag das Telefon auf meinem Schreibtisch klingelte.

»Ja?« meldete ich mich gereizt. »Wer ist da?«

»Tut mir leid, wenn ich störe«, entschuldigte sich eine Männerstimme, die mir irgendwie bekannt vorkam. »Hier spricht Robin Chalfont.«

Der Name sagte mir nichts. »Da sind Sie vermutlich falsch verbunden... Augenblick, ich stelle zu meinem Mitarbeiter durch.« Bevor er noch etwas sagen konnte, schaltete ich die altmodische Sprechanlage ein und rief: »Rawlings! Nehmen Sie mir den Anruf ab! Ich habe keine Ahnung, was der Mann will.«

Ich hörte das Klicken in der Leitung, als der Anrufer weiterverbunden wurde. Zwei Minuten später klopfte Rawlings an meine Tür.

»Der Anruf ist für Sie. Ein Colonel Chalfont.«

In diesem Augenblick fiel es mir wieder ein. Chalfont war der Vorsitzende der Musterungskommission, die mich abgelehnt hatte.

Ich hob den Hörer ab. »Tut mir entsetzlich leid, Colonel! Ich wollte nicht unhöflich sein«, begann ich.

»Keine Ursache. Ich kann das verstehen. Sie können sich vor Arbeit sicher nicht mehr retten, was?«

Ich wußte nicht, ob das sarkastisch gemeint war, und ging deshalb erst gar nicht darauf ein. »Gibt's was Neues? Interessiert sich die Musterungskommission doch für mich?«

»Deshalb möchte ich mit Ihnen sprechen. Die Sache ist allerdings ziemlich heikel. Ich rede ungern am Telefon darüber.«

»Dann treffen wir uns doch im Adelphi«, schlug ich vor.

Chalfont zögerte nur kurz. »Gut. Paßt es Ihnen um sechs Uhr heute abend?«

»Natürlich«, antwortete ich.

»Im CVJM?«

»Im Hauptquartier des Luftschutzes?« Ich konnte mein Erstaunen kaum verbergen. Ich wußte von Bill Jackson, dem Hausmeister des Clubhauses, daß der Gebäudekomplex vom Zivilschutz übernommen worden war.

»Sie sind doch Mitglied der Luftschutztruppe, oder?«

»Da versuche ich gerade herauszukommen«, entgegnete ich ziemlich kühl. »Ich dachte, Sie wissen das.«

»Ja, natürlich.« Chalfont lachte. »Also dann um sechs? Und vergessen Sie Ihre Ausrüstung nicht! Armbinde, Helm, Gasmaske... na, Sie wissen schon. Es soll alles ganz normal aussehen.«

Ich hatte keine Ahnung, was mich erwartete, als ich meinen Wagen vor der schäbigen Fassade des Clubhauses des CVJM parkte. Ein Posten an der Tür erkundigte sich nach meinem Namen. Normalerweise bedeutete der Name Dexter etwas in Singapur, doch der Mann blieb unbeeindruckt. Er sah erst in seiner Liste nach, bevor er fragte: »John Dexter?«

»Ja, der bin ich.«

»Sie werden erwartet, Sir«, verkündete er. Ich hatte eine spöttische Bemerkung auf der Zunge, hielt mich jedoch im letzten Augenblick zurück. Plötzlich war mir der Gedanke gekommen, daß der Posten möglicherweise gar nicht aus Singapur stammte. Die Vermutung, daß ich einen Soldaten der britischen Armee in der Kleidung der Zivilschutztruppe vor mir hatte, lag nahe, und eine böse Vorahnung beschlich mich.

Der Posten führte mich ins Clubhaus, wo Colonel Chalfont mich an der Empfangstheke erwartete, an der ich früher immer erfahren hatte, welcher Tennisplatz für mich reserviert worden war. Zu meinem Erstaunen trug Colonel Chalfont ebenfalls die wenig elegante Uniform der Zivilschutztruppe.

»Sie sind wohl überrascht, mich als Kollegen verkleidet zu sehen, was?« begrüßte er mich lächelnd. »Kommen Sie! Wir trinken erst mal einen Whisky.«

Wir betraten das Clubzimmer des CVJM, und ich sah mich verblüfft um. Der Raum war völlig neu eingerichtet, und hinter der langen Bar standen zwei Europäer in weißen Jacketts. Das war ungewöhnlich, denn in Singapur gab es ausschließlich Chinesen als Barkeeper. Während unsere Drinks gemixt wurden, schweifte mein Blick verwundert über die Herrn in Zivil, die lässig in den neuen Sesseln saßen, rauchten und an ihren Drinks nippten. Das Ganze kam mir sehr merkwürdig vor. Offenbar war ich in eine geheime Zentrale der Armee geraten.

Nachdem wir unseren Whisky getrunken hatten, führte Chalfont mich in einen Nebenraum, dessen einziges Mobiliar aus einem langen Tisch und einfachen Stühlen bestand. Hinter dem Tisch saßen drei Offiziere der britischen Armee. Chalfont bedeutete mir, ihnen gegenüber Platz zu nehmen. »Das ist John Dexter, Sir«, stellte Chalfont mich dem Herrn in der Mitte vor, der die Rangabzeichen eines Brigadegenerals an der Uniform trug. Er war ein unauffälliger Mann mit grauem Haar und aufmerksamen blaßblauen Augen. Ich schätzte sein Alter auf Ende Vierzig. »Guten Abend, Mr. Dexter«, begann er. »Wie ich höre, haben Sie sich also freiwillig zum Dienst in der Armee Seiner Majestät gemeldet.«

Ich nickte.

»Gut. Nach diesem Gespräch steht es Ihnen frei, dieses Haus zu verlassen und alles zu vergessen, was hier gesagt wurde. Solange Sie jedoch hier sind, müssen Sie sich den Vorschriften unserer Streitkräfte beugen. Ich muß Sie daher bitten, diese Erklärung hier zu unterschreiben.« Er legte mir ein Formblatt vor. »Sie verpflichten sich damit zur strikten Geheimhaltung.«

Ich unterschrieb widerspruchslos die von mir geforderte Erklärung. Anschließend informierte Colonel Chalfont den Brigadegeneral über meine persönlichen Daten und meinen Werdegang. Ich war offengestanden sehr erstaunt, wieviel er über mich, unsere Firma und meine Familienverhältnisse wußte.

»Normalerweise nehmen wir Freiwillige aus kriegswichtigen

Berufen nicht in die Armee auf«, begann schließlich der Brigadegeneral. »Wir können jedoch bei Personen eine Ausnahme machen, deren Dienste wir aufgrund ihrer Sprachkenntnisse brauchen. In diesem Fall ist es wichtig, daß jemand Malaiisch, Chinesisch oder Japanisch spricht.«

Einen Augenblick lang befürchtete ich, daß man mich als Dolmetscher einsetzen wollte, doch ich hatte keine Zeit, länger darüber nachzudenken, als der Brigadegeneral ein wahres Feuerwerk von Fragen auf mich abzuschießen begann. »Weshalb haben Sie sich freiwillig gemeldet?« wollte er unter anderem wissen. Und: »Wie beurteilen Sie die militärische Lage?«

Als der Brigadegeneral fertig war, richtete zum ersten Mal einer der beiden Offiziere das Wort an mich. Er stellte eine Frage auf Malaiisch. Dann sagte sein Kollege etwas im kantonesischen Dialekt zu mir. Ich antwortete gelassen in der jeweiligen Sprache.

Schließlich stand der Brigadegeneral auf und begann hinter dem langen Tisch auf und ab zu gehen. »Haben Sie je an die Möglichkeit gedacht, daß wir diesen Krieg verlieren könnten?« erkundigte er sich unvermittelt. »Halten Sie es für wahrscheinlich, daß man uns aus Malaya und Singapur vertreibt?«

»Nein, Sir!« entgegnete ich entsetzt. Solche defätistischen Reden war ich nicht gewohnt. »Das halte ich für ausgeschlossen.«

»Freut mich, daß Sie so denken«, erwiderte der Brigadegeneral sarkastisch. »Aber nehmen wir mal an, wir verlieren diesen Krieg. Was würden Sie dann tun?«

»Versuchen, Singapur und Malaya zurückzugewinnen«, erklärte ich prompt.

»Wie?«

»Das weiß ich leider nicht, Sir.«

»Wenigstens sind Sie ehrlich.« Er setzte sich wieder und sah mich prüfend an. »Selbstverständlich hoffen wir, die Japaner zu schlagen, Mr. Dexter. Trotzdem müssen wir auf jeden Eventualfall vorbereitet sein. Wir schließen also auch die Möglichkeit einer Niederlage bei unseren Überlegungen nicht aus. Und das bedeutet, daß wir für diesen Fall vorausplanen müssen.«

»Aber, Sir, es ist doch ganz unwahrscheinlich ...«

»Bitte, unterbrechen Sie mich nicht«, fiel er mir gereizt ins Wort. »Haben Sie schon mal was von Colonel Spencer Chapman gehört?«

»Nein, Sir.«

»Der Name wird Ihnen nicht unbekannt bleiben, Mr. Dexter. Vor allem nicht im Falle unserer Niederlage. Colonel Chapman führt zusammen mit anderen eine neue Einheit mit der Bezeichnung ›Force 136‹. Und er arbeitet von Colombo aus.«

»Colombo? Ceylon?« wiederholte ich erregt. »Ich bin nicht scharf auf irgendeinen verdammten Schreibtischjob in Ceylon! Ich will hier in Singapur im Kampf gegen die Japaner eingesetzt werden. Wir müssen Singapur retten...«

»Dafür, mein Lieber... dafür ist es bereits zu spät«, unterbrach der Brigadegeneral mich mit scharfer Stimme. »Singapur ist nicht mehr zu retten.«

Vor Schreck verschlug es mir die Sprache. Blinde Wut erfaßte mich. »Mein Gott, das nenne ich Defätismus!« entfuhr es mir unwillkürlich. »Wenn ich Sie als Offizier so reden höre...«

»Lassen Sie mich lieber ausreden«, fiel er mir ins Wort. »Ich versuche ja gerade, Ihnen ein paar Tatsachen klarzumachen. Churchill spricht zwar offiziell von der Absicht, den Japanern im Kampf um Singapur eine vernichtende Niederlage zu bereiten, aber das ist nur Propaganda. In Wirklichkeit hat Churchill Singapur längst aufgegeben. Schließlich ist er dafür verantwortlich, daß man nur zwei Schlachtschiffe und keinen Flugzeugträger hierhergeschickt hat. Mißverstehen Sie mich nicht! Ich will damit keineswegs behaupten, daß Churchill mit seiner Strategie falsch liegt. Im Gegenteil. Es ist im Augenblick viel wichtiger, um jeden Preis Burma und Indien zu halten. Singapur ist entbehrlich. Und falls euch hier sonst nichts in die Knie zwingt, dann bestimmt der Trinkwassermangel. So ist es schließlich vor drei Wochen auch Hongkong ergangen.«

Ich starrte die drei Offiziere entsetzt an. Obwohl mir die ganze Szene unwirklich und geradezu gespenstisch vorkam, klangen die Ausführungen des Brigadegenerals durchaus überzeugend. »Trotzdem will ich nicht nach Ceylon«, murmelte ich ratlos.

»Niemand hat davon gesprochen, daß Sie Singapur verlassen sollen, Mr. Dexter«, entgegnete der Brigadegeneral gelassen. »Schließlich muß es Leute geben, die hier vor Ort den Befreiungskampf gegen die Japaner führen. Die Japaner mögen vielleicht den Kampf um Singapur gewinnen, aber nicht den Krieg.«

Ich schüttelte nur ungläubig den Kopf.

»Wir müssen deshalb an die Zukunft denken«, fuhr der Brigadegeneral fort. »Wir brauchen eine Spezialeinheit, die hier bleibt, falls Singapur fällt. Natürlich hoffen wir, daß wir diese besonders ausgebildeten Männer nie brauchen werden. Doch wenn die Japaner Singapur besetzen, müssen wir uns auf diese Einheit verlassen können. Bitte erklären Sie Mr. Dexter unsere Strategie bei einem Glas Whisky und machen Sie mit ihm dann die ›Runde‹. Anschließend kommen Sie wieder zurück, Colonel!«

Chalfont und ich verließen den Nebenraum. Im Clubzimmer erfuhr ich dann bei einem Whisky-Soda, daß Spencer Chapman offenbar ein hervorragender Dschungelkämpfer war, der den Guerillakampf gegen die Japaner von Ceylon aus organisierte. Er plante, die Mitglieder der Sondereinheit Force 136 hinter den japanischen Linien mit Flugzeugen im Dschungel oder mit U-Booten vor der malaiischen Küste absetzen zu lassen, falls Singapur von den Japanern eingenommen wurde. Die britischen Mitglieder der Sondereinheit sollten eng mit jenen Chinesen zusammenarbeiten, die gegenwärtig bereits heimlich in Dschungellagern auf den Guerillakampf vorbereitet wurden. Die Versorgung mit Vorräten, Waffen und Plastiksprengstoff für die Dschungeleinheit würde per Flugzeug von Ceylon aus erfolgen.

»Darf ich fragen, was ich mit alledem zu tun habe?« erkundigte ich mich schließlich.

»Wir brauchen dringend britische Freiwillige für den Guerillakampf«, erwiderte der Colonel. »Diese Chinesen sind verdammt harte Burschen. Aber abgesehen von ihrem Haß gegen die Japaner werden sie noch von einer politischen Idee beflügelt: dem Kommunismus.«

Wie Colonel Chalfont mir darlegte, hielten es die britischen Streitkräfte daher für wichtig, daß die chinesischen Guerillaeinheiten von britischen Spezialisten geführt und kontrolliert wurden, die ebenfalls hinter den Linien der Japaner operierten. »Wir können schließlich nicht riskieren, daß eine Handvoll Chinesen später behauptet, sie hätte den Krieg für uns gewonnen«, schloß Chalfont.

Naiv erkundigte ich mich nach den Namen der anderen Briten in der Force 136.

»Fragen dieser Art werden bei uns nicht gestellt«, antwortete Chalfont. »Aber ein paar Bekannte treffen Sie sicher wieder. Trotzdem, je weniger Sie wissen, desto besser. Was die Folter betrifft, sind die Japaner wahre Meister. Die Kerle haben sich verdammt qualvolle Todesarten für ihre Feinde ausgedacht. Schon aus diesem Grund ist die Geheimhaltung für uns so wichtig. Jeder, der unserer Einheit beitritt, wird übrigens streng überwacht. Falls einer redet... ist kein Platz mehr für ihn bei uns. Leider haben wir auf diese Weise bisher drei Männer verloren.«

»Hm«, murmelte ich nachdenklich. »Und was ist das für eine ›Runde‹, die Sie mit mir machen sollen?«

»Das sehen Sie gleich selbst.«

Colonel Chalfont führte mich zu den Wellblechhütten, die auf den ehemaligen Tennisplätzen des Clubs aufgestellt worden waren. Nachdem ich gesehen hatte, wie in jeder einzelnen Baracke unter simulierten klimatischen Bedingungen und in Kulissen, die jedem Hollywoodfilm Ehre gemacht hätten, die Mitglieder der Einheit durch die Ausbildung in Karate und anderen asiatischen Angriffs- und Selbstverteidigungstechniken, durch das Training an Kletterseilen, in Sumpfbecken und bei Reaktionsübungen auf den Guerillakampf vorbereitet wurden, stand mein Entschluß fest. Ich hatte begriffen, daß es tatsächlich Männer gab, die im Fall einer Eroberung Singapurs durch die Japaner bereit waren, den Kampf weiterzuführen, und ich wollte zu ihnen gehören.

In der letzten Baracke deutete Colonel Chalfont auf ein am Boden festgeschraubtes Fahrrad. »Zweimal pro Woche muß jeder zwei Stunden auf dem Fahrrad trainieren. Alle hassen es sogar noch mehr als das Training im Schlamm.«

Ich klopfte auf meinen flachen Bauch. »Ich glaube kaum, daß ich abnehmen muß.«

»Es geht dabei nicht ums Abnehmen, mein Lieber«, entgegnete Chalfont. »Im Dschungel muß man bis zu vier Stunden lang wie ein Wahnsinniger in die Pedale treten, um genügend Strom für das Funkgerät zu erzeugen. Wir nennen das Ding die ›Tretmühle‹. Verdammt harte Arbeit. Haben Sie genug gesehen?«

Ich nickte, und wir kehrten zu den drei Offizieren im kahlen Nebenzimmer des Clubraums zurück.

»Bevor Sie etwas sagen, möchte ich eines klarstellen«, begann der Brigadegeneral, als wir uns gesetzt hatten. »Es gefällt Ihnen sicher nicht, Mr. Dexter, aber falls Sie unserer Einheit beitreten, darf niemand... aber auch niemand davon erfahren. Der Erfolg der Force 136 hängt davon ab. Wenn erst mal bekannt wird, wer den Dschungelkampf aufgenommen hat, ist die Sache schon verloren. Wenn Sie also bei unserer Einheit anfangen, dann treffen Sie sicher Freunde... und die sind dann sicher ebenso erstaunt wie Sie, Sie zu sehen. Keine Menschenseele darf etwas davon erfahren. Ist das klar?«

Ich nickte. Der Brigadegeneral überflog einen Bericht, der

vor ihm auf dem Tisch lag. »Ihre Frau ist in Amerika? Sehr gut. Da gibt es keine Probleme.«

»Nein, Sir.«

Dann beugte er sich plötzlich vor und sah mich mit seinen wäßrigen blauen Augen unverwandt an. »Und ich kann mich darauf verlassen, daß auch Ihre chinesische Geliebte nichts von Ihrem Auftrag erfährt, ja?«

»Augenblick mal, Sir!« Ich sprang empört auf.

»Wie Sie sehen, haben wir gründliche Arbeit geleistet, Mr. Dexter«, sagte der Brigadegeneral lächelnd. »Wir haben Sie offengestanden zuerst für ein Sicherheitsrisiko gehalten. Nein, bitte, lassen Sie mich ausreden. Eigentlich nicht Sie, sondern eher das Mädchen.«

»Wie soll ich das verstehen?« fragte ich heiser.

»Haben Sie schon mal was von einem gewissen Loi Tek gehört?« fragte der Brigadegeneral.

»Sie meinen den Führer der Malaiischen Kommunistischen Partei? Selbstverständlich. Ich kenne ihn allerdings nicht, Sir.«

»Der Mann wird von unserem Geheimdienst überwacht, Mr. Dexter. Deshalb wissen wir, daß er gelegentlich Besuch von ... von Mr. Soong bekommt.«

»Das glaube ich nicht, Sir! Mr. Soong soll Kommunist sein?«

»Das habe ich nicht behauptet«, entgegnete der General. »Über seine Gesinnung wissen wir nicht Bescheid. Er besucht Loi Tek hin und wieder. Das ist alles.« Er wandte sich an Chalfont. »Gut, Colonel. Wir nehmen Mr. Dexter bei uns auf. Führen Sie ihn im Rang eines Captain.«

»Wußten Sie denn, daß ich einverstanden sein würde?« erkundigte ich mich verblüfft.

»Selbstverständlich. Es ist Aufgabe des Colonels, die richtigen Männer für uns ausfindig zu machen, und meine, zu entscheiden, ob sie sich für unsere Einheit eignen.« Nach einer Pause fügte er hinzu: »Colonel Chalfont teilt Ihnen alles übrige mit. Bevor Sie unterschreiben, sollten Sie allerdings eines wissen. Sie bleiben Mitglied der Luftschutztruppe und melden sich hier täglich zu einem vierstündigen Training. Unsere Ausbilder stehen Ihnen jederzeit Tag und Nacht zur Verfügung. Sollten Sie auch nur ein Training ohne triftigen Grund versäumen, müssen wir auf Ihre weitere Mitarbeit verzichten. Guerillauniform und genauere Anweisungen erhalten Sie erst in dem Augenblick, da Singapur gefallen ist. Bis dahin bleiben Sie Zivilist. Glauben Sie mir, das ist der härteste Test für Sie. Enttäuschen Sie mich nicht.«

23

Die letzten Dezembertage vergingen für mich wie im Flug, denn mein Tagesablauf wurde von der Notwendigkeit beherrscht, die Arbeit im Büro mit dem täglichen Pflichttraining in Einklang zu bringen... und meine neue Beschäftigung vor Julie geheimzuhalten. Manchmal kam ich so erschöpft nach Hause, daß ich sogar zum Essen zu müde war. Ich redete mich dann meistens auf anstrengende Luftschutzübungen hinaus. Zum Glück war es schon aus Sicherheitsgründen erforderlich, daß sich mein tägliches vierstündiges Training lückenlos in meinen normalen Tagesablauf fügte. Da mittlerweile die Regierung die Kontrolle über die Außenhandelsgeschäfte übernommen hatte, lief in der Firma soweit alles glatt. Ich konnte das meiste Ball und Rawlings überlassen und fand auf diese Weise genug Zeit, mein Training zu absolvieren und anschließend Julie vom Dienst im Krankenhaus abzuholen.

Vom ersten Tag meiner Zugehörigkeit zur Force 136 an wurde ich erbarmungslos von jungen, meist aus Schottland stammenden Ausbildern auf den Dschungelkampf vorbereitet. Unter den prüfenden Blicken dieser Männer lernte ich, auf Bäume zu klettern, durch den Sumpf zu waten, auf dem Bauch durch den künstlich angelegten Dschungel zu kriechen und anschließend meine Uniform so zu waschen, wie es die Bedingungen im Urwald zuließen. Ich trainierte auf dem verdammten Fahrrad, bis ich meine Beine nicht mehr spürte, und gewöhnte mich daran, die körperliche Anstrengung mit einer winzigen Wasserration zu überstehen.

Im Laufe der Wochen erfuhr ich dann auch mehr über die Aufgaben, für die wir geschult wurden. Sie bestanden hauptsächlich darin, Kommandotrupps im malaiischen Dschungel aufzustellen und zu Überfällen und Sabotageaktionen gegen die japanische Besatzung zu führen. Die einzige Verbindung zur Außenwelt sollte dann unser Funkgerät sein, mit dem wir jederzeit das Hauptquartier erreichen konnten.

Wir begriffen, daß wir als Weiße und Briten bei unseren Aktionen auf Gedeih und Verderb von unseren chinesischen

Verbündeten abhängig waren. Nur bei einer guten Zusammenarbeit mit den chinesischen Guerillaeinheiten konnte unser Kampf erfolgreich sein.

Aus diesem Grund mußten wir, wenn nötig sogar mit Waffengewalt, versuchen, eine strenge Disziplin in den chinesischen Einheiten aufrechtzuhalten, deren Mitglieder zum Großteil überzeugte Kommunisten waren. Es ging vor allem darum, die britische Dominanz und Autorität in Malaya durchzusetzen, um zu verhindern, daß sich die Chinesen später allein des Sieges über die Japaner rühmen konnten.

»Machen Sie sich nichts vor«, sagte Chalfont eines Tages zu mir. »Sie werden auch am aktiven Kampfgeschehen teilnehmen und Entscheidungen treffen müssen, die kein Chinese fällen kann.«

Wir lernten, lautlos und sicher mit dem Messer oder den bloßen Händen zu töten, daß es manchmal, um des höheren Zieles wegen, sogar notwendig werden konnte, einen Kameraden zu opfern und nach dem Grundsatz zu handeln, daß jeder, der zögerte, verloren war.

Nach dem harten Körpertraining folgte meistens in der letzten Stunde das technische Training, in dem wir übten, mit Plastiksprengstoff und Brandbomben umzugehen und Nachrichten zu ver- und entschlüsseln.

Das alles fand unter strengster Geheimhaltung statt. Und obwohl ich fast immer dieselben Ausbilder hatte, sah ich kaum ein anderes Mitglied meiner Einheit, jedenfalls keinen, den ich kannte. Gelegentlich begegnete ich einem schlammbedeckten Mann, der die Hütte, in der das Training im Sumpf stattfand, verließ, als ich hineinging, aber es kam nie vor, daß zwei Männer gleichzeitig in derselben Baracke trainierten.

Ein paarmal wäre mein Geheimnis beinahe gelüftet worden. Als Weihnachten kam, äußerte Julie den Wunsch, Heiligabend und den ersten Weihnachtsfeiertag bei ihrem Vater zu verbringen. Ich war selbstverständlich einverstanden. Wenigstens nach außen hin hatte P. P. Soong mir die Jugendsünde mit Julie vergeben, und er lud mich für den ersten Weihnachtsfeiertag zum Essen ein. Da Julie ihrem Vater gesagt hatte, sie müsse am frühen Nachmittag wieder zum Dienst ins Krankenhaus, obwohl ihre Schicht erst um sieben Uhr abends begann, war klar, daß sie den Nachmittag allein mit mir im Cadet House verbringen wollte. Aus diesem Grund war ich gezwungen, mein Training bereits vor dem Mittagessen zu absolvieren. Julie wiederum versuchte vormittags mehrmals bei mir anzurufen und war beunruhigt, weil sie mich nicht erreicht hatte. Li hatte behauptet, ich sei bei einer Luftschutzübung.

»Am ersten Weihnachtsfeiertag?« fragte sie mich später verwundert. »Du tust in letzter Zeit so geheimnisvoll. Bist du sicher, daß es nicht irgendwo eine andere gibt?« Natürlich war das nicht ernst gemeint, doch ich hatte Julies Mißtrauen erregt und wußte, daß ich in Zukunft noch besser aufpassen mußte.

Mehrmals war ich nahe daran, Julie die Wahrheit zu gestehen, schreckte jedoch immer im letzten Moment davor zurück. Schließlich wußte ich mittlerweile, daß auf solche »Verräter« der sichere Tod wartete.

Da Julie Heiligabend bei ihrer Familie verbringen wollte, beschloß ich, das Weihnachtsfest mit anderen Strohwitwern und Junggesellen im Cricket-Club bei Truthahn und Whisky zu feiern.

Dort herrschte eine ungekünstelte, übermütige Stimmung, denn Weihnachten war in Singapur von jeher ein wichtiges Fest gewesen. Während nach dem Essen ein Toast nach dem anderen ausgebracht wurde, fragte ich mich insgeheim, wie Irene und Bengy das Weihnachtsfest wohl in New York verbrachten und welche Geschenke meine Frau wohl für unseren Sohn hatte kaufen können, nachdem es mir unmöglich gewesen war, mehr als einen Brief zu schicken. Die Vorschriften im Kriegsfall waren streng, und jeder Brief wurde zensiert. Es fiel mir mittlerweile immer schwerer, meinen Eltern nach London zu schreiben, denn jeder Brief war eine Lüge, und ich war kein guter Lügner.

Gegen Mitternacht wünschten wir uns alle »Frohe Weihnachten« und sangen Arm in Arm ein paar Lieder, bis ich gegen drei Uhr morgens müde in mein einsames Bett fiel.

Mit ängstlich klopfendem Herzen betrat ich dann um halb ein Uhr am ersten Weihnachtsfeiertag das Haus der Soongs. Der Diener führte mich in den großen runden Salon mit den wertvollen chinesischen Möbeln. Ich betrachtete gerade den Lacktisch, den P.P. Soong mir im Fall seines Todes versprochen hatte, als plötzlich die ernste Stimme des Hausherrn hinter mir sagte: »Bewunderst du deinen Tisch, Johnnie?«

Ich drehte mich um. P.P. Soong sah müde aus und wirkte um Jahre gealtert. Sein Gesicht hatte eine ungesunde graue Färbung, und seine Schultern wirkten gebeugt. Der Eindruck von Alter und Gebrechlichkeit wurde noch durch die Tatsache verstärkt, daß er einen grauen Anzug, graue Schuhe und ein graues Hemd mit passender Krawatte trug. Selbst die Brillengläser schimmerten in einem Grauton. P. P. Soong lächelte beinahe gequält, als er mich fragte, was ich trinken wolle, und zeigte sich ehrlich erschüttert, als ich ihm von dem Bombeneinschlag in Tanamera erzählte.

Natürlich wußte ich, daß P. P. Soong nicht allein der Krieg schwer zu schaffen machte. Seit seine Frau ihn verlassen hatte, hatte er bei der chinesischen Gesellschaft Singapurs an Ansehen verloren. Weder Paul noch Julie sprachen je über die Trennung der Eltern, und P. P. Soong führte nach außen hin das strenge Leben eines Witwers. Nie kam eine unverheiratete Frau in sein Haus. Trotzdem erzählte man sich, daß er zwei Konkubinen in einem Apartment in der Stadt aushielt. Was auch immer daran wahr sein mochte, er machte nicht den Eindruck eines glücklichen Mannes.

Paul und Julie kamen herein, als ich gerade den ersten Schluck Gin-Tonic getrunken hatte. Ich brauchte dringend eine Stärkung. Julie bat züchtig um ein Glas Tomatensaft. Offenbar sah P. P. Soong es nicht gern, wenn seine Tochter Alkohol trank.

Ich hörte, wie die altmodische Türglocke anschlug. Paul nahm mich hastig beiseite. »Vater hat Ian und Vicki Scott eingeladen«, flüsterte er. Und fügte schnell hinzu: »Zur allgemeinen Aufheiterung, versteht sich.«

Die Tatsache, daß ich inzwischen Tuan der Firma Dexter geworden war, ließ den Altersunterschied geringer erscheinen. Kaum hatte ich Ian und Vicki begrüßt, erkundigte ich mich nach Tony.

»Ich habe gerade vor drei Tagen mit ihm telefoniert«, antwortete Ian. »Er hofft bald Fronturlaub zu bekommen, aber ich zweifle offengestanden, daß er das durchsetzen kann.«

Danach verwickelte Scott mich in ein geschäftliches Gespräch über Kautschuk. »Ich habe einen großen Auftrag, kriege aber kaum genug Kautschuk dafür zusammen. Ich habe schon alles versucht.«

»Kautschuk haben wir viel zuviel«, seufzte ich. »Aber die Regierung stellt uns keine Schiffe für den Transport zur Verfügung. Sollen wir tauschen?«

»Das würde uns auch nicht weiterhelfen.« Scott zuckte mit den Schultern. »Wir sitzen alle im selben Boot.«

Mein Blick fiel auf Julie und Vicki, die sich auf der anderen Seite des Salons angeregt unterhielten. »Denken Sie eigentlich nicht daran, Vicki aus Singapur fortzubringen... zu evakuieren?« fragte ich Scott unvermittelt.

»Du liebe Zeit, nein! Weshalb sollte ich?«

Ich entgegnete daraufhin, daß bereits Hunderte von Frauen Singapur verlassen hatten und sich die Lage auf dem Kriegsschauplatz immer mehr verschlechtert habe. »Es müßte Sie doch beruhigen, Vicki in Sicherheit zu wissen. Ich habe schließlich Irene auch nach Amerika geschickt«, fügte ich hinzu.

Scott musterte mich mit einem seltsamen Ausdruck in den Augen. »Bei Irene ist das was anderes. Nimm's mir nicht übel, Johnnie, aber sie hat eigentlich nie nach Singapur gehört.«

»Und Vicki ist anders?« konterte ich amüsiert.

»Ihre Hilfe ist in Fort Canning unentbehrlich«, erwiderte er kurz angebunden.

»Ich habe versucht, Bertrand Bonnard für heute mittag einzuladen, aber unser Schweizer Freund scheint sich in Luft aufgelöst zu haben«, mischte Paul sich in unser Gespräch ein.

»Ich habe Bonnard seit einer Ewigkeit nicht mehr gesehen«, gestand ich. »Vielleicht hat er Singapur verlassen. Immerhin ist er Bürger der neutralen Schweiz.«

»Konnte er unsere Insel denn so einfach verlassen?« wunderte sich Ian Scott. »Braucht man dazu jetzt nicht eine Ausreisegenehmigung?«

»Als Schweizer dürfte er keine Schwierigkeiten gehabt haben, eine solche Genehmigung zu bekommen«, erklärte P. P. Soong.

»Es gibt allerdings zur Zeit kaum noch Schiffe, die Singapur verlassen«, sagte Paul.

Die ganze Angelegenheit kam mir ebenfalls merkwürdig vor. Wie hatte Bonnard, der immerhin ein fester Bestandteil unseres Freundeskreises gewesen war, Singapur so schnell und heimlich verlassen können? Als nächstes wanderten meine Gedanken automatisch zu Natasha und dem Kind, das sie erwartete. Sie hatte weder Bonnard noch ihren Zustand in ihren seltenen Briefen erwähnt.

Selbst die stets unterhaltsame und fröhliche Vicki konnte die düstere Atmosphäre, in der das Mittagessen verlief, nicht auflokkern. Und die Anwesenheit des schweigend vor sich hinbrütenden Kaischek trug ebenfalls nicht gerade zu unserer Aufheiterung bei. Während ich noch überlegte unter welchem Vorwand ich mich nach dem Essen verabschieden konnte, stellte P.P. Soong eine Frage, deren Bedeutung ich zu diesem Zeitpunkt noch gar nicht erkannte.

Der Hausherr tupfte sich bedächtig den Mund mit seiner gestärkten weißen Serviette ab und sagte dann wie beiläufig: »Warum verbünden sich die Briten nicht mit den Kommunisten? Sie eignen sich großartig zum Dschungelkampf.«

»Gibt es denn genug Kommunisten?« fragte Paul.

»Hassen die Kommunisten die Briten nicht?« warf Scott ein. »Selbst wenn wir sie bitten würden, weshalb sollten sie uns helfen?«

»Soviel ich gehört habe«, fuhr Soong gelassen fort, »kämpfen die Japaner im Landesinneren von Malaya häufig in Unterhemden und Shorts, so daß die Briten sie kaum von Malaien unterscheiden können. Und wenn sie dann ihren Fehler erkennen, ist es meistens schon zu spät. Wären gut ausgebildete Männer denn keine Hilfe?«

»Genausogut könnte uns doch die jeweilige malaiische und chinesische Bevölkerung des umkämpften Gebiets helfen«, warf ich ein.

Soong schüttelte den Kopf. »Die haben viel zuviel Angst. Sie wissen schließlich, daß sie umgebracht werden, sobald die Japaner sie als Kollaborateure entlarvt haben. Die Kommunisten haben keine Angst. Hätten sie Angst, wären sie nämlich keine Kommunisten.«

»Das klingt ja, als hättest du...« begann Paul wie im Spaß.

»Ganz und gar nicht«, unterbrach ihn sein Vater. »Ich bin nur daran interessiert, daß Malaya und Singapur gerettet werden.«

»Da die meisten Kommunisten im Gefängnis sitzen«, mischte Kaischek sich ein, »ist es nicht einzusehen, warum sie die Sicherheit ihrer Zelle gegen die Möglichkeit, im Kampf gegen die Japaner zu sterben, eintauschen sollten.«

Dasselbe hatte ich auch gedacht. Doch Soong ließ sich nicht so schnell von seiner Meinung abbringen. »Das ist kein Argument. Die Japaner töten mit Vergnügen jeden Kommunisten, den sie erwischen können... und im Fall einer Niederlage der Briten haben sie in den Gefängnissen gleich alle beisammen. Eine Zusammenarbeit mit den Briten ist für die Kommunisten die einzige Möglichkeit zu überleben.«

»Wegen der Briten sitzen sie immerhin ohne gerechte Gerichtsverhandlung hinter Gittern!« konterte Kaischek.

»Wir haben schließlich Krieg!« entgegnete Ian Scott wütend mit scharfer Stimme.

»Ja... und die Briten stellen gerade fest, daß die Weißen gar nicht so überlegen sind, wie sie immer gedacht haben.«

»Jetzt ist es genug!« wies Soong Kaischek energisch zurecht.

»Das war nicht persönlich gemeint«, entschuldigte sich Kaischek. »Ich hasse die Japaner genauso wie alle hier. Aber es ist doch kaum zu übersehen, daß die Schwächen der weißen Vorherrschaft überall in Asien von Honolulu bis Singapur zu Tage treten. Ich frage mich, ob es den Weißen in Zukunft noch mal gelingen wird, die Asiaten unter die Knute zu zwingen.«

»Wenn's nach mir ginge, würden sämtliche Kommunisten an die Wand gestellt«, erklärte Scott. »Die machen uns nach dem Krieg noch 'ne Menge Schwierigkeiten. Das versichere ich Ihnen. Dieser Roosevelt hat sich von Stalin einwickeln lassen. Einen guten Kommunisten gibt es nicht.«

Kurz darauf stand Julie auf, um sich zu verabschieden. Sie gab vor, Dienst im Krankenhaus zu haben. Ich wußte, daß sie den Rest des Nachmittags mit mir im Cadet House verbringen wollte, und wartete noch eine Anstandsviertelstunde ab, bevor ich mich ebenfalls mit der Ausrede empfahl, an einer Luftschutzübung teilnehmen zu müssen.

Soong überredete mich jedoch, wenigstens noch zum Kaffee zu bleiben, der als Konzession an die europäischen Gäste nach dem Essen serviert wurde. Paul, Vicki und ich saßen zusammen in der gemütlichen Ecke des Salons und sprachen über Belanglosigkeiten, bis P. P. Soong rief: »Paul, hast du einen Augenblick für mich Zeit?«

Kaum war Paul gegangen, sah Vicki mich bedeutungsvoll an und flüsterte wie eine Verschwörerin: »Sie ist wirklich wunderschön geworden.«

»Wunderschön? Wer?« fragte ich verblüfft.

»Julie, natürlich. Du weißt ganz genau, daß ich sie meine. Ganz Singapur spricht davon, daß du verrückt nach ihr bist.«

Vickis Worte schockierten mich. Der Krieg und die damit verbundenen Pflichten waren eine perfekte Tarnung. Trotzdem mußte uns jemand zusammen gesehen haben. Solange jedoch nur über uns geklatscht wurde und niemand entdeckte, daß wir zusammenlebten, war noch nichts verloren.

»Ich freue mich für dich«, fuhr Vicki fort, noch bevor ich etwas erwidern konnte. »Aber sei vorsichtig. Ian hat mir erzählt, daß jemand im Cricket-Club eine Bemerkung über euch gemacht hat.«

In diesem Augenblick kehrte Paul an unseren Tisch zurück. Ich stand auf. »Tut mir leid, aber die Pflicht ruft«, sagte ich unsicher. Als ich ins Cadet House zurückkam, erwartete Julie mich bereits im Bett. Ich beschloß, nichts zu sagen, um ihr den Abend nicht zu verderben, für den ich eine Überraschung vorbereitet hatte.

Nach Einbruch der Dunkelheit brachte ich Julie zum Krankenhaus. Ärzte und Schwestern arbeiteten dort hart, um die vielen Verwundeten zu versorgen, die die Luftangriffe und die erbitterten Kämpfe im malaiischen Hochland täglich forderten. Als Julie sich neben mich auf den Beifahrersitz setzte, sagte ich: »Hast du eigentlich kein Weihnachtsgeschenk von mir erwartet?«

»Oh, ich habe dir doch auch nichts geschenkt«, antwortete sie. »Irgendwie bin ich dieses Jahr nicht in Weihnachtsstimmung. Auch in der Familie haben wir uns nichts geschenkt. Uns bedeutet Weihnachten nicht so viel wie euch.«

»Also ich habe jedenfalls ein Geschenk für dich.«

Julie klatschte vor Vergnügen in die Hände. »Wo ist es?«

»Ich hab's noch nicht hier. Wir holen es auf dem Weg ins Krankenhaus.«

»Aber was ist es denn? Gib mir wenigstens einen Hinweis.«

Ich schüttelte den Kopf und küßte sie zärtlich. »Wart's ab.«

Julie legte die Arme um meinen Nacken. »Was ist es? Bitte sag's mir.«

»Geduld, Geduld«, riet ich ihr, fuhr die Orchard Road entlang, bog am Ende in die Stamford Road und von dort direkt in die High Street ein. Vor da Silva, dem teuersten Juweliergeschäft Singapurs, hielt ich an. Die Familie Dexter hatte seit Bestehen des Geschäfts sämtlichen Schmuck dort anfertigen lassen. Großvater Jack und Papa Jack hatten beide ihre Verlobungs- und Eheringe vom alten Juwelier da Silva gekauft.

»Doch nicht etwa ein Schmuckstück?« fragte Julie atemlos, und ihre Augen funkelten vor Glück. Die Jalousien vor den Schaufenstern waren wegen der Verdunkelungsordnung heruntergelassen. Wir stiegen aus und betraten den Laden. Dort war alles so hell erleuchtet, daß wir im ersten Augenblick geblendet in das Licht blinzelten.

Ich führte Julie zu einer flachen Glasvitrine, hinter der der Juwelier da Silva uns erwartete.

»Ich habe nur für Sie noch geöffnet, Tuan«, begrüßte er uns und schnippte mit den Fingern. Ein junger Verkäufer servierte uns eisgekühlten Limonensaft.

»Dann ist das Geschenk für mich also kein plötzlicher Einfall gewesen?« sagte Julie, und es war ihr deutlich anzusehen, wie glücklich sie das machte.

Ich werde Julies Überraschung und Entzücken nie vergessen, als da Silva auf einem schwarzen Samtkissen einen Ring vor Julie auf die Glasplatte legte, der aus drei ineinander verschlungenen Goldbändern bestand, die ihrerseits mit Rubinen, Smaragden und Saphiren besetzt waren. Überall dort, wo sich die einzelnen Ringe berührten, glitzerten Brillanten.

Für einen Augenblick hatten wir alle den schrecklichen Krieg vergessen. »Hier, lies die Widmung«, sagte ich leise und deutete auf die Innenseite des Rings. »Für J. in Liebe von J.«

Julie sah mich nur stumm aus großen Augen an, bis ihr langsam eine Träne aus dem Augenwinkel über die Wange rann. Ich wischte sie zärtlich weg. »Das ist das schönste Weihnachtsgeschenk, das ich je bekommen habe«, gestand sie schließlich mit belegter Stimme. »Und es ist das schönste Weihnachten meines Lebens, aber nicht nur wegen dieses Ringes hier.« Sie steckte das Schmuckstück an den Finger und drehte die Hand hin und her, daß die Steine im Licht funkelten. »Es ist wegen der Widmung... und weil du dir das alles ausgedacht hast. Was auch geschieht, Liebster, ich will ihn immer tragen.«

Draußen im Wagen schmiegte sie sich an mich. »Fühl' mal, wie mein Herz schlägt«, forderte sie mich auf. »Es schlägt nur für dich.«

Sie hatte noch immer Tränen des Glücks in den Augen, als sie vor dem Krankenhaus ausstieg. »Morgen früh bin ich wieder zu Hause.« Sie küßte mich und wiederholte zärtlich: »Zu Hause, Liebster.«

24

Der Januar 1942 kam und brachte Chaos und heillose Verwirrung mit sich. Die britischen Truppen erlitten schwere Niederlagen auf dem malaiischen Festland, die offiziell als taktische Rückzugsmanöver hingestellt wurden.

Die meisten Nachrichten aus Malaya waren zensiert, aber es fiel nicht schwer, die Wahrheit zu erraten. Da die Firma Dexter seit Generationen Geschäfte mit Pflanzern und Bergwerksbesitzern und deren Banken gemacht hatte, konnte ich das unaufhaltsame Vorrücken der Japaner problemlos anhand der Anzeigen der Chartered-Bank, der Hongkong- und Shanghai-Bank verfolgen, die eine tägliche Liste der von ihnen »geschlossenen« Filialen veröffentlichten.

Trotzdem konnte man sich nur schwer vorstellen, daß unsere arg in Bedrängnis geratenen Truppen eine Stellung nach der anderen halb verhungert und erschöpft aufgeben mußten. Und während die Soldaten im erbarmungslosen Dschungel nichts zu essen hatten, fehlte es uns in Singapur an nichts. Obwohl einige Lebensmittel bereits rationiert waren, konnte Li täglich ausreichend Obst und Gemüse für uns einkaufen. Unsere Butter- und Brotrationen waren dreimal so hoch wie die in England, und die Kühlwagen lieferten noch immer Milch und Sahne ins Haus. Außerdem konnten wir jederzeit auswärts essen. In den Restaurants wurden die vorgeschriebenen beiden fleischlosen Tage pro Woche zwar strikt eingehalten; da jedoch Geflügel, Wild und Fisch reichlich vorhanden waren und nicht als Fleisch galten, bedeutete diese Regelung für den Gast keine spürbare Einschränkung. Benzin war rationiert, doch es herrschte kein akuter Mangel, weil die meisten Bürger Singapurs als Mitglieder des Zivilschutzes eine zusätzliche Zuteilung erhielten, und die meisten von ihren zwei Autos nur noch den Kleinwagen benutzten.

Ich persönlich führte allerdings exakt Buch über meinen Benzinverbrauch, da ich geschäftlich und privat verhältnismäßig viel unterwegs war. Abgesehen von meinen täglichen Fahrten zum Training und zu unseren riesigen Lagerhallen in Geylang, wo ich die Kautschukvorräte überprüfen mußte, holte ich Julie häufig vom Krankenhaus ab und machte jeden Tag einen Besuch bei Großvater Jack.

Großvater Jack hatte nicht resigniert, das hätte seinem Charakter widersprochen, er hatte die gegenwärtige Situation erstaunlicherweise klaglos hingenommen. Obwohl er zusammen mit zwanzig Männern in einem Saal lag, machte er einen zufriedenen Eindruck. Allerdings sorgte Li ständig für ihn, und er bekam häufig Besuch von seinen Freunden aus dem Singapur Club, von Ball und sogar von seinem ehemaligen Chauffeur.

Ich hatte nie Zeit, länger bei Großvater zu bleiben, da wir täglich einen zähen Kampf mit dem Bürokratismus der Militärverwaltung um Frachtraum ausfochten. Paradoxerweise waren unsere Lager bis an die Grenze des Fassungsvermögens mit Kautschuk gefüllt, den Großbritannien dringend benötigte, doch wir mußten um jedes Schiff feilschen, um die Ladung an den Bestimmungsort bringen zu können. Manchmal lagen zehn bis zwanzig Schiffe vor dem Hafen, deren Kapazität wir nicht nutzen konnten, da es in Singapur niemanden gab, der sie entladen hätte. Die Kulis weigerten sich, für die Militärverwaltung zu arbeiten, weil sie anderswo mehr Geld verdienten. Die Militärverwaltung wiederum konnte den Kulis die gewünschte Gefahrenzulage, die sie auch verdient hätten, nicht bezahlen, da die Regierung in London die Zustimmung zu einer Lohnerhöhung von zwei Cents pro Stunde verweigerte. Das Groteske an der Sache war, daß die Schiffe, deren Ladung, wenn überhaupt, nur mit großer Verzögerung gelöscht wurde, meistens militärische Ausrüstung an Bord hatten, die unsere kämpfenden Truppen dringend benötigten.

Eines Tages kam Rawlings in mein Büro. »Sir, die *Sandringham*, ein Zehntausendtonner, liegt draußen an der Reede, aber es findet sich niemand, der die Ladung löscht. Unsere Ladepapiere für das Schiff sind längst fertig. Wir könnten sofort anfangen, unseren Kautschuk zu verladen.«

»Was hat die *Sandringham* denn an Bord?« fragte ich.

Rawlings sah in seinen Papieren nach. »Militärische Ausrüstung.«

»Und was ist mit den Kulies, die sonst für uns arbeiten? Können Sie die nicht überreden, die Ladung zu löschen?«

»Ich hab's versucht«, erwiderte Rawlings. »Aber wenn die Leute für einen privaten Unternehmer arbeiten, kriegen sie einfach mehr Geld.«

»Bieten Sie den Kulis die zwei Cents mehr, Rawlings«, erklärte ich schnell entschlossen. »Aber halten sie die Sache geheim. Die zusätzlichen Kosten übernimmt die Firma. Wir müssen den verdammten Kautschuk endlich aus Singapur rausbringen. Täglich kommt Nachschub aus den Plantagen, und der Lagerraum wird knapp.«

Am Abend blieb ich länger als üblich im Club, da Julies Dienst erst um acht Uhr abends endete. Julies Wagen war in der Werkstatt, und ich hatte deshalb versprochen, sie abzuholen. Kurz vor acht Uhr parkte ich den Wagen und ging in die Eingangshalle des schönen und großzügig angelegten Krankenhauses. Zu beiden Seiten der Halle befand sich je eine langgestreckte Station. Die Glastüren vor den Korridoren standen offen, um vermutlich eine bessere Luftzirkulation zu ermöglichen.

Im gedämpften Licht erkannte ich lange Reihen von Betten und Krankenschwestern in Tracht, die sich lautlos bewegten. Irgendwo spielte sanfte Radiomusik. In der Mitte der Halle führte eine breite Holztreppe in den Aufenthaltsraum im ersten Stock, von dem ebenfalls zwei Stationen abgingen. Noch während ich wartete, trat plötzlich eine Schwester aus dem Krankensaal und kam auf mich zu. »Besuche sind jetzt nicht erlaubt.«

»Ich warte nur auf...« begann ich.

»Tut mir leid, aber Sie müssen das Gebäude sofort verlassen«, fiel sie mir ins Wort und verschwand wieder, ohne meine Antwort abzuwarten. Da ich nicht einsah, warum ich gehen sollte, lief ich in den Warteraum im ersten Stock hinauf.

Dort vertrat mir eine andere Krankenschwester den Weg. »Was um Himmels willen wollen Sie denn hier? Keine Besucher!«

»Ich warte auf Miß Soong.«

»Schschsch...« flüsterte sie. »Wir sind hier ein Militärhospital und haben strenge Sicherheitsvorschriften. Gerade ist ein hoher Offizier zur Inspektion hier. Wenn sie einen Zivilisten hier finden, ist die Hölle los!«

In diesem Augenblick hörte ich Männerstimmen näherkommen.

»Schnell!« zischte die Krankenschwester und schob mich kurzerhand in einen Abstellraum neben einer der Balkontüren. »Ich sage Bescheid, sobald die Luft rein ist«, versprach sie.

Ich kam mir wie ein kleiner Junge vor, der sich in der Besenkammer versteckte. Durch die Ritzen der Lüftungsöffnung konnte ich über den Balkon hinweg in den Krankensaal im Parterre hinuntersehen. Die Stimmen waren plötzlich ganz nah.

Schwitzend mußte ich noch einige Minuten in meinem engen Versteck warten, bis mich die Krankenschwester endlich erlöste. »Die Oberschwester ist auf ihr Zimmer gegangen. Sie können rauskommen!« Sie kicherte. »Das war knapp. Auf *wen* warten Sie eigentlich?«

»Auf Miß Soong.«

»Natürlich! Julie! Sie muß jeden Augenblick kommen. Julie ist ein reizendes Mädchen... und eine ausgezeichnete Krankenschwester. Sind Sie ihr Mann?«

Diese Frage machte mir klar, daß die Krankenschwester zum Pflegepersonal der Armee gehören und neu in Singapur sein mußte. »Noch nicht«, erwiderte ich daher lächelnd.

»Hier... möchten Sie Julie mal bei der Arbeit beobachten?«

Sie schob mich vor ein kleines Fenster in der Tür. Alles, was ich sah, war, daß Julie in Schwesterntracht und mit Gummihandschuhen von Bett zu Bett ging. In der einen Hand hielt sie eine nierenförmige Schale, in der anderen eine Pinzette.

»Was macht sie?« fragte ich, während Julie sich lächelnd über einen Patienten beugte.

»Oh, das ist eine reine Routinesache«, antwortete die Schwester ungerührt. »Wir werden der Fliegen nicht Herr. Und da die Tiere ständig ihre Eier in offene Wunden legen und sie sich dann schnell zu Maden entwickeln, müssen wir die Wunden jeden Morgen und jeden Abend mit der Pinzette säubern.«

Ich wartete bereits wieder im Wagen, als Julie zehn Minuten später aus dem Krankenhaus kam. »Entschuldige, daß ich mich verspätet habe.« Sie stieg ein. »Aber wir müssen uns aus Hygienegründen bei Anfang und Ende des Dienstes duschen.«

Auf der Heimfahrt war ich ungewöhnlich stumm. Ich wurde die Erinnerung daran nicht los, wie Julie mit der Pinzette von Patient zu Patient gegangen war und die Wunden nach Fliegenmaden abgesucht hatte. Nur um Julie nicht zu beunruhigen, verschwieg ich ihr, was ich beobachtet hatte.

Zwei Tage später hatte ich einen unerwarteten Besuch. Es war eine der seltenen Gelegenheiten, wo Julies Nachtschicht länger als mein Training dauerte, und für diesen Fall hatten wir verabredet, daß jeder allein und möglichst unauffällig ins Cadet House zurückkehren sollte. Li, der in einem kleinen Häuschen im rückwärtigen Teil des Grundstücks lebte, hatte Anweisung, nicht aufzustehen, wenn er uns hörte. Der indische Wächter schlief, mit dem üblichen Stock bewaffnet, auf einer Pritsche vor der Eingangstür. Meistens weckte ihn erst das Motorengeräusch meines Wagens.

Ich hatte ein vierstündiges hartes Training im Clubhaus des CVJM hinter mir und war erschöpft und todmüde, als ich nur mit meiner kleinen Taschenlampe bewaffnet die Treppe hinaufging. Ich war auf einen Besucher im Haus nicht vorbereitet und zuckte daher erschrocken zusammen, als plötzlich das Licht in der Diele anging. Auf dem oberen Treppenabsatz stand mein Bruder.

»Tim!« Ich hatte meinen älteren Bruder seit der handgreiflichen Auseinandersetzung in meiner Atelierwohnung in London nicht mehr gesehen. Überrascht lief ich die restlichen Stufen hinauf, um ihn zu begrüßen.

»Es ist zwar schon ein bißchen spät dafür, aber trotzdem: ein frohes neues Jahr, Tim.«

»Ein gutes neues Jahr.« Die Begrüßung fiel ausgesprochen kühl aus. Tim trug Khakishorts und die Rangabzeichen eines Captains auf seiner kurzärmeligen Uniformjacke. Er war schlanker geworden und sah älter und sehr müde aus. Sein kurz geschnittenes Haar verstärkte diesen Eindruck noch. Im nächsten Augenblick wußte ich, daß er mir nicht wegen der Vergangenheit, sondern wegen meines gegenwärtigen Lebensstils einen so kühlen Empfang bereitet hatte. Offenbar hatte er sofort erkannt, daß ich das Cadet House nicht allein bewohnte.

»Hoffentlich komme ich nicht ungelegen«, begann er mit eisiger Stimme. »Ich bin zuerst im Club gewesen und habe dort erfahren, daß eine Bombe Tanamera nur knapp verfehlt hat und du jetzt hier wohnst. Das war vernünftig von dir. Tut mir leid, ich habe mich ein bißchen umgesehen und dabei ...«

»Schade, daß ich nicht früher hier sein konnte«, murmelte ich verlegen.

»Du meinst, um ihre Spuren zu beseitigen?« Tim lächelte humorlos.

»Hör doch mit dem Unsinn auf, Tim! Wie lange haben wir uns nicht gesehen? Möchtest du ein Glas Bier? Erzähl! Was hast du inzwischen erlebt?«

»Im Vergleich zu dir ... wohl nichts Besonderes.«

Einen Augenblick lang standen wir uns auf dem Treppenabsatz beinahe feindselig gegenüber. »Um Himmels willen, Tim! Sei doch nicht so kindisch! Ich gehe jetzt ins Eßzimmer und genehmige mir ein Bier. Komm mit, wenn du Lust hast.«

Tim trank zwar ein Glas Bier mit, doch seine Haltung wurde eher noch abweisender.

»Wie geht es Papa Jack?« fragte ich schließlich.

»Was Irene macht, interessiert dich wohl nicht?«

»Ich habe erst gestern einen Brief aus New York von ihr bekommen«, konterte ich und zuckte mit den Schultern. »Ich freue mich zwar über deinen Besuch, Tim, aber kümmere dich gefälligst um deine Angelegenheiten.«

»Vielleicht bin ich eben nur altmodisch«, entgegnete er. »Aber ich dachte bisher immer, daß firmeneigene Wohnungen und Häuser für Liebesaffären tabu sind. War das nicht so etwas wie eine Hausregel?«

»Tim, lassen wir das. Erzähl' mir lieber, was du inzwischen so gemacht hast.« Ich legte die Hand auf seine Schulter, doch er entzog sich brüsk meiner Berührung. »Li bringt sicher gleich das Frühstück. Es ist nicht alles so, wie du denkst. Versuch' mich zu verstehen, Tim.«

Tims cholerische Natur kam wieder zum Vorschein. »Verstehen?« schnarrte er wütend. »Was soll ich verstehen? Vielleicht, daß du mir das Mädchen ausgespannt, sie an meiner Stelle geheiratet und einen Sohn mit ihr hast... und daß du sie dann bei der erstbesten Gelegenheit nach Amerika verfrachtest und dir eine neue Gespielin suchst?«

»Ich habe dir dein Mädchen nicht ausgespannt, mein Lieber. Und das weißt du ganz genau!« verteidigte ich mich.

»So, wirklich nicht?« sagte er sarkastisch. »Das ist ja das Neueste. Weshalb hat sie mir dann den Laufpaß gegeben und dich geheiratet?«

»Das liegt doch wohl auf der Hand. Spiel hier nicht den Betrogenen!« Ich sehnte Li mit dem Frühstück herbei. »Irene wollte keinen von uns beiden heiraten. Irene haßt Singapur. Sie hat mich nur geheiratet, weil du nicht mit ihr geschlafen hast. Und genau das habe ich getan... und sie ist prompt schwanger geworden.«

»Mein Gott... was bist du doch für ein mieser Kerl!«

Ich weiß nicht, ob meine Müdigkeit, die lang aufgestaute Wut oder mein schlechtes Gewissen gegenüber Irene daran schuld waren, jedenfalls verlor ich in diesem Augenblick einfach die Beherrschung.

»Es braucht dir nicht leid zu tun!« stieß ich hervor. »Du hast wirklich nichts versäumt.« Ich holte tief Luft. »Irene ist eine perfekte Mutter und Ehefrau... aber eine Niete im Bett. So was macht jede Beziehung auf die Dauer kaputt! Trotz allem weiß Irene nicht, was hier passiert, und wird es auch nie erfahren.«

Im ersten Moment dachte ich, Tim würde mich schlagen. Statt dessen fragte er nur eisig: »Denkst du eigentlich immer nur ans Bett?«

»Warum, glaubst du eigentlich, sind Irene und ich noch verheiratet?« schrie ich ihn an. »Nur, weil ich eben nicht nur ans Bett denke!«

»Dein Liebesnest hier beweist das Gegenteil.« Tim sah sich angewidert um.

»Ja, du hast recht. Das Schicksal... der Krieg hat mir eine Chance gegeben, auszubrechen. Und ich genieße jeden Augenblick, den das hier dauert.«

Zum Glück kam in diesem Moment Li herein. »Wünschen Sie Frühstück, Tuan Tim?« fragte er höflich.

»Nein danke, Li.« Tim drehte sich zu mir um, sah kurz auf die Uhr und sagte: »Mein Dienstwagen holt mich in ein paar Minuten ab. Ich frühstücke in der Offiziersmesse.«

Und während er in den grünen Garten hinaussah, wo auf Rasen und Büschen noch Tautropfen glitzerten, die in der Hitze des Tages bald verdunsten würden, fügte Tim hinzu: »Tut mir leid, daß unser Wiedersehen nicht angenehmer verlaufen ist. Aber Typen wie du machen mich einfach krank. Es widert mich an, daß du Irene... ausgerechnet Irene so gemein hintergehst. Wie würdest du denn reagieren, wenn sie dich mit einem anderen Mann betrügen würde?«

»Ich würde ihr wünschen, daß sie sich gut amüsiert hat«, entgegnete ich, obwohl ich wußte, daß das eine Lüge war.

»Du bist wirklich erfolgreich gewesen«, bemerkte Tim sarkastisch. »Zuerst hast du beinahe die guten Beziehungen der Familie zu den Soongs zerstört, und jetzt ruinierst du Irenes Leben. Was kommt als nächstes?«

»Was geht dich mein Leben an?« Ich war plötzlich sehr müde. »Außerdem ist Krieg. Da gehen alle Uhren anders.«

»Krieg?« schrie Tim. »Du weißt ja gar nicht, was Krieg ist. Ich habe ein Jahr meines Lebens unter härtesten Bedingungen in China zugebracht, ohne je eine einzige anständige Mahlzeit zu bekommen. Und kaum bin ich in Singapur, kriege ich im Club soviel Truthahn, daß mir schlecht wird. Krieg! Ihr spürt hier ja gar nichts vom Krieg!«

»Ich dachte, du warst in Kairo«, entfuhr es mir unwillkürlich. »Du hast Papa doch diesen Brief geschrieben...«

»Das war natürlich eine Finte, mein Lieber.«

»Okay, du Genie! Trotzdem, im Krieg ist alles anders...«

»Ihr verdammten Zivilisten macht mich mit euren ständigen Ausreden krank. Feiglinge! Nichts als Feiglinge!«

»Du bist in Singapur geboren und weißt, daß wir andere Aufgaben haben. Kautschuk und Zinn...« begann ich.

»Hör mir mit diesem Unsinn auf! Ich gehöre längst nicht mehr zu eurer maroden Gesellschaft!« Er tippte mir mit dem Zeigefinger an die Brust: »Wenn ich euch miese Kerle sehe, schäme ich mich, je in diesem verrotteten Nest gelebt zu haben.«

»Warum bist du dann zurückgekommen? Um mir auf die Finger zu klopfen?«

»Stell keine dummen Fragen! Aber vielleicht interessiert es

dich, daß ich nur aus einem einzigen Grund zurückgekehrt bin, und zwar, um einen Mann zu finden und umzubringen. Ich bin beim Geheimdienst.«

»Ist das dein Ernst, Tim?« entgegnete ich beinahe ängstlich. Ich sah seine angespannten, müden Gesichtszüge, und plötzlich tat er mir leid. »Ist das das Offiziersdasein? Du bist nur hier, um einen Mann zu finden? Kennst du ihn überhaupt?«

»Hirohito ist es jedenfalls nicht, wenn du das meinst.« Und während ich gerade ansetzte, ihm zu erklären, daß ich seine Lage verstehen konnte, verdarb Tim wie schon in unserer Jugend wieder einmal alles, indem er sagte: »Kümmere dich nicht um mich! Aber keine Angst, es bleibt uns Zeit genug, um Feiglinge wie dich und ihre Flittchen zu retten.«

Draußen fuhr ein Wagen vor. »Ich rufe dich im Büro an«, versprach Tim mit steinerner Miene.

Damit setzte er seine Mütze auf und lächelte flüchtig.

»Wir sollten vielleicht zusammen zu Mittag essen. Möglicherweise kannst du mir helfen, den Mann zu finden, den ich suche. Aber wir gehen am besten in ein Restaurant. Auf ein Wiedersehen mit Miß Soong bin ich nämlich nicht scharf.«

Ich starrte ihn nur sprachlos an.

»Du solltest übrigens dafür sorgen, daß deine Freundinnen ihre Lebensmittelkarten nicht in deinem Schlafzimmer herumliegen lassen.«

25

Im Januar begannen die Japaner mit einem gnadenlosen Bombardement Singapurs, dem täglich über zweihundert Zivilisten zum Opfer fielen. Die Luftangriffe dauerten manchmal vierundzwanzig Stunden und länger, die Feuerwehr wurde der Brände kaum Herr, die Luftschutzhelfer konnten die zahlreichen Verwundeten nur notdürftig versorgen, und das feuchtheiße tropische Klima machte Infektions- und Seuchengefahr nur noch schlimmer.

Trotz strenger Zensur drang die Nachricht von der katastrophalen Lage Singapurs schließlich doch auch ins Ausland. Beweis dafür waren die besorgten Briefe unserer Angehörigen, die wir wie durch ein Wunder ab und zu noch erhielten. Mama schrieb mir jetzt ebenso besorgte Briefe wie ich ihr, und in den geschäftlichen Telegrammen meines Vaters fanden sich immer mehr persönliche Bemerkungen und Durchhalteappelle.

Auch von Irene bekam ich häufiger Post. Sie litt noch immer unter starkem Heimweh. Ihr Bruder Bill war zwar offiziell noch nicht als vermißt gemeldet, doch die Bradshaws hatten seit Wochen keine Nachricht mehr von ihm bekommen. Da war es natürlich verständlich, daß Irene lieber bei ihrer Mutter gewesen wäre. »Aber ich kann jetzt nicht reisen«, schrieb sie. »Ich bin im fünften Monat, und es wäre unverantwortlich, in der gegenwärtigen Lage, das Kind in London zur Welt bringen zu wollen. Außerdem würde mich hier auch niemand gehen lassen. Roosevelt prophezeit die große Wende, vielleicht kann ich also zum Jahresende nach England zurückkehren. Was wir aus Singapur hören, klingt schrecklich. Paß auf Dich auf, Liebling.« Und in einem Postskriptum fügte sie hinzu: »Ich frage nicht, ob Du treu bist, aber ich bitte Dich, diskret zu sein.«

Ich las diese Briefe im Büro und bewahrte sie auch aus einem Schuldkomplex heraus in meinem Schreibtisch auf. Obwohl ich bei jedem Brief, den ich bekam, Angst vor einer direkten Anschuldigung hatte, waren meine Schuldgefühle gegenüber Irene längst nicht so schwerwiegend wie die gegenüber Bengy. Irene haßte nicht nur Singapur und Tanamera, sie wünschte sich nichts sehnlicher, als wieder in Wimbledon leben zu können. Und wären wir kinderlos gewesen, dann hätte sie sicher selbst die Scheidung gewünscht.

Verglichen mit mir, nahm Julie in dieser Beziehung eine sehr eindeutige Haltung ein. »Ich liebe dich, aber wir wissen, daß das nur ein Glück auf Zeit sein kann. Und ich glaube auch nicht, daß wir sündigen. Nur wenn man uns entdeckt, tun wir anderen weh, und das möchte ich auf jeden Fall vermeiden. Wir lieben uns seit der Kindheit. Jetzt ist unsere Chance. Sie kommt vielleicht nie wieder.«

»Eigentlich sind unsere Eltern an allem schuld«, seufzte ich. »Warum haben sie uns nicht in Ruhe gelassen?«

An diesem Tag ließ Julie sich mit ihrer Antwort Zeit. Ich beobachtete, wie sie sich sorgfältig die Lippen schminkte. »Ich möchte Irene nicht wehtun, aber ich habe offengestanden keinerlei Schuldgefühle.« Sie steckte den Lippenstift wieder in die Handtasche. »In Berkeley haben wir von einem Mann namens Pelagius gelesen, der nicht an die Sünde glaubte. Mir geht es wie ihm. Es ist alles viel zu schön, um Sünde sein zu können.«

»Von Pelagius habe ich nie was gehört.«

»Irgendwann erzähle ich dir mehr von ihm. Er hat vor fünfzehnhundert Jahren gelebt und war Mönch und Gründer des Pelagianismus.«

Es dauerte Jahre, bis Julie dazu kam.

Nach unserem unerfreulichen Wiedersehen sah und hörte ich eine Weile nichts von Tim. Selbst wenn ich gewollt hätte, hätte ich keine Verbindung zu ihm aufnehmen können, da ich ja nicht wußte, wo er stationiert war.

Mitte Januar erschien er dann plötzlich bei mir im Büro. Wie üblich trug er eine tadellos gebügelte Khakiuniform.

Nachdem unser burmesischer Bürodiener ein Tablett mit Gläsern und eisgekühltem Limonensaft gebracht hatte und ich ein Glas einschenkte, schüttelte Tim nur den Kopf.

»Der Saft ist ganz frisch«, sagte ich. Als Junge hatte Tim sich oft heimlich Limonensaft aus der Küche geholt.

»Nein, danke«, beharrte er.

»Darf ich fragen, was du gerade machst?«

»Das habe ich dir bereits gesagt. Ich arbeite für den Geheimdienst der Armee.« Er lehnte sich im Sessel vor meinem Schreibtisch zurück und betrachtete den großen Sepiadruck an der Wand, der Großvater Jack in jungen Jahren zeigte.

»Ich bin gerade bei Großvater gewesen«, begann er. »Er macht einen recht zufriedenen Eindruck. Wie alt ist er jetzt?«

»Ich schätze, mindestens neunundachtzig.«

»Und das in Singapur, wo die durchschnittliche Lebenserwartung bei vierzig liegt? Großvater ist ein Wunder. Ich glaube, er ist gesünder als Vater.«

Tims Blick schweifte erneut zu Großvaters Porträt. »Hier ändert sich wohl nie was, oder?« Beinahe neidvoll sah er sich im Büro um.

»Das würde ich nicht behaupten. Hier sterben täglich mehr als zweihundert Menschen, und unsere Firma untersteht praktisch den Militärbehörden. Meine Angestellten und ich... wir sind nur noch Handlanger.«

»Deine Tätigkeit ist also doch nicht so wichtig, wie es immer den Anschein hatte.« Tim spielte lässig mit einem silbernen Brieföffner, den Mama mir vor Jahren aus Kopenhagen mitgebracht hatte. »Hast du nie das Bedürfnis, einem Japaner die Kehle durchzuschneiden?« Tim machte eine eindeutige Handbewegung.

»Mit einem Brieföffner würdest du nicht viel ausrichten«, entfuhr es mir unwillkürlich, als ich an das dachte, was meine Ausbilder mir beigebracht hatten.

»Willst *du mich* darüber belehren, wie man tötet?«

Ich lachte gezwungen.

»Jedenfalls wäre es mir lieber, bei dem Versuch, einen Japaner zu töten, zu sterben, als den Krieg damit zu gewinnen, daß ich unwichtige Papiere unterschreibe.«

»Stimmt«, antwortete ich, um mich nicht zu verraten. »Allerdings habe ich mich freiwillig gemeldet und bin abgelehnt worden.«

»Abgelehnt? Weswegen? Hast du Plattfüße?« Tim zuckte mit den Schultern. »Schon gut. Ich weiß, du hast hier einen wichtigen Posten. Trotzdem... sag mal, schämst du dich eigentlich nicht, mitten in Singapur noch Zivilist zu sein? Schließlich ist es deine Heimatstadt.«

»Deine doch auch.«

»Nein. Nicht mehr! Nie mehr! Das ist vorbei!« Er stand auf. »Nach dem Krieg kehre ich nie wieder hierher zurück. Ich hasse die Stadt, ihre Menschen und die Geisteshaltung, die sie verkörpern. Hier ist alles von Grund auf verdorben.«

»Danke.«

»Schon gut. Kommen wir zur Sache. Ich wollte dich eigentlich um einen Rat bitten.«

»Wie wir den Krieg gewinnen können?« fragte ich spöttisch.

»Laß die dummen Witze.« Tim schwieg eine Weile nachdenklich. »Ich suche einen Mann, den ich nie gesehen habe, und kann ihn einfach nicht finden«, erklärte er dann beinahe gelassen.

»Du meinst den Mann, den du umbringen sollst?«

»Das habe ich nie behauptet. Ich will nur mit ihm reden.«

»Weshalb kommst du dann zu mir? Kenne ich ihn?«

»Das ist wahrscheinlich, fürchte ich. Die Angelegenheit ist alles andere als angenehm. Ich habe seine Wohnung durchsucht, aber der Vogel ist längst ausgeflogen. Allerdings...« Er machte eine bedeutungsvolle Pause. »Allerdings habe ich ein Stückchen Papier, offenbar den Teil eines Briefes, im Mülleimer gefunden, in dem es beim Entleeren anscheinend kleben geblieben ist.«

»Du bist ja ein richtiger Sherlock Holmes.«

»Die Sache ist verdammt ernst, mein Lieber!« entgegnete Tim scharf. »Es ist der Teil eines Liebesbriefs, der nur mit dem Buchstaben N unterschrieben wurde.«

»Na, und?«

»Ich hoffe, daß ich mich täusche, aber ich glaube, ich kenne die Handschrift. Es wäre naheliegend, denn ich habe sie in meiner Jugend häufig gesehen.« Er zog ein Stück Papier aus der Tasche, das offenbar von der Seite eines Notizblocks abgerissen worden war.

Mein Magen krampfte sich zusammen, als ich die Schrift sah. Es gab keinen Zweifel. Wir hatten uns schließlich über die gerade, aufrechte und ewig schulmädchenhafte Schrift immer lustig gemacht. Auch ohne das N am Schluß war klar, daß der Brief nur von ihr stammen konnte.

»Darf ich mal lesen?« bat ich, um Zeit zu gewinnen.

Tim reichte mir schweigend das Stück Papier. Es stand nur ein Satz darauf, doch der war eindeutig die Nachricht einer Frau an ihren Geliebten. Er lautete: Ich komme morgen abend um sieben, muß allerdings schon vor acht wieder gehen. Unterzeichnet war mit: In Liebe N. Statt des I-Punktes im Wort Liebe hatte sie ein kleines Herz gemalt. Obwohl kein Datum vorhanden war, wußte ich sofort, für wen die Nachricht bestimmt gewesen war. Nämlich für den Mann, den niemand finden konnte, der plötzlich spurlos verschwunden war.

»Kein Zweifel... es ist ihre Handschrift«, murmelte ich und gab den Zettel zurück. Die Gewißheit hatte mir einen solchen Schock versetzt, daß ich trotz der Hitze fröstelte. »Weißt du, wer dieser Mann ist?«

»Du vielleicht?« Tim hatte wohl kaum mit einer positiven Antwort gerechnet, denn er starrte mich nur entgeistert an, als ich nickte. »Du kennst ihn wirklich?« brachte er schließlich mühsam heraus.

»Ich nehme an, es handelt sich um einen Mann namens Bonnard... Bertrand Bonnard.«

Tim pfiff leise durch die Zähne. »So nennt er sich also«, sagte er.

»Er ist Schweizer.«

»Meinst du den hier?« Tim hielt mir ein Foto hin. Ein Blick genügte. Ich nickte.

»Der Mann ist kein Schweizer, sondern ein Deutscher«, klärte Tim mich grimmig auf. »Ein deutscher Agent, der eng mit den Japanern zusammenarbeitet.«

»Das ist unmöglich... wir sind befreundet...«

»Mein Gott, sei doch nicht so naiv! Dieser Kerl ist einer der besten Agenten im Geschäft. Er hat vor Hitlers Einmarsch Prag von unliebsamen Leuten gesäubert. Außerdem soll er der heimliche Liebhaber der Gräfin de Portes, der Geliebten des französischen Premierministers Reynaud, sein. Es ist seine Spezialität, Verbindungen über Frauen zu knüpfen. Angeblich ist er ja ein sehr attraktiver Mann. Aber weshalb, zum Teufel, hat sich Natasha mit ihm eingelassen? Ich dachte, sie und Tony Scott...?«

»Sie hatte schon vor ihrer Ehe ein Verhältnis mit ihm«, murmelte ich.

»Ach, du liebe Zeit!« stöhnte Tim. »Denken hier eigentlich alle nur ans Bett? Und sie hat auch noch nach der Hochzeit mit diesem... diesem Ungeheuer...«

Ich seufzte und wischte mir den Schweiß von der Stirn. Mir war inzwischen klargeworden, daß ich Tim alles sagen mußte... wie Miki Bonnard bei den Dexters eingeführt hatte, unsere Geschäfte mit den Japanern, seine Besuche in Tanamera. Lediglich Natashas Abtreibung ließ ich aus.

Doch Tim hatte für diese Dinge ein geschultes Ohr. »Du verheimlichst mir doch was«, bemerkte er sofort. »Hör zu, Bruderherz! Du mußt mir die ganze Wahrheit sagen. Da ist doch noch was mit Natasha, oder? Geht es denn nicht in deinen Dickschädel, daß ausgerechnet dieser Mann die Eroberung Singapurs durch die Japaner vorbereitet? Von ihm erfahren sie, was wir hier machen, oder vielmehr, was wir nicht machen. Meine Aufgabe ist es, ihn zu finden. Deshalb muß ich alles wissen. Also, was ist mit Natasha?«

»Sie ist unschuldig, Tim. Versprich mir, daß du ihr nie die Wahrheit sagst.«

»Ich verspreche gar nichts«, entgegnete Tim scharf. »Wenn du mir keinen reinen Wein einschenkst, muß ich auf Nummer Sicher gehen. Ein Wort zu den amerikanischen Einwanderungsbehörden genügt, und sie wird morgen in New York verhaftet.«

»Das wagst du nicht!«

»Ich rate dir nicht, mich auf die Probe zu stellen, Bruderherz. Wir befinden uns im Krieg. Du hast mir doch selbst erklärt, daß im Krieg alle Uhren anders gehen. Hast du das schon wieder vergessen?«

»Also gut«, seufzte ich. »Natasha bekommt ein Kind. Und sie behauptet, Bonnard sei der Vater.«

Tim sagte eine Weile gar nichts mehr. »Weiß er das?« fragte er schließlich. Als ich den Kopf schüttelte, fuhr er fort: »Und Tony?« Ich verneinte auch das.

»Zwei Dinge machen mir Sorgen«, murmelte Tim daraufhin. »War Natasha in seine dunklen Machenschaften verwickelt?

Nein, nein«, wehrte er ab, als ich aufbrausen wollte. »Natürlich hatte sie keine Ahnung. Aber wenn eine Frau einem Mann verfallen ist... nimm deine Freundin zum Beispiel. Natasha wußte vielleicht gar nicht, was sie tat.«

»Und worüber machst du dir sonst noch Sorgen?«

»Wo ist dieser sogenannte Monsieur Bonnard? Das ist die zentrale Frage.«

»Wir alle haben ihn eine Ewigkeit nicht mehr gesehen. Ich schätze, daß er die Insel längst verlassen hat.«

»O nein, er ist hier... hier in Singapur. Der Mann ist ein Profi, mein Lieber. Man hat ihn hergeschickt, um zusammen mit deinem japanischen Freund Miki die Eroberung Singapurs vorzubereiten. Nein, nein! Ich bin ganz sicher, daß er hier ist.«

Schon die ganze Zeit über beherrschte mich der Gedanke an ein Versteck in Singapur, das niemand außer einigen heimlichen Liebespaaren kannte, und das sowohl Natasha als auch ich benutzt hatten.

»Weißt du, daß Bonnard eine Zweitwohnung hatte?« fragte ich unvermittelt.

»Ich habe mir so was Ähnliches schon gedacht. Kennst du die Adresse?«

»Ja. Abingdon Mansions.« Ich erzählte Tim alles, oder fast alles, ohne jedoch Julie zu erwähnen. »Das könnte genau die Spur sein, nach der ich gesucht habe«, sagte Tim schließlich und notierte sich die Adresse.

»Du benachrichtigst doch sicher die Polizei, oder?« erkundigte ich mich mißtrauisch.

»Nein, wie komme ich dazu? Meine Aufgabe ist es lediglich, das Schwein zu finden. Wir wissen, daß er in ständiger Funkverbindung zu den Japanern steht. Aus diesem Grund ist es wichtig, daß die Japaner nicht erfahren, daß wir ihn enttarnt haben. Unser Ersatz-Bonnard wartet bereits darauf, den Japanern die Informationen übermitteln zu können, die wir ihnen zuspielen wollen. Ich sag dir Bescheid, wenn's was Neues gibt.«

An der Tür blieb Tim noch einmal stehen. »Fast hätte ich's vergessen...« Er musterte mich prüfend. »Sag' mal, hast du in letzter Zeit den Vater deiner Freundin gesprochen?«

»Julie hat mit dieser Geschichte nichts zu tun.«

»Sei doch nicht so empfindlich! Ich sage das nicht zum Spaß. Wir wissen beide genau, daß du mit Soongs Tochter zusammenlebst. Deine Affären interessieren mich allerdings weniger. Ich wollte vielmehr mit dir über Julies Vater reden.«

»Was ist mit ihm?«

Tim zündete sich eine Zigarette an, machte einen tiefen Zug und fragte dann: »Hältst du es für möglich, daß Soong Kommunist ist?«

»Das ist ja einfach lächerlich!« Ich schüttelte den Kopf. »Ganz sicher ist Soong kein Kommunist, sondern einer der gerissensten Kapitalisten ganz Südostasiens.« Noch während ich das sagte, kam mir das letzte Gespräch mit P. P. Soong am ersten Weihnachtsfeiertag wieder in den Sinn. »Allerdings erinnere ich mich, daß Soong mich mal gefragt hat, warum wir uns nicht mit den Kommunisten gegen die Japaner verbünden«, fügte ich hinzu. »Ich habe das damals allerdings nur für eine theoretische Gedankenspielerei gehalten.«

»Wann hat Soong das gesagt?«

»Am ersten Weihnachtsfeiertag.«

»Weißt du eigentlich, daß dieser stahlharte chinesische Geschäftsmann häufig das Hauptquartier der Kommunistischen Partei besucht?«

Dasselbe hatte damals Colonel Chalfont behauptet. Ich schwieg abwartend.

»Soong steht offenbar in enger Verbindung mit Loi Tek«, fügte Tim bedeutungsvoll hinzu. »Der Name sagt dir doch was, oder?«

Ich nickte. »Trotzdem kann ich's nicht glauben.«

»Wer weiß? Soong ist ein aalglatter Geschäftsmann. Vielleicht versucht er, sich vorsichtshalber mit beiden Seiten gutzustellen.«

Tim setzte seine Mütze auf. »Falls dir noch was einfällt, rufst du am besten diese Nummer an und hinterläßt eine Nachricht für mich. Ich melde mich dann.« Damit zog er die Tür hinter sich zu.

Ich saß eine Weile bewegungslos hinter meinem Schreibtisch und dachte nach. Was Bonnard betraf, hatte Tim sicher recht; doch sein Verdacht gegen P. P. Soong ... Ich konnte mir einfach nicht vorstellen, daß Soong Kommunist war. Da allerdings das Gerücht von seinen Besuchen bei Loi Tek bereits die Runde machte, war anzunehmen, daß beide Abteilungen des militärischen Abwehrdienstes davon erfahren hatten und jetzt möglicherweise getrennt Nachforschungen anstellten. Nach reiflicher Überlegung kam ich zu dem Schluß, daß ich als Mitglied der Force 136 die Pflicht hatte, Colonel Chalfont Meldung zu machen.

Ich traf mich mit ihm im Adelphi.

»Sehr anständig von Ihnen«, begann er und bot mir einen

Whisky-Soda an. »Das fällt nicht ganz in mein Ressort, aber ich werde den Brigadegeneral informieren. Und Sie haben sich wirklich mit keinem Wort verraten?«

Ich schüttelte den Kopf. »Dazu habe ich viel zuviel Angst.« Ich lächelte.

»Sie haben Ihre Sache gut gemacht.« Nach einer Pause fuhr Chalfont fort: »Soviel kann ich Ihnen allerdings jetzt schon verraten: Dieser Soong benimmt sich tatsächlich sehr merkwürdig.«

»Woher wissen Sie das eigentlich so genau?« erkundigte ich mich.

»Wir haben zwar keine Beweise gegen ihn, aber bei Loi Tek ist er mehrmals gewesen. Daran besteht kein Zweifel. Haben Sie diesen Loi Tek je gesehen?«

Ich schüttelte den Kopf. »Nein, und ich kenne auch niemanden, der das von sich behaupten kann.«

»Vielleicht ist die Sache völlig harmlos, aber ich werde den Brigadegeneral veranlassen, Ihren Bruder und seine Leute von der Spur abzulenken. Sonst verhaften wir uns noch gegenseitig.«

Chalfont verstand meinen fragenden Blick sofort richtig. »Nein«, sagte er prompt. »Gegen Miß Soong liegt nichts Belastendes vor. Wir haben sie beobachten lassen...«

»Soll das heißen, daß sie beschattet worden ist?« unterbrach ich ihn entsetzt. Chalfont lachte amüsiert.

»Aber selbstverständlich, mein Lieber. Da unser aller Leben von der Verschwiegenheit anderer abhängt, gehen wir lieber auf Nummer Sicher. Ich möchte dieses Leben noch genießen, wenn der verdammte Krieg vorbei ist.«

Das Gespräch mit Chalfont hatte mich keinesfalls ernstlich beunruhigt, da ich einfach nicht glaubte, daß Soong tatsächlich ein Verräter war. Aber Julie gegenüber quälte mich das schlechte Gewissen, da ich von dem Verdacht gegen ihren Vater wußte, ihr jedoch nichts sagen konnte. Schon aus diesem Grund versuchte ich, die Erinnerung an die Szenen mit Tim in meinem Büro und mit Chalfont im Adelphi zu verdrängen. In der Abgeschiedenheit des Cadet House gelang mir das am besten.

Als ich am Morgen des zwanzigsten Januar, einem Dienstag, um sechs Uhr aufwachte, stand ich, ohne Julie zu wecken, leise auf, zog ein Hemd, Shorts und Sandalen an, steckte eine Schachtel Zigaretten ein, machte die Tür lautlos hinter mir zu und ging in den Garten hinaus. Für mich war es die schönste Tageszeit, wenn das kräftige Gras unter meinen Füßen noch feucht vom

Tau war. Ich schlenderte zu der Hecke aus hohen Bambusstauden und zu den Blütenbäumen hinüber, die Haus und Garten von der Napier Road abschirmten und den Verkehrslärm der Straße dämpften.

Eine halbe Stunde später kehrte ich ins Haus zurück, duschte und rasierte mich und kroch zu Julie unter die leichte Decke. Ich drehte sie sanft zu mir herum und begann, sie zu lieben. Morgens, wenn ich das Liebesspiel bestimmte, war es für mich am schönsten. Nachmittags oder abends glich unsere Liebe einem Kampf, einem Kampf zweier Menschen, die gleichzeitg alles nehmen wollten und doch bereit waren, alles zu geben, die um den Sieg rangen, der letztendlich zum gemeinsamen Höhepunkt führte. Morgens war das anders. Julies Augen in dem von schwarzem Haar umrahmten schönen Gesicht blieben geschlossen, aber ich wußte, daß sie nur vorgab zu schlafen. Ohne Küsse oder Liebkosungen begann ich mich nur sanft zu bewegen und zwang mich, die kostbaren Minuten endlos auszudehnen, was mir beinahe gelang, bis Julie mit geschlossenen Augen lächelte und schläfrig meinen Nacken streichelte. Dann war es genug und vorüber.

»Hm, ich mag dich morgens«, flüsterte sie leise. »Es ist wie eine liebevolle Vergewaltigung.«

»Natürlich ist es sehr egoistisch von mir, aber es ist ein Gefühl... Ich kann's einfach nicht beschreiben.«

»Mir geht's genauso. Es macht mich glücklich, wenn du diese Augenblicke genießt.«

Draußen in der Veranda hörte ich Li leise singend mit dem Frühstücksgeschirr klappern. »Außerdem kriege ich dadurch erst richtig Appetit«, verkündete ich und gab Julie einen zärtlichen Klaps auf ihr gut geformtes Hinterteil. »Deshalb tue ich's auch hauptsächlich.«

So begann jener Dienstag, der zwanzigste Januar, an dem sich alles änderte. Denn als sie an diesem Tag zum ersten Mal die Orchard Road bombardierten, während ich mit Julie auf dem Weg zum Einkaufen war, wußte ich, daß ich Julie aus Singapur wegbringen mußte.

»Ich steige am besten an der Ecke zur Clemenceau Avenue aus und gehe zu Fuß zum Hauptquartier des Luftschutzes«, schlug ich Julie vor. »Für den Rückweg nehme ich ein Taxi. Versprich mir, daß du nach dem Einkauf vom Kühlhaus auf dem schnellsten Weg zum Cadet House zurückfährst, ja?«

»Natürlich verspreche ich das. Mein Dienst fängt um drei an. Bis halb drei Uhr bin ich also zu Hause.«

Doch wir kamen erst gar nicht bis zur Kühlhalle. Wir waren ungefähr auf der Höhe von Wearnes Tankstelle, als die Flak wie aus heiterem Himmel das Feuer eröffnete. Zuvor war keine einzige Sirene zu hören gewesen. Julie streckte erschrocken den Kopf zum Wagenfenster hinaus.

»Oh, mein Gott!« stieß sie atemlos hervor. »Sie kommen zu Hunderten.«

»Ihr Ziel ist sicher der Hafen«, sagte ich, als ich die silbrig in der Sonne glitzernden Flugzeugleiber über uns sah.

»Bomben!« schrie Julie im nächsten Augenblick. »Es geht los!« Sie hatte das verräterische schauerliche Pfeifen als erste gehört.

Das Pfeifen wurde immer lauter und schriller. Ich trat auf die Bremse. Bevor wir wußten, wie uns geschah, erfüllte der krachende Aufschlag und die Detonation der Bombe, begleitet von fernem Sirenengeheul, die Luft. Der Wagen erbebte. Mehr geschah nicht. Die Bombe mußte doch erst in einiger Entfernung niedergegangen sein.

Menschen liefen kreuz und quer über die Straße. Wir stürzten auf den nächsten Abflußgraben zu. Ich stieß Julie hinunter, doch bevor ich mich auf sie werfen konnte, drängten sich drei Inder dazwischen, so daß für mich kein Platz mehr war. Mir blieb nichts weiter übrig, als zu Wearnes Tankstelle zu sprinten, um dort Schutz zu suchen. Mittlerweile hagelte es eine Bombe nach der anderen. Eine ganze Reihe von Detonationen riß die Straße auf, und dort, wo gerade noch das Geschäft eines Chinesen gestanden hatte, gähnte jetzt ein schwarzer Krater.

Plötzlich wurde ich von einem mysteriösen Luftsog erfaßt, der mich aus dem rettenden Türeingang der Tankstelle auf die Straße trieb und dort aufs Pflaster warf. Zwei andere Körper segelten an mir vorüber. Als nächstes kamen ein altmodischer Laternenpfahl und ein Auto durch die Luft geflogen und durchschlugen krachend die Schaufensterscheibe der Tankstelle, von der ich vertrieben worden war. Zwei weitere Bomben detonierten, und ganz in der Nähe des Grabens, in dem Julie lag, stieg eine breite Fontäne aus Schmutz, Staub und Trümmerteilen auf. Blind tastete ich mich durch den ätzenden Nebel aus Staub und Rauch, um sie zu suchen.

Direkt vor mir explodierten plötzlich zwei Autos und gingen sofort in Flammen auf. Daneben stand ein eingedrückter Tankwagen quer über der Straße. Ein Mann kletterte aus dem Führerhaus und lief auf mich zu. »Fahren Sie den verdammten Tanklaster weg!« schrie er mich an. Er war in Zivil und Europäer, und dann sah ich, daß sein linker Arm nur noch ein blutender Stumpf war.

Ich kämpfte mich an den brennenden Autos vorbei bis zum Führerhaus des Lastwagens vor und stieg hinein. Noch nie in meinem Leben hatte ich einen Lastzug gefahren. Ich legte einfach irgendeinen Gang ein und gab vorsichtig Gas. Es war der Rückwärtsgang. Verzweifelt versuchte ich den Schaltknüppel in eine andere Position zu bringen, doch er saß fest. Holpernd und ruckend rollte der Lastwagen rückwärts, bis es plötzlich furchtbar krachte und der Motor ausging. Ich hatte den Tankwagen zwar aus der Gefahrenzone, dafür aber direkt in das Schaufenster der Wäscherei Jasmine gefahren. Ich stieg aus. Von dem verwundeten Lastwagenfahrer war weit und breit nichts zu sehen.

Der Abflußgraben war bis zum Rand mit Erde, Staub und Trümmerteilen gefüllt. Mit bloßen Händen begann ich zu scharren und stieß als erstes auf den Inder, der zuoberst lag. Als ich ihn mühsam aus dem Graben zog und auf den Rücken rollte, waren meine Hände und Arme blutverschmiert. Die Druckwelle der Bombe hatte ihn praktisch zerfetzt. In diesem Augenblick sah ich ein kleines Chinesenmädchen weinend über die Straße laufen und eine Puppe aus dem Staub ziehen, nach der es offenbar gesucht hatte. Sofort hörte es mit dem Weinen auf.

Endlich war es mir gelungen, den ersten Toten aus dem Graben zu bergen. Sein Körper hatte zwar das Schlimmste von den beiden anderen Indern abgehalten, doch auch sie waren tot. Nachdem ich den dritten Toten beiseite geschafft hatte und meine Hände sich durch Staub und Schutt tiefer tasteten, fühlte ich Julie. Vorsichtig grub ich sie aus.

Ein Stück Holz, fast von der Größe einer halben Tür, steckte so günstig im Graben, daß Julies Gesicht nicht verschüttet worden war. In dem Betonbett des Abwassergrabens stand das schmutzige Wasser nur mehrere Zentimeter hoch. Ich schöpfte es mit hohlen Händen heraus und goß es Julie so lange ins Gesicht, bis sie schließlich die Augen aufschlug. Mir war klar, daß sowohl Julie als auch ich unser Leben den Indern verdankten, die sich zwischen uns gedrängt und mit ihren Körpern Julie geschützt hatten. Wären sie nicht gewesen, hätte ich mich über Julie geworfen und wäre getötet worden.

Ich trug Julie zum Wagen und setzte sie auf den Beifahrersitz. Erst in diesem Augenblick wurde Fliegeralarm gegeben. Zu meiner großen Erleichterung sprang der Motor sofort an. Doch als ich vorsichtig anfuhr, hielt das Auto schon nach wenigen Metern quietschend wie von selbst wieder an. Zum Glück merkte ich sofort, woran es lag. Die Räder waren in das Gewirr der Leitungen umgefallener Strom- und Telefonmasten geraten und wurden von ihnen blockiert. Es gelang mir schließlich, das Auto ein paar Meter zurückzusetzen und die Leitungen zu entwirren. Ich hatte den Wagen daraufhin endlich auf die sicherere Straßenmitte gefahren, als mir plötzlich ein Armeelastwagen mit britischen Soldaten entgegenkam und anhielt. Ein großer Blonder mit nacktem Oberkörper, das Gewehr lässig in der Armbeuge, rief mir zu: »Ist mit der Dame alles in Ordnung?«

»Ja, danke!«

»Sie sollten lieber verduften! Die Japaner kommen!« schrie der Soldat zu mir herunter. »Die Burschen müssen das Schild gelesen haben.« Er deutete mit dem Gewehr auf ein großes Plakat, das wie durch ein Wunder unversehrt stehengeblieben war. Der Slogan darauf lautete: Geh zur Armee und sieh dir die Welt an!

»Ich dusche mich erst mal«, sagte ich zu Hause und zog mich im Badezimmer aus. Als mein Blick in den Wandspiegel fiel, blieb ich erschrocken stehen. Mein ganzer Körper, einschließlich der Geschlechtsteile, war von grellbunten Blutergüssen bedeckt. Nach dem Duschen zog ich weiße Shorts an und ging zu Julie hinüber.

Als sie mich sah, sprang sie nackt aus dem Bett. »Mein Gott, was haben sie denn mit dir gemacht, Liebster? Tut es weh? Darf ich dich überhaupt noch anrühren?«

»Ein bißchen tut es weh«, seufzte ich. »Aber heute nachmittag darfst du sicher schon wieder einiges mit mir machen.«

»Heute abend«, verbesserte sie mich. »Du vergißt, daß ich nachmittags Dienst habe.«

»Bist du verrückt? Nach dem Schock von heute morgen kannst du unmöglich arbeiten.«

»Aber ich muß, Johnnie.« Sie legte die Arme um meinen Nacken und sah mich aus ihren großen Augen ernst und bittend an. Ihre Lippen zuckten. Auf diese Weise zog ich bei Meinungsverschiedenheiten mit Julie meistens den kürzeren.

»Du solltest wirklich zu Hause bleiben«, wiederholte ich lahm. »Das heute morgen war doch ein Schock...«

»Ich mache früh Schluß. Das verspreche ich dir. Aber ich muß unbedingt ein paar Dinge erledigen. Da ist ein Testergebnis, das mich interessiert. Du solltest viel eher im Bett bleiben und deine Blutergüsse pflegen.« Und belustigt fügte sie hinzu: »Glaubst du, daß du je wieder zur Liebe fähig sein wirst?«

Dieser Punkt machte mir weniger Sorgen als die Aussicht, ein vierstündiges Training im CVJM absolvieren zu müssen. Ich konnte nur hoffen, daß man mir für diesen Tag die harte Pflicht erließ.

26

Ich sollte recht behalten. Gegen Mittag waren meine Muskeln steif und schmerzten. In diesem Zustand wäre ich kaum in der Lage gewesen, durch ein Schlammloch zu laufen oder auf einen Baum zu klettern. Ich war zwar nicht krank, fühlte mich jedoch wie ein Boxer, der nach fünfzehn Runden nach Punkten verloren hatte. Trotzdem mußte ich mich zwangsläufig zum Training melden. Ein Blick genügte allerdings, und der Sergeant befreite mich von den Strapazen. Ich beschloß daraufhin, ins Büro zu fahren.

Ich hatte sogar Mühe, die Steinstufen in den ersten Stock hinaufzugehen. Auch die Robinson Road war von den Bomben nicht verschont geblieben, und unser Bürogebäude hatte Mauerrisse bekommen. Mehrere Fensterscheiben waren zerbrochen. Die drei Fenster in meinem Büro hatte man mit Brettern vernagelt, aber die Klimaanlage funktionierte. Die kühle Luft traf mich wie eine kalte Dusche und weckte mich nach der Hitze in den Straßen zu neuem Leben. Kaum hatte ich hinter meinem Schreibtisch Platz genommen, als auch schon Ball hereinkam.

»Ich dachte, Sie sind bei einer Luftschutzübung, Sir«, begann er überrascht. Sein Atem roch nach Whisky. Ich erzählte ihm, was ich in der Orchard Road erlebt hatte.

»Ein böses Omen«, murmelte er. »Es kursieren übrigens Gerüchte, daß Shenton Thomas die Vernichtung sämtlicher Alkoholvorräte anordnen will.«

»Dann verstecken Sie am besten rechtzeitig ein paar Flaschen«, riet ich ihm. Ball trat einen Schritt zurück und sah mich verblüfft an. Entweder fragte er sich jetzt, ob ich seine Fahne gerochen hatte, oder er hatte gemerkt, daß ich ebenfalls Whisky getrunken hatte.

»Wir haben ein großes Whiskykontingent auf der *Willerby*«, fuhr Ball fort. »Das Schiff liegt bereits an der Reede. Was machen wir, wenn die Ladung nach dem Löschen vernichtet werden muß? Sollen wir uns weigern, das Kontingent auszuliefern? Es ist 'ne Menge Geld im Spiel.«

»Keine Angst. Vielleicht fällt die Ladung sowieso einem Bombenangriff zum Opfer. Ist das Gerücht denn ernstzunehmen?«

»Ich habe im Schwimmclub davon gehört.«

»Tun Sie nichts, bevor ich die Sache nicht überprüft habe. Rufen Sie George Hammonds in der Redaktion der *Tribune* an, und fragen Sie ihn, ob er gegen fünf im Cricket-Club sein kann. Anschließend versuchen Sie, Mr. Paul Soong zu erreichen. Ich möchte mich, wenn möglich, um halb sieben mit ihm im Raffles treffen.«

Kurz darauf kam Rawlings herein.

»Die Lagerhalle in Geyland ist voll bis an den Rand«, meldete er.

»Welche Schiffe haben wir zur Verfügung?« fragte ich.

»Die *Anlaby* liegt leer im Hafen, aber wir kriegen keine Kulis, um sie zu beladen. Gerade vor ein paar Minuten habe ich wie durch ein Wunder mit Johore telefonieren können. Sie haben vier Ladungen für uns. Sollen wir die Auslieferung übernehmen, wenn sie das Zeug nach Singapur bringen?«

»Die Frage ist, können wir das?«

»Im Augenblick haben wir keine Lagermöglichkeit. Aber vielleicht sollten wir ein paar Lagerhallen mieten. Die Kommission wäre enorm hoch.«

»Was nützt uns die verdammte Kommission?« entgegnete ich heftiger als beabsichtigt und sah ihn an.

Ball war im Türrahmen aufgetaucht und meldete, daß er sowohl von Hammonds als auch von Paul Soong eine Zusage bekommen hatte. Zum ersten Mal wurde mir bewußt, daß der Versuch der beiden erfahrenen Angestellten, die Geschäfte weiterzuführen, als sei nichts geschehen, geradezu mitleiderregend war. Sie begriffen offenbar nicht, daß sie das Ende einer Ära erlebten. Chalfont hatte recht. Nichts konnte uns retten. Spielte es da noch eine Rolle, wer für eine vernichtete Ladung Whisky bezahlte, da sowieso bald niemand mehr Geld hatte?

»Was macht das schon für einen Unterschied?« fragte ich Ball.

»Wie meinen Sie das?« Ball starrte mich verständnislos an. Ich merkte, daß ich meinen Gedanken laut ausgesprochen hatte, und versuchte ihm zu erklären, worüber ich nachdachte.

»Aber wir müssen doch an die Zukunft denken!« entgegnete Ball erschrocken.

»Schließlich können wir die Dinge nicht einfach treiben lassen«, pflichtete Rawlings ihm bei.

»Und was ist, wenn die Japaner Singapur erobern?«

»Selbst wenn es dazu kommen sollte«, erwiderte Ball zweifelnd, »können Japan und Deutschland den Krieg gegen den Rest der Welt, einschließlich Amerikas, nicht gewinnen.«

»Ich bin derselben Meinung«, stimmte Rawlings Ball zu. »Wir sollten geordnete Verhältnisse hinterlassen, damit wir bei unserer Rückkehr dort anknüpfen können, wo wir aufgehört haben.«

Ich schwieg, weil ich einsah, daß jede weitere Diskussion sinnlos war. Rawlings und Ball überlegten offenbar nicht, daß sich Singapur nach dem Krieg radikal verändert haben würde. Wie würde uns die Stadt empfangen, deren überwiegend asiatische Bevölkerung miterlebt hatte, wie ihre asiatischen Brüder die weißen Tuans das Fürchten gelehrt hatten?

Ball verkörperte den typischen Briten, der es einfach als gegeben annahm, daß sich nichts verändern könnte. Als er seine Frau einige Monate zuvor zu deren Verwandten nach England geschickt hatte, hatte er keinen Augenblick daran gezweifelt, daß sie in dasselbe Singapur zurückkehren würde, das sie verlassen hatte. Selbst Rawlings sollte aus Gesundheitsgründen bald mit seiner Frau nach England reisen, um Papa Jack in der Londoner Niederlassung zu helfen.

»Haben Sie Ihre Schiffspassage schon?« fragte ich Rawlings jetzt.

»Ja, ich kann die Schiffskarten in einigen Tagen abholen«, antwortete Rawlings und fügte trotzig hinzu: »Ich reise nur auf Ihren ausdrücklichen Wunsch.«

In diesem Augenblick erschien vor der Glasscheibe in der Tür eine der chinesischen Schreibkräfte. Ich winkte sie herein und sie meldete, daß mein Bruder mich am Telefon sprechen wolle.

»Hallo, Tim«, sagte ich.

»Ich habe nur kurz Zeit«, erklärte Tim am anderen Ende knapp. »Ich wollte dir nur sagen, daß ich in den Abingdon Mansions keinen Erfolg hatte. Es war tatsächlich seine Wohnung, aber der Vogel ist ausgeflogen.«

»Dann hat er Singapur möglicherweise doch verlassen.«

»Das bezweifle ich. Ich weiß, daß er hier irgendwo ist. Ich

halte dich auf dem laufenden.« Damit legte er ohne ein Abschiedswort auf.

»Ich fahre jetzt in den Cricket-Club«, wandte ich mich an Ball. »Bitte helfen Sie mir in den Wagen.«

Als Ball mich verblüfft anstarrte, öffnete ich mein Hemd. »So sehe ich seit heute morgen am ganzen Körper aus«, erklärte ich. »Ich bin ganz steif.«

Selbst mit Balls Hilfe hatte ich Mühe, die Treppe hinunterzukommen. Sobald ich jedoch im Wagen saß, war alles Weitere kein Problem mehr. Ich fuhr zum Cricket-Club.

Während der Fahrt durch die Stadt dachte ich zum ersten Mal ernsthaft daran, Julie fortzuschicken. Erst seitdem wir zusammenlebten, wußte ich, wie sehr ich Julie liebte... wie glücklich ich mit ihr war. Falls wir die Japaner schlagen und nach Singapur zurückkehren konnten, würde nichts mehr so sein wie zuvor; das galt nicht nur für Singapur und die Vorherrschaft des weißen Mannes, sondern auch für meine Beziehung zu Irene.

Das Leben hatte mir eine zweite Chance geboten. Und dazu hatte es eines Krieges mit all dem damit verbundenen Elend bedurft. Der Satz von Anatole France »Der Zufall ist Gottes Pseudonym« fiel mir wieder ein. Wäre es nicht undankbar, keinen Nutzen daraus zu ziehen?

Ich wußte ja, daß sich die Zeit nicht zurückdrehen ließ. Mußte ich Julie da nicht aus Liebe bitten, Singapur zu verlassen, sich in Sicherheit zu bringen?

Ich bog in die breite Toreinfahrt des Cricket-Clubs ein. Es war unglaublich. Trotz der Bombenangriffe und dem allgemeinen Chaos war auf dem Parkplatz kaum noch ein Platz frei. Jeder Muskel meines Körpers schmerzte, und ich war in Schweiß gebadet, als es mir endlich gelungen war, den Wagen in eine Parklükke zu manövrieren. Gebeugt ging ich wie ein alter Mann auf die Veranda. Dort waren sämtliche Sessel und Liegestühle besetzt, auf den kleinen Bambustischen standen gefüllte Gläser, und aus dem Billardzimmer neben der Veranda ertönten laute, fröhliche Stimmen. Von Lebensmittel- oder Wasserknappheit und veränderten Lebensbedingungen in Singapur war hier nichts zu spüren. Mein Blick schweifte zu der Rasenfläche hinüber, wo früher die Tennisplätze gewesen waren und jetzt Stahlpfähle zur Abschreckung von Segelflugzeugen in die Luft ragten. Zu beiden Seiten waren halbfertige Schützengräben ausgehoben worden. Es sah alles sehr provisorisch aus.

Bevor ich mich auf die Suche nach Hammonds machte, bestellte ich bei Chan, dem ersten Clubsteward, einen Whisky-Soda. Als er mir das hohe Glas, in dem das Sodawasser noch perlte, auf einem Tablett servierte, suchte ich vergeblich nach dem Block, auf dem ich normalerweise mit meiner Unterschrift die Rechnung für die konsumierten Getränke quittierte.

»Wir haben keine Bons mehr, Tuan«, erklärte Chan traurig.

Ich starrte ihn entgeistert an. »Was soll das heißen?« fragte ich. Seit ich alt genug gewesen war, dem Club anzugehören, hatte ich dort wie überall in Singapur Rechnungen unterschrieben, ohne bar zu zahlen. Niemand bezahlte in Singapur bar... nicht einmal im Bordell.

»Hast du's denn noch nicht gehört?« Beim Klang von Georges Stimme drehte ich mich um. »Von heute ab wird nur noch Bargeld akzeptiert.«

»Machst du Witze? Ich habe nie Geld bei mir...«

»Dann bist du heute mein Gast«, erklärte George lächelnd.

»Aber was soll das? Hat der Gouverneur...«

»Nein, nein. Diesmal ist er ganz unschuldig. Zum Wohl!« George bestellte gleich die nächste Runde. »Du erhebst dein Glas in einem denkwürdigen Augenblick der Geschichte Singapurs, mein Lieber. Die Chinesen sind nämlich zu der Überzeugung gelangt, daß wir verlieren, und deshalb kann ab heute nur noch in bar gezahlt werden. Wie die Chinesen zu dieser sicheren Information gekommen sind, ist mir schleierhaft. Aber sie wissen es offenbar.«

»Ja... sie wissen's«, wiederholte George auf meine ungläubige Frage. »Sie sind ganz sicher, daß Singapur verloren ist.« Ich erfuhr, daß diese Information sich offenbar wie ein Lauffeuer verbreitet und über Nacht das System der Bons und Gutscheine außer Kraft gesetzt hatte.

»Hol dir lieber dein Geld von der Bank, bevor's weg ist«, riet George seufzend. »Das heißt, falls du auf deinen Whisky nicht verzichten willst.«

»Ist Alkohol denn in nächster Zeit noch erlaubt?« Ich erzählte ihm von dem Gerücht über das Alkoholverbot.

»Ja, die Verordnung existiert bereits als Vorlage«, gab George zu. »Sie kann jetzt jederzeit erlassen werden. Aber ich darf darüber nichts veröffentlichen, weil die Regierung sonst einen Ansturm auf sämtliche Alkoholvorräte befürchtet. Wenigstens diesmal hat Shenton recht. Die Japaner haben in Hongkong gewütet wie nie zuvor, nachdem sie die Spirituosenhandlungen dort ausgeraubt hatten.«

Paul erwartete mich bereits im Raffles an der Bar, als ich ankam. Er sah in seinem tadellos gebügelten Anzug und mit dem glatt frisierten schwarzen Haar wie immer sehr elegant aus. Als ich durch die Eingangshalle zur Bar ging, sah alles um mich herum aus, als herrsche tiefster Frieden.

An der Bar stand gut ein Dutzend Männer. »Komisch, aber der Krieg scheint dem Alkoholkonsum keinen Abbruch zu tun«, sagte ich zu Paul und fragte mich insgeheim, wie er über den Krieg dachte. Ich wußte, daß er die Japaner haßte und auf der Seite der Briten stand; andererseits waren die Chinesen für ihre Anpassungsfähigkeit bekannt.

»Du mußt bar zahlen, Paul«, fügte ich hinzu. »Das habe ich auch erst vor einer Stunde erfahren. Ich habe kein Geld bei mir.«

»Keine Sorge, das kriegen wir schon hin.« Paul lächelte und zwinkerte mir unauffällig zu, als der Whisky-Soda serviert wurde und der Barkeeper ihm ernst Block und Bleistift reichte.

»Ah, das gute alte Raffles-Hotel ist wie immer die löbliche Ausnahme«, seufzte ich. »Jetzt kann ich dich wenigstens einladen...«

»Du irrst dich«, wehrte Paul ab. »Ich habe heute morgen davon gehört, daß Barzahlung in Mode gekommen ist und habe fünfhundert Dollar hier beim Barkeeper deponiert, damit ich weiterhin mit meinen europäischen Freunden in Ruhe einen Whisky trinken kann. Offengestanden habe ich nicht die Absicht, mir die Hosentaschen mit Kleingeld auszubeulen, nur weil ein paar Japse...« Er verstummte und zuckte lässig die Schultern. »Wie geht's meiner kleinen Schwester?«

»Den Umständen entsprechend gut«, erwiderte ich und erzählte ihm, wie knapp wir am Vormittag in der Orchard Road dem Tod entgangen waren. »Seitdem läßt mich der Gedanke nicht mehr los, daß Julie Singapur verlassen sollte.«

»Singapur verlassen?«

»Ja. Sie könnte das Ende des Krieges in Australien oder Südafrika abwarten. Wenn die Japaner Singapur einnehmen, fängt besonders für die Frauen hier eine schlimme Zeit an. Du hast gehört, was in Hongkong passiert ist. Und da ist noch etwas.« Ich zögerte, bevor ich bedächtig fortfuhr: »Ich weiß nicht wie und wann, Paul... aber sobald das alles vorbei ist, heirate ich Julie.« Ich hob abwehrend die Hand, als er Anstalten machte, mich zu unterbrechen. »Ich kann mir denken, was du sagen willst. Du meinst, es sieht für mich alles anders aus, wenn Irene zurückkommt...«

Paul lachte. »Nein, daran habe ich überhaupt nicht gedacht. Du bist ein Idiot, Johnnie! Natürlich bist du verrückt nach Julie und der Typ, der ein Mädchen dann auch heiratet. Außerdem...« Er runzelte in gespielter Entrüstung die Stirn. »Glaubst du wirklich, ich hätte sonst zugelassen, daß meine Schwester mit dir schläft? Aber heiraten? Es ist immer wieder erstaunlich, wie schnell eine Liebe vergessen wird, sobald ein Krieg zu Ende ist.«

»Was Julie und mich betrifft, irrst du dich«, entgegnete ich. »Ich habe zwar keine Ahnung, was uns noch bevorsteht, aber ich meine es verdammt ernst.«

Paul legte die Hand auf meine Schulter. »Johnnie, ich wäre sehr froh, wenn ihr beide heiraten könntet«, begann er leise und lächelte entwaffnend. »Aber entschuldige, ich glaube nur nicht, daß es je dazu kommen wird. Du hast in unseren Vätern wesentlich härtere Gegner als die Japaner es sind.«

»Was scheren mich die Väter?«

»Darauf trinke ich!« Er hob lächelnd das Glas. »Aber du machst die Rechnung ohne Julie, mein Lieber. Sie mag dich lieben... liebt dich vermutlich sogar wirklich, das verrückte Mädchen, aber du weißt so gut wie ich, daß für uns Chinesen die Familie wichtiger ist als alles andere. Sie würde nie gegen den Willen ihres Vaters handeln.«

»Tut sie das denn nicht jetzt schon, verdammt noch mal!«

»Sie arbeitet im Krankenhaus... Und dabei bleiben wir. Mein Vater ist vermutlich der einzige Mann in Singapur, der nicht weiß, daß sie nie im Alexandra-Hospital übernachtet. Ihr habt nur Glück, daß alle anderen Angst haben, es ihm zu sagen. Der Krieg hat jungen Frauen eine Menge Freiheiten verschafft.«

»Dein Vater könnte ihr nicht verbieten, Singapur zu verlassen«, entgegnete ich. »Ich habe vor, sie noch heute abend zu bitten, genau das zu tun.«

»Sie wird ablehnen. Da wette ich zehn Dollar mit dir... aber in bar, versteht sich.«

»Abgemacht«, murmelte ich, obwohl ich ahnte, daß ich verlieren würde.

Doch Julie sagte nicht sofort nein. Ich schnitt das Thema sehr vorsichtig an, als wir nach dem Abendessen auf der Veranda saßen. Die Abende waren in Singapur beinahe so schön wie die frühen Morgenstunden. Es war dann zwar nicht so kühl, aber die Geräusche der tropischen Nacht hatten für mich von jeher einen besonderen Reiz besessen. Das Summen der Moskitos, das Flattern der Motten im Licht, das Quaken der Ochsenfrösche und das monotone Zirpen der Zikaden erfüllten die windstille Nacht. Ab und zu zuckte der helle Lichtschein eines tropischen Wetterleuchtens über die Bambusbüsche am Gartenrand.

»Heute morgen habe ich wirklich Angst um dich bekommen«, begann ich. »Du weißt, wie sehr ich dich liebe, Julie. Und ich bitte dich ... Singapur zu verlassen, solange das noch möglich ist. Wenn schon nicht um deinet-, dann bitte um meinetwillen.«

Julie machte einen ungewöhnlich nachdenklichen Eindruck. Und im Schein der Lampe mit dem gelben Schirm, gegen den die Motten flogen, sah ich in ihren Augen den wehmütigen Ausdruck, den ich so gut an ihr kannte.

»Vergiß nicht, daß man dich vermutlich internieren würde«, log ich, um sie zu überzeugen. »Und es kann Jahre dauern, bis man dich wieder freiläßt. Mich stecken sie vermutlich ins Gefängnis nach Changi, wenn sie mich erwischen. Bitte denk' daran, wieviel leichter für mich die Zukunft zu ertragen sein wird, wenn ich den Menschen, den ich mehr liebe als alles auf der Welt, in Sicherheit weiß.«

»Ich habe auch schon daran gedacht ...«

Als ich etwas sagen wollte, hob sie abwehrend die Hand. »Du brauchst mich nicht erst zu überreden.«

Ich starrte sie entgeistert an. Soviel Bereitwilligkeit hatte ich nicht erwartet.

»Ich möchte Singapur ja verlassen. Und zwar um deinet- und um meinetwillen.«

»Julie, was zum Teufel soll das heißen?«

Ihre traurige Miene hellte sich etwas auf, als das schelmische Lächeln eines unartigen Mädchens, das gerade heimlich Marmelade genascht hatte, über ihr Gesicht huschte.

»Weshalb hast du dich denn dazu entschlossen?« fragte ich erstaunt, und Julie lachte nur. »Weshalb möchtest du Singapur plötzlich verlassen?«

»Ich sage es dir ... aber vorher mußt du mir hochheilig versprechen, niemandem ... nicht mal Paul, etwas zu verraten.«

»Natürlich verspreche ich das.«

»Und bitte beantworte mir eine Frage ... aber ganz ehrlich, ja?«

Ich nickte.

»Diese Wochen mit dir sind die glücklichsten in meinem ganzen Leben gewesen«, begann Julie. »Heute abend habe ich das Gefühl, wirklich deine Frau zu sein. Ich weiß, es ist nur eine Scheinehe, aber wie empfindest du? Hast du das Gefühl, wirklich mein Mann zu sein, oder ist es für dich nur ein Kriegsabenteuer?«

»Ich habe doch immer gesagt, daß ich dich heiraten möchte. Weißt du, daß ich vor ein paar Stunden mit Paul gesprochen habe? Bei dieser Gelegenheit habe ich ihm erklärt, daß ich dich heiraten will, sobald der Krieg vorbei ist.«

»Danke, daß du das Paul gesagt hast. Das macht vieles leichter.«

»Was macht es leichter? Bitte hör auf, in Rätseln zu sprechen.«

»Ich hatte Angst, dir zu sagen, weshalb ich mich entschlossen habe, Singapur zu verlassen. Aber das ist jetzt vorbei.« Sie streichelte zärtlich meine Wange. »Kannst du es dir nicht denken? Ich habe dir doch heute morgen erzählt, daß ich dringend das Untersuchungsergebnis einer Patientin erwarte. Die Patientin bin ich, und die Untersuchung ist positiv ausgefallen. Wir bekommen ein Kind.«

27

Das war Ironie des Schicksals. Ich erinnerte mich noch deutlich, wie sich mein Magen bei Irenes Eröffnung, daß sie ein Kind von mir erwartete, zusammengekrampft hatte. Das war nicht fair gewesen. Wir hatten nie ans Heiraten gedacht. Ich mochte Irene, aber ich hatte nie den Wunsch verspürt, sie zu heiraten.

Und jetzt hatte sich der Spieß umgedreht. Als wir in jener Nacht auf der Veranda alles besprachen, sahen wir uns endlosen Problemen gegenüber: der Trennung, dem möglichen Tod , dem Widerstand der Eltern und der Schwierigkeit, meine Ehe mit Irene zu lösen, was nicht so leicht und schnell gehen konnte, wie ich es gewünscht hätte. Doch all das, einschließlich der bevorstehenden Invasion, konnte in dieser warmen Tropennacht auf der Veranda unser Glück nicht beeinträchtigen.

»Irgend etwas stimmt nicht mit uns«, flüsterte ich, als sich Julie auf der Rattancouch an mich schmiegte. »Wir müßten eigentlich Angst vor der Zukunft haben. Unsere Familien verzeihen uns das nie.« Irgendwo in der Ferne rollte Kanonendonner.

Julie vergaß meine Blutergüsse und preßte sich an mich.

»Aber jahrelang wird niemand was erfahren... und schlimmer als jetzt kann's nicht werden.«

»So schlimm und doch so wunderschön, Julie«, verbesserte ich sie. »Ich mache mir nur Sorgen um dich.«

»Und ich mache mir nur Sorgen um dich«, entgegnete sie und küßte mich zärtlich. »Ich bin ein Glückskind, Johnnie. Es fällt mir unendlich schwer, von dir wegzugehen, aber die Soongs haben einen Teil ihres Vermögens ins Ausland gebracht. Ich kann also unser Kind in Frieden... und heimlich bekommen.«

Damit hatte Julie natürlich recht. Unter normalen Umständen wäre es der gehorsamen Tochter eines strengen chinesischen Vaters nicht einmal möglich gewesen, auch nur eine Woche ohne seine Erlaubnis zu verreisen. Jetzt konnten wir dank des Krieges manches Problem, das er uns erst geschaffen hatte, wieder lösen. Mit den nötigen finanziellen Mitteln – und für die würden Paul und ich sorgen – konnte Julie für Monate aus Singapur verschwinden. Mangelnde Korrespondenz ging dann ebenfalls zu Lasten der Kriegswirren.

»Bitte versuch' du auch, aus Singapur wegzukommen, Johnnie«, sagte Julie schließlich. »Um meinetwillen. Kannst du nicht fliehen? Du willst doch nicht warten, bis die Japaner dich ins Gefängnis von Changi sperren, oder?«

Ich durfte Julie nicht sagen, daß bereits andere meine Zukunft in ihre Hände genommen hatten. Es war nicht leicht, dieses Geheimnis selbst vor Julie bewahren zu müssen. »Mir passiert bestimmt nichts«, erwiderte ich leichthin. »Und wenn der Krieg erst vorbei ist, gibt sich alles wie von selbst. Dann ist es sicher nicht schwierig, eine Scheidung zu erreichen. Der Krieg ändert alles.«

»Aber in den Cricket-Club kannst du mich dann noch immer nicht mitnehmen«, spottete sie.

»Wollen wir wetten? Wenn Singapur fällt und wir später zurückkehren können, ist nichts mehr so, wie es früher war.«

»Da bin ich nicht so sicher«, murmelte Julie. »Das Kind, das ich von dir erwarte, verbindet mich enger mit dir als alles andere. Jetzt lebt ein Teil von dir in mir, und wenn ich fortgehe, geht er mit mir. Für eine Frau ist das ein wunderbares Gefühl. Was auch geschieht, selbst wenn wir für immer getrennt werden sollten, ein Teil von dir bleibt bei mir...«

Ich sah, daß Tränen des Glücks in ihre Augen traten. »Heute nacht, ausgerechnet heute nacht hast du so traurige Gedanken.«

Sie schmiegte sich an mich. »Nein, den Eindruck wollte ich nicht wecken. Aber ich frage mich, damals, in der ersten Nacht, haben wir gesagt, wenn der Krieg zu Ende ist...«

»Das ist doch Unsinn!« unterbrach ich sie heftig. »Daran denke ich gar nicht mehr. Jetzt, da du ein Kind bekommst, ist alles anders.«

In jenen Tagen gab es viel zu tun. Obwohl ich einem ersten Impuls folgend Irene brieflich alles gestehen und meine Scheidung nach dem Krieg hatte vorbereiten wollen, beschlossen wir dann doch, niemandem etwas zu sagen.

»Nein, es darf keiner erfahren! Keiner!« verlangte Julie kategorisch. »Du hast es mir versprochen. Wenn Irene es weiß, weiß es bald auch Vater. Damit tust du anderen nur unnötig weh.«

»Früher oder später müssen sie's schließlich erfahren.«

»Vielleicht... Aber möglicherweise brauchst du es ihnen ja auch nie zu sagen. Ich könnte immerhin eine Fehlgeburt haben...«

Plötzlich wurde ich mißtrauisch. »Julie, versprich mir, daß du nichts unternehmen wirst, um... Ich meine, du willst das Kind doch nicht abtreiben lassen, oder?«

Julie lächelte. »Mach' dir deswegen keine Sorgen. Ich will dieses Kind mehr als alles in der Welt. Selbst wenn du...«

»Hör auf, Julie. Keine solchen Gedanken, bitte...«

»Nein, aber selbst wenn du deine Meinung ändern solltest, will ich das Kind bekommen.« Und mit einem schelmischen Blick fügte sie hinzu: »Aber ich rate dir nicht, deine Meinung zu ändern, sonst gehe ich mit dem Buschmesser auf dich los.«

Diese Gefahr bestand nicht. Ich wollte dieses Kind ebenso wie Julie.

Wenn Paul auch nicht erfahren sollte, daß Julie ein Kind erwartete, so mußte ich ihm doch sagen, daß sie bereit war, Singapur zu verlassen.

»Du schuldest mir zehn Dollar, und zwar in bar«, erinnerte ich ihn.

»Verdammt! Sie scheint dich ja wirklich zu lieben!«

Wir einigten uns darauf, uns um eine Schiffspassage für Julie zu bemühen, und stellten unabhängig voneinander fest, daß Julie nur die Möglichkeit hatte, entweder nach Ceylon, Indien, Australien oder Südafrika auszureisen. Der Schiffsverkehr mit Amerika war längst eingestellt.

Als wir uns wiedersahen, fragte ich Paul: »Sag' mal, warum gehst du nicht auch aus Singapur weg?«

»Soll ich vielleicht meinen Vater allein lassen?«

»Er könnte doch ebenfalls ausreisen, oder?«

»Das würde er niemals tun. Mein Vater kneift nicht... und ich kann das gut verstehen. Dein Vater hat Singapur auch nur verlassen, weil er das Londoner Büro übernehmen mußte. Wir Soongs sind hier zu Hause. Außerdem können wir die Firma nicht allein lassen. Dabei fällt mir ein... Weshalb evakuierst du eigentlich deinen Großvater nicht? Er ist schließlich ein alter Mann...«

»Das brauchst du mir nicht zu sagen«, seufzte ich. »Das Problem ist, daß Großvater Jack sich zum ersten Mal seit Jahren wieder richtig wohl fühlt. Im Krankenhaus gefällt's ihm.«

Bei meinem letzten Besuch im Krankenhaus war ich erstaunt gewesen, wie gut er sich eingelebt hatte. Er verstand sich blendend mit anderen älteren Herren auf seiner Station und machte einen ausgesprochen zufriedenen Eindruck.

»Und was willst du tun?« fragte ich Paul.

»Oh, ich werde mich schon irgendwie anpassen«, erwiderte Paul leichthin. »Hast du eigentlich mal daran gedacht, mit Julie zusammen wegzugehen?«

»Das ist unmöglich«, entgegnete ich knapp. »Ohne Sondererlaubnis darf kein Brite Singapur verlassen. Außerdem kann ich gar nicht weg hier.«

»Nicht mal für Julie? Ist sie... ist sie nicht mehr wert als ein Ehrendienst gegenüber Singapur? Weshalb willst du einem Idioten wie Shenton Thomas gehorchen, der uns mit seiner Politik den Japanern praktisch ausliefert? Ist es nicht besser zu fliehen, um eines Tages wirksamer zu kämpfen, als es jetzt möglich ist?«

»Darauf gibt es keine Antwort.« Schließlich konnte ich Paul nicht erzählen, welche Aufgaben auf mich warteten. »Aber was ist mit dir? Ich mache mir Sorgen um dich!«

»Das ist Zeitverschwendung. Ich habe Pläne.«

»Und die wären?«

»Also paß auf! Ich sehe das so: Wenn sie euch alle im Gefängnis von Changi internieren, dann muß es jemand geben, der den Kontakt zwischen euch und der Außenwelt aufrecht erhält. Da könnte ich mich nützlich machen, denn ich bin hier völlig unverdächtig und kann mich sicher frei bewegen.«

»Das glaubst auch nur du. In dem Moment, da du deine Nase in die Angelegenheiten des Volkes der aufgehenden Sonne steckst, sinkt dein Stern rapide, mein Lieber.«

»Irgendwas kann ich bestimmt tun. Außerdem habe ich ein kleines Funkgerät. Es ist gut versteckt. Ich mache mich schon nützlich, keine Sorge.«

Ich sah ihn entsetzt an. Wußte Paul nicht, daß es Geräte gab, mit deren Hilfe man jedes sendende Funkgerät ausfindig machen konnte? Paul war für eine Untergrundtätigkeit im Krieg nicht ausgebildet. »Tu' ja nichts Unüberlegtes«, bat ich ihn. »Ich erwarte, daß du mich mit einem großen Glas Scotch empfängst, wenn das alles vorbei ist.«

Doch das war Zukunftsmusik. Die Gegenwart wurde immer bedrückender.

Als sich die Japaner für den entscheidenden Schlag gegen Singapur vorbereiteten, lernten wir eine neue, schreckliche Waffe kennen, die Granatwerfer. Die Gefahr kündigte sich mit einem geradezu unheimlichen, immer lauter werdenden Heulen an, das schließlich zu einem ohrenbetäubenden, schrillen Pfeifen in der Luft wurde, von dem niemand sagen konnte, wo es enden würde.

Auch die Luftangriffe nahmen ständig zu. Von vier Flugplätzen in Johore aus, die sie instand gesetzt hatten, schickten die Japaner nicht nur Bomber, sondern auch Tiefflieger nach Singapur, die die Straßen mit Maschinengewehrfeuer belegten und Splitterbomben warfen. Die Spuren des Krieges überzogen die ganze Stadt. Es gab kaum noch eine intakte Straße. Der Cricket-Club war nur einmal bombardiert worden. Der Singapur Club an der Küste hatte lediglich ein paar Einschüsse abbekommen. Aber in einigen Teilen der Chinatown waren ganze Straßenzüge ausradiert, und im Hafen brannte es täglich.

Von Artilleriestellungen an der Küste von Johore aus konnten die Japaner mittlerweile sogar den Sitz des Gouverneurs unter Beschuß nehmen, und da sie Aufklärungsballons einsetzten, verfehlten sie ihr Ziel nur selten.

Möglicherweise hätte ich sogar Mitleid mit dem Gouverneur und Lady Thomas gehabt, wäre ich nicht ganz unverhofft zu einer Konferenz in den Gouverneurspalast gerufen worden. Eines Morgens klingelte das Telefon, und Archie Goodman, ein Vertrauter des Gouverneurs im Amt für Bauwirtschaft, übermittelte mir die Einladung. »Der Gouverneur erwartet Sie um halb ein Uhr morgen mittag. Wenn Sie Glück haben, kriegen Sie sogar was zu trinken. Es geht um die Politik der verbrannten Erde.«

Ich hatte meine eigenen Gründe, der Aufforderung nachzukommen. Schließlich war es längst offenbar geworden, daß mit der Eroberung Malayas durch die Japaner die Firma Dexter hohe finanzielle Verluste erleiden würde. Zum Glück hatten wir große Bargeldreserven auf der Bank, aber Neueingänge gab es nicht mehr. Unser sehr einträglicher Betrieb für die Herstellung von Fertigteilen für Baracken war von den Japanern überrannt worden. Allerdings hatte man auf meinen ausdrücklichen Befehl hin sämtliche wertvollen Maschinen und Materiallager zerstört. Die noch einsatztauglichen Schiffe der Firma waren von den Militärbehörden konfisziert, wobei die Bezahlung der Mannschaften durchaus uns überlassen blieb. Sobald es uns gelang, eine Ladung Kautschuk oder Zinn auf den Weg nach Europa zu schicken, erhielten wir eine Gutschrift der Militärbehörden, die wir selbst bei Inkaufnahme von Verlust nicht einlösen konnten. Unsere Versicherungsagentur arbeitete nicht mehr. Geblieben waren uns nur die Lohn- und Gehaltskosten für die arbeitslose Zentrale in der Robinson Road, die Lagerhäuser und die Leichter auf dem Fluß bei Geylang.

Natürlich teilten wir diese Probleme mit allen übrigen Geschäftsleuten Singapurs, doch in einem Krieg gab es Schlimmeres. Allerdings wußte ich, daß Papa Jack der erste gewesen wäre, das Vermögen der Dexters einzusetzen, um die Japaner in einer letzten gemeinsamen Anstrengung doch noch zurückzuschlagen. Falls allerdings im Rahmen einer Politik der verbrannten Erde weitere Opfer gefordert wurden, wollte ich wenigstens in Erfahrung bringen, ob und in welcher Höhe die Firma Dexter mit einer Entschädigung nach dem Krieg rechnen konnte. Immerhin war es möglich, daß die Marine die Zerstörung der uns verbliebenen Schiffe verlangte. Wer würde sie uns ersetzen?

Seit etlichen Jahren war ich regelmäßig Gast im Haus des Gouverneurs. Der Name der Dexters, die ja schließlich zu den einflußreichsten Familien Singapurs gehörten, hatte stets auf der Gästeliste für Empfänge und andere Festlichkeiten der jeweiligen Regierung gestanden. Ich fuhr an der großen, durch Baumgruppen aufgelockerten Rasenfläche vorbei zum Hauptportal des auf einer Anhöhe erbauten Regierungssitzes. Dort führte man mich sofort in den Konferenzraum im ersten Stock, von dem aus man einen herrlichen Blick auf die Stadt hatte. Dort waren bereits einige Persönlichkeiten des öffentlichen Lebens versammelt. Unter anderem erkannte ich Brigadegeneral Ivan Simson, der für die Verteidigungsanlagen der Stadt zuständig war.

Die Konferenz wurde prunkvoll eröffnet. Allen Widrigkeiten zum Trotz schien Shenton Thomas entschlossen, den seiner Position angemessenen Lebensstil beizubehalten. Diener servierten Drinks und kalten Braten mit Salaten.

Als erster ergriff Brigadegeneral Simson das Wort. Er machte deutlich, daß die Militärbehörden alles daran setzen wollten, ein ähnliches Fiasko wie auf Penang zu vermeiden, wo den Japanern wertvolle militärische und zivile Ausrüstung in die Hände gefallen war. Churchill persönlich hatte die Militärs aufgefordert, dafür zu sorgen, daß alles zerstört wurde, was dem Feind nützen konnte.

Die Militärbehörden sahen sich dabei jedoch der Schwierigkeit gegenüber, daß der Gouverneur noch immer für die Zivilverwaltung zuständig und offenbar entschlossen war, im Fall einer Eroberung Singapurs durch die Japaner eine Zerstörung asiatischer Wirtschaftsunternehmen zu verhindern, da die Asiaten seiner Ansicht nach praktisch nur die »Herren wechselten«.

Simson verlangte dagegen vom Gouverneur die Erlaubnis, ungefähr hundert der wichtigsten zivilen Einrichtungen der Insel im Notfall vernichten zu dürfen. Der General führte aus, daß aufgrund der Regelung, die dem Militär verbot, zivile Einrichtungen ohne Regierungserlaubnis zu zerstören, den Japanern auf der malaiischen Halbinsel bereits wertvolle Maschinen und Geräte in die Hände gefallen waren. »Das sollte unbedingt geändert werden«, schloß Simson.

Gemeinsam gingen der General und der Gouverneur die Liste der wichtigsten zivilen Einrichtungen der Insel durch. Doch auch diesmal weigerte sich der Gouverneur, die Vernichtung von vierzig wichtigen chinesischen Industriebetrieben zu billigen. Simson mußte fassungslos zusehen, wie Shenton Thomas schweigend die Liste nahm und seelenruhig die Namen der chinesischen Unternehmen durchstrich.

»Aber, Sir!« fuhr Simson schließlich auf. »Wollen Sie diese Betriebe dem Feind in die Hände spielen? Die technische Ausrüstung wäre für die Japaner von unschätzbarem Wert!«

Ich erinnere mich noch gut, wie der Gouverneur daraufhin gelassen einen Schluck Gin-Tonic trank, nachdenklich in sein Glas sah und dann antwortete: »Aber es würde der Moral schaden.«

»Wir können doch dem Feind diese Betriebe nicht auf dem Präsentierteller servieren!« entgegnete Simson heftig.

Der Gouverneur warf ihm einen strengen Blick zu und erwiderte dann kühl: »Vielleicht darf ich Sie daran erinnern, Simson, daß die Insel noch nicht verloren ist.«

Damit war die Angelegenheit entschieden. Fast alle wichtigen chinesischen Maschinenbau- und Werkzeugfabriken sollten dem Feind voll funktionsfähig überlassen werden. Simson mußte sich bei seiner Politik der verbrannten Erde allein an jene siebenundvierzig britischen Firmen halten, die noch auf seiner Liste standen. Diese sollten im Fall der Eroberung Singapurs durch die Japaner geopfert werden.

Die Nachricht von der Entscheidung des Gouverneurs verbreitete sich wie ein Lauffeuer in Singapur und erzeugte mehr Bitterkeit und Wut bei der britischen Bevölkerung, als alle Bombenangriffe das vermocht hatten. Der Moral der Zivilbevölkerung war das nicht gerade zuträglich; insbesondere, da niemand die Aufgabe übernahm, den Willen zum Widerstand zu stärken und eine schlagkräftige Gegenwehr gegen die japanischen Invasoren zu organisieren. In Singapur lebten zu diesem Zeitpunkt über eine Million Zivilisten, die jetzt mit dem Rücken zum Meer den Japanern gegenüberstanden. Doch Armee und Regierung waren sich weniger einig denn je und gaben die widersprüchlichsten Verlautbarungen heraus.

General Percival sprach in aller Öffentlichkeit vom »Feind in unserer Mitte«, von »unüberlegtem Geschwätz« und »böswilligen Gerüchtemachern«, was die Bevölkerung aufrütteln sollte, obwohl es in Singapur nicht einmal die Ansätze für eine fünfte Kolonne gab. Wenige Tage später betonte General Wavell in seinem Tagesbefehl, daß es unsere Aufgabe sei, Zeit zu gewinnen, da in Kürze die dringend erwartete Verstärkung eintreffen müsse. Im selben Atemzug fuhr er jedoch fort, daß wir nichts zurücklassen sollten, das dem Feind nützen könne. »Ich verlasse mich darauf, daß Sie alle diesen Kampf ohne Gedanken an einen möglichen Rückzug fortsetzen«, schloß er dann wieder.

»Es ist mir weder klar, wie man sich von einer belagerten Insel zurückziehen kann, noch wie die Politik der verbrannten Erde, die Wavell fordert, der Verstärkung helfen soll, die angeblich unterwegs ist«, lautete George Hammonds Kommentar dazu.

Da es niemanden gab, der die Leute zum Widerstand ermutigte, der sie geführt oder ihnen gesagt hätte, was sie tun sollten, verharrten wir weiterhin in unserer unwirklichen Welt, und Singapur erlebte einen nie dagewesenen Konsumrausch seiner Bürger. Die vielen Tausende von Soldaten, die auf der Insel stationiert waren und die vermutlich nie daran gedacht hatten, Singapur nicht verteidigen zu können, gaben ihr gesamtes Bargeld für Souvenirs aus. In den kleinen Geschäften und vor den Ständen der Change Alley, dem traditionellen Einkaufsparadies hinter dem Raffles Place, drängten sich so viele Käufer wie nie zuvor. Selbst das Kaufhaus Robinson's am Raffles Place konnte den Kundenansturm kaum noch bewältigen. In der Buchhandlung Kelly and Walsh war gute Literatur fast vollständig ausverkauft. Bei Maynard's, der Drogerie an der Ecke zur Battery Road, wurden noch immer Wartelisten für Kosmetikprodukte von Elizabeth Arden geführt. Fraser & Neave füllte weiterhin Mineralwasser ab, und die Brauerei Tiger braute ungestört Bier. Die Autowerkstatt Wearne hatte alle Hände voll mit Reparaturen zu tun, da während der Verdunkelung häufig kleinere Karambolagen passierten.

Wollte man im Raffles-Hotel zu Abend essen, mußte man wie früher einen Tisch reservieren lassen. Im Great World standen die Soldaten Schlange, um ein Taxigirl zum Tanzen zu bekommen. Nur diejenigen, die ein ganzes Paket Karten gekauft hatten, konnten ein Mädchen damit den Abend über an sich fesseln, da die Tänzerinnen meistens prozentual am Umsatz beteiligt waren. Für die Taxigirls und die Prostituierten blühte das Geschäft wie nie zuvor.

Julie arbeitete mittlerweile in Zwölfstundenschichten im Krankenhaus. Nach Bombenangriffen war das Wasser aufgrund beschädigter Rohrleitungen so knapp, daß sich Ärzte und Schwestern die Hände vor einer Operation mit Mineralwasser waschen mußten. Zwischendurch versuchte Julie auf dem Fußboden einer der mit Verwundeten und Krankenschwestern überfüllten Korridore wenigstens einige Minuten zu schlafen.

Ich arbeitete ebenfalls bis zur völligen Erschöpfung. Nach zweitägiger Pause hatte ich das Training im Hauptquartier des Luftschutzdienstes wieder aufgenommen. Neben der vierstündigen harten körperlichen Anstrengung mußte ich noch die tägliche Büroarbeit bewältigen. Weitere drei Schiffe der Firma waren durch Bomben beschädigt worden. Julie und ich schliefen in jeder freiverfügbaren Minute. Derjenige, der später kam, sank meistens todmüde in die Arme des anderen.

28

Der Zeitpunkt, da Julie Singapur verlassen mußte, rückte schnell näher. Uns beiden war klar, daß der unvermeidliche Angriff der Japaner auf die Insel kurz bevorstand. Trotzdem glaubten einige, mehr oder weniger halbherzig, noch immer daran, daß die Schlacht um Singapur als vernichtende Niederlage für die Japaner in die Geschichte eingehen würde und wir mit unseren Truppen und der versprochenen Verstärkung durch die 18. Division die Invasoren erfolgreich zurückschlagen könnten. Aber auch die Unverzagten wußten, daß das nicht ohne großes Blutvergießen abgehen würde. Schon aus diesem Grund hatte ich ebensoviel Angst vor Julies Abreise wie vor der Gefahr, daß sie nicht rechtzeitig aus Singapur wegkommen könnte. Alles hing jetzt von den Schiffen ab, die uns die 18. Division nach Singapur bringen sollte.

Julie besaß zwar bereits ihr Ausreisevisum, jedoch noch keine Schiffskarte. Diese sollten wir erst bekommen, wenn Position und Ankunftszeit der Schiffe bekannt waren. Schließlich erhielt Julie die Nachricht, daß sie am Freitag, dem sechsten Februar, ihre Passage buchen konnte. Die Abreise sollte dann mit aller Wahrscheinlichkeit eine Woche später stattfinden.

Nach einem hastigen Frühstück fuhren wir daher mit meinem Wagen in das sieben Kilometer entfernte Cluny. Die Formalitäten für die Ausreise von Frauen, Kindern und den wenigen Männern, die Singapur verlassen durften, waren umständlich und zeitraubend. Sie wurden von einer zentralen Buchungsstelle der Stadtverwaltung abgewickelt, die ihr Büro aus der Stadtmitte Singapurs in das weniger gefährdete Cluny verlegt hatte.

Das Haus, in dem die Behörde untergebracht war, lag am Ende einer langen Auffahrt auf einer Anhöhe. Bereits an der Einmündung der Auffahrt standen zahllose Autos auf der Grasnarbe kreuz und quer neben der Straße. Manche hingen bereits mit einem Rad im Straßengraben, andere trugen die deutlichen Einschußlöcher von Maschinengewehrgarben. Ein paar malaiische Polizisten versuchten etwas Ordnung in die lange Menschenschlange zu bringen, die die gesamte linke Hälfte der Auffahrt einnahm und sich nur langsam und mühsam zum Haus auf dem Hügel hinaufbewegte.

»Sieht aus wie eine biblische Szene«, seufzte Julie und wischte sich den Schweiß von der Stirn. Sie hatte recht. Wir kamen nur schrittweise vorwärts. Mütter wiesen barsch ihre Kinder, die sich quengelig an ihre Röcke klammerten, zurecht, um die eigene Angst zu verbergen. Die Hitze war erbarmungslos, und die Bäume am Straßenrand spendeten nur wenig Schatten.

»Ich weiß, was du denkst«, murmelte Julie. »Es ist wirklich schrecklich. In der ganzen Welt stehen die Menschen zur Zeit Schlange. Am meisten Angst habe ich vor dem Augenblick, da ich wirklich fort muß«, fügte sie stockend hinzu. »Wenn es nicht wegen des Kindes wäre, würde ich hierbleiben.«

»Unsinn, Julie«, wehrte ich ab. »Für jeden Mann, der liebt, ist es die größte Beruhigung, wenn die Frau und Geliebte in Sicherheit ist. Ich habe mich allerdings noch nie so elend gefühlt... nicht mal damals, als sie dich nach Amerika geschickt haben. Damals sind wir jünger gewesen. Aber jetzt... jetzt bin ich unglücklich und verzweifelt, obwohl ich Gott danken muß, daß du die Chance hast, Singapur zu verlassen.«

»Und ich? Versetze dich mal in meine Lage! Nach allem, was wir in den vergangenen wunderbaren Monaten zusammen erlebt haben, sitze ich sicher und gesund irgendwo im Ausland und stelle mir vor, wie du durch die Straßen fährst, die wir so gut kennen, wie du deine Abende im Cadet House verbringst... Liebster, für mich ist es sogar noch schlimmer.« Tränen traten in ihre Augen.

»Unsinn!« entgegnete ich bewußt aufmunternd. »Da du nicht der Frauentyp bist, der je ein Gefängnis von innen sehen wird, kannst du dir auch nicht vorstellen, wie es mir dort ergeht.«

»Das verstehe ich nicht, Johnnie.«

»Ich glaube nicht, daß Singapur dem japanischen Ansturm widerstehen wird, Liebste. Und fliehen kann ich nicht. Ich verbringe also sicher die nächsten Jahre im Gefängnis von Changi und züchte mit meinen Kameraden Gemüse.«

Ich mußte Julie das sagen, um ihr die Illusion zu nehmen, daß ich als freier Mann in Singapur zurückbleiben würde. Schließlich hatte ich einigen Andeutungen Chalfonts entnehmen können, daß ich vermutlich mit einer Spezialeinheit in die Nähe von Kuala Lumpur geschickt werden würde. Die Stärke der Force 136 lag darin, daß sie ihre Leute in einer ihnen vertrauten Umgebung einsetzte. Ich hatte bereits viele Stunden damit verbracht, anhand von Generalstabskarten die Umgebung von Kuala Lumpur, der Plantage Ara und sogar die Lage des alten Clubhauses an der Straße nach Bentong zu erklären.

In diesem Augenblick ertönte ein Dröhnen in der Luft und zwei große dunkle Schatten tauchten am stahlblauen Himmel auf. Dann folgte das Rattern von Maschinengewehren. Wie auf Kommando stürzte sich die Schlange der Wartenden in den Straßengraben. Kaum hatten alle Deckung gesucht, drehten die Flugzeuge mit heulenden Motoren bei und gingen zum Steigflug über. Offenbar hatten uns die beiden Piloten zufällig entdeckt und sich vermutlich einen Spaß daraus gemacht, uns zu erschrecken.

Mühsam kamen alle wieder auf die Beine. Wir klopften uns den Staub aus den Kleidern. Ich hatte mich über Julie geworfen, sie eng umschlungen gehalten und ihr ängstlich klopfendes Herz gespürt. Jetzt sah sie mich an, biß sich auf die Unterlippe, um die Tränen zurückzuhalten, und sagte mit belegter Stimme: »Ich muß der Frau dort drüben mit ihren zwei Kindern helfen.«

In diesem Moment sah ich endlich ein, daß das gemeinsame Warten mit dem drohenden Abschied vor Augen eine Qual war, und ich beschloß, Julie allein zu lassen. Sie machte nicht einmal den Versuch, ihre Erleichterung zu verbergen, als ich ihr sagte, daß ich kurz ins Büro fahren wollte. »Ich bin bald wieder da. Falls du voher fertig bist, versuch' jemanden zu finden, der dich mitnimmt.«

Gegen ein Uhr war ich zurück. Julie hatte sich inzwischen bis zum Eingang des großen, schönen Bungalows vorgekämpft, in dem die zentrale Buchungsstelle untergebracht war. Dort herrschte die Atmosphäre eines Durchgangslagers für Flüchtlinge.

Julie schwankte, als sie in den willkommenen Schatten des großen Amtsraumes trat. Ein Malaienjunge mit glänzendem schwarzem Haar und blendend weißen Zähnen bot jedem ein Glas frischen Limonensaft an. Er war lauwarm, schmeckte jedoch in diesem Augenblick einfach köstlich.

Julie nahm einen tiefen Schluck und sah sich dann hilflos in dem überfüllten Zimmer um. Ich registrierte, daß sich vor zwei Tischen jeweils eine Schlange von Wartenden gebildet hatte. Dort saßen zwei Beamte, die Namen in dicke Bücher eintrugen. Als ich nähertrat, sah ich die Schiffskarten auf den Tischen ausliegen. Sie waren in zwei Stapeln sortiert. Die Karten des einen Stapels trugen den Aufdruck COLOMBO, die des anderen den Aufdruck UNITED KINGDOM.

Julie, die bisher alles so tapfer ertragen hatte, brach in ihrer Verwirrung angesichts der vielen Leute plötzlich in Tränen aus. Jetzt machte sich auch bei ihr die Anspannung der vergangenen Wochen, Tage und Stunden bemerkbar.

»Kommen Sie hierher!« Frank Hammond, der Leiter der Behörde, der zwar nichts mit George Hammonds zu tun hatte, den ich aber seit Jahren kannte, hatte mich gesehen und musterte jetzt Julie freundlich. »Sie sind doch Miß Soong, nicht wahr? Ich rate Ihnen, fahren Sie nach Colombo. Von dort haben Sie die Möglichkeit, nach Südafrika oder Australien weiterzureisen. Wenn Sie nämlich erst mal im Vereinigten Königreich sind, sitzen Sie vorerst dort fest. Außerdem ist die Überfahrt nach Ceylon kürzer und daher auch sicherer.«

»Danke, Mr. Hammond.« Julie hatte sich wieder gefangen. »Ich dachte allerdings, daß es gar keine Ausreisemöglichkeit nach Großbritannien mehr gibt.«

»Normalerweise nicht«, erklärte Hammond. »Aber diese Schiffe sind Truppentransporter. Sie bringen die achtzehnte Division nach Singapur und kehren dann vermutlich nach Großbritannien zurück, um weiteren Nachschub zu holen.«

»Was meinst du, Johnnie?«

»Ich bin selbstverständlich für Colombo.« Mir war der Gedanke gekommen, daß ich Julie möglicherweise über Chalfont eine Stelle als Krankenschwester in Colombo verschaffen konnte. Julie sollte während der langen Monate bis zur Geburt unseres Kindes unbedingt eine Aufgabe haben.

»Also gut«, entschloß sich Julie. »Vielen Dank, Mr. Hammond.«

Als der junge Mann hinter dem Schreibtisch Julies Paß durchblätterte, sagte er höflich: »Ihr Ausreisevisum, bitte.«

Julie übergab ihm das Dokument mit dem Stempel der Regierung von Singapur. Diesem war ein weiteres Zertifikat, ein Gesundheitszeugnis, beigefügt. Er las es durch, schrieb etwas in sein Buch und fragte dann ohne aufzusehen: »Name des Vaters?«

Obwohl die Frage für Julie völlig unerwartet kommen mußte, antwortete sie ohne Zögern: »Ich habe nicht die geringste Ahnung.«

Vielleicht war der junge Beamte nur gutmütig und höflich, vielleicht wußte er auch, welche Macht hinter dem Namen Soong steckte. Jedenfalls schrieb er wortlos in die Rubrik hinter Julies persönliche Daten: Vater unbekannt. Anschließend füllte er ihre Schiffsfahrkarte aus und setzte den offiziellen Stempel darunter.

»Wenn alles glattgeht, fahren Sie mit der *Ban Hong Liong*, Miß Soong.« Er reichte ihr die Fahrkarte. »Den genauen Zeitpunkt der Abreise erfahren Sie nächste Woche. Alle Einzelheiten stehen auf dem Ticket. Viel Glück! Der nächste bitte!« Er streckte die Hand nach dem Paß der Frau hinter Julie aus.

Wir traten in den grellen Sonnenschein hinaus und gingen auf der linken Seite der Auffahrt zu meinem Wagen hinunter. Im Auto konnte Julie die Tränen nicht mehr zurückhalten.

»Ich weiß, es ist dumm von mir«, schluchzte sie. »Gib mir bitte dein Taschentuch, Liebster. Aber ich will dich einfach nicht verlassen.«

Während sie die Tränen trocknete, hielt ich den Wagen im Schatten einer Gruppe von Mangobäumen an.

»Der Gedanke, von dir getrennt zu sein, ist wie ein Todesurteil für mich, Johnnie. Ich habe mir angewöhnt, mich auf dich zu verlassen. Es ist das erste Mal in unserem Leben, daß ich wie deine Frau gelebt habe. Und jetzt erwarte ich dein Kind. Ich kann einfach nicht fortgehen, Johnnie. Wenn das Schiff in Richtung Colombo ausläuft... ist das das Ende für uns? Ich weiß, ich habe immer gesagt...«

»Julie, Liebste! Für uns ist das niemals das Ende.«

»Doch, ich fühle es. Und es muß auch so sein. Um unseretwillen. Sonst kommt es noch soweit, daß du mich haßt. Sobald der Krieg zu Ende ist, werde ich dich verlassen. Aber jetzt... jetzt verkürzt du die kostbare Zeit, die wir miteinander haben... je miteinander haben werden.«

»Liebste, ich versuche, dein Leben zu retten. Das ist für mich das Wichtigste. Besonders jetzt...«

»Aber der Krieg dauert vielleicht noch Jahre. Und du wirfst diese Jahre weg... trennst uns, obwohl wir zusammenbleiben könnten.«

»In Changi gibt es für uns keine gemeinsame Zukunft mehr, Julie.«

»Also gut«, seufzte sie. »Trotzdem habe ich Angst um uns... um uns drei. Komm mit mir, Liebster. Du kannst es. Laß uns nur jeden Tag dieses Kriegs ausnutzen, ja?« Erneut rannen Tränen über ihre Wangen. »Mehr will ich nicht von dir. Nur bis unser Kind da ist. Ist das fair? Später gebe ich dich freiwillig auf. Ich schwöre es. Aber jetzt kann ich nicht! Komm mit mir«, wiederholte sie. »Du hast doch die besten Beziehungen. Oder du erlaubst mir, zu bleiben. Lieber sterbe ich hier mit dir, als...«

»Geliebte Julie! Jetzt hör mir bitte einmal gut zu.« Ich nahm ihre Hand und küßte sie zärtlich auf den Mund. »Wenn ich jetzt mit dir käme, würdest du mich eines Tages verachten. Ja, natürlich, Julie. Und ich vertraue dir jetzt an, daß ich gute Gründe habe, zu bleiben...« Ich legte den Zeigefinger auf ihre Lippen, als sie etwas sagen wollte. »Nein, ich müßte jede deiner Fragen mit einer Lüge beantworten, Liebste. Ich kann hier nicht weg. Würde ich eine Ausreise erzwingen, könnte ich weder meinen Freunden noch deinem Vater oder Paul je wieder in die Augen sehen.«

»Dann bleibe ich auch, bitte!« flehte sie. »Die Japaner tun einer schwangeren Frau sicher nichts. Ich bleibe. Soll das Schicksal entscheiden.«

»Liebste, auf diese Weise riskierst du, unser Kind zu verlieren. Wir haben das doch alles schon hundertmal besprochen. Du weißt genau, was die Gewißheit, daß du in Sicherheit bist, mir bedeutet.«

»Ich weiß ja, daß du recht hast«, murmelte sie. »Aber warum... warum müssen die Menschen immer alles verderben? Es ist doch so schön gewesen.«

Ich trocknete ihre Tränen mit meinem Taschentuch. »Gut, fahr jetzt nach Hause, Johnnie.« Julie brachte schon wieder ein Lächeln zustande.

Ich hatte nie gezweifelt, daß Julie mich ebensosehr liebte wie ich sie, doch jene Minuten unter den Mangobäumen machten mir für alle Zukunft klar, wieviel wir uns bedeuteten. Keiner von uns würde das je vergessen.

»Sei nicht traurig, Julie«, flüsterte ich. »Wenn dieser Krieg nicht wäre, hätten wir nie zusammensein können.«

Ich ging an diesem Nachmittag nicht ins Büro, und da Julie dienstfrei hatte, verbrachten wir die restlichen Stunden zu Hause. Die Schiffsfahrkarte, dieses unselige Stück Papier, wurde zwar weggesteckt, so daß keiner von uns es sehen mußte, doch ganz aus unseren Gedanken konnten wir es nicht verbannen. Plötzlich hörte ich einen Wagen auf dem Kiesweg vor dem Haus anhalten.

»Wer zum Teufel kann das sein?« Ich horchte angestrengt. Zum ersten Mal bekam ich Angst. »Sei ganz ruhig, bis ich weiß, wer es ist«, flüsterte ich Julie zu. Ich spähte vorsichtig aus dem Fenster. Draußen parkte der alte Lieferwagen unserer Firma. »Wer ist da?« rief ich hinaus.

»Ich bin's, Sir«, meldete sich Rawlings Stimme.

»Rawlings!« Mir war sofort klar, daß es sich um etwas Wichtiges handeln mußte, wenn Rawlings in meine Privatwohnung kam. »Augenblick!« bat ich ihn. »Li! Tee, bitte!«

Ich lief zu Julie ins Zimmer zurück. »Es dauert sicher nicht lange, Liebling. Aber es muß was passiert sein. Rawlings ist da.«

Rawlings stand draußen auf der Veranda und betrachtete nachdenklich Julies kleinen roten Sportwagen der neben meinem Wagen parkte.

»Kommen Sie rein«, forderte ich ihn auf. Ich führte ihn in das altmodische Speisezimmer.

Nachdem Li Tee serviert hatte, sah ich Rawlings erwartungsvoll an. »Also, was gibt's?«

Rawlings sah sich unsicher um und scharrte verlegen mit den Füßen. Dann holte er tief Luft. »Man hat mir eine Viertelmillion US-Dollar für das Kontingent Kautschuk von Mr. Scott geboten, das in einem unserer Lagerhäuser in Geylang liegt.«

»Wie bitte? Sind Sie verrückt?« entfuhr es mir unwillkürlich.

»Es waren vier Chinesen«, fuhr Rawlings fort. »Sie wollen heute abend mit dem Geld zu mir kommen. Deshalb mußte ich Sie unbedingt noch sprechen, Sir.«

Ich sah auf die Uhr. Es war drei. Ich stand auf und ging zur Hausbar, goß zwei Gläser Scotch ein und reichte eines Rawlings. »Hier, trinken Sie. Ich weiß nicht, wer von uns beiden jetzt eher eine Stärkung braucht.«

Rawlings trank dankbar einen großen Schluck Whisky. »Was machen wir mit Mr. Scotts Kautschuk?« fragte er schließlich.

Ich erinnerte mich, daß Scott weder ein Schiff noch ein Lagerhaus für die Ladung hatte finden können, da die meisten Lagerhallen bei den Luftangriffen zerstört worden waren. Wir hatten den Kautschuk schließlich in der Hoffnung bei uns eingelagert, doch noch ein Schiff dafür zu finden. Bis jetzt hatte sich allerdings nichts ergeben.

»Erzählen Sie mal alles der Reihe nach«, forderte ich Rawlings auf. Schließlich ging es um eine große Geldsumme, die der Firma Dexter möglicherweise den Wiederaufbau nach dem Krieg erleichtern konnte. Andererseits gehörte der Kautschuk, um den es sich handelte, nicht uns. Aber wer wußte, ob die ganze Ladung nicht beim nächsten Bombenangriff in Flammen aufgehen würde?

»Welches Geschäft schlagen die Chinesen vor?« drängte ich.

»In letzter Zeit hat man deswegen öfters Kontakt mit mir aufgenommen«, berichtete Rawlings. »Der Verbindungsmann war jedesmal ein gutgekleideter Chinese. Zuerst habe ich seine

Angebote nicht ernst genommen, bis er mich vorgestern abend ultimativ gebeten hat, mich im Salon des Goodwood Park Hotel mit ihm zu treffen.«

»Was ist das für ein Mann?« wollte ich wissen.

»Er hat den Eindruck eines gebildeten Gentlemans auf mich gemacht, Sir. Er und seine Partner haben angeblich ein Schiff zur Verfügung, das bald nach Java ausläuft. Deshalb wollen sie den Kautschuk kaufen. Er weiß genau über die Ladung Bescheid... wieviel es ist und wo sie lagert.«

Ich konnte mir zwar nicht vorstellen, daß es den Chinesen tatsächlich gelingen würde, den Kautschuk zu verschiffen, aber das sollte nicht meine Sorge sein. Falls sie allerdings Leichter... vielleicht sogar unsere Leichter zur Verfügung hatten, war es immerhin möglich.

»Ich habe dem Chinesen gesagt, daß der Kautschuk uns nicht gehört«, fuhr Rawlings fort. »Aber das hat ihn nicht interessiert. Er hat nur argumentiert, daß, wenn wir nichts unternähmen, die ganze Ladung den Japanern in die Hände fallen würde.«

Damit hatte der Mann natürlich recht. »Ich habe ein Geschäft abgelehnt«, erklärte Rawlings. »Der Chinese bestand allerdings darauf, daß wir uns die Sache noch mal überlegen sollten. Deshalb bin ich zu Ihnen gekommen.«

»Das war das Beste, was Sie tun konnten, Bill.« Ich dachte angestrengt nach. »Das Lagerhaus am Kallang River steht sicher nicht mehr lange«, überlegte ich laut. »Geylang ist bereits fast völlig zerstört. Haben Sie sich für eine bestimmte Uhrzeit mit dem Chinesen verabredet, Rawlings?«

»Ja, für neun Uhr heute abend«, erwiderte er. »Länger will der Chinese nicht warten.«

»Okay, nehmen Sie das Angebot an«, erklärte ich kurz entschlossen.

»Aber, Sir!« Rawlings starrte mich entsetzt an. »Die Ladung Kautschuk gehört Mr. Scott! Wir dürfen sie doch nicht einfach verkaufen.«

»Lassen Sie das meine Sorge sein«, entgegnete ich. »Heute abend noch gehört der Kautschuk uns. Ich habe vor, ihn Ian Scott für eine Viertelmillion Singapur-Dollar, zahlbar in London, abzukaufen. Das ist vollkommen legal. Ich helfe damit nur Scott, seinen Kautschuk loszuwerden, bevor er ihn vorsätzlich vernichten muß, damit er den Japanern nicht in die Hände fällt.«

Es blieb mir nichts anderes übrig, als Rawlings ins Vertrauen zu ziehen, denn ich wagte es nicht, das Geschäft persönlich abzuwickeln. Mein Ruf als Mitglied der Armee und das Ansehen der Firma Dexter standen auf dem Spiel. Selbstverständlich mußte auch den Chinesen verborgen bleiben, was ich vorhatte. Wenn sie erfuhren, daß ich den Kautschuk erst kaufen wollte, würde das den Preis drücken. Rawlings sollte so tun, als mache er das Geschäft hinter meinem Rücken.

»Sie werden als Vermittler fungieren, Rawlings«, erklärte ich. »Dafür bekommen Sie fünfzigtausend Singapur-Dollar. Den Rest des Gewinns will ich für den Wiederaufbau der Firma Dexter nach dem Krieg verwenden.«

Als erstes mußte ich umgehend mit Scott sprechen. Ich verabredete mich für acht Uhr mit Rawlings in Geylang. Wir wollten verschiedene Autos benutzen, um unser Manöver zu tarnen. Ich hatte beschlossen, den Handel mit den Chinesen vom Büro des Lagerverwalters aus heimlich zu verfolgen. Ich kannte den verglasten Raum auf der Plattform hoch über der Lagerhalle von meiner Lehrzeit her genau und wußte, daß er Vorhänge und ein Fenster besaß, das sich öffnen ließ.

Inzwischen war es vier Uhr geworden. Die Zeit drängte. Da unser Telefon im Cadet House nicht funktionierte, bat ich Rawlings, zum nächsten Telefon zu fahren, um Ian und Vicki Scott auf meinen Besuch vorzubereiten. Ich hoffte inständig, daß vor allem Vicki bei der bevorstehenden schwierigen Unterredung anwesend sein konnte.

»Während Sie telefonieren gehen, ziehe ich mich um«, sagte ich zu Rawlings. »Kommen Sie anschließend zurück, damit ich weiß, was Sie erreicht haben.«

Damit kehrte ich ins Schlafzimmer zurück, erzählte Julie alles und versprach, so schnell wie möglich wiederzukommen. Zehn Minuten später war Rawlings wieder da und teilte mir mit, daß Ian Scott bereit war, mich sofort zu empfangen. Ich machte mich mit meinem Wagen auf den Weg zum Bungalow der Scotts in der Keok Road.

Ian Scott war ein erfahrener Geschäftsmann, aber die Consolidated Latex hatte längst nicht den finanziellen Rückhalt einer Firma Dexter. Ich vermutete seit langem, daß bei den Scotts Geld knapp geworden war. Der Krieg hatte das Unternehmen in Schwierigkeiten gebracht. Außerdem hatte Scott in Vicki eine Frau mit hohen Ansprüchen. Das hatte ich in jener Zeit, als ich noch häufig mit ihr ausgegangen war, selbst erfahren. Möglicherweise war das auch der Grund, warum Scott seine Meinung geändert hatte und mittlerweile Vickis Ausreise nach England vorbereitete.

Innerhalb von zwanzig Minuten war das Geschäft mit Ian Scott perfekt. Allerdings mußte ich für die Ladung Kautschuk dreihunderttausend Singapur-Dollar zahlen, nachdem Scott mir anhand einer Gutschrift der Regierung bewiesen hatte, daß er diesen Betrag als Entschädigung für den Fall erhalten würde, daß die Kautschukvorräte vor dem Eintreffen der Japaner vernichtet werden müßten.

Manchmal stand mein Erfolg auf des Messers Schneide, und ich wäre vielleicht nie zum Ziel gekommen, wenn Vicki nicht eingegriffen hätte. Mein letztes Angebot gab schließlich den Ausschlag.

»Sie erhalten einen Wechsel über den Betrag in Pfund Sterling«, schlug ich vor. »Und das ist wirklich ein fairer Preis. Morgen früh bekommen Sie außerdem fünfzigtausend Singapur-Dollar in bar. Wenn Vicki Singapur verläßt, kann sie das Geld sicher gut gebrauchen.«

Vicki stand auf. Sie war wie immer elegant gekleidet und sah blendend aus. Vicki küßte mich züchtig auf die Wange. »Du bist wunderbar, Johnnie.«

»Natürlich sehen es meine Partner in London gern, wenn Vicki bei der Abreise Bargeld bei sich hat«, gab Scott zu. Und da wußte ich, daß das Geschäft tatsächlich perfekt war.

Ich traf Rawlings wie verabredet um acht Uhr. Meinen Wagen ließ ich in einer zerbombten Straße im Dorf Geylang zurück. Rawlings nahm mich die restliche Strecke zum Lagerhaus im Lieferwagen unserer Firma mit. Die ganze Umgebung von Geylang glich einer Kraterlandschaft mit zerstörten Strom- und Telefonleitungen, verlassenen Autos und umgestürzten Bäumen. Über allem lag eine unheimliche Stille. Als wir das Ufer des Kallang River erreicht hatten, nahm Rawlings seine Taschenlampe und die Schlüssel aus der Tasche und öffnete die riesige Schiebetür, hinter der das Kontingent Kautschuk in Ballen von je zweihundertfünfzig Pfund lagerte.

Ich stieg die Treppe zum Büro des Lageraufsehers hinauf. Dort oben war es ohne Ventilator stickig und heiß. Ein Moskito summte im Dunkeln. Ich machte mich auf einen langen, ungemütlichen Abend gefaßt. Trotz des Moskitos zog ich Hose und Hemd aus und wartete so auf die Ankunft der Chinesen. Indem ich den Vorhang vor den Fenstern nur um wenige Zentimeter zurückschob, konnte ich die Halle unter mir genau überblicken. Bis zu diesem Zeitpunkt hatte ich keinen Augenblick an Rawlings Worten gezweifelt. Als es jedoch neun Uhr und dann halb zehn wurde, ohne daß etwas geschah, begann ich unsicher zu werden. Ich hatte den Kautschuk gekauft, hatte die Zahlung von dreihunderttausend Singapur-Dollar versprochen; und in unserem Geschäft galt das Wort und der Handschlag eines Mannes soviel wie ein rechtlich einwandfreies Dokument. Uns Maklern blieb oft gar nicht die Zeit, einen ordentlichen Kaufvertrag aufzusetzen. Natürlich hätte uns niemand wegen Wortbruchs verklagen können, doch in diesem Fall hätte keiner mehr Geschäfte mit uns gemacht. Was sollte ich tun, wenn die Chinesen Angst vor der eigenen Courage bekommen hatten? Gerade als ich soweit war, in Panik zu geraten und die Treppe in die Halle hinunterzugehen, wurde die Schiebetür einen Spaltbreit geöffnet. Ein Chinese starrte aufmerksam ins Dunkle. Rawlings rief ihm etwas zu und winkte ihn zu sich. Hinter dem ersten tauchten jetzt drei weitere Chinesen auf. Sie waren gut, beinahe elegant gekleidet, und zwei von ihnen trugen dicke Aktentaschen. Ihr Wortführer, der Mann, der offenbar auch den Kontakt zu Rawlings geknüpft hatte, fragte ruhig: »Nun, Mr. Rawlings? Haben Sie sich entschieden?«

»Haben Sie das Geld?« entgegnete Rawlings prompt. Der Chinese machte seinen beiden Kollegen ein Zeichen, die Aktenkoffer zu öffnen. Sie schütteten den Inhalt auf den altmodischen Schreibtisch des Vorarbeiters. Wie gebannt starrte ich auf die riesige Menge von Banknotenbündeln, die sich plötzlich unten in der Halle auftürmte.

»Möchten Sie nachzählen?« erkundigte sich der Chinese. Rawlings schüttelte nur stumm den Kopf. Offenbar hatte es ihm die Sprache verschlagen. »Dann nehmen Sie das Geld und geben Sie mir die Schlüssel zur Lagerhalle. Am Flußufer warten schon unsere Leichter, und das Schiff nach Java liegt im Hafen bereit. Dank der Großzügigkeit des Gouverneurs gegenüber seinen chinesischen Mitbürgern verfügen wir über genügend Treibstoff. Wir können sofort mit dem Verladen anfangen. Sind Sie mit dem Wagen hier? Kommen Sie allein in die Stadt zurück?«

Rawlings nickte stumm.

»Dann tragen meine Kollegen die beiden Aktentaschen für Sie zu Ihrem Wagen.«

Die gelassene Höflichkeit, mit der die Chinesen den Handel

wie ein ganz normales Geschäft abwickelten, erstaunte mich. Die Sache war perfekt. Daran gab es keinen Zweifel.

Oben in dem kleinen, heißen Büro des Lagerverwalters konnte ich meine Erregung kaum noch unterdrücken. Doch ich mußte dort ausharren, solange die Chinesen in der Halle waren. Rawlings machte sich klugerweise unverzüglich mit dem Geld auf den Heimweg. Alles andere hätte nur Verdacht erregt, und ich hatte ja bereits vorsorglicherweise meinen Wagen in Geylang geparkt.

Kaum hatte Rawlings die Halle verlassen, wimmelte es unter mir plötzlich von Kulis. Mit ihren altmodischen Eisenhaken begannen sie sofort, die Kautschukballen auf die Transportwagen zu laden und sie zum Ausgang am Flußufer zu schieben. Bald hörte ich das Rattern des vorsintflutlichen Fließbandes, auf dem die Ware zum Fluß und in die Stauräume der Leichter verfrachtet wurde.

Drei Stunden später endlich konnte ich während einer kurzen Arbeitspause der Kulis heimlich die Lagerhalle verlassen. Mir war klar, daß das Verladen noch die ganze Nacht dauern würde. Sobald ich das Lagergelände unbemerkt verlassen hatte, ging ich zu Fuß weiter nach Geylang, stieg dort in meinen Wagen und fuhr die sechs Kilometer bis in die Robinson Road, wo Rawlings versprochen hatte, auf mich zu warten. Ich wollte das Geld sofort in Sicherheit bringen.

»Übergeben wir die Summe morgen der Bank?« erkundigte sich Rawlings.

»Sind Sie verrückt? Die Japaner kassieren sämtliche Bankeinlagen ein, falls sie Singapur erobern. Das Geld hier ist unser Kapital für die Zukunft. Ich habe nicht vor, es irgendeiner Bank anzuvertrauen, sondern es zu vergraben. Wenn wir nämlich nach dem Krieg zurückkommen, dann brauchen wir vor allem Geld... Bargeld.«

Ich zählte die fünfzigtausend Singapur-Dollar für Vicki Scott ab, und beschwor Rawlings, auch gegenüber Ball und den anderen strengstes Stillschweigen zu bewahren. »Was wir getan haben, ist nicht gerade die feine englische Art, aber ich habe dabei nur an die Firma, nicht an mich gedacht. Sobald Sie in London sind, erzählen Sie Papa Jack alles. Nur Ihre Provision verschweigen Sie am besten.«

»Wo wollen Sie das Geld verstecken?«

»Sie sind der einzige, dem ich es sage, Rawlings... für den Fall, daß einem von uns beiden etwas zustößt. Wir vergraben es gemeinsam.«

Wir packten die Banknoten in Ölpapier, verteilten sie auf drei altmodische Dokumentenkassetten aus rostfreiem Stahl, die in Kampferholz eingelassen waren, und vergruben diese im rückwärtigen Gartenteil von Tanamera, wo Natasha, Tim und ich in der Kindheit unsere toten Haustiere beerdigt hatten. Die Gräber waren noch immer mit Holzkreuzen bezeichnet.

Es war harte Arbeit, aber wir schafften es. Nachdem wir die Grube wieder mit Erde aufgefüllt und die zuvor sorgfältig abgehobene Grasnarbe darübergelegt hatten, machte ich ein frisches Holzkreuz und schrieb mit der schwarzen Ölkreide, die wir im Büro verwendeten, in Großbuchstaben darauf: IN ERINNERUNG AN VICKI.

Rawlings wischte sich den Schweiß von der Stirn, putzte seine Brillengläser und las die Inschrift. »Das ist aber ein komischer Name für einen Hund«, sagte er verwundert.

»Dafür paßt er um so besser zu einer raffinierten Frau«, erwiderte ich ungerührt.

Als ich nach Hause kam, war die Nacht vorbei, doch Julie und ich holten das Versäumte am darauffolgenden Sonntag nach, den wir für uns allein hatten. Julies Dienst begann erst nachmittags. Ich brachte sie mit dem Wagen zum Alexandra-Hospital und holte dann Bill Jackson und Wilf Broadbent ab, deren Frauen bereits wenige Stunden später an Bord der *Felix Roussel* Singapur verlassen sollten. Nach dem Abschied wirkten beide Männer bedrückt und niedergeschlagen. Wilf lud mich ein, mit ihm und Bill im Feuerwehrhaus noch etwas zu trinken. Ich war in der Zwickmühle, denn ich mußte Julie vom Krankenhaus abholen. Da ich Bill und Wilf vertrauen konnte, sagte ich es ihnen.

»Bring' sie doch einfach mit«, antwortete Wilf daraufhin.

»Ich habe einen Vorschlag«, mischte Bill sich ein. »Wilf fährt zum Feuerwehrhaus voraus, und ich begleite Johnnie zum Alexandra. Ich muß sowieso dorthin. Dort brauchen sie frischen Kalk. Später treffen wir uns alle im Feuerwehrhaus. Einverstanden?«

»Kalk? Wozu brauchen sie Kalk?« fragte ich erstaunt.

»Das siehst du dir am besten selbst an«, erwiderte Jackson. »Dazu brauchst du allerdings gute Nerven.«

Als wir das Krankenhaus erreicht hatten, dirigierte Jackson mich zum Hintereingang des Geländes. Von dort fuhren wir die schmale Auffahrt entlang zu einem entlegenen Teil des Parks, der vom Krankenhausgebäude aus nicht zu sehen war. Dorthin bewegte sich eine seltsame Prozession von Sanitätern, die Leichen auf ihren Bahren zu einer Stelle trugen, wo in dem einst tadellos gepflegten Parkrasen zwei riesige Gruben ausgehoben worden waren.

Obwohl ich am liebsten davongelaufen wäre, blieb ich wie gebannt stehen und betrachtete die schaurige Szene. Die uns am nächsten liegende Grube war bereits zur Hälfte mit sorgfältig aufgeschichteten Leichen gefüllt.

Als wir ausstiegen und uns die Taschentücher gegen den furchtbaren Gestank vors Gesicht hielten, traf ein weiterer Leichentransport ein. Chinesische Sanitäter begannen die Toten nach Europäern und Asiaten zu sortieren und schütteten dann Kalk über die toten Leiber, um den Verwesungsgeruch zu dämpfen.

»Jetzt weißt du, wofür sie Kalk brauchen«, sagte Jackson leise.

In diesem Augenblick kam ein Jeep der Armee quer durch die Parkanlage gefahren und hielt in unserer Nähe an. Zwei Sergeanten sprangen heraus, zogen ebenfalls einen Toten aus dem rückwärtigen Wagenteil und legten ihn auf den Rasen. Die Leiche war nicht einmal mit einem Tuch verhüllt, denn Stoff war in Singapur knapp. »Wir haben den Burschen in einem zerbombten Haus gefunden«, sagte einer der Sergeanten zu der Krankenschwester, die auf ihn zuging. »Können wir ihn hier begraben?«

Die Krankenschwester nickte. »Dort drüben, bitte!« Sie deutete auf das Ende der Grube, wo die Europäer bestattet wurden.

Als die beiden Sergeanten den Toten wieder aufhoben, sah ich zum ersten Mal sein Gesicht. Es war vollkommen unversehrt, trug jedoch noch die Züge starren menschlichen Entsetzens. Es war das Gesicht von Bertrand Bonnard.

Ich war noch immer wie betäubt, als ich Julie abholte und zusammen mit ihr und Jackson zum Feuerwehrhaus fuhr. Bonnards Gesicht ging mir nicht aus dem Sinn. Und plötzlich wußte ich auch, warum einer der Sergeanten mir so bekannt vorgekommen war. Er hatte damals den Dienstwagen gefahren, der Tim bei seinem ersten Besuch im Cadet House abgeholt hatte. Außerdem hatte Bonnards Gesicht keinerlei Spuren eines Bombenangriffs gezeigt.

»Darf ich mal telefonieren?« fragte ich Wilf. Ich hatte noch immer die Nummer, die Tim mir gegeben hatte, und wurde sofort verbunden.

»Ich habe Bonnards Leiche gesehen«, begann ich ohne Umschweife und berichtete ihm von meinem Besuch im Park des Alexandra-Hospitals. »Bonnards Gesicht und Körper waren, soweit ich das beurteilen kann, völlig unverletzt. Er sah absolut nicht so aus, als sei er bei einem Bombenangriff ums Leben gekommen.«

»Es macht sich aber am besten. Also bleiben wir dabei«, entgegnete Tim.

»Wo hast du ihn gefunden?«

»Das erzähle ich dir, wenn der Krieg zu Ende ist.«

»Ich nehme an, daß du ...«

»Vergiß die ganze Geschichte«, fiel Tim mir ins Wort. »Das ist nichts für Zivilisten. Schreib unserer geliebten Schwester, daß Bonnard bei einem Luftangriff ums Leben gekommen ist und du auf seiner Beerdigung gewesen bist. Das klingt doch wesentlich besser als die Wahrheit, oder?«

29

Am Morgen des elften Februar klingelte bei mir im Büro das Telefon. Es war Hammond von der Schiffsagentur. Die *Ban Hong Liong* sollte zwei Tage später, am Freitag, dem dreizehnten, auslaufen.

Wie betäubt und mit einem hohlen Gefühl in der Magengegend dankte ich Hammond für seinen Anruf und legte auf. Julie hatte bis vier Uhr nachmittags Dienst, so daß ich beschloß, mein tägliches Training noch am Vormittag zu absolvieren. Danach wollte ich Großvater Jack besuchen, um den Donnerstag frei zu haben. Außerdem hatte ich vor, Chalfont zu bitten, mir Donnerstag das Training zu erlassen, und ich hoffte, daß Julie sich im Alexandra ebenfalls freimachen konnte. Auf diese Weise würde der letzte Tag uns gehören.

Der Mittwoch war furchtbar. Für die Fahrt zum Trainingszentrum im CVJM brauchte ich während eines Luftangriffs eine gute Stunde. Gerade als ich ankam, traf eine Bombe die Baracke mit der Schlammkuhle, die alle so haßten. Chalfont war anwesend und zeigte sich vom Einschlag der Bombe auf seinem Gelände unberührt. In meine Bitte, mir für Donnerstag freizugeben, willigte er sofort ein.

»Kein Problem, mein Junge«, sagte er. »Sie kriegen einen sogenannten Abschiedsurlaub. Im übrigen kann ich Ihnen mitteilen, daß Ihre Ausbildung beendet ist. Ich habe gerade den Bericht bekommen. Von jetzt an sollten Sie sich lediglich zweimal am Tag hier melden... für den Fall, daß wir bereits einen Einsatzbefehl für Sie haben.«

»Danke, Sir«, murmelte ich überrascht. Ich hatte Chalfont bereits erklärt, weshalb Julie Singapur verließ, und fragte ihn nun, ob er ihr eine Stelle bei der Armee in Colombo vermitteln könne. »Sie ist eine ausgebildete, erfahrene Krankenschwester. Sicher gibt es Militärhospitäler in Ceylon, oder?«

»Selbstverständlich.« Chalfont notierte sich den Namen des Schiffes, mit dem Julie ausreisen sollte. »Mal sehen, was ich tun kann.«

Als ich das Allgemeine Krankenhaus erreichte, regnete es in Strömen. Das Krankenhausgelände trug deutliche Spuren der zahllosen Luftangriffe der Japaner. Überall gähnten größere und kleinere Bombentrichter, und vor dem Haupteingang und der Einfahrt zur Ambulanz standen ineinander verkeilte, stark beschädigte Kranken- und Privatwagen. Ich parkte in einiger Entfernung am Straßenrand.

Drei Minuten später stand ich entgeistert an der Tür zur Männerstation. Großvater Jack hatte das Krankenhaus zwei Stunden zuvor verlassen.

Die Stationsschwester schien meine Erregung nicht zu verstehen. »Mr. Dexter hat mir gesagt, daß Sie alles arrangiert hätten. Schließlich kam der große Wagen, mit dem er abgeholt worden ist, doch von Ihnen. Ich habe ihm selbst beim Einsteigen geholfen.«

»Da muß ein Irrtum vorliegen! Ich habe gar nichts arrangiert!« Ich konnte mich kaum noch beherrschen.

»Bitte schreien Sie nicht so!« wies mich die Stationsschwester zurecht. »Hier liegen Männer, die im Krieg verwundet wurden und viel mehr Recht hätten aufgebracht zu sein als Sie!«

»Entschuldigen Sie, Schwester... aber es ist wirklich unglaublich. Ich habe nicht angeordnet, meinen Großvater von hier wegzubringen. Dieser gerissene alte Mann! Er muß es seit Tagen geplant haben. Wie hat er es überhaupt geschafft?«

Offenbar hatte der alte Li, der Großvater Jack täglich versorgt hatte, den Chauffeur überredet, den Buick heimlich aus der Lagerhalle der Firma zu holen, während Großvater dem Krankenhauspersonal vorgemacht hatte, alles sei von mir arrangiert worden.

»Aber er ist ein alter Mann! Weshalb haben Sie ihn nicht zurückgehalten?« entfuhr es mir unwillkürlich.

»Weshalb hätte ich das tun sollen? Das hier ist ein Militärhospital. Wir brauchen dringend jedes freie Bett. Wenn Ihr Großvater ein Zuhause und Angehörige hat, die ihn pflegen können . . .«

»Und was ist, wenn er stirbt?«

»Viele werden sterben«, entgegnete die Stationsschwester ungerührt. »Die Zivilisten scheinen immer zu vergessen, was die Japaner augenblicklich mit unseren tapferen Truppen machen. Pflegen Sie Ihren Großvater zu Hause, bis die Japaner Sie internieren . . .«

Ich schwieg. Im Grunde genommen konnte ich der Krankenschwester keinen Vorwurf machen. Sie hielt mich für einen Drückeberger, und die Wahrheit konnte ich ihr nicht sagen. Ohne ein weiteres Wort rannte ich wieder in den strömenden Regen hinaus, sprang in meinen Wagen und fuhr nach Tanamera.

Ich war völlig durchnäßt, als ich den Ballsaal betrat und rief: »Großvater Jack!«

Ich hätte gar nicht so laut schreien müssen. Er saß in einer Ecke des riesigen Raumes in seinem Rollstuhl und sah mich mit einem listigen Lächeln an, das mir auch ohne Worte sagte, wie stolz und glücklich er darüber war, mir einen Streich gespielt zu haben. Li wich meinem Blick tunlichst aus. »Du solltest dich lieber umziehen«, brummte Großvater, als sei nichts geschehen. »Du bist ja patschnaß.«

»Es regnet!« entgegnete ich noch immer wütend.

»Ja, das habe ich auch schon gemerkt.« Er grinste.

Ich zog mich hastig im Schlafzimmer meiner Wohnung um, wo ich noch Garderobe zurückgelassen hatte. Schließlich ging ich wieder hinunter, setzte mich neben Großvater Jack in einen Stuhl und fragte: »Warum hast du das getan, Großvater? Ich dachte, es hat dir im Krankenhaus gefallen.«

Wir diskutierten mindestens eine halbe Stunde, bis ich einsah, daß es zwecklos war. Der alte Mann war eigensinnig und schlau. Mit sicherem Instinkt hatte er erkannt, daß ich nichts unternehmen konnte, um ihn wieder von Tanamera wegzubringen. Selbst wenn ich ihn hätte überreden können, ins Krankenhaus zurückzukehren, wäre dort kein Platz mehr für ihn gewesen. Was mir jedoch mehr Sorgen machte, war der senile Starrsinn, mit dem der alte Mann annahm, daß ich nach der Eroberung Singapurs durch die Japaner bei ihm bleiben konnte. Von der Wahrscheinlichkeit, daß alle britischen Bürger interniert werden würden, hatte er vermutlich noch nie gehört, und von meinen Pflichten der Force 136 gegenüber konnte ich ihm nichts sagen.

»Die Japaner stehen nur noch wenige Kilometer vor der Stadt«, log ich, um ihm einen Schreck einzujagen. »Sie können morgen schon einmarschieren.«

»Wenn ich sterben soll, mein Junge, dann sterbe ich hier«, erklärte er gelassen.

Plötzlich kam mir eine Idee. »Großvater, du kannst hier unmöglich allein bleiben. Das ist ganz ausgeschlossen. Das Haus ist längst nicht mehr sicher. Und sobald die Japaner Singapur erobert haben, werden sie mich internieren. Aber ich will Mr. Soong fragen, ob du vorübergehend bei ihm wohnen kannst. Platz ist bei den Soongs genug. Du kannst Li sicher mitnehmen. Aber ich lasse dich auf keinen Fall allein hier.«

Großvater Jack zögerte und warf mir einen schlauen Blick zu. »Das wäre gar nicht so schlecht. Aber ich habe eine Bedingung.«

»Und die wäre?« fragte ich.

»Wir bleiben noch ein bißchen hier, bis wir meine Flasche Scotch ausgetrunken haben«, antwortete er mit einem listigen Lächeln.

»Scotch? Großvater, du darfst keinen Alkohol trinken. Er bringt dich um!«

Es mußte jetzt fünf Jahre her sein, seit der Arzt Großvater Jack jeden Alkohol verboten hatte. Ich war der Meinung gewesen, daß er sich daran hielt. »Ach, diese dämlichen Doktoren!« entgegnete er geringschätzig. »Die behaupten, ich würde sterben, wenn ich auch nur einen Schluck trinke. Dabei trinke ich wieder regelmäßig, seit die Lähmung in meinem rechten Arm nachgelassen hat.«

»Ist das wahr?«

»Selbstverständlich. Nur der Whisky hat mich so lange am Leben gehalten.«

Ich verkniff mir die Frage, wer ihm all die Jahre lang den Alkohol verschafft hatte.

»Na, gut«, lenkte ich schließlich ein. »Trinken wir ein Gläschen zusammen.«

»Ah, das wollte ich hören, mein Junge!« Großvater Jack schlug mit der flachen Hand gegen die Seite seines Rollstuhls und rief: »Li! Zwei Whisky-Soda!«

Wir tranken nicht nur einen, sondern mindestens vier. Weshalb soll Großvater unser vielleicht letztes Beisammensein nicht genießen, während um uns herum die Welt in Trümmer fällt, dachte ich. Ich ahnte, daß er eine Niederlage Singapurs nicht überleben würde. Er gehörte einer anderen Generation an und würde lieber sterben, als sich mit Eroberern zu arrangieren. Mir wurde klar, daß dies genau der Grund dafür war, weshalb er sein Leben noch einmal richtig genießen wollte. Großvater Jack erinnerte mich in diesem Augenblick an einen zum Tode Verurteilten, der sich eine letzte herzhafte Mahlzeit bestellt hatte.

Und der Whisky löste seine Zunge. Es begann mit einer harmlosen Bemerkung, die er vermutlich eigentlich gar nicht hatte machen wollen. »Was wirst du eigentlich wegen Julie unternehmen?«

»Julie?« Mein Herz klopfte schneller.

»Du hast wohl nicht gedacht, daß ich Bescheid weiß, was?« entgegnete er grinsend. »Du bist ein Teufelskerl! Sie ist immer dein Augapfel gewesen, was? Ich kann's dir nicht übelnehmen. Als ich noch jung war, war ich genauso.« Bei der Erinnerung an vergangene Freuden begannen seine Augen zu leuchten.

Mein Gott, wie hat dieser alte Mann, der abgeschirmt von der Außenwelt im Krankenhaus gelebt hatte, von uns erfahren, dachte ich verzweifelt. Julie war nie bei ihm gewesen. Wer sollte es ihm erzählt haben?

»Eigentlich sollte ich's dir gar nicht sagen...« Er genoß meine Verlegenheit weidlich. »...aber Gott steh dir bei, wenn der alte Soong oder dieser Kaischek dahinterkommen. Die kastrieren dich!« Er lachte schallend.

»Aber wie... wie hast du von uns erfahren? Bitte, Großvater, deine Antwort ist wichtig. Du mußt uns helfen, unentdeckt zu bleiben!«

»Damit hast du natürlich recht«, murmelte er nachdenklich. »Außerdem bist du mein Liebling. Und der Familie sollte man immer helfen.« Er kam vom Thema ab.

»Möchtest du noch ein Glas Whisky?« fragte ich listig.

»Gibst du mir noch einen, mein Junge?«

»Wenn du's mir erzählst...«

»Ja, warum nicht? Jetzt ist nicht die Zeit für Geheimnisse. Bald liegen wir sowieso unter der Erde. Man sollte reinen Tisch machen, bevor man ins Gras beißen muß. Kannst du es dir nicht denken? Kennst du zufällig einen Captain Dexter?« Er lachte beinahe, als er mein entsetztes Gesicht sah.

»Tim!«

»Er und kein anderer. Aber es war keine Absicht.«

»Es war als Zufall getarnte Absicht!« entgegnete ich böse. »Dieser Bastard! Er verpfuscht mir mein Leben!«

»Na, das ist ja gut!« Großvater Jack beugte sich vor. »Das sagst du, nachdem du sein Leben verpfuscht hast?«

»Deshalb haßt er mich wohl... Ach was. Er hat mich schon gehaßt, bevor ich Irene geheiratet habe.« Daraufhin sah mich Großvater Jack mit einem seltsamen Ausdruck in den Augen an.

»Du hast ihn einen Bastard genannt.« Er schüttelte den Kopf. »Das ist ein häßliches Wort. Hast du es ehrlich gemeint?«

»Tim? Was soll das heißen...?«

»Tja, warum sage ich dir nicht die ganze Wahrheit«, seufzte Großvater Jack. »Aber zuerst brauche ich noch einen für auf den Weg... einen für auf den Weg zu den Soongs«, fügte er schlau hinzu.

»Die Ärzte sagen, daß Alkohol Gift für dich ist.«

»Für Whisky lohnt es sich zu sterben, mein Junge. Aber das scharfe Zeug da bringt mich nicht um. Meine Zeit ist sowieso abgelaufen, Johnnie. Das fühle ich. Aber das macht mir nichts aus. Ich bin nur müde... und froh, daß du hier bist. Und was ich dir jetzt erzähle, das ist mein letztes Geschenk an meinen einzigen Enkel.«

»An deinen jüngsten Enkel«, verbesserte ich ihn.

»An den einzigen«, beharrte er. »Wäre es nicht lustig, wenn du eines Tages der erste Dexter bist, der eine Chinesin heiratet? Wer weiß allerdings, ob die Briten nach diesem Krieg je wieder nach Singapur zurückkehren können. Es wird sich vieles ändern. Warum also nicht?«

»Ein schöner Gedanke, aber ich fürchte, er würde bei unseren Eltern auf erbitterten Widerstand stoßen«, seufzte ich. »Aber was... was soll das heißen... dein *einziger* Enkel?«

»Genau das, was es heißt. Ich gönne dir dein Glück, mein Junge. Wissen ist Macht, und wenn du die Wahrheit kennst, ziehst du bei einer Auseinandersetzung mit deinen Eltern sicher nicht den kürzeren.« Obwohl er leicht lallte, klangen seine Sätze ganz vernünftig. »Hast du dir schon mal überlegt, warum du in der Liebe so aktiv bist, mein Junge? Du schlägst ganz nach deiner lieben Mutter.«

»Aber was hat das alles mit Julie zu tun?« entgegnete ich verständnislos.

»Das ist ganz einfach, Johnnie. Wenn deine Eltern von eurer

Affäre erfahren, dann sagst du ihnen einfach...« Er musterte mich schlau.

»Was soll ich ihnen sagen, Großvater Jack?« drängte ich. »Es wird Zeit, daß wir zu Soong hinübergehen.«

»Sag ihnen einfach... ganz offen und ohne Gehässigkeit, daß du alles über Tim weißt«, erklärte Großvater Jack leise.

»Was soll ich über Tim wissen?«

»Na, das Geheimnis natürlich.«

»Welches Geheimnis?«

Der alte Mann sah mich überrascht an. »Habe ich dir das noch nicht gesagt? Mein Gott, ich werde immer vergeßlicher. Habe ich dir denn nicht gesagt, daß Tim gar nicht dein Bruder ist?«

Ich ließ vor Schreck mein Glas fallen. Es zerbrach klirrend auf dem Fußboden.

»Das kann doch nicht dein Ernst sein«, flüsterte ich. »Großvater, das ist nicht wahr. Wie kannst du so etwas Gemeines behaupten...«

Großvater Jack kicherte. »Alle sind sie gleich. Nur ihr dummen Kinder könnt euch nie vorstellen, daß eure Eltern genauso gewesen sind.«

»Aber...«

»Es stimmt, mein Junge. Das sage ich dir, falls es zu einer Auseinandersetzung wegen Julie kommen sollte.«

»Aber Tim... Tim ist in Tanamera aufgewachsen. Er gehört zur Familie.« Großvaters Behauptung erschien mir absurd.

»Sieht er dir und Natasha vielleicht ähnlich? Für einen Dexter hat er erstaunlich dunkles Haar, findest du nicht?«

»Aber Großvater, was du da andeutest, ist doch ausgeschlossen. Mama hätte nie... oder was hast du gemeint?«

Großvater Jack dachte nach, verlangte erneut Whisky, und ich hätte ihm sogar die ganze Flasche gegeben, nur um die Geschichte zu erfahren.

»Es ist alles so lange her«, murmelte er plötzlich schläfrig.

»Du mußt wach bleiben, Großvater«, schrie ich ihn beinahe an. »Li, bring ihm Wasser!«

»Wo war ich stehengeblieben? Ah, ja. Deine Mutter... Sie war ein tolles... das schönste Mädchen von ganz Singapur, mein Junge. Aber zuerst hat sie diese Stadt gehaßt. Nach Natashas Geburt... nun ja...«

Ich erinnerte mich plötzlich an die Beichte meines Vaters. Er hatte mir erzählt, daß Mama Singapur gehaßt und für einen längeren Urlaub nach Amerika zurückgekehrt war. Ich hatte damals nicht zu fragen gewagt, ob es dafür noch andere Beweggründe als nur die Langeweile gegeben hatte.

»Tja, ihr Vater ist immer gegen die Ehe mit Jack gewesen«, fuhr Großvater kichernd fort. »Sie hatte damals einen reichen amerikanischen Freund, den sie heiraten wollte. Aber dann hat sie allem den Rücken gekehrt und deinen Vater genommen. Und... sieben Monate später ist Natasha geboren.«

Wie Irene, war mein erster Gedanke. Kein Wunder, daß Natasha sich das Leben so schwer machte. Heirateten eigentlich alle nur, weil ein Kind unterwegs war? Arme liebe Mama, dachte ich. Jetzt begriff ich, weshalb sie immer so wissend gelächelt hatte, wenn sie mich wieder erwischt hatte.

»Dein Vater hat sie immer geliebt«, seufzte Großvater Jack. »Dabei ist sie über ein Jahr in Amerika geblieben. Ich weiß nicht, was dort passiert ist, aber ich vermute, daß sie ihren früheren Freund wiedergesehen und sich mit ihm ausgetobt hat, bis dein Vater sie zurückholte. Er hat ein Herz aus Gold.«

Großvater Jack seufzte. »Und es war alles umsonst«, sagte er wie zu sich selbst. »Da haben sie sich solche Mühe gegeben, alles zu vertuschen, und dann...« Er schüttelte den Kopf und sah mich aus glasigen Augen an. »Ist noch Scotch da? Ich möchte nur noch einen kleinen Schluck zum Abgewöhnen.«

»Nein, jetzt hast du genug.«

»Nur noch ein Tröpfchen!« bettelte er.

»Was hast du damit gemeint, es war alles umsonst?« drängte ich.

»Tim mußte Singapur verlassen... er mußte weg von hier«, antwortete Großvater schläfrig. »Er hatte eine fatale Vorliebe für hübsche Knaben. Beinahe wäre die Sache vor Gericht gekommen. Papa Jack konnte das nur verhindern, indem er Tim nach England verfrachtet hat. In der Armee gibt's massenweise hübsche Jungs.«

Ich wußte, daß Großvater Jack die Wahrheit sagte. Schließlich hatte ich so etwas geahnt. Und plötzlich tat Tim mir beinahe leid. Das alles erklärte Tims Bitterkeit und Neid angesichts meiner Affären. Wenn er allerdings homosexuell war, weshalb hatte er dann Irene heiraten wollen? Vermutlich glaubte er, in ihr das einzige Mädchen gefunden zu haben, das ihm hätte helfen können. Dann hatte ich ihn um die ersehnte Chance gebracht. Armer Tim! Irene hatte Glück gehabt. Trotz allen guten Willens wäre ihre Ehe mit Tim nie gutgegangen. Mit mir hatte sie noch das bessere Los gezogen.

Die Anstrengung und der Alkohol hatten Großvater müde gemacht. Plötzlich fiel sein Kinn auf die Brust, und er begann leise zu schnarchen. Ich wußte, daß es jetzt kaum Sinn hatte, ihn zu wecken.

Bewegungslos blieb ich noch eine Weile bei ihm sitzen und versuchte das zu verarbeiten, was ich eben erfahren hatte. Ich mußte mich sammeln, bevor ich P. P. Soong gegenübertreten konnte. Der Regen hatte aufgehört, und der nasse Rasen dampfte in der Nachmittagshitze.

Mama, ausgerechnet Mama, dachte ich. Ich war nicht schokkiert... nur fassungslos. Doch je länger ich es mir überlegte, desto klarer wurde mir, daß Großvaters Enthüllungen gar nicht so unerwartet für mich kamen. Allein die ruhige, gelassene Art, mit der Mama Tanamera hinter dem Rücken der Männer regiert hatte, zeigte, welch starken Charakter und eisernen Willen sie hinter der vornehm zurückhaltenden Fassade verbarg. Sie war eine Frau, die wußte, was sie wollte, und es sich stillschweigend wohl auch immer genommen hatte.

War ihre Hingabe und Zärtlichkeit für Papa Jack Liebe oder wie bei Irene und mir nur Zuneigung? Oder war es die Art von Liebe, die Natasha für Tony empfand?

In meine Verwirrung mischte sich Ärger darüber, daß Großvater Jack mir Dinge erzählt hatte, die zu wissen ich eigentlich kein Recht besaß. Im Angesicht des Todes hatte ihn diese Beichte vermutlich jedoch erleichtert.

In diesem Augenblick detonierte ganz in der Nähe eine Bombe und erinnerte mich daran, daß Krieg herrschte. Und doch war ich seltsam erleichtert, denn ich hatte die Gewißheit, daß Julie und mich nach dem Krieg nichts mehr trennen können würde.

Wie ich erwartet hatte, war P. P. Soong entsetzt, als ich ihm von Großvater Jacks Flucht aus dem Krankenhaus erzählte. »Selbstverständlich kann er nicht allein in Tanamera bleiben«, sagte er sofort. »Wir haben hier Platz genug.«

Damit rief P.P. Soong seinen persönlichen Diener zu sich und beauftragte ihn, die Gästesuite auf der Rückseite des Hauses herzurichten. »Der Trakt hat eigene Räume für die Dienerschaft«, erklärte Soong. »Auf diese Weise muß Großvater Jack nicht auf die gewohnte Umgebung verzichten. Falls die Entscheidung fällt... ich glaube nicht, daß sich die Japaner an einem alten Mann vergreifen. Keine Angst, Johnnie. Wir sorgen für ihn.«

Ich war in P. P. Soongs Gegenwart meistens nervös. Das schlechte Gewissen wegen Julie bedrückte mich. Deshalb erschrak ich auch, als er harmlos fragte: »Hast du in letzter Zeit Julie gesehen? Seit Weihnachten habe ich kaum noch mit ihr gesprochen. Sie arbeitet im Alexandra viel zu hart.«

Die halbe Wahrheit ist besser als eine Lüge, dachte ich und antwortete: »Ja, ich habe Julie kurz im Alexandra gesprochen ... aber die Umstände waren nicht erfreulich. Ich war in Begleitung von Bill Jackson, dem Luftschutzwart.« Ich berichtete Soong von den Massengräbern hinter dem Krankenhaus.

Ich kam allerdings nie dazu, meine Geschichte zu beenden. Im nächsten Augenblick steigerte sich ohne Vorwarnung dumpfer Geschützdonner zu einem ohrenbetäubenden Explosionsknall.

Durch die geöffnete Terrassentür sahen wir einen grellen, roten Schein am Himmel. Der Geruch von verbranntem Holz stieg uns in die Nase.

»Tanamera!« schrie ich. »Mein Gott! Großvater Jack!«

Ohne mich weiter um Soong zu kümmern, rannte ich zu der großen Eingangstür aus massivem Holz. Ich hatte sie gerade geöffnet, als Paul die Treppe herunterkam. »Ich komme mit! Vielleicht brauchst du Hilfe!« keuchte er. Er konnte noch neben mir in den Wagen springen, dann gab ich Gas.

Vor dem Tor hielt mich ein alter Gärtner an. Vor dem dunklen Hintergrund des Blätterdachs der Bäume loderten die Flammen grell in den Himmel. Der alte Mann hatte nur seine Unterwäsche auf dem Leib, rang die Hände und schluchzte: »Alle tot! Alle tot!«

»Halt den Mund«, zischte ich mit zusammengebissenen Zähnen und jagte den Wagen die Auffahrt hinauf. Hinter der letzten langgezogenen Biegung stand die Fassade des riesigen Hauses direkt vor mir. »Oh, mein Gott!« entfuhr es mir unwillkürlich.

Die Hausfront, die mit dem besonders harten Mörtel verkleidet war, hatte der Hitze der Flammen bisher noch widerstanden, und ihre weißen Mauern hoben sich so grell und strahlend von dem lodernden Feuer und den dunklen Qualmwolken ab, daß ich mich beinahe an ein Bühnenbild erinnert fühlte. Das Haus wirkte in diesem Augenblick wie eine flächenhafte, hohle Kulisse, ohne Perspektive, ohne Leben, Familie, Großvater, Kinder, Köche, Chauffeur oder Kinderfrauen.

Da ich nicht wagte, noch näher an das brennende Haus heranzufahren, hielt ich an. Zusammen mit Paul rannte ich an der breiten Veranda vorbei zum hinteren Teil des Hauses. Ich hoffte, daß der Schaden dort geringer sein würde, und wir eventuell Überlebende retten konnten.

Doch das war eine trügerische Hoffnung gewesen. Die Bombe

hatte den Rückteil des Hauses getroffen und dort einen riesigen Krater hinterlassen. Das Feuer war nur eine Begleiterscheinung, ausgelöst durch die Explosion.

»Da können wir gar nichts mehr machen«, sagte Paul kopfschüttelnd nach dem ersten Blick auf den Bombenkrater, die zersplitterten Trägerbalken und die eingestürzten Mauern. Er hatte recht. Feiner Staub und ein ätzender, übelriechender Qualm, der in dicken Wolken von den regenfeuchten Mauern aufstieg, hüllte alles ein. Ich hielt ein Taschentuch vors Gesicht, doch ebensogut hätte ich versuchen können, die Rauchwolken mit der Hand von mir abzuhalten.

Plötzlich hörte ich die schrille Glocke der Feuerwehr, und im nächsten Augenblick kam der Spritzenwagen mit der riesigen Wasserpumpe auf dem Anhänger über die Rasenfläche auf das Haus zu. Der Wagen zog einen dicken Schlauch hinter sich her, und wie durch ein Wunder traf nur wenige Minuten später der erste dicke Wasserstrahl zischend auf die Flammen. Das war um so überraschender, da in Singapur Wassermangel herrschte, seit bei den Bombenangriffen laufend Wasserleitungen zerstört worden waren.

»Wir haben Glück!« rief mir einer der Feuerwehrleute zu. »Wir können Wasser aus dem Kanal entnehmen.« Entlang der Bukit Timah Road verlief ein breiter Kanal, dessen Nutzen ich erst in diesem Augenblick erkannte.

»War jemand im Haus?« fragte der Feuerwehrmann.

Ich nickte. »Großvater Jack und Hauspersonal. Wie viele, weiß ich nicht.«

»Nicht zu fassen! Was, zum Teufel, macht ein alter, kranker Mann allein im Haus?«

Ich berichtete ihm in knappen Worten, was passiert war.

»Das Feuer haben wir bald unter Kontrolle!« rief er mir im allgemeinen Lärm zu. »Aber ich fürchte...« Er ließ den Satz unvollendet und gab seinen Leuten Anweisung, die Schläuche um das Haus herumzuziehen, um die Flammen auch von hinten und von der Seite bekämpfen zu können.

Inzwischen war neben mir der alte Gärtner aufgetaucht. Ich nahm ihn unsanft bei den Schultern und fragte: »Wer war im Haus?«

»Alle tot! Alle tot!« wiederholte er nur und starrte wie gebannt auf die Flammen. Die heiseren Zurufe der Feuerwehrleute gingen im Knistern des Feuers und dem Krachen der Balken und Mauern beinahe unter.

»Wer war im Haus?« drängte ich und schüttelte den Gärtner.

»Der Tuan im Wohnzimmer. Der Koch und zwei Kinder in der Küche. Li und eine Amah... wo, weiß ich nicht«, brachte der alte Mann schließlich heraus.

Sechs Menschen! Mein geliebter Großvater und fünf treue Freunde, von denen ich die meisten seit meiner Kindheit gekannt hatte. Plötzlich mußte ich mich übergeben. Der Gärtner sah mir stumm zu und versuchte dann, mich mit meinem Taschentuch abzuwischen.

Schließlich, als die verkohlten Trümmer des Hauses nur noch leicht qualmten, fand man die Toten... oder vielmehr das, was von ihnen übriggeblieben war. Großvater Jacks Rollstuhl war nur noch ein geschmolzenes, verbogenes Stück Metall.

»Sie sollten sich ein oder zwei Stunden zu Hause ausruhen«, riet mir der Feuerwehrmann. »Es muß ein furchtbarer Schock für Sie gewesen sein. Das Feuer ist gelöscht. Der Luftschutzdienst beerdigt die Toten.«

»Nein, ich kann hier jetzt nicht weg«, widersprach ich. »Wenigstens so lange nicht, bis Großvater begraben ist.«

Der Feuerwehrmann zögerte. Ich ahnte, daß er daran dachte, daß es nicht viel zu begraben geben würde.

»Ich kann mir vorstellen, was Sie jetzt sagen wollen«, fuhr ich fort. »Aber bitte sorgen Sie dafür, daß alle... alle Toten in einen Sarg oder ein Tuch... egal, was Sie auftreiben können... gelegt und in einem Grab beerdigt werden. Das ist sicher im Sinn meines Großvaters. Er hing an seinen chinesischen Dienern.«

Und so geschah es dann. In Vorbereitung für den folgenden Morgen hob der Gärtner mit Hilfe einiger Kulis eine Grube im Garten aus. Ich brachte es diesmal nicht fertig, ins Cadet House zurückzukehren und Julie alles zu erzählen. Paul erbot sich, das zu übernehmen, und gleichzeitig Li, den Sohn des alten Li, mitzubringen, damit dieser beim Begräbnis seines Vaters anwesend sein konnte. Ich selbst hatte vor, im Tennispavillon zu übernachten.

Schließlich bat ich Paul nach längerem Zögern noch, Tim von der Stadt aus anzurufen. Zwar war ich ihm nichts schuldig, doch für das, was Mama vor vielen Jahren getan hatte, konnte er nichts. Immerhin war Tim mit Großvater Jack aufgewachsen. Was Tim aus seinem Leben machte, ging mich nichts an, aber wenn ich ihn jetzt vom Tod Großvater Jacks nicht benachrichtigte, erniedrigte ich mich dazu, ihn so zu behandeln, wie er mich so oft behandelt hatte.

Tim kam direkt aus dem Singapur Club. Ich berichtete ihm, was passiert war, und daß ich versucht hatte, Großvater Jack bei den Soongs unterzubringen. Zum Schluß entfuhr mir unwillkürlich der Satz: »Julie verläßt Singapur.«

Tim sah mich überrascht an. »Komisch, ich hätte nie gedacht, daß P. P. Soong den Rückzug antreten würde. Geht Paul auch?«

»Du mißverstehst mich. Der alte Soong bleibt. Er will nicht kneifen. Und Paul läßt ihn natürlich nicht allein.«

»Aber Soong würde seiner Tochter doch nie erlauben, allein wegzugehen. Schließlich besteht für die chinesische Bevölkerung keine Gefahr... solange sie sich benehmen, natürlich.«

»Alle Krankenschwestern sollen im Ernstfall wie Militärangehörige behandelt werden. Ich habe es deshalb geschafft, eine Ausreisegenehmigung für sie zu bekommen.«

»Du warst ja ziemlich rührig. Hatte Kaischek denn keine Einwände? Soviel ich weiß, wollte P. P. Kaischek und Julie doch verheiraten.«

»Nein, den Plan hat er wohl aufgegeben«, entgegnete ich schroff.

»Hat man dein Geheimnis entdeckt?«

Ich ging auf seinen sarkastischen Ton nicht ein.

»Nein. Kaischek hat keine Ahnung. Den habe ich schon seit einiger Zeit nicht mehr gesehen.«

»Na, dann hast du ja freie Bahn... Irene ist jetzt das einzige Hindernis, was?«

Dies war kaum der richtige Augenblick, mit Tim über Irene zu reden. »Das wird sich zeigen«, antwortete ich daher abweisend.

»Ihr Zivilisten genießt das Leben tatsächlich in vollen Zügen.«

Wir begruben Großvater Jack und die anderen am Rand des Dschungels in Sichtweite der großen Frühstücksveranda, wo wir so oft in den guten alten Tagen den Sonnenaufgang erlebt hatten.

Bevor ich zum Cadet House zurückkehrte, um meinen letzten Tag mit Julie zu verbringen, stand ich lange und nachdenklich vor den Ruinen des Hauses, in dem ich meine Kindheit und Jugend verbracht, von den ersten Liebeserlebnissen geträumt und schließlich als Ehemann und Vater gelebt hatte.

Mir war klar, daß ich nicht länger hinauszögern konnte, Papa Jack zu benachrichtigen. Das Schlimme war, daß es in einem Telegramm kaum eine Möglichkeit gab, den Schock abzumildern, den es ihm versetzen würde. Durfte ich überhaupt von den Schäden berichten, ohne daß die Nachricht von der Zensur zurückgewiesen werden würde? Oder mußte ich einen Code anwenden? Wenn ja, welchen? Tanamera war für Papa Jack stets das Symbol für einen Lebensstil gewesen. Er identifizierte seinen Vater und Tanamera mit all dem, wofür das britische Empire stand. Würde er dessen Zerstörung auch als Symbol für die bevorstehenden Veränderungen in der Welt ansehen, vor denen er mich selbst gewarnt hatte?

30

Als ich am Freitag, dem Dreizehnten, Julies letztem Tag in Singapur, aufwachte, war ich krank vor Angst.

Bis zu diesem Morgen hatte ich auf ein Wunder gehofft, das unsere aussichtslose Lage schlagartig ändern würde. Doch das war eine trügerische Hoffnung gewesen. Die Japaner waren nicht mehr aufzuhalten.

Ich war in die Orchard Road gefahren, um etwas Milch zu kaufen, doch statt dessen konnte ich lediglich die Morgenzeitung ergattern, die inzwischen auf eine einzige Seite von der Regierung lancierter Verlautbarungen geschrumpft war. Diese Blätter lagen meistens im Hauptquartier des Luftschutzdienstes aus. Die Schlagzeile des Tages lautete: »Große japanische Verluste in Singapur.« Das war natürlich eine gemeine Lüge. Der nachfolgende Artikel bestand aus Auszügen aus britischen und amerikanischen Zeitungen. Der Rest hätte von einem Schwachsinnigen stammen können, der meilenweit von Singapur entfernt war. Während wir inmitten von Trümmern lebten und die drohende Niederlage vor Augen hatten, bestand der einzige Versuch der Regierung, die Moral der Bürger zu stärken, in dem Aufruf: »Singapur muß widerstehen! Singapur wird widerstehen!«

Es fehlte praktisch jede Nachricht aus unseren asiatischen Nachbarländern. Wir erfuhren lediglich, daß Nehru sich mit Chiang Kaischek getroffen hatte, und man diesem Ereignis große Bedeutung beimaß. Als wenn uns das noch gekümmert hätte.

Bill Jackson sah mich von der gegenüberliegenden Straßenseite aus und kam zu mir herüber. Er hatte ebenfalls versucht, Milch für seine Kollegen vom Luftschutzdienst zu kaufen. »Wenn das alles ist, was Shenton Thomas und seine Spießgesellen auf Lager haben, um unsere Moral zu stärken, verdienen wir die Niederlage.«

Bevor ich nach Hause zurückkehrte, mußte ich noch kurz ins Büro und anschließend in der Zentrale der Force 136 im CVJM Meldung machen. Im Büro sah ich hastig meine Post durch und fand zum Schluß ein Telegramm im blauen Umschlag. Es konnte kaum aus London kommen, denn Papa Jacks Mitteilungen erhielt ich meistens über die Militärverwaltung.

Ich hatte schon vergessen, wann ich zum letzten Mal etwas von Natasha oder Irene aus New York gehört hatte, obwohl ich über Papa Jack versucht hatte, mit ihnen Kontakt aufzunehmen. Mein sorgfältig als geschäftliche Nachricht getarntes Telegramm hatte gelautet: »Bitte informiere New Yorker Büro, daß unser Schweizer Verbindungsmann während eines Bombenangriffs umgekommen ist.«

Ich war sicher, daß Papa Jack sofort gewußt hatte, wer mit »Schweizer Verbindungsmann« gemeint und daß diese Nachricht für die Familie bestimmt war.

Bis zu diesem Morgen hatte ich aus Amerika nichts gehört. Jetzt lag ein ganz normales Telegramm der Western Union vor mir. Ich riß es auf. Es war von Irene und lautete:

> SOLL DICH VON ALLEN GRÜSSEN – HOFFEN DICH WOHLAUF – NATASHA HAT NACHRICHT ERHALTEN – SIE IST TRAURIG WEIL ICH SCHWANGER BIN UND SIE NICHT – ALLES LIEBE IRENE.

Hatte sich Natflat entschlossen, das Kind doch nicht zu bekommen, nachdem sie erfahren hatte, daß Bonnard tot war?

Als ich mich kurz vor zwölf Uhr bei Chalfont im CVJM meldete, erhielt ich zum ersten Mal konkrete Anweisungen.

»Unter uns gesagt, mein Freund«, begann Chalfont. »Ich nehme an, daß wir Sonntag mit den Kapitulationsverhandlungen beginnen. Churchill hat sich schließlich überzeugen lassen, daß es so nicht weitergehen kann.«

Ich bekam daraufhin den Befehl, mich am Samstagabend um zehn Uhr wieder im CVJM zu melden. Von dort aus sollte ich zum Sammelplatz gebracht werden. Mitnehmen durfte ich nicht einmal eine Uhr oder einen Bleistift, sondern nur die Kleidung, die ich anhatte.

»Sie bekommen von uns alles, was Sie brauchen«, erklärte Chalfont. »Nicht nur die Uniform, sondern auch Waffen, eine Uhr... und so weiter.«

»Und wo setzt man mich ein?« fragte ich.

»Ein U-Boot wird Sie bis vor Keppel Harbour an der Ostküste Malayas bringen. Falls wir uns nicht mehr sehen sollten, wünsche ich Ihnen viel Glück!«

»Ich bin am Samstag pünktlich hier«, versprach ich.

Voller Angst vor dem bevorstehenden Abschied machte ich mich auf den Heimweg und war daher sehr erleichtert, als ich Pauls Wagen vor dem Haus stehen sah.

»Ich wollte mich von meiner Schwester verabschieden«, begrüßte er mich. »Du siehst mitgenommen aus.«

Zuerst hatte Julie darauf bestanden, sich von ihrem Vater zu verabschieden, doch Paul riet ihr ab.

»Laß ihn in dem Glauben, daß du im Alexandra bist. Sobald das Schiff abgefahren ist, bringe ich es ihm schonend bei. Ich behaupte, du seist als Lazarettkrankenschwester auf militärischen Befehl kurzfristig evakuiert worden. Das verletzt seinen sowieso schon angeschlagenen Stolz nicht.«

»Wie meinst du das?« fragte Julie.

»Kaischek ist verschwunden«, erwiderte Paul beinahe schroff. »Offenbar ist er mit einem anderen jungen Chinesen in einem Boot geflohen. Als Familienmitglied hätte er allerdings meinem Vater Bescheid sagen müssen.«

Paul trank lässig einen Schluck Bier. »Außerdem gibt es für das merkwürdige Benehmen meines Vaters noch einen Grund. Wenn ich nicht wüßte, daß Geldverdienen sein Lebensinhalt ist, würde ich behaupten, er flirte mit dem Kommunismus.«

»Das ist ja lächerlich!« Julie lachte. Ich schwieg, denn ich ahnte, was Paul gleich sagen würde.

»Das ist aber mein Ernst«, beharrte Paul. »Nachdem er in letzter Zeit sehr oft heimlich verschwunden war, habe ich ihn beschatten lassen!«

»Deinen Vater!« rief Julie entrüstet aus.

»Ja«, erwiderte Paul trotzig und wandte sich dann an mich. »Kennst du Loi Tek?«

Der Name fiel in letzter Zeit immer häufiger. Der geheimnisvolle, mächtige Schatten hinter der Kommunistischen Partei war in aller Munde.

»Ich glaube jedenfalls, daß Vater ihn kennt«, fuhr Paul fort.

»Er ist mehrmals im Hauptquartier der Kommunistischen Partei gewesen... und mein Vater ist nicht der Typ, der sich mit unteren Chargen abgibt. Ich bin sicher, daß er sich mit Loi Tek getroffen hat.«

Einen Augenblick lang war ich versucht, ihm von Chalfonts Verdacht zu erzählen, doch dann überlegte ich es mir anders. Vermutlich gab es für die Handlungsweise Soongs eine ganz einfache Erklärung. Immerhin war es möglich, daß er irgendwie versuchte, sein Finanzimperium vor dem Zugriff der Japaner zu schützen. Allerdings war ich mir sicher, daß P. P. Soong kein Kommunist war und nie einer werden würde.

»Grüß ihn jedenfalls bitte ganz lieb von mir«, seufzte Julie.

Ich sah auf die Uhr. Wir hatten nicht mehr viel Zeit, da Julie sich unbedingt noch von der Oberschwester und den Patienten im Alexandra-Hospital verabschieden wollte.

»Beeilt euch lieber«, riet Paul uns. »Das malaiische Regiment kann Pasir Pajang nicht mehr lange halten. Wenn diese Stellung fällt, sind die Japaner schnell im Viertel des Alexandra-Hospitals.«

»Ich habe die Verwundeten fast drei Wochen gepflegt«, wehrte Julie sich. »Es wäre feige von mir, einfach ohne Abschied zu verschwinden. Und die Oberschwester ist die einzige, die alles versteht.«

»Was versteht?« fragte Paul prompt.

Julie wandte sich verwirrt ab. »Ach, nichts Besonderes. Ich habe eben nur alles mit ihr besprochen.«

Nachdem Paul gegangen war, verabschiedete sich Julie von Li, der ein sehr unglückliches Gesicht machte.

»So, und jetzt kommt unser Abschied, meine schöne Julie«, sagte ich, als wir allein waren. »Lange Abschiedsszenen in der Öffentlichkeit liegen mir nicht. Sei tapfer, Julie.«

Julie weinte nicht. Ich glaube, in diesem Augenblick war uns beiden noch gar nicht richtig bewußt, daß der wichtigste Abschnitt in unserem gemeinsamen Leben zu Ende war und sich, was die Zukunft auch bringen mochte, nie wiederholen würde.

Am Fuß des breiten Treppenaufgangs der Diele von Cadet House hielt ich Julie fest in meinen Armen, fuhr mit den Fingern durch ihr blauschwarzes Haar und sagte leise: »Das hier war ein wunderbares Zuhause«, murmelte ich. »Auch nach dem Krieg können wir kein besseres finden.«

»Paß gut auf dich auf, Liebster«, flüsterte Julie. »Ich kann's noch gar nicht fassen, daß ich fort muß.«

»Die Zeit vergeht so schnell«, log ich. »Und dann ...«

»Sag' nichts, Johnnie. Bitte, keine Versprechungen. Küß mich, bevor wir in den Wagen steigen.«

Schweigend und ohne eine Träne zu vergießen, klammerte sie sich mit der Verzweiflung einer Ertrinkenden an mich, bis ich sie sanft von mir schob. »Wir müssen fahren, Julie. Bis zum Alexandra und dann zum Hafen ist es weit. Gott beschütze dich, Liebste.«

Ich nahm den einzigen Koffer, den sie mitnehmen durfte, und stellte ihn auf den Rücksitz des Wagens. Dann fuhren wir zum Krankenhaus. Ich war nervös, denn die Fahrt zum Alexandra bedeutete einen erheblichen Umweg, und wie ich vermutet hatte, herrschte ein fürchterliches Verkehrschaos. Auf der Flucht vor den Bomben bewegte sich ein zäher Strom von Militärfahrzeugen und Chinesen und Indern in Richtung Ostküste durch die Stadt. Die Szenen erinnerten mich an die Wochenschaufilme zu Kriegsanfang über die Flüchtlingsströme, die die deutschen Invasionstruppen in Frankreich ausgelöst hatten. Alte Männer schwankten unter schweren Lasten von Betten, Töpfen und Pfannen. Frauen folgten mit Lebensmittelvorräten, und sogar die Kinder waren bepackt. Eine weißhaarige alte Frau zog mühsam eine Rikscha; aber sie schaffte es nicht, mir Platz zu machen. Ich mußte aussteigen und helfen. In der Nähe des Memorial Theatre sahen wir eine Familie, die ihre Habseligkeiten in einem leeren Sarg transportierte.

Wir brauchten eine gute Stunde bis zum Alexandra. Es war zwei Uhr. Nachdem ich Julie vor dem Haupteingang abgesetzt hatte, beschloß ich, den Wagen am Hintereingang zu parken.

»Ich fürchte, daß ein Militärarzt auf die Idee kommen könnte, den Wagen zu konfiszieren«, erklärte ich Julie. »Ich warte draußen auf dich.«

Ich stellte den Wagen neben dem Tor im Schatten eines riesigen Tempusubaumes ab und wartete unruhig auf Julies Rückkehr. Meine größte Sorge war, daß Julie rechtzeitig an Bord des Schiffes kam. Das heftig umkämpfte Pasir Pajang lag zwar weit außerhalb der Stadt, aber wenn der chaotische Verkehr auf den Straßen anhielt, konnte die Zeit knapp werden.

Ich war beinahe eingedöst, als mich plötzlich ein markerschütternder Schrei auffahren ließ. Ein indischer Türwächter lief wild gestikulierend auf mich zu. »Die Japaner, Tuan!« rief er voller Entsetzen. »Sie kommen! Sie sind schon da!«

»Wo?«

»Weiß ich nicht, Tuan!«

Instinktiv ließ ich den Wagen stehen, wo er war – und dieser Eingebung verdankten wir unser Leben –, sprintete die hundert Meter bis zum Haupteingang und stürmte durch die Halle in Julies Station.

»Julie!« schrie ich aus Leibeskräften. Julie unterhielt sich gerade mit der Oberschwester. Die ältere Frau wollte mir schon bedeuten, ruhig zu sein, doch ich stieß sie nur unsanft zur Seite. »Die Japaner kommen!« keuchte ich.

Ich zerrte Julie zur Eingangshalle. Wir hatten sie noch nicht ganz erreicht, als draußen im Hof Kommandos in Japanisch erschollen. Ich machte sofort kehrt und zog Julie hinter mir her und die Treppe hinauf. »Los, komm! Wenn sie uns Zivilisten hier finden, bringen sie uns um.«

In diesem Augenblick der tödlichen Gefahr machte sich der wochenlange Drill im CVJM bezahlt. Ich handelte schnell.

»Wir müssen uns verstecken.« Ich sah mich auf dem oberen Treppenabsatz verzweifelt um. Draußen im Hof ertönte das Scharren schwerer Stiefel auf Beton.

Plötzlich fiel mir die winzige Abstellkammer ein, in der mich die Krankenschwester während der Militärinspektion versteckt hatte. Die schmale Schiebetür hinter dem Mauervorsprung war kaum zu sehen. Ich zog sie kurzerhand auf, stieß Julie hinein. In der kleinen Kammer war gerade noch soviel Platz, daß ich mich neben sie zwängen und die Tür schließen konnte. Genau wie damals konnte ich durch eine Ritze in der Ventilatoröffnung in die darunterliegende Station sehen. Während wir angespannt warteten, überlegte ich, daß wir vielleicht über die Feuerleiter zum Hintereingang und von dort zum Wagen kommen konnten, sobald die Japaner wieder abgezogen waren.

Innerhalb von Sekunden waren wir in Schweiß gebadet. Unten in der Station sah ich einen britischen Offizier ernst mit den Krankenschwestern und Sanitätern reden. Dann zerriß ein Sanitäter ein Bettuch, machte eine provisorische Fahne und verschwand. Offenbar wollte sich das Krankenhaus sofort ergeben. Das hielt ich unter den gegebenen Umständen auch für das beste.

Einige schreckliche Minuten lang herrschte absolute Stille. Dann ertönten erneut japanische Kommandos, die von einem entsetzlichen Schmerzensschrei abgelöst wurden. Er war noch nicht verklungen, da stürmten sechs Japaner mit aufgepflanzten Bajonetten in den Krankensaal, blieben abrupt stehen und sahen sich mit wilden Blicken um. Ich hielt die Hand über Julies Mund

und drehte sie zu mir um, damit sie die Szene im Saal nicht beobachten konnte. Ein britischer Offizier und zwei Soldaten traten vor. Der eine nahm respektvoll Haltung an, der andere deutete auf seine Armbinde mit dem Zeichen des Roten Kreuzes. Mit geradezu tierischem Gebrüll stießen die Japaner die Soldaten in die hinterste Ecke des Raumes.

In diesem Augenblick setzte sich einer der Patienten auf, als wolle er gegen die Behandlung der Soldaten protestieren. Beinahe lässig, wie in einer Zeitlupenszene, hob ein Japaner den Gewehrkolben und schlug dem Kranken damit brutal den Schädel ein. Blut spritzte, als das Opfer zu Boden sank. Ein britischer Soldat sprang mit einem Aufschrei der Empörung auf. Das war das Signal zu einem furchtbaren Blutbad.

Julie, die zwar nichts sehen konnte, zuckte bei den entsetzlichen Todesschreien zusammen. Ich hielt sie eng an mich gepreßt und starrte wie gelähmt durch die Ritze auf das schauerliche Geschehen hinab. Soldaten und Sanitäter wurden von den Japanern blindwütig niedergemetzelt und sämtliche Patienten anschließend gezwungen, aufzustehen. Die zum Teil selbst schwerverletzten Männer stolperten über die blutigen Leichen auf dem Fußboden und wurden brutal hinausgetrieben.

Im nächsten Moment war alles vorbei. »Beib' hier«, flüsterte ich Julie zu. »Aber schau um Gottes willen nicht hinunter.« Schweiß tropfte mir von der Stirn in die Augen, als ich zum Treppenabsatz schlich. Im darüberliegenden Stockwerk gab es nur noch Abstellräume und die Zimmer der Krankenschwestern. Soviel wußte ich. Zu beiden Seiten der Treppe befanden sich hohe Fenster. Ich hob vorsichtig den Kopf und sah, wie eine Abteilung japanischer Soldaten im Hof Aufstellung nahm. Offenbar waren sie abmarschbereit. Auf den kehligen Kommandoschrei eines Offiziers hin zogen sie tatsächlich ab. Ich nahm jedoch an, daß sie zuvor am Haupteingang einen Posten aufgestellt hatten.

Auf Zehenspitzen schlich ich zum Fenster an der Rückseite des Krankenhauses. Die gepflegte Rasenfläche mit den Blumenrabatten und den sorgfältig gestutzten Palmen war leer. Die Feuertreppe verlief direkt unter dem Fenster. Wenn es uns gelang, aus dem Fenster zu klettern und die Treppe hinunterzusteigen, konnten wir vielleicht den Wagen am Hintereingang erreichen, ohne daß uns der Posten vor dem Krankenhaus bemerkte.

Ich holte Julie aus dem Versteck. Sie zitterte so heftig, daß ich sie beinahe zum Fenster tragen mußte. Dann versuchte ich, das

Fenster zu öffnen, mußte jedoch bald feststellen, daß es verschlossen war. Die Scheibe wagte ich nicht einzuschlagen, denn es bestand die Gefahr, daß uns jemand hörte.

Im ersten Stock begann bereits die Dachneigung, und über dem Fenster befand sich ein Oberlicht. Ich holte eine Bank aus dem Warteraum, stellte sie darunter und stieß das Oberlicht auf. Die Öffnung war schmal, und es paßte nur eine Person hindurch. Ich stemmte mich hinauf und spähte hinaus. Unten war weit und breit niemand zu sehen. Das ungefähr nur hundert Meter entfernte hintere Eingangstor war offenbar unbewacht. Die Vorhut der Japaner war vermutlich in entgegengesetzter Richtung weitergezogen.

Die Dachneigung unter mir war sanft, und die Entfernung zum obersten Absatz der Feuerleiter betrug nur knapp einen Meter. Ich kletterte über den Rand, hielt mich mit einer Hand fest und half mit der anderen Julie hinauf.

»Den Rest mußt du allein machen«, sagte ich leise. »Ich halte dich, bis du auf der Plattform der Feuerleiter bist.«

Julie schob sich vorsichtig über den Rand aufs Dach, während ich zum schmalen Absatz der Feuerleiter hinunterglitt. Dort hatte ich sicheren Halt. Ich streckte die Arme nach oben und wartete auf Julie. Als Julie das Dach erreicht hatte, mußte sie sich vorsichtig umdrehen. Mit den Händen lenkte ich jede ihrer Bewegungen. Sie hatte es beinahe geschafft, als sie plötzlich einen Schuh verlor.

Der Schuh traf mich mitten im Gesicht. Blind tastete ich instinktiv nach dem Geländer der Feuerleiter, um mich festzuhalten, griff daneben, fiel über die Kante der Plattform und landete genau auf einem japanischen Posten, der unterhalb der Feuertreppe, für mich unsichtbar, Aufstellung genommen hatte.

Vermutlich wurden sämtliche Gebete, die ich je in meinem Leben gebetet hatte, in diesem Augenblick erhört. Ich traf den Japaner mit den Füßen am Kopf. Sein Gewehr flog auf den Rasen. Der Posten war offenbar ebenso überrascht wie ich. Er öffnete den Mund zu einem Schrei, aus dem jedoch nur ein heiseres Stöhnen wurde, als sich meine Hände um seine Kehle schlossen.

Ich handelte beinahe automatisch nach den Anweisungen, die ich wochenlang beim Training erhalten hatte. Das alles war mir in Fleisch und Blut übergegangen, nur hatte man vergessen, mich auf die Diskrepanz zwischen Training und Wirklichkeit hinzuweisen. Jeder, vom Torero bis zum Rennfahrer, erfährt einmal im Leben jenen Augenblick, in dem er, ganz auf sich gestellt, das Gelernte ohne Anleitung des Lehrers in die Tat umsetzen muß.

Normalerweise hätte ich den Japaner ohne Schwierigkeiten in Sekundenschnelle erdrosselt haben müssen, doch niemand im Trainingslager hatte mich je darauf aufmerksam gemacht, wie schwierig es war, einen Mann mit schweißnassen Händen zu erwürgen, der dazu noch ein Halstuch trug.

Sofort war mir klar, daß ich ihn nicht mehr lange würde halten können. Nachdem er den ersten Schock überwunden hatte, begann der Japaner sich zu wehren und mit den Stiefeln nach mir zu treten. Ich mußte ihn um jeden Preis daran hindern, einen Kameraden zu Hilfe zu rufen. Ich drückte mit aller Kraft noch fester zu und rief zu Julie hinauf: »Spring runter! Hol' dir sein Gewehr!«

Zum Glück ging der Lärm, den wir machten, in den furchtbaren Schmerzensschreien unter, die aus dem Krankenhaus drangen, doch ich wußte, daß ein Wort des Japaners unser Ende bedeutete. Ich spürte, daß ich allein den Kampf gegen den Mann nicht gewinnen konnte. Zwar konnte ich ihn noch daran hindern, um Hilfe zu rufen, aber er wehrte sich immer verbissener. Im nächsten Augenblick landete Julie auf allen vieren neben mir. Sie griff nach dem japanischen Gewehr und machte Anstalten, es mir zu geben. Ich schüttelte heftig den Kopf, denn ich wagte nicht, den Japaner loszulassen. Und selbst wenn Julie gewußt hätte, wie man mit einem Gewehr umging, wäre ein Schuß das eindeutige Signal für den Posten vor dem Haupteingang gewesen.

»Du mußt es tun, Julie!« keuchte ich in meiner Verzweiflung. »Schlag ihm mit dem Gewehrkolben ins Gesicht!« Julie zögerte voller Entsetzen. Inzwischen gelang es mir endlich, den Japaner auf den Rücken zu rollen. »Jetzt! Schnell! Bevor er uns umbringt! Tu's Julie! Tu's!«

Ich sah nur ihren Schatten. Langsam hob sie das Gewehr und holte aus. »Jetzt!« stieß ich hervor. Dann begann Julie auf den Japaner einzuschlagen, und ich wußte, daß sie jeden Schlag für einen ihrer Patienten ausführte. Und noch immer wagte ich nicht, den Griff um seinen Hals zu lockern. Bald war sein Gesicht nur noch eine blutige Masse, doch erst als seine Füße nicht mehr zuckten, wußte ich, daß wir gewonnen hatten.

Als ich meine Hände vom Hals des Japaners nehmen wollte, erlebte ich die nächste Überraschung. Die Finger waren geschwollen, rot vor Blut und so verkrampft, daß ich sie kaum noch bewegen konnte. Ich wischte die Hände auf der Wiese ab. »Lauf zum Wagen!« befahl ich Julie heiser.

Julie machte ein paar Schritte, dann fiel sie bewußtlos vornüber. Ich hob sie auf meine Schulter und taumelte zum Wagen. Ich weiß selbst nicht mehr, wie es mir mit völlig steifen und verkrampften Fingern gelang, die Zündung einzuschalten und den Gang einzulegen.

Alles war voller Blut. Nicht nur unsere Hände und Gesichter, sondern auch Kleider und Schuhe. Der Gestank von trocknendem Blut und Schweiß war erstickend. Erst langsam kam wieder Leben in Julie, und mir wurde klar, daß sie in diesem Zustand unmöglich an Bord des Schiffes gehen konnte. Sie mußte sich umziehen. Da die Zeit drängte, beschloß ich, in die Robinson Road zu fahren. Im Büro gab es eine Dusche und eine Toilette, und seit Beginn des Krieges hatte ich stets Kleidung zum Wechseln in meinem Zimmer, damit ich von der Arbeit aus direkt zum Training fahren konnte. Julie hatte ja zum Glück ihren Koffer dabei.

Sie war wieder zu sich gekommen, starrte jedoch stumpf und ausdruckslos geradeaus, als ich vor dem Bürohaus der Firma Dexter anhielt. Ich versuchte, sie aus dem Wagen zu heben, aber mittlerweile machte sich auch bei mir der Schock bemerkbar. Ich war so schwach, daß mir jede Bewegung Mühe bereitete. Die Erinnerung an das, was im Krankenhaus passiert war, und der Gestank, der an uns haftete, verursachten mir solche Übelkeit, daß ich mich übergeben mußte. Ich schleppte mich bis zur Treppe und schrie aus Leibeskräften: »Ball! Ball!« Der völlig verschüchterte indische Türwächter warf einen Blick auf mich und verschwand im Gebäude. Kurz darauf kam Ball heraus.

»Die Japaner... helfen Sie uns...«

Der kleine, untersetzte Ball zögerte keinen Augenblick. Er half, ohne eine einzige Frage zu stellen. Auf Ball gestützt, schleppte sich Julie schließlich die Treppe hinauf in mein Büro.

»Wir haben nicht viel Zeit«, keuchte ich. »Holen Sie ein Handtuch aus der Dusche und helfen Sie mir, Julie auszuziehen. Die Kleider verbrennen Sie. Wir wickeln sie vorerst in ein Handtuch. Sie kann sich auf der Couch ausruhen. Geben Sie ihr einen Scotch. Ich dusche mich und ziehe mich inzwischen um.«

Wir zogen Julie aus. Als ich aus der Dusche kam, war Ball bereits dabei, Julies Gesicht und Hände mit sauberem Wasser zu waschen.

Nach dem ersten Schluck Scotch mußte Julie sich übergeben.

Ich zwang sie trotzdem, das Glas auszutrinken. Danach war sie wenigstens in der Lage, mit mir in die Dusche zu gehen. Ich half ihr, sich einzuseifen, und hielt sie fest, wenn ihre Beine nachzugeben drohten. Dann wickelte ich sie in ein frisches Handtuch und führte sie in mein Büro zurück, wo ihr Koffer stand. Sie zog sich um.

»Wir müssen gehen, Ball«, sagte ich schließlich. »Vielen Dank für Ihre Hilfe. Ich bringe Miß Soong zum Schiff. Morgen früh bin ich wieder im Büro.«

Die ganze Nacht und den Vormittag über hatten die Japaner mit gemischten Staffeln aus zweimotorigen Bombern und Jagdflugzeugen ununterbrochen den Hafen bombardiert, nur um nach einer kurzen Mittagspause die Angriffe mit einer Heftigkeit wiederaufzunehmen, die kaum noch eine Steigerung zuließ. Schon von der Straße aus sahen wir den Qualm und das Feuer. Gut die Hälfte der riesigen Lagerhallen im Hafen stand inzwischen in Flammen, und der beißende Geruch von verbranntem Gummi stieg in unsere Nasen und trieb uns die Tränen in die Augen. Die Straße war übersät mit Leichen, und es gelang mir nicht immer, diesen Hindernissen auszuweichen.

Eine endlose Schlange von Autos jeder Größe und jeden Fabrikats wälzte sich durch die Straßen, die zum Empire Dock führten. Immer wieder flogen Bomberstaffeln dröhnend über uns hinweg zu den Docks.

Die Zeit drängte. Wir waren in der vergangenen Viertelstunde kaum fünfzig Meter weitergekommen. Ein paar Autos vor mir sah ich plötzlich einen älteren Mann aus seinem Wagen springen und einen Koffer herauszerren. Seine Frau tat dasselbe. Sie warfen die Autotüren zu und liefen zu Fuß weiter. Augenblicklich folgten die Insassen der nächsten Wagen ihrem Beispiel.

»Komm, Julie! Wir machen dasselbe!« sagte ich kurz entschlossen. Hinter uns und vor uns stiegen die Menschen aus ihren Autos. Hundert Meter weiter trafen wir Wilf Broadbent. »Nehmt die Seitenstraßen!« rief er uns zu. »Hinter der nächsten Ecke kommt ihr sonst nicht weiter. Eine Bombe hat eine Wasserleitung zerfetzt!« Er deutete nach links. »Wir sehen uns dann sicher im Hafen. Meine Leute versuchen, mit dem Spritzenwagen von der Gegenseite aus durchzukommen. Dort herrscht nicht so dichter Verkehr.«

»Kannst du noch?« fragte ich Julie. Sie nickte nur stumm. Der Gestank von Verwesung und die Schreie der zum Teil entsetzlich verstümmelten Verwundeten waren furchtbar. Jede Szene war eine Wiederholung unserer schrecklichen Erlebnisse im Alexandra. Aber es half alles nichts. Wir mußten weiter, wenn wir den Hafen und das rettende Schiff erreichen wollten. Der ätzende Qualm brannte in unseren Lungen, und Julies Augen waren rot und tränten.

»Der Luftschutz ist bereits im Einsatz«, bemerkte Wilf bitter, der uns ein Stück begleitet hatte. »Aber bei dem chaotischen Verkehr kommen Krankenwagen und Löschfahrzeuge einfach nicht mehr durch.«

Wir alle hätten in diesem Augenblick wohl viel für einen der kühlenden Tropenregen gegeben, der das Blut von den Straßen und die Luft sauber gewaschen hätte. Als wir den Kai endlich erreichten, stießen wir dort auf eine schier unübersehbare Menschenmenge und waren sofort eingekeilt. Meine Fußsohlen brannten, und während wir eng zusammengepfercht in der Menge standen, mußte ich ab und zu die Beine bewegen, um die Blutzirkulation in Gang zu halten. Nur langsam wälzte sich die Schlange durch die schmalen Gassen zwischen den ausgebrannten Lagerhallen vorwärts. Alle warteten geduldig, bis sie an der Reihe waren, das schmale Gatter in dem provisorisch vor dem Dock errichteten Zaun zu passieren, das von einem Angestellten der Schiffahrtslinie kontrolliert wurde, der bedächtig den Namen jedes Passagiers in ein Buch eintrug.

Plötzlich entdeckte ich dicht vor uns ein bekanntes Gesicht. »Rawlings!« rief ich erleichtert. Seine Frau Rosie stand neben ihm. Sie trug die Koffer, während er das Baby auf dem Arm hatte. Wir drängten uns zu den beiden vor.

»Rawlings, tun Sie mir den Gefallen, und kümmern Sie sich um Miß Soong, ja?« bat ich ihn. »Sie fährt auf demselben Schiff wie Ihre Frau und Sie.«

»Ist doch selbstverständlich, Mr. John«, antwortete Rawlings ohne zu zögern. Ich drückte aufmunternd Julies Hand. Es konnte schließlich nicht mehr lange dauern.

Nachdem wir endlose Stunden in der Schlange ausgeharrt hatten, kehrten die japanischen Bomber gerade in dem Augenblick zurück, als Rawlings und seine Frau vor uns den Tisch des Kontrolleurs und das Gatter zum Kai erreichten. Offenbar hatten die Japaner vor, die Schiffe an der Reede zu versenken, denn im nächsten Augenblick spritzten riesige Wasserfontänen hinter den Lagerhallen auf. Einige waren so hoch, daß wir naß wurden. Kaum hatten die Flugzeuge ihre Bomben abgeworfen, flogen sie eine weite Schleife und kamen dann wie Schwalben im Tiefflug auf uns zu. Die Bordmaschinengewehre ratterten, aber es war uns unmöglich, Deckung zu suchen, unmöglich, sich auf den Boden fallen zu lassen. Dafür stand die Menge viel zu dicht gedrängt. Die Menschen schwankten, versuchten sich zu dukken, doch eingekeilt zwischen den anderen mußten wir stehenbleiben. Dann war das ohrenbetäubende Heulen der Bomber direkt über uns. Im nächsten Moment gingen die Maschinen mit pfeifenden Motoren in den Steigflug über und waren kurz darauf in den Wolken verschwunden.

Wie viele in diesen wenigen Sekunden getötet worden sind, habe ich nie erfahren. Ich sah vor mir einen Mann, der verzweifelt ein Baby an sich gepreßt hielt und schrille, tierische Schreie ausstieß. Es war Rawlings. Mit Hilfe der Ellbogen kämpfte ich mich energisch zu ihm durch. Das Gesicht seiner Frau Rosie war nur noch eine blutige Masse. Die Maschinengewehrsalve mußte sie sofort getötet haben, doch von den umstehenden Körpern gehalten, stand sie noch immer aufrecht neben ihrem Mann. Erst als ich die beiden erreichte, bewegte sich die Menge und sie sank zu Boden. Julie packte sofort das Kind. Der Kontrolleur schrie Rawlings an, er solle passieren. Die Menschen hinter uns drängten. Ein Matrose auf der anderen Seite des Zauns rief Rawlings zu: »Kommen Sie endlich, Mann! Eine zweite Chance geben die Japse Ihnen nicht mehr!«

Verzweifelt sah Rawlings mich an. Dann machte er Anstalten, seine tote Frau aufzuheben. Ich hielt ihn zurück. Tränen strömten unter seinen Brillengläsern hervor. »Rosie! Rosie!« stöhnte er.

»Los, machen Sie, daß Sie weiterkommen!« herrschte ich ihn absichtlich streng an.

»Ich kann nicht! Ich kann sie doch nicht so liegenlassen...«

»Gehen Sie an Bord! Sie müssen jetzt an Ihr Kind denken.«

Einen Augenblick lang glaubte ich, er wolle mich zurückstoßen, dann ließ er die Arme sinken. »Begraben Sie sie? Versprechen Sie mir das?«

»Sie haben mein Wort«, antwortete ich. »Aber jetzt gehen Sie, Mann!«

Er stolperte durch das Gatter, bevor Julie ihm das Kind zurückgeben konnte.

»Ihre Pässe!« schrie ihn der Kontrolleur an. Rawlings hielt die drei Schiffskarten krampfhaft in der Hand. Und dann, bevor ich begriff, was geschah, bevor ich noch etwas tun, sie küssen oder berühren konnte, war Julie auf der anderen Seite des Zauns. Sie stand hinter Rawlings und hielt das Baby fest an sich gepreßt. Offenbar hatte der Kontrolleur angenommen, daß sie und das Kind zu Rawlings gehörten und sie durch das Gatter geschoben.

Dann sah ich, wie Julie sich plötzlich an den Kontrolleur wandte. Als sie ihm ihre Schiffskarte gab, winkte sie mir zu. Der Kontrolleur, der dachte, Julie habe ihm mein Ticket gegeben, sah mich ungeduldig an.

»Kommen Sie endlich, Mann!« rief er mir zu.

Einen verzweifelten Augenblick lang zögerte ich, dann war die Schwäche vorüber. Julie wartete mit ausgestreckten Armen hinter dem Zaun, doch ich konnte der Hölle von Malaya nicht entrinnen, konnte diese Chance, den Krieg eventuell in Ceylon zu überleben, nicht ergreifen.

Ellbogen gruben sich schmerzhaft in meine Rippen und den Rücken, als sich andere an mir vorbei zum Gatter drängten. Dann sah ich noch einmal für wenige Sekunden Julie. »Bis bald!« war alles, was ich ihr zurufen konnte. Sie warf mir eine Kußhand zu, hielt die Hand mit meinem Ring hoch und küßte ihn. Im nächsten Moment war sie im Rumpf des Schiffes verschwunden.

Ich weiß nicht, wie lange ich noch bewegungslos vor dem Zaun stand und das verdammte Schiff anstarrte, während unzählige Menschen sich unsanft an mir vorbeizwängten und mir auf die Füße traten.

Julie war auf der *Ban Hong Liong* nur wenige Meter von mir entfernt, und doch trennten uns bereits Welten. Ich betete inständig, daß der alte Kahn seinem Namen gerecht werden möge, der soviel wie »Gute Fahrt« bedeutete.

Als ich mich endlich umdrehte, entdeckte ich ganz in meiner Nähe vor einem Armeejeep den breitschultrigen schottischen Sergeant, der mich für die Force 136 ausgebildet hatte.

Ich kämpfte mich durch die Menge und lief zu ihm. »Das ist ja ein Zufall!« keuchte ich. »Könnten Sie mich mitnehmen?«

»Steigen Sie nur ein, Sir! Wegen Ihnen bin ich hier«, antwortete der Sergeant überraschenderweise in seinem harten schottischen Akzent. »Colonel Chalfont schickt mich. Er wußte ja, daß Sie hier sein würden.«

»Und wohin bringen Sie mich?« fragte ich, stieg ein und nickte dem Soldaten kurz zu, der auf dem Beifahrersitz saß. Er kam mir ebenfalls bekannt vor.

»Es ging alles schneller, als wir erwartet hatten. Sie müssen Singapur noch heute nacht verlassen.«

Panische Angst erfaßte mich, doch ich sagte nichts. Der Soldat sprang aus dem Wagen, hob die tote Rosie auf, wickelte sie in eine Plane und legte sie auf die Ladefläche des Jeeps. »Wir haben gesehen, was passiert ist«, erklärte der Sergeant. »Sie bekommt ein anständiges Begräbnis. Keine Angst.«

Ich nickte wie betäubt. »Um wieviel Uhr?« fragte ich nur.

»Um zehn, Sir. Möchten Sie noch etwas erledigen, bevor Sie Singapur verlassen?« erkundigte sich der Schotte.

Eigentlich hatte ich vorgehabt, Li nach Tanamera zu bringen. Meine und Irenes Wohnung war noch verhältnismäßig sicher, und das Cadet House würde von den Japanern sicher requiriert werden. Außerdem war Li dort in der Nähe des Hauses der Soongs und konnte da vielleicht sogar arbeiten. Doch wie sollte ich ihn jetzt nach Tanamera bringen?

»Ich fahre Sie, wohin Sie wollen, Sir«, erbot sich in diesem Moment der Sergeant. »Die Tote liefern wir unterwegs in der Zentrale im CVJM ab.«

Und so geschah es. Wir fuhren zuerst zum Nassim Hill. Ich stieg die Treppe zu dem Schlafzimmer hinauf, das unser... wirklich unser Zuhause gewesen war. Alles hier erinnerte mich an Julie. Es war kaum zu glauben, daß wir getrennt waren und daß, seit wir uns in diesem Raum zum letzten Mal geküßt hatten, ein so furchtbar blutiger Nachmittag vergangen war.

Ich packte sämtliche Wertsachen wie die Tischuhr, meine Armbanduhr, das Radio und andere Dinge in einen Leinensack und gab ihn Li.

»Wenn es sein muß, verkauf' alles«, sagte ich zu ihm, als er mich verwundert ansah. »Wir brauchen diese Dinge nicht mehr. Wenn du kein Geld mehr hast, nützen sie dir vielleicht was.«

Von der Orchard Road aus bogen wir nach links in die Scotts Road ein und fuhren mit Li auf dem Rücksitz am Goodwood Park Hotel vorbei und hinauf nach Tanamera. Das Tor stand offen. Im nächsten Augenblick lagen die riesigen, leuchtend weißen Mauern im Licht der Scheinwerfer vor uns.

Wir stiegen aus, und ich stand eine Weile stumm vor dem Jeep und starrte auf die von Säulen und Arkaden unterbrochene Fassade, die die Ruinen auf der Rückseite verdeckte.

»Wir haben leider nicht viel Zeit«, riß mich der Schotte aus meinen Träumen. »Es gibt noch 'ne Menge zu tun, bevor wir uns am Sammelplatz einfinden müssen.«

»Wir? Kommen Sie denn mit, Sergeant?«

»Ja. Ich lasse meinen Lieblingsschüler doch nicht allein.«

»Ausgezeichnet.« Ich war ehrlich erleichtert. »Wie heißen Sie eigentlich? Das darf ich doch jetzt fragen, oder?«

»Mein Name ist Macmillan, Sir«, antwortete er. »Und ich bin froh, daß wir zusammenbleiben. Colonel Chalfont hat mich gewarnt. Ein Kinderspiel ist diese Reise nicht.«

»Und der Colonel?« erkundigte ich mich spontan. »Wo ist er?«

»Er hat Singapur bereits verlassen, Sir.«

»Verlassen?« wiederholte ich erstaunt. »Einfach... so?«

»Richtig, Sir. Er dürfte inzwischen irgendwo in Malaya mit dem Fallschirm abgesprungen sein, um ein Empfangskomitee für uns zu organisieren.«

»Dann treffen wir den Colonel also noch?«

»Selbstverständlich, Sir. So war's geplant. Der Colonel hat Sie zu seinem zweiten Mann bestimmt. Er braucht jemanden mit guten Ortskenntnissen. Wir sind dazu ausgebildet worden, ein eigenständiges Team zu sein. Abgesehen von uns dreien, gibt es noch zwölf weitere Teams. Aber wie gesagt, ein Kinderspiel wird es nicht. Der Colonel sagt, daß es bis zu drei Monaten dauern kann, bis wir das Basiscamp erreichen.«

Ich starrte noch immer unverwandt auf die weißen Mauern von Tanamera und dachte an Julie, Irene, Ben, meine Eltern und sogar an Tim. Was lag noch vor mir? Würde je jemand erfahren, wo ich mich befand und was ich tat?

»Verzeihen Sie die Frage, Sir«, begann der Sergeant neben mir. »Aber war das Ihr Haus?«

»Ja, das war es«, seufzte ich. »Mein Großvater hat's erbaut. Er ist dort im Haus vor zwei Tagen bei einem Bombenangriff ums Leben gekommen. Es war mal das größte Haus von ganz Singapur, und mein Großvater hat die Mauern mit einem Mörtel aus Kokosschalen, Eiweiß und Zucker bauen lassen, damit das Haus hundert Jahre stehen sollte. Wie Sie sehen, hatte er recht.«

»Es ist fast so groß wie das Schloß in Edinburgh. Hat es einen Namen, Sir?«

»Ja. Tanamera.«

»Das ist ein ungewöhnlicher Name, Sir.«

Ich erklärte ihm, was die beiden malaiischen Worte bedeuteten, bückte mich, hob von einem zerstörten Cannabeet eine Handvoll der roten Erde auf und zeigte sie Macmillan.

»Das ist unser Erbe«, murmelte ich. Dann wandte ich mich an Li. Über sein graues, faltiges Gesicht rannen Tränen. Ich hatte ihn noch nie weinen sehen.

In einem plötzlichen Impuls streckte ich Li die Hand hin, in der ich die Erde hielt. Er legte seine Hand spontan zum Zeichen unserer Freundschaft und Verbundenheit darüber. »Paß gut auf dich auf, Li. Ich komme zurück.«

Dann wandte ich mich an Macmillan. »Aus diesem Grund bin ich freiwillig der Force 136 beigetreten, Sergeant... Ich will für Li, die gute Erde von Singapur und für Tanamera kämpfen.«

Fünfter Teil

Malaya 1942–1945

31

Es war, als hätten wir das Paradies erreicht, als Ah Ki, der Dschungelführer, der uns an der Ostküste in Empfang genommen hatte, Sergeant Macmillan und ich in das Camp kamen und Colonel Chalfont uns im grünen Tarnanzug auf der Lichtung erwartete.

Das war vor vier Monaten, Mitte Mai 1942, gewesen. Inzwischen gehörten wir wie selbstverständlich zu dem Lager, das aus soliden Hütten bestand, die im Kreis um einen Sammelplatz aus gestampfter Erde erbaut worden waren und sich so geschickt in den Dschungelrand einfügten, daß selbst ein tieffliegendes japanisches Flugzeug sie nicht ausmachen konnte. Auf der einen Seite befanden sich Verwaltungsbüros, der Befehlsstand und die Büros von Colonel Chalfont und Tan Sun, dem Führer der zweiundvierzig chinesischen Guerillas, von denen jeder ein hundertprozentiger Feind der Japaner und Kommunist war. Das Camp lag an einem sanften Abhang direkt an einem kleinen Gebirgsbach. Von oben nach unten gestaffelt befanden sich Waschräume, Küchen und Latrinen am Ufer des Flüßchens, das fünfzehn Kilometer weiter westlich bei Kuala Lumpur in den Klang mündete.

Die lebenswichtigen Sicherheitsvorkehrungen beruhten im wesentlichen auf einem chinesischen Warnsystem, das ich kennenlernte, als ich zum ersten Mal den Paradeplatz betrat und man mich warnte, nicht auf die dicken Rattanseile zu treten, die dort kreuz und quer zwischen den um den Platz herum postierten Wächtern gespannt waren. Bei Gefahr zogen sie nur mehrmals kräftig an den Seilen, um Alarm auszulösen.

Der einzige Zugang zum Camp führte durch fast undurchdringlichen Dschungel, der bis zur Straße Kuala Lumpur-Benton hinunterreichte. Obwohl ich die Gegend gut kannte, hätte ich das Lager ohne fremde Hilfe nie gefunden. Selbst der Eingang zu dem geheimen Dschungelpfad war ohne den Wachtposten nicht zu entdecken, der dort in der perfekten Tarnung eines Kautschukernters Dienst tat. Er war es auch, der den Besucher zuerst durch den Dschungel, durch verlassene und brachliegende Kautschukplantagen und schließlich zu dem grob durchs Dschungeldickicht geschlagenen Weg führte, den zahllose unsichtbare Posten säumten, und auf dem die Sichtweite manchmal nur fünf Meter betrug, weil durch das dichte Blätterdach der Bäume und Sträucher kein Licht- oder Sonnenstrahl mehr drang. Erst wenn man ganz unverhofft auf zwei aufgestellte Maschinenpistolen stieß, wußte man, daß das Camp erreicht war.

Die zurückhaltende und disziplinierte Art des Colonels Robin Chalfont lernte ich täglich mehr zu bewundern.

Obwohl er ein freundlicher und geselliger Mann war, aßen wir nur einmal am Tag gemeinsam in aller Öffentlichkeit vor seinem Büro zu Abend, um unsere Distanz und Autorität über die chinesischen Guerillas zu demonstrieren, denen wir, um Disziplin zu halten, bei jeder Gelegenheit zeigen mußten, daß wir, die Engländer, das Kommando über das Lager hatten. Mit Sergeant Macmillan, dem einzigen Briten außer uns im Camp, trafen wir uns täglich zu einem gemeinsamen Arbeitsessen. Unsere Mahlzeiten bestanden aus den Lebensmitteln, die wir zum größten Teil von Sympathisanten und Angehörigen der chinesischen Guerillas bekamen und die von jungen Männern ins Lager geschmuggelt wurden, denen diese Aufgabe als Prüfung für ihre Tauglichkeit zur Guerilla auferlegt wurde. Die Methode war für alle Beteiligten von Vorteil. Wir bekamen das Essen und die jungen Männer das nötige Training. Allerdings war das eine Ausbildung, bei der jeder Fehler mit dem Tod bezahlt werden mußte. Aber wir mußten insgesamt auf nur wenige Mahlzeiten verzichten.

Sergeant Macmillan und ich absolvierten auch im Camp weiterhin ein tägliches Körpertraining, über das sich die Chinesen nur so lange mokierten, bis sie sich uns begeistert anschlossen. Ich hatte auf dem Marsch durch Malaya zwanzig Pfund abgenommen und war entschlossen, diesen Gewichtsverlust durch konsequentes Muskeltraining wettzumachen. Nach einigen Wochen ließ Colonel Chalfont mich dann sogar wieder das Fahrrad bedienen, mit dem wir einmal pro Woche Strom für den Kurzwellensender erzeugten, mit dessen Hilfe wir den Kontakt zur Zentrale in Colombo aufrecht erhielten. Die Nachrichten wurden verschlüsselt gesendet und empfangen, und Chalfont war der einzige, der den Code kannte.

Während der ersten Monate im Camp Ara verbrachten wir viel Zeit mit der Entwicklung einer speziellen Bombe, die für einen besonders brutalen japanischen Kommandeur namens

Captain Shinpei Satoh bestimmt war, der durch willkürliche Exekutionen und Folterungen von Zivilisten die gesamte Gegend terrorisierte.

Wir standen dabei vor dem Problem, daß wir zwar Satohs Namen kannten, jedoch weder wußten, wie er aussah oder wo sich sein Camp befand, noch eine geeignete Bombe für ein solches Attentat besaßen. Ich war von Anfang an bei den Vorbereitungen für den Anschlag dabei, hatte allerdings keine Ahnung, daß Chalfont den Befehl über das Exekutionskommando mir übertragen würde.

Unsere Einheit hatte riesige Mengen Sprengstoff von der Armee übernommen. Von Granaten bis zu Plastiksprengstoff war alles vorhanden. Plastiksprengstoff hatte den Vorteil, daß er gegen Nässe unempfindlich war und man die Zündung durch Druck auslösen konnte. Wenn man eine Ladung Plastiksprengstoff vergrub, was wir oft taten, explodierte sie beim nächstbesten Fahrzeug, das darüberfuhr. Wollte man Züge zum Entgleisen bringen oder Brücken in die Luft sprengen, war das eine ausgezeichnete Methode, denn wir konnten den Sprengstoff dort anbringen, wo ein Jeep oder Lastwagen vorbeikommen würde. Auf diese Weise benutzten wir als Auslöser praktisch ein feindliches Fahrzeug. Für ein Sprengstoffattentat auf einen Menschen war diese Praxis allerdings völlig ungeeignet, da wir nie mit Sicherheit wissen konnten, wo sich das potentielle Opfer mit einem Fahrzeug zu einem bestimmten Zeitpunkt befinden würde. Und bei einem Mann wie Satoh durften wir uns keine Panne leisten.

Wir brauchten also eine Bombe, die ein oder zwei Tage am vorgesehenen Tatort liegen und erst zu dem Zeitpunkt ausgelöst werden konnte, wenn Satoh in der Nähe war.

Nach monatelangen Versuchen hatte Tan Sun, der chinesische Guerillaführer, das Problem für uns gelöst. Ich wußte von Chalfont, daß Tan Sun, bevor er Lehrer geworden war, in einer Autowerkstatt gearbeitet hatte, und er besaß sowohl technisches Wissen als auch handwerkliches Geschick. Er hatte eine Bombe konstruiert, die wie die meisten chinesischen Erfindungen nach einem ganz einfachen Prinzip funktionierte. Tan Sun höhlte ein dickes Stück Bambusrohr aus, wie es überall in dieser Gegend zu finden war, und füllte es mit dem gefährlichen Gelatinedynamit, das wir in ausreichenden Mengen besaßen. Die Bombe im Bambusrohr konnte auf Straßen und Wegen deponiert werden, ohne daß sie je Argwohn erregen würde.

Im Gelatinedynamit der Bombe befand sich ein Sofortzünder, der mit Hilfe eines für das bloße Auge kaum sichtbaren dünnen Drahts aus sicherer Entfernung ausgelöst werden konnte. Der große Vorteil dieses einfachen Systems war, daß man die Bombe jederzeit und überall anfertigen und den Zeitpunkt der Explosion so genau bestimmen konnte, daß sie für den Betroffenen mit Sicherheit tödlich war und doch gleichzeitig unschuldige Opfer zu vermeiden waren.

Nachdem wir nun eine geeignete Bombe besaßen, brauchten wir nur noch zuverlässige Informationen über Satohs Camp, seinen Lebensstil und eine genaue Personenbeschreibung. Trotz wiederholten Drängens Tan Suns, ein Exekutionskommando loszuschicken, bestand Chalfont hartnäckig darauf, erst dann zu handeln, wenn wir sicher sein konnten, daß unsere Bombe auch den richtigen Mann traf.

Die gewünschten Informationen erhielten wir schließlich ganz unerwartet von einem der neuen chinesischen Rekruten im Lager. Jeder zukünftige Guerilla wurde durch die Chinesen einer strengen Prüfung unterzogen und fing dann meistens als Essenausträger oder Mitglied des Reinigungskommandos im Lager an. Während er bereits im Lager arbeitete, stellte man in den Dörfern, den sogenannten »Kampongs«, diskret Nachforschungen über ihn an. Der besagte Rekrut war ein Chinese aus dem »Straits Settlement«* namens Ah Tin und hatte eine Zeitlang in Satohs Lager gearbeitet, nachdem er zusammen mit anderen Zivilisten von einer japanischen Patrouille aufgegriffen und kurzerhand zur Zwangsarbeit verpflichtet worden war.

Ah Tin mußte ungefähr zwanzig sein, sah jedoch jünger aus und machte mit seinen dunklen, wäßrigen Augen, die ständig vor irgend etwas auf der Hut zu sein schienen, einen geradezu mitleiderregend harmlosen Eindruck. Doch Ah Tin konnte Satoh nicht nur zweifelsfrei identifizieren, er wußte auch über die Gewohnheiten des Japaners Bescheid.

»Jetzt könnte es vielleicht gelingen«, sagte Chalfont eines Tages beim Abendessen. Es gab Klebreis, einige Gramm Stockfisch und einen nahrhaften Brei aus der Tapiokawurzel, die überall in der Gegend angebaut wurde.

»Ja, Tan Suns Bombe ist perfekt«, stimmte ich Chalfont zu.

---

* Seit 1826 bildete Singapur zusammen mit Penang und Malateka die sogenannten »Straits Settlements«, die 1851 unmittelbar dem britischen Gouverneur von Indien unterstellt wurden. (Anm. d. Übersetzers.)

»Aber nicht ganz ungefährlich für denjenigen, der den Zünder auslösen muß«, entgegnete der Colonel mit der für ihn typischen Untertreibung.

»Wenn man weit genug vom Tatort entfernt und der Draht lang ist, sehe ich kein Problem.«

»Darum geht es gar nicht«, widersprach Chalfont. »Die Schwierigkeit ist, schnell genug vom Tatort wegzukommen. Ich möchte Sie nicht schon in der Blüte Ihrer Jugend verlieren, Johnnie. Schon Sekunden nach der Detonation wimmelt sicher die ganze Umgebung von Japanern. Die Chance, fliehen zu können, ist praktisch gleich Null.«

Ich war anderer Meinung. Schließlich hatte ich mich in den vergangenen Monaten oft nur wenige Meter von japanischen Suchtrupps entfernt versteckt gehalten. Mit geschwärztem Gesicht konnte man im dichten Dschungel fast nicht entdeckt werden! Es sei denn, man hatte Pech und wurde von einem Bajonett getroffen, mit dem ein japanischer Soldat wahllos im Dickicht herumstocherte. Doch in diesem Augenblick hätte jeder von uns die Zyankalikapsel geschluckt, die wir bei uns trugen, um der japanischen Folter durch den Freitod zu entgehen.

»Das Risiko müssen wir alle eingehen«, erwiderte ich. »Ich glaube kaum, daß das die Chinesen abschrecken kann. Allerdings erhöhen sich unsere Überlebenschancen, wenn wir die Gegend genau kennen.«

»Die Lage von Satohs Camp hat mir Ah Tin verraten«, bemerkte Chalfont ganz nebenbei. »Und ich bin sicher, daß Sie es wie Ihre Hosentasche kennen.«

»So? Spannen Sie mich nicht länger auf die Folter.«

»Es ist der Country Club an der Straße von Ara nach Bentong. Wissen Sie jetzt Bescheid?«

Und ob ich Bescheid wußte. Und wie so oft während der langen Monate im Dschungel holte mich die Vergangenheit ein. Ich dachte an die Tanzveranstaltungen mit Würstchen und Kartoffelbrei, an Natflat, die mir damals auf der Veranda des Clubhauses gestanden hatte, daß das Kind, das sie erwartete, nicht von Tony war, und an Irene, die am Nachmittag zuvor bewußt alles daran gesetzt hatte, schwanger zu werden.

»Also kennen Sie den Club?« riß Chalfont mich aus meinen Gedanken.

»Entschuldigen Sie, ich bin gerade weit weg gewesen. Ich habe an die alten Zeiten gedacht. Glauben Sie, daß sie je wiederkehren?«

»Vielleicht schneller als Sie denken, wenn es uns gelingt, Satoh auszuschalten«, erwiderte er lakonisch.

»Soll es denn schon bald losgehen?« fragte ich und konnte meine Erregung nur mühsam unterdrücken.

»Natürlich. Je schneller, desto besser. Nehmen Sie Jack Macmillan und den Chinesen mit... er ist der einzige, der Satoh identifizieren kann.«

»Ah Tin? Glauben Sie, er steht das durch?« Bezüglich des Chinesen hatte ich meine Zweifel. »Wenn auch nur einer von uns versagt... nicht durchhält... na, Sie wissen, daß das unser aller Ende ist. Ist auf Ah Tin denn Verlaß?«

»Sicher«, seufzte Chalfont.

»Er scheint in einer ständigen Angst zu leben«, gab ich zu bedenken.

»Er hat auch Angst. Aber es gibt etwas, das noch stärker ist als Angst: Rache. Ah Tins Vater ist in eine dieser heimtückischen und brutalen Bambusfallen der Japaner gefallen. Satoh hat den armen Mann mit Petroleum übergossen und angezündet. Er ist bei lebendigem Leib verbrannt. Machen Sie sich also keine Sorgen wegen Ah Tin, Johnnie. Und da er Sie zu Satoh führen wird, sollten Sie ihm die ehrenvolle Aufgabe übertragen, den Zünder der Bombe auszulösen.«

32

Drei Tage später machten wir uns auf den langen Marsch zum Club. Wir trugen Khakihemden, lange Khakihosen, die uns gegen die Blutegel schützen sollten, Stiefel mit Gummisohlen und breitrandige australische Hüte, die sowohl als Sonnenschutz wie auch als Waschschüssel dienen konnten. Das Kommando bestand lediglich aus Ah Tin, Macmillan und mir. Unser Marschgepäck enthielt fast achtzig Pfund Gelatinedynamit, Kleidung zum Wechseln, Schlafmatten aus Stroh, einen primitiven Erste-Hilfe-Kasten, eine Generalstabskarte der Gegend, einen Kompaß, Buschmesser und mehrere in luftdicht abgeschlossene Blechbüchsen verpackte Zündholzschachteln. Macmillan und ich hatten zusätzlich noch jeder ein Maschinengewehr mit je sechs Magazingurten und je sechs Handgranaten. Zu meiner Ausrüstung gehörte außerdem noch ein Feldstecher und eine Büchse Lampenruß zur Tarnung unserer Gesichter. In der Hoffnung, daß Ah Tin unsere täglichen Essensrationen in uns freundlich gesinnten Kampongs organisieren können würde, hatten wir nur wenig Lebensmittelvorräte mitgenommen, um uns nicht durch noch mehr Gewicht zu belasten.

Kaum hatten wir die Straße überquert und den Dschungel erreicht, begann es in Strömen zu regnen. Wir kämpften uns mit Hilfe unserer Buschmesser noch gut einen Kilometer weiter vorwärts, dann waren wir bis auf die Haut durchnäßt und beschlossen, das Nachtlager aufzuschlagen. Ah Tin hatte im Handumdrehen aus Bambus, der selbst im feuchten Zustand stets brannte, und mit Hilfe von einem Stückchen Harz oder Kautschuk, das die Chinesen immer bei sich trugen, wenn sie unterwegs waren, ein Feuer gemacht. Natürlich qualmte es ziemlich stark.

»Ist das nicht gefährlich?« fragte ich und sah der Rauchsäule nach, die vom Feuer aufstieg.

»Nein, Tuan. Bevor er die Baumwipfel erreicht hat, hat sich der Qualm längst verflüchtigt.«

Macmillan holte aus seinem Gepäck ein paar Suppenwürfel und einige Tabletten Kaliumpermanganat, mit denen wir das Wasser desinfizierten. »Ich koche die Suppe, Sir«, sagte Macmillan. »Wenn Sie inzwischen ein paar Äste schlagen, könnten wir mit unseren Matten einen Unterstand bauen.«

Eine halbe Stunde später kehrte ich mit einem Armvoll Ästen zurück. Die Suppe war fertig, doch zuvor mußte ich die unangenehme Pflicht erledigen, die Blutegel abzulesen, die man sich zwangsläufig einhandelte, wenn man im Dschungel Holz schlug. Obwohl ich meine Stiefel so fest wie möglich geschnürt hatte, war es zwei Blutegeln gelungen, sich durch die schmale Öffnung zu zwängen und sich zwischen meine Zehen zu setzen. Die Zehen, Finger und die Leistengegend waren die bevorzugten Stellen der widerlichen Tiere. Mindestens ein Dutzend Exemplare saßen an meiner Kleidung, und zwei weitere hatten sich, für mich unsichtbar, an meinem Nacken festgesaugt.

Ah Tin, der ein starker Raucher war und sich die Zigaretten selbst drehte, befreite mich von den lästigen Blutsaugern, indem er sie mit der brennenden Zigarette tötete. Dies war die beste Methode, die Tiere loszuwerden. Versuchte man nämlich, die Blutegel einfach herauszudrehen, passierte es häufig, daß die Kiefer im Fleisch zurückblieben und mit dem Messer herausgeschnitten werden mußten, um eine Entzündung zu vermeiden, die in den Tropen tödlich sein konnte.

Ich verbrachte eine schlaflose Nacht. Das endlose Konzert der Zikaden und Ochsenfrösche, mein heftiger Schnupfen, den ich mir durch das ständige Tragen feuchter Kleider geholt hatte und der mir das Atmen schwermachte, und chronische Angst vor tropischen Insekten ließen mich nicht zur Ruhe kommen.

Am nächsten Morgen machten wir uns wieder auf den Weg. Der Kompaß wies uns die Richtung, und wir brauchten fünf Stunden bis zum nächsten Kampong. Streckenweise mußten wir uns den Weg mit dem Buschmesser durch den Dschungel schlagen. Dornige Büsche und Schlingpflanzen erschwerten uns immer wieder das Fortkommen, und obwohl ich bereits seit Monaten gewohnt war, mit dem Buschmesser umzugehen, hatte ich den Respekt vor der schwierig zu handhabenden Waffe noch nicht verloren. Wenn der Schlag mit dem Buschmesser nicht genau gezielt war, glitt die Klinge manchmal von einem nassen Ast oder sogar von einem Stein ab, den man fälschlicherweise für trockenes Holz gehalten hatte.

Dann hob Ah Tin plötzlich die Hand und blieb stehen.

Da er einen chinesischen Dialekt sprach, den ich nicht verstand, fragte ich ihn auf Malaiisch: »Lekaslah! Mengapa kau berhenti?«*

»Ich rieche Rauch, Tuan«, antwortete der Chinese und sog scharf die Luft ein. »Wir können nicht weiter.«

»Warten wir einen Augenblick. Was können das für Leute sein?«

»Keine Ahnung, Tuan. Ich sehe nach.«

»Hati-hatilah!« warnte ich ihn. »Paß auf dich auf.« Da ich ständig Angst hatte, daß man uns verraten könnte, verabredeten wir, daß wir eine halbe Stunde auf Ah Tins Rückkehr warten und dann unseren Marsch fortsetzen wollten, falls er bis dahin nicht wiederkäme. Das lag sowohl in unserem als auch in Ah Tins Interesse, da er auf keinen Fall in Begleitung von zwei Briten entdeckt werden durfte. Allein konnte er sich immer unter die chinesische Bevölkerung mischen, ohne Verdacht zu erregen. Macmillan und ich entledigten uns unseres Marschgepäcks, das mit jedem Kilometer schwerer zu werden schien. »Hoffentlich kann er ein Huhn oder was Ähnliches organisieren«, seufzte Macmillan.

---

* »Komm weiter! Weshalb bleibst du stehen?«

Nach einer Viertelstunde war Ah Tin zurück. Er lächelte und sagte zu mir auf Malaiisch: »Meine Schwester wohnt dort. Sie sagt, es sei sicherer für den Tuan, ins Kampong zu kommen und dort zu essen.«

Die Gegend, wo das Attentat stattfinden sollte, erreichten wir am Abend des dritten Tages. Mein Gesicht und die Arme waren von Dornen zerkratzt und trugen die häßlichen Narben von mindestens fünfzig Blutegeln, die Ah Tin mit seinen Zigaretten getötet hatte. Die meisten Verletzungen waren harmlos. Nur zwei hatten zu eitern begonnen und pochten. Nach einer Jodbehandlung schienen sie jedoch normal zu heilen.

Unsere erste Aufgabe war es, das Gebiet sorgfältig zu erkunden. Der Club lag auf der Südseite der Bentong Road. Auf der Nordseite, wo wir uns befanden, endete der Dschungel unter einem steilen, ungefähr fünfzig Meter hohen Abhang, der mit dichtem Gebüsch überwuchert war und in dem wir uns vorläufig vor den Japanern verstecken konnten. Von dort aus hatten wir einen guten Überblick über die Durchgangsstraße von Kuala Lumpur nach Bentong.

Am ersten Abend krochen wir im Mondschein zum Gipfel der Anhöhe hinauf. Es dauerte nicht lange, bis wir die ersten Lastwagen aus Kuala Lumpur kommen hörten. Nachts konnten es nur japanische Militärfahrzeuge sein. »In Deckung, Sir!« zischte Macmillan. Wir beide warfen uns auf den feuchten Untergrund und fluchten leise, als wir unsanft auf Wurzeln und Baumstümpfe stießen. Ah Tin schlüpfte ohne sichtbare Hast geschickt in ein Versteck. Im Dschungel benahm er sich wie ein Tier in natürlicher Umgebung.

Hinter der Kurve leuchteten bereits Scheinwerferkegel in den mondhellen Himmel, bis sie sich an der Kurve tiefer neigten und die Straße unter uns in gleißendes Licht tauchten. Dann schwenkten sie nach rechts in die Einfahrt des Country Clubs ein. Die Japaner hatten keinen Grund zur Heimlichkeit. Für sie war Malaya befriedet, der Krieg vorbei, die neuen Rohstoffzulieferer erschlossen, und wir, die wir unter saftig grünen Büschen versteckt lagen, waren die Gejagten.

Kurz nach Sonnenaufgang am nächsten Morgen kehrte ich auf die Anhöhe zurück, um mit dem Fernglas das Clubhaus zu beobachten, das mittlerweile dem verhaßten Captain Satoh als Hauptquartier diente. Zum ersten Mal fiel mir bei dieser Gelegenheit auf, daß das Gebäude nach hinten heraus einen zweiten

Eingang hatte. Von meinem erhöhten Beobachtungsposten aus konnte ich beide Eingänge sehen, wobei der Hintereingang näher zu mir lag. Zwei japanische Soldaten in Unterhose und Unterhemd kamen heraus und rauchten offenbar die erste Zigarette des Tages und pißten an die Wand. Drei weitere Soldaten folgten ihnen. Ich erinnerte mich, daß es im Clubhaus lediglich eine kleine Damen- und eine Herrentoilette gegeben hatte. Aber natürlich war das Clubhaus nie auf Gäste eingestellt gewesen, die dort auch übernachteten. Das war wohl auch der Grund dafür, daß im nächsten Augenblick eine junge Chinesin herauskam, um im Garten ihr Geschäft zu verrichten.

Das heisere Gelächter eines japanischen Soldaten hallte durch die stille Morgenluft zu mir empor, als die Chinesin ihre schwarze Pyjamahose herunterzog und sich breitbeinig niederhockte. Ich vermutete, daß sie zum Hauspersonal des Captains gehörte, das dieser unter der Zivilbevölkerung einfach wahllos requirierte. Ein Japaner ging zu ihr und ließ sich neben ihr ebenfalls in der Hocke nieder. Er bot ihr eine Zigarette an, die die Chinesin annahm und sich mit der linken Hand hinters Ohr steckte. Dann tat der Japaner etwas Erstaunliches. Er bedeutete der Chinesin in Zeichensprache, ihre Hose noch weiter hinunterzuschieben. Das machte sie, ohne eine Miene zu verziehen. Der Japaner öffnete seinen Hosenschlitz und begann zu masturbieren. Während er sie beobachtete, kam er schnell zum Erguß. Anschließend schenkte er ihr mit einem heiseren Lachen eine zweite Zigarette, stand auf und schloß seine Hose. Soviel ich durch das Fernglas sehen konnte, hatte sich die Chinesin das alles ungerührt mitangesehen.

Offenbar war ich nicht der einzige, der in diesem Augenblick Ekel und Abscheu empfand, denn als der Japaner noch immer lachend davonging, ertönte vom Vordereingang her ein dröhnendes, grimmiges Kommando. Der Soldat blieb wie angewurzelt stehen.

»Das ist Captain Satoh, Tuan«, flüsterte Ah Tin.

Ich konnte nicht verstehen, was der Captain brüllte, doch ich sah, wie Satoh, als der Soldat steif Haltung einnahm, ihm mit aller Kraft den Revolverkolben über den Schädel schlug. Der Mann sackte vornüber, und die Chinesin zog schnell ihre Hose hoch und floh. Satoh feuerte zwei Magazine auf sie ab, ohne jedoch zu treffen. Dann holte Satoh mit einem letzten angewiderten Blick auf den Soldaten mit dem Fuß aus und stieß ihn dem Soldaten in die Magengegend, bevor er wieder im Haus verschwand.

Im Lauf des Vormittags bestätigte mir Ah Tin, der regelmäßig zu geheimnisvollen Botengängen verschwand, daß Satoh vier- oder fünfmal pro Woche nach Kuala Lumpur fuhr. Dabei verließ er das Camp stets um elf Uhr morgens, um im *Gefleckten Hund*, wie der Kelantan Club auch genannt wurde, seit eines der Gründungsmitglieder beim Essen seinen Dalmatiner in der Nähe des Eingangs angebunden hatte, zu Mittag zu essen. Der Kelantan Club lag am Rand eines herrlichen Rasenplatzes in Kuala Lumpur, der in der Zeit der Gründung des Clubs angelegt worden war und den die Mitglieder seitdem für ihre Spiele nutzten. Auf der gegenüberliegenden Seite befand sich das Regierungsgebäude im maurischen Stil und daneben war der ebenfalls etwas barocke Bahnhof der Stadt. Der Kelantan Club diente den Japanern mittlerweile als Offiziersclub. Ich konnte durchaus verstehen, daß Satoh, der in seinem spartanischen Hauptquartier sämtliche Annehmlichkeiten entbehren mußte, dort häufig zu Gast war. Die Entfernung zwischen dem Country Club und Kuala Lumpur betrug nur knapp dreißig Kilometer, und die Straße war geteert und in gutem Zustand. Ara lag ungefähr auf halbem Weg.

Ich hatte in diesen Tagen nur eine Sorge, und die galt dem Ort und dem Zeitpunkt des Attentats. Da Satoh auf dem Weg nach Kuala Lumpur nach der Einfahrt links auf die Hauptstraße einbiegen mußte, beschlossen wir, die Bombe ungefähr vierhundert Meter westlich des Eingangtors zum Country Club zu plazieren. Dort war der Abhang am steilsten, was uns besseren Schutz und bessere Fluchtmöglichkeiten bot. Außerdem verlief die Straße dort in einer sanften Kurve, so daß der Zünddraht kaum entdeckt werden konnte.

Bevor wir uns an die Herstellung der Bombe machten, konstruierten wir zuerst ein Alarmsystem. Macmillan und ich mußten während des Tages abwechselnd auf der Anhöhe über dem Club Wache halten, um die anderen sofort warnen zu können, falls sich Japaner näherten. Derjenige, der im provisorischen Lager blieb, hatte einen guten Überblick über den geraden Straßenabschnitt der Straße nach Kuala Lumpur zur Rechten. Da wir einander lautlos und unauffällig warnen mußten, benutzten wir dasselbe System wie Chalfont im Ara-Camp.

Natürlich gab es mehrmals blinden Alarm, der meistens durch Affen ausgelöst wurde, die mit dem Rattanseil spielten, doch das war nicht weiter schlimm. Die Warnung veranlaßte uns ja lediglich, uns auf den Bauch fallen zu lassen und durch die Farnsträucher die Straße zu beobachten, bis die Gefahr vorüber war.

Es herrschte eine mörderische Hitze. Die anfänglichen Regengüsse waren einer erbarmungslosen Sonne gewichen, und manchmal waren unsere Hüte so heiß, daß man sich an ihnen beinahe die Finger verbrannte. Mit unseren Buschmessern schnitten wir schließlich zwei Bambusrohrstücke von jeweils einem Meter Länge für die Bomben zu. Die Reste wollten wir ebenfalls auf der Straße verteilen, so daß ein mißtrauischer Japaner nur ein harmloses Bambusrohr finden würde, das seiner Ansicht nach von einem schlecht beladenen Lastwagen gefallen oder vom Sturm auf die Straße geweht worden sein mußte.

An die Zünder befestigten wir jeweils einen Draht von zwei Meter Länge. Die Zünddrähte sollten aus Sicherheitsgründen erst dann so weit verlängert werden, daß wir die Explosion vom Gipfel der Anhöhe aus auslösen konnten, wenn wir die Bombe endgültig installierten.

Macmillan übernahm die Aufgabe, den Verlängerungsdraht bereits am Vorabend vom Straßenrand zum Gipfel der Anhöhe zu verlegen, so daß wir am entscheidenden Tag nur noch die Bomben zur Straße hinuntertragen und die Zünddrähte mit dem Verlängerungsdraht verbinden mußten.

Um der Gefahr vorzubeugen, daß wir auf unserem Weg zum Gipfel im Dunkeln an dem unsichtbaren dünnen Draht hängenblieben, legte Macmillan ein Stück weiter rechts als Markierung ein Rattanseil aus, an dem wir uns auf dem Rückweg ins Versteck orientieren konnten, nachdem wir die Bombe installiert hatten.

Die Vorbereitungen dauerten drei Tage. Wir beobachteten vom Scheitelpunkt des Abhangs aus, wie Captain Satoh zwei Tage lang in seinem offenen Wagen, vermutlich ein unfreiwilliges Geschenk der britischen Truppen, den Club verließ und hinter dem Tor nicht in westliche Richtung, sondern nach rechts abbog.

»Er fährt zur großen Konferenz nach Bentong«, erklärte Ah Tin, der ständig Informationen für uns auskundschaftete. »Morgen fährt er nach Kuala Lumpur. Morgen stirbt er, ja?«

Zur Bestätigung klopfte ich dem Chinesen auf die Schulter.

Er lächelte.

Das bedeutete, daß wir die Bomben noch am selben Tag in der Dämmerung auslegen mußten. Wir hatten dafür die Dämmerungszeit ausgewählt, da wir einerseits nicht wagten, bei Licht zu arbeiten, es andererseits viel zu gefährlich war, den hochexplosiven Sprengstoff im Dunkeln zu transportieren.

Kurz vor Einbruch der Dunkelheit schwärzten Macmillan und ich uns Gesichter, Arme und Hände mit Ofenschwärze, die wir mit Kaliumpermanganat gebunden hatten. Auf diese Weise würde die Farbe mehrere Stunden halten.

Daraufhin nahm ich die erste Bombe und machte mich auf den mühsamen Weg zum Fuß des Abhangs, den ich auf dem Bauch durch das Strauchdickicht kriechend zurücklegte. Da ich bei jedem Verkehrsgeräusch auf der Straße anhalten mußte, brauchte ich für die Strecke eine volle Stunde. Einmal erfaßte mich das Scheinwerferlicht eines Motorrads, das um die Kurve kam. Angst und Hitze trieben mir den Schweiß aus allen Poren. Ich schob die Bombe vorsichtig in das von mir bereits markierte Versteck unter einem besonders dichten Farnstrauch und kehrte auf demselben Weg zurück, um die zweite Bombe zu holen. Während für mich erneut der mühselige Abstieg begann, brachte Ah Tin einige harmlose Stücke Bambusrohr zur Straße, die als Tarnung für die Bomben dienen sollten.

Im letzten Licht der Dämmerung befestigten wir den Verlängerungsdraht an den Zünddrähten der Sprengstoffladungen. Dann begann für uns das Warten.

Gegen Mitternacht verstreute Ah Tin die anderen Bambusrohrstücke auf der Straße. Danach kroch ich, in jeder Hand eine Bombe, aus dem Versteck und legte die dicken Bambusstücke mit Macmillans Hilfe zu den anderen auf die Straße.

Trotz des als Markierung gedachten Rattanseils war ich auf dem Rückweg zum Scheitelpunkt der Anhöhe nervös. Ich hatte in den vergangenen Monaten erfahren müssen, wie leicht man im Dschungel in der Dunkelheit die Orientierung verlieren konnte. Doch Ah Tin war ein sicherer Führer. Mit Hilfe des Rattanseils gelangten wir in unser Versteck.

Danach mußten wir nur noch warten und darauf achten, daß wir auch tatsächlich Satoh und keinen Falschen töteten. Ich glaube nicht, daß ich in dieser Nacht überhaupt geschlafen habe. Sobald die Straße unter uns in der Morgendämmerung als grauer Schatten auftauchte, aßen wir einen letzten Rest kalten gekochten Reis. Vier Stunden vergingen.

Um Punkt neun Uhr geschah das Unerwartete. Zwei japanische Soldaten mit aufgepflanzten Bajonetten kamen die Straße entlang und genau auf die verstreut liegenden Bambusrohrstükke zu. In ihrer Begleitung waren vier Chinesen, die »Chonkols«, breite Hacken, über der Schulter trugen, die in Malaya oft wie Spaten verwendet wurden. Wie gebannt starrte ich mit dem

Fernglas durch das Gewirr von Ästen mit den dicken, fleischigen Blättern auf die Straße hinunter. Die Gruppe blieb direkt unterhalb unseres Verstecks stehen. Einer der beiden japanischen Soldaten dirigierte die Chinesen zur gegenüberliegenden Straßenseite. Ich hielt den Atem an, als ich sah, wie sein Blick plötzlich auf ein Stück Bambusrohr fiel. Er bückte sich, als wolle er es aufheben, versetzte ihm jedoch statt dessen einen Fußtritt. Ich wußte nicht mehr, in welchem der Bambusrohre die Sprengladung steckte. Den dünnen Zünddraht hatte der Japaner offenbar nicht entdeckt. Die Gläser meines Feldstechers waren beschlagen, und dicke Schweißtropfen standen auf meiner Stirn.

Dann befahl der zweite Soldat den Chinesen, den Straßengraben zu reinigen. In diesem Augenblick streckte Ah Tin neben mir unvermittelt die Hand aus und deutete auf die Gruppe. »Mein Bruder! Meine Freunde aus dem Kampong!« keuchte er entsetzt.

»Tutup mulutmu! Halt den Mund!« zischte ich erschrocken. Plötzlich hatte ich die schreckliche Vorahnung, daß alles schiefgehen sollte. Tagelang hatten wir unter härtesten Bedingungen gearbeitet, und jetzt, da Satoh jeden Augenblick kommen mußte, tauchten ein paar chinesische Arbeiter auf, unter denen sich ausgerechnet auch Ah Tins Bruder befand. Wenn die Kulis nicht bald verschwanden, waren wir möglicherweise gezwungen, die ganze Aktion zu verschieben. Ich putzte die Gläser des Feldstechers mit dem Hemd und beobachtete Ah Tins Freunde genauer.

Die Chinesen und ihre japanischen Bewacher schienen den Vormittag im Freien zu genießen und machten einen gelösten Eindruck. Ich weiß nicht mehr, wie viele Stoßgebete ich in diesen endlosen Minuten zum Himmel schickte, während Ah Tins Miene immer sorgenvoller wurde. Seine Hand am Zünddraht zitterte.

Die Zeit verging, und es geschah nichts. Dann sah es plötzlich so aus, als sollte doch noch alles gut werden. Einer der japanischen Soldaten gab ein scharfes Kommando. Die vier Chinesen kletterten aus dem Graben und schulterten wie zum Abmarsch die Hacken.

Während die Chinesen auf den nächsten Befehl warteten, schrie der andere Japaner plötzlich: »Hai!« Er begann wild zu gestikulieren und sprang in den Straßengraben zurück. Sein Kamerad ging zu ihm, und es begann eine leise Unterhaltung. Der Japaner, der noch auf der Straße stand, deutete auf seine Uhr. Der andere folgte seinem Blick. Auch ich sah auf die Uhr. Es war kurz vor elf.

Einen Augenblick lang glaubte ich, die Japaner würden mit den Chinesen abziehen, doch dann wurde mir klar, was dort unten diskutiert worden war. Der eine Soldat hatte dem anderen gesagt, daß Satoh jetzt jede Minute mit dem Wagen vorbeikommen würde und es besser sei, sie blieben und trieben die Chinesen vor seinen Augen zur Arbeit an.

Plötzlich hallten scharfe Kommandos durch die Luft. Mit vorgehaltenem Gewehr trieben die Japaner die Chinesen wieder in den Graben. Wer zu langsam war, bekam einen Schlag auf den Rücken. Dann hörte ich hinter der Kurve das Geräusch eines Wagens.

»Jetzt ist es soweit, mein Junge«, flüsterte Macmillan dem entsetzten Ah Tin zu und entsicherte sein MG und eine Handgranate. Ich brachte mein MG ebenfalls in Anschlag.

Kurz darauf bog der Wagen um die Kurve. Der breitschultrige, korpulente Satoh saß wie immer mit seinem weißen Tropenhelm lächerlich eingezwängt auf dem Rücksitz, während sein Chauffeur und sein Gehilfe auf den Vordersitzen bequem Platz hatten. Ich drehte mich zu Ah Tin um. »Fertig?« fragte ich ihn und haßte mich dafür.

»Nein, Tuan! Meine Freunde! Mein Bruder!«

»Ja, ich weiß, Ah Tin. Aber Satoh ist ein schlechter Mensch.«

»Nein, Tuan. Nein! Morgen... morgen versuchen wir's noch mal. Ich helfe.«

Ich wußte, daß es kein anderes Mal geben konnte, daß wir unser Leben riskierten, wenn wir versuchten, die Bambusbomben am hellichten Tag fortzuräumen, daß jede Minute zählte und wir verschwinden mußten. Der Wagen war nur noch knapp einen Meter entfernt. Er fuhr sehr langsam.

Plötzlich beugte Satoh sich vor, tippte dem Chauffeur auf die Schulter.

»Du mußt, Ah Tin!« flüsterte ich erregt.

»Nein, ich kann nicht!« Ah Tin ließ den Zünddraht los.

»Verdammt! Zu spät!« schimpfte Macmillan leise, als der Wagen an der Stelle mit den Bambusrohrstücken vorbeifuhr. In diesem Augenblick hielt der Chauffeur den Wagen an.

Ich griff nach dem Zünddraht, als Satoh ausstieg. Es sah so aus, als würde er genau neben der Bombe stehen.

»Die Chance dürfen wir uns nicht entgehen lassen.« Macmillan drückte meinen Arm. »Dafür haben wir monatelang trainiert. Sie müssen es tun.«

»Ich kann nicht«, zögerte ich. »Die armen Chinesen...«

»Darum können wir uns jetzt nicht kümmern. Wenn Sie nicht wollen... geben Sie mir den Draht!«

»Ich kann nicht...«

»Dann tun Sie's selbst!« drängte Macmillan.

Ich sah flüchtig Ah Tins ängstliches, verwirrtes Gesicht. Offenbar verstand er nicht ganz, worum es ging.

»Jetzt, Sir!« flüsterte Macmillan. »Denken Sie daran, daß wir eine Aufgabe zu erfüllen haben.«

Ich wandte den Kopf ab und zog einmal heftig am Zünddraht.

Die Erde schien zu beben. Obwohl die hoch am Himmel stehende Sonne schon grell genug war, war sie nichts im Vergleich mit dem blendenden Licht der Stichflamme, die unten auf der Straße aufloderte. Teile von Satohs zerfetztem Wagen waren durch den Explosionsdruck fast bis zu uns heraufgeschleudert worden. Unnatürlich verrenkte menschliche Körper lagen auf der Straße. Manche brannten. Dann erschütterte eine zweite Explosion die Erde. Diesmal ging der Benzintank des Wagens in Flammen auf. Schwarzer Rauch mischte sich in die gelben Flammen, und die Luft roch nach Schießpulver.

Ich hörte den schrillen Ton von Trillerpfeifen, Schreie und eine Sirene. Etwa sechs Japaner kamen aus der Richtung des Clubhauses um die Kurve gelaufen. Sie schrien laut und ich sah, daß sie bewaffnet waren.

»Los, geben wir's ihnen!« zischte Macmillan. Wir sprangen auf, warfen unsere Granaten auf die Straße hinunter und leerten die Magazine unserer MGs. Wir töteten jeden Mann.

»Das verschafft uns eine kleine Atempause«, keuchte Macmillan. Wir hatten keine Veranlassung, auch nur noch eine Minute länger zu bleiben. Satoh war tot. Die Bombe hatte ihn fast vollständig zerfetzt.

»Los, nichts wie weg!« sagte ich. »Wenn wir erst mal im Dschungel sind, finden sie uns nie.«

Ich wandte mich an Ah Tin und meine Kehle war wie zugeschnürt. »Komm!« Ich legte die Hand auf seine Schulter. »Du weißt, wie leid mir das alles tut, Ah Tin, aber Satoh hätte noch viele deiner Landsleute umgebracht, wenn wir ihn nicht getötet hätten.«

Das Gesicht des Chinesen war eine starre Maske des Entsetzens. Er sah mich an, als sei ich ein Ungeheuer. Verachtung und Wut sprachen aus seinem Blick. Meine Hand auf seiner Schulter schüttelte er ab.

»Ich komme nicht mit«, brachte er schließlich heraus. »Ihr

seid genauso schlimm wie Captain Satoh. Er hat meinen Vater getötet, ihr meinen Bruder.«

Bevor ich noch etwas entgegnen konnte, sprang er auf und rannte in entgegengesetzter Richtung davon. Ich hörte Automotoren aufheulen, als sie kamen. Im nächsten Augenblick begannen die Maschinengewehre zu rattern. Die Japaner schossen einfach wahllos um sich. Ich sah die schmale Gestalt Ah Tins auf den Dschungel zulaufen. Macmillan entsicherte sein MG. »Verflucht! Ich muß ihn erschießen!«

»Nein!« schrie ich auf.

»Er kennt das Basislager!« keuchte Macmillan.

Als der Schotte das Gewehr in Anschlag brachte, drückte ich kurzerhand den Lauf nach unten. »Nein, Mac«, bat ich. »Wir haben dem armen Kerl schon genug angetan.«

Bevor Macmillan noch etwas entgegnen konnte, war Ah Tin verschwunden.

»Ich kann nur hoffen, daß Sie jetzt keinen Fehler gemacht haben, Sir«, murmelte der Schotte.

33

Im Dezember 1943, nach dreijähriger Guerillatätigkeit, die Chalfont innerhalb der Force 136 zu einer legendären Figur hatte werden lassen, geschah das völlig Unerwartete. Ich bekam einen Brief von Julie.

Bis zu diesem Tag hatte ich weder etwas von ihr gehört noch über andere in Erfahrung bringen können, ob sie sicher mit der *Ban Hong Liong* in Ceylon gelandet war. Wie oft hatte ich in all den Wochen an sie gedacht, war todmüde auf mein Lager gefallen und hatte von ihr geträumt. Jetzt hielt ich in den zitternden Händen das blaue Kuvert mit einem Brief voller Worte der Liebe und Zärtlichkeit.

Ein europäischer Offizier hatte ihn mir überbracht. Der Mann war mit einem Unterseeboot vor der Küste Malayas gelandet und hatte sich mit strenggeheimen, verschlüsselten Dokumenten in einem dreimonatigen Gewaltmarsch bis ins Lager von Colonel Chalfont durchgeschlagen. Der Kurier blieb drei Tage im Lager, bevor er seinen Weg nach Norden fortsetzte.

»Der Brief ist zensiert«, erklärte Chalfont. »Ein Funkspruch hat mir seine Ankunft bereits angekündigt.«

»Mein Gott, weshalb haben Sie mir nichts gesagt?«

»Ich wollte Ihnen keine falschen Hoffnungen machen. Dem Kurier hätte ja auch etwas zustoßen können.«

Julie lebte. Als ich in meiner kleinen Strohhütte das Kuvert öffnete, fiel mir als erstes ein Foto in die Hände, das eine lächelnde, unverändert schöne Julie mit langem schwarzem Haar und leuchtenden Augen zeigte, die ein dunkelhaariges Baby auf dem Arm hielt, das offenbar mit unserem Ring spielte.

Auf die Rückseite hatte Julie geschrieben: »Deine Frauen, Juni 1943.« Inzwischen war fast ein halbes Jahr vergangen. Ich faltete den Brief auseinander, strich ihn vorsichtig glatt und las:

> Geliebter (Deinen Namen darf ich nicht nennen), kein Tag ist inzwischen vergangen, an dem ich nicht an Dich gedacht und für Dich gebetet habe, denn Du bist inzwischen nicht nur der Mann, den ich über alles liebe, sondern auch der Vater unserer entzückenden Tocher Pela, die am 4. September 1942 geboren wurde und jetzt zehn Monate alt ist. Ich hoffe, daß Dich dieser Brief erreicht, denn ich schicke Dir damit mein Herz.
>
> Ich warte auf Dich und tröste mich beim Gedanken an die Gefahren, denen Du ausgesetzt bist, damit, daß das Schicksal uns auch weiterhin wohl gesonnen bleibt. Die Nachricht, die Du mir heimlich hast zukommen lassen, habe ich erhalten. Die Zensur hatte sie fast völlig getilgt.
>
> Hier reden alle von Euch und Euren Taten, und ich möchte den anderen gern sagen, daß wir Liebende sind, daß wir dasselbe Bett geteilt haben, in dem auch unsere Tochter Pela gezeugt worden ist, die jetzt friedlich neben mir schläft. Nie hätte ich mir träumen lassen, als wir uns bei Kriegsausbruch zum zweiten Mal ineinander verliebten und wußten, daß es für immer sein würde, daß Du ein Held werden würdest.
>
> Es gab Augenblicke in jenen glücklichen Tagen in Singapur, da habe ich mich tatsächlich gefragt, was Du heimlich hinter meinem Rücken treibst. Jetzt ist das Rätsel gelöst.
>
> Aber auch ich bin damals nicht ganz ehrlich gewesen, als ich Dir gegen Deinen Willen versprochen habe, nach dem Krieg aus Deinem Leben zu verschwinden, obwohl ich

wußte, daß ich niemals die Kraft dazu aufbringen würde. Ich wollte Dir nur die Gewissensqualen wegen Ben ersparen. Insgeheim war ich jedoch längst entschlossen, für den Rest meines Lebens bei Dir zu bleiben, falls Du es willst. Mir war klargeworden, daß Du an der Lüge mit Irene zugrundegehen würdest.

Ich hoffe, der Name Pela gefällt Dir. Ich habe ihn von Pelagius abgeleitet. Erinnerst Du Dich noch an den Mönch, von dem ich Dir erzählt habe, daß er nicht an die Sünde glaubte?

Wir haben alle strengen Regeln Singapurs gebrochen, aber als wir uns damals zum ersten Mal geliebt haben, waren wir unschuldige Liebende. Nur unsere Eltern haben unsere Liebe zur Sünde gemacht.

Ich wünschte, ich könnte bei Dir sein, Geliebter...und wenn auch nur für wenige Minuten. Manchmal, in einsamen Nächten...bin ich für wenige Augenblicke wieder in Deinen Armen. Gott beschütze Dich. Ich, Deine treue Julie, die, wie jemand einmal geschrieben hat, Dich mehr als gestern, aber nicht so sehr wie morgen liebt.

Julie

Während ich den Brief immer wieder las, dachte ich an die Zeit, die wir zusammen verbracht haben, an die Zeit, die wir noch zusammen verbringen würden, und an die Nächte, in denen ich vor Sehnsucht dasselbe getan hatte wie Julie. Die Gegenwart war ein Gefängnis im unwegsamen Dschungel. Doch jetzt hatte ich wenigstens etwas, woran ich mich halten konnte: Julie und Pela.

Der Brief hatte mir auch die quälende Angst genommen, daß ich Julies Liebe verloren haben könnte, daß sie in einer neuen Welt und ohne ein Lebenszeichen von mir der Versuchung, der Einsamkeit zu entrinnen, nicht widerstanden haben könnte.

Chalfont brauchte drei Tage, um die lebenswichtigen Dokumente, die der Kurier ihm überbracht hatte, zu entschlüsseln. Sie enthielten mehrere politische Beschlüsse, die angesichts der wachsenden Zahl chinesischer Guerillas gefaßt worden waren, und vermittelten uns zum ersten Mal einen umfassenden Überblick über gegenwärtige und zukünftige Probleme, die wir über das klapprige alte Funkgerät nie hätten diskutieren können.

Die Kämpfer der MKP, der Malaiischen Kommunistischen Partei, nannten sich jetzt die Anti-Japanische Malaiische Volksarmee, kurz die AJMVA. Mittlerweile gehörten dieser Bewegung dreitausend Kämpfer an, und ihre Zahl stieg ständig. Obwohl sie noch immer der Force 136 unterstellt waren, bildeten die Chinesen eigene Regimenter mit eigenen chinesischen Kommandeuren, die sich nur vor uns verantworten mußten. Diese Entwicklung hatte der Guerillaführer der Chinesen, Chin Peng, herbeigeführt, der ein Sohn eines Fahrradmechanikers aus Sitiawan in den Straits Settlements war.

»Das eigentliche Problem ist«, erklärte Chalfont, »daß wir in Kürze neue Waffen bekommen, die mit Fallschirmen über unserem Gebiet abgeworfen werden sollen. Und das geschieht ausgerechnet zu einem Zeitpunkt, da die Chinesen immer eigenmächtiger handeln und überall behaupten, sie seien die einzige wirksame Widerstandsbewegung gegen die Japaner. Das ist natürlich ein politisches Problem. Wir müssen dafür sorgen, daß die Chinesen den Sieg nicht für sich allein reklamieren, wenn die Japaner geschlagen sind.«

»Das liegt doch sowieso noch in weiter Ferne.«

»Da bin ich nicht so sicher. Es tut sich was. Und in wenigen Wochen kriegen wir tonnenweise neue Waffen. Colombo erwartet einen Langstreckentransporter, der problemlos von Ceylon hierher und zurück fliegen kann. Das bedeutet für die Zukunft praktisch unbegrenzte Vorräte an Lebensmitteln, Munition und Medikamenten. Wir müssen lediglich dafür sorgen, daß die per Fallschirm abgeworfenen Hilfsgüter nicht von den Kommunisten gefunden werden und dann einfach verschwinden. Der Krieg ist an einem Wendepunkt angekommen. Nachdem die Amerikaner den Japanern im Pazifik die Hölle heiß machen, ist ihnen klargeworden, worauf sie sich eingelassen haben. Und die Kommunisten bereiten sich darauf vor, das Beste aus einem Sieg der Alliierten für sich herauszuschlagen.«

Ich begriff, von welchen Gefahren Chalfont sprach. Im August hatten die kommunistischen Delegierten eine Geheimkonferenz in den Höhlen von Batu, den berühmten Kalksteinhöhlen in der Nähe von Kuala Lumpur, abgehalten. Wir hatten von diesem Treffen gewußt, da Tan Sun, der Führer unserer chinesischen Guerillas, Chalfont gebeten hatte, daran teilnehmen zu dürfen.

Tan Sun war aus den Höhlen von Batu nie zurückgekehrt, denn die Japaner hatten von der Sache Wind bekommen und die ganze Versammlung ausgeräuchert. Achtzehn kommunistische Guerillaführer und vier Politkommissare der AJMVA waren zusammen mit der gesamten alten Garde der MKP getötet worden. Die Überlebenden saßen in japanischen Gefängnissen.

Loi Tek hatte Glück gehabt. Er war dem Massaker nur entgangen, weil er auf dem langen Marsch durch den Dschungel aufgehalten worden und zu spät gekommen war. Chin Peng, der oberste Führer der Guerillas, hatte an der Konferenz erst gar nicht teilgenommen.

Der Tod von Tan Sun war ein schwerer Schlag für uns. Mittlerweile kämpften zweihundert gut ausgebildete chinesische Guerillas unter unserem Kommando, und Tan Sun war ein intelligenter, besonnener Führer gewesen, der es stets verstanden hatte, einige Hitzköpfe im Zaum zu halten.

Sein Stellvertreter und Nachfolger dagegen war ein hoffnungsloser Demagoge, der ständig marxistische Propaganda von sich gab und seine Männer täglich zur politischen Schulung zwang.

»Ich war soweit, daß ich Colombo über Funk gebeten habe, mir Ersatz zu schicken«, sagte Chalfont. »Man hat mich gebeten, einen Bericht abzuwarten, der zu diesem Zeitpunkt bereits unterwegs war. Gestern habe ich über Funk durchgegeben, daß die Dokumente eingetroffen sind. Es gibt interessante Neuigkeiten. Erstens bekommen wir einen neuen chinesischen Guerillaführer, der speziell für uns von Chin Peng ausgesucht worden ist. Chin Peng hält Ara offenbar für einen der wichtigsten Guerillastützpunkte in Malaya. Zweitens beehren Chin Peng und Loi Tek uns mit ihrem Besuch.«

Daraufhin schwieg Chalfont eine Weile. Wir saßen auf der kleinen Veranda vor seiner Hütte. Schließlich holte er tief Luft und sagte: »Es wird hier noch jemand abgelöst, alter Junge.«

»Jetzt sagen Sie bloß noch, daß ich gefeuert werden soll.« Ich lachte.

»Nein, niemals.«

»Macmillan?«

Chalfont schob den Teller mit chinesischen Nudeln von sich, wischte sich mit einem Bananenblatt den Mund ab und grinste. »Können Sie es sich denn nicht denken?«

»Nein. Wer?«

»Ich.«

Ich war so entsetzt, daß ich mich beinahe an meinen Nudeln verschluckt hätte.

»Sind Sie verrückt, Robin? Sie können uns hier doch nicht einfach im Stich lassen!« Meine Entrüstung kam von Herzen. Ich hatte den Colonel nicht nur als fähigen militärischen Führer, sondern auch als Freund schätzen gelernt.

»Ich weiß ja, daß ich unersetzlich bin«, entgegnete Chalfont amüsiert.

»Was ist denn passiert? Wann wurde das entschieden?«

»Während der letzten Funkmeldung an Colombo. Ich hab's also selbst erst gestern erfahren«, fügte er grinsend hinzu.

»Und wer wird mein neuer Chef?« fragte ich wenig begeistert.

»Der... nun, der neue Chef ist ein Major. Ein ganz anständiger Kerl«, erwiderte Chalfont ausweichend.

»Welcher Major?«

»Major Dexter, Sie Idiot.«

Damit stand Colonel Chalfont auf und ergriff meine Rechte mit beiden Händen.

»Gratuliere, alter Junge. Die Beförderung war längst überfällig.«

Ich bedankte mich. »Und wohin gehen Sie?« erkundigte ich mich.

»Zuerst zurück ins Hauptquartier. Wir vergrößern uns, Johnnie. Die AJMVA besteht jetzt aus beinahe viertausend Kämpfern und überzeugten Kommunisten, die uns die Hölle heiß machen werden, sobald der Krieg vorbei ist.«

»Aber warum ausgerechnet Sie?«

»Nun, ich war eigentlich ursprünglich nur dafür eingesetzt, Guerillas zu rekrutieren. Dann kam der Krieg... Das Datum, an dem ich mich an einem bestimmten Ort an der Küste einfinden muß, steht noch nicht fest. Aber ich habe vermutlich noch so lange Zeit, bis ich Ihren Stellvertreter hier begrüßen kann.«

»Aber ich will keinen Stellvertreter, an den ich mich erst gewöhnen muß. Ich komme mit Macmillan schon allein zurecht.«

»Vielleicht ändern Sie Ihre Meinung, wenn Sie den neuen Mann kennengelernt haben, alter Junge. Er ist früher in dieser Gegend Pflanzer gewesen, aus Singapur nach Colombo geflohen und hat sich dort freiwillig gemeldet. Na, kommt Ihnen das nicht irgendwie bekannt vor? Der Mann heißt Scott.«

»Tony!« rief ich ungläubig aus. »Mein Gott, er ist mein Schwager. Einfach großartig!«

»Na, sehen Sie! Und schon bin ich beinahe vergessen«, sagte Chalfont lächelnd.

»So was sollten Sie nicht sagen, Sir.« Meine Stimme klang belegt. »Nicht mal im Spaß.«

Inzwischen war es dunkel geworden. Wir zündeten die übelriechende Talglampe an, die nach Einbruch der Nacht unsere einzige Lichtquelle war. Die Moskitos surrten um unsere Köpfe, doch wir waren mittlerweile gegen ihr Gift immun. Das Konzert der Zikaden und Ochsenfrösche hatte begonnen. Auf der gegenüberliegenden Seite des Paradeplatzes schimmerte im Gemeinschaftsraum der Chinesen ein schwaches Licht. Wie jeden Abend fand dort ein politischer Schulungskurs statt. Der Dschungel stellte Freundschaften auf eine harte Bewährungsprobe, doch wenn man sie überstand, hielten sie ewig.

»Dabei bin ausgerechnet ich derjenige, der Sie in diesen Schlamassel reingeritten hat«, seufzte Chalfont.

»Sie vergessen, daß ich mich freiwillig gemeldet hatte, Colonel«, entgegnete ich grinsend.

Eine Woche später fand der historische Besuch Loi Teks und Chin Pengs bei uns und den zweihundert chinesischen Guerillas statt, die täglich eine aggressivere Politik vertraten.

Nach der offiziellen Begrüßung richtete Chin Peng einige Worte an die chinesische Truppe, deren Mut und Geschick er lobte. Mehrmals betonte er die berechtigten Führungsansprüche der britischen Offiziere. Danach ließen wir die Chinesen für ungefähr eine Stunde allein. Chin Peng hatte uns allerdings bereits gesagt, daß Loi Tek aus Sicherheitsgründen auf keinen Fall länger als einige Stunden bleiben könne.

Als die beiden schließlich in den Befehlsstand zurückkehrten, wo sie mit chinesischem grünem Tee bewirtet wurden, richtete Chin Peng das Wort an mich. Er überbrachte mir eine Nachricht, die mich noch schwerer traf als der Abschied von Chalfont.

»Wie Sie vermutlich wissen, haben wir die besten unserer Guerillaführer bei mehreren Vergeltungsaktionen der Japaner auf tragische Weise verloren, Major«, begann er mit sanfter Stimme. »Was in Batu passiert ist, kommt einer Katastrophe gleich. Es wird Jahre dauern, bis wir diesen Verlust verkraftet haben. Ara ist wegen seiner zentralen Lage ein lebenswichtiger Dreh- und Angelpunkt für unsere künftigen Guerillaaktionen. Aus diesem Grund komme ich Ihrer Bitte nach einem fähigeren Kommandeur für die chinesischen Truppen nach. Ich überstelle Ihnen den besten Mann, den ich augenblicklich zur Verfügung habe.«

»Das ist ja großartig«, murmelte ich.

»Ich fürchte, daß Sie kaum begeistert sind, wenn Sie seinen

Namen hören. Aber er ist der einzige erfahrene Mann, den wir gegenwärtig entbehren können. Leider mag er Sie nicht, Major.«

»Er mag mich nicht? Kenne ich ihn denn?«

»Unser Mann heißt Soong, Major. Soong Kaischek.«

»Der? Ausgeschlossen. Mit ihm kann ich...«

»Major!« unterbrach Chalfont mich streng. Ich verstummte sofort, um zu verhindern, daß wir vor den Chinesen unser Gesicht verloren.

»Verzeihen Sie, Sir.« Ich wandte mich an Chin Peng. »Es ist einfach unmöglich. Er hat bereits einmal gedroht, mich umzubringen.«

»Ich weiß. Er hat es mir erzählt.« Und mit einem flüchtigen Lächeln fügte er hinzu: »Er hat sich auch bis zuletzt geweigert, unter Ihrem Kommando zu dienen, Major.«

»Nun, dann...«

»Ich habe ihm befohlen, sich dem Ara-Regiment anzuschließen«, erklärte Chin Peng. »Ich habe keinen anderen erfahrenen Mann außer ihm. Wir befinden uns im Krieg, Major. Vielleicht darf ich Sie erinnern, daß es für Offiziere ganz normal ist, auch bei persönlichen Antipathien zusammenzuarbeiten.«

»Kaischek ist nicht das einzige Mitglied einer reichen Familie, das sich jetzt seines Vermögens schämt«, warf Loi Tek leise ein.

»Aber es muß doch einen anderen geben«, wandte ich mich wieder an Chin Peng.

»Genosse Soong ist bereits hier«, entgegnete Chin Peng energisch. »Wir vereidigen ihn als Kommandeur Ihrer chinesischen Truppen. Er wird Ihnen Gehorsam geloben.«

»Die Frage ist, ob er sein Wort hält«, gab ich zu bedenken.

»Major, wir Mitglieder der MKP haben unsere eigenen strengen Gesetze. Eines davon befiehlt uns bedingungslosen Gehorsam gegenüber europäischen Offizieren. Und zwar nicht, weil wir mit deren politischen Ansichten übereinstimmen«, sagte Chin Peng lächelnd, »sondern weil nur die Briten uns die Waffen verschaffen können, die wir dringend für den Sieg über den Feind benötigen, der unsere Heimat China so grausam unterjocht hat. Wenn Genosse Soong den Gehorsam verweigert, erfahre ich das... Ich erfahre alles, Major. Und dann wird er erschossen. Der Sieg über den Feind ist wichtiger als private Streitigkeiten.«

Damit war für die Chinesen die Angelegenheit erledigt. Loi Tek verließ kurz darauf das Lager und Chin Peng ließ Soong holen, der sich bereits in den Hütten der Chinesen aufhielt.

Selbst die Khakiuniform und die drei roten Sterne auf seiner Mütze ließen Kaischek nicht sympathischer erscheinen. Sein Haß stand ihm ins Gesicht geschrieben.

Chin Peng vereidigte Soong auf der Veranda. Beide sprachen fließend Englisch, so daß ich keine Verständigungsschwierigkeiten hatte. Chin Peng zwang Soong anschließend kategorisch zu versprechen, daß er jeden privaten Zwist mit mir bis nach dem Krieg zurückstellen würde. Kaischek schwor schließlich mürrisch, mir loyal und bedingungslos zu gehorchen. Dann sah er mir zum ersten Mal in die Augen und streckte die Hand aus. Ich nahm sie ungern, aber in dieser Situation hatte ich keine andere Wahl. Besonders vor Chin Peng und Chalfont wollte ich nicht kleinlich erscheinen.

»Und falls es irgendwelche Schwierigkeiten gibt«, waren Chin Pengs letzte Worte, »der Politkommissar im Lager arbeitet für mich. Es ist Ihnen also hoffentlich klar, daß er mir sämtliche Vorkommnisse melden wird.«

34

In bezug auf die Reihenfolge der Ereignisse sollte Chalfont sich getäuscht haben. Die Verspätung des Langstreckentransporters vom Typ *Liberator* aus Amerika verzögerte auch Tony Scotts Ankunft, so daß Chalfont Ara bereits vorher verlassen mußte, um rechtzeitig zum verabredeten Zeitpunkt an der Küste zu sein, wo ihn ein Unterseeboot aufnehmen sollte.

Es war inzwischen Anfang 1944, und wir erfuhren über die Funkverbindung mit Colombo wenigstens in Stichworten von den zahlreichen Erfolgen der Alliierten.

»Eigentlich glaube ich kaum, daß Sie und Ihr Schwager hier noch viel zu tun bekommen«, bemerkte Chalfont dazu.

An seinem letzten Abend in Ara gaben die Chinesen ein Abschiedsessen für den Colonel. Es war geradezu absurd, wie dicht an japanischen Truppen vorbei die Chinesen ein üppiges Mahl und sogar einige Flaschen Saki ins Lager geschmuggelt hatten. Wir tranken, solange der Vorrat reichte. Chalfont, dem der warme Reiswein die Zunge gelöst hatte, erzählte mir später vor seiner Hütte, daß er in Oxford studiert hatte und Polizeibeamter bei einer Spezialeinheit gewesen war, bevor er sich freiwillig zur Armee gemeldet hatte. Im Polizeidienst war er dafür ausgebildet worden, der kommunistischen Unterwanderung entgegenzuwirken.

»Es klingt verrückt«, seufzte Chalfont. »Aber die Westmächte fürchten sich offenbar mehr vor dem Frieden als vor dem Krieg. Sie haben Angst, daß nach Kriegsende die Kommunisten die Macht übernehmen könnten. Meine Aufgabe ist es sozusagen, das Terrain zu sondieren und mich mit Leuten wie Chin Peng und Ihrem unsympathischen Freund zu beschäftigen.« Er deutete zu den Hütten der Chinesen hinüber. »Eigentlich bin ich ja ganz unschuldig in diese Sache reingeschlittert, aber heute bin ich froh darum. Nach dem Krieg gibt es sicher Probleme. Sollte mich nicht wundern, wenn ich zurückkomme und Sie wieder in Atem halte, alter Junge.«

Das war unser letzter gemeinsamer Abend, und wir hatten uns so aneinander gewöhnt, daß der Abschied schwerfiel. Ich bat Chalfont, ein paar Briefe für mich mitzunehmen. Ich mußte Julie, und jetzt, da ich eine gemeinsame Zukunft mit ihr plante, natürlich auch Irene schreiben.

»Selbstverständlich nehme ich Ihre Briefe mit«, erwiderte Chalfont. »Aber bis zu meiner Abreise bin ich noch Ihr Chef und muß sie deshalb auch zensieren.«

»Den Inhalt kennen Sie sowieso schon«, entgegnete ich.

»Ja, das stimmt. Eine Scheidung ist immer etwas Unerfreuliches. Aber Julie ist eben ein ungewöhnliches Mädchen.« Er zögerte. »Ihr kann ich wenigstens alles über Sie erzählen.«

Julie schrieb ich von meiner Liebe und Sehnsucht, verschwieg jedoch die Gefahr, in der wir lebten, und deutete an, daß ich Irene brieflich um die Scheidung bitten würde.

Der Brief an Irene war wesentlich schwieriger. Ich konnte ihr nichts über meinen gegenwärtigen Aufenthaltsort schreiben und ihr nur versichern, daß ich wohlauf und gesund war. Dann gestand ich meine Liebe zu Julie, berichtete von der Geburt Pelas, und daß dieses Kind viel für mich bedeutete. An den genauen Wortlaut kann ich mich nicht erinnern, doch ich weiß noch, daß ich das Gefühl oder vielmehr die Hoffnung hatte, daß Irene erleichtert sein würde, wenn sie diesen Brief erhielt.

Kaischek fügte sich zum Glück gut in Ara ein. Der zu düsteren Grübeleien neigende Chinese war zwar noch immer kein angenehmer Zeitgenosse, doch er entpuppte sich als todesmutiger Soldat, der strenge Disziplin unter seinen Truppen hielt. Er neigte dazu, Guerillaaktionen mit so selbstmörderischem Wagemut zu leiten, daß ich ihn öfters darauf aufmerksam machen mußte, daß er als Führer die Aufgabe hatte, die anderen zu motivieren, und daß sein Tod niemandem, am wenigsten den Chinesen und der Kommunistischen Partei, nützen würde. Zwar versprach er Besserung, doch da ich nie wußte, was wirklich in ihm vorging, war der Erfolg meiner Vorhaltungen zumindest zweifelhaft.

Macmillan war noch immer ein starker und verläßlicher Partner, doch seit Chalfonts Abreise konnten wir keine Kommandoaktionen mehr gemeinsam durchführen, da einer von uns stets im Lager zurückbleiben mußte. Ich vermißte ihn bei solchen Unternehmen; besonders, nachdem wir erfahren hatten, daß die Japaner auf der Ara-Plantage eine Fabrik aufbauten, und ich einen Sprengstoffanschlag darauf verüben sollte. Trotzdem wurde die Aktion ein voller Erfolg.

Anfang Mai 1944 erhielten wir über Funk die Mitteilung, daß Tony Scott zum Fallschirmabsprung über Malaya bereit war.

Ich fieberte Tonys Ankunft entgegen. Er war schließlich in Ceylon ausgebildet worden und mußte Julie getroffen haben. Natürlich hoffte ich auf Neuigkeiten von ihr.

Später, an jenem ersten Abend nach Tonys Landung, saßen wir auf Chalfonts Veranda. Ich war so glücklich wie schon seit Monaten nicht mehr.

»So ein Glück, daß ausgerechnet du hierhergekommen bist«, seufzte ich. Wir hatten die von Tony mitgebrachte Flasche Scotch bereits zur Hälfte geleert.

»Mit Glück hat das nichts zu tun«, entgegnete Tony. »In Colombo giltst du als Held. Und als ich gehört habe, daß ein Stellvertreter für dich gesucht wird, konnten sie mich kaum ablehnen. Schließlich habe ich mal auf Ara gelebt. Ich kenne die Gegend noch besser als du.«

»Tony, bitte...« Ich lehnte mich vor. »Erzähl' mir zuerst von Julie. Wie geht es ihr? Was macht sie?«

»Julie geht's blendend. Sie läßt dich grüßen. Ich habe einen Brief von ihr mitgebracht.«

»Und das Baby?«

»Bestens. Es klingt verrückt, aber ich habe noch heute morgen mit Julie gesprochen.«

Ich sah ihn nur stumm und erwartungsvoll an.

»Ich bin bei ihr gewesen, um den Brief abzuholen«, erklärte

Tony. »Da du zu Pelas Taufe ja nicht kommen konntest, bin ich Pate geworden.«

»Ich habe zwar einen Brief von Julie bekommen, aber davon hat sie nichts geschrieben.«

»Das konnte sie ja auch nicht. Schließlich war meine Ausbildung in Ceylon Geheimsache. Außerdem weiß Julie Bescheid. Sie arbeitet schließlich ebenfalls für die Force 136.«

Tony starrte eine Weile nachdenklich in sein halbleeres Glas Scotch und sagte dann: »Sie hat mir erzählt, daß ihr wieder zusammengewesen seid. Du hast eine bezaubernde Tochter... sie sieht dir sehr ähnlich.«

»Und Julie? Was ist mit Julie?«

Tony zögerte einen Augenblick. Oder bildete ich mir das nur ein? »Sie hat sich verändert. Nicht in bezug auf die Liebe zu dir. Im Gegenteil. Und sie kann wunderbar mit Kranken umgehen. Trotzdem, Johnnie... sie hat eine furchtbare Zeit hinter sich. Beide Schiffe sind auf dem Weg nach Ceylon gesunken. Auf dem zweiten war ich. Zu acht in einem Rettungsboot... und Julie die einzige Frau. Dabei hat niemand gewußt, daß sie schwanger gewesen ist. Vielleicht hat sie den Schock von damals inzwischen überwunden, aber vergessen hat sie's sicher nicht. Julie ist viel ernster geworden, Johnnie.« Nachdem Tony das erzählt hatte, schien er sichtlich erleichtert zu sein. »Eigentlich ist Julie für einen verrückten Burschen wie dich viel zu schade«, fügte er beinahe heiter hinzu.

Arme Julie, dachte ich. Sie hatte Furchtbares durchgemacht, und ich hatte weder etwas davon gewußt noch ihr helfen können.

»Keine Sorge«, beruhigte Tony mich. »Julie will nur dich. Alle bewundern sie, aber sie läßt niemanden an sich heran.« Und seufzend fuhr er fort: »Ich wünschte, ich hätte eine Frau, die mich so bedingungslos liebte.« Er räusperte sich. »Übrigens habe ich sackweise Post für dich mitgebracht. Einige Briefe lagen seit Monaten in Colombo, ohne daß wir eine Möglichkeit gehabt hätten, sie weiterzuleiten.«

»Wenn die Familie wüßte, daß wir beide jetzt zusammen sind«, murmelte ich unvermittelt.

»Ich hatte zwar Verbindung zu Natasha, aber von meinen Plänen konnte ich ihr natürlich nichts schreiben.«

Tony erzählte, daß Irene Bengy bei Natasha in New York gelassen hatte und inzwischen nach London gereist war. »Jetzt, da der Sieg der Alliierten in greifbarer Nähe ist, hat sie endlich die Passage nach England bekommen. Natasha lebt noch in

Amerika. Sie arbeitet dort als Armeehelferin. Vielleicht ist es ganz gut für sie, daß sie sich weit weg von Malaya eine Existenz aufbaut. In der letzten Zeit vor ihrer Ausreise war sie auf Ara nicht glücklich, Johnnie. Sie hat einen so rastlosen Eindruck gemacht. Ich frage mich heute oft, ob sie damals vielleicht einen Geliebten hatte. Sie ist immer ein bißchen unstet gewesen... genau wie du.«

»Unsinn! Entschuldige mich jetzt bitte, aber ich möchte meine Post lesen.« Ich war ungeduldig geworden.

»Natürlich, geh' nur. Aber zuerst muß ich dir noch erzählen, wie sehr Paul Soong unserer Bewegung geholfen hat.«

Ich starrte Tony ungläubig an. »Eigentlich hatte ich angenommen, daß der stets tadellos gekleidete Lebemann Paul versuchen würde, selbst einen Krieg auf so angenehme Weise wie möglich zu überstehen.«

»Er ist einer der Helden, die im Verborgenen gewirkt haben«, fuhr Tony fort. »Angefangen hat er mit einem geheimen kleinen Sender, den die Japaner dann prompt entdeckt haben...«

»Jetzt erinnere ich mich. Davon hat er mir erzählt. Ich habe ihn noch vor der Gefährlichkeit seines Vorhabens gewarnt.«

»Sie haben ihn ungefähr einen Monat lang eingesperrt und verhört, aber dann wieder freigelassen. Vielleicht hatte sein alter Herr die Hand im Spiel.«

»Na, Gott sei Dank«, murmelte ich.

»Geh und lies jetzt deine Briefe. Morgen erzähle ich dir, wie Julie und ich nach Java und von dort nach Ceylon gekommen sind. Es war die Hölle, Johnnie. Colombo war schon in Sichtweite, als auch das zweite Schiff gesunken ist.«

»Also bis morgen«, sagte ich mit belegter Stimme.

35

Der Brief von Julie war lang und voller Liebe und Zärtlichkeit.

Ich erfuhr von Julie, daß sie zwar weder von ihrem Vater noch von Paul gehört hatte, dafür jedoch ihrer Mutter nach San Francisco geschrieben und ihr alles über Pela erzählt hatte. »Ich mußte einfach mit jemandem sprechen und sagen, daß wir nach dem Krieg heiraten wollen«, schrieb sie. »Und Mama hat mir sehr lieb geantwortet und läßt Dich sogar grüßen. Eine Fürsprecherin in der Familie haben wir also sicher.«

Julie hatte dem Brief mehrere Fotos von sich und Pela beigelegt. Eines davon zeigte Julie in ihrer hübschen Schwesternuniform in der Nähe des Krankenhauses, und ein anderes Pela, wie sie auf einer Rasenfläche vor bunten Blumenrabatten spielte. Dazu schrieb Julie: »Da wir nicht im Schwesternheim wohnen können, sondern in einer kleinen Wohnung in einem beschlagnahmten Hotel leben, haben wir auch einen Garten. Dort hat Pelas Patenonkel das Foto gemacht.«

Ich las Julies Brief wieder und wieder. Um die Atmosphäre von Liebe und Zärtlichkeit nicht zu zerstören, die ihre Zeilen ausströmten und mich ihr sehr nahe sein ließen, hob ich mir die restliche Post für den kommenden Tag auf. Die Talglampe war fast niedergebrannt und hatte unruhig zu flackern begonnen. Ich war sehr müde.

Einige der Briefe, die ich am darauffolgenden Tag las, waren bereits zwei Jahre alt. Und manches darin bezog sich auf vorausgegangene Schreiben, die ich nie erhalten hatte. Ich öffnete die vier Briefe von Irene zuerst. Sie hatten etwas merkwürdig Unwirkliches an sich, da außer Julie natürlich niemand wissen konnte, was ich machte und wo ich mich aufhielt. So schrieb Irene zum Beispiel: »Ich bin stolz und froh, daß Du jetzt als aktiver Soldat dienst, denn ich habe gehört, daß die Bedingungen in Changi sehr schlecht sein sollen. Tim ist dort.« Offenbar glaubte sie, ich hätte einen Schreibtischjob beim Stab ergattert und käme mit kämpfenden Verbänden nicht in Berührung.

Dieser Brief stammte aus den ersten Januarwochen 1942. Das Baby war offensichtlich noch nicht geboren, und Irene schrieb auch nicht, wie und unter welchen Umständen Natasha ihr Kind verloren hatte. Das Schreiben enthielt lediglich die hintergründige Bemerkung: »Natasha ist vernarrt in Amerika, und ich glaube nicht, daß sie je wieder zu Tony zurückkehren wird. Seit er sich freiwillig zum Militärdienst gemeldet hat, haben wir nichts mehr von ihm gehört.«

Inzwischen mußte Natflat allerdings erfahren haben, daß Tony noch lebte, und ich fragte mich, was Natasha jetzt wohl vorhaben mochte.

Von Ben schrieb Irene, daß er jetzt vier Jahre alt war und bereits anfing, die ersten amerikanischen Brocken aufzuschnappen.

Nach dem Brief vom März 1942, der kurz nach der Kapitulation Singapurs abgeschickt worden war, gab es eine längere Lücke. Das nächste Schreiben stammte vom März 1943. Irene schien darin vorauszusetzen, daß ich alles über unsere gemeinsame Tochter Catherine wußte.

Der dritte Brief klang sehr unglücklich. Irene hatte ihn im April desselben Jahres geschrieben, nachdem ihr Bruder Bill mit seinem Flugzeug abgeschossen und getötet worden war. »Mama und Papa sind völlig verzweifelt. Ich muß unbedingt zu ihnen. Wenn Natasha nicht angeboten hätte, sich um die Kinder zu kümmern, hätte mich nichts dazu bringen können, sie allein in Amerika zurückzulassen. Doch Natasha liebt das schöne alte Haus der Familie Deiner Mutter in Brewster, und ich weiß, daß unsere beiden Kleinen dort gut aufgehoben sind, während ich versuche, die Eltern in England zu trösten. Sie sind nicht mehr die Jüngsten, und jetzt, da Bill tot ist, brauchen sie mich.«

Ich dachte unwillkürlich an längst vergangene glücklichere Tage mit Irene, an die Zeit, als ich das langbeinige fröhliche Mädchen kennengelernt hatte, das von der Ehe nichts wissen wollte. Schon aus diesem Grund war ich auf die bösen und wütenden Anschuldigungen im vierten und letzten Brief nicht vorbereitet: »Treue habe ich von Dir nicht erwartet. Aber als Deine Frau konnte ich mindestens Diskretion von Dir verlangen. Ein gemeinsames Haus mit einer Chinesin mitten in Singapur zu beziehen, der Stadt, in der ich gelebt habe! Mein Gott, wie primitiv Du doch bist. Selbst Deine Eltern schämen sich für Dich. Wirst Du nicht nach dem Krieg auch allen Grund haben, beschämt zu sein, wenn Deine Kinder in dem Bewußtsein aufwachsen müssen, daß sie ein Ungeheuer als Vater haben? Einen Vater, der eine Chinesin geschwängert hat, während ihre Mutter schwanger war? Moral und Anstand scheinen für Dich nicht zu existieren. Kein Wunder, daß ich Singapur hasse.«

Das war alles. Der Brief war nicht einmal unterschrieben. Meine Hände zitterten, als ich ihn weglegte. Ich hatte immer gewußt, daß Irene eines Tages alles erfahren mußte, und doch gleichzeitig vage gehofft, mit ihr in Ruhe darüber sprechen, mich im guten von ihr trennen zu können. Ich war keineswegs stolz auf das, was ich getan hatte. Aber ich hatte Julies Kind gewollt. Irene wehgetan zu haben war das einzige, das ich bedauerte.

Allerdings fragte ich mich, wie sie es wohl herausgefunden haben mochte. Darüber stand nichts in diesem Brief. Hatte Tim ihr aus Rache die Wahrheit geschrieben? Meinen Brief konnte sie zu diesem Zeitpunkt schließlich noch nicht erhalten haben. Besonders quälte mich der Gedanke an Ben und Catherine. Ihnen gegenüber hatte ich wirklich Schuldgefühle. Während ich jedoch auf dem Rattanstuhl in meiner Hütte saß, die Fliegen verscheuchte, die mich umschwirrten, und nachdachte, hoffte ich inständig, daß sie es vielleicht nie erfahren würden. Irene hatte diese Zeilen in der ersten Wut geschrieben. Inzwischen war sie sicher ruhiger und besonnener... möglicherweise trotz allem sogar ein wenig erleichtert. Immerhin haßte sie Singapur, und ich hätte niemals in Wimbledon leben können. Wer wußte außerdem schon, was die Zukunft uns allen brachte?

Schließlich riß ich Mamas Brief auf, in dem jedes Wort ein Vorwurf war. Der Poststempel trug ein Datum Anfang des Jahres 1944. »Wir hatten so gehofft, daß Du ruhiger und vernünftiger werden würdest«, begann sie. »Immerhin bist Du Vater von zwei reizenden Kindern. Papa ist so stolz auf Dich gewesen, als er erfuhr, daß Du aktiver Offizier geworden bist. Und dann mußte er damit fertig werden, daß Du Dich erneut mit Julie Soong eingelassen hast. Dabei ist Irene schwanger gewesen. Du wirst Dein ganzes Leben bereuen, ein Kind mit Julie Soong zu haben!«

Wirklich, Mama? dachte ich. Hast du je New York bereut? Und Tim? Weißt du, daß Natflat die Geliebte eines deutschen Spions gewesen ist? Vielleicht haben wir Kinder einiges von dir geerbt. Aber was ich auch getan haben mag, ich war nicht so heuchlerisch, meine Ehe fortzusetzen, als sei nichts geschehen. Ich habe sie geliebt und genommen. Aber ich habe niemandem etwas vorgemacht.

Der Brief meines Vaters schlug in dieselbe Kerbe. Papa ließ sich lang und breit über die »Familienehre« aus. Wenigstens konnte er mir nicht vorwerfen, unsere Firma ruiniert zu haben.

»Tony!« rief ich. »Komm rüber und bring Bier mit! Ich sitze ganz schön im Schlamassel! Sie wissen über Julie und mich Bescheid! Hol' auch Macmillan!«

Tony kam im Sarong. Wir machten eine Büchse Bier auf. Danach fühlte ich mich etwas besser. Früher oder später wäre es doch herausgekommen. Julie konnte mir allerdings keiner nehmen. Ich dachte an Pela und den Mönch Pelagius und fühlte mich zum ersten Mal als Pelagianer.

An diesem Abend erfuhr ich auch von Julies schrecklichen Erlebnissen auf der Reise nach Ceylon. Das Schiff nach Java war kurz vor der indonesischen Küste Opfer eines erbitterten Luftgefechts geworden, das sich Briten und Japaner geliefert hatten, und das zweite Schiff sank völlig überladen kurz vor Colombo. Tony, Rawlings und Julie überlebten mit wenigen anderen. Rawlings' Baby ertrank.

Nach der glücklichen Landung in Ceylon wurden alle ins Krankenhaus eingeliefert. Tony meldete sich als guter Kenner Malayas bei der Force 136, Rawlings wurde als Kautschukfachmann mit dem Flugzeug nach England gebracht, und Julie erhielt dank Chalfonts Hilfe sofort eine Anstellung in dem Krankenhaus, das der Force 136 angeschlossen war.

Alles änderte sich, als wir schließlich regelmäßig per Fallschirm Nachschub erhielten. Wir hatten plötzlich Dinge, von denen wir zuvor nur hatten träumen können: Waffen, Munition, Nahrungsmittel, Kleider, Medikamente... vor allem ein wirksames Mittel gegen Malaria, die Macmillan und mir zu schaffen machte.

Mit jedem Monat wurde das Leben im Dschungel angenehmer, und 1945 änderte sich auch spürbar die japanische Strategie. Japanische Truppen reagierten instinktiv auf die sich häufenden Siege der Alliierten und gingen bewaffneten Auseinandersetzungen aus dem Weg. In den ersten Monaten des Jahres 1945 befanden sich ihre sogenannten »unbesiegbaren Freunde«, die Deutschen, bereits überall auf dem Rückzug. Die Russen hatten inzwischen Warschau, Budapest und Wien erreicht und ihre Panzer rollten unaufhaltsam näher auf Berlin zu. Die britischen und amerikanischen Armeen hatten Belgien und Frankreich zurückerobert und den Rhein überquert.

Auch die Nachrichten aus dem pazifischen Raum waren für die Japaner kaum ermunternd. Die Amerikaner hatten Manila besetzt, und die Briten konnten den Feind aus Burma vertreiben. Das Blatt hatte sich gewendet. Sowohl uns als auch den Japanern war das klargeworden. Wir mußten nur in unseren Dschungelverstecken ausharren und auf die Befreier warten.

Allerdings hatten auch die chinesischen Guerillas ihr Verhalten merklich geändert. Mit Loi Tek war vereinbart worden, daß die chinesischen Truppen der AJMVA nicht nur für die Dauer des Krieges, sondern auch, und das war für uns lebenswichtig, während der unmittelbaren Nachkriegszeit bis zur Etablierung einer Zivilregierung unter englischem Oberkommando bleiben sollten. Und Loi Tek und Chin Peng hatten zugestimmt, so lange auf jede politische Auseinandersetzung zu verzichten.

Die Chinesen in Ara wurden dessen ungeachtet politisch immer aufsässiger. Sie wußten schließlich ebensogut wie wir, was draußen in der Welt passierte. Dafür sorgte Soong Kaischek, der seine Leute besonders lange und ausführlich über die Siege der Roten Armee informierte, die, wie er behauptete, »lange vor den laschen westlichen Alliierten Berlin erreichen würden«. Und Kaischek wußte natürlich auch, daß China bald von den japanischen Unterdrückern befreit sein würde. China war immerhin für Millionen Chinesen, die seit Generationen in den »Straits Settlements« lebten, noch immer die echte Heimat. Selbstverständlich verschwieg Kaischek seinen Leuten, daß sich die Chinesen nur deshalb so erfolgreich gegen die Japaner wehren konnten, weil die Amerikaner sie mit Dollarmillionen und Truppen unterstützten. Aber wie viele andere in Malaya und Singapur war Kaischek entschlossen, rechtzeitig dafür zu sorgen, daß die Chinesen den Sieg über die Japaner auf der malaiischen Halbinsel für sich beanspruchen konnten. Die Chinesen taten so, als seien allein sie geblieben und hätten unglaubliche Mühsal auf sich genommen, während die Europäer feige geflohen seien.

Kaischek hatte sich mir gegenüber bisher höflich und distanziert verhalten. Alle unsere Aktionen wurden gemeinsam geplant und beschlossen, und ich mußte Soong Kaischek zugestehen, daß er ein hervorragender Guerillaführer geworden war.

Ich weiß nicht, wie die Verhältnisse in anderen Guerillalagern waren, die wie wir vom Wasser und aus der Luft mit Vorräten und Waffen versorgt wurden, aber Colombo mahnte uns ständig, besonders streng auf Disziplin zu achten. Die Zentrale machte sich offenbar verstärkt Sorgen wegen der Kommunisten.

Dann kam der dreißigste April. Fassungslos erfuhren wir über Funk vom Selbstmord Hitlers im Führerbunker in Berlin. An diesem Tag war ich selbst Soong Kaischek freundlich gesonnen und lud ihn zu einem Festessen in den Gefechtsstand ein. Lebensmittel hatten wir ja jetzt genug. Eine Woche später erreichte uns dann die Nachricht von der bedingungslosen Kapitulation der Deutschen. Der Krieg war beendet.

Ich dachte an Mama und Papa, die in Europa die Hölle erlebt hatten, und an Irene. Ich fragte mich, ob sie jetzt wohl Ben und Catherine nach England nachkommen lassen wollte. Doch sie alle schienen mir so unendlich fern, ja beinahe Teil einer anderen Welt zu sein. Julie dagegen war mir schon allein durch ihre Briefe und Fotos nahe. Wie erwartet, hatte ich seit dem letzten wütenden Schreiben von Irene nichts mehr gehört. Nur meine Eltern schrieben regelmäßig, da sie sich offenbar verpflichtet fühlten, die Verbindung zu einem mißratenen Sohn, der vielleicht in ständiger Gefahr lebte, aufrechtzuerhalten. Aus einem dieser Briefe erfuhr ich schließlich, daß sie eine Karte von Tim aus Changi bekommen hatten, wo dieser Kriegsgefangener war. Wenigstens lebte er noch.

Die Nachrichten aus Europa waren gut, doch in Asien war noch kein Ende der Kampfhandlungen abzusehen. Wir konnten nur hoffen, daß die Befreiung Malayas dadurch beschleunigt wurde, daß die Japaner bald gezwungen sein würden, Truppen abzuziehen, die sie zum Schutz des Mutterlandes Japan gegen eine ausländische Invasion dringend brauchen würden. Die verbissene und kompromißlose Kampfmoral der Japaner war bekannt. Sie würden Japan nicht so leicht aufgeben wie wir Singapur aufgegeben hatten.

Anfang Juni führte eine Kette von unglücklichen Ereignissen zu einer Krise im Lager Ara. Alles begann mit der Information aus Colombo, daß am sechsten Juli überall in Malaya Konferenzen der japanischen Militärs auf höchster Ebene stattfinden würden. Colombo fürchtete, daß dabei Pläne für einen weiteren blutigen Vergeltungsschlag in Form einer Massenhinrichtung von Kriegsgefangenen koordiniert werden sollten. Jetzt, da die Japaner in Malaya mit dem Rücken zur Wand kämpften, war ihnen alles zuzutrauen.

Noch bevor ich die Nachricht aus Colombo vollständig entschlüsselt hatte, wußte ich bereits, daß die Konferenz für unseren Distrikt auf der Plantage Ara stattfinden würde, wo ein hoher japanischer Offizier sein Hauptquartier aufgeschlagen hatte. Ara war praktisch ein idealer Konferenzort, da die Hütten der Plantagenarbeiter ausreichend Unterkünfte für die zusätzlichen Sicherheitsbeamten boten. Und ich sollte recht behalten.

Das wiederum stellte uns vor ein großes Problem. Aufgrund unserer guten Kenntnisse der Plantage hatten Tony und ich unter den ehemaligen Kautschukarbeitern eine große Zahl von Sympathisanten für unsere Sache gewonnen, die uns bereits seit Monaten mit Informationen versorgten, die ich stets umgehend an Colombo weitergab. Obwohl unser Camp nur gut fünf Kilometer weit von der Plantage entfernt im Hinterland lag, wagten wir nie, das Plantagengebiet selbst zu betreten, sondern trafen unsere Informanten stets in einem sicheren, weitab gelegenen Kampong.

Natürlich wußte ich, daß nach einem Feuerüberfall auf das Hauptquartier von Ara meine Informanten anschließend bei einer Vergeltungsaktion getötet werden würden. Das wollten wir nicht riskieren. Außerdem war der Sieg in greifbare Nähe gerückt. Es war also sinnlos, so kurz vor dem Frieden noch Hunderte von Unschuldigen zu opfern. Die Japaner hatten auf Attentate und Anschläge von uns stets mit Hinrichtungen und Repressalien gegen die Zivilbevölkerung reagiert. Ein Attentat auf mehrere hohe Offiziere mußte daher zwangsläufig einer Menge Unschuldiger das Leben kosten.

Kaischek war wütend, als ich vorschlug, nichts gegen die Konferenz der Generäle auf Ara zu unternehmen.

»Hätte ich das Kommando, würde ich jeden Japaner töten, den ich erwischen könnte!« entgegnete er aufgebracht. »Wenn ihr nicht bereit seid zu sterben... was hält uns dann noch hier?« Und mit kaum verhohlener Verachtung fügte er hinzu: »Überlassen Sie einfach nur alles mir, Major.«

»So einfach ist die Sache gar nicht«, erklärte ich. »Ich mache mir nicht um unser Leben, sondern um das der unschuldigen Zivilisten Sorgen.«

Die Zentrale in Colombo hatte nicht einmal andeutungsweise einen Anschlag auf die Versammlung der Generäle vorgeschlagen. Die letzte Entscheidung traf immer der jeweilige Kommandeur, in diesem Fall also ich. Nachdem ich Colombo über Funk mitgeteilt hatte, daß bei uns gegen einen Überfall auf Ara entschieden worden war, beschloß ich mit Macmillan zu einem Treffen mit unseren Informanten von der Plantage Ara aufzubrechen. Es war inzwischen Mitte Juni, und ich wollte zusammen mit unseren Agenten die Möglichkeiten dafür ergründen, das Vorhaben der Japaner auf andere Art und Weise zu sabotieren. Unter anderem spielte ich bereits mit dem Gedanken, wie damals bei Satoh, ein Sprengstoffattentat auf einen der wichtigen Generäle zu verüben, während dieser sich auf der Fahrt nach Ara befand.

»Es käme immerhin auf einen Versuch an«, sagte ich zu Tony. »Du bleibst als befehlshabender Offizier im Camp. Ich nehme noch Wung mit. Wenn alles glattgeht, sind wir in zwei Tagen zurück.«

Wir erreichten das Kampong, in dem das Treffen stattfinden sollte, nach einem neunstündigen Gewaltmarsch, obwohl uns anhaltende heftige Regengüsse das Vorwärtskommen erschwert hatten. Erschöpft, aber erleichtert, machten wir am Dorfrand halt. »Ich bin fix und fertig«, gestand ich Macmillan. »Ich fürchte, ich kriege Fieber.«

Meine Hände waren schweißnaß, ich hatte Muskelschmerzen und fühlte mich sterbenselend. Malaria konnte es eigentlich nicht sein, denn seitdem ich Medikamente dagegen nahm, hatte ich keinen Anfall mehr gehabt. Die Symptome sprachen eher für das Denguefieber, eine andere infektiöse Fieberkrankheit, die durch Mücken übertragen wurde und heilbar war. »Ich muß mich vor allem erst mal ausruhen«, murmelte ich.

Das Dorf bestand aus einer Ansammlung von Strohhütten, in deren Mitte ein Langhaus auf Pfählen stand. In letzterem wohnte der Dorfälteste mit vier Frauen und unzähligen Kindern. Es gab Blumen und Früchte, und es herrschte die zufriedene Atmosphäre einer Gemeinschaft, die von der üppigen Natur gut leben konnte. Die einzige Beschäftigung der Menschen hier war der Reisanbau auf den Feldern vor dem reißenden, lehmgelben Fluß, die jetzt nach dem Regen vor Feuchtigkeit glänzten.

Die Dorfbewohner wußten, daß wir kamen. Im Dschungel verbreiteten sich Nachrichten sehr schnell. Zwei Mädchen empfingen uns bereits am Fuß der Treppe, die ins Langhaus hinaufführte. Sie trugen Blechbecher mit frischem Limonensaft und Bananenblätter mit Kuchen aus Sago und Kokosraspeln.

Mir war klar, daß ich trotz meiner Erschöpfung zuerst noch einige Höflichkeiten mit Yeop Hamid, dem Dorfältesten, austauschen mußte, der uns herzlich begrüßte.

Wir stiegen die Holztreppe zum Langhaus hinauf, in dem Yeop mit seiner Familie lebte. Ich war dort schon öfter zu Gast gewesen. Das Haus bestand aus dem großen Gemeinschaftsraum, in dem sämtliche Familienmitglieder wohnten, aßen und schliefen. An einem Ende hatte das Haus einen L-förmigen Anbau, der sich direkt über dem Fluß befand, dessen lehmgelbes Wasser man durch die Ritzen der Fußbodenbretter sehen konnte. Offenbar war dieser Teil des Hauses früher als Reisspeicher genutzt worden, denn eine Fußbodenluke in einer Ecke deutete darauf hin, daß von dort aus Flußkähne direkt beladen werden konnten. Hier war für Macmillan und mich ein Nachtlager bereitet worden.

Eigentlich hatte ich vorgehabt, als erstes mit Yeop über die auf Ara geplante Konferenz der Japaner zu sprechen, doch ich fühlte mich so schwach und elend, daß ich ihn bitten mußte, mir zuerst etwas Schlaf zu gönnen.

»Sie zuerst schlafen, Tuan«, sagte Yeop. »Sie sich schnell besser fühlen.« Yeop versuchte mich zu trösten: »Meine vierte Frau für Sie sorgen. Siloma erst siebzehn, aber mir Sohn schenken und gut Englisch sprechen«, erklärte er in seinem schlechten Englisch. Offenbar war er sehr stolz auf Siloma. Obwohl mir beinahe die Augen im Stehen zufielen, hörte ich höflich zu. »Ich sie lehren. Drei Worte pro Tag. Wenn nicht lernen, ich sie schlagen. Dann«, fügte er mit einem schlauen Lächeln hinzu, »ich mit ihr machen Liebe. Soll ich Ihnen Siloma leihen, Tuan?«

Als ich antwortete, daß mich in diesem Augenblick selbst das schönste Mädchen der Welt nicht verführen könnte, lachte Yeop. »Vielleicht ein andermal. Ich müssen vier Frauen glücklich machen. Wenn Sie mir helfen, sind Sie mein Freund und Kampfgefährte.«

Während ich auf meiner Bastmatte auf dem Fußboden lag und ab und zu aus meinen fiebrigen Träumen aufwachte, verglich ich träge die einfache Lebensphilosophie eines malaiischen Dorfes – ein aggressionsloses Dasein, geprägt von Arbeit, Schlaf, Liebe und Tod – mit dem Familienleben in Tanamera oder dem Haus der Soongs. Welchen Preis bezahlten wir doch alle für die Annehmlichkeiten der modernen Zivilisation!

Irgendwann muß ich in meinen Kleidern eingeschlafen sein. Ich wurde erst wieder wach, als Macmillan mir eine Tasse grünen Tee brachte. Er wollte sie mir gerade geben, als er plötzlich erschrocken ausrief: »Mein Gott, Major! Sie sind ja voller Blutegel! Da auf Ihrer Hose! Ich versenge die Biester gleich mit einer Zigarette, Sir!« Er schickte Yeop nach einer Zigarette, beugte sich zu mir und flüsterte: »Verflucht, sie sind sogar unter der Hose! Mindestens zwölf Stück!«

Ich hatte die Blutegel nicht einmal gespürt. Wir trugen inzwischen die modernsten Dschungelstiefel, und ich achtete stets darauf, die Hose meines Tarnanzugs sorgfältig in die Stiefel zu stecken. Doch ich hatte mir ein Hosenbein der Länge nach aufgerissen. Das hatten die Blutegel früher als ich bemerkt.

Mit Yeops Hilfe zog Macmillan mir die Schuhe und die Hose aus. Wung rannte damit wortlos sofort nach draußen.

»So, und jetzt geht's den Biestern an den Kragen«, murmelte Macmillan. »Es müssen mindestens zwanzig sein. Sie haben sich sogar an Ihren Genitalien festgesaugt!«

Ich sah an mir herunter und mußte mich beinahe übergeben, als ich die schwarzen fetten Blutegel auf meiner Haut entdeckte. Manche waren fingergroß.

Yeop zog einmal kräftig an seiner Zigarette und begann die Tiere mit dem glühenden Ende anzubrennen.

Es dauerte mindestens eine halbe Stunde, bis sie mich vom

letzten Blutegel befreit hatten, der schließlich verkohlt von mir abfiel. Die Tiere hinterließen blutige Wunden an den Stellen, wo sie sich seit Stunden festgesaugt hatten.

»Danke, Mac«, seufzte ich. »Tut mir leid, aber mir geht's nicht besonders. Ich versuche noch mal zu schlafen, bevor wir zum geschäftlichen Teil kommen.«

Siloma brachte mir eine Schüssel Hühnersuppe, doch nach dem ersten Löffel mußte ich mich wieder übergeben. »Vielleicht fühle ich mich später besser«, murmelte ich. Doch das Gegenteil war der Fall. Ich kannte die Symptome des Fiebers wie rasende Kopfschmerzen, Schüttelfrost und Gliederschmerzen nur zu gut.

Da es kein Malariaanfall sein konnte, mußte ich mir eine Infektion geholt haben. Vermutlich hatte sich eine der Wunden doch noch entzündet.

Ich wußte nicht mehr, wie lange meine fiebrigen Wachträume anhielten. Eines Morgens wachte ich dann auf und sah schemenhaft Macmillan, Siloma und Yeop vor meinem Lager stehen. Dann sagte eine Frauenstimme auf Malaiisch: »Mati Hidupnya belum pasti.« Hing mein Leben tatsächlich an einem seidenen Faden, überlegte ich. Ich versuchte aufzustehen, als ich Yeops Stimme hörte: »Ia masih belum sedar, tetapi ia akan siuman segera.« Ich fragte mich allerdings ebenfalls, wie lange ich bewußtlos gewesen war, versuchte zu sprechen, brachte jedoch kein Wort heraus. Mein ganzer Körper schmerzte, und ich konnte die anderen nur wie durch einen Schleier erkennen.

»Wir haben keine andere Wahl, Sir«, sagte Macmillan in diesem Augenblick. »Sie haben am ganzen Körper Eiterbeulen. Wir müssen sie öffnen.«

Das Wort Eiterbeulen löste blankes Entsetzen bei mir aus. Sie waren mir schon in der Kindheit ein Greuel gewesen. Ich setzte mich auf, sank jedoch erschöpft wieder auf mein Lager zurück. Jetzt erst entdeckte ich die Schüssel heißes Wasser, die Siloma in den Händen hatte. Macmillan hatte aus einem weißen Stück Stoff Bandagen gemacht, und Yeop hielt mein scharfes Kampfmesser fest umklammert.

Macmillan zog die Decke zurück. Auf meinem linken Oberschenkel leuchteten große rote Pusteln mit Eiterkern.

»Wir müssen die Eiterbeulen öffnen«, wiederholte Macmillan. »Beißen Sie die Zähne zusammen, Major. Vier besonders häßliche Pusteln sitzen ausgerechnet auf Ihren Genitalien.«

Sie begannen zuerst mit den Eiterbeulen auf dem Oberschenkel, damit ich mich an den Schmerz und das Stillhalten gewöhnen konnte. Macmillan tauchte das Messer in kochendes Wasser, schnitt die Pustel auf, und Yeop drückte den Eiter mit einem sauberen Tuch aus.

»Ausgezeichnet, Sir«, lobte Macmillan und wischte sich den Schweiß von der Stirn, der ihm in die Augen zu rinnen drohte. Inzwischen holte Siloma frisches Wasser. Die Schmerzen hatten mich für kurze Zeit hellwach gemacht.

»Jetzt kommt der unangenehmste Teil, Sir«, warnte Macmillan. In diesem Augenblick kehrte Yeop mit einer Opiumpfeife zurück.

»Das hilft«, versprach er und schob das Mundstück zwischen meine Lippen. Nach den ersten Zügen hätte ich mich beinahe übergeben, dann trat die Wirkung der süßlichen Droge ein. Allerdings half sie nicht mehr, als mich zu entspannen. Ich konnte die Eiterbeulen auf meinen Genitalien nicht sehen, doch als sich das Messer in diese empfindliche Stelle meines Körpers grub, schrie ich vor Schmerz laut auf.

Danach muß ich bewußtlos geworden sein. Als ich wieder zu mir kam, kniete Siloma neben mir. In den Händen hielt sie einen Bambusstab und ein Stück weißes Tuch. Sie hatte das Bambusrohr in der Mitte sorgfältig ein Stück weit gespalten, so daß es wie eine Wäscheklammer verwendet werden konnte.

Sie sah mich ehrlich besorgt an und sagte: »Ich versuchen nicht wehzutun. Die Chinesen haben ein Sprichwort: ›Cha boh heng!‹«

»Das bedeutet, wir haben Augen in unseren Fingerspitzen«, übersetzte Yeop.

Ich starrte ängstlich auf das gespaltene Bambusrohr. Yeop ließ mich erneut an der Opiumpfeife ziehen, dann machte Macmillan den nächsten Schnitt an meinem Hodensack. Die junge Frau Yeops wartete kniend, bis er fertig war, hielt die Bambusklammer auf, legte sie an die widerliche Beule und drückte damit soviel Eiter wie möglich aus. Das tat noch weher als zuvor, und ich wurde sofort wieder bewußtlos. Als ich zu mir kam, glaubte ich noch immer im Fieber zu träumen, denn vor mir stand Tony Scott.

»Keine Angst, du hast keinen Alptraum.« Er beugte sich zu mir herunter. »Wir dachten schon, euch hat's erwischt. Deshalb habe ich mich für den Fall auf den Weg gemacht, daß ihr verwundet seid und Hilfe braucht.«

»Sie haben das Schlimmste überstanden, Sir«, bemerkte Macmillan. »Noch ein paar Tage Ruhe, und Sie sind wieder auf der Höhe.«

»Ist im Lager alles in Ordnung?« fragte ich Tony schwach.

»Natürlich. Kaischek hat während meiner Abwesenheit das Kommando. Ich habe das Camp erst gestern abend verlassen und mache mich sofort wieder auf den Rückweg.«

»Du bist der erste Besucher an meinem Krankenlager«, versuchte ich zu scherzen. »Hast du mir zufällig Weintrauben mitgebracht?«

»Nein, Bananen.« Tony gab mir eine. Ich war selbst erstaunt, wie gut sie mir schmeckte. Allerdings mußte Tony sie für mich schälen. Ich war zu schwach dazu.

»Beeil dich lieber, daß du wieder ins Lager kommst«, riet ich Tony. »Du kennst die Regel! Ein Europäer muß immer im Camp sein.«

»Natürlich. Aber ich habe das für einen dringenden Notfall gehalten.«

»Den wievielten haben wir heute?« Ich hatte jedes Zeitgefühl verloren und wußte nur noch, daß wir Mitte Juni in dem Kampong angekommen waren.

»Heute ist der vierte Juli.«

»Großer Gott!« entfuhr es mir. Ich versuchte mich aufzusetzen, sank jedoch geschwächt wieder auf das Lager zurück. »Der Vierte!« Ich war über zwei Wochen bewußtlos gewesen. »Übermorgen findet die Konferenz auf Ara statt. Um Himmels willen, geht sofort ins Lager zurück! Dieser wahnsinnige Soong ist zu allem fähig. Nehmt Wung mit. Er kennt Abkürzungen. Damit spart ihr Stunden.«

Bei dem Gedanken, was Kaischek, der einen Angriff auf Ara vehement befürwortet hatte, während Tonys Abwesenheit alles anstellen konnte, brach mir der kalte Schweiß aus. Kaischek war mordlüstern. Wenn er Macmillan und mich tot glaubte und Tony für Stunden ausgeschaltet war, hatte er das Recht, eigene Entscheidungen zu treffen.

Macmillan schüttelte trotzig den Kopf. »Ich kann Sie doch jetzt nicht allein lassen, Major!«

»Reden Sie keinen Unsinn, Mac«, entgegnete ich heftig. »Ich kuriere mich hier aus. Sobald ich wieder auf der Höhe bin, können Sie mich zusammen mit Wung abholen.«

Macmillan war ein disziplinierter Soldat und wußte, daß ich recht hatte. Zehn Minuten später hatten sie zu dritt das Kampong verlassen.

Yeop, seine vier Frauen und die zahlreichen Kinder schienen mich wie selbstverständlich als neues Familienmitglied zu akzeptieren. Die Frauen fütterten mich abwechselnd und erneuerten meine Verbände. Am zweiten Tag versuchte ich aufzustehen. Ich stand einige Sekunden schwankend auf meinen Beinen, dann gaben meine Knie nach, mir wurde schwindelig, und ich fiel vornüber. Als ich mich später in dem kleinen Spiegel, der an die Wand genagelt war, sah, erkannte ich das schmutzige Gesicht mit dem ungepflegten blonden Bart kaum als mein eigenes.

Das war der Tag, an dem sich die hohen Offiziere der japanischen Armee auf der Plantage Ara treffen sollten. Und so sehr ich die Japaner damals auch haßte, in diesem Augenblick betete ich, daß ihnen nichts zustoßen möge.

37

Drei Tage später, mein Magen revoltierte zwar nicht mehr, aber ich war immer noch sehr schwach, klopfte Yeop plötzlich beim Abendessen der Familie im großen Gemeinschaftsraum mit einem Holzstab kräftig auf den Fußboden. Das war ein verabredetes Alarmsignal. Die munteren Stimmen der Erwachsenen und Kinder verstummten abrupt. Ich hatte mich von meinem Lager halb erhoben und sah durch eine Türöffnung, wie Yeop, den Kopf leicht zur Seite geneigt, angestrengt horchte.

Diesmal hörte ich das ferne Rattern eines Maschinengewehrs ebenfalls.

»Sie kommen!« sagte Yeop ruhig. »Geht! Und zwar alle! Beeilt euch!«

In diesem Augenblick ahnte ich, daß Tony und Macmillan nicht mehr rechtzeitig ins Lager zurückgekehrt waren, um Kaischek aufzuhalten.

»Die Schüsse kamen aus dem nächsten Dorf.« Yeop war zu mir gekommen, als die anderen aus dem Haus rannten. »Die Japaner erschießen Geiseln. Es dauert noch einige Zeit, bis sie hier sind. Sie kommen mit ihren Panzerwagen die Straße zwischen den Reisfeldern entlang.«

»Könnt ihr euch verstecken?«

»Ich führe die Dorfbewohner in den Dschungel. Wenn wir Glück haben, überleben wir.« Und dann fragte Yeop in altmodischer malaiischer Höflichkeit: »Ich hoffe, eurer Sache dienlich gewesen zu sein, Tuan. Darf ich um einen Gefallen bitten?«

»Natürlich! Aber ihr müßt euch beeilen! Wo könnt ihr überhaupt hin?«

»Wir haben Zeit, Tuan«, erwiderte Yeop mit aufreizender Gelassenheit.

»Nein, das haben wir nicht!« entgegnete ich heftig.

»Meine Frauen haben mir nur zwei Söhne geschenkt«, begann Yeop ruhig. »Einen nehme ich mit in den Dschungel. Bringen Sie bitte den anderen über den Fluß in Sicherheit? Sie sind zu schwach für einen langen Marsch durch den Dschungel.«

»Aber ich kenne mich mit Babys nicht aus.« Ich stand mühsam auf. »Außerdem ist der Fluß mindestens vierhundert Meter breit.« Ich deutete auf die reißenden, lehmfarbenen Wassermassen. »Ich könnte nicht mal für 'ne Million zum anderen Ufer paddeln.«

»Siloma begleitet Sie. Sie ist kräftig und hilft Ihnen«, beharrte Yeop. »Die Japaner können euch nicht folgen, weil wir nur ein Boot haben.«

»Aber du solltest selbst gehen ...«

»Mein Platz ist bei meinen Leuten. Ich bin ihr Führer. Wir können nicht alle den Fluß überqueren. Unter dem Reisspeicher liegt ein Einbaum. Nehmen Sie ihn, Tuan. Und beschützen Sie meinen zweitgeborenen Sohn und seine Mutter Siloma.«

Das Rattern von Maschinengewehrgarben klang inzwischen schon gefährlich nahe. »Ich kann unmöglich das einzige Boot nehmen«, wehrte ich ab. »Es gehört dir ... dem Dorf. Wir haben euch schon genug angetan.«

»Sie nehmen mein Boot ja gar nicht. Siloma nimmt es, und sie ist meine Lieblingsfrau. Sie hat mir einen Sohn geschenkt. Ich bitte Sie, *ihr* zu helfen!«

Ich wußte, daß ich gar keine Kraft hatte, irgend jemandem zu helfen, und das mußte auch Yeop klar sein. Aber für lange Diskussionen war keine Zeit.

»Gott beschütze dich, Yeop.« Ich ergriff seine Hand und ging zur Fußbodenluke im Reislager. Siloma, die das Baby wie stets an der Brust trug, fing mich geschickt auf, als ich nach wenigen Schritten stolperte.

»Ich glaube, ich schaffe es nicht«, keuchte ich auf Malaiisch. Ich wußte, daß ich kaum von der Luke in das schmale instabile Kanu gelangen konnte, wenn ich nicht sehr vorsichtig war.

»Sie halten Baby, Tuan?« bat das Mädchen.

Ich nickte. Siloma nahm das Kind von ihrer Brust, worauf der Kleine jämmerlich zu schreien begann. Ich preßte ihn fest an mich, legte mich über die Luke. Meine Beine baumelten in der Luft, und ich hätte das Baby beinahe erdrückt. Siloma entzog es mir sanft, legte es auf den Fußboden, packte mich bei den Handgelenken und half mir durch die Öffnung, bis meine Füße das Kanu berührten. Der schmale, spitzzulaufende Einbaum war bereits zur Hälfte voll Wasser gelaufen.

»Setzen Sie sich«, flüsterte sie leise, reichte mir das Kind und mein Marschgepäck ins Boot. Es enthielt außer Munition mein Fernglas, Bastmatte, Kompaß, Streichhölzer, Desinfektionstabletten und das Maschinengewehr. Das Kampfmesser steckte bereits in meinem Gürtel. Ich saß breitbeinig im Heck des Kanus und hielt das Kind im Arm, während sich Siloma mit bewundernswerter Geschicklichkeit durch die Luke ins Boot gleiten ließ, ohne auch nur ein Kräuseln der Wasseroberfläche zu verursachen. Sie band das Kanu los, stieß sich von einem der Pfähle, auf denen der Reisspeicher gebaut war, ab und drückte mir eine alte Blechbüchse in die Hand.

»Ich paddle«, sagte sie. »Sie halten Baby und schöpfen Wasser.«

Selbst die einfache Arbeit des Wasserschöpfens brauchte meine sämtlichen Energiereserven auf, und ich hatte beinahe vor dem Augenblick Angst, da wir das andere Ufer erreichten und ich laufen mußte. Inzwischen war es schon fast dunkel, und im fahlen Mondlicht schimmerte der Fluß stellenweise wie gelbe Seide, während wir langsam die Wasseroberfläche durchschnitten. Siloma paddelte mit gleichmäßigen Schlägen. Das Baby hörte nicht auf zu jammern.

Lange bevor die Japaner kamen, erreichten wir das andere Ufer. Das flache Wasser war dort mit den Wurzeln der Mangrovenbäume durchsetzt. Es war schwül, doch es regnete nicht.

Ich hielt das Baby noch immer im Arm, während Siloma das Boot festband. Dann reichte sie mir mein Gewehr und das Marschgepäck. Erst jetzt nahm sie mir ihren Sohn ab, um ihn zu beruhigen.

Ich mußte mich ausruhen. Wir wagten kein Licht zu machen, denn selbst das Flackern einer Streichholzflamme konnten die Japaner am anderen Ufer sehen. Sie erreichten das Kampong zwei Stunden später. Ich hörte plötzlich die Motorengeräusche näherkommender Fahrzeuge, und im nächsten Augenblick sah ich aus meinem Versteck, wie grelle Scheinwerferkegel die Nacht erhellten und jeden Winkel des Dorfes in gleißendes Licht tauchten. Die schmalen, wendigen Panzerwagen, die die Japaner so erfolgreich im unwegsamen Gelände Malayas einsetzten, hatten am Dorfrand haltgemacht.

Wir warteten mit angehaltenem Atem auf den ersten Schuß, doch es blieb alles ruhig. »Gott sei Dank«, sagte ich ehrlich erleichtert. »Sie haben's geschafft. Sie sind weg.«

Ich hatte inzwischen lange genug Zeit gehabt, Erfahrungen über die Japaner, ihre Taktik und Brutalität zu sammeln, um zu wissen, daß wir mehrere Tage nicht mehr ins Dorf zurückkehren konnten. Auch die Japaner hatten gelernt, daß die Malaien geradezu zwanghaft nach einiger Zeit in ihre Dörfer zurückkehrten. Sie warteten deshalb stets geduldig, um dann um so grausamer Rache zu nehmen.

An Schlaf war in jener Nacht nicht zu denken. Ich bekam Schüttelfrost. Das war das erste Anzeichen eines erneuten Fieberanfalls.

Drei Tage lang hatten wir nichts zu essen. Ich wurde immer schwächer und war nur zeitweise bei klarem Bewußtsein. Silomas Baby ging es noch schlechter. Der Kleine war zu matt und apathisch, um die Brust der Mutter anzunehmen. Seine braune Haut hatte einen ungesunden, bläulichen Schimmer bekommen. Sogar zum Schreien war er zu schwach. Am zweiten Tag blieb ich mit dem Kind im Versteck, während sich Siloma auf die Suche nach etwas Eßbarem machte. Schließlich kam sie mit einer Handvoll Beeren zurück. »Essen Sie! Sie sind nicht giftig«, versicherte sie mir. Wir teilten uns die kärgliche Mahlzeit.

Am dritten Tag fand Siloma noch mehr Beeren, und wir fingen Regenwasser mit meiner Bastmatte auf. Das war der Tag, an dem die Japaner bei Tageslicht ins Dorf zurückkehrten.

Fast alle Dorfbewohner waren gefaßt worden. »Sie haben's also doch nicht geschafft«, murmelte ich und wagte Siloma nicht anzusehen.

Die Japaner stießen ungefähr hundert Malaien vor sich aus dem Unterholz. Ich versuchte durch den Feldstecher die Gesichter zu erkennen, sah Yeops ältere Frauen und Kinder, aber Yeop selbst konnte ich nirgends entdecken. »Yeop ist nicht dabei«, flüsterte ich. »Er muß geflohen sein.«

Die Malaien wurden von den japanischen Soldaten mit brutalen Gewehrhieben in das Langhaus getrieben. Als der letzte die schmale Leiter emporgestiegen und im Haus verschwunden war, ertönte ein lautes Kommando auf Japanisch. Zwei Soldaten legten Bündel aus trockenem Gras und Holz unter das Langhaus, übergossen diese mit Benzin und zündeten sie an. Die Gewehre im Anschlag umzingelten die Japaner das brennende Haus.

Bald schlugen die Flammen durch das Dach in die Höhe, und der einfache Holzbau brannte lichterloh.

Durch die Rauchwolken sah ich Kinder aus den schmalen Bretteröffnungen ins Freie springen. Wie Raubtiere stürzten sich die Japaner auf die kleinen Körper und töteten sie brutal mit ihren Bajonetten. Ich fühlte Silomas harten Griff an meinem Arm. Ihre Nägel gruben sich schmerzhaft in mein Fleisch, doch sie sagte kein Wort.

Kurz darauf stand das ganze Dorf in Flammen. Die Japaner warteten noch ungefähr eine Stunde auf eventuelle Nachzügler, dann gab der Offizier im weißen Tropenhelm erneut ein scharfes Kommando. Die Soldaten sprangen in ihre Panzerwagen und fuhren davon.

Am darauffolgenden Tag starb das Baby. Ich war zu schwach, um Siloma zu helfen, es zu begraben. Sie verschwand mit dem kleinen, leblosen Körper im Dschungel und sagte nicht, wohin sie ihren toten Sohn gebracht hatte.

In der Nacht kamen die Fieberanfälle wieder. In den wenigen Augenblicken, in denen ich einigermaßen bei Bewußtsein war, wurde mir klar, daß mein Leben tatsächlich an einem seidenen Faden hing. Wenn ich nicht bald etwas zu essen bekam, würde ich sterben.

Ich verdanke Siloma mein Leben. Längst hatte ich in meinen fiebrigen Wachträumen jedes Zeitgefühl verloren. Selbst mein Lebenswille wurde immer schwächer.

Ich erinnere mich nur vage, daß sich Siloma irgendwann neben mich setzte, mich sanft in ihre Arme zog, ihren Sarong öffnete und mir eine ihrer großen Brüste in den Mund schob.

Das war der Wendepunkt. Sie fütterte mich auf diese Weise drei Tage lang, und obwohl ich noch immer Fieberträume hatte und nicht klar bei Besinnung war, fühlte ich, wie langsam etwas Kraft von ihr auf mich überging. Siloma zündete zum ersten Mal ein Feuer an, denn jetzt bestand keine Gefahr mehr, daß die Japaner zurückkehren würden. Sie fand ein paar Bambussprossen, aus denen sie ein Gemüsegericht kochte. Am nächsten oder übernächsten Tag fing Siloma einen malaiischen Kantschil, einen Zwerghirsch, den es überall in den tropischen Regenwäldern

Asiens gab und der maximal zwanzig Zentimeter hoch wurde. Sie tötete das Tier, zerlegte es und briet es am offenen Feuer. Das Fleisch reichte für zwei weitere Tage.

»Siloma, wir müssen wieder zum anderen Flußufer hinüber«, sagte ich zu ihr, als wir nichts mehr zu essen hatten. »Das Dorf ist wie ausgestorben. Aber dein Mann hält sich vielleicht irgendwo in der Nähe versteckt. Außerdem finden wir drüben möglicherweise noch ein paar Hühner... und Obst. Ich muß so schnell wie möglich ins Camp zurück.«

Am darauffolgenden Abend machten wir uns auf den Weg, obwohl ich noch immer schwach auf den Beinen war. Bevor ich mich in den schmalen Einbaum setzte, dachte ich plötzlich an meine Erkennungsmarke. »Siloma, ich gebe dir meine Erkennungsmarke«, sagte ich zu der Malaiin. »Wenn wir es nicht schaffen... wenn ich ertrinke oder erschossen werde, dann bringst du sie den Briten und erzählst ihnen, was geschehen ist, ja?«

Siloma schien kein Wort zu verstehen. »Hier, das meine ich«, fuhr ich fort und kramte in sämtlichen Taschen nach der Blechmarke, konnte sie jedoch nicht finden. »Verdammt, das blöde Ding ist weg!« Die Erkennungsmarke diente nicht nur der Identifikation, sondern sollte im Fall unserer Gefangennahme den Japanern auch beweisen, daß wir Angehörige der regulären britischen Streitkräfte waren. Für mich bedeutete sie das letzte Bindeglied zur Außenwelt und vor allem zu Julie. Doch jetzt war ich von meinen Kameraden abgeschnitten im Dschungel, hatte wochenlang mit dem Tod gerungen, und die einzige, die mich kannte, war Siloma, die mich nur blonder Tuan nannte.

Die Rückkehr in das einst friedliche malaiische Dorf war schrecklich.

Bereits am morastigen Flußufer schlug uns der bestialische Gestank von Verwesung entgegen. Zwar waren die meisten Dorfbewohner im Langhaus verbrannt, aber die sterblichen Überreste derjenigen, die zu fliehen versucht hatten, waren am Dorfeingang aufgeschichtet worden. Geier hatten sich inzwischen darüber hergemacht und nur noch blanke Knochen hinterlassen, die ständig von einem dichten Schwarm grüner Fliegen bedeckt waren. Über der Stelle, wo ein Stück weiter entfernt Kopf und Rumpf eines Menschen lagen, kreisten noch immer die Geier. Die leeren Augenhöhlen waren schwarz vor Ameisen. Ein paar gelbbraune Hunde jaulten, räkelten sich im Staub oder jagten ein Huhn, das in den vernachlässigten Beeten am Dschungelrand Würmer suchte.

Es gelang mir, Siloma an diesem ersten Tag vom Schlimmsten fernzuhalten, indem ich sie in den Dschungel schickte, um Früchte zu holen, und sie Feuer machen ließ.

Die Nacht verbrachten wir in einer der wenigen Hütten, die vom Feuer verschont geblieben waren. Sie lag am Rand des Dorfes in unmittelbarer Nähe des Flusses. Am nächsten Morgen machte ich einen Rundgang. Vom Langhaus waren nichts als Asche und verkohlte Holzreste übrig, in deren Mitte menschliche Knochen glänzten. Ich brauchte Siloma erst gar nicht zu überreden, die Mitte des Dorfes zu meiden. Mit derselben Apathie, mit der sie ihr Kind im Dschungel begraben hatte, nahm sie auch das Leben in ihrem zerstörten Dorf wieder auf. »Ich verstehe, blonder Tuan«, sagte sie dazu. »Wenn Sie gesund, ich suchen meinen Mann. Ich wissen, daß er lebt.«

Ich kam schnell wieder zu Kräften. Siloma war dabei eine große Hilfe. In einer der noch intakten Hütten hatte sie eine Khakihose für mich entdeckt, die sie sorgfältig zusammen mit meinen beiden Hemden wusch. Sie kochte täglich eine kräftigende Mahlzeit, so daß ich bald mein Muskeltraining wiederaufnehmen konnte. Ich mußte unbedingt ins Lager zurück.

Ich hatte noch immer keine Ahnung, welches Datum wir schrieben und wo die Japaner stationiert waren. Zehn Tage, nachdem wir ins Dorf zurückgekehrt waren, eröffnete ich Siloma, daß ich ins Camp aufbrechen mußte. Ich glaubte, Ara sicher finden zu können. Schließlich hatte ich Jahre meines Lebens in dieser Gegend verbracht. Und obwohl sich das Gesicht des Dschungels täglich änderte, lag Ara immerhin nur einige Stunden entfernt. Die Generalstabskarten hatte ich verloren, aber meinen Kompaß besaß ich noch. Wenn ich mich in nordöstlicher Richtung vorwärtsbewegte, mußte ich auf irgendeinen Orientierungspunkt stoßen, den ich kannte. Möglicherweise mündete der Fluß hinter dem Dorf in den Fluß, der die Grenze zur Plantage Ara markierte.

Es war am frühen Morgen, noch vor der Hitze des Tages, als ich zu Siloma sagte: »In zwei Tagen müssen wir ein paar Vorräte einpacken und aufbrechen. Du kommst mit mir. Im Camp bist du sicher.«

»Nein, blonder Tuan«, widersprach Siloma sanft. »Ich suche Yeop. Ich möchte ihm sagen, wie Sie mir geholfen haben.«

»Unsinn. Du hast mir geholfen«, protestierte ich.

»Ich habe gegeben, was ich hatte, aber ich war unglücklich, und...« Sie suchte nach Worten. »Da haben Sie meiner Seele geholfen. Das müssen wir... Yeop und ich wiedergutmachen.«

»Wenn der Krieg vorbei ist, feiern wir ein Fest zusammen«, versprach ich. Oder war Silomas Wiedergutmachungsangebot anders gemeint gewesen? Ich hatte mich in den letzten Tagen, die wir fast wie Mann und Frau oder vielmehr wie zwei Schiffbrüchige auf einer einsamen Insel verbracht hatten, oft gefragt, ob Siloma bei alledem einen Hintergedanken hatte. Bot sie sich selbst und ihren Körper als Wiedergutmachung an? Dabei war ich eher eine Last als eine Hilfe für sie gewesen. Lediglich die Tatsache meiner Anwesenheit im Dorf hatte ihr das Leben gerettet, da sie sonst mit ihrem Mann in den Dschungel geflohen und zusammen mit den anderen umgekommen wäre.

»Nicht nach dem Krieg«, widersprach sie. »Jetzt. Mein Mann sagt, Sie sehr mutig. Sie viele Japaner getötet haben. Yeop böse, wenn ich seinen Freund nicht... nicht zufrieden mache. Ist das das richtige Wort, Tuan?«

»Ja, es ist ein schönes Wort dafür, Siloma, und ich fühle mich geehrt.« Ich dachte an Julie. »Aber ich habe eine Geliebte, die ist wie du, Siloma. Der Krieg hat uns getrennt. Ich liebe sie noch immer.«

»Und sie liebt auch?«

»Ja, das hoffe ich.«

»Dann ist alles gut. Wir können zusammen die Schlafmatte teilen. Wenn das Mädchen den Tuan liebt, dann ist sie nur traurig, wenn er nicht mit einer Frau die Matte teilen kann. Das ist schlecht für einen Mann.«

»Ich glaube, du täuschst dich. Du bist wunderbar, Siloma, und ich fühle mich sehr geehrt. Aber mein Mädchen ist vielleicht überhaupt nicht begeistert.«

»Oh, doch sicher... Wenn mein Mann traurig, ich gehe und hole Mädchen. Das macht ihn glücklich. Abwechslung ist gute Medizin.«

Die Versuchung machte sich bei mir an der empfindlichsten Stelle bereits bemerkbar. Ich wußte, daß ich Julie nicht wehtun würde, doch selbst, als ich das Verlangen in mir schnell wachsen spürte, zögerte ich.

Vielleicht hätte ich dem Verlangen nachgegeben, wenn mich nicht im nächsten Augenblick nur noch ein Gefühl beherrscht hätte: die Angst. Ich hatte ein Geräusch gehört. Jemand hatte sich draußen bewegt.

»Bleib hier!« flüsterte ich Siloma zu. »Was auch passiert, geh ja nicht aus der Hütte. Ich lasse dir mein Gewehr hier. Ich sehe nach, was los ist.«

Vermutlich war es nur ein Tier, vielleicht ein Gibbon auf dem Morgenausflug, doch die lange Krankheit hatte mich nicht unvorsichtig gemacht. Ich steckte mein Kampfmesser in den Gürtel und kroch lautlos auf dem Bauch aus der Hütte. Unten im Fluß planschte jemand im Wasser. Dann hörte ich ein lautes »Hai«.

Die Japaner waren zurückgekommen. Inzwischen kannte ich zwischen der Hütte und dem Flußufer jeden Baum und Strauch, jeden möglichen Hinterhalt. Offenbar hatten die Japaner keine Ahnung, daß noch jemand im Dorf lebte. Macmillan hatte mich oft wegen meiner guten Augen und meines Instinkts bewundert, und auch diesmal ließen mich beide nicht im Stich. Zwischen fleischigen grünen Blättern entdeckte ich in der Morgensonne einen glänzenden grauen Punkt, der dort nicht hingehörte.

Es konnte sich dabei nur um die Mündung eines Maschinengewehrs handeln, das sein hinter dem Baum stehender Besitzer offenbar lässig in der Armbeuge trug.

Ich blieb stehen, duckte mich und zog das Messer aus dem Gürtel. Unten vom Fluß drangen Freudenschreie, lautes Lachen und Planschen zu uns herauf. Offenbar hatten die Badenden den Mann hinter dem Baum als Wächter aufgestellt. Ich hatte also nur wenige Minuten Zeit, ihn zu töten, während die übrigen Japaner abgelenkt waren.

Ich hatte in diesem Augenblick nur den Wunsch, zu überleben, Folter und Tod zu entgehen und Siloma zu retten. Wir mußten so schnell wie möglich fliehen. Dazu mußte ich allerdings zuerst den Posten töten, bevor er die anderen im Fluß warnen konnte, und anschließend diese mit dem Maschinengewehr unschädlich machen. Bevor, durch die Schüsse alarmiert, Verstärkung kam, konnten wir fort sein.

Das Messer in der rechten Hand, wartete ich auf meinen Augenblick. Die Spitze des Messers wies nach unten, so daß ich meine weißen Knöchel sehen konnte. In diesem Moment kam es mir vor, als hätte ich seit hundert Jahren nichts anderes getan, als das Messer auf diese Art zu halten, bevor ich lautlos von hinten einem Mann die Kehle durchschnitt. Jede Bewegung war mir in Fleisch und Blut übergegangen. Jetzt kam es nicht auf die Kraft, sondern auf Geschicklichkeit an.

Der Japaner bewegte sich leicht. Ich hörte ein Klicken. Dann stieg mir der Geruch von Benzin und Tabak in die Nase. Er zündete sich offenbar eine Zigarette an. Das war meine Chance. Denn so lange, bis er das Feuerzeug wieder in die Tasche gesteckt hatte, hatte er nur eine Hand frei. Diese halbe Sekunde mußte ich nutzen.

Er hörte nicht einmal mehr, wie ich hinter der Bananenstaude hervorsprang. Im nächsten Moment hatte ich ihm bereits mit der einen Hand den Mund zugehalten, während die andere den oft geübten Schnitt durchführte. Er zuckte kurz, doch das Gewehr, das er in die Armbeuge geklemmt hatte, fiel zum Glück nicht zu Boden.

Blut spritzte über meine rechte Hand. Sein Kopf sackte zurück und er sank merkwürdig verrenkt zu Boden. Zum ersten Mal sah ich sein Gesicht. Er konnte kaum älter als sechzehn gewesen sein.

Lautlos kroch ich zur Hütte zurück, wo Siloma starr vor Angst auf mich wartete. Als sie etwas sagen wollte, hielt ich ihr blitzschnell mit meiner vom Blut des Japaners feuchten Hand den Mund zu und flüsterte: »Japaner! Warte hier! Rühr' dich nicht vom Fleck!«

Die fröhlich im gelbbraunen Flußwasser Badenden waren zu sechst. Der berühmte japanische Reinigungsfimmel hatte sie offenbar unvorsichtig werden lassen.

Dann entdeckte ich ihr Fahrzeug, einen Kleintransporter. Das bedeutete, daß es sich bei der Gruppe um eine allein operierende Patrouille handelte, die möglicherweise vom Weg abgekommen war und beschlossen hatte, ein erfrischendes Bad zu nehmen, bevor sie versuchte, zu ihrer Einheit zurückzufinden. Den Jungen hatten die Männer als Posten zurückgelassen. Wenn ich ihnen nicht zuvorkam, würde es nicht lange dauern, bis sie ihn mit durchschnittener Kehle entdeckten.

Mit entsichertem Maschinengewehr schlich ich geduckt vom Dschungelrand zum Fluß. Ich hatte das Ufer schon fast erreicht, als sie mich endlich sahen. »Hai!« schrien sie laut auf. Sie waren alle dicht beieinander. Besser hätte es für mich gar nicht kommen können. Ich schoß ein ganzes Magazin auf die Gruppe ab. Mein Arm vibrierte vom Rückstoß der Schüsse, Wasserfontänen spritzten auf und die Körper zuckten.

Ich legte ein neues Magazin ein. Am heißen Lauf des MGs verbrannte ich mir fast die Finger. Dann rannte ich das letzte Stück zum Fluß hinunter, der sich langsam blutrot färbte. Ein Japaner war nur verletzt. Ich schoß auch die nächste Runde auf ihn und die anderen ab, um sicherzugehen, daß es keine Überlebenden gab.

Anschließend lief ich zur Hütte zurück. Jetzt hatten wir keine Veranlassung mehr, leise zu sein.

»Beeil' dich, Siloma!« schrie ich noch im Laufen. »Pack' soviel Lebensmittel zusammen, wie du kannst. Wir müssen weg!«

Siloma antwortete nicht. Da die Malaiin nie viel redete, fiel mir das nicht weiter auf. Ich duckte mich vor dem Eingang der Hütte, entdeckte Siloma in der hintersten Ecke zusammengekauert wie ein ängstliches Tier, sah aus den Augenwinkeln, wie ein Japaner in Uniform mit seinem rechten Arm zum Schlag gegen mich ausholte, und hatte keine Chance, mich zu wehren. Das ist das Ende, der Tod, dachte ich mit klopfendem Herzen, bevor mich ein lähmender Schmerz im Nacken bewußtlos werden ließ.

38

Als ich langsam wieder zu mir kam, erlebte ich alles noch einmal wie in einem bösen Traum. Ich sah den grinsenden Japaner über mir und hörte das leise gezischte »Entschuldige, Johnnie«, während er zum Schlag ausholte.

Die Welt vor meinen Augen war unscharf und verschwommen. Ich blinzelte verzweifelt, konnte jedoch nur verzerrte Konturen erkennen. Dann fühlte ich durch all den Nebel die Hand einer Frau. »Siloma, Siloma«, murmelte ich. Sie drückte meinen Arm und sagte: »Alles in Ordnung, blonder Tuan.«

Sie half mir, mich in der Ecke der Hütte aufzusetzen.

»Wo ist er?« flüsterte ich heiser. Irgendwo mußte der Japaner schließlich noch sein. Ich mußte annehmen, daß er ein grausames Spiel mit mir vorhatte. Aber weshalb hatte Siloma keine Angst?

Ich schüttelte den Kopf, um besser sehen zu können. In diesem Augenblick nahm ich verschwommen die Umrisse eines Mannes wahr und hörte eine sanfte Stimme sagen: »Tut mir leid, daß ich dir wehtun mußte, Johnnie. Aber du hättest mich sonst umgebracht, bevor ich dir alles hätte erklären können.«

Die Stimme hatte den unverwechselbaren japanischen Akzent und kam mir irgendwie bekannt vor.

Ich rieb mir den schmerzenden Kopf und sah mich verzweifelt im Halbdunkel der Hütte um. »Siloma!« rief ich. »Siloma, ist mit dir alles in Ordnung? Hat dir das Schwein was getan?«

»Nein, blonder Tuan. Der Mann Ihr Freund.«

Miki! Das war unmöglich! Ganz unmöglich!

»Er ist ein Japaner«, sagte ich scharf. »Was wollen Sie von uns? Wollen Sie uns umbringen? Dann tun Sie's gefälligst! Schnell! Worauf warten Sie noch?«

»Ich möchte helfen«, erwiderte die freundliche Stimme. Es war tatsächlich Miki.

»Indem du mich niederschlägst, wie vorhin?« konterte ich.

»Indem ich zugelassen habe, daß du meine Männer tötest«, entgegnete er leise. »Ich habe dich beobachtet, aber nichts unternommen, obwohl ich dich hätte töten können. Aber als du in die Hütte zurückgekehrt bist, mußte ich dich niederschlagen, bevor du mich umbringen konntest. Außerdem habe ich dich in Aktion gesehen, Johnnie. Du machst das sehr professionell. Offenbar hast du dich sehr geändert.«

»Daran seid ihr Japaner schuld«, bemerkte ich bitter und noch immer mißtrauisch. »Ah, jetzt kann ich dich endlich richtig sehen. Ich kann's trotzdem noch nicht fassen, daß du's bist. Aber was hast du vor? Siloma, das Mädchen, ist keine Feindin der Japaner. Laß sie laufen. Mich kannst du umbringen, wenn du willst. Ich bin euer Feind. Aber das Mädchen... Das ist der einzige Gefallen, um den ich dich bitte.«

»Es steht dir ebenfalls frei zu gehen.«

»Das kannst du meiner Großmutter erzählen. Worauf warten wir eigentlich?«

»Auf niemanden. Hier!« Er legte den Revolver, den er bisher in der Hand gehalten hatte zwischen uns auf den Fußboden. »Nimm ihn, er ist geladen. Ich verwende ihn nicht gegen dich. Wenn du alle Japaner haßt, erschieß mich. Bitte!«

Ich rührte die Waffe nicht an. »Was dann?«

»Laß mich erst mal alles erklären«, begann Miki. »Man hat mich hergeschickt, um dich zu töten, aber ich kann es nicht tun.«

»Weshalb diese Großzügigkeit?« Ich lachte heiser.

»Du bist seit vielen Jahren mein Freund.« Mein Sehvermögen besserte sich zunehmend, und die Kopfschmerzen ließen nach. Miki sah in der japanischen Uniform ganz anders aus als damals im Queens Club in Tenniskleidung.

»Siloma, haben wir was zu trinken?« fragte ich. »Was ist mit Limonensaft?«

»Bodohkah dia?« fragte sie auf Malaiisch, das Miki nicht verstand. Es bedeutete soviel wie: »Ist er dumm?«

»No. Sekali-kali tidak«, antwortete ich. »Sebaliknya dia pintar.« Nachdem ich Siloma versichert hatte, daß Miki durchaus ein intelligenter Japaner war, stand sie auf und sagte: »Ich hole auch noch frisches Wasser für Ihren wehen Kopf.« Damit verließ sie leichtfüßig und graziös die Hütte. Ich wandte mich wieder an Miki. Tausend Fragen beschäftigten mich. »Das kann doch kein Zufall sein, oder?« erkundigte ich mich schließlich.

»Nein«, erwiderte Miki. »Die Japaner haben Angst vor dir, Johnnie. Du giltst als der gefürchtetste Guerillaführer und stehst ganz oben auf der Todesliste.«

»Wie schmeichelhaft«, entgegnete ich humorlos. »Und weshalb haben sie ausgerechnet dich zu mir geschickt? Wie der Anführer eines Exekutionskommandos siehst du nicht gerade aus.«

»Ich habe mich freiwillig gemeldet...« begann Miki.

In diesem Moment kam mir ein furchtbarer Gedanke. Noch bevor er weitersprechen konnte, fragte ich: »Hast du dieses Dorf hier in Brand gesteckt?« Ich griff nach der Waffe.

»Nein, nein. Ich bin gar nicht in diesem Distrikt stationiert«, wehrte Miki ab. »Ich bin Chef einer Militärbehörde in Ipoh, die sich um den Wiederaufbau kümmert. Zur kämpfenden Truppe gehöre ich nicht. Unsere Arbeit ist sehr wichtig.«

»Aber was machst du hier? Warum bist du nicht in Ipoh?« Irgend etwas stimmte an der Sache nicht.

In diesem Augenblick kam Siloma mit einem Krug Limonensaft zurück. Sie hatte auch Wasser mitgebracht, um meine Kopfwunde zu reinigen. Während Miki langsam von dem frischen Saft trank, fragte ich: »Was hast du vor? Woran denkst du jetzt?« Dann leerte ich den Krug und gab ihn Siloma zurück.

»Ich habe gerade an den Queens Club gedacht. Die Welt ist seither verrückt geworden. Wie konnte Japan nur auf die Idee kommen, die ganze Welt erobern... Amerika schlagen zu können?«

»Ihr hättet diesen Krieg nicht anfangen dürfen«, entfuhr es mir unwillkürlich.

»Ich weiß. Wir haben angefangen. Aber das japanische Volk ist genauso stolz wie das britische. Nachdem uns die Amerikaner praktisch in die Enge getrieben hatten, blieb uns nichts anderes übrig, als zu kämpfen. Ihr hättet euch auch gewehrt, wenn euch die Amerikaner den Ölhahn zugedreht hätten.«

»Es hat keinen Sinn, jetzt darüber zu diskutieren. Ich warte noch immer, daß du mir endlich sagst, weshalb unser Zusammentreffen hier kein Zufall ist. Wie soll ich das überhaupt verstehen, du hast dich freiwillig gemeldet?«

»Ich habe mich freiwillig gemeldet, dich auszuschalten«, erwiderte Miki. »Dabei habe ich in meinem ganzen Leben noch keinen einzigen Menschen umgebracht.«

»Mir hat man eingebleut, mich bei der Armee ja nie freiwillig zu melden«, sagte ich. »Welches Datum haben wir übrigens heute?«

»Heute ist der sechste August«, antwortete Miki.

»Mein Gott, das darf doch nicht wahr sein.« Ich drehte mich langsam zu Siloma um. »Dann bin ich jetzt bereits sieben Wochen hier.«

»Sie sehr krank gewesen, blonder Tuan. Alle denken, Sie sterben.«

Fast zwei Monate waren vergangen, seit ich Ara verlassen hatte. Was war inzwischen aus dem Camp, aus Tony und Macmillan geworden? Wo waren sie, und weshalb hatte niemand versucht, mich zu holen? Ich bemühte mich, all meine Ängste und Zweifel zu verdrängen und mich auf Miki zu konzentrieren. Hatten sie mich in Colombo und damit Julie als vermißt gemeldet?

»Weiter!« forderte ich Miki auf. »Erzähl' mir, was passiert ist.«

Es klang alles ganz plausibel. Miki war zur Teilnahme an der Konferenz der hohen Offiziere auf Ara aufgefordert worden, deren Stattfinden Colombo uns gemeldet hatte. Doch entgegen unseren Vermutungen sollten dabei nicht große Vergeltungsmaßnahmen angesichts einer japanischen Niederlage besprochen werden. Kaum ein Teilnehmer gehörte einer kämpfenden Truppe an. Die Mikis der japanischen Armee hatten sich getroffen, um über eine Koordinierung der Zivilverwaltung zu diskutieren.

»Jeder kennt dich bei uns... sogar mit Namen. Seit dem Attentat auf Satoh sind wir zur äußersten Vorsicht gemahnt worden. Und dann, als du Ara überfallen hast...«

»Augenblick mal!« protestierte ich. »Damit habe ich nichts zu tun. Zu diesem Zeitpunkt habe ich bereits seit Wochen halbtot in diesem Dschungeldorf gelegen.«

»Ja, das ist mir jetzt klar. Damals hatte ich natürlich keine Ahnung. Ich bin froh, daß ich dir nichts getan habe. Na, jedenfalls sind wir überfallen und siebzehn hohe Offiziere des Kaisers gefoltert und bei lebendigem Leibe verbrannt worden.«

So war es also gewesen, dachte ich bitter. Kaischek hatte Tonys Abwesenheit ausgenutzt, um einen Überfall auf eine Gruppe von Schreibtischoffizieren durchzuführen. Danach war natürlich genau das eingetreten, was ich befürchtet hatte: In ihrer maßlosen Wut hatten die Japaner unter anderem auch Silomas Dorf zerstört.

Miki bestätigte meine Vermutung. »Wir sind natürlich unglaublich wütend gewesen. Ich bin mit einigen anderen dem Attentat entkommen. Aber General Kempetei hat sofort eine großangelegte Vergeltungsaktion befohlen. Um euch eine Lektion zu erteilen, mußten Hunderte sterben. Es ist heller Wahnsinn...«

»Und weshalb bist ausgerechnet du hier?«

Es stellte sich heraus, daß Miki einer militärischen Aufklärungseinheit angehörte, da er aus der Vorkriegszeit über wichtige Detailkenntnisse von Singapur und Umgebung verfügte. Nachdem ich angefangen hatte, mit meinen bescheidenen Guerillaaktionen Unruhe im japanischen Lager zu stiften, war offenbar jemand beim Aktenstudium darauf gestoßen, daß ausgerechnet Miki die Dexters damals veranlaßt hatte, Fertigteile für Unterkünfte der japanischen Truppen zu liefern. Daraufhin war er sofort befördert worden.

Allerdings hatte Miki ursprünglich vorgehabt, zu seiner Dienststelle nach Ipoh zurückzukehren. Doch dann war die japanische Patrouille nach dem brutalen Überfall auf Silomas Dorf ins Camp zurückgekehrt, und einer der Soldaten brachte dem Kommandeur ein ungewöhnliches Souvenir, das er auf der Dorfstraße gefunden hatte: meine Erkennungsmarke. Danach wurde sofort ein Exekutionskommando aufgestellt, das mich zur Strekke bringen sollte.

Die Japaner vermuteten sofort, daß ich mich in der Nähe des Kampongs versteckt hielt, vielleicht sogar krank und nicht transportfähig war. Die Brutalität des Überfalls und der Folterungen auf Ara, wo japanische Offiziere bei lebendigem Leib in ihren Bambusfallen verbrannt worden waren, trug weder meine Handschrift noch die eines anderen britischen Offiziers, sondern wies eher darauf hin, daß ein Chinese bei dem Attentat das Kommando geführt hatte.

»Ich habe mich freiwillig zu diesem Exekutionskommando gemeldet«, fuhr Miki fort. »Ich hatte die Hoffnung, meinen alten

Freund Johnnie vielleicht retten zu können. Und da ich der einzige im Camp war, der dich persönlich kannte, wurde ich sofort aufgestellt.«

Nachts war Miki mit seinen Leuten eingetroffen und hatte dann im Morgengrauen das Blutbad im Fluß beobachtet.

»Zuerst habe ich mich schuldig gefühlt und wollte Harakiri begehen«, erklärte er. »Aber dann habe ich überlegt... wenn alle anderen tot sind, können wir beide vielleicht leben.«

»Danke, Miki«, sagte ich beinahe verlegen. Immerhin hatte Miki zugelassen, daß ich seine Kameraden getötet hatte, und mein und Silomas Leben geschont. »Und was machen wir jetzt?« fragte ich. »Wie willst du den anderen erklären, was dort unten passiert ist?« Ich deutete in Richtung Fluß.

»Geh du mit dem Mädchen zurück zu deinen Kameraden«, schlug Miki vor. »Ich weiß noch nicht, was ich mache.«

»Aber hier kannst du nicht bleiben. Sie werden euch suchen.«

Miki zuckte mit den Schultern. »Vielleicht ist es doch besser zu sterben. Ins Lager kann ich nicht zurück. Mein Tod ist vermutlich die beste Lösung. Damals im Queens Club, Johnnie... Das waren herrliche Zeiten, was?«

»Ja, Miki. Es ist verdammt lange her.«

»Aber du bist mein Freund, Johnnie, oder?«

»Natürlich. Das weißt du.«

»Dann tu' mir den Gefallen und erschieße mich.« Miki deutete auf den Revolver.

»Unsinn! Bist du verrückt?« Ich lachte heiser. »Dein Henker will ich nicht sein.«

Nach reiflichem Überlegen kamen wir schließlich zu dem Entschluß, daß Miki sich im Dschungel verstecken sollte. Ich deutete auf den Einbaum und auf das gegenüberliegende Flußufer.

»Du hast eine Waffe, ein Boot und Lebensmittel. Verstecke dich drüben im Dschungel und warte, bis die Briten Malaya befreit haben und gehe dann in Kriegsgefangenschaft. Lange kann der Krieg hier nicht mehr dauern, nachdem ihr Japaner die Philippinen schon habt aufgeben müssen. Und wenn die anderen dich suchen, werden sie annehmen, daß du ebenfalls getötet worden bist.«

Miki nickte. »Du hast recht. Der Krieg ist sicher bald zu Ende. Hitler ist tot. Die Deutschen sind geschlagen, und Japan muß sich vor der Welt entschuldigen.«

»Ich könnte mir vorstellen, daß die Amerikaner eine Zeit brauchen, um über Pearl Harbor wegzukommen«, murmelte ich.

Miki stand auf und verbeugte sich förmlich vor Siloma. »Im Namen des Kaisers von Japan möchte ich mich für das Verhalten der japanischen Truppen in diesem schönen Dorf entschuldigen«, sagte er. »Aber bitte vergeßt nicht, daß nicht alle Japaner so sind. Es gibt auch Soldaten, die sich schämen.«

»Ich hasse die Japaner«, flüsterte Siloma, nachdem Miki gegangen war. »Aber er ist nicht wie die anderen.«

»Die Menschen sind eben nicht alle gleich«, seufzte ich. »Ich glaube allerdings nicht, daß wir ihn je wiedersehen. Für eine Invasion Japans existieren noch nicht mal Pläne.«

Ich wußte von vornherein, daß ich Siloma gar nicht erst dazu zu überreden brauchte, ihren Mann Yeop zu suchen. Allerdings mußten wir das Dorf verlassen haben, bevor sich andere Patrouillen um ihre Kameraden zu sorgen begannen.

»Er war mein Mann«, erklärte Siloma, die offenbar meine Gedanken erriet. »Und es würde Ihnen nicht gefallen, wenn ich ihn nicht suche.«

»Du hast recht.« Ich sah die junge, begehrenswerte Malaiin an, doch ich hatte in diesem Moment alles andere im Sinn als Sex. Paradoxerweise hatte ausgerechnet der Feind mich davon abgehalten, »die Schlafmatte mit ihr zu teilen«, wie Siloma es so elegant umschrieben hatte.

Wenige Minuten später bereits hatte sie kalten Reis, Hühnchen in Currysoße, Obst und frisches Wasser eingepackt und verabschiedete sich ernst.

»Wir sehen uns wieder, blonder Tuan«, sagte sie vor der Hütte. Aus ihren großen, dunklen Augen war nicht herauszulesen, ob sie glücklich, erleichtert oder traurig darüber war, daß man uns gestört hatte.

»Kau harus percaya kepada, Tuan«, murmelte sie.

»Behüte dich Gott«, erwiderte ich ebenfalls. Ich gab ihr noch einen Kuß auf die Wange, dann verschwand sie im Dschungel. Ich schulterte mein Marschgepäck und machte mich auf den Weg nach Ara.

An jenem warmen blutigen Morgen des 6. August 1945 hatte ich keine Ahnung, daß in diesem Augenblick ein amerikanisches Flugzeug bereits wieder auf dem Rückflug in die Staaten war, das nur eine einzige Bombe transportiert hatte. Das Ziel der Maschine war die japanische Stadt Hiroshima gewesen.

Acht Tage später war der Krieg vorüber.

Sechster Teil

Singapur und Malaya 1945–1948

39

Die Nachricht vom Sieg erfuhr ich von den fröhlichen Passagieren eines klapprigen Überlandbusses mit aufgemaltem Rot-Kreuz-Zeichen, als ich unentschlossen in der Nähe des geheimen Eingangs zum Dschungelpfad ins Lager Ara wartete. Unser Posten war durch einen Schuß in den Hinterkopf getötet worden, und ohne Führer konnte niemand das Camp finden. Nach dem Zustand der Leiche zu urteilen, mußte das bereits vor mehreren Wochen passiert sein.

Ich wußte nicht, was ich tun sollte. Auf der Straße herrschte eine geradezu ungewöhnliche Ruhe. Keine einzige japanische Patrouille war zu sehen. Ich spürte, daß etwas geschehen sein mußte.

Dann hörte ich das Motorengeräusch eines näherkommenden Fahrzeugs und duckte mich tiefer in die Farnsträucher. Hinter der nächsten Kurve tauchte ein Bus auf. Die Fahrgäste sangen und lachten laut. Wie vor der Besatzung durch die Japaner, dachte ich unwillkürlich.

Und in diesem Augenblick wurde mir klar, was geschehen war. Die Japaner hatten Malaya tatsächlich verlassen.

Ich sprang aus meinem Versteck, lief auf die Straße und schwenkte die Arme. Mit meinen zerfetzten Kleidern, den struppigen blonden Haaren und dem ungepflegten Bart muß ich wie eine Vogelscheuche ausgesehen haben.

Freundliche Menschen halfen mir in den Bus und klopften mir bewundernd auf die Schultern. Ein Chinese bot mir eine Zigarette an und ein Malaie reichte mir einen Schluck Reiswein in einer alten Medizinflasche.

»Wohin fahrt ihr?« fragte ich.

»Jalan ini menuku ke Kuala Lumpur!«

»Natürlich führt die Straße nach Kuala Lumpur. Aber ist sie sicher?« fragte ich.

Und daraufhin erfuhr ich, daß der Krieg beendet war.

Der Bus setzte mich vor dem Kelantan Club ab, den einige britische Offiziere beschlagnahmt hatten. Auf der großen Rasenfläche vor dem Club drängten sich die japanischen Kriegsgefangenen. Und dort erst hörte ich, daß die Amerikaner über Hiroshima und Nagasaki Atombomben abgeworfen hatten.

Das Büro des Clubsekretärs war zu einer Art Auffanglager für britische Offiziere umfunktioniert worden, und da fast alle noch verbliebenen Offiziere Mitglieder der Force 136 waren – natürlich abgesehen von der Fallschirmjägereinheit, die als Vorhut von Mountbattens regulären Truppen abgesprungen war –, kannte man uns alle mit Namen. »Wir haben uns schon Sorgen um Sie gemacht, Major«, begrüßte mich der Hauptfeldwebel hinter dem Schreibtisch. »Hauptfeldwebel Macmillan wartet schon dringend auf Sie. Hier ist auch eine angenehme Nachricht aus Colombo.«

Es war ein Telegramm von Colonel Chalfont, der mir mitteilte, daß ich den höchsten Tapferkeitsorden der Armee verliehen bekommen hatte. Auch ein kurzer Brief von Tony wartete bereits auf mich. »Hoffe, Du tauchst bald auf, Johnnie«, schrieb Tony. »Habe den Auftrag, einen Arbeitstrupp nach Ara zu führen,. um dort nach dem Rechten zu sehen. Kann es kaum erwarten, Ara wiederaufzubauen.«

Ich rasierte mich, duschte mich, ließ mir die Haare schneiden und zog dann den Tarnanzug an, den man mir als einzig verfügbare Uniform gegeben hatte. Als ich fertig war, kam Macmillan.

»Hier läßt es sich wieder leben, was, Sir?«

»Wie geht es euch? Alles in Ordnung?« fragte ich prompt, denn ich war neugierig darauf zu erfahren, was die anderen inzwischen erlebt hatten. Ich konnte es noch immer nicht ganz fassen, daß der Kampf vorüber war.

Vom Auffanglager im Kelantan Club aus hatte ich schließlich Gelegenheit, einen Funkspruch an Colonel Chalfont nach Colombo zu senden, in dem ich um Erlaubnis bat, zusammen mit Macmillan in Colombo Meldung machen zu dürfen. Die Antwort kam prompt. Chalfont bat mich, nach Singapur zurückzukehren und dort auf weitere Anweisungen zu warten.

Daraufhin machten sich Macmillan und ich in einem japanischen Spähwagen auf die gut dreihundert Kilometer lange Fahrt nach Singapur. Dabei erfuhr ich endlich von Macmillan, weshalb Tony und er das Camp Ara nie wieder erreicht hatten. Die Leiche des am Zugang zum geheimen Dschungelpfad aufgestellten Postens, die auch mir Wochen später als Warnung gedient hatte, hatte die beiden davon abgehalten, ins Camp zurückzukehren.

»Es würde mich nicht überraschen, wenn dieser verrückte

Kaischek den Posten umgebracht hätte, um zu verhindern, daß wir ihn von seinem Überfall auf Ara abhalten konnten«, bemerkte Macmillan abschließend. Ich neigte zu derselben Ansicht.

Einer der ersten, die ich in Singapur wiedersah, war Tim. Auf dem Weg zur East Coast Road, der schnellsten Zufahrtsstraße in die City von Singapur, fuhren wir am häßlichen Tor des Gefängnisses von Changi vorbei. Dort entdeckte ich Tim in einer geordneten Schlange von ehemaligen Kriegsgefangenen, die auf den Abtransport warteten. Mit den tief in den Höhlen liegenden Augen, den eingefallenen Backen und dem grauen dünnen Haar sah er furchtbar aus. Ich bat Macmillan anzuhalten.

»Hallo! Können wir dich mitnehmen?« Ich sprang aus dem Wagen.

Tim starrte mich nur ausdruckslos an. »Danke, aber der Bus muß gleich kommen«, murmelte er. Offenbar hatte er mich gar nicht erkannt.

Er schwankte, aber seltsamerweise machte keiner der anderen Anstalten, ihn zu halten. Sie schienen ihn gar nicht zu bemerken. Automatisch streckte Macmillan die Hand aus, um ihn zu stützen. Mein Bruder wich ärgerlich vor ihm zurück. »Danke, Hauptfeldwebel! Ich brauche keine Hilfe!« sagte er schroff.

Er hatte also noch immer das alte jähzornige Temperament.

»Tim!«

Er blinzelte mich kurzsichtig an. Erst in diesem Augenblick wurde mir klar, daß die jahrelange Unterernährung in der Gefangenschaft offenbar sein Sehvermögen beeinträchtigt hatte.

»Haben Sie Tim zu mir gesagt?« fragte er und trat einen Schritt auf mich zu. Da er mich nie in Uniform gesehen hatte, schien er gar nicht auf den Gedanken zu kommen, daß sein Bruder ihm gegenüberstand.

»Darf ich vorstellen«, begann Macmillan unvermittelt. »Major John Dexter.«

Tims Augen verengten sich zu schmalen Schlitzen. »Großer Gott, du bist das«, murmelte er schließlich. »Du, Johnnie? Und Major?«

»Komm, steig ein!« forderte ich ihn auf. Diesmal ließ er sich helfen. »Wo mußt du dich melden? Wir setzen dich dort ab.«

Tim ließ sich auf dem Rücksitz nieder. »Du bist in der Armee? Ausgerechnet du?«

»Du hast mir doch schließlich geraten, Soldat zu werden«, antwortete ich gutgelaunt.

Während wir in Richtung Schwimmclub davonfuhren, musterte ich Tim genauer. Er war furchtbar abgemagert. Neben ihm kam ich mir direkt fett und wohlgenährt vor.

»Sollen wir irgendwo noch einen Happen essen?« fragte ich deshalb, als wir an den Eßständen vorbeikamen.

»Nein, danke.« Er schüttelte den Kopf. »Bis vor ein paar Monaten ist es mir ganz gut gegangen. Dann haben sie mich allerdings in Einzelhaft gesteckt. Aber sag' mal... wie bist du nach Singapur gekommen?«

»Mit dem Wagen... ungefähr vor einer Stunde. Ich bleibe nur ein paar Tage und hoffe dann ins Hauptquartier nach Colombo fliegen zu können.«

»Colombo«, wiederholte Tim und seine Haltung änderte sich schlagartig. »Ich verstehe«, murmelte er. Der verächtliche Ton in seiner Stimme sollte ausdrücken, daß er mich für einen Schreibstubenoffizier hielt.

»Nein, du irrst dich, Tim«, sagte ich. »Ich habe Malaya nie verlassen.«

»Wie meinst du das? Der Krieg hat immerhin drei Jahre gedauert.«

»Ich bin tatsächlich die ganze Zeit über hier gewesen. Wir haben gekämpft.«

Er sah mich skeptisch an. »Nach der Kapitulation Singapurs?«

Ich nickte. »Sergeant Macmillan und ich haben im Untergrund gegen die Japaner gearbeitet... von einem Guerillalager im Dschungel aus«, fügte ich hinzu.

»Drei Jahre lang?« Tim schüttelte verblüfft den Kopf.

»Und die Ausbildung? Woher hattest du die Ausbildung?«

»Heimlich war ich schon seit 1941, also vor deiner Rückkehr nach Singapur, dabei. Ich konnte selbstverständlich niemandem was erzählen.«

»Dann bist du damals gar kein Zivilist mehr gewesen? Du hast mich angelogen?«

»Aus Sicherheitsgründen, ja. Ich durfte ja auch keine Uniform tragen.«

Damit hatte ich dem armen Tim sämtlichen Wind aus den Segeln genommen. Er mußte in Changi Furchtbares durchgemacht haben. Seine Kurzsichtigkeit war nur eines der Symptome dafür.

Wir setzten Tim an der Sammelstelle seiner Einheit ab. Von dort aus sollten er und seine Kameraden nach einer gründlichen medizinischen Untersuchung an Bord eines Truppentransporters nach England gehen. Als ich mich im Adelphi, dem provisorischen Büro der Force 136, meldete, erhielt ich die Nachricht, daß für mich und Macmillan zwei Tage später ein Flug nach Colombo gebucht war. Ich telegrafierte sofort Chalfont und bat ihn, Julie von meiner Ankunft zu informieren.

Anschließend fuhr ich mit Macmillan als erstes zum Cadet House. Ich nahm ganz sicher an, daß Li, falls er noch lebte, sobald wie möglich dorthin zurückgekehrt war. Als wir am Ende der Orchard Road nach links in Richtung Nassim Hill einbogen, wischte sich Macmillan den Schweiß von der Stirn und sagte: »Ist verdammt lange her, seit ich zum ersten Mal mit Ihnen hierhergefahren bin, Sir.«

»Es hat sich nichts verändert«, murmelte ich mit klopfendem Herzen, denn hier erinnerte mich alles an Julie. Alles war wie damals. Nur hatte mich das Schicksal inzwischen um drei gemeinsame Jahre mit Julie betrogen.

Der Rasen vor dem Haus war geschnitten, die Blumenbeete wirkten gepflegt, und in der Kieseinfahrt hatte jemand Unkraut gejätet. Als wir anhielten, trat Li aus der Tür. Er sah ein bißchen älter aus und hatte ein paar Falten mehr bekommen, doch sein liebenswürdiges Lächeln war unverändert.

»Alles fertig, Tuan«, begrüßte er mich. »Ich habe das Haus so schnell wie möglich wieder in Ordnung gebracht.«

Ich legte Li die Hände auf die Schultern und hätte ihn am liebsten umarmt. Ich glaube, nur Macmillans Anwesenheit hielt Li davon ab, mehr Rührung zu zeigen.

Wir gingen ins Haus. Es war in tadellosem Zustand. Li berichtete, daß wir insofern Glück gehabt hatten, als das Haus einem hohen japanischen Offizier als Privatsitz gedient hatte, der offenbar sehr schonend mit allem umgegangen war. Wahrscheinlich hatte er sich auf einen wesentlich längeren Aufenthalt in Singapur eingerichtet.

Ich ging die Treppe hinauf, ging durch das Schlafzimmer, in dem Julie und ich so viele wunderbare Nächte verbracht hatten, und trat auf die Veranda hinaus. In diesem Augenblick beschloß ich, das Cadet House nach Julies und Pelas Ankunft in Singapur erneut zu unserem gemeinsamen Zuhause zu machen. Wir waren einmal sehr glücklich hier gewesen, warum sollten wir es nicht wieder werden?

Dann fuhr ich zu den Soongs.

Im ersten Moment hätte ich Paul, der aufstand, als ich den riesigen runden Salon betrat, nicht erkannt. Paul war um Jahre gealtert. Er hatte dicke Tränensäcke, und seine faltige Haut hatte einen ungesunden, grauen Schimmer. Von dem einst so schönen Teint war nicht viel übriggeblieben. Sein Haar war fast grau.

Ich war sprachlos und konnte nur hoffen, daß man mir mein Entsetzen nicht anmerkte. Natürlich hatte ich von Tony gewußt, daß die Japaner Paul mit einem Funkgerät geschnappt und tagelang verhört hatten, doch auf das war ich nicht vorbereitet gewesen.

»So langsam erhole ich mich wieder.« Paul brachte sogar das vertraute lässige Lächeln zustande.

»Mein Gott, Paul! Schön, dich wiederzusehen! Bitte, bleib' sitzen. Wie ich höre, hast du die Mädchen von Changi mit Liebesbriefen eingedeckt«, versuchte ich zu scherzen. »Aber, Paul... Du liebe Zeit, ich hatte keine Ahnung...«

»Ich habe Glück gehabt, Johnnie. Ich hab's überlebt.«

Ich wußte nicht, was ich darauf antworten sollte und fragte deshalb: »Es ist wegen des Funkgeräts gewesen, stimmt's?«

Paul nickte. »Du hast mich gewarnt, weißt du noch? Du hast recht gehabt. Nach sieben Monaten haben sie mich erwischt. Aber erzähl' mir lieber, welche Nachrichten du von Julie hast.«

Ich konnte Paul nur berichten, daß Julie den Krieg in Colombo gut überstanden hatte, und fügte dann hinzu, daß ich zu ihr fliegen würde, daß wir zusammen eine Tochter hatten und, sobald ich geschieden war, heiraten wollten.

»Großartig«, sagte Paul. »Ich kann einen Schwager wie dich brauchen. Daß du Julie aus Singapur weggebracht hast, war der beste Freundschaftsdienst, den du den Soongs je hast erweisen können. Das Haus hier ist beschlagnahmt worden. Die Japaner haben einen Soldatenclub einquartiert. Eigentlich ist das eher eine Art Bordell gewesen. Sie haben nicht nur die Mädchen aus den einschlägigen Etablissements der Stadt hierhergebracht, sondern auch unsere weiblichen Hausangestellten vergewaltigt. Julie wäre es nicht anders ergangen.«

»Wie geht es deinem Vater?« Insgeheim hatte ich ein wenig Angst vor dem Zusammentreffen mit P. P. Soong. Schließlich hatte ich keine Ahnung, wieviel er über mich und Julie wußte.

»Er freut sich schon darauf, dich wiederzusehen, Johnnie. Auch er hat viel von deinen Heldentaten gehört. Mach' dir wegen Vater keine Sorgen. Wir sind älter, trauriger und... weiser geworden.«

P. P. Soong schien kaum verändert. Das graue glatte Gesicht war noch immer starr und ausdruckslos. Zu meiner Überraschung ergriff er meine beiden Hände und dankte mir für Julies Rettung.

»Und herzlichen Glückwunsch zu deiner Tapferkeitsmedaille«, fügte er hinzu.

»Hast du einen Orden gekriegt?« fragte Paul vom Sofa aus.

»Ja, und sogar einen sehr wichtigen«, antwortete P. P. für mich.

»Nein, eigentlich ...«

»Allein das Attentat auf Satoh wäre einen Orden wert gewesen«, unterbrach mich P. P.

»Was wissen Sie denn von Satoh?« fragte ich erstaunt.

»Unter uns Chinesen verbreiten sich Nachrichten schnell. Daran konnte auch die japanische Besatzung nichts ändern. Eines Tages erzähle ich dir vielleicht, wie ich von der Sache erfahren habe. Es wird dich vermutlich überraschen.«

»Ich möchte Ihnen nur sagen, wie leid es mir täte, wenn Julie und ich Ihnen wehgetan haben. Dafür, daß wir uns ineinander verliebt haben, können wir nichts. Aber die Lügen ... dafür entschuldige ich mich.«

»Die Vergangenheit ist vergessen. Jetzt müssen wir an die Zukunft denken ... und versuchen, zusammenzuleben. Ich bin sehr böse auf euch gewesen, aber dann ist mir klargeworden, vor welch schrecklichem Schicksal du meine Tochter bewahrt hast. Und jetzt sag' mir, wie du dir die Zukunft vorstellst.«

Ich erklärte P. P.Soong, daß ich am darauffolgenden Tag nach Colombo fliegen wollte, um Julie und das Baby zu besuchen. Ich zeigte ihm ein Foto von seiner kleinen Enkelin. »Anschließend reise ich nach London weiter und leite die Scheidung ein. Danach werden Julie und ich heiraten.«

Was ich P. P. Soong natürlich nicht sagte, war, daß ich plante, bis zur Scheidung mit Julie und Pela im Cadet House zu leben. Doch P. P. war Chinese. Er ahnte sofort, was ich vorhatte, und legte sanft aber bestimmt sein Veto ein.

»Die Vergangenheit habe ich dir verziehen«, erklärte P. P. Soong in seinem präzisen Englisch. »Aber was in Kriegszeiten passiert ist, ist eine Sache, das Leben im Frieden eine andere. Wenn ihr jetzt den falschen Weg einschlagt, kann ich euch das, was ihr in Zukunft tut, nicht vergeben.«

»Aber wir wollen heiraten. Das müssen Sie uns glauben«, entgegnete ich.

»Natürlich. Das tue ich auch. Aber vor der Heirat ... Ich kann es nicht zulassen, daß die Tochter der Familie Soong ganz offiziell mit einem verheirateten Mann zusammenlebt. Das mußt du schon verstehen. Ich glaube außerdem kaum, daß dein Vater damit einverstanden wäre.«

»Und was ist mit Pela? Ändert das Kind nicht alles? Und wenn Julie einverstanden ist... und ich bin sicher, sie ist es...«

»Nein, niemals«, sagte Paul plötzlich entschieden.

»Überlege dir gut, was du tust«, riet P. P. Soong. »Und du wirst mir recht geben müssen. Vielleicht können wir das Problem irgendwie umgehen. Aber es ist ganz ausgeschlossen, daß ihr in derselben Stadt, geschweige denn im gleichen Haus lebt... Wenigstens so lange nicht, bis die Zeit dafür reif ist.«

Nachdem P. P. Soong das Zimmer verlassen hatte, erklärte Paul mir, daß es lediglich darum ginge, daß die Soongs ihr Gesicht wahren konnten. Schließlich, wenn auch nur zögernd, konnte ich seinen Standpunkt verstehen. Julie war die Tochter einer bekannten, angesehenen Familie. Wenn sie mit einem verheirateten Mann – unter welchen Umständen auch immer – zusammenlebte, war sie eine Konkubine. »Und damit wäre Julie gesellschaftlich erledigt. Julie ist eine Soong. Und sie würde sich nie so weit erniedrigen. Geht nach Amerika oder England... Dort herrschen andere Sitten. Aber hier...« Paul ließ den letzten Satz unvollendet.

Ich argumentierte, daß der größte Schaden bereits geschehen sei. Wir hatten eine Affäre gehabt und ein gemeinsames uneheliches Kind. Doch es war zwecklos.

»Für uns Chinesen ist das nicht maßgebend«, entgegnete Paul. »Daß man zusammenlebt, darauf kommt es an. Eine Liebesaffäre und sogar ein uneheliches Kind sind verzeihlich. Die Tochter kann die Schande durch Opfer... eben die Hingabe an die Familie wiedergutmachen. Aber es ist für sie ganz unmöglich, sich von einem Mann aushalten zu lassen. Das würde auch Julie nie tun. Das weiß ich ganz genau, Johnnie.«

»Na, wir werden ja sehen. Morgen treffe ich Julie in Colombo. Für meinen Geschmack sind wir allerdings jetzt schon zu lange getrennt gewesen. Das möchte ich nicht noch mal erleben.«

Ich wollte gerade gehen, als Kaischek, zwei Stufen auf einmal nehmend, die Treppe heruntergelaufen kam. Wir hatten uns seit meinem Aufbruch von Ara zu Yeops Kampong nicht mehr gesehen. Obwohl ich Kaischek nie verzeihen konnte, daß er soviel Elend über meine Freunde im Dschungel gebracht hatte, war jetzt nicht der richtige Zeitpunkt, darüber mit ihm zu sprechen. »Hallo«, sagte ich so höflich wie möglich.

»Tag, Major«, antwortete Kaischek mit einem ironischen Unterton in der Stimme. Seine düstere Miene drückte wie immer verhaltenen Haß aus. »Lange tragen Sie die Uniform jetzt nicht mehr. Bald sind Sie wieder Zivilist.«

»Sie doch ebenfalls«, entgegnete ich.

»Da wäre ich an Ihrer Stelle nicht so sicher. Für euch ist der Krieg vielleicht vorbei. Aber jetzt, da die Chinesen unter Loi Tek die Japaner losgeworden sind, müssen sie auch die Briten aus ihrem Land werfen. Mein Kampf ist jedenfalls noch nicht zu Ende.«

»Wirklich, Kaischek«, bemerkte ich lächelnd. »Sie reden nur Unsinn. Glauben Sie im Ernst, daß wir Briten uns von einer Handvoll chinesischer Kommunisten hier vertreiben lassen?«

»Mit den Japanern haben wir's ja bereits vorexerziert.«

»Das war etwas ganz anderes. Warum genießen Sie jetzt nicht erst mal das Leben?«

»Danke, das ist nichts für mich. Wir sind längst keine Kameraden mehr«, konterte er scharf. »Wenn die Briten nicht freiwillig abziehen, werden wir sie töten. Besonders einen davon.«

»Meinen Sie mich?«

»Es würde mir jedenfalls Vergnügen bereiten.« Er grinste häßlich. »Ich habe schon vor dem Krieg gesagt, daß ich den Mann töten will, der den Namen Soong entehrt hat... und ich werde es auch tun.«

»Dazu müßten Sie mich erst kriegen.«

»Oh, das dürfte keine Schwierigkeit für mich sein.«

40

Julie hatte bisher in der Nähe ihres Krankenhauses bei Kandy gewohnt, wo sich auch Mountbattens Hauptquartier befand. Doch für die Dauer meines Besuchs hatte man ihr einen kleinen Bungalow hinter dem Mount Lavinia, einige Kilometer außerhalb von Colombo, zur Verfügung gestellt. Das mit Bougainvillea überwucherte Häuschen mit seinem idyllischen Garten war ein kleines Paradies. Nie hätte ich mir einen romantischeren Ort für das Wiedersehen zweier lang getrennter Liebender träumen lassen.

Das Wunder, Julie wiederzuhaben, in ihren Armen zu liegen, sie zu küssen, die Vorfreude auf den Liebesakt zu empfinden, kann ich kaum in Worte fassen. Von dem Augenblick an, da ich sie beim Verlassen des Flugzeugs winkend hinter der Absperrung entdeckte, wußte ich, daß sich nichts geändert hatte.

Wie oft hatte ich mir das Wiedersehen mit Julie ausgemalt und mich ängstlich gefragt, ob wir uns nicht vielleicht scheu und fremd gegenüberstehen würden. Doch ihr fröhliches, heftiges Winken allein sagte mir deutlicher als alles andere, daß auch die reifere Julie noch dieselbe war, die ich liebte.

Ich passierte die Zollkontrolle, dann lagen wir uns in den Armen. Ich preßte sie an mich, küßte sie und hatte alles um mich herum vergessen; selbst Macmillan, der in diskretem Abstand stehengeblieben war. Dann sah ich Pela zum ersten Mal. Das Kind sah mich mit Julies großen dunklen Augen ernst und fragend an.

Und in diesen Minuten wurde mir klar, daß nicht Julie, sondern ich mich verändert hatte. Mein physisches Verlangen war noch dasselbe, vielleicht sogar noch stärker, aber ich hatte gelernt zu warten. Schließlich wußte ich, daß es das wert sein würde. Ich spürte die wunderbare Veränderung, die mit mir vorgegangen war. Was ich erlebte, war nicht das Wiedersehen flüchtig Liebender, sondern das eines glücklich verheirateten Paares. So kam es mir wenigstens vor.

Hinter Julie stand Pelas hochgewachsene stolze Kinderfrau, eine Singalesin, die jetzt die Hand des Kindes nahm, als ich Julie Macmillan vorstellte. »Ich habe eine Nachricht von Colonel Chalfont für Sie, Hauptfeldwebel«, begann Julie. »Er schickt einen Wagen, der Sie nach Kandy bringen soll.« Und zu mir gewandt fügte sie hinzu: »Robin meint, daß du dich natürlich melden mußt... aber das habe Zeit bis morgen.«

Wir hatten uns soviel zu erzählen. Seit dem Abschied im Hafen waren drei ereignisreiche Jahre vergangen. An jenem ersten Abend aßen wir eine Kleinigkeit, und nachdem mir unser kleines Mädchen scheu gute Nacht gesagt hatte, gingen wir ins Bett.

Da unser Leben lange in ganz verschiedenen Bahnen verlaufen war und jeder noch unfähig war, zu begreifen, was der andere durchgemacht hatte, war unsere Vereinigung in dieser Nacht fast wie damals in Tasek Layang, dem Wochenendbungalow der Soongs in der Nähe von Changi.

Allerdings mit einer Einschränkung. Damals hatten wir von

Anfang an darum gekämpft, den anderen zufriedenzustellen. Jetzt verlief der Liebesakt ruhiger. Wir waren ein »altes Ehepaar«, wie Julie behauptete, und im Nebenzimmer schlief unser gemeinsames Kind. Das alles bewirkte, daß wir uns zuerst nur zärtlich umfangen hielten. Langsam ging diese Zärtlichkeit in wilde Leidenschaft über, bis wir gemeinsam den Höhepunkt erreichten. Als ich dann später neben Julie lag, den Kopf in ihre Armbeuge geschmiegt, tasteten ihre Hände über meinen Körper, als wolle sie ihn neu entdecken und sichergehen, daß ich noch derselbe Mann war.

Am nächsten Morgen, als das Kind aufwachte und ich die »Amah« im Nebenzimmer herumhantieren hörte, stand Julie auf. Als sie wiederkam, hatte sie Pela im Arm.

Im Bett neben mir, während ihre Beine mein Knie berührten, schaukelte sie das Kind auf den Knien, und als mich das kleine Mädchen mit dem typisch kindlichen Interesse für alles Neue ansah, sagte Julie zärtlich: »Pela soll merken, wie wichtig ihr Vater ist, daß es das Natürlichste der Welt ist, daß er das Bett mit ihrer Mammi teilt.«

Pela war ein bezauberndes Kind. Sobald sie ihre anfängliche Scheu abgelegt und gemerkt hatte, daß ich die liebevolle, enge Beziehung zu ihrer Mutter nicht störte, begegnete sie mir mit derselben Wärme und Herzlichkeit wie Julie.

»Ich glaube, wenn sie älter wird, müssen wir sie wie einen Sack Flöhe hüten«, murmelte ich bei einem Blick in Pelas schöne Augen. »Sie schlägt ganz nach dir, Liebling.«

»Ich bin kein Sack Flöhe«, entgegnete Julie. »Ich war immer ein normales, hoffnungslos monogames Mädchen. Du bist da ganz anders gewesen. Vermutlich schlägt sie eher dir nach.« Und während Pela mit dem elastischen Metallarmband meiner Uhr spielte, fragte Julie: »Bist du mir eigentlich treu gewesen, Johnnie? Natürlich habe ich zwar gesagt, daß ich das nicht erwarte, aber...«

»Ja, geliebte Julie, ich bin dir treu gewesen... ganz und gar. Ich kann dir nicht sagen, wie sehr ich dich liebe. Du und Pela, ihr seid mein ein und alles.«

Am darauffolgenden Tag fuhren wir nach Colombo und machten einen Spaziergang durch die gepflegten Anlagen am Meer bis zum Galle Face Hotel, wo wir bei Orchestermusik im Palmengarten etwas tranken. Ich hatte Julie bereits von der Zerstörung Tanameras und dem Soldatenclub im Haus Soong erzählt. Nach dem zweiten Scotch brachte ich das Gespräch auf meine Zukunftspläne. Ich berichtete ihr, daß ich während meines zweiwöchigen Aufenthalts in London die Scheidung einreichen und dann nach Singapur zurückkehren wollte, um die Firma wieder aufzubauen. Irene, so glaubte ich, würde sicher in alles einwilligen.

»Wir könnten ins Cadet House ziehen«, schloß ich. »Es ist schön, für uns drei groß genug, und wir können uns von dort aus um den Wiederaufbau von Tanamera kümmern.«

Als ich Julies nachdenkliche Miene sah, fügte ich hinzu: »Vielleicht sollte ich dir sagen, daß uns dein Vater zwar verziehen hat, jedoch strikt dagegen ist, daß wir vor meiner Scheidung zusammenleben. Ich finde das offengestanden lächerlich. Schließlich haben wir ein Kind. Es ist keine Affäre mehr, was uns verbindet... es ist etwas Dauerhaftes.«

Der Abend war angenehm kühl, als wir durch den Garten am Rand des herrlichen Swimmingpools des Hotels gingen. Julie machte ein sorgenvolles Gesicht.

»Ich wünschte, ich könnte sagen, daß mein Vater unrecht hat«, begann sie schließlich. »Aber leider hat er recht, Johnnie.«

»Aber wir können doch nicht wieder getrennt leben! Mir ist das Gerede der Leute völlig gleichgültig... wenn du das meinst.«

»Hier in Ceylon ist das etwas anderes. Hier kennt uns niemand. Aber in Singapur bist du der Tuan, Liebster. Mal ganz abgesehen von mir, was würden sie über dich sagen?«

»Sie?«

»Ja, sie. Die Frauen, die, wären sie in England geblieben, die Ehefrauen einfacher Büroangestellter gewesen wären. Du weißt, wie es ist, Liebster. Sobald sie nach Singapur kommen und ihre Männer einen Titel tragen, sind sie ungeheuer auf ihren Status bedacht...«

»Aber, Julie!« Ich mußte lächeln. »Ich kenne diese Leute gar nicht. Für mich sind sie Luft.«

»Aber es gibt sie, mein Lieber. Und zwar überall.«

»Du würdest sie im Sturm erobern.«

»Wie lieb von dir! Du bist noch immer ein unverbesserlicher Romantiker.« Sie ergriff meine Hand und fügte hinzu: »Aber würde sich nicht selbst das Bild des galanten Kriegshelden Dexter in der Vorstellung der Briten trüben, wenn er seine chinesische Geliebte und ein eurasisches Kind zu sich ins Haus nehmen würde? Ja, natürlich, Liebling. So reden sie dann über uns...«

Ich entgegnete erneut, daß sich das Leben änderte, daß sich

die liberale amerikanische Gesinnung auch im pazifischen Raum durchzusetzen begann.

»Sicher wird es einen Umbruch geben«, stimmte Julie mir zu. »Aber zunächst ist vor allem der Krieg zu Ende, und du mußt dich erneut im zivilen Leben behaupten. Mach' es dir in dieser Situation nicht noch schwerer.«

»Du kannst doch nicht hier in Colombo bleiben. Es ist einfach absurd!«

»Nein, das habe ich mir auch überlegt. Aber wenn du einverstanden bist, könnten Pela und ich auf Ara wohnen.«

Das war ein glänzender Vorschlag. Ich war sofort dafür. Da ich nicht wußte, wie lange die Scheidung dauern würde, war es besser, einen Kompromiß einzugehen. Wenn Natflat und Tony nichts dagegen hatten, konnten Julie und Pela nach Instandsetzung der Plantage bei ihnen wohnen. Und für mich war es kein Problem, die beiden regelmäßig übers Wochenende zu besuchen.

»Du bist ein Genie.« Ich beugte mich zu Julie hinunter und küßte sie.

Weil ich mich freiwillig gemeldet hatte, die Force 136 auch in zivilen Bereichen großen Einfluß besaß und weil Amerika Kautschuk und Zinn brauchte, erreichte Chalfont meine sofortige Entlassung aus dem Militärdienst.

»Für die letzten Formalitäten müssen Sie allerdings nach London«, erklärte Chalfont mir. »Dort bekommen Sie dann auch einen Anzug gestellt. Soviel ich gehört habe, paßt er in den seltensten Fällen, aber alles kann man von uns eben nicht verlangen. Immerhin haben wir uns um Ihr Mädchen gekümmert.«

»Das werde ich Ihnen auch nie vergessen, Robin. Durch die Arbeit war sie abgelenkt... auch von anderen Männern.«

»In diesem Punkt hätten Sie sich nie Sorgen zu machen brauchen.«

Wir aßen auf der Veranda des Offiziersclubs in Kandy zu Abend. Das Bergklima war angenehm kühl. Unter uns lagen die glänzenden grünen Hänge der Teeplantagen. Chalfont und ich bekräftigten beide noch einmal unsere freundschaftliche Verbundenheit. Der Colonel hatte vor, zu seiner Spezialeinheit bei der Polizei in London zurückzukehren.

»Und wenn Sie nach London reisen, vergessen Sie nicht, Lebensmittel und Stoffe mitzunehmen. Sie reisen als VIP und dürfen unbegrenzte Mengen Gepäck mitnehmen. In England herrscht Lebensmittelknappheit.«

Noch am selben Abend erhielt ich ein Telegramm von Papa Jack. Er teilte mir darin mit, daß er die Nachricht erhalten hatte, daß Ball, unser treuer Büroleiter, noch während der japanischen Besatzungszeit in Changi gestorben war. Ich brauchte dringend einen zweiten Mann in Singapur. Julie brachte mich auf die Idee, Macmillan ein entsprechendes Angebot zu machen.

Macmillan sah mich einen Augenblick erstaunt an, als ich ihm die Lage schilderte, dann sagte er in seinem harten schottischen Akzent: »Ich weiß nicht, ob ich mir das zutrauen darf, aber es käme auf einen Versuch an.«

Wohl kaum einer hätte der Versuchung widerstehen können, zusammen mit mir und einigen anderen Büroangestellten die Firma Dexter in Singapur wiederaufzubauen.

»Also abgemacht, Sir«, erklärte Macmillan und hielt mir die Hand hin.

»Das ›Sir‹ können Sie sich in Zukunft sparen, Mac. Die Zeit bei der Armee ist vorbei. Wenn Sie zurückkommen, sind Sie Tuan. Und so wie ich die Dexters mit ihrer Vorliebe für Spitznamen kenne, heiße ich bald überall Papa John.«

Macmillan verließ Ceylon mit einem britischen Truppentransporter, während für mich ein Flug auf einer *Liberator* gebucht worden war. Als ich mich diesmal von Julie verabschiedete, geschah das fast leichten Herzens. Nach jenen sechs wunderschönen Tagen und Nächten in ihrem hübschen Bungalow wußte ich, daß die Aufgabe, die in England auf mich wartete, uns für immer zusammenführen würde.

Natürlich gab es noch einige Schwierigkeiten zu überwinden. Julie mußte bis zu meiner Rückkehr nach Singapur warten, um Ceylon verlassen zu können. Bis dahin hoffte ich, mit Natasha und Tony alles geklärt zu haben. Ich hatte schließlich keine Ahnung, welche Fortschritte die Wiederaufbauarbeiten dort machten. Natasha hatte ich ein Telegramm nach New York geschickt und die Antwort erhalten, daß sie so bald wie möglich nach Ara zurückkehren wollte. Julies Wunsch, bei ihr auf Ara zu wohnen, hatte ich mit keinem Wort erwähnt, aber ich wußte, daß Natflat begeistert sein würde.

41

Das amerikanische Transportflugzeug überflog dröhnend Europa und tauchte in die graue Wolkendecke über England ein. Die spartanisch ausgerüstete Maschine beförderte Soldaten jeder Einheit und jeden Ranges. Wir hatten jedoch alle eines gemeinsam: die Müdigkeit, die sich tief in jedes fahlgraue Gesicht eingegraben hatte. Es war eine äußerst unbequeme Reise, und nur *ich* merkte in meinem Glück nichts von alledem.

Als wir uns Northolt näherten, überlegte ich zum hundertsten Mal, welchen Empfang man mir wohl bereiten würde. Ich hoffte, daß wenigstens die Uniform, die ich noch trug, meine Eltern endlich davon überzeugen konnte, daß ich ein erwachsener Mann geworden war.

Bei der Landung in England herrschte ein ungemütlicher Nieselregen. Es war Herbst und bereits empfindlich kalt. Ein Bus der Armee brachte uns zu einer Kaserne in der Nähe der Chelsea Bridge gegenüber dem Royal-Hospital.

Papa Jack und Mama wohnten mittlerweile nicht mehr im Hyde Park Hotel, sondern in einer kleinen Wohnung in der Sloane Terrace. Obwohl das zu Fuß keine Entfernung gewesen wäre, war mein Gepäck aufgrund der mitgebrachten Lebensmittel so schwer, daß an Laufen nicht zu denken war. Schließlich überredete ich einen Korporal, mich in die Sloane Terrace zu bringen.

Als ich nach Hause kam, war ich erschrocken darüber, wie alt meine Eltern in den vergangenen vier Jahren geworden waren. Papa mußte inzwischen fünfundsechzig sein. Mama war zehn Jahre jünger. Doch es waren nicht nur die Jahre, die sich in ihre Gesichter gegraben hatten, sondern vor allem wohl die Sorge um die beiden Söhne.

Ich stellte bald erstaunt fest, daß meine luxusgewöhnte Mutter für die Wohnung, die aus drei Schlafzimmern, Bad, Küche und einem kombinierten Wohn- und Eßzimmer bestand, lediglich eine Zugehfrau hatte, die täglich zum Saubermachen kam, und sogar selbst kochte. Viel zu kochen gab es allerdings nicht, da die

Lebensmittel noch immer knapp und strikt rationiert waren. Meine Eltern aßen daher häufig in einem der vielen kleinen Restaurants in der King's Road, um ihre Lebensmittelmarken für einen Sonntagsbraten zu sparen.

Nachdem sie mir ihren Lebensstil eingehend beschrieben hatten, seufzte ich tief. »Na, zum Glück könnt ihr bald nach Singapur zurückkehren. Dort gibt's Lebensmittel im Überfluß.« Ich erntete mit dieser Bemerkung jedoch nur verständnislose Mienen.

Ausgesprochen erleichtert war ich allerdings angesichts des Verständnisses, das meine Eltern und auch Irene meinem Wunsch nach Scheidung plötzlich entgegenbrachten. Ich hatte häßliche Szenen und Kräche gefürchtet und mußte nun feststellen, daß selbst meine Eltern begriffen hatten, daß Julie von Anfang an mehr als nur eine flüchtige Affäre für mich gewesen war. Mahnungen vor Kindern aus Mischehen kamen ebenfalls zu spät, da ich bereits Vater einer Eurasierin war. Niemand erwähnte jedoch mit einem Wort, daß meine Eltern vielleicht Fehler gemacht haben könnten. Dieses Thema war tabu. Doch beide wußten, daß es zwecklos gewesen wäre, sich meinen Plänen zu widersetzen.

Vielleicht half bei alledem die Tatsache, daß ich mich im Krieg ausgezeichnet hatte, und meine Eltern stolz auf mich sein konnten.

Auch Irene reagierte freundlich auf meinen Anruf. »Schön, daß du da bist, Johnnie. Wir sind stolz auf dich! Ben ist so gespannt auf deinen Orden. Er hat übermorgen extra schulfrei bekommen. Wir sehen uns dann bei deinen Eltern.«

Irenes Stimme hatte am Telefon so weich und einladend geklungen, daß ich beinahe Angst bekam, sie könne eine Versöhnung planen. Das war das Letzte, was ich wollte.

Doch ich hätte mir keine Sorgen zu machen brauchen.

Noch am selben Abend brachte ich beim Essen das Gespräch wieder auf die bevorstehende Rückkehr meiner Eltern nach Singapur.

»Wir haben uns eigentlich sehr an London gewöhnt, weißt du«, sagte meine Mutter mit einem flüchtigen Seitenblick auf Papa Jack. Offenbar hatten sie über die Möglichkeit, daß ich sie zur Rückkehr drängen würde, bereits gesprochen. »Wir haben hier viele Freunde gefunden. Außerdem hat Tim ein Telegramm geschickt. Er kommt im Oktober. Wir müssen auf ihn warten.«

»Ich wollte ja auch nicht sagen, daß ihr nächste Woche zurückkommen sollt, Mama... aber die Verhältnisse hier... der Lebensmittelmangel... keine Dienstboten... und Singapur ist euer Zuhause. Von dort kommt das Geld, das wir in diesem Augenblick verbrauchen. Außerdem lebt die ganze restliche Familie dort. Du bist doch nur hergekommen, um in Kriegszeiten auszuhelfen, Papa. Du hast deine Pflicht getan. Jetzt ist es an der Zeit, nach Hause zurückzukehren.«

»Aber Tanamera ist zerstört.«

»Wir bauen es wieder auf. Die Fassade steht noch. Ich habe genügend Bargeld, um sofort mit den Bauarbeiten beginnen zu können. In zwei Monaten könnte das Haus wieder bezugsfertig sein.« Ich berichtete ihnen von der großen Summe US-Dollar, die ich im Garten vergraben hatte. »Und in Asien ist jetzt ein Vermögen zu machen. Da bin ich sicher.«

»Warten wir's ab«, lautete die ausweichende Antwort der beiden, und mir wurde allmählich klar, daß sie eigentlich gar nicht nach Singapur, das ich so liebte, zurück wollten. London schien für beide eine neue Heimat geworden zu sein.

»Sagt mal, vermißt ihr Singapur denn nicht? Fehlt euch nicht die Sonne?« fragte ich Mama. »Denkt doch an Li. Er wartet auf euch. Genau wie P. P. Soong und alle eure alten Freunde.«

»Hier haben wir unsere Enkelkinder, Johnnie. Ben zum Beispiel... er braucht einen Großpapa, wenn du nicht für ihn da sein kannst. Und Catherine braucht eine Großmama.«

»Aber die Bradshaws sind doch auch noch da«, entgegnete ich. Der Ton, in dem sie von sich als Großmama und von Vater als Großpapa sprach, erschütterte mich. Meine sonst so jugendliche Mutter schien, was ihr Alter betraf, resigniert zu haben. Plötzlich kam mir ein ganz anderer Gedanke. »Ihr wollt doch nicht etwa wegen Julie lieber in London bleiben, oder?«

»Nein, keineswegs!« wehrte Mama energisch ab, und ich glaubte ihr. »Es ist schade... Und das Kind... Pela, ein merkwürdiger Name. Ist sie... ehm...«

»Sie hat eine ganz weiße Haut, Mama!« Ich lachte. »Und glaub' mir, wenn Pela ins Teenageralter kommt, existieren Rassenvorurteile nicht mehr. Malaya wird sicher in ein paar Jahren unabhängig. Indien und Niederländisch-Ostindien ist die Unabhängigkeit schon für 1947 versprochen worden. Bis dahin solltet ihr wieder in Asien sein. Es wird sich viel ändern. Der Kampf ist vorbei, wir können wieder daran denken zu leben.«

»Und was ist mit den Kommunisten?« fragte Papa Jack. »Geht es nicht wieder von vorn los?«

Ich schüttelte den Kopf. »Das sind nur leere Drohungen. Ich habe mit den Kommunisten im Dschungel gekämpft. Wenn wir Malaya die Unabhängigkeit geben, machen sie uns keine Schwierigkeiten mehr.«

»Und dieser Loi Tek? Ist der nicht gefährlich?«

»Ich glaube nicht, daß er einen Bürgerkrieg möchte.«

»Ich habe vor kurzem einen Artikel gelesen, in dem behauptet wurde, daß die Kommunisten, die als Guerillas gegen die Japaner gekämpft haben, ihre Waffen versteckt haben und jetzt mit Streiks, Arbeiterunruhen und sogar mit bewaffneten Überfällen drohen«, beharrte mein Vater.

»Streiks sind nicht auszuschließen. Aber Waffengewalt? Chin Peng und der Guerillaführer Kaischek, Soongs Adoptivsohn, sind beide zur Siegesparade nach London eingeladen worden. Ich übrigens auch, aber ich gehe nicht hin.«

»Wirklich nicht?« fragte Mama. »Das ist aber schade.«

»Und warum nicht?« wollte mein Vater wissen.

»Ich habe viel zuviel zu tun. Außerdem vermisse ich Julie ... und meine chinesische Tochter.« Meine Mutter runzelte mißbilligend die Stirn.

»Macht es dir was aus, wenn wir früh zu Bett gehen?« Papa Jack sah mich an. »Wir haben uns das im Krieg so angewöhnt.«

»Johnnie ist sicher sehr müde«, sagte Mama, und sie hatte recht. Wir tranken jeder noch ein Glas aus einer streng gehüteten Flasche Scotch.

»Sollen wir morgen früh mal ins Büro gehen?« schlug Papa schließlich vor. »Dann sind wir zurück, bevor Irene und die Kinder kommen.«

»Ausgezeichnet.« Ich gab Mama einen Gutenachtkuß. Es war halb zehn Uhr, und ich hatte bei diesem ersten Besuch in London nach meiner Hochzeit noch nichts anderes als die Wohnung meiner Eltern gesehen.

Von dem Gebäude neben der Christopher-Wren-Kirche am Piccadilly gegenüber der Swallow Street war nur noch ein Berg von Schutt und Ziegelsteinen übrig, auf dem wunderbarerweise gelbe Blumen wuchsen. Das Bürohaus der Firma Dexter war von den Bomben verschont geblieben und sah noch genauso aus wie damals, als ich dort gearbeitet hatte. Aber es trug wie alles in London die Spuren des Krieges: Die Möbel waren schäbig, die Fenster schmutzig und die Fußböden ungepflegt. Das allerdings spielte im Vergleich mit den mutigen Menschen in diesem Land, die niemals an eine Niederlage gedacht und auch noch durchgehalten hatten, nachdem die Franzosen längst kapituliert hatten, keine Rolle.

Rawlings arbeitete jetzt in dem Zimmer, das früher mein Büro gewesen war. Ich hatte Rawlings seit jenem schrecklichen Nachmittag auf dem Kai im Hafen von Singapur, als seine Frau auf so grausame Weise von einer Maschinengewehrgarbe getötet worden war, nicht mehr gesehen. Ich fragte mich insgeheim, wie er diesen Schicksalsschlag und den Tod seines Kindes wohl überwunden hatte. Die Antwort sollte ich bald bekommen.

Wir unterhielten uns angeregt über Singapur, als eine Sekretärin hereinkam und uns scheu meldete, daß im Büro meines Vaters der Kaffeetisch gedeckt sei.

Rawlings winkte die junge Frau herein. »Darf ich Ihnen meine Frau vorstellen, Mr. John«, sagte Rawlings, und ich hatte Mühe, mein Erstaunen zu verbergen. »Isobel ist hier schon Sekretärin gewesen, als ich im Krieg nach London gekommen bin. Zwei Jahre später haben wir geheiratet. Da Sekretärinnen zur Zeit Mangelware sind, hat Ihr Vater Isobel gebeten, noch zu bleiben.«

»Freut mich, Sie kennenzulernen«, sagte Isobel.

Wir schüttelten uns die Hand. Es war erstaunlich, wie schnell die Zeit Wunden heilte. Dasselbe fiel mir dann auch an Irene auf.

Sie hätte bei unserem Wiedersehen nicht freundlicher und gelöster sein können. Sie gab mir zur Begrüßung einen Kuß, nahm Ben bei den Schultern und schob ihn zu mir. Ben war ein kräftiger blonder Junge mit einem hübschen Gesicht und einem sonnigen Gemüt geworden. »Er schlägt ganz nach dir, Johnnie. Er ist ausgesprochen extrovertiert. Hemmungen scheint er nicht zu kennen«, erklärte Irene lächelnd.

Ben war wirklich ein erstaunlicher Junge. Er unterhielt sich mit mir ganz zwanglos und unvoreingenommen, obwohl Irene ihn darauf vorbereitet hatte, daß ich nur vorübergehend in London war und nach Singapur zurückkehren würde. Offenbar hatte sie jede Äußerung vermieden, die das Kind gegen mich hätte aufbringen können, was ich ihr hoch anrechnete. Ben hatte offenbar keine Ahnung von Julie. Er schien es jedoch klaglos zu akzeptieren, daß ich das Elternteil war, das er nur besuchsweise zu sehen bekam. Allerdings erleichterte ihm die lange Trennung der Familie durch den Krieg diese Einstellung sicher.

Der Junge bombardierte mich zuerst mit Fragen über den Krieg, den Dschungel und Singapur. Vor allem wollte er wissen, wie viele Japaner ich getötet hatte, da ein gewisser Onkel Bob (!) elf deutsche Flugzeuge abgeschossen hatte. Sein Wissensdurst endete erst, als ich eine große Dose mit Keksen hervorholte, die ich aus Ceylon mitgebracht hatte.

Catherine, die ein halbes Jahr älter als Pela war, verhielt sich ganz anders. Nachdem sie einmal die Süßigkeiten und die Bananen entdeckt hatte, alles Dinge, die es im Nachkriegsengland nicht gab, interessierte sie sich kaum noch für mich.

Irene und ich aßen allein bei Wilton's in der Bury Street zu Mittag. Wilton's war das Lieblingslokal der Dexters in London. Es befand sich seit 1906 im Besitz von Mr. Marks, der uns persönlich kannte und für einen exquisiten Service sorgte, wann immer wir in sein Restaurant kamen. Als wir uns nach dem Essen eine Zigarette anzündeten, begann ich mit Entschuldigungen.

»Keine Sorge, Johnnie!« unterbrach mich Irene, die in ihrem grauen Flanellkostüm und der eleganten Seidenbluse sehr attraktiv aussah. »Wir hätten damals erst gar nicht heiraten dürfen. Aber ich bin noch so dumm und unerfahren gewesen, als ich schwanger wurde... und du warst auch nicht besser.«

»Du redest wie damals in meiner kleinen Atelierwohnung, bevor wir geheiratet haben«, murmelte ich.

»Vielleicht, weil wir jetzt nicht mehr richtig verheiratet sind. Ich weiß, daß ich vorher viel amüsanter gewesen bin... irgendwas scheint mit mir nicht zu stimmen. Glaubst du, ich könnte gegen die Ehe allergisch sein?«

»Ach, Unsinn! Vermutlich war es ein Fehler zu heiraten. Aber wir haben's nun mal getan. Und ich habe ehrlich versucht, Julie zu vergessen.«

»Es wäre dir nie gelungen.«

Eine Bedienung servierte uns eine zweite Tasse Kaffee, was eine besondere Aufmerksamkeit des Hauses gegenüber seltenen und guten Gästen war.

»Trotzdem bedrückt mich das alles«, begann ich. »Vor allem wegen Ben. Er ist ein so lieber Junge... Und du...?«

»Mach' dir nicht soviel Sorgen. Ben hat ein glückliches Naturell. Er findet sich überall zurecht. Für ihn bist du ein Held...«

»Ich weiß, daß ich das dir zu verdanken habe, Irene. Du hättest den Kindern ganz andere Dinge über mich erzählen können...«

»Ich habe ihnen nur die Wahrheit gesagt. Außerdem sind wir

trotz aller Schwierigkeiten immer Freunde gewesen. Aber Freundschaft genügt in einer Ehe eben nicht. Ben hat Bob sehr gern... Er hat doch sicher von Bob gesprochen, oder?« Sie zögerte, bat um eine zweite Zigarette, inhalierte tief, blies den Rauch aus und fuhr dann bedeutungsvoll fort: »Bob und ich wollen heiraten, sobald die Scheidung durch ist, Johnnie. Ich hoffe, wir können uns gütlich einigen.«

Ich war so erleichtert, daß ich Irene beinahe umarmt hätte. Die Freiheit winkte, und ich mußte sie mir nicht durch harte und bittere Auseinandersetzungen erkämpfen. Nie hatte ich geahnt, daß ein anderer Mann die Probleme für uns lösen könnte.

»Überrascht?« Irene lächelte. »Du hättest dir doch denken können, daß ich nie nach Singapur zurückkehren würde. Ich habe mich dort nicht wohl gefühlt... und es war zum Teil mein Fehler. Und dann kam der Krieg, Julie und Bills Tod...« Irene seufzte. »Selbst wenn ich Singapur liebgewonnen hätte, hätte ich meine Eltern jetzt nicht allein lassen dürfen. Sie sind nur noch Schatten ihrer selbst, Johnnie. Es ist furchtbar. In unserem schönen alten Haus in Wimbledon sind nur noch wenige Zimmer bewohnt, und auf den Tennisplätzen wächst Gemüse. Ich muß zusehen, wie meine Eltern täglich mehr verfallen.«

Später erzählte sie mir, daß Bob Ende Dreißig, geschieden, Mitglied der Lloyd's angeschlossenen Bradshaw-Versicherungsagentur und seit kurzem Parlamentsabgeordneter war.

Schließlich vertraute Irene mir an, daß Bob Anwärter auf ein Amt in einem Ministerium war und es sich daher nicht leisten konnte, in eine Scheidungsklage verwickelt zu werden.

»Aus diesem Grund bitte ich dich um einen Gefallen«, fuhr Irene gutgelaunt fort. »Du hast dich mir gegenüber schon einmal als Gentleman erwiesen... Willst du's wieder tun?«

»Nichts lieber als das!« Wir lachten beide.

Allerdings hatte ich mir die Angelegenheit bis zum Besuch bei meinem Anwalt wesentlich einfacher vorgestellt. Ich war davon ausgegangen, daß allein die Tatsache eines Ehebruchs genügen würde.

»Ich hoffe, es ist Ihnen klar«, belehrte mich mein Anwalt und sah mich über die goldenen Ränder seiner Brille hinweg an, »daß nach dem ›Matrimonial Causes Act‹ von 1937 jede Person, die auf Grund von Ehebruch den Antrag auf Scheidung stellt, dem Richter offenbaren muß, ob sie selbst Ehebruch begangen hat. Und das geschieht in einer eidesstattlichen Erklärung.«

»Aber wenn niemand erfährt...«

»Irgend jemand weiß immer Bescheid. Ihre Frau muß diese eidesstattliche Erklärung abgeben. Kein Anwalt würde ihren Fall übernehmen, wenn sie es nicht täte. Und nach dem Gesetz ist sie verpflichtet, dem Richter den Namen ihres Geliebten zu nennen.«

Verschwieg Irene ihre Affäre mit Bob vor Gericht, konnte ein anonymer Brief alles zunichte machen. Natürlich würde Bobs Name in der Öffentlichkeit nicht genannt werden, aber sobald die Nachricht von der Scheidung in den Zeitungen stand, erschien hinter ihrem Namen ein Kürzel, das jedem deutlich machte, daß Irene diese Erklärung abgegeben hatte. »Und wenn sie dann ihren Geliebten heiratet, weiß jeder, was passiert ist«, fuhr der Anwalt fort.« Im Jahr 1945 galten außereheliche Beziehungen noch als unschicklich, und Bob war offenbar entsetzt, als er erfuhr, mit welchen Risiken diese Scheidung für ihn verbunden war.

Die einzige Alternative war eine Scheidung nach einer dreijährigen Trennungszeit der Ehepartner, und da wir bereits während des Krieges getrennt gelebt hatten, schien es die einzige Lösung zu sein. Doch wir mußten feststellen, daß die Kriegsjahre nicht zählten. Und nachdem Bob Irene gebeten hatte, die Scheidung nicht wegen Ehebruchs einzureichen, blieb uns nichts anderes übrig, als drei Jahre zu warten. Damit würde die Angelegenheit bis 1948 dauern. Mein Gott, Pela ist dann sechs Jahre alt, dachte ich.

Doch es gab keine andere Möglichkeit.

42

Nach und nach tauchten wieder bekannte Gesichter in Singapur auf. Bill und Marjorie Jackson kehrten aus England zurück, Wilf Broadbent und seine Frau Joanna hatten eine halbe Odyssee hinter sich. Ian Scott, der in Changi interniert gewesen war, holte Vicki aus Sydney, wo sie als Top-Sekretärin unentbehrlich gewesen war. Vicki sah noch immer wie ein Reklamegirl aus: braungebrannt, schlank, blond und aktiv.

George Hammonds wurde aus Indien nach Singapur geschickt, um eine neue *Tribune* herauszubringen. Er war kaum verändert und wußte noch immer mehr als alle anderen, was hinter den Kulissen der Politik gespielt wurde.

Am glücklichsten war ich in jenen ersten Wochen über die Fortschritte, die Paul Soongs Gesundheitszustand machte. Die grauen Strähnen in seinem Haar würden bleiben, doch sein Gesicht wurde zusehends voller, die Haut nahm eine gesündere Farbe an, und er zog sein rechtes Bein kaum noch nach. Wir trafen uns häufig zu einem Drink im Raffles-Hotel, und bald brachte er wieder das vertraute, ironische Lächeln zustande, das für ihn so typisch war.

Drei Monate nach Kriegsende kehrte Natasha schließlich aus Amerika zurück. Sie kam mit der inzwischen achtjährigen Victoria und blieb ein paar Tage in Singapur, bevor sie nach Kuala Lumpur weiterreiste, wo Tony auf Ara verbissene Wiederaufbauarbeit leistete. Natasha erreichte Singapur auf dem Umweg über England, wo sie die Eltern besucht hatte, und sah schöner aus denn je.

»Armer Johnnie!« Sie umarmte mich stürmisch. »Während ich es mir in New York habe gutgehen lassen, mußt du Schreckliches durchgemacht haben. Bei dem Gedanken an euch habe ich mich immer ganz elend gefühlt. Zuerst dachte ich, daß du entweder tot oder in Changi bist. Dann habe ich über Tante Sonia in San Francisco einen Brief von Julie bekommen. Sie konnte mir lediglich mitteilen, daß du aktiver Offizier bist und lebst. Von da an sind wir in Verbindung geblieben. Ich bin ja so stolz auf dich, Bruderherz!«

Als wir auf der Veranda, auf der ich so oft mit Julie gesessen hatte, unsere Cocktails tranken, betrachtete ich Natasha zum ersten Mal seit ihrer Ankunft genauer. Sie hatte sich verändert. Was an ihr so anders war, konnte ich noch nicht feststellen. Ich fragte mich, was wohl in New York geschehen sein mochte. Hatte sich ihre Abenteuerlust gelegt? War sie ihr durch irgendwelche Erlebnisse in Amerika ausgetrieben worden? Ihre Züge ließen eher darauf schließen, daß sie mit sich und dem Leben ins reine gekommen war.

An jenem ersten Abend aßen wir im Cadet House allein zu Abend. Li bediente uns strahlend. Ich hatte inzwischen das Eßzimmer neu möbliert, so daß der Raum jetzt größer und heller wirkte.

»Und wie stellst du dir deine Ehe nach vierjähriger Trennung von Tony vor?« fragte ich schließlich vorsichtig.

»Oh, diesbezüglich mache ich mir keine Sorgen. Mein Gott, es ist herrlich, wieder mal Ikan meru zu essen. Ich mag Fisch auf malaiische Art. Die Küche hier weiß ich besonders nach der amerikanischen Tiefkühlkost zu schätzen.« Und mit einem listigen Zwinkern fügte sie hinzu: »Was hast du eben gesagt?«

»Mach' mir doch nichts vor, Natflat. Du weißt genau, was ich meine. Als ich euch beide zum letzten Mal zusammen gesehen habe, stand es mit eurer Ehe nicht zum besten. Jetzt kehrst du zu Tony zurück. Was ist passiert?«

Natasha legte die Gabel beiseite und sah mich über den Tisch aus Bambusrohr an. »Ich weiß es eigentlich auch nicht genau«, erwiderte sie offen. »Unser Schiff hatte noch nicht in Amerika angelegt, da war mir klargeworden, daß ich das Baby nicht bekommen konnte. So gemein wollte selbst ich nicht sein. Dann habe ich von Bertrands Tod erfahren und bin... bin wohl ziemlich durchgedreht. Jedenfalls habe ich's mit zwei Typen in New York probiert.« Ich mußte ein ziemlich erstauntes Gesicht gemacht haben, denn sie sagte prompt: »Tu doch nicht so! Eine Frau hat genausoviel Recht auf Sex wie ein Mann.«

»Immer noch die alte Natflat«, murmelte ich.

»Diese Männer waren furchtbar. Gutaussehende Blender... mehr nicht.« Ich brach in schallendes Gelächter aus, als sie hinzufügte: »Einer hat sogar die Socken anbehalten.«

Nachdem der Nachtisch serviert worden war und Natasha Sirup über ihren Sagokuchen gegossen hatte, fuhr sie fort: »Ich bin eine Zeitlang unglücklich und verzweifelt gewesen, aber dann habe ich versucht, mit mir ins reine zu kommen... Es ist die alte Geschichte... Lange Trennung vertieft eine Bindung. Ich konnte Tony nicht verlassen... besonders nicht, nachdem Julie in einem Brief angedeutet hatte, daß er bei dir im Dschungel ist. Und plötzlich ist mir klargeworden, daß ich rapide auf die Vierzig zugehe und daß die Ehe mit Tony besser war als meine flüchtigen Affären mit fremden Männern. Ich bin zwar nicht mehr die Jüngste, aber vielleicht kann ich Tony trotzdem noch ein Kind schenken.«

»Der Versuch allein dürfte es wert sein«, erwiderte ich. »Es war auch Zeit, daß du ruhiger geworden bist. Genau wie dein kleiner Bruder.«

»Ich freue mich für dich... Mama hat mir allerdings erzählt, wie lange ihr auf die Scheidung warten müßt. Aber bei uns in Ara habt ihr immer ein Zuhause. Ich freue mich, Julie wiederzusehen.« Plötzlich hatte sie Tränen in den Augen. »Julie vereinigt im Gegensatz zu mir zwei Charaktere. Sie kann wildes Tier und zärtlich schnurrende Katze zugleich sein. Das gelingt mir nicht. Deshalb seid ihr auch so glücklich miteinander.«

Wir sprachen an jenem Abend noch über vieles ... zum Beispiel über Papa Jack, der noch immer keine Lust zu haben schien, nach Singapur zurückzukehren. Natasha hatte die Eltern fröhlich und zufrieden in London erlebt. »Sie haben wirklich einen glücklichen Eindruck gemacht«, sagte sie wörtlich. »Was mich traurig macht, ist, daß sie sich einfach damit zufriedengeben, in London alt zu werden, anstatt hier bei uns zu leben.«

»*Ich* muß hier sämtliche Entscheidungen allein treffen«, seufzte ich. »Papa Jack kann und will mir offenbar nicht helfen. Dabei muß ich daran denken, unseren Besitzstand zu wahren. In zehn oder fünfzehn Jahren ist Singapur unabhängig ... daran ist meines Erachtens nichts zu ändern. Die Briten sprechen bereits davon, Malaya die Unabhängigkeit und Singapur erneut den Status einer Kronkolonie zu geben. Das lassen die Chinesen, ob Kommunisten oder Kapitalisten, bestimmt nicht zu. Die Malaien sind träge. Aber die Stimme der Chinesen ist entscheidend.«

»Ich kann nicht beurteilen, inwieweit du wirklich recht hast, Johnnie. Dazu bin ich zu lange fort gewesen. Aber betrifft dieser Wandel auch Tanamera?«

»Auf dieser Insel stehen eines Tages massenweise Wolkenkratzer ... Du lachst, Natflat. Aber schon Papa Jack hat einen ungeheuren Bauboom vorhergesagt. Wenn es soweit ist ... vielleicht nach der Unabhängigkeit ... ist das Land um Tanamera ein Vermögen wert. Ich möchte Tanamera in kleinerem Maßstab wiederaufbauen, das riesige Grundstück vorerst behalten und es später, wenn nötig, parzellenweise verkaufen.«

Architekten hatten sich das halbzerstörte Haus bereits angesehen und ebenfalls festgestellt, daß die weißen Fassadenmauern noch so stabil waren wie eh und je. Ich hatte beschlossen, mit dem Geld, das ich im Garten vergraben hatte und das jetzt auf der Bank lag, hinter der berühmten Fassade ein kleineres Haus erstellen zu lassen. Die Räume sollten halbiert und mit Klimaanlagen ausgestattet werden, der breite Treppenaufgang würde einem bescheideneren weichen. Trotzdem sollte das Haus sechs Zimmer und genügend Badezimmer erhalten und durchaus dem Lebensstil eines Tuan bezar gerecht werden.

Natürlich stand ich die ganze Zeit über in Verbindung mit Julie, die mit Pela nach Singapur fliegen wollte, sobald Natasha sich auf Ara wieder einigermaßen eingelebt hatte.

»Mein Vater ist über die Lösung sehr glücklich, die du mit Julie gefunden hast, Johnnie«, sagte Paul mir eines Tages. »Ich bin ebenfalls froh, daß du einverstanden bist, daß Julie erst mal in Kuala Lumpur lebt.«

Mit P. P. Soong war eine merkwürdige Veränderung vorgegangen. Freunde und Bekannte hatten bei Dinnerpartys sein schlechtes Aussehen bemerkt. Julie konnte an seiner Gemütsverfassung allerdings nicht schuld sein. Das wußte ich. Ian Scott äußerte mir gegenüber die Vermutung, daß ihn Soong Kaischeks plötzliches Verschwinden sehr mitgenommen habe. Die Wahrheit erfuhr ich allerdings erst von George Hammonds. Paul wußte offenbar ebenfalls Bescheid, hatte mir gegenüber jedoch nie eine Andeutung gemacht. George Hammonds erzählte mir nun, daß P. P. Soong bereits seit einiger Zeit in der chinesischen Presse, die wir weder zu sehen bekamen, geschweige denn lesen konnten, heftigen Angriffen ausgesetzt war.

»Viele Zeitungsherausgeber sind erbitterte Antikommunisten«, fuhr George Hammonds nach dem gemeinsamen Mittagessen fort. »Aber während wir uns auf allgemeine Andeutungen beschränken, sind die Chinesen in ihren Attacken sehr konkret. Sie nennen Namen. Unter anderem eben auch den von P. P. Soong.«

»Aber George, es ist absurd! Wir wissen doch beide, daß P. P. Soong unmöglich Kommunist sein kann.« Ich schüttelte nachdenklich den Kopf. »Allerdings begreife ich noch immer nicht, warum sich ein reicher und angesehener Chinese wie P. P. Soong regelmäßig mit einem Kommunistenführer getroffen hat. Was, glaubst du, steckt dahinter?«

»In diesem Punkt bin ich überfragt. Jedenfalls hat sich Soong dadurch ganz schön ins Abseits manövriert. Er hatte Kontakt zu Loi Tek, daran besteht kein Zweifel. Und vorgestern stand sogar in der Zeitung, daß man ihn aus der chinesischen Handelskammer ausschließen will.«

Drei Wochen später trafen Julie und Pela in Ara ein. Das war der Anfang zu einem neuen, glücklichen Leben für die beiden… und für mich. Denn von nun an war ich tatsächlich ein verheirateter Mann; wenn auch noch nicht vor dem Gesetz. Ich lebte wie viele andere Familienväter wochentags in Singapur und verbrachte die Wochenenden bei meiner Familie auf Ara.

Allerdings genoß ich als Tuan den Vorzug, die Strecke Singapur-Kuala Lumpur mit dem Flugzeug zurücklegen zu können.

An jedem Flugplatz erwartete mich dann ein Wagen mit Chauffeur.

Pela war inzwischen drei Jahre alt. Sie konnte bereits »Papa« sagen und wickelte mich genau wie ihre Mutter um den kleinen Finger.

Erleichtert wurde mir das Pendeln zwischen zwei Wohnsitzen durch die Tatsache, daß Macmillan als mein Stellvertreter in der Firma arbeitete und sich von einem tüchtigen Hauptfeldwebel zu einem brillanten Manager entwickelt hatte. Es gab nichts, das er für die Dexters nicht tun konnte oder wollte, denn er hatte sich seit seiner ersten Woche in Singapur vollständig mit der Firma identifiziert.

Gleichzeitig hatte Papa Jack mir zwei sorgfältig ausgewählte Lehrlinge geschickt. Beide waren einundzwanzig Jahre alt, ehrgeizig und knapp der Wehrpflicht entgangen, was bedeutete, daß sie eine gute Schulbildung besaßen. Beide, Ralph Johnson, der ursprünglich Lehrling in einer angesehenen Wirtschaftsprüfungsfirma gewesen war, bevor er der Verlockung des Fernen Ostens nachgegeben hatte, und Barry Stride, der Pflanzer hatte werden wollen, sollten nach ihrer Ausbildung später Ball beziehungsweise Rawlings ersetzen. Wie Jack Macmillan wohnten sie im Cadet House.

Macmillan gab mir in Singapur genau wie damals im Dschungel das Gefühl der Sicherheit. Das Bewußtsein, mich bedingungslos auf seine Korrektheit verlassen zu können, war in einem vielseitigen Handelsunternehmen wie dem unseren unbezahlbar. Außerdem kam uns seine Erfahrung und sein tiefes Verständnis der Soldatenmentalität sehr zugute.

In den ersten Monaten des Siegestaumels war es leicht zu vergessen, daß in Singapur der Sieg etwas anderes bedeutete als in England. In England waren die Menschen nach dem Krieg wieder ihre eigenen Herren. In Malaya und Singapur war die Herrschaftsstruktur nur ausgetauscht worden. Zwar regierten die Briten großzügiger als die Japaner, aber Herren waren sie trotzdem.

Die Chinesen Singapurs bekamen das stärker zu spüren als alle anderen Volksgruppen. Schließlich hatten die Japaner absichtlich die Spannungen unter den ethnischen Rassen geschürt, indem sie die Chinesen gefoltert und die Malaien ermuntert hatten, Singapur als ihr Land zu betrachten.

Auch im Straßenbild hatte sich einiges geändert. Die Rikschas wurden mehr und mehr durch sogenannte »Trishaws«, Fahrradrikschas, ersetzt. Die Trishaws hatten die Japaner eingeführt, weil sie angeblich humaner seien. Paul war allerdings überzeugt, daß der einzige Grund für diese Neuerung die Tatsache war, daß die Rikschas eine chinesische und die Trishaws eine japanische Erfindung waren. Und in bezug auf Humanität hatten sich die Japaner während des Krieges ja nicht gerade hervorgetan.

Schlimm war allerdings das wirtschaftliche Chaos in Singapur. Die Kautschukindustrie lag fast völlig brach. Viele Pflanzer waren im Krieg gefallen oder hatten ihre Plantagen aufgegeben. Und obwohl es genügend junge Leute gab, die sich gern in Malaya eine Existenz aufgebaut hätten, hatten sie größte Probleme, aus dem Dienst bei einer Armee entlassen zu werden, die eigentlich gar keine Verwendung mehr für sie hatte. Das Militär behinderte alles und jeden.

Da Tony Scott der Force 136 angehört hatte, konnte er seine Entlassung verhältnismäßig früh durchsetzen. Danach hatte er sofort mit der Aufbauarbeit auf Ara begonnen. Die Japaner hatten die Plantage völlig verkommen lassen, und es dauerte Wochen, bis man den dichten Busch, der sofort in den Pflanzungen entstanden war, wieder gerodet hatte. Erst dann konnten die Kautschukarbeiter mit den ersten Schnitten in die Rinde der Kautschukbäume beginnen.

Als es dann schließlich soweit war, erlebten wir eine Überraschung. Tony teilte mir telefonisch mit, daß der Latexertrag pro Baum besser war als je zuvor. Offenbar hatte das Jahr der Ruhe, das die Japaner den Bäumen gegönnt hatten, diesen nur gut getan.

Obwohl wir über die Erträge auf Ara glücklich sein konnten, hatten wir enorme Probleme mit der Regierung in London, die willkürlich Kautschukpreise festsetzte, ohne überhaupt zu wissen, was der Unterhalt einer Plantage kostete.

»Alles, was die in London von Kautschuk wissen, ist, daß man daraus Radiergummis und Kondome macht«, sagte Tony dazu eines Tages wütend.

Was die Situation noch verschlimmerte, war die Lebensmittelknappheit, die plötzlich in ganz Asien herrschte. Vor dem Krieg hatte jeder Plantagenarbeiter von uns ein Pfund Reis pro Tag bekommen. Mittlerweile hatte sich diese Ration gezwungenermaßen auf hundertfünfzig Gramm Reis für einen Erwachsenen und die Hälfte für ein Kind reduziert. Dabei mußte die arme Bevölkerung zusehen, wie man bei der Armee aus dem vollen schöpfte.

Allerdings war es unmöglich, den Menschen in Malaya zu erklären, daß die Soldaten mit Konserven aus anderen Ländern versorgt wurden, daß man in einem malaiischen Dorf noch immer im Überfluß von den Früchten der Natur leben konnte und daß reichlich Fisch vorhanden war. Alles drängte unaufhaltsam in die Stadt, und keine Arbeit zu finden bedeutete dort Hunger.

All diese Faktoren lösten vor allem unter den antibritischen Splittergruppen, die sich überall den Prestigeverlust des weißen Mannes in Asien zunutze machten, eine Welle der Kriminalität aus. Und viele ehemalige Kameraden von der Force 136 nahmen das zum willkommenen Anlaß, sich noch lauter als sonst als die wahren Sieger zu loben. Chin Peng behauptete zum Beispiel, seine Männer hätten zweitausend Japaner verwundet oder getötet, nachdem die Briten längst geflohen waren.

Besonders hart traf da uns »Briten« die Tatenlosigkeit unserer Regierung, der Mangel an positiven Initiativen, die geeignet gewesen wären, nach dem britischen Debakel das Vertrauen der Asiaten wiederzugewinnen.

Wie mein Vater, war ich schon lange vor der Eroberung Singapurs durch die Japaner der Meinung gewesen, daß die Briten eine Art Partnerschaft mit den Chinesen und Malaien eingehen mußten, wenn sie ihren Einfluß in Malaya und Singapur nicht verlieren wollten. Das Wort »Merdeka«, Freiheit, war in aller Munde; ein Symbol einer neuen Welt im Aufbruch. In ganz Asien waren die Menschen des Hungers, der Brutalität und vor allem der Korruption überdrüssig. Vor dem Krieg waren die Schreie nach Freiheit mit der Peitsche unterdrückt worden. Das hatte der Krieg geändert. Er hatte nämlich bewiesen, daß die Macht des Westens nie mehr stark genug sein würde, den Osten in Schach zu halten.

Malaya war in dieser neuen politischen Landschaft nur ein kleiner Fleck, und das Land hatte kaum Grund, sich über die Briten zu beklagen. Trotzdem hatten die Japaner es geschafft, mit Blut die alte Ordnung zu zerstören. Wir mußten jetzt aufwachen und einen neuen Modus des Zusammenlebens finden, den jede Siloma in jedem malaiischen Kampong verstehen konnte. Statt dessen bekamen sie nur ein mit Ausflüchten und vagen Andeutungen gespicktes Manifest, das einen Malaiischen Staatenbund vorschlug. Das war im Januar 1946.

»Du mußt doch zugeben«, bemerkte Paul Soong, als ich ihm das Papier zeigte, »daß der ganze Schund reif für den Mülleimer ist, oder?«

»Aber der Vorschlag wurde von Briten in Großbritannien ausgearbeitet«, entgegnete ich mit gespielter Entrüstung. »Schon deshalb muß er was taugen.«

Eine Woche später las ich in der *Tribune* eine kurze Notiz, in der kommentarlos mitgeteilt wurde, daß P. P. Soong aus dem Chinese Club und der Chinesischen Handelskammer ausgetreten war.

Ich rief Paul an. Wir verabredeten uns zu einem Drink im Raffles. Von einem anstrengenden Tennismatch im Cricket-Club fuhr ich sofort dorthin und trank dankbar ein Glas eiskaltes Bier, das Paul für mich bestellt hatte.

»Vater ist auf dem Tiefpunkt«, gestand Paul. »So habe ich ihn noch nie erlebt. Das Schlimme ist, er will nicht darüber sprechen. Ich habe gestern an Mama geschrieben und sie gebeten, nach Singapur zu kommen. Aber ich glaube kaum, daß sie's tun wird. Aus ihren letzten Briefen ging deutlich hervor, daß sie mit dem Leben hier ein für allemal abgeschlossen hat.«

»Kann ich irgendwie helfen? Soll Julie für ein paar Tage aus Kuala Lumpur kommen?«

Paul schüttelte den Kopf. »Nein, danke. Er muß da allein durch. Es geht wieder mal darum, das ›Gesicht zu wahren‹. Und das in unserem modernen Zeitalter! Es ist absurd.« Paul lächelte ironisch.

Nachdem ich am nächsten Nachmittag wie üblich mit dem Flugzeug nach Kuala Lumpur geflogen und von dort mit dem Wagen nach Ara gefahren war, erzählte ich Julie von ihrem Vater.

»Ich mache mir wirklich Sorgen um ihn«, murmelte sie.

»Warum fährst du nicht für ein paar Tage nach Singapur?« schlug ich vor.

Sie schüttelte den Kopf. »Das würde nichts nützen.« P. P. Soong war zweimal in Kuala Lumpur gewesen, war mit Julie ausgegangen und hatte sogar auf Ara zu Mittag gegessen und mit Pela gespielt. »Aber selbst wenn ich nichts tun kann ... tut er mir doch leid«, seufzte Julie.

Am Montagmorgen verabschiedete ich mich wieder von meiner Familie, um die Linienmaschine um sechs Uhr nach Singapur zu erreichen. »Wir sehen uns dann Freitag wieder«, versprach ich den beiden.

»Küßchen, Papa!« rief Pela, die so gern küßte.

»Küßchen!« tat Julie es ihr nach.

»Das Geturtel ist ja nicht auszuhalten!« Natflat verdrehte die

Augen und warf mit einem Staubtuch nach Tony, als dieser schrie: »Küßchen, bitte!«

»Also dann bis Freitag«, wiederholte ich zu Julie gewandt. »Es wird mir wie immer verdammt lang vorkommen.«

Das Wetter war nicht zu heiß und strahlend schön, als ich am darauffolgenden Freitagnachmittag wieder nach Kuala Lumpur flog, um meinem spartanischen Junggesellendasein im Cadet House zu entfliehen und für ein paar Tage Eheglück zu erleben.

Man entdeckte immer wieder neue Seiten der Liebe: Die ständig wachsende heitere Gelöstheit, die die anfänglichen Ängste und Zweifel verdrängt hatte; die Möglichkeit, sich den Umständen anzupassen, wenn man weiß, daß es keine Alternative gibt. Während ich vollkommen glücklich Julie beim Spiel am Planschbecken oder in dem neuen, von Tony angelegten Swimmingpool mit den Kindern beobachtete, war es nicht nur leicht zu vergessen, was sie im Krieg mitgemacht hatte, sondern auch, daß sie früher Französisch in Tours gelernt hatte und Studentin an der besten Universität Kaliforniens und ausgebildete Krankenschwester gewesen war.

Anfang 1947 verreisten wir mehrmals allein; unter anderem nach Hongkong und mit dem Schiff nach Cheribon auf Java, wo die besten und billigsten Mangos angebaut wurden. Während Julie fort war, kümmerte sich Natflat um die beiden Kinder. Wenn Natasha und Tony sich einen Kurzurlaub gönnten, übernahm Julie die Kinder, und ich versuchte Tony, so gut es ging, zu vertreten.

Gelegentlich aßen Julie und ich sonntags ein Curry Tiffin, ein spezielles Currygericht, im Kelantan Club. Dort traten wir selbstverständlich als das züchtige Fräulein Soong mit Begleiter auf. Zu Hause wurde sie dann beides: Miß Soong und Mrs. Dexter, und sie war im Bett noch immer so aufregend wie in jener ersten Nacht, als wir uns geliebt hatten. Wenn wir dann später erschöpft und befriedigt nebeneinander lagen, war Julie jedoch etwas anders... vermutlich, weil beinahe die Hälfte der Wartezeit bis zur Scheidung verstrichen war.

Eines dieser schönen Wochenenden fand auch Ende Februar 1947 statt. Wir hatten alle gemeinsam über meine Pläne, Tanamera wiederaufzubauen, gesprochen, denn die Bauarbeiten sollten bald beginnen. Julie und ich hatten den Nachmittag damit verbracht, den Kindern, die mit Schwimmflügeln ausgerüstet waren, das Schwimmen beizubringen. Nachdem ich nun geduscht hatte, trank ich den ersten Whisky-Soda des Tages. Plötzlich klingelte das Telefon. Es war Paul. Er rief von Singapur aus an.

»Hallo, hallo!« rief ich ins Telefon. »Die Verbindung ist schlecht.«

»Kannst du mich verstehen?« rief Paul am anderen Ende, um das Knacken in der Leitung zu übertönen. »Johnnie, du mußt mir helfen«, begann er. »Bring es Julie schonend bei. Ich kann es nicht.«

»Paul, um Gottes willen! Was ist los?«

»Vater ist tot.«

Vor Schreck wäre mir beinahe der Hörer aus der Hand gefallen. Tony, der sich gerade einen Drink einschenkte, sah erstaunt auf. »Ist was passiert?«

Ich machte ihm ein Zeichen, ruhig zu sein. »Aber Paul, ich habe ihn doch letzte Woche noch gesehen... Er machte einen völlig gesunden Eindruck, und...«

»Tut mir leid, aber...« Paul versagte die Stimme. »Deshalb möchte ich dich auch bitten, es Julie zu sagen. Ich bringe es einfach nicht über mich, Johnnie. Er hat Selbstmord begangen.«

43

»Es ist einfach furchtbar«, sagte Paul, nachdem Julie und ich noch in derselben Nacht nach Singapur gefahren waren. »Er hat sich wie ein krankes Tier in eine Ecke verzogen und eine Überdosis Schlaftabletten genommen.«

»Armer Vater.« Julie wirkte in dem riesigen, ungemütlichen Salon des Soong-Hauses merkwürdig fehl am Platz. »Trotz des vielen Geldes hat er es nicht verstanden, das Leben zu genießen.«

Langsam bekamen wir aus Paul heraus, was geschehen war. Soong hatte, wie wir alle vermutet hatten, eine Wohnung in der Stevens Road hinter dem Tanglin-Club unterhalten... was für einen reichen Chinesen, der sich Konkubinen leisten konnte, ein durchaus normales Arrangement war. Am Vorabend hatte eine erregte Frauenstimme bei Paul angerufen, ihm die Adresse genannt und aufgelegt, bevor er weitere Fragen stellen konnte. Sie sagte lediglich: »Ihr Vater! Kommen Sie schnell.«

Paul hatte seinen Vater dort im Bett liegend tot aufgefunden. Auf dem Nachttisch stand ein leeres Röhrchen Schlaftabletten und eine halbvolle Flasche Hennessy, Soongs Lieblings-Cognac.

Was Julie und Paul am meisten bedrückte, waren die Umstände, die P. P. Soong zu dieser Verzweiflungstat getrieben hatten. Und das war um so schlimmer, als sie beide natürlich sicher wußten, daß ihr Vater mit den Kommunisten oder anderen linken Kräften nicht einmal sympathisiert hatte. Nur ein naiver Dummkopf hatte die gemeinen Anschuldigungen, die gegen P. P. Soong erhoben worden waren, glauben können. Fest stand allerdings, daß P. P. mehrmals Loi Tek besucht hatte.

Bei der Überlegung, wie ich Julie und Paul trösten und helfen konnte, kam ich auf die Idee, eine nicht-religiöse Gedenkfeier für ihren Vater zu organisieren. Als ich Paul von meinem Vorhaben erzählte, kamen wir überein, daß der herrliche Garten der Soongs mit den gepflegten Rasenflächen, dem bezaubernden Lotusblütenweiher, den getrimmten Büschen und bunten Pfauen der beste Rahmen für eine solche Feier war. Überhaupt sollte sie eine Geste sein, mit der ich Julie und Paul zeigen wollte, daß alle alten Freunde ihren Vater geachtet hatten. Auf diese Weise konnte auch Paul das Gesicht wahren.

Die Resonanz, die ich mit meinem Vorschlag fand, war erstaunlich. Sogar Papa Jack und Mama und Tante Sonia aus San Francisco wollten zu diesem Anlaß nach Singapur kommen. Papa Jack sollte für die britische Gemeinde eine Rede halten. Anschließend würde es Champagner und Currygebäck geben. Ich wußte, daß diese Demonstration der Freundschaft und Verbundenheit, zu der auch die meisten prominenten Persönlichkeiten aus dem Finanz- und Wirtschaftsleben ihre Teilnahme zugesagt hatten, besonders Paul viel bedeutete. Jedem sollte auf diese Weise gezeigt werden, wie geachtet P. P. Soong gewesen war, wie sehr man seine Integrität geschätzt hatte, und daß man sich nicht scheute, sich zur Freundschaft mit ihm zu bekennen. Und George Hammonds versprach: »Ich sorge dafür, daß jeder Trauergast namentlich in der *Tribune* aufgeführt wird.«

Als ich George zum ersten Mal von meinem Vorhaben erzählte, traf ich ihn in der Redaktion der *Tribune*. Es war die zweite Märzwoche 1947. Die Unabhängigkeit war das Thema, das alle bewegte. Mountbatten war als Vizekönig von Indien eingesetzt worden und hatte von Attlee den Auftrag bekommen, den Rückzug der Briten zu beschleunigen. Ceylon sollte Dominion werden. Niederländisch-Ostindien stand kurz vor seiner Unabhängigkeit.

»Vielleicht sollte ich mal versuchen, mit Loi Tek zu reden«, sagte ich zu Hammonds. »Immerhin habe ich ihn im Dschungel kennengelernt. Möglicherweise kann er diese geheimnisvollen Besuche Soongs aufklären.«

George sah mich daraufhin seltsam an. »Da bist du zu spät dran.«

Ich muß ziemlich verblüfft gewirkt haben, denn George fuhr fort: »Vorgestern war der sechste März. Merk dir das Datum. An diesem Tag ist Loi Tek spurlos verschwunden.«

»Verschwunden? Das ist doch unmöglich. Er ist der bekannteste Kommunistenführer in ganz Südostasien.«

»Trotzdem ist er das.« George zuckte mit den Schultern. »Jedenfalls lauten so meine Informationen. Was wirklich passiert ist... ob ihm zum Beispiel etwas zugestoßen ist, weiß ich nicht. Wenn unsere Militärpolizei nicht so unfähig wäre, würde ich annehmen, daß sie ihn erschossen hat. Aber vermutlich ist er ein Opfer innerparteilicher Flügelkämpfe geworden. Die Wahrheit erfahren wir wohl nie.«

Damit war meine letzte, wenn auch geringe Chance, Soongs Ruf zu retten, vernichtet. So dachte ich wenigstens zu diesem Zeitpunkt. Allerdings hatte ich wohl nie ernsthaft an den Erfolg einer solchen Mission geglaubt. Überzeugte Kommunisten geben überzeugten Kapitalisten keine Erklärungen.

Paul rief mich ein paar Tage später an und teilte mir mit, daß beim Anwalt seiner Familie ein Brief P. P. Soongs liege, den dieser nach seinem Tod zur Öffnung bestimmt hatte. Er war an Julie, Paul und... mich... adressiert, und sollte in Anwesenheit von uns dreien verlesen werden.

Wie wir bald feststellten, handelte es sich dabei weder um einen sentimentalen Abschiedsbrief noch um ein Testament. Letzteres war bereits eröffnet worden und bestimmte, daß das Vermögen – abgesehen von einigen kleineren Legaten, worunter sich auch mein Lacktisch befand – zu gleichen Teilen unter Mrs. Soong, Paul und Julie aufgeteilt werden sollte.

Der Brief enthielt lediglich einen Vorschlag. Dieser allerdings hatte es in sich. P. P. Soong hatte geschrieben: »Wenn wir die Ausbreitung des Kommunismus verhindern wollen, müssen wir neue Partnerschaften suchen. Da ich seit kurzem eine Enkelin habe, die aus einer Verbindung zwischen den Familien Dexter und Soong hervorgegangen ist, rate ich meinem Sohn und meiner Tochter, die Union zwischen den beiden Familien noch dadurch zu festigen, daß eine Fusion zwischen den Firmen Dexter und Soong angestrebt wird. Eine solche Verbindung könnte für diese Familien von großem Vorteil und ein wesentlicher Beitrag zur inneren Stabilität unseres Landes sein.«

Soongs Briefstil mochte so steif wie seine Einstellung zum Leben gewesen sein, doch er hatte verdammt gute Ideen gehabt, das mußte man ihm lassen. Schon die unterschiedlichen Wirtschaftsbereiche, in denen unsere Firmen arbeiteten, ergänzten sich geradezu ideal. Während die Firma Soong inzwischen zahlreiche internationale Reedereien mit allem versorgte, was auf Schiffen gebraucht wurde, füllten die Dexters deren Frachträume. Beide Firmen würden also von einer Fusion insofern profitieren, als ihnen jeweils auch ein Gewinnanteil an den Gütern des anderen zustand. Gemeinsam konnten wir eines der größten Handelshäuser in ganz Asien werden. Der Zeitpunkt für einen solchen Zusammenschluß war äußerst günstig. Viele unserer Nachbarnationen sollten die Unabhängigkeit erhalten und waren darauf aus, die reichlich fließenden Hilfsgelder gut anzulegen. Wer konnte sie da besser mit allem Nötigen versorgen als eine anglo-chinesische Firma?

An jenem Abend aßen wir mit Ian und Vicki Scott und Natasha und Tony, die zum Wochenende nach Singapur gekommen waren, und zeigten Scott den Brief. Alle waren in guter Stimmung. Plötzlich rief Paul: »Ich hoffe nur, daß das nicht bedeutet, daß ich von jetzt an arbeiten muß!«

»Keine Angst«, antwortete ich grinsend. »Eine so alte Gewohnheit würde ich nie zerstören wollen.«

Ian Scott spielte nachdenklich mit seinem Messer, als Julie eine Frage stellte, die mich insgeheim ebenfalls bewegt hatte: »Ich möchte wissen, warum Vater Mama in diesen Vorschlag nicht mit einbezogen hat.«

»P. P. war ein gerissener Geschäftsmann«, bemerkte Scott. »Er wußte, daß es immer nur einen Tuan bezar geben kann. Wenn zwei Drittel der Soong-Aktien und das Aktienvermögen der Dexters zusammenkommen, haben automatisch die Dexters die Aktienmajorität. Nimm's mir nicht übel, Paul, aber ich glaube, dein Vater wollte Johnnie die Kontrolle über die gemeinsame Firma übertragen, ohne daß der Name Soong dabei untergeht. Im übrigen war es wohl P. P. Soongs Absicht, damit der Gefahr vorzubeugen, daß Julie und Paul die Firma verkauften. Immerhin ist sie sein Lebenswerk. Bist du nicht auch dieser Meinung, Johnnie?«

»Es ist zwar alles sehr schmeichelhaft für mich, aber es klingt plausibel. Außerdem wußte P.P. sicher, daß ich einem Zusammenschluß bei paritätischem Aktienvermögen der Soongs und Dexters nie zugestimmt hätte. So was hat nämlich noch in keinem Fall funktioniert. Einer muß immer der Chef sein. Du hast vollkommen recht, Ian.«

»Und der Chef bist natürlich du, Johnnie«, warf Vicki lächelnd ein. »Ich habe immer gesagt, daß du's weit bringen wirst.«

»Wer will, kann den Job jederzeit haben«, sagte ich lächelnd.

»Aber nur, wenn sie dich vorher umbringen«, bemerkte Paul grinsend. »Du bist genau der Richtige für diese Aufgabe, Johnnie. Ich bin sicher, daß du 'ne Menge Geld für uns verdienen wirst.«

»Ich hoffe, Johnnie arbeitet nicht mehr soviel, wenn wir erst verheiratet sind«, seufzte Julie.

»Wann könnt ihr eigentlich mit der Scheidung rechnen?« erkundigte sich Ian.

»Spätestens November in einem Jahr. Vielleicht klappt's auch schon ein paar Wochen früher«, antwortete ich.

Einige Wochen später hatte ich dann aus heiterem Himmel Gelegenheit, in ein ganz großes Geschäft einzusteigen. Das Angebot dazu kam ausgerechnet von Miki. Ich hatte mich zuvor oft gefragt, was wohl aus ihm geworden sein mochte, ob er die Gefahren des Dschungels überlebt hatte. Längst hatte ich Nachricht von Siloma und Yeop. Sie hatten den Krieg unversehrt überstanden. Aber der Dschungel war ihr Zuhause. Miki dagegen... Jedenfalls war ich mir, was ihn betraf, nicht sicher gewesen.

Aber Miki hatte nicht nur überlebt. Die Baufirma seines Vaters in Japan hatte während des Krieges einen enormen Aufschwung genommen. Als nämlich die Verluste der Japaner plötzlich gestiegen waren, hatte Miki senior sein Geld in eine Schiffswerft gesteckt. Schließlich wußte er, daß jedes Schiff, das er baute, schon vor dem Stapellauf von der Regierung gekauft werden würde. Tokio, der Sitz der Firma Miki, und Yokohama, wo die Werft lag, waren von der Bombardierung durch die Amerikaner weitgehend verschont geblieben, so daß auch das Unternehmen keine größeren Verluste erlitt. Der großzügige Friedensvertrag MacArthurs mit Japan und die geradezu ameisenhafte Arbeitswut und Tüchtigkeit der Japaner trugen weiter zu einer Stabilisierung der Lage bei.

Vieles davon hatte Miki mir in den ersten freundschaftlichen Briefen geschrieben. Am meisten interessierte mich dann jedoch das Geschäft, das er mir vorschlug. Die Firma Miki Construction gehörte mittlerweile zu den größten Schiffswerften Japans und wollte für uns eine Handelsflotte bauen, die die *Anlaby*, die *Beverly*, die *Brough* und andere Schiffe der Dexters ersetzen sollte, die gesunken, beschlagnahmt oder anderweitig verschwunden waren.

Ohne einen offiziellen Exportauftrag konnte die Firma Miki allerdings keine Bewilligung für den Bezug von Rohstoffen erhalten. Außerdem wußte Miki, daß wir zwar dringend Schiffe brauchten, mit Reparationszahlungen jedoch nicht vor 1948 rechnen konnten. Miki verfügte dagegen über große Summen Bargeld, die sicher vor dem Zugriff des japanischen Staats bei ausländischen Banken lagen. In Japan selbst konnte die Firma dieses Kapital allerdings nicht verwenden. Aus all diesen Gründen machte Miki folgenden Vorschlag: Er wollte uns das in der Schweiz befindliche Geld leihen, damit wir die Baukosten für die Schiffe bezahlen konnten. Diese wiederum sollten in eine neugegründete Gesellschaft eingebracht werden, deren Aktienkapital zu einundfünfzig Prozent den Dexters und zu neunundvierzig Prozent der Firma Miki gehören würde. Natürlich hatte Miki dieses Angebot nicht aus purer Menschenfreundlichkeit gemacht. Die Gesellschaft mußte durch ausländisches Kapital kontrolliert werden, um Rohstoffe zu bekommen. In der Nachkriegszeit konnte man in Japan Geld wie Heu haben, aber wenn man keine Rohstoffe bekam, war es praktisch nichts mehr wert.

Ich begriff schnell, was Miki mit alledem bezweckte. Ihn reizte die langfristige Investition in eine Schiffahrtsgesellschaft, die in den darauffolgenden Jahren Gewinne abwerfen würde, und er hatte gleichzeitig eine Verwendung für das Geld gefunden, mit dem er in Japan selbst nichts anfangen konnte. Wir dagegen konnten unseren Anteil an den Baukosten von der Rendite unseres einundfünfzigprozentigen Aktienkapitals bezahlen, sobald die Schiffe einsatzbereit waren.

Die Sache war ein einwandfreies Geschäft. Wir hatten Bargeld zur Verfügung, die Gelegenheit, den Baukostenanteil aus dem Fond zu bezahlen, den wir sonst für die Frachtkosten unserer Güter auf fremden Schiffen hätten ausgeben müssen, und konnten die Reparationszahlungen für andere Investitionen nutzen.

Meine einzige Sorge galt Paul, der, aus guten Gründen, streng antijapanisch eingestellt war. Ich hatte Angst, daß er, wenn er von meinem Vorhaben erführe, sein Drittel des Soongschen Vermögens nicht in die gemeinsame Firma einbringen würde.

Ich beschloß, mit Julie zu sprechen, der ich nach all den gemeinsamen Jahren meine sämtlichen Gewissenskonflikte beichtete. Wie so oft reagierte sie völlig unerwartet und typisch für die chinesische Mentalität.

»Wenn die Amerikaner den Japanern nach Pearl Harbor verzeihen können, dann können wir das auch«, erwiderte sie gelassen. »Ich habe nichts gegen Miki. Schließlich hast du ihm dein Leben zu verdanken.« Sie lächelte und fügte hinzu: »In ein paar Jahren sind japanische Handelsdelegationen in der ganzen Welt willkommen, du wirst sehen.«

»Ich bin froh, daß du so denkst. Damit wird die Firma Dexter und Soong eines der größten Handelsunternehmen in Asien.«

»Und du bist der Tuan bezar! Das allerdings ist das einzige, was mir Angst macht.«

»Angst? Wieso?«

Julie stand plötzlich auf, legte die Arme um mich und küßte mich leicht auf den Mund. »Wir alle ändern uns«, sagte sie. »Aber vergiß nicht... Ich habe mich als junges Mädchen in einen großen, blonden und gutaussehenden Jungen verliebt... und in einen Mann, dessen Temperament dem meinen gerecht wurde... der alles für mich riskieren würde. Du bist mein Bilderbuchheld gewesen. Ich war damals unschuldig, habe mich dir hingegeben und in den darauffolgenden Jahren viel gelitten, jedoch keinen einzigen Augenblick bereut.«

»Irgendwann müssen wir wohl alle erwachsen werden.«

»Natürlich. Auch wir sind ruhiger geworden. Ich bin sicher, daß ich dir im Bett nicht mehr...«

»Unsinn, Julie. Du willst jetzt nur ein Kompliment hören.«

»Nein, Johnnie. Ich versuche dir nur zu erklären, daß sich auch Beziehungen ändern... daß sie zärtlicher, tiefer werden. Ich mag das... ich mag die Zärtlichkeit, die sich in der Ehe entwickelt, ich finde es schön, daß ein Teil deiner Liebe jetzt Pela gehört. Das einzige, was mir Sorgen macht ist... vielleicht ist es nicht ganz das richtige Wort... dein Ehrgeiz. Natürlich möchte ich, daß dir die Arbeit in der Firma gefällt. Und der Gedanke allein, die Frau eines Tuan zu werden, macht mich stolz. Aber bitte sei vorsichtig, Johnnie... Laß es nicht zu, daß aus dem Tuan ein Industriemagnat wird, der sein Vermögen nur noch dadurch überblickt, daß er genüßlich Bankauszüge betrachtet. Betrachte lieber mich, bevor ich so alt bin, daß du nach anderen Mädchen Ausschau hältst, und verdiene gerade soviel Geld, daß wir gut davon leben können.«

Die Gedenkfeier für P. P. Soong fand schließlich erst im Herbst 1947 statt, da für diesen Zeitpunkt viele alte Freunde ihre Rückkehr aus dem Ausland angekündigt hatten. Tante Sonia mußte mit dem Schiff reisen, da die PAN AM ihren pazifischen Flugdienst von der Westküste über Honolulu und die Philippinen noch nicht wieder aufgenommen hatte. Papa Jack und Mama reisten mit dem Flugboot. Der Flug dauerte fünf Tage mit Übernachtungen in komfortablen Hotels in Rom und Karachi, so daß man sich auch besser an die Zeitverschiebung gewöhnen konnte.

Ich wünschte, ich könnte behaupten, der Besuch meiner Eltern in Singapur sei ein Erfolg gewesen. Die Gedenkfeier selbst verlief ausgezeichnet, aber das war auch das einzig Positive an der ganzen Angelegenheit. Schon in den ersten Tagen wurde mir klar, daß es ein Fehler gewesen war, die beiden einzuladen. Anfangs kam es zwar noch zu keiner offenen Auseinandersetzung zwischen Papa Jack und mir, aber die Veränderung, die mir bereits in London an den Eltern aufgefallen war, trat jetzt noch krasser zutage. Papa Jack war äußerst streitbar, launisch und neugierig. Er interessierte sich penetrant für geschäftliche Dinge, die er nicht verstand und die ihn zum Teil auch nichts mehr angingen. Alles in allem war meine Geduld auf eine harte Probe gestellt.

Papa Jack schien manchmal völlig zu vergessen, daß ich mittlerweile nicht nur vierunddreißig Jahre alt war, sondern auch, daß er mich längst zum Tuan bezar gemacht hatte, nachdem seine und Mamas Zukunft vertraglich gesichert worden war. Ich war der Chef... und zwar der einzige. Nach diesem System hatten die Dexters von jeher gearbeitet. Aus diesem Grund hatte mein Großvater nach der Übergabe an Papa Jack nie wieder einen Fuß in das Firmengebäude gesetzt. Mein Vater dagegen las Briefe, die er auf meinem Schreibtisch fand. Darunter befand sich auch ein Schreiben von Miki, in dem es um unsere gemeinsamen Pläne ging.

»Mit den Japanern!« brauste Papa Jack sofort auf. »Die Dexters machen Geschäfte mit den Japanern!«

»Ob dir's nun gefällt oder nicht, wir sind jetzt wieder Freunde... zumindest theoretisch. Der Krieg ist vorbei.«

»Sie können nie wieder unsere Freunde sein. Dieser Vertrag darf nicht zustande kommen.«

»Keine Sorge, Papa«, versuchte ich ihn geduldig zu beschwichtigen, doch damit traf ich den falschen Ton. Mein Vater fühlte sich bevormundet und brach einen Streit vom Zaun, der eine Kluft zwischen uns riß, die nie wieder zu kitten war.

»Ausgerechnet mit den Japanern! Und das nach allem, was sie Tim angetan haben. Sie haben ihn so fertiggemacht, daß er wegen Kriegsschäden aus der Armee entlassen wurde.«

Papa Jack hatte mir bereits vor Wochen geschrieben, daß Tim seinen Abschied genommen hatte und sich jetzt nach neuen Betätigungsmöglichkeiten umsah, was soviel bedeutete, daß er vom Geld der Dexters lebte. Das war allerdings ganz in Ordnung, da Tim nie nach Singapur zurückkehren konnte. Andererseits wußte ich jedoch, daß Tim nicht aus Gesundheitsgründen seinen Abschied genommen hatte, sondern daß er nach einem Skandal in Changi aus der Armee entlassen worden war. Ich schwieg jedoch, bis Vater trotzig wiederholte: »Die Japaner haben den armen Tim fast umgebracht!«

»Machen wir uns doch nichts vor, Papa! Du weißt, daß das nicht stimmt. Natürlich haben die Japaner Millionen gefoltert, aber Tim ist lediglich bestraft worden. Weshalb muß man sich innerhalb der Familie belügen? Du glaubst doch auch nicht an das Märchen vom Abschied von der Armee aus Gesundheitsgründen. Tim ist geschaßt worden.«

»Was willst du damit sagen?«

»Ich will damit, wie du genau weißt, sagen, daß die Japaner Tim im Bett mit einem anderen Soldaten überrascht haben. Ich verstehe, daß du die Leiche im Keller lassen willst, Papa. Aber innerhalb der Familie kannst du wenigstens bei der Wahrheit bleiben.«

Papa Jack verbarg das Gesicht in den Händen. »Wie bist du dahintergekommen?« fragte er bitter und sah auf. In diesem Augenblick war mir klar, daß ihm das, was Tim getan hatte, weniger zu schaffen machte als die Tatsache, daß ich im Bilde war. »Du hast doch hoffentlich niemandem etwas erzählt, oder?«

»Nein, natürlich nicht«, wehrte ich ab. »Das geht nur Tim... und nicht mal uns beide was an. Er kann mit seinem Leben machen, was er will. Es tut mir lediglich leid, daß Tim mehr Probleme hat als wir. Allerdings finde ich es ausgesprochen gemein, daß du mir die Schuld an seiner Misere gibst.«

Papa Jacks graues, eingefallenes Gesicht wurde schlagartig

puterrot. Wie weit sein Altersstarrsinn fortgeschritten war, merkte ich bei seinem nächsten Satz: »Es ist abscheulich von dir, überhaupt über diese Dinge zu sprechen, Johnnie. Schließlich bist du derjenige, der den guten Namen der Dexters in den Schmutz gezogen hast. Du hast dir eine Chinesin zur Geliebten genommen. Du hast einen Mischling gezeugt!«

»Laß gefälligst Julie aus dem Spiel«, entgegnete ich mühsam beherrscht.

Doch Papa Jack war nicht mehr aufzuhalten. »Sie hat dich gewollt, diese Julie Soong! Und sie hat alles getan, um dich zu bekommen.«

In diesem Augenblick war es mit meiner Geduld zu Ende. Ich konnte die dummen Lügen nicht länger ertragen. »So wie Mutter Tims Vater bekommen hat, nachdem sie dich verlassen hatte und nach New York gegangen war?« schrie ich.

»Du Bastard!« zischte Vater. »Wie kannst du es wagen, solche Ungeheuerlichkeiten über deine Mutter zu verbreiten?«

»Nein, Vater. Der Bastard ist Tim... nicht ich. Großvater Jack hat mir alles erzählt. Was ich allerdings nicht verstehe, ist, weshalb du Tim, der gar nicht dein eigenes Fleisch und Blut ist, immer gegen mich in Schutz nimmst. Ich habe alles getan, um dich nicht zu enttäuschen, weil ich dich geliebt habe. Das ist jetzt vorbei. Du bist nicht der, der du gewesen bist. Je eher ihr nach London zurückreist, desto besser.« Damit stürmte ich aus dem Büro und knallte die Tür hinter mir zu.

Ich erzählte Julie nichts von dieser Auseinandersetzung, und offenbar hatte auch Papa Jack sie vor Mama verschwiegen, die weiterhin indifferent und freundlich war. Sie begriff einfach nicht, was los war. Ich war sehr erleichtert, als meine Eltern ihren Besuch dann unverhofft früher abbrachen, da alte Freunde sie überredet hatten, im Repulse Bay Hotel in Hongkong Urlaub zu machen.

Wir verabschiedeten uns mit Küssen, Umarmungen, einem männlichen Handschlag und endlosen Versprechungen. Zweifellos atmeten alle Beteiligten innerlich auf.

Noch vor Jahresende kam ein anderer Besucher nach Singapur, den ich dort nie wiederzusehen geglaubt hatte. Es war Inspektor Robin Chalfont von einer Spezialeinheit der Kriminalpolizei in London, und er befand sich auf der Durchreise nach Kuala Lumpur.

44

Wir trafen uns zu einer Wiedersehensfeier im Raffles-Hotel. Chalfont, der lässig an der langen Bar lehnte, wirkte unverändert. Vielleicht hatte er ein paar Falten mehr bekommen, doch das ironische Lächeln, das so gar nicht den Polizeibeamten verriet, war geblieben.

»Was, zum Teufel, machen Sie eigentlich hier?« erkundigte ich mich gespannt nach der Begrüßung.

»Ich arbeite«, antwortete er und betrachtete gelassen das Ende einer großen Zigarre. »Mein Gott, das Schlimmste im Dschungel war, daß es nichts zu rauchen gab«, seufzte er. »Wie geht es eigentlich Ihrer bezaubernden Frau?«

»Julie und ich sind noch nicht verheiratet. Aber sie freut sich schon, Sie wiederzusehen. Sie lebt außerhalb von Kuala Lumpur, mitten in unserem ehemaligen Schlachtfeld... auf Ara, bei Tony Scott und Natasha. So lange, bis nächstes Jahr die Scheidung durch ist, fahre ich jedes Wochenende zu ihr.«

»Ein anstrengendes Leben für einen Geschäftsmann und Vater«, bemerkte Chalfont.

»Das hat was damit zu tun, daß Julie keine Konkubine sein will«, erklärte ich grinsend. »Aber eigentlich macht es mir überraschenderweise Spaß, Robin. Natürlich vermisse ich Julie unter der Woche sehr, aber dafür ist es um so schöner, am Wochenende das Büro mit einer Kautschukplantage vertauschen zu können. Es ist, als hätte ich zwei Leben. Und mit dem Flugzeug ist alles halb so schlimm.«

Mir fiel plötzlich auf, daß ich bei dieser Gelegenheit Mr. Robin Chalfont zum ersten Mal in Zivil sah. Er hatte sich der amerikanischen Mode angepaßt, die allmählich auch den pazifischen Raum eroberte, und trug einen offenen Hemdkragen.

»Keine Angst, ich habe immer eine Krawatte in der Tasche«, versicherte Chalfont mir. »Bevor wir uns zum Essen setzen, binde ich sie um.« Er trug einen sandfarbenen leichten Sommeranzug.

»Paßt die Jacke?« fragte er und knöpfte auf dem Barhocker das Jackett zu. »Ich mußte den Anzug von der Stange kaufen. Ich habe erst vierundzwanzig Stunden vor dem Abflug erfahren, daß man mich auf eine Mission nach Malaya schicken wollte.«

»Weshalb die Eile?«

»Eines nach dem anderen. Trinken wir erst noch was.« Damit zog er die Krawatte aus der Jackettasche und band sie sich geschickt ohne die Hilfe eines Spiegels um. »Wie geht es übrigens Ihren Eltern, Johnnie?«

Ich hatte das Gefühl, daß er darauf brannte, mir eine aufregende Neuigkeit mitzuteilen, sich jedoch zwang, damit zu warten. »Gut, danke«, log ich schnell. »Sie sind vor ein paar Wochen erst hier gewesen, um an der Gedenkfeier für Julies Vater teilzunehmen. Sie wissen vermutlich nicht, was mit dem berühmten P. P. Soong passiert ist. Er...«

»Doch ich bin im Bilde. Selbstmord ist immer was Schreckliches. Es muß ein Schock für Julie gewesen sein. Ich hoffe doch, daß sie sich mit ihm wieder versöhnt hatte, oder?«

»Ja, wir haben den alten Ärger begraben. Soong hat Julie sogar auf Ara besucht. Er wollte seine Enkelin kennenlernen. Aber gegen Ende ist er ein gebrochener Mann gewesen. Die Gerüchte, er sei Kommunist oder habe im Krieg für die Japaner gearbeitet, haben ihn hart getroffen. Er konnte sich nicht wehren.«

»Dabei war alles so unnötig«, seufzte Chalfont. »So ein guter Mann, und dann das.«

»Vermutlich hat er tatsächlich mit Loi Tek geliebäugelt.«

»Loi Tek?« wiederholte Chalfont. »Merkwürdig, dieser Name taucht doch immer wieder auf. Offengestanden bin ich deshalb hier... wegen Loi Tek.«

»Aber soviel ich weiß, ist er spurlos verschwunden. Typisch für diese Regierung, ihn sich durch die Lappen gehen zu lassen. Es ist dasselbe wie früher. Diese Leute sind einfach unfähig.«

»Diesmal tun Sie ihnen unrecht.« Chalfont grinste. »Erinnern Sie sich noch an den Tag, als Loi Tek zu uns ins Camp gekommen ist?«

Natürlich tat ich das. Die Chinesen hatten schließlich wochenlang von nichts anderem gesprochen. »Es war so was wie ein Majestätsbesuch auf kommunistische Art.«

»So... sollte es aussehen. In Wirklichkeit war er nur gekommen, um sich unter vier Augen mit mir zu unterhalten.«

»Mitten im Krieg? Weshalb denn, zum Teufel?« Ich sah Chalfont erwartungsvoll an.

»Ich glaube, ich habe Ihnen damals erzählt, daß ich Angehöriger einer Spezialeinheit der Polizei war ... Und ich bin es mittlerweile wieder.«

»Na schön.« Ich lachte. »Aber der Dschungel war wohl kaum der richtige Ort für eine Verhaftung, oder?«

»Setzen Sie sich erst mal, Johnnie. Machen Sie sich auf einiges gefaßt. Kommen Sie, hierher!« Chalfont machte einem Boy ein Zeichen, unsere Drinks zu einem niederen Bambustisch mit Glasplatte zu bringen. Wir nahmen in den tiefen Sesseln Platz. »Also gut, Johnnie. Loi Tek und ich haben während der japanischen Besatzung eng zusammengearbeitet.«

Ich muß völlig verdutzt ausgesehen haben, denn Chalfont lachte schallend, fuhr mit der Fingerkuppe über den Rand seines Glases, bis ein singender Ton erklang, und fuhr dann ernst fort: »Loi Tek war genausowenig ein Kommunist wie Sie oder der arme alte Soong.«

»Aber er ist immerhin erster Sekretär der Malaiischen KP gewesen. Mein Gott, er war der Top-Mann der Kommunisten!«

»Wir haben ihn an diese Stelle manövriert«, erklärte Chalfont. »Ich bin sogar ziemlich stolz auf diese Tat. Loi Tek ist einer unserer besten Agenten während des Krieges gewesen.«

»Ich verstehe ja, daß man eine politische Partei infiltrieren kann, aber es ist doch unmöglich vorauszusehen, daß ein bestimmter Mann zum Parteiführer gewählt wird. Da haben andere doch noch ein Wort mitzureden«, entgegnete ich verblüfft. »Wollen Sie allen Ernstes behaupten, Loi Tek sei ein britischer Spion gewesen?«

»Wir ziehen die Bezeichnung ›Agent‹ für unsere Leute vor«, erwiderte Chalfont lächelnd. »Wie Sie sicher wissen, ist Loi Tek Annamit und hatte sich in Indochina den Ruf eines legendären Kommunistenführers erworben. Was Sie allerdings vermutlich nie geahnt haben, ist, daß er in Indochina schon für die Franzosen gearbeitet hat. Erst als seine Tarnung in Saigon nicht mehr gewährleistet war, haben die Franzosen ihn nach Singapur geschickt. Hier war Loi Tek praktisch ein arbeitsloser Agent. Wir haben ihn wieder eingesetzt.«

»Indem ihr ihn ins Komitee der Kommunistischen Partei eingeschleust habt? Das erscheint mir plausibel. Aber wie ist es euch nur gelungen, aus ihm den Parteiführer zu machen?«

»Darauf sind wir besonders stolz«, antwortete Chalfont. »Sobald Loi Tek sich einen Platz im Zentralkomitee gesichert hatte, erhielten wir von ihm die Information, wann die nächste geheime Vollversammlung des Komitees stattfinden sollte. Wir haben eine Razzia gemacht und alle bis auf Loi Tek verhaftet und außer Landes geschickt. Loi Tek hatten wir auf dem Weg zur Verhandlung wegen eines angeblichen Verkehrsdelikts lange genug festgehalten, so daß er während der Razzia nicht anwesend war. Alles Weitere war ein Kinderspiel, mein Junge. Da Loi Tek als einziges Mitglied des Zentralkomitees übriggeblieben war, mußte er zwangsläufig die Führung übernehmen.«

Das war also der Grund für Loi Teks Menschenscheu gewesen. Vermutlich hatte er in der ständigen Angst gelebt, ein ehemaliger Genosse aus Saigon könne ihn erkennen. Aber wie Chalfont ausführte, half gerade dieses Schattendasein, Loi Tek das Image eines legendären und geheimnisumwitterten Kommunistenführers zu geben.

»Und was hatte P. P. Soong mit der Sache zu tun?«

»Tja, das ist eine wahre Tragödie. Soong war unser Verbindungsmann zu Loi Tek. In ganz Singapur gab es nur zwei Menschen, die die Wahrheit über Loi Tek kannten: P. P. Soong und mich. Natürlich mußte ich auch Ihnen gegenüber Stillschweigen bewahren. Dann hat Ihr Bruder, was Soong betraf, Verdacht geschöpft. Deshalb mußte ich intervenieren und Ihren Bruder von Soong ablenken. Aus diesem Grund haben wir auch Julie beschattet. Schließlich mußten wir sichergehen, daß sie nichts von der Agententätigkeit ihres Vaters merkte.«

Und dann kam die Eroberung Singapurs durch die Japaner. Danach machte sich Loi Tek für die Briten erst richtig bezahlt. Während er in der Rolle eines Kommunistenführers als Agent für die Briten arbeitete, bot er mit Wissen der Briten seine Hilfe auch den Japanern an. Auf diese Weise war es für ihn kein Problem, das Massaker der Japaner an den Kommunisten in den Kalksteinhöhlen von Batu zu organisieren. Loi Tek hatte den Japanern einen Tip gegeben und war dann angeblich auf dem Weg zum Treffpunkt aufgehalten worden.

»Es ist unglaublich«, fuhr Chalfont fort. »Während der ganzen japanischen Besatzungszeit war Loi Tek Generalsekretär der Malaiischen Kommunistischen Partei und gleichzeitig japanischer Spion, der uns und die Force 136 auf diese Weise mit Top-Informationen versorgen konnte. Wir wußten über jeden Schritt der Japaner, über jede Falle Bescheid, die sie uns stellen wollten.«

»Selbst wenn er für die Japaner gearbeitet hat, verstehe ich nicht, weshalb die Japaner ihm solche Informationen hätten geben sollen?«

»Verstehen Sie denn nicht, daß sie praktisch dazu gezwungen waren? Wären zu viele chinesische Guerillas von den Japanern getötet worden, hätte Loi Tek Prestige verloren oder sich geweigert, ihnen weitere Informationen zu liefern. Sie werden es vielleicht nicht glauben wollen, aber die Japaner hatten Loi Tek gebeten, für einen Anschlag auf Satoh zu sorgen. Erinnern Sie sich noch an den Kerl?«

»Aber Robin, natürlich! Schließlich habe ich ihn umgebracht.« Ich bestellte noch zwei Drinks.

»Ja, ich weiß. Es war ein schwieriger Auftrag. Aber die Japaner wollten Satohs Tod. Loi Tek hat alles arrangiert.«

»Und weshalb?« erkundigte ich mich verwundert.

»Ganz einfach, weil die Japaner um Rückhalt in der malaiischen Bevölkerung bemüht waren, und Satoh ihnen dabei im Weg war. Er hat mit seinen Vergeltungsaktionen viel Porzellan zerschlagen. Da die Japaner keinen Skandal wollten, war es am einfachsten, ihn durch Guerillas umbringen zu lassen.«

»Die Bemühungen der Japaner, das Vertrauen der Bevölkerung zu gewinnen, haben aber nicht lange angehalten, was?« konterte ich. »Ich meine, die Vergeltungsaktionen nach Kaischeks Überfall auf die Konferenz in Ara waren doch wohl keine freundschaftliche Geste, oder?«

»Nein, sicher nicht. Aber da hatten wir das Pech, daß Sie krank geworden sind. Nachdem Sie sich gegen einen Angriff auf die Konferenz ausgesprochen hatten, haben wir Loi Tek informiert, der wiederum den Japanern versichert hat, daß kein Überfall auf Ara geplant war. Als er dann unerwarteterweise doch stattfand, haben die Japaner fälschlicherweise angenommen, Loi Tek habe sie hintergangen. Die Vergeltungsaktion war eine indirekte Warnung an seine Adresse.«

Ich schüttelte wie benommen den Kopf. Es war kaum zu glauben, daß dieser Loi Tek, Diener dreier Herrn, alle Fäden in der Hand gehabt haben sollte.

»Er hat vielen von der Force 136 das Leben gerettet«, fuhr Chalfont fort. »Er ist ein tapferer Mann.«

»Ist?«

»Ja, Loi Tek ist nicht tot... er hat lediglich aufgehört zu existieren. Als wir gemerkt haben, daß Chin Peng ein viel zu starker, entschlossener Rivale im Kampf um die Führung wurde, haben wir Loi Tek einen neuen Paß, eine neue Identität und viel Geld verschafft.«

»Und wo ist er jetzt?« fragte ich prompt.

»Das kann ich Ihnen leider nicht sagen. Und ich hoffe auch, daß es nie herauskommen wird.«

»Tja, jetzt verstehe ich natürlich, welche Rolle der arme, alte P. P. Soong dabei gespielt hat«, seufzte ich.

»Deshalb hat er auch Ihnen und Julie verziehen, Johnnie. Er wußte, was Sie während des Krieges getan haben. Loi Tek hatte ihm alles erzählt...«

»Wußte er auch über Kaischek Bescheid?«

»Das bezweifle ich.«

»Wo ist der Bursche überhaupt?« fragte ich grinsend. »Mich interessiert das wirklich. Er hat schließlich geschworen, mich umzubringen.«

»Ich habe offengestanden keine Ahnung. Vermutlich versteckt er sich irgendwo im Dschungel und wartet auf seine Gelegenheit.«

»Verrückt! Dabei könnte er mit den Soong-Millionen ein angenehmes Leben in Singapur führen.«

»Vergessen Sie nicht, daß Sie auch mal im Dschungel gelebt haben.«

»Das war was anderes. Ich habe für Großbritannien gekämpft.«

»Er kämpft auch für eine bestimmte Sache«, fügte Chalfont hintergründig hinzu. »Die Menschen bleiben immer dieselben, nur ihre Gewohnheiten ändern sich.«

»Ich glaube nicht, daß Paul eine Ahnung hatte, was sein Vater getan hat«, murmelte ich nachdenklich.

»Nein, das kann ich mir auch nicht vorstellen. Er weiß auch sicher nicht, daß P. P. Soong Loi Tek um Hilfe gebeten hatte, nachdem die Japaner Paul fast zu Tode gefoltert hatten. Er hat ihm die nötigen Medikamente zum Überleben verschafft.«

»Dann war P. P. Soongs Selbstmord also vollkommen sinnlos«, seufzte ich.

»Ja. Soong konnte den Anschuldigungen gegen seine Person nicht entgegentreten, ohne den besten Agenten zu gefährden, den wir in Malaya hatten. Wenn P. P. Soong nur mit seiner Verzweiflungstat noch ein paar Monate gewartet hätte. Heute, nachdem Loi Tek untergetaucht ist, hätte er sich jederzeit reinwaschen können.«

Ich dachte eine Weile nach. »Und weshalb sind Sie jetzt nach Singapur zurückgekehrt?« erkundigte ich mich schließlich. »Natürlich freue ich mich, Sie wiederzusehen, nur...«

»Wir erwarten Unruhen in Malaya«, antwortete Chalfont.

»Seit Loi Tek verschwunden ist, haben die Kommunisten politisch gesehen immer mehr an Boden verloren. Ihnen fehlt eine straffe Führung. Aber sie haben Waffen, und wir schätzen, daß sie über einen harten Kern von fünftausend von uns ausgebildeten Guerillakämpfern und eine Menge britischer Waffen verfügen, die sie seit dem Sieg über die Japaner gehortet haben. Und wenn sich die Kommunisten wie jetzt in die Ecke getrieben fühlen, bleibt ihnen bald nichts anderes übrig, als zu kämpfen und ihr Versprechen, nach den Japanern auch die Imperialisten zu vertreiben, wahrzumachen.«

»Eine starke Regierung müßte doch mit ihnen fertigwerden.«

»Leider habt ihr keine starke Regierung. Eigentlich sollte ich das jetzt nicht sagen, aber ich vertraue auf Ihre Verschwiegenheit, Johnnie. Man spricht davon, den britischen Hochkommissar, Sir Edward Gent, abzuberufen.«

Auch wenn ich eine mögliche bewaffnete Auseinandersetzung mit den Kommunisten nicht fürchtete, so war ich als Geschäftsmann doch über die wachsenden Spannungen innerhalb der Industriearbeiterschaft besorgt. 1947 hatten mehr als dreihundert von den Kommunisten angestiftete Streiks stattgefunden, die zeitweise die Kautschukplantagen und Zinnminen lahmgelegt hatten. Im vergangenen Monat waren neun Arbeiter von der Polizei bei bewaffneten Unruhen erschossen worden. Auf den Kautschukplantagen hingen überall Plakate mit der Aufschrift: »Tötet die feigen Hunde!« Und auch außerhalb Malayas, wie zum Beispiel in Burma und Indonesien, machten die Kommunisten den Regierungen zu schaffen. In Singapur selbst eskalierte die Gewalt seit dem Streik der Hafenarbeiter, der praktisch die ganze Stadt lahmgelegt hatte. Als die Polizei im April eine Razzia im Haus der Hafenarbeitergewerkschaft gemacht hatte, hatte sie dort eine Liste von Personen gefunden, die als »Verräter an der Arbeiterschaft« hingerichtet werden sollten.

»Ist das nicht altes Kommunistengeschwätz?« fragte ich Chalfont am Swimmingpool in Ara, nachdem ich versucht hatte, Pela, die im Wasser ein Naturtalent war, das Kraulen beizubringen.

»Nein, das glaube ich nicht.« Er schüttelte den Kopf.

»Aber wir haben Malaya doch die Unabhängigkeit versprochen.«

»Das wiederum ist Kapitalistengeschwätz.« Chalfont lachte. »Nichts als leere Versprechungen.«

Erst Anfang Mai, nach der Versammlung des Zentralkomitees

der Malaiischen Kommunistischen Partei, die in ihrem Manifest unverhohlen zum Kampf gegen die Briten aufrief, begann ich mir ernsthaft Sorgen um die Zukunft zu machen.

»Das bedeutet eine völlig neue Taktik der Basis«, warnte ich Julie am folgenden Wochenende auf Ara. »Wenn sie uns schon nicht im Rahmen der bestehenden Gesetze schlagen können, werden sie's mit Waffengewalt versuchen. Die Sache gefällt mir nicht. Ich bin offengestanden sogar der Meinung, daß du mit Pela einige Zeit nach Singapur kommen solltest, bis die ganze Aufregung vorbei ist.«

»Ich soll fortlaufen?« Julie war empört. »Zuerst vor den Japanern und jetzt vor meinen eigenen Landsleuten? Kommt nicht in Frage. Außerdem könnte ich Natasha und Victoria nicht allein lassen.«

Es war das letzte Wochenende im Mai, und Chalfont aß mit uns zu Mittag. »Johnnie hat recht«, stimmte er mir zu. »Ich kann Ihnen ja jetzt anvertrauen, daß vor einigen Wochen, also Mitte April, unsere ehemaligen Kameraden aus dem Dschungelkampf, die Mitglieder der kommunistischen Veteranenorganisation der Malaiischen Kommunistischen Partei, den Befehl erhalten haben, sich auf den Kampf vorzubereiten.«

Wir starrten Chalfont erschrocken an.

»Jedes Mitglied hat ein Rundschreiben bekommen. Die Kommunisten haben keinen vergessen. In Perak und Johore hat die Mobilmachung tatsächlich schon begonnen. Hohe kommunistische Parteioffiziere haben die Aufforderung erhalten, ihr Hab und Gut zu verkaufen, solange dazu noch Gelegenheit ist, und in den Untergrund in den Dschungel zu gehen. Ich sage Ihnen, jetzt wird's ernst.«

»Aber damit haben sie doch bestimmt keinen Erfolg!« entgegnete Julie aufgebracht. »Kommunisten sind doch nur die Industriearbeiter und nicht die Plantagenarbeiter.«

Damit hatte sie recht. Trotzdem nahmen die antibritischen Demonstrationen und Umtriebe auch in ländlichen Gebieten zu. Lohnkämpfe, die normalerweise nach ihrer Beilegung vergessen worden waren, arteten mittlerweile in Mord und Brandstiftung aus, bevor jemand überhaupt Gelegenheit hatte, sich mit den Arbeitern an einen Tisch zu setzen.

»Sie wollen offenbar nicht mehr verhandeln«, bemerkte Tony.

»Das Schlimme ist, sie sind tatsächlich zum Kampf entschlossen«, fuhr Chalfont fort, den ich lange nicht mehr so ernst erlebt hatte. »Sie wissen fünftausend erprobte Dschungelkämpfer hinter sich, ausgebildete Soldaten mit lockerem Finger am Abzug. Ich kenne die Burschen. Schließlich habe ich einen Teil von ihnen ausgebildet.«

»Auch wenn es Unruhen gibt, die große Masse wird die kommunistische Bewegung nie unterstützen. Malaya soll schließlich unabhängig werden«, warf Tony ein. »Die Bauern haben noch genug vom letzten Krieg. Die wollen nicht kämpfen.«

»Sie brauchen auch nicht zu kämpfen, sondern die Guerillas lediglich zu unterstützen«, erinnerte Chalfont Tony. »Passive Hilfe genügt bereits. Unabhängigkeit ist ein zugkräftiges Wort. Für den Durchschnittsmalaien hat es nichts mit Kommunismus zu tun. Sie glauben, die Kommunisten könnten den langwierigen Prozeß etwas beschleunigen. An das dicke Ende denken sie gar nicht.«

Es war nur natürlich, daß die Bewohner Malayas und Singapurs davon träumten, die Fesseln des Kolonialismus abschütteln zu können. Und obwohl Malaya ein Paradies war, in dem die Natur den Menschen reichlich mit allem Notwendigen versorgte, schien auch dieses gesegnete Land für die verführerischen Halbwahrheiten der kommunistischen Propaganda anfällig zu sein.

»Was die Kommunisten nie sagen, ist, daß bald Mao Tse-tung über Malaya herrschen wird«, fügte Chalfont hinzu. »Das... und nicht die Unabhängigkeit... ist das wahre Ziel.«

»Also, ich gehe jedenfalls nicht von hier weg«, erklärte Julie.

»Ich auch nicht«, pflichtete Natasha ihr bei. »Ich kann Tony mit den anderen Pflanzerfrauen unmöglich allein lassen. Selbst Somerset Maugham hätte Mühe zu beschreiben, was dann passieren würde.«

Ich wartete im Cricket-Club auf George Hammonds, als der Malaiische Rundfunk die Mittagsnachrichten sendete.

Die Meldungen waren alarmierend. Gegen acht Uhr an jenem heißen Morgen des 16. Juni 1948 hatten drei Chinesen Arthur Walker, den Besitzer der Elphil Plantage, ermordet, die vierzig Kilometer östlich von Sungei Siput in Nord-Malaya lag. Eine halbe Stunde später hatte den fünfundfünfzigjährigen Verwalter John Allison der Sungei Siput Plantage und dessen einundzwanzigjährigen Assistenten, Ian Christian, dasselbe Schicksal ereilt. Das war alles, was ich erfuhr, bis George kam.

»Die Morde an den Pflanzern sind furchtbar«, begann ich, nachdem er Drinks bestellt hatte.

»Wem sagst du das«, stöhnte George. »Komm, wir gehen

hinaus auf die Veranda. Ich kann mich an die klimatisierten Räume nicht gewöhnen.« Wir traten in die heiße tropische Nachmittagsluft hinaus. Auch ich zog dieses natürliche Klima der Kühle der Klimaanlagen vor.

»Haben die Verbrecher viel Bargeld mitgenommen?« fragte ich.

»Das waren keine gewöhnlichen Verbrecher«, entgegnete George Hammonds. »Sie haben die zweitausend Dollar im Safe unberührt gelassen. Die Kerle gehörten zu einem kommunistischen Exekutionskommando.«

Ich kannte Sungei Siput mit seiner kleinen Geschäftsstraße, den Kaffeebuden und einem Kino. Es war eine typische Bergwerksstadt nördlich von Kuala Lumpur, die von einer Kraterlandschaft umgeben war, die der Zinnabbau zurückgelassen hatte. In den rötlich-braun gefärbten Wasserlöchern wuchsen oft Wasserlilien.

Östlich dieses Gürtels um die Stadt führten ungeteerte Straßen ins Hügelland und zu den Kautschukplantagen. Auch das Kautschukgeschäft blühte. Inzwischen wurde auf einer Million und zweihunderttausend Hektar Land Kautschuk gewonnen.

»Das kann doch nicht wahr sein?« fragte ich trotz Chalfonts Warnungen ungläubig.

»Ich kenne die Elphil Plantage, wo Arthur Walker erschossen worden ist. Sie liegt einsam. Eine einzige Zufahrtsstraße führt direkt zum Hauptbüro. Arthur Walkers Frau war schon früh am Morgen zum Einkaufen gefahren. Beide wollten in ein paar Wochen nach England reisen. Ihr Jahresurlaub war fällig. Wie alle guten Pflanzer, hatte Walker gleich in der Früh seinen Kontrollrundgang gemacht und war gegen acht Uhr in sein Büro zurückgekehrt.

»Soviel ich erfahren habe«, fuhr George fort, »hatte Walker gerade einem indischen Büroangestellten einige Anweisungen gegeben und war dabei, Papiere zu ordnen, als plötzlich drei Chinesen auf Fahrrädern vor dem Büro anhielten. Sie begrüßten Walker mit dem üblichen ›Tabek Tuan – Guten Tag, Sir‹, und Sekunden später hatten sie ihn erschossen. Vom angrenzenden Büroraum aus hat der Inder beobachtet, wie die Chinesen zu ihren Fahrrädern zurückgekehrt sind. Als er in Walkers Büro lief, fand er seinen Chef tot vor dem Bürosafe und erlebte zu seinem großen Erstaunen, daß der Anführer der Mörder gelassen seinem Blick standhielt. Der Chinese schien überhaupt keine Angst zu haben, erkannt zu werden.

Allison und Christian sind von einer zwölfköpfigen Mörderbande erschossen worden, die sich nach dem Bericht der Augenzeugen angeblich wie Soldaten benommen haben, die kaltblütig und ohne Ansehen der Person den Befehl zu töten ausgeführt haben.«

George und ich gingen in den Speisesaal und bestellten Ikan kuru und Bier. Gebackener Fisch war im Club immer besonders gut.

»Es ist beängstigend«, bemerkte ich schließlich. »Wenn das alles stimmt... Mein Gott, ich habe gewußt, daß die Kommunisten Gewehre und Munition horten. Aber weshalb kämpfen sie überhaupt? Sie wissen doch inzwischen, daß die Unabhängigkeit in greifbarer Nähe ist. Selbst Ceylon ist inzwischen ein Dominion mit eigener Verwaltung geworden.«

»Für die Kommunisten geht's um das Überleben ihrer Partei. Die Moral der Genossen muß offenbar dringend aufgemöbelt werden. Die Geschichte wiederholt sich. Immer, wenn die Moral sinkt, wird sie durch den Kampf wieder gebessert. Den Kommunisten bleibt praktisch gar nichts anderes übrig, als zu kämpfen.«

»Könnten wir den Terror denn nicht sofort im Keim ersticken?«

»So einfach ist das nicht. Bitte vergiß nicht, daß du dich mit deiner Einheit vier Jahre versteckt gehalten hast. Für die Chinesen ist es noch einfacher, im Dschungel unterzutauchen.«

Am selben Abend rief ich Julie auf Ara an und bat sie und Pela, sofort nach Singapur zu kommen, falls sie sich auf der Plantage nicht mehr sicher fühlten. Auf Ara lachten sie mich jedoch nur aus.

»Tony hat heute sogar einen Revolver mit nach Hause gebracht«, beruhigte sie mich gutgelaunt.

»Trotzdem... ich habe kein gutes Gefühl dabei. Ich mache mir Sorgen wegen Pela.«

»Aber du kommst doch sowieso in zwei Tagen zu uns, Johnnie. Dann können wir ausführlich über alles reden. Paß auf dich auf. Ich liebe dich.«

Am nächsten Tag erfolgte eine weitere Eskalation der Gewalttaten. Diesmal richteten sie sich allerdings gegen Chinesen. Auf der Senal Plantage bei Johore Bahru, ganz in der Nähe des dortigen Sultanspalastes, hatten zehn bewaffnete Männer einem chinesischen Arbeiter aufgelauert und mit Maschinengewehrgarben durchsiebt. In Pahang war eine antikommunistisch eingestellte Familie bei lebendigem Leib in ihrem Haus verbrannt worden. Ein chinesischer Bauunternehmer starb auf grausame Weise in Taiping, unweit von Sungei Siput.

»Das sind doch wahllose Gewaltakte. Da steckt überhaupt kein System dahinter«, sagte ich zu Hammonds.

»Du irrst dich«, widersprach George. »Die Sache hat durchaus System. Das ist erst die Vorstufe. Die Kommunisten versuchen, Angst und Schrecken zu verbreiten, die Bevölkerung zu terrorisieren. Die letzten Morde sind eine Warnung an die Chinesen gewesen: Entweder sie unterstützen die Guerillas mit Nahrungsmitteln und Geld und gewähren ihnen Unterschlupf, oder sie müssen sterben. Der schlimmste Zwischenfall bisher hat sich erst heute morgen ereignet.«

Nach Georges Informationen waren fünf Guerillas in britischen Tarnanzügen, mit dem roten Stern auf den Mützen und britischen Maschinengewehren im Anschlag, in ein Dorf in der Nähe der Voules Plantage in Johore eingedrungen, hatten den Dorfältesten, einen Kautschukernter namens Ah Fung, aus seiner Hütte gezerrt und von ihm kategorisch verlangt, in Zukunft von jedem Erntearbeiter der Plantage eine Abgabe in Höhe von fünfzig Cents pro Woche für die Guerillas einzutreiben.

Als Ah Fung sich weigerte, wurde er an einen Baum gebunden, und der Anführer der Guerillas hatte dem Plantagenarbeiter in Anwesenheit von dessen Familie beide Oberarme mit einem Buschmesser aufgeschlitzt, jedoch sein Leben geschont.

»Auf diese Weise machen sie sich die Leute gefügig«, schloß George.

»Mein Gott, ich hole Julie und Pela sofort nach Singapur«, stöhnte ich. »Und wenn ich Julie mit Gewalt von Ara wegbringen muß. Tony Scott kann auf sich selbst aufpassen. Aber eine wehrlose Frau ...«

Am Abend rief ich Julie erneut an. »Die Sache ist jetzt bitter ernst, Liebste«, begann ich beinahe schroff vor Sorge und Angst. »Ich komme morgen nach Ara und hole dich, Pela, Natasha und Victoria nach Singapur. Du kannst ja vorübergehend in eurem Haus bei Paul wohnen.«

Julie zögerte. Ich spürte, daß sie wohl Angst hatte, Natasha gegenüber als feige zu gelten, falls diese sich weigern sollte, Ara zu verlassen.

»Mach' dir wegen Natasha keine Gedanken«, fuhr ich fort. »Ich spreche mit Tony und erzähle ihm die neuesten Nachrichten von den Greueltaten der Guerillas. Ihr seid auf Ara nicht mehr sicher.«

»Ich gehe nur ungern von hier weg, aber du hast recht«, antwortete Julie. »Wir haben zwar zu unserem Schutz einen Polizisten bekommen, aber Tony meint, daß es eine Art Bürgerkrieg geben wird. Wenn ich auch lieber bleiben würde, Pelas Leben möchte ich nicht aufs Spiel setzen.«

»Gut, ich komme dann morgen.«

Am nächsten Morgen sagte ich Li Bescheid, daß Julie und Pela am Sonntag bei uns zu Mittag essen würden. Li wußte zwar, daß ich Julie nach der Scheidung heiraten wollte, hatte Pela jedoch noch nie gesehen. Anschließend hatte ich vor, Julie und das Kind zu Paul zu bringen.

Um vor der heißen Mittagszeit möglichst weit zu kommen, brach ich mit dem Buick bereits um fünf Uhr morgens auf. Ich hatte Segamat bereits hinter mir, als ich das Autoradio anstellte, um die Acht-Uhr-Nachrichten zu hören.

Die erste Meldung lautete, daß der britische Hochkommissar Sir Edward Gent endlich nach langem Zögern den Ausnahmezustand über ganz Malaya verhängt hatte. Ich atmete erleichtert auf. Das war Tonys Werk. Er hatte bereits mehrmals bei Sir Edward im Namen der Pflanzer interveniert. Wir schrieben den 18. Juni 1948, und an diesem Tag begann ein Kampf gegen den Terrorismus, der zwölf blutige Jahre dauern sollte.

Ich wollte das Radio bereits abschalten, als der Nachrichtensprecher fortfuhr: »Heute kam es zu weiteren terroristischen Überfällen. Unter anderem sind zwei Frauen entführt worden. Angeblich handelt es sich bei den Tätern um kommunistische Guerillas. Eine der Entführten soll die Tochter einer bekannten chinesischen Familie sein.«

In diesem Augenblick traf mich eine böse Vorahnung wie ein Stich in die Herzgegend und schnürte mir die Kehle zu. Ich hab's gewußt, ich hab's doch gewußt, schoß es mir immer wieder durch den Kopf, während ich das Steuerrad krampfhaft umklammert hielt und die endlosen Meter durchhängender Kabelstränge zwischen den alten Telefonmasten entlang der Straße wie im Nebel an mir vorüberflogen. »Bitte«, hörte ich mich, den Blick starr geradeaus gerichtet, flüstern. »Oh, mein Gott, ich habe dich nie um etwas gebeten, aber... aber laß es nicht Julie sein! Oh, bitte!«

Die Stimme des Nachrichtensprechers riß mich erneut aus meinen Gedanken: »Eben erhalten wir neue Informationen über die Entführung. Die beiden Frauen konnten inzwischen identifiziert werden. Es handelt sich um Mrs. Tony Scott, die Frau des bekannten Pflanzers auf der Plantage Ara, und um Miß Julie Soong, die sich bereits seit einiger Zeit bei den Scotts aufhält.« Ich hörte, wie mit Papier geraschelt wurde. »Ob die Entführten noch leben, ist nicht bekannt. Mr. Scott war gerade auf seiner Kontrollrunde, als die Guerillas in seinen Bungalow eindrangen. Zwei Kinder sind im letzten Augenblick von einem Pflanzer aus der Nachbarschaft gerettet worden, der zufällig nach Ara gekommen war.«

45

Hühner flogen gackernd von der Straße auf und Menschen sprangen zur Seite, als ich durch die letzten Dörfer vor Kuala Lumpur raste, doch mich beherrschte nur der Gedanke, zuerst Chalfont und dann Macmillan Bescheid sagen zu müssen. In dieser verzweifelten Situation hatte ich Beistand dringend nötig. In Serdan, einem Städtchen wenige Kilometer südlich von Kuala Lumpur, brachte ich den Wagen mit quietschenden Reifen vor einem kleinen Postamt zum Stehen, drängte mich an der Schlange von Malaien und Indern vorbei, die dort warteten, und rief Mac an. Er versprach, das nächste Flugzeug nach Kuala Lumpur zu nehmen.

Als ich vor dem Bungalow auf Ara in einer roten Staubwolke bremste und ausstieg, war Robin Chalfont der erste, den ich sah.

»Gott sei Dank, daß Sie hier sind!« rief ich ihm zu. »Wo sind sie, Robin? Wo können sie sein? Was sollen wir tun?« Heiser berichtete ich, daß ich Macmillan gebeten hatte, ebenfalls zu kommen. Dann fiel mein Blick auf den Mann, der bisher schweigend hinter Chalfont gestanden hatte. Das Gesicht kam mir irgendwie bekannt vor. Schließlich trat er auf mich zu, streckte eine Hand aus und sagte: »Ich bin Sando von der Nachbarplantage. Kann ich irgend etwas für Sie tun?«

Da wußte ich Bescheid. Sando war der Mann gewesen, dessen unnötige Härte gegen die Plantagenarbeiter vor dem Krieg einen Aufstand provoziert hatte. Vor den brandschatzenden Indern war er dann nach Ara geflohen. »Mein Gott, Sie haben mir gerade noch gefehlt«, stöhnte ich. »Sie sind ein böses Omen für mich.«

Chalfont legte besänftigend die Hand auf meinen Arm. »Mr. Sando hat die Kinder gerettet, Johnnie«, berichtete er. »Er kam ganz zufällig in dem Augenblick, als ein Chinese sie zu einem wartenden Wagen bringen wollte. Mr. Sando, dem die Sache sofort merkwürdig vorgekommen war, hat den Chinesen zur Rede gestellt. Daraufhin hat der Mann den Revolver gezogen. Mr. Sando, der selbst unbewaffnet war, konnte ihn jedoch überwältigen und um Hilfe rufen. Zusammen mit Tonys Hausdiener hat er ihn dann gefesselt und die Kinder ins Haus zurückgebracht.«

»Ich bin Ihnen dafür wirklich sehr dankbar, Mr. Sando. Entschuldigen Sie, wenn ich unhöflich gewesen bin, aber die Aufregung...«

Der arme Tony litt ebenso wie ich. Sein Gesicht wirkte grau und eingefallen, als er mir in knappen Worten berichtete, was nach Aussagen der Dienerschaft passiert sein mußte. Nachdem Tony das Haus wie üblich gegen sechs Uhr verlassen hatte, waren Julie, Natasha und die Kinder offenbar ebenfalls früh aufgestanden. Jedenfalls hatten sich alle vier um sieben Uhr im Eßzimmer versammelt, als es plötzlich an der Tür klopfte.

Zwei Männer in britischen Tarnanzügen mit dem roten Stern an den Mützen stürmten mit Maschinengewehren herein und befahlen den Frauen und den Kindern, mitzukommen. Tonys Hausboy, der sich schützend vor die Kinder stellen wollte, wurde brutal niedergeschlagen. Als er wieder zu sich kam, sah er, daß der Wagen mit den Frauen bereits abgefahren war, während der zweite noch auf die Kinder wartete. In diesem Augenblick war Sando mit seinem Jeep um die Ecke gebogen.

»Wo können sie nur sein, Robin?« wiederholte ich verzweifelt. »Herrgott, wir dürfen nicht tatenlos herumsitzen. Tun wir doch was!«

»Beruhigen Sie sich, Johnnie«, riet Chalfont mir barsch. »Diese Entführung scheint mir kein normaler Guerillaüberfall zu sein. Sie paßt nicht in das Schema der Sungei-Siput-Morde, mit denen vor den Augen der Malaien und Inder ein Exempel statuiert und die Bevölkerung eingeschüchtert werden sollte. Das hier dagegen... sieht mir eher nach einem Racheakt aus. Weshalb haben die Kommunisten die Frauen nicht getötet, sondern entführt, obwohl in den Dschungelcamps die Nahrungsmittel angeblich knapp sind und sie mit Julie und Natasha nur zwei Esser mehr haben? Ich bin sicher, daß man die beiden aus einem bestimmten Grund am Leben hält.«

Bereits auf der Fahrt nach Kuala Lumpur, nachdem ich den ersten Schock überwunden hatte, hatte ich mich insgeheim gefragt, ob vielleicht Kaischek hinter dieser Aktion steckte. Er war immerhin seit einiger Zeit untergetaucht und hatte geschworen, mich umzubringen. Chalfonts Ausführungen schienen meinen vagen Verdacht jetzt zu bestätigen. Ich sagte nur ein Wort: »Soong?«

»Es ist durchaus möglich«, erwiderte Chalfont.

Dann berichtete er uns, daß es der Polizei gelungen war, den gefaßten Entführer der Kinder noch im Gefängnis anhand einer Fahndungsliste zu identifizieren.

»Es handelt sich um ein Parteimitglied und einen alten Bekannten, Johnnie«, fuhr Chalfont fort. »Sagt Ihnen der Name Ah Tin vielleicht etwas?«

Ich mußte nicht erst lange nachdenken, um mich an den Mann zu erinnern, dessen Bruder das unschuldige Opfer meines Anschlags auf Satoh geworden war. Sofort sah ich Ah Tin wieder vor mir, wie er damals entsetzt davongelaufen war und Macmillan mich gedrängt hatte, ihn zu erschießen, da er den Weg zu unserem geheimen Dschungelcamp gekannt hatte. Damals hatte ich nicht geschossen... Die Rechnung dafür bekam ich jetzt präsentiert.

»Wir wissen inzwischen, daß sich Ah Tin gegen Kriegsende Kaischeks Guerillatruppe angeschlossen hatte«, sagte Chalfont.

In diesem Augenblick traf Macmillan mit einem Taxi aus Kuala Lumpur ein.

»Mit ihrer glorreichen Revolution hat diese Entführung nichts zu tun«, bemerkte ich. »Kaischek benutzt sie lediglich als Tarnung. Was meinen Sie, Robin?«

»Ja, es sieht ganz so aus«, antwortete Chalfont.

»Dann müssen wir diesen Kerl eben finden, verdammt noch mal! Ich gehe jede Wette ein, daß er wieder in unserem alten Camp steckt. Ah Tin kennt den Weg. Wir zwingen den Burschen einfach, uns hinzuführen.«

Allein die Vorstellung, was ein neurotischer Mörder wie Kaischek mit den Frauen anstellen konnte, und meine eigene Hilflosigkeit trieben mich fast zum Wahnsinn.

Und in Gedanken sah ich wieder das Camp im Dschungel mit dem von hohen Bäumen gesäumten Sammelplatz vor mir und erlebte noch einmal jene Tage ohne anständiges Essen, die Insektenplage, die primitiven Waschgelegenheiten und die Latrinen am Fluß. Arme Julie, arme Natasha, dachte ich. Sie waren die unschuldigen Opfer des Hasses.

»Ich kann mir vorstellen, wie Ihnen und Tony zumute ist«, sagte Chalfont und riß mich aus meinen Gedanken. »Meinen Sie nicht auch, daß wir erst abwarten müssen, Mac?« wandte er sich an Macmillan. »Ich wette, wir kriegen noch heute nachmittag Nachricht von den Entführern.«

Und Chalfont behielt recht. Kurz nach zwei Uhr meldete sich ein dunkelhaariger Tamilenjunge, der auf einem Fahrrad zur Plantage gekommen war und eine Nachricht für Mr. Dexter abgeben wollte. Chalfont nahm ihn sofort ins Verhör, doch es stellte sich heraus, daß uns der Junge nicht mehr sagen konnte, als daß er in einem Café im Nachbardorf, wo er nach der Schule arbeitete, von einem Fremden angesprochen worden war und von diesem fünfzig Cents dafür bekommen hatte, daß er den Brief bei Mr. Dexter auf Ara abgab.

»Darf ich?« Chalfont sah mich kurz fragend an, bevor er den Umschlag öffnete und den Inhalt herausnahm.

»Ich schätze, Sie kennen den Ring, Johnnie«, wandte sich Chalfont mit tonloser Stimme an mich.

Mein Herz klopfte zum Zerspringen, als ich den Ring aus Smaragden, Brillanten und Rubinen in Empfang nahm, den ich Julie an jenem fernen, glücklichen Kriegsweihnachten geschenkt hatte.

»Ist eine Nachricht dabei?« fragte ich mit brüchiger Stimme.

Chalfont zog einen Zettel aus dem Kuvert, während ich noch immer selbstvergessen auf den Ring starrte. Erst Chalfonts Stimme holte mich in die Wirklichkeit zurück.

»Ja, Johnnie«, sagte er. »Machen Sie sich auf einiges gefaßt.«

Er gab mir ein schmales Stück Papier, auf dem in Großbuchstaben eine Nachricht stand. Meine Finger zitterten so sehr, daß ich Mühe hatte, die einfachen Worte zu lesen:

> DEXTERS GELIEBTE UND SCHWESTER SIND IN SICHERHEIT. ABER EINE VON BEIDEN MUSS AM WOCHENENDE STERBEN. DEXTER HAT DIE WAHL UND SOLL EINE EINFACHE ANNONCE MIT DEM NAMEN DES OPFERS FREITAG IN DIE *MALAYA MAIL* SETZEN! WENN KEINE ANNONCE ERSCHEINT STERBEN BEIDE.

Einen Augenblick lang hatte ich das Gefühl, ohnmächtig zu werden. Ich mußte mich an einer Stuhllehne festhalten, um nicht umzukippen. Mir war schwindelig vor Entsetzen und Angst. »Was, zum Teufel, habe ich diesen Leuten getan?« flüsterte ich und spürte, wie mir bei dem Gedanken daran, daß übermorgen Freitag war, die Tränen der Verzweiflung in die Augen traten.

Zusammenhanglos passierten Szenen aus der Vergangenheit vor meinen Augen Revue. Ich sah wieder Natflat mit Großvater Jack, Julie und mich im Tennispavillon; Natflat nach der Abtreibung; Julie, die in der *Ban Hong Liong* verschwand. Als mein Blick auf Tony fiel, dessen sonst frisches, gesundes Gesicht aschfahl war, quälten mich Gewissensbisse. Ich kannte nur einen Gedanken: Ich mußte Julie retten. Die eigene Frau kam vor der Schwester. Doch dann entdeckte ich, daß auch in Tonys Augen Tränen glitzerten. Ich dachte an die Jahre, die Tony und ich gemeinsam im Dschungel verbracht hatten, und daran, wie glücklich er jetzt mit Natflat geworden war.

»Immer mit der Ruhe«, sagte Chalfont mit dieser merkwürdig tonlosen Stimme, die mir verriet, daß auch er Angst hatte.

»Ich kann nicht! Ich kann es nicht tun!« stieß ich schließlich verzweifelt hervor. »Dieser Kaischek hat sich eine ganz besondere Foltermethode für mich ausgedacht.«

»Sie müssen die Wahl nicht treffen«, bemerkte Chalfont.

»Aber was sollen wir tun?« fragte ich. »Ich fühle mich so hilflos!«

»Beruhigen Sie sich erst mal«, redete Chalfont auf mich ein. »Jetzt weiß ich wenigstens sicher, daß die beiden noch am Leben sind. Wir brauchen sie nur rechtzeitig vor Ablauf der Frist zu finden. Als erstes will ich mir diesen verdammten Chinesen Ah Tin in unserer Folterkammer im Gefängnis vornehmen. Das ist mein Job. Wenn ich mit ihm fertig bin, geht es ihm entschieden schlechter als jetzt.«

»Sie hätten den Burschen damals erschießen sollen«, sagte Macmillan mit seinem harten schottischen Akzent.

»Vielleicht sollten wir froh sein, daß er's nicht getan hat«, entgegnete Chalfont. »Unsere Informationen deuten darauf hin, daß die Kommunisten unsere alten Dschungelcamps als Versteck benutzen. Und diese Annahme ist naheliegend. Schließlich waren sie früher die einzigen, die die Wege durch den Dschungel kannten.«

»Sie glauben also, Soong könnte in unserem alten Camp sein?« erkundigte sich Tony.

Chalfont nickte. »Ich habe zwar keine Beweise, aber ich bin fast sicher. Wir müssen das Camp finden. Allerdings heimlich, und ohne in einen Hinterhalt zu geraten. Der Überraschungsmoment ist unsere größte Chance.«

»Ah Tin kennt den Weg. Die Frage ist nur, ob er uns führen wird«, warf ich ein.

»Genau das ist der Grund, warum ich mir den Burschen vorknöpfen möchte«, erklärte Chalfont eisig. »Ich werde ihn auf meine Art davon überzeugen, daß es für ihn das beste ist, den Dschungelführer zu spielen.«

»Herrgott, wir müssen uns beeilen!« rief Tony ungeduldig. »Wir haben nicht viel Zeit.«

Ich hatte ebensoviel Angst wie Tony. Zu oft hatte ich während des Krieges an Frauenleichen die Spuren bestialischer Folterungen gesehen.

»Könnte Yeop uns denn nicht helfen?« warf plötzlich Macmillan ein. Chalfont sah ihn zuerst verständnislos an. Wir erklärten ihm hastig, wer Yeop war. Yeop kannte die Gegend schließlich wie kein anderer.

»Ah Tin weiß vielleicht den Weg«, fuhr Macmillan fort. »Aber selbst, wenn er bereit wäre, uns durch den Dschungel zu führen, können wir nicht sicher sein, daß er uns nicht reinlegen will.«

»Sie meinen, Yeop sollte Ah Tin beaufsichtigen?« fragte Chalfont.

»Ausgezeichnete Idee, Mac«, sagte ich. »Wenn wir allein mit Ah Tin zum Camp gehen, müssen wir damit rechnen, daß er uns in die Irre führt. Aber mit Yeop und einem scharfen Messer im Rücken...«

»Wissen Sie, wo Yeop ist?« erkundigte sich Chalfont.

»Ich glaube schon.«

»Gut. Sie und Mac machen sich sofort auf die Suche nach ihm. Versuchen Sie, ihn zu überreden, sich noch heute abend bei uns zu melden. Wir brauchen ihn die ganze Nacht und den morgigen Tag. Sobald Sie das erledigt haben, bitte ich Sie, nach Kuala Lumpur ins Gefängnis zu kommen, Johnnie. Tony, Sie bleiben am besten hier. Abgesehen davon, daß jemand auf die Kinder aufpassen muß, besteht die Möglichkeit, daß Kaischek sich noch mal meldet. Ich lasse ein paar Polizisten als Bewachung auf Ara zurück. Ich schlage vor, wir treffen uns alle um sieben Uhr heute abend wieder hier.«

»Um sieben?« entfuhr es mir unwillkürlich ärgerlich. »Mein Gott, wir können es uns nicht leisten, einen halben Tag zu vergeuden! Denken Sie an die Frauen!«

»Die Zeit ist nicht vergeudet, Johnnie«, widersprach Chalfont. »Das verspreche ich Ihnen. Wir können nicht unvorbereitet in den Dschungel gehen. Ich weiß, es ist für Sie und Tony eine harte Zerreißprobe, aber bitte ... vertrauen Sie mir. Unter anderem muß ich die Royal Air Force bitten, mir zwei Hubschrauber für die Aktion zur Verfügung zu stellen. Und so wie ich die Chinesen kenne, dauert es einige Stunden, bis ich Ah Tin zum Reden gebracht habe.«

Und in beinahe väterlichem, sanftem Ton fügte Chalfont hinzu: »Dieser gemeine Kerl glaubt sich jetzt am Ziel seiner Wünsche, Johnnie. Er ist brutal und unberechenbar, aber er hat einen verhängnisvollen Fehler gemacht. In seinem Haß hat er vergessen, daß Sie Freunde haben, die helfen können. Mit dieser Erpressernachricht hat er sein eigenes Todesurteil unterschrieben. Morgen finden wir ihn. Und dann gnade ihm Gott.«

Ich war bei weitem nicht sicher, Yeops Kampong tatsächlich wiederfinden zu können. Ich wußte die ungefähre Lage, aber während des Krieges hatten wir es nur durch den Dschungel erreicht und Pfade und Wege vermieden. Nur durch Miki wußte ich, daß eine Straße zum Dorf führen mußte.

Wie damals im Krieg gab mir Macmillans Gegenwart Ruhe und Sicherheit. Doch damals war alles anders gewesen. Damals hatte ich Angst um mein Leben gehabt, jetzt hatte ich Angst um Julie und Natasha. Hinzu kam die quälende Gewißheit, daß jede Minute zählte.

Zu meiner Erleichterung fanden wir das Dorf verhältnismäßig schnell. Zuerst erkannte ich es allerdings gar nicht, denn es war vollständig neu aufgebaut worden. Nichts erinnerte mehr an die verkohlten Hütten, den Berg von Leichen und den Schmerz. In der Dorfmitte stand ein neues Langhaus. Nur der große Gummibaum mit seinen zahllosen Luftwurzeln stand unverändert am Weg.

Wie überall waren die Kinder die ersten, die uns entdeckten. Als Mac und ich die Dorfstraße entlanggingen, kamen zwei Mädchen mit Sago- und Kokosnußkuchen auf Bananenblättern die Treppe des Langhauses herunter und reichten sie uns scheu.

»Genau wie damals«, murmelte Macmillan und rief dann laut: »Yeop, Siloma! Seid ihr da?«

Fast noch im selben Augenblick erschien Siloma in der Türöffnung. Sie strahlte über das ganze Gesicht, als sie uns erkannte. »Yeop!« schrie sie. »Der blonde Tuan ist da!« Dann rannte sie die Treppe herunter. Ich musterte sie erstaunt. Sie hatte sich kaum verändert, und auf den Armen hielt sie wieder ein Kind. »Es ist ein Sohn«, erklärte sie stolz. Und mit einem ernsten Kopfnicken fuhr sie fort: »Unser Haus ist durch euren Besuch geehrt. Mein Mann wird zu eurem Empfang ein Fest geben.«

»Siloma, wir brauchen Hilfe«, begann ich hastig. »Meine Frau und meine Schwester sind in großer Gefahr. Wir brauchen Yeop.«

Ohne ein weiteres Wort lief sie die Treppe ins Haus wieder hinauf und kam kurz darauf mit Yeop zurück. Auch er war unverändert. Sein braunes Gesicht war rund und wohlgenährt. Wir stiegen alle die Treppe ins Langhaus hinauf und setzten uns im Gesellschaftsraum auf die Strohmatten. Von den Verwandten, die dem Massaker entgangen waren, sahen wir im Halbdunkel nur das Weiße der Augen.

»Du hast wieder einen Sohn empfangen, Yeop«, begann ich. So dringend meine Mission auch war, ich durfte die Regeln der Höflichkeit nicht verletzen.

Yeop nickte und antwortete dann ernst: »Es ist ein gesunder Junge. Ich habe ihn mit Vergnügen gezeugt.« Dann, nachdem er uns Reiswein eingeschenkt hatte, fuhr er fort: »Ich sehe Angst und Sorge in deinen Augen, Tuan.«

Daraufhin erzählte ich Yeop in kurzen Worten, was passiert war und vor welche grausame Wahl man mich gestellt hatte. »Yeop, mein Freund«, schloß ich. »Wir müssen die Frauen bis Freitag gefunden haben. Es ist wahrscheinlich, daß Kaischek sie in der Nähe oder in unserem alten Guerillacamp selbst versteckt hält. Wir haben vor, Ah Tin zu zwingen, uns dorthin zu führen. Aber wir können ihm nicht trauen. Du bist im Dschungel zu Hause, Yeop. Du würdest jederzeit merken, wenn er uns in eine Falle zu locken versucht.«

Noch bevor Yeop meine und Macmillans Hand ergriff, kannte ich seine Antwort.

»Ich werde helfen, Tuan. Aber nicht nur das. In meinem Dorf ist ein Mann, der den Dschungel noch besser kennt als ich. Kommen Sie! Ich führe Sie zu ihm.«

Als er meinen ungeduldigen Blick auf die Uhr sah, winkte er ab. »Das ist bestimmt keine Zeitverschwendung, Tuan.«

Vor einer Hütte hinter dem Langhaus präsentierte uns Yeop wie ein stolzer Zirkusdirektor einen ungewöhnlich aussehenden Mann. Er war jung, schlank, muskulös, hatte eine verhältnismäßig dunkle Hautfarbe, war fast einen Meter achtzig groß und trug lediglich einen kurzen Sarong. Sein nackter Oberkörper und seine Beine und Arme waren mit seltsamen Tätowierungen bedeckt. Was mich an ihm allerdings am meisten faszinierte, waren seine falschen Goldzähne, die er beim Lächeln entblößte. Daran erkannte ich in ihm den Dajak. Die Dajaks waren ehemalige Kopfjäger und wahre Meister im Umgang mit dem Blasrohr. Sie ließen sich oft die Zähne ziehen und durch Goldzähne ersetzen, sobald sie es sich leisten konnten.

»Das ist Sardin«, stellte Yeop den Dajak vor. »Sardin kommt aus Borneo. Viele Dajaks holt die Regierung nach Malaya, um in schwierigen Zeiten zu helfen. Sardin wird helfen. Er ist der beste Dschungelführer in Asien und ein Meister mit dem Blasrohr. Sehen Sie?« Das lange Blasrohr stand gegen die Wand der Hütte gelehnt.

Sardin zog lächelnd einen Pfeil aus dem Köcher, den er an einem Band um den Hals trug, steckte ihn in das Blasrohr, hob es an die Lippen ... und als nächstes sah ich, wie in ungefähr fünfzig Meter Entfernung ein Hund lautlos in den Staub der Dorfstraße fiel.

»Alter Hund ... kann man töten. Aber er noch nicht tot«, erklärte Yeop. »Er kann sich nur nicht bewegen.«

Der Anblick war schrecklich. Der Hund lag, alle vier Beine in die Luft gestreckt, auf dem Rücken. Er war unfähig, auch nur einen Muskel zu bewegen und sah uns lediglich aus weit aufgerissenen Augen mitleidheischend an.

»Das ist ja unmenschlich«, murmelte Macmillan.

»Wie lange hält die Lähmung an?« fragte ich und wandte mich ab.

»Wenn es reines Gift ist, für immer«, antwortete Yeop. »Der Hund lebt so lange, bis ihn die Ameisen aufgefressen haben.«

»Erschieß' den armen Kerl«, sagte Macmillan heiser zu Yeop.

Der Dajak lächelte, als ich ihm bedeutete, daß ich sein Blasrohr näher betrachten wollte. Es war mindestens zwei Meter lang und hatte der ganzen Länge nach in der Mitte eine runde Öffnung von einem Durchmesser von zweieinhalb Zentimeter.

»Nicht anfassen!« rief Yeop ängstlich, als ich Anstalten machte, mir die Pfeile anzusehen. Der Dajak hatte einen Köcher voller Pfeile aus feinen Bambusrohrsplittern, die vermutlich in Gift getaucht und an elastischen Holzschäften befestigt waren, die genau in die Öffnung des Blasrohrs paßten.

Die Pfeile hatten Widerhaken, so daß das Opfer sie nicht herausziehen konnte, bevor die Wirkung des Gifts eingesetzt hatte. »Das ist der richtige Mann für mich«, sagte ich zu Yeop.

»Wann arbeiten wir zusammen?« fragte Yeop.

»Die Zeit drängt. Könnt ihr beide heute abend um sieben auf der Ara-Plantage sein? Ich schicke euch einen Wagen. Wir brauchen euch eine Nacht und einen Tag. In Ordnung?«

»In Ordnung. Ich komme mit Sardin.«

Nachdem wir uns von Yeop und Siloma verabschiedet hatten, fuhren wir nach Kuala Lumpur. Chalfont hatte mich gebeten, in sein geheimes Hauptquartier zu kommen. Macmillan setzte mich dort ab.

»Weshalb sollte ich eigentlich noch mal hier Station machen?« fragte ich Chalfont ungeduldig. »Sie können sich sicher vorstellen, daß meine Nerven...«

»Natürlich, Johnnie. Ich möchte nur, daß Sie sich mit dem Spezialfunkgerät vertraut machen, das wir für Sie angefertigt haben. Aber sagen Sie mir zuerst, was Sie bei diesem Yeop erreicht haben.«

»Mit Yeop ist alles in Ordnung. Er bringt sogar einen Dajak mit, der ausgezeichnet mit dem Blasrohr umgehen kann.«

»Sehr gut.« Chalfont führte mich in ein großes Labor, in dem mehrere Leute in weißen Kitteln an komplizierten Geräten arbeiteten. Er zeigte mir einen kleinen, handlichen Apparat.

»Das ist das Funkgerät für Sie«, erklärte Chalfont. »Es ist so eingestellt, daß wir mit unserem Empfänger einen Piepton empfangen, sobald Sie es einschalten. Damit können wir anhand der Generalstabskarte Ihren Standort bis auf fünfzig Meter genau bestimmen.«

»Gut«, murmelte ich beeindruckt.

»Außerdem haben wir einen Dschungel-Postboten abgefangen, der für uns arbeitet. Er hatte eine in einer Mangofrucht versteckte Nachricht für Kaischek bei sich. Wir haben die Nachricht gelesen und die Mango wieder sorgfältig präpariert. Durch einen anderen Kurier wußten wie, daß Kaischek schon vor Wochen einen Mechaniker angefordert hat. Jetzt hat das Hauptquartier versprochen, ihm diesen Mann zu schicken. Und das ist genau die Chance gewesen, auf die wir gewartet haben«, sagte Chalfont. »Alles Weitere übernehmen wir.«

Nachdem wir Pela und Victoria zusammen mit ihren Kindermädchen in der Obhut von Mrs. Briggs, der Frau eines Nachbarpflanzers, in ein Hotel nach Kuala Lumpur geschickt hatten, versammelten sich Sardin, Yeop, Tony, Macmillan, Chalfont und ich in der Abenddämmerung auf der Veranda des Bungalows von Ara.

»Inzwischen ist mir klargeworden, weshalb Kaischek einen Mechaniker angefordert hat«, begann Chalfont die Lagebesprechung. »Offenbar braucht er einen qualifizierten Mann, um die Maschinengewehre zu reparieren, die durch die lange Lagerung im Dschungel funktionsunfähig geworden sind. Ich schätze, daß Kaischek die Nachricht um Mitternacht bekommt. Dann weiß er, daß ein Mechaniker unterwegs ist, und wird sicher den Posten am Anfang des Dschungelpfads an der Straße nach Bentong informieren. Yeop wird in die Rolle dieses Mechanikers schlüpfen. Wir kennen zwar das Losungswort nicht, doch das spielt keine Rolle. Der Posten würde Johnnie und Macmillan sowieso nicht passieren lassen.«

Chalfonts Plan war einfach. Er hatte inzwischen Ah Tin davon »überzeugt«, daß es das beste für ihn war, uns zu helfen. Da wir ihm jedoch nicht trauen konnten, sollte sich Sardin mit seinem Blasrohr dicht hinter ihm halten. Ah Tin wußte nur zu gut, was ihm blühte, falls er versuchte, uns reinzulegen.

Der erste, der am folgenden Morgen in Aktion treten sollte, war Sardin. Er sollte auf der Südseite der Bentong Road gegenüber dem Standort des Postens am Eingang des Dschungelpfads Aufstellung nehmen. Kurz darauf würde Yeop, der sich als Mechaniker ausgab, mit Ah Tin kommen. Bei der Begrüßung mit dem Posten sollte dieser von Sardin mit dem Blasrohr getötet werden. Macmillan und ich warteten währenddessen hinter der nächsten Kurve auf Yeops Zeichen.

Dieselbe Prozedur sollte sich jeweils bei den zwei weiteren Wachtposten wiederholen, die, wie Ah Tin bestätigt hatte, wie früher am Weg zum Lager aufgestellt waren. Der Fußmarsch zum Lager würde ungefähr vier Stunden dauern. Das Funkgerät blieb die ganze Zeit über eingeschaltet, damit man unsere Sendezeichen im Funkraum des Hauptquartiers empfangen und unseren Weg genau verfolgen konnte.

»Während ihr um sechs Uhr aufbrecht, werden die Hubschrauber der RAF startklar gemacht. Eine Schwierigkeit ist, daß euer Funkgerät nur Signale senden kann. Wir müssen also einen bestimmten Code vereinbaren«, erklärte Chalfont. »Ich schlage daher vor, daß ihr das Funkgerät abstellt, sobald ihr in Sichtweite des Lager seid. Dreißig Sekunden später schaltet ihr es wieder an. Das wiederholt ihr in Intervallen von jeweils einer halben Minute. Das Funkgerät sendet nur im militärischen Wellenbereich, kann also von anderen Empfängern nicht gehört werden.

Sobald wir das Funksignal mit mehreren Unterbrechungen empfangen haben und wir wissen, daß ihr lebt und im Lager seid, schaltet ihr das Gerät aus und bereitet den Angriff vor. Nach Ah Tins Informationen halten sich gegenwärtig ungefähr zwölf Männer im Camp auf. Ein Überraschungsangriff kann allerdings in diesem Fall nur gelingen, wenn ihr wartet, bis Sardin eine Gelegenheit bekommt, Kaischek selbst mit einem Pfeil aus dem Blasrohr unschädlich zu machen.«

Chalfont ging davon aus, daß sofort sämtliche Guerillas zusammenlaufen würden, wenn Kaischek getroffen zu Boden sank. Es war anzunehmen, daß sie zuerst glaubten, er sei plötzlich krank geworden. In der allgemeinen Aufregung gab uns das gut fünfzehn bis dreißig Sekunden Zeit, bevor einer den Pfeil im Körper Kaischeks entdeckte.

»Kaischek ist der Anführer«, führte Chalfont aus. »Daher werden sich sicher alle im Lager befindlichen Männer versammeln, wenn ihm etwas zustößt. Das ist eure Chance, alle zusammen zu töten. Ihr bekommt drei Maschinengewehre der neuesten Bauart. Sobald die Frauen aus der Schußlinie sind, dürfte nichts mehr schiefgehen. Wenn ihr die Frauen habt, schaltet sofort das Funkgerät wieder ein. Das ist das Signal für uns, daß ihr entweder alle erledigt habt oder dringend unsere Hilfe braucht. In jedem Fall starten sofort die beiden Hubschrauber. Von Kuala Lumpur bis zu eurem Standort dürften sie höchstens drei bis vier Minuten brauchen. Tony fliegt in der ersten Maschine mit. Er kennt das Lager und ist eine nützliche Hilfe, wenn ihr Verstärkung brauchen solltet. Ich leite die ganze Aktion von hier aus über Funk.«

Anschließend bat er Yeop, Sardin alles zu erklären und ihm deutlich zu machen, was auf dem Spiel stand. »Es ist unsere einzige Chance«, fügte er hinzu. »Wenn alles gutgeht, sind die Frauen morgen um diese Zeit in Sicherheit, und Kaischek ist tot. Wenn nicht, dann hoffe ich, Johnnie, daß du den Bastard erschießt, bevor...« Die einzige Alternative kannten wir alle.

Um halb sechs Uhr am nächsten Morgen trafen wir uns im Eßzimmer bei dampfend heißem Kaffee. Draußen war es noch dunkel. Uns allen war die innere Anspannung anzumerken. Keiner von uns hatte wohl gut geschlafen. Yeop und Sardin verzichteten auf Kaffee und holten sich Schüsseln mit heißer chinesischer Suppe aus der Küche.

Chalfont übergab mir schließlich das leichte Marschgepäck,

das aus einem Feldstecher, einer Notration, einer Feldflasche mit Wasser und vor allem aus einem Verbandskasten bestand, wie er zur Ausrüstung der RAF-Piloten im Kriegsfall gehörte und der eine Spritze und mehrere Ampullen Morphium enthielt. Anschließend überprüften wir unsere neuen Maschinengewehre, die wesentlich besser waren als jene, die wir im Krieg im Dschungel gehabt hatten.

Der Dajak war sehr schweigsam. Daran waren wohl seine geringen Englischkenntnisse schuld. Ich beobachtete jedoch voller Zuversicht, mit welch professioneller Sicherheit er seine Giftpfeile prüfte. Sein großes Blasrohr stand gegen die Wand gelehnt. In der Hand hielt er allerdings noch ein wesentlich kürzeres Blasrohr, das nur ungefähr sechzig Zentimeter lang war.

»Das lange Blasrohr ist für lange, das kurze für kurze Entfernungen... vor allem für diesen Hund da«, erklärte Yeop und deutete auf Ah Tin, der die Nacht gefesselt in Chalfonts Zimmer verbracht hatte. Ich erinnerte mich noch gut an das ängstliche Wesen des Chinesen, doch jetzt machte er einen völlig geschlagenen und verschüchterten Eindruck.

Wir waren alle froh, daß die Zeit des Wartens vorbei war. Besonders Tony war das anzumerken. Die Aussicht, etwas tun zu können, minderte sogar die Angst vor einem möglichen Mißerfolg unserer Aktion.

Meine größte Sorge galt Ah Tin, auf dessen Mithilfe wir angewiesen waren. Nach dem sogenannten »Gespräch« im Hauptquartier der Sonderpolizeieinheit mit Chalfont machte er einen völlig gebrochenen Eindruck.

»Glauben Sie, er hält durch?« fragte ich Chalfont. »Was haben Sie nur mit ihm gemacht?«

»Ich bin kein Vertreter der harten Linie, Johnnie«, erwiderte Chalfont. »Aber wenn man mit Männern von diesem Kaliber zu tun hat... nun, Mörder sind eben nicht wählerisch. Nachdem ich mit meiner normalen Verhörmethode nicht weitergekommen bin, habe ich ihn den chinesischen Kriminalbeamten überlassen. Die hatten ein feineres Gefühl dafür, was...« Chalfont hüstelte. »...nun, was bei ihm hilft.«

Anschließend sprachen wir mit Chalfont unseren Plan noch einmal durch. Da Macmillan damals im Dschungelkrieg stets das Funkgerät bedient hatte, übernahm er auch jetzt diese Aufgabe. Chalfont und er gingen erneut alle Anweisungen durch.

»Schalten Sie das Funkgerät erst nach der ersten Stunde Fußmarsch im Dschungel ein«, riet Chalfont. »Das spart Batterie.«

Dann wandte sich Chalfont an Yeop. »Sag Ah Tin, daß er noch einen triftigen Grund hat, uns besser nicht zu hintergehen. Seine Frau ist in unserer Hand. Hier... wir haben ein Foto von ihr gemacht. Das beweist, daß wir nicht bluffen.« Er gab Yeop eine Fotografie. »Versichere ihm, daß ihr nichts passiert und daß sie sofort freigelassen wird, sobald ihr unversehrt zurückkommt.«

Ich sah auf die Uhr. Es war zehn Minuten vor sechs.

»Zeit, aufzubrechen«, verkündete ich. Über dem Dschungel begann der Himmel bereits heller zu werden, und die Geräusche der Nacht verstummten. Nur gelegentlich zerriß der schrille Schrei eines Affen die friedliche Stille. Der graue Himmel bekam einen rötlichen Schimmer, der sich in einem merkwürdig braunroten Muster im Fluß widerspiegelte, und von den Hütten der Plantagenarbeiter stiegen bereits die ersten bläulichen Rauchsäulen auf.

Irgendwo hinter der dunkelgrünen, undurchdringlichen Mauer des Regenwaldes waren Julie und Natasha allein unter dem dichten Dach der Blätter, das keinen Sonnenstrahl durchließ. Bald würden auch wir in der grünen Hölle alleingelassen sein, und unser und ihr Leben hing von der erzwungenen Hilfe eines Mannes ab, der versucht hatte, unsere Kinder zu entführen. Ein kalter Schauer der Angst lief mir über den Rücken. Ich wußte, daß um die Mittagszeit entweder ich oder Kaischek tot sein würde.

46

Sardin ging als erster. Bis auf den kurzen Sarong war er nackt, und er trug auch keine Schuhe. Einige Minuten später fuhr Chalfont uns die rote Schotterstraße entlang bis zu der Stelle, wo der alte, von Lianen überwucherte Dschungelriese die Grenze der Ara-Plantage markierte.

Dort setzte er Yeop und Ah Tin ab, die die letzten Kilometer auf der Suche nach dem Wachtposten am Eingang des geheimen Dschungelpfads zu Fuß zurücklegen sollten. Mac und ich folgten ihnen bis kurz vor jene letzte Kurve der Bentong Road, hinter der unserer Schätzung nach Yeop und Ah Tin auf den Wachtposten stoßen mußten.

Chalfont und Tony waren inzwischen nach Kuala Lumpur weitergefahren.

Wir warteten ungefähr eine Viertelstunde und rauchten schweigend eine Zigarette, bis Sardin hinter der Kurve auftauchte und uns das verabredete Zeichen gab. Hinter der Straßenbiegung hielt Yeop inzwischen Ah Tin mit einem von Sardins giftigen Pfeilen in Schach. Der Posten war bereits tot.

Yeop empfing uns lächelnd. Der Marsch durch den Dschungel konnte beginnen. Ah Tin und Sardin bildeten die Vorhut. Falls unsere Informationen richtig waren, mußten wir noch zwei weitere Wachtposten töten, bevor diese mit Hilfe des alten Seilsystems das Camp alarmieren konnten. Kaischek hatte die Methode, die im Krieg so erfolgreich funktioniert hatte, beibehalten. Es gab nur eine Möglichkeit, die Überraschung zu unserem Vorteil zu nutzen. Ah Tin mußte die Gruppe auf dem Dschungelpfad anführen, da die Posten ihn mit dem Mechaniker erwarteten.

Sardin hatte noch eine andere wichtige Aufgabe, bevor er den alles entscheidenden Pfeil auf Kaischek abschießen konnte. Da er der erfahrenste Dschungelführer war, mußte er Ah Tin anhand plattgetretener Blätter, abgebrochener Zweige und Spuren im Unterholz kontrollieren, denn all diese für das ungeübte Auge nicht sichtbaren Zeichen deuteten an, ob Ah Tin uns hinterging oder nicht. Wir hofften zwar, daß der langsame und qualvolle Tod durch Sardins Pfeilgift und die Verhaftung seiner Frau für ihn Abschreckung genug waren, aber sicher konnten wir nicht sein. Hinter Ah Tin und Sardin kam Yeop, und Mac und ich folgten in einigen Metern Entfernung als Nachhut, so daß wir in kritischen Situationen unauffällig im Hintergrund bleiben konnten.

Es war ein merkwürdiges Gefühl, wieder im Dschungel zu sein, ein Maschinengewehr und Marschgepäck zu tragen und in eine Welt vorzudringen, die keinen einzigen Fehler verzieh. »Wie in alten Zeiten«, flüsterte ich Mac zu. Mac nickte und antwortete ebenso leise: »Schade, daß wir den Burschen mit dem Blasrohr nicht schon gegen die Japaner gehabt haben.«

Nach den ersten fünfzehn Kilometern Fußmarsch durch den Dschungel waren wir in Schweiß gebadet, hatten die Hände an Dornen wundgerissen und kämpften gegen die ersten Blutegel. Ich fragte mich insgeheim, wie Julie und Natasha diese mörderische Strecke durch den Dschungel hinter sich gebracht haben mochten. An manchen Stellen war der Pfad immerhin so schmal, daß uns die fetten Blätter wie nasse Lappen in das Gesicht klatschten. Selbst ich sah, daß der Weg erst vor kurzem freigeschlagen worden war, denn überall trugen Büsche und Bäume frische Schnittstellen. Plötzlich blieben Sardin und Ah Tin gleichzeitig stehen. Ah Tin hob warnend die Hand.

Das war für Mac und mich das Zeichen, bewegungslos auf einem Fleck zu verharren.

Ich hielt gespannt den Atem an, da ich nicht wußte, was die Warnung zu bedeuten hatte. Dann sah ich den Waldstreifen, der eine Grenze markierte. Das Unterholz war dort bis auf die Wurzeln zurückgeschnitten worden.

Ich wußte aus Erfahrung, daß das kein willkommener Platz war, um sich auszuruhen, sondern das ideale Gelände für einen Wachtposten, der sich mittlerweile hinter den Bäumen versteckte und darauf wartete, daß ihm das Knacken der trockenen Stücke Bambusrohr, die verstreut auf dem Pfad lagen, unser Kommen verriet.

Als Ah Tin absichtlich auf die Bambusrohre trat, und Sardin ihm dichtauf folgte, war der Wachtposten alarmiert. Doch er unternahm nichts. Nur im äußersten Fall, wenn sich der Besucher als Feind erwies, betätigte er das Seil, das zum Lager führte, denn ein Wachtposten machte sich durch häufigen Fehlalarm bei seinen Genossen nicht gerade beliebt.

Da Yeop, Mac und ich zurückblieben, konnten Ah Tin und Sardin wie selbstverständlich weitergehen. Sardin mochte für den Posten vielleicht eine Überraschung sein, doch Ah Tins vertrautes Gesicht würde sein Mißtrauen zerstreuen. Bereits in den ersten Sekunden der Begrüßung feuerte Sardin aus dem kurzen Blasrohr einen Pfeil auf den Mann ab.

Er fiel lautlos vornüber zu Boden. Yeop machte uns ein Zeichen, zurückzubleiben, und hielt dann Ah Tin in Schach, während Sardin den Mann tötete.

»Der nächste und letzte Posten ist nur noch knapp dreihundert Meter entfernt«, flüsterte Yeop uns zu. »Hundert Meter weiter ist dann schon das Lager.«

Noch vierhundert Meter bis zu Julie und Natasha! Falls sie lebten, dachte ich mit beklemmendem Gefühl in der Brust.

Dreihundert Meter mögen als eine kurze Strecke erscheinen, aber es waren die furchtbarsten dreihundert Meter, die ich je zurückgelegt hatte. Da es seit Tagen nicht mehr geregnet hatte, konnte uns jeder unbedachte Schritt auf dem trockenen Untergrund zum Verhängnis werden. Ah Tin wurde zwar erwartet, doch einen gewissenhaften Wachtposten konnte das nicht davon abhalten, einem verdächtigen Geräusch nachzugehen. Und für Julie und Natasha würde das den sicheren Tod bedeuten.

Sardin erledigte den zweiten Wachtposten ebenso lautlos wie den ersten. Ich sah auf die Uhr. Es war kurz nach halb zwölf. Wir hatten den Zeitplan nicht ganz einhalten können. Auf den letzten hundert Metern machte mir nicht nur der Schweiß zu schaffen, der mir unentwegt in die Augen lief. Mein Herz klopfte wie ein Schmiedehammer, und ich bewegte die Beine nur noch automatisch.

Blutegel hatten sich inzwischen in unseren Nacken und an anderen Körperteilen festgesaugt, doch wir fühlten sie nicht einmal.

Plötzlich gab Yeop Sardin ein Zeichen und deutete auf uns und seinen Nacken. Der Dajak ging unverzüglich zu Mac, zog einen Pfeil aus dem Köcher und berührte vorsichtig mit der Pfeilspitze die Blutegel, die sich auf Macs freien Hautpartien festgesetzt hatten. Die Blutegel fielen zwar nicht sofort ab, aber sie konnten wenigstens kein Blut mehr saugen. Auch bei mir wiederholte der Dajak acht- oder neunmal diese Behandlung.

Dann setzten wir vorsichtig unseren Weg fort. Langsam begann die Umgebung vertrauter zu werden. Die Erinnerung kehrte wieder. Wir näherten uns dem Camp von Süden her, so daß die mit dichtem Dschungel bewachsenen Hügel hinter dem Sammelplatz lagen, während sich der Fluß links von uns befand. Sicher waren die Hütten inzwischen neu gebaut worden, doch ich vermutete, daß sie in derselben Anordung wie früher errichtet worden waren. Auf der Südseite des Sammelplatzes konnten sie jedenfalls unmöglich stehen, da der einzige Zugang zum Camp der geheime Weg war, der von der Bentong Road aus zum Lager führte. Überall sonst erstreckte sich nur undurchdringlicher Dschungel.

Der Dschungel reichte auf der Südseite fast bis zum Sammelplatz, um den Guerillas im Fall eines Angriffs sofort die Möglichkeit zur Flucht zu geben. Wir mußten den Feind überraschen und konnten ihn erst töten, wenn wir die Frauen in Sicherheit wußten. Jetzt setzte ich mich an die Spitze unserer kleinen Gruppe. Ich hatte das Maschinengewehr entsichert in der Armbeuge, denn niemand von uns durfte schießen, solange Sardin Kaischek nicht mit einem Giftpfeil ausgeschaltet hatte.

Als wir schließlich den äußersten Rand des Dschungels erreicht hatten und das Camp direkt vor uns lag, hatte ich makabrerweise beinahe das Gefühl, nach Hause zu kommen. Es war eine merkwürdige Laune des Schicksals, daß Julie jetzt an dem Ort war, wo ich so lange getrennt von ihr gelebt hatte.

Während ich das Camp mit meinem Feldstecher absuchte, beschlich mich das beängstigende Gefühl, daß irgend etwas nicht stimmte. Wir wußten, daß sich ungefähr zwölf Guerillas im Lager aufhielten, und die meisten standen lachend und gestikulierend auf dem Sammelplatz herum. Das kam mir seltsam vor. Normalerweise wurden chinesische Guerillaeinheiten straff geführt. Disziplin ging über alles. Gerade das machte sie so gefährlich. Doch in diesem Augenblick benahmen sie sich wie Städter auf einem lustigen Dschungelausflug.

Dabei ging ausgerechnet Kaischek der Ruf voraus, besonders unerbittlich auf Disziplin zu achten. Mein Blick schweifte weiter. Von Julie und Natasha war weit und breit nichts zu sehen. Plötzlich hielt ich den Atem an.

Mir war klargeworden, was mit Kaischeks Männern los war. Ihre schleppenden Stimmen, das laute Gelächter und die Art, wie sie sich bewegten, konnten nur eines bedeuten: Alkohol. Sie hatten getrunken.

Einen schrecklichen Augenblick lang hatte ich Angst, der Anlaß für die Feierstimmung der Chinesen könne bereits vorbei sein. Doch dann ging etwas von der gespannten Erwartung auf mich über, die im Camp herrschte. Die Männer schienen auf etwas zu warten. Aber wo war Kaischek? Und wo hatten sie Julie und Natasha versteckt? Ich war ganz sicher, daß diese Feier etwas mit den beiden Frauen, vielleicht sogar mit ihrer Hinrichtung zu tun hatte. Jedenfalls schienen sie Grund zum Feiern zu haben und sich in ihrem Dschungelcamp vollkommen sicher zu fühlen.

Ich ließ das Fernglas sinken. Yeop deutete mir mit der Hand an, daß die Guerillas im Camp getrunken hatten. Ich nickte und machte Mac ein Zeichen, mit den Funksignalen an die Zentrale zu beginnen.

Ich brauchte keinen Feldstecher, um in diesem Augenblick Kaischek zu erkennen, der, gefolgt von einem weiteren Chinesen, aus einer der Hütten rechts vom Sammelplatz trat. Die auf dem Platz Versammelten begrüßten ihn mit lautem Hallo. Zu meiner Überraschung trug Kaischek einen malaiischen Sarong. Sein Oberkörper war nackt.

Als Kaischek laut etwas rief, berührte ich Sardins Arm. Das war das verabredete Zeichen, mit dem ich ihm den Mann kenntlich machte, den er mit dem Gift seiner Pfeile lähmen sollte. Der Dajak nickte. Zwei Chinesen rannten zu der Hütte, vor der Kaischek stehengeblieben war. Er ging mit ihnen hinein. Kurz darauf kamen vier Männer wieder heraus, die ein leichtes Feldbett aus Rattan trugen.

Auf dem Feldbett lag eine gefesselte nackte Gestalt. Ihr Gesicht wurde durch die vorderen beiden Träger verdeckt. Durch das Fernglas erkannte ich ein Paar lange Beine und blondes Schamhaar. Instinktiv dankte ich Gott, daß Tony nicht bei uns war. In diesem Augenblick hätte ihn wohl nichts davon abhalten können, vorzupreschen und wild darauflos zu schießen, was mit Sicherheit auch Natasha das Leben gekostet hätte.

Mit einem Gefühl von Übelkeit wurde auch mir sofort klar, was Kaischek vorhatte. Die Qual meiner Hilflosigkeit steigerte sich ins Unerträgliche, als ich die Gesichter der Männer beobachtete, die mit gierigen Blicken auf meine Schwester starrten. Und Natasha erwartete in diesem Moment nicht der Tod, das wäre zu einfach gewesen. Die Chinesen kannten für eine Frau etwas viel Schlimmeres: die Vergewaltigung durch eine ganze Gruppe von Männern.

Ich hatte davon gehört und wußte, daß man sie als Mittel benutzte, um den Stolz eines Mannes zu brechen, indem einer nach dem anderen dessen Frau oder Tochter in seinem Beisein vergewaltigte.

Ich wandte den Kopf ab. Macmillan war kalkweiß vor mühsam beherrschtem Zorn. Mittlerweile hatten die Guerillas einen Kreis um die nackte, locker gefesselte Natasha auf der Rattanbahre gebildet. Einer strich ihr über die Brust, saugte schmatzend daran, lachte und trat zurück. Der nächste steckte den Finger in das Schamhaar meiner Schwester, und ich sah mit zusammengebissenen Zähnen, wie sie sich verzweifelt unter dieser Berührung wand. Natasha war geknebelt, konnte also nicht einmal schreien. Wir waren hilflos, denn Kaischek stand von den anderen verdeckt mitten im Kreis. Ich versuchte verzweifelt, einen klaren Kopf zu behalten.

In diesem Moment trat Kaischek vor. Er sah Natasha an, strich ihr über den Venushügel und griff ihr zwischen die Beine. Dann sagte er etwas. Offenbar war es eine Obszönität, denn die übrigen röhrten vor Gelächter. Dann winkte er einen anderen heran, Natasha näher zu betrachten.

Ich war so schockiert, daß ich automatisch das Gewehr in Anschlag brachte. Mac drückte den Lauf sanft herunter. »Überlaß das Sardin«, flüsterte er heiser. Aber auch Sardin war machtlos, solange Natasha auf dem Feldbett zwischen uns und Kaischek lag.

Im nächsten Augenblick wurde mir klar, warum Kaischek einen Sarong trug. Er schlug ihn nämlich auf der Vorderseite auf und entblößte dicht vor Natashas Gesicht seinen großen, erigierten Penis. Die umstehenden Männer lachten lüstern, als Kaischek Natasha sein Glied unter die Nase hielt. Als sie versuchte, zurückzuweichen, packte er sie beim Haar, bog ihren Kopf zurück und legte den Penis auf ihr Gesicht. Ich wartete zitternd, daß er endlich in Sardins Schußlinie treten würde, denn um Natasha zu vergewaltigen, mußte er ihre Beine auseinanderhalten und uns den Rücken zuwenden.

Und dann würde Sardin schießen.

Doch es geschah etwas anderes. Kaischek wandte sich an seine Männer. Diesmal sprach er in Kantonesisch, dem einzigen Dialekt, der von allen Chinesen verstanden wurde. Ich hörte nur bruchstückhaft, was er sagte: »Ich nehme zuerst die Blonde... danach soll das Los jeweils entscheiden, wer der nächste ist... und danach kommt die chinesische Hure dran.«

Ich hatte Mühe, mich nicht zu übergeben, als Kaischek seinen Sarong ablegte und nackt da stand. Die anderen lachten über die Größe seines Penis. Er rief nach einem Messer. Dann löste er die Fesseln an Natashas Beinen. Sobald Natasha ihre Füße befreit fühlte, begann sie wild um sich zu treten, doch das half ihr nichts. Sofort sprangen zwei Chinesen herbei, packten Natashas Fußgelenke und drückten sie zu Boden. Kaischek wandte uns den Rücken zu und machte Anstalten, sich auf Natasha zu legen.

Ich berührte Sardins Arm. Im nächsten Moment hörte ich ein Zischen und spürte einen Luftzug am Ohr. Kaischek stieß plötzlich einen spitzen Schrei aus, fiel vornüber, versuchte sich noch am Feldbett zu halten, an das Natasha mit den Armen festgebunden war, und riß es im Fallen mit um.

Niemand begriff zuerst, was geschehen war. Schreie und laute Befehle schallten über den Sammelplatz, doch niemand geriet in Panik. Bei allen herrschte nur grenzenloses Erstaunen. Sie standen verdutzt um Kaischek herum. Für sie mußte es so aussehen, als habe Kaischek ganz plötzlich einen Herzanfall erlitten. Mehrere Männer versuchten, ihn aufzurichten. Währenddessen riß Natasha, die im allgemeinen Chaos unbeachtet blieb, verzweifelt an ihren Fesseln. Dann ertönte ein schriller Schrei. Offenbar hatte ein Chinese den Pfeil in Kaischeks Rücken entdeckt.

»Jetzt!« zischte ich. »Aber paßt auf die Frau auf!«

Zu dritt eröffneten wir das Feuer. Das ohrenbetäubende Rattern der Maschinengewehre hallte über das Lager, und Schwärme von Vögeln flatterten erregt auf. Die Guerillas, die sich in ihrem Lager so absolut sicher gefühlt hatten, waren starr vor Schrecken. Noch im Sterben weigerten sie sich offenbar zu glauben, was nicht sein durfte.

Ich sah, wie ein Chinese, der nur verwundet war, ein langes Stilett zog, vergeblich versuchte, aufzustehen und schließlich mühsam zu Natasha kroch, um sie als letzte Rache zu töten. Ich hörte neben mir erneut ein Zischen. Dann sackte der Mann mit dem Messer vornüber, zerrte verzweifelt an dem Pfeil in seinem Arm und blieb dann leblos liegen.

Ich sprang aus meinem Versteck auf die Lichtung hinaus, packte das Messer und schnitt damit Natashas Fesseln durch. Sie starrte mich nur aus glasigen Augen stumpf an, begann wild um sich zu schlagen, so daß ich Mac um Hilfe rufen mußte, dann wurde sie mit einem Aufschluchzen ohnmächtig. Mac hob sie wie ein Kind auf seine Arme.

»Stell' das Funkgerät an!« keuchte ich. »Ich suche Julie.« Ich begann zu laufen. Bereits nach wenigen Schritten tauchten plötzlich die wilden Augen von Ah Tin vor mir auf, und ich sah ein Messer gefährlich in seiner Hand blitzen. Noch im Sprung zerschmetterte ihm eine Maschinengewehrgarbe die Schulter, und er fiel wie ein Stein zu Boden. Ich wollte über ihn springen, doch er stellte mir geschickt ein Bein.

Ich stolperte, fiel über ihn, versuchte mich zu befreien, und spürte einen heißen, stechenden Schmerz im Bein. Zum Glück hatte Ah Tin mit seiner zerschmetterten Schulter kaum noch Kraft gehabt, fest zuzustoßen. Mit einem zufriedenen Lachen rollte er zur Seite. Ich sprang auf und erschoß ihn.

»Julie!« stöhnte ich und lief auf die Hütte zu, aus der Kaischek gekommen war. Yeop war schneller gewesen. Ich hatte die Holztreppe gerade erreicht, als der Malaie, Julie hinter sich herziehend, aus der Hütte kam. »Sie ist in Ordnung, Tuan!« erklärte er hastig. »Gefesselt, aber in Ordnung.«

Julie versuchte den Kopf zu heben und verlor dann ebenfalls das Bewußtsein. Ich sank neben ihr auf die Knie und bedeckte das bleiche schöne Gesicht mit Küssen. Julie spürte von alledem nichts mehr.

»Ich habe das Funkgerät angestellt!« rief Macmillan mir zu. »Sie müssen in wenigen Minuten hier sein. Ich mache jetzt erst mal diesen Kaischek fertig!«

»Nein!« schrie ich wie von Sinnen. Blutverschmiert und rasend vor Wut, muß ich furchtbar ausgesehen haben. »Niemand tötet ihn! Er gehört mir ganz allein!« Macmillan und Yeop wichen entsetzt zurück, als ich in Kaischeks starre Augen blickte. Er war unfähig, auch nur einen Muskel seines Körpers zu bewegen oder zu sprechen. Nur die Augen folgten mir, und die erste rote Ameise, angelockt vom Geruch frischen Bluts, lief bereits über sein Gesicht und seine Brust. Ich konnte keine Anzeichen von Angst in seinen Augen entdecken, denn er war Chinese und Fatalist. Er wußte, daß er sterben, zu seinen Vorfahren heimkehren würde, und das Bewußtsein, daß sein Leben bald ein gnädiges Ende finden würde, gab ihm Kraft.

Das heißt, er nahm an, daß er sterben sollte. Er kannte den weißen Mann und vermutete, daß ich mich nie auf die niederträchtige Ebene der chinesischen Folter herablassen würde. Er war sicher, daß ich ihn erschießen wollte. Das teilte sich mir in seinem arroganten Blick mit, in dem beinahe so etwas wie Triumph lag. »Verdammt seist du, weißer Mann. Du hast nie den Mut, mich nicht zu töten«, schienen seine Augen zu sagen.

Hatte ich wirklich nicht den Mut dazu? Während ich das Knattern der näherkommenden Hubschrauber hörte, und die anderen die beiden Frauen in Sicherheit brachten, grinste ich böse und flüsterte: »Nein, du gelber Teufel, du irrst dich. Ich töte dich nicht. Das erledigen die Ameisen für mich.«

Dann ... erst dann änderte sich der Ausdruck seiner Augen. Der Haß verschwand und Angst machte sich breit. »Gnade! Gnade!« riefen die Augen diesmal stumm.

Ich brachte sogar ein Lächeln zustande, als ich den Kopf schüttelte.

»Es kommt nur ein Hubschrauber!« rief Mac mir zu, als der Helikopter zur Landung ansetzte und der Staub unter den Rotoren aufwirbelte. Tony sprang heraus.

»Sie liegen neben der Hütte dort drüben!« sagte ich ihm. »Es ist ihnen nichts passiert.« Tony rannte zu Natasha und Julie. Macmillan folgte ihm.

»Wo ist der zweite Hubschrauber?«

»Er konnte nicht starten!« schrie Tony über die Schulter zurück.

In den wenigen Sekunden, bis uns der Pilot der RAF zur Eile

antrieb, blieb ich starr vor Kaischek stehen und beobachtete ihn unablässig. »Nein, du Schwein«, murmelte ich. »Ich töte dich nicht.«

»Ich muß zweimal fliegen!« rief der Pilot mir zu, nachdem Tony und Mac die beiden Frauen eingeladen hatten. »Es haben nicht alle Platz!«

»Ist gut!« antwortete ich. »Ich und Yeop warten hier. Bringt die Frauen zuerst ins Krankenhaus!«

Im nächsten Augenblick hob der Helikopter in einer Staubwolke ab und flog davon.

Langsam senkte sich wieder der Staub über den Sammelplatz. Yeop und ich waren allein mit dem Mann, der versucht hatte, mich zu töten. Das Summen und Surren eines Fliegenschwarms, den das frische Blut der Toten angelockt hatte, erfüllte plötzlich die Luft und brachten mich abrupt in die Wirklichkeit zurück. Wo waren diese häßlich grünen Insekten gewesen? Wo kamen sie so plötzlich her? Der Gestank der Leichen war bereits ekelerregend. Ich beobachtete, wie sich ungefähr hundert Fliegen, wenn nicht sogar mehr, bei der einzelnen roten Ameise auf Kaischeks Gesicht niederließen.

»Sie haben die Ehre, ihn zu töten, Tuan?« erkundigte sich Yeop.

»Nein, mein Freund. Das ist der Mann, der wirklich für das Massaker in deinem Dorf verantwortlich ist.« Ich drehte den starren Körper Kaischeks auf den Rücken. Mehr Ameisen folgten der Blutspur. »*Er* hat eigentlich Silomas und deinen Sohn umgebracht.« Ich sah in Kaischeks flehentlich aufgerissene Augen, die um die Gnade eines schnellen Todes baten. »Ist der Tod für ihn nicht eine viel zu geringe Strafe?«

»Sie wollen ihn so liegenlassen?« Yeop sah mich erstaunt an. »Die Ameisen und Blutegel werden ihn bei lebendigem Leib auffressen.«

»Ja, genauso soll es sein. Er ist ein Monster. Er hat geschworen, mich zu töten, und wollte meine Schwester vergewaltigen. Das hast du selbst gesehen, Yeop. Weshalb sollte ich also Mitleid mit ihm haben? Wir haben bis zur Rückkehr des Hubschraubers noch ein paar Minuten Zeit. Ich will ihn in den Dschungel schaffen.«

Ohne auf mein schmerzendes Bein zu achten, packte ich Kaischek bei seinen dichten schwarzen Haaren und zerrte ihn zum Rand des Dschungels, wo ihn niemand mehr sehen konnte. Ich folgte seinem entsetzten Blick und sah auf einem Blatt über ihm ein gutes Dutzend Blutegel sitzen. Es konnte nicht lange dauern, bis sie ihn gerochen hatten.

Ich lief über den Lagerplatz zum Fluß hinüber und wusch mir das Blut von den Händen. Ich war gerade fertig, als der Hubschrauber zurückkehrte. Nachdem er gelandet war, hob ich mein Maschinengewehr auf und kletterte hinter Yeop in die Maschine.

»Alles klar?« fragte der Pilot und überprüfte unsere Gurte.

»Ja!« rief ich ihm zu. Im nächsten Augenblick jedoch löste ich den Sicherheitsgurt wieder. »Verdammt! Ich habe was vergessen!«

»Heiliger Strohsack!« schrie der Pilot wütend. »Das ist eine Militäraktion und kein Picknick!«

»Tut mir leid! Es dauert nur eine Sekunde!«

Damit sprang ich aus dem Hubschrauber. Ich mußte es tun. Geduckt rannte ich unter den Rotorblättern hindurch und zum Dschungelrand. Zwei Blutegel krochen bereits zielstrebig auf Kaischeks Augenwinkel zu.

Ich sah ihn, die Blutegel, die aufgeregt durcheinanderlaufenden Ameisen, und wußte, daß ich ihn töten mußte. Ich durfte mich nicht so tief herablassen, seine unmenschlichen Verbrechen mit Gleichem zu vergelten. Trotzdem haßte ich mich dafür, daß ich ihm auch noch die letzte Genugtuung gab, den Beweis meiner Schwäche, indem ich ihn in dem Bewußtsein sterben ließ, daß der, der ihn haßte, nicht den Mut besessen hatte, einen Todfeind wie ein Tier verrecken zu lassen.

Und während ich ihm in die Augen starrte, wurde mir klar, daß er bereits Bescheid wußte. Das Leuchten in den Pupillen sagte mir, daß er sich geradezu in der Erwartung des Todes sonnte. Das war verständlich, denn für ihn war es wie eine Erlösung. Triumph glomm in seinen Augen auf. Ich war zurückgekommen. Und er kannte den Grund dafür. Er würde noch im Tod über mich triumphieren. Hätte er die Lippen öffnen können, er hätte mich angespuckt, um mir seine Verachtung zu zeigen.

»Du Schwein hast es nicht verdient!« schrie ich und hob das Maschinengewehr.

Yeop schwieg bis zur Landung.

»Ich bin froh, daß Sie's getan haben, Tuan«, sagte mein alter Freund und Verbündeter aus dem Krieg. »Wir in Malaya haben ein Sprichwort: ›Derjenige, der Mitleid mit einem Feind hat, entgeht einem Gefängnis.‹ Sie schlafen heute nacht besser.«

DANACH

Es waren inzwischen vier Monate vergangen.

Als ich Julie im Schlafzimmer auf Ara in die Arme nahm, hatte ich den Eindruck, sie sei nie schöner und zärtlicher gewesen. Sie hatte von jeher die Gabe besessen, zu geben, Glück und Zufriedenheit auszustrahlen und die anderen teilhaben zu lassen.

Und an diesem Tag hatten wir einen besonderen Grund, glücklich zu sein. Am Morgen hatten wir in aller Stille auf dem Standesamt in Kuala Lumpur geheiratet.

Nach dem schrecklichen Erlebnis im Dschungel hatten beide Frauen eine Woche im Krankenhaus zugebracht; nicht nur, um sich körperlich von den Strapazen zu erholen, sondern auch, um in der Abgeschiedenheit, die nur eine Klinik bieten konnte, wieder zu sich selbst zu finden.

Die beste Medizin für Julies Wunden war dann das Telegramm von Irene gewesen, die mir mitteilte, daß ich frei war, Julie zu heiraten.

Noch am Abend nach der Hochzeit brachen wir zu dritt mit dem Nachtzug nach Tanamera auf, das inzwischen wiederaufgebaut war. Bis auf Pelas Kinderzimmer und Julies Salon war bereits alles fertig. Ich hatte diese beiden Räume unberührt gelassen, um Julie Gelegenheit zu geben, sie nach ihrem Geschmack einzurichten. Das alles war vor elf Jahren gewesen.

Inzwischen war viel geschehen. Der kommunistische Aufstand von 1959 hatte Malaya gespalten. Beinahe zweitausend Angehörige der Sicherheitstruppen waren dabei ums Leben gekommen. Achthundert wurden noch immer vermißt. Und trotz der Tatsache, daß hunderttausend britische Soldaten im Einsatz gewesen und zweitausendfünfhundert Zivilisten getötet worden waren, war dieser Konflikt offiziell nie als Krieg bezeichnet worden. Der Grund dafür war allein der, daß man auf dem Londoner Versicherungsmarkt zwar Verluste von Aktien und Ausrüstung abdecken konnte, die durch sogenannte »bewaffnete Zwischenfälle« entstanden, aber gegen *Kriegs*schäden gab es keinen Versicherungsschutz.

Obwohl die Kommunisten während der Kämpfe die Pflanzer

und Bergwerksbesitzer bis zum Äußersten trieben, weigerten sich die meisten tapfer, den erpresserischen Drohungen nachzugeben. Tony und Natasha gehörten allerdings nicht dazu. Natasha hatte unter dem Erlebnis im Dschungel mehr gelitten, als wir alle zuerst angenommen hatten. Als Ian Scott sich jedoch zur Ruhe setzte und Tony die Leitung von Consolidated Latex übertrug, verließ Natasha Ara mit fliegenden Fahnen. Zum Glück fanden wir in unserem Buchhalter Barry Stride, der einmal unbedingt Pflanzer hatte werden wollen, einen würdigen Nachfolger für Tony auf der Plantage.

Vicki und Ian Scott hatten lange mit dem Gedanken gespielt, sich ein Haus in Südfrankreich zu kaufen, beschlossen jedoch angesichts der bevorstehenden Unabhängigkeit Singapurs, doch hier zu bleiben. Sie hatten inzwischen zwei Kinder, konnten es sich leisten, mehrere Monate im Jahr zu verreisen, und Tony und Natasha waren ihre Nachbarn.

Papa Jack starb kurz nach seinem dreiundsiebzigsten Geburtstag in der Wohnung in den Sloane Terrace Mansions.

Er war seit Jahren kränklich und nur noch ein Schatten seiner selbst gewesen. Wie wir bei unserem letzten Heimaturlaub vor seinem Tod in London feststellen konnten, war er jedoch auch weicher und versöhnlicher geworden, was sich besonders in seinem herzlichen Verhältnis zu Pela ausdrückte. Aber schon damals war klar gewesen, daß es kein Wiedersehen mit ihm geben würde.

Ben machte unser Glück vollkommen. Während eines Englandbesuchs, ich glaube es war im Jahre 1953, hatte Irene, die inzwischen Mrs. Robert Graham, die Frau eines vielversprechenden Politikers, geworden war, die Grahams und die Dexters mit ihren heranwachsenden Kindern zu einem Mittagessen eingeladen.

Während Pela unser einziges Kind geblieben war, hatten Bob und Irene noch einen Sohn bekommen, der allerdings für die Teilnahme an einer Familienfeier noch zu klein war. Pela, Ben und Catherine jedoch begleiteten uns in das Restaurant Ecu de France in der Jermyn Street. Alle drei Kinder hatten vor, nach dem Essen eine Kinovorstellung zu besuchen.

Irene war offenbar sehr glücklich verheiratet, denn von Bitterkeit oder Enttäuschung war ihr nichts mehr anzumerken. Bob war ein angenehmer und intelligenter Freund geworden, der seine beiden Stiefkinder liebte wie sein eigenes. Ben allerdings war derjenige, der mein Herz im Sturm eroberte.

»Er sieht genauso aus wie du mit sechzehn«, sagte Julie lächelnd.

»Und er denkt jetzt schon wie sein Vater«, fügte Irene hinzu, nachdem sich die Kinder verabschiedet hatten und ins Kino um die Ecke gegangen waren.

»Was soll das denn heißen?« erkundigte ich mich und bestellte für alle noch einmal Kaffee.

»Oh, ganz einfach. Er fragt uns dauernd, ob er die nächsten Ferien in Singapur verbringen darf«, seufzte Irene.

»Ich finde, wir sollten ihm den Wunsch erfüllen«, mischte Bob sich ein und fügte dann hastig hinzu: »Bitte, mißversteht mich nicht. Ich will den Jungen nicht loswerden. Aber ich glaube, er ist jetzt alt genug, seinen Vater besser kennenzulernen.«

»Aber das wäre phantastisch!« rief ich begeistert aus. »Was reizt ihn eigentlich? Will er mich oder Singapur kennenlernen?«

»Vermutlich ein bißchen von beidem«, antwortete Irene. »Ben hat viel von dir. Er redet ständig davon, später auf keinen Fall in England arbeiten zu wollen...«

»Das kann ich verstehen. Viele Chancen hat man hier nicht«, bemerkte Bob.

»Wenn er unbedingt im Ausland leben will... dann sollte er zuerst einmal Singapur kennenlernen.«

So begann es. Ben kam drei Sommer hintereinander nach Singapur, verliebte sich in die Insel mit Tanamera, den Menschen dort, in die Arbeit in der Firma... und wie ich glaube, auch in Julie.

Ich mußte sehr vorsichtig sein, um mir nicht den Vorwurf einzuhandeln, ihn absichtlich zu beeinflussen, und abwarten, bis er und sein Stiefvater die Initiative ergriffen. Natürlich hatte ich mir im Lauf der Jahre mehrmals die Frage gestellt, wer später die Firma von mir übernehmen würde. Soviel wir wußten, hatte sich Tim in Tanger niedergelassen, das in der Nachkriegszeit ein Eldorado für Männer war, die die gleichgeschlechtliche Liebe bevorzugten. Paul, das ahnte ich, würde seine Einstellung zur Arbeit nie mehr ändern, so daß es eigentlich für das Imperium der Dexters und Soongs nur einen Erben gab. Und wenn Ben Singapur und seinen Vater mochte, weshalb sollte er die Tradition nicht fortsetzen?

Und so geschah es dann auch. In Wimbledon wurden zwar Tränen vergossen, doch Irene hatte Verständnis für Bens Entschluß. Nach seiner Schulzeit in Westminster boten sich im Nachkriegsengland für ihn kaum Zukunftschancen. Und Bob sagte mir ganz offen bei meinem Besuch in London, daß es das Natürlichste für einen Jungen sei, das blühende Unternehmen des Vaters weiterführen zu wollen.

Im übrigen wurde die Welt immer kleiner. Die Zeit, da Heimaturlaub nur alle drei Jahre gewährt wurde, war endgültig vorüber. Ben konnte seine Ferien immer dazu benutzen, zu seiner Mutter nach England zu fliegen, und Irene und ihr Mann waren uns jederzeit willkommen.

So kam es, daß Ben nach Tanamera zog. Das tat noch ein anderer... nämlich Paul Soong. Das strenge und düstere Haus der Soongs war im Gegensatz zu Tanamera nie ein richtiges Zuhause für ihn gewesen. Aus diesem Grund verkaufte Paul die Villa kurz nach meiner Hochzeit mit Julie, lebte seither bei uns und wurde für mich nicht nur ein Freund, sondern ein Bruder.

Alles hat sich verändert. Die blühende Stadt hatte sich nach dem Krieg in alle Himmelsrichtungen ausgedehnt. Hochhäuser schossen wie Pilze in die Höhe und ließen das Cathay Building, das einst Singapurs höchstes Gebäude gewesen war, klein und unscheinbar erscheinen. Viele der Neubauten entstanden über den Trümmern der japanischen Bombenangriffe um den Raffles Place.

Und das Raffles-Hotel ist in der modernen, pulsierenden Großstadt noch immer eine Oase der Vergangenheit. Selbst der Tanzsaal hatte sich seit jenen Tagen, als ich dort mit Julie getanzt hatte, nicht verändert.

Auch Tanamera war trotz des Wiederaufbaus in kleinerem Maßstab das wunderschöne Zuhause geblieben. Der Garten am Rand des dichten Waldes hatte nichts von seinen Reizen eingebüßt, und auch das neue Haus besaß die traditionellen Veranden der Dexters auf der Ost- und Westseite. Die phantastische weiße Fassade stand natürlich noch immer, und was das Wichtigste war, der Geist von Tanamera hatte alle Höhen und Tiefen überlebt. Aus diesem Grund war es auch ganz selbstverständlich, daß im Jahr der Unabhängigkeit Singapurs und Malayas dort ein großes Fest stattfand. Schließlich war jedes historische Ereignis in Tanamera gebührend gefeiert worden.

Aus dem Ballsaal an der Front des Hauses waren zwar die schlechten Imitationen französischer und italienischer Möbel verschwunden, und er glich jetzt mehr einem luftigen Partyraum in einer tropischen Stadt, doch die Abendgesellschaften in Tanamera waren auch weiterhin so beliebt und bekannt wie zu Zeiten von Großvater und Papa Jack. Es gab immer genügend Tische für die hundertfünfzig Gäste, die entweder auf dem Rasen oder, bei Regen, in einem großen gestreiften Zelt aufgestellt wurden. Und der gute Geist, der alles geschickt organisierte, war Li, Julies ergebener Diener.

»Wie in alten Zeiten«, bemerkte Paul lächelnd. Obwohl er nie wieder der Alte sein würde, hatte sich Pauls Gesundheitszustand so weit gebessert, daß er viel auf Reisen gehen konnte. »Es ist wirklich erstaunlich«, fügte er hinzu. »Aber Julie und du, ihr habt das System, die ungeschriebenen Gesetze Singapurs und die Familien besiegt. Auch wenn euch dazu erst ein Krieg verhelfen mußte. Das zeigt allerdings nur, wie weit man mit Geduld kommen kann.«

Als ich dort im Ballsaal stand, ein Glas Champagner trank und an die Vergangenheit dachte, schob sich plötzlich eine Hand in meine. Auch ohne mich umzudrehen, wußte ich, daß es Julie war, die noch immer schöne und bezaubernde Julie. Sie mußte mich nicht erst bitten, mit ihr zu tanzen. Nach den Takten eines Foxtrotts glitten wir durch den Saal. Mit fünfundvierzig Jahren liebte ich sie noch immer so sehr wie damals in jener Nacht im Gartenpavillon, als Großvater Jack seinen Herzanfall gehabt hatte. Ich sah es ihrem Gesicht, ihrem besonderen, geheimnisvollen Lächeln an, daß sie ebenfalls an jene zugleich wunderbare und schreckliche Ballnacht dachte, als sie mein geworden war.

»Ich weiß«, flüsterte Julie. »Manchmal kann ich gar nicht glauben, daß das alles wirklich passiert ist.«

In diesem Augenblick hörte das Orchester auf zu spielen. Auf dem Weg zu ihren Tischen blieben die Paare bei uns stehen und gratulierten uns zu dem gelungenen Abend. Und dabei wurde mir wieder bewußt, daß mein Stolz nicht mehr allein dem Erfolg unseres Handelsunternehmens galt.

Mein besonderer Stolz galt Julie, ihrer bestrickenden Persönlichkeit, die alle sofort in ihren Bann schlug, denn Julie gab und empfing daher auch Wärme und Herzlichkeit.

Julie war eine Soong, eine Lady mit natürlicher Grazie. Das wußten alle, von den prominenten Persönlichkeiten der Gesellschaft bis zum kleinsten Laufburschen.

Ich sah mich suchend um. »Wo ist Pela?«

»Sie ist vorhin mit Ben in den Garten gegangen. Die beiden wollten sich vergewissern, daß mit dem Feuerwerk alles klappt. Ah, da sind sie ja!«

In diesem Augenblick ging die große Flügeltür zum Garten

auf, und auf dem Treppenabsatz erschienen Pela und Ben. Im ersten Moment glaubte ich an eine Sinnestäuschung. Dort oben stand in demselben weißen Kleid und mit schwarzen schulterlangen Haaren das Ebenbild meiner Julie von damals, als ich sie vor Jahren auf Natashas Verlobungsfeier durch diese Tür hatte eintreten sehen. Und der große, blonde, tennisbegeisterte Ben neben ihr war wie ein Spiegelbild meiner selbst in diesem Alter.

Während ich meine Tochter und meinen Sohn betrachtete, fühlte ich mich um die vielen Jahre zu jenem Abend zurückversetzt, als alles angefangen hatte, als wir jung und voller Hoffnungen gewesen waren, nur die Schönheit der ersten Liebe und nicht die Gefahr, den Schmerz der Trennung und die Bitterkeit verlorener Jahre gekannt hatten.

Hatten wir wirklich so ausgesehen, soviel gelitten, um dorthin zu kommen, wo wir jetzt waren? Würden auch unsere Kinder, Schatten unserer Vergangenheit, für ihre Liebe leiden müssen?

Ian Scott und Vicki winkten mir von der gegenüberliegenden Seite des Raumes zu, und während ich den Gruß lächelnd erwiderte, dachte ich an die Vicki, die ich geliebt hatte und die doch nur ein unzulänglicher Ersatz für Julie gewesen war.

Während ich so meine Gäste betrachtete, fragte ich mich, ob Julie auch dann neben mir in Tanamera stehen würde, wenn die Japaner Singapur nicht erobert hätten, und wenn Miki, der sich angeregt in einer Ecke unterhielt, mir nicht im Dschungel das Leben gerettet hätte. Wäre dieser Krieg nicht gewesen und hätte das koloniale Singapur auch weiterhin Bestand gehabt, wäre es mir dann je gelungen, den familiären und gesellschaftlichen Zwängen zu entfliehen? Hätte ich jene wunderbare Nacht in Tasek Layang erlebt, wie Julie nackt neben mir auf dem Rasen die Zeilen eines Gedichts zitiert hatte: »Und du zählst die Grashalme, und ich zähle die Sterne!«

In diesem Moment ging Pela die Stufen hinunter, um Freunde zu begrüßen, während Ben allein auf dem Treppenabsatz zurückblieb. Er hatte die Hand lässig auf eine Sammlung von Spazierstöcken gestützt, die dort in einem ausgehöhlten Elefantenfuß standen. Ich sah Bens verblüfften Gesichtsausdruck, als er den schwarzen Stock mit dem Messingknauf herauszog, der Großvater Jack stets als Taktstock gedient hatte.

Großvater Jack! Ich glaubte beinahe, die kräftigen Männerstimmen singen zu hören, die er damit dirigiert hatte. Welch ein Mann unter Männern! Er hatte gewußt, daß meine Liebe zu Julie richtig war, hatte gewußt, daß es Gefühle gab, die zu stark waren, als daß man sie unterdrücken konnte. In diesem Haus, oder wenigstens in diesen Mauern, war er wie ein Mann glücklich und whiskyselig gestorben. Ich war froh, daß der Tod hier zu ihm gekommen war: als das spektakuläre Ende eines aufregenden Lebens.

Durch einen gedämpften Böllerschuß wurde ich aus meinen Gedanken an jene Nacht gerissen, in der eine Bombe Tanamera zerstört hatte. Doch diesmal verhießen die Kanonenschüsse nicht den Tod, sondern die Unabhängigkeit Singapurs, sie waren das Zeichen für uns alle, in den Garten zu gehen, wo ebenso wie in der Nacht, als Julie und ich uns zum ersten Mal geliebt hatten und Großvater Bekanntschaft mit dem Tod gemacht hatte, ein Feuerwerk stattfinden sollte.

Diesmal konnte ich die emporsteigenden glitzernden Blüten und leuchtenden Wasserfälle ohne Trauer und Verzweiflung betrachten, mit denen Natashas Verlobungsfeier geendet hatte. Ich wünschte, Großvater und Papa Jack hätten noch gelebt, um die Menschen sehen zu können, die sich in unserem Garten versammelt hatten. Es waren nicht nur Europäer, sondern auch Chinesen, Inder und Japaner, die alle gleichberechtigt nebeneinander standen und Teil einer neuen Welt waren, für die sie gekämpft hatten: der Welt der Partnerschaft, wie Papa Jack sie so gern genannt hatte.

Nie wäre es mir in den Sinn gekommen, auf dieser privaten Feier anläßlich eines offiziellen Ereignisses eine Rede zu halten. Doch nachdem die letzten Feuerwerkskörper verglimmt waren, die Sterne wieder allein den Nachthimmel beherrschten und wir uns im Ballsaal mit frischem Champagner zuprosteten, gab Paul dem Orchester unauffällig ein Zeichen und erhob zum Wirbel der Trommeln sein Glas.

»Ich will es kurz machen«, begann er. »Aber wir alle möchten Johnnie und meiner Schwester Julie, seiner Frau, im neuen Zeitalter Singapurs, das heute angebrochen ist und an das mein Schwager immer leidenschaftlich geglaubt hat, alles Gute wünschen. Ich muß gestehen, daß ich von der Verwirklichung dieses Traumes nicht immer so überzeugt gewesen bin«, fuhr Paul mit dem vertrauten ironischen Lächeln fort. »Besonders nicht während dieses schrecklichen Krieges und in jener Nacht, in der Johnnie und ich an dieser Stelle vor den Ruinen Tanameras gestanden haben und Großvater Jack tot war.«

Paul machte eine Pause. Und während der Erinnerung an all

die vergangenen Jahre schien Paul trotz seiner graumelierten Haare wieder der Paul von früher zu werden.

»Am Tag zuvor, an jenem schwarzen Freitag, hatte Johnnie meine Schwester aus Singapur fortgebracht. Damals habe ich mich ehrlich gefragt, ob ich sie je wiedersehen würde. Ich hatte meine Zweifel. Aber Johnnie ist sich seiner Sache ganz sicher gewesen. Er hat sich geweigert, sein geliebtes Malaya zu verlassen, ist geblieben, hat gekämpft und mit dafür gesorgt, daß wir heute hier alle beisammen sein können. Es scheint alles so schrecklich lange her zu sein. Aber wir sind da ... und vor allem *sie* sind da ... ein echtes Paar aus Singapur. Und daher trinke ich auf John und Julie Dexter, auf Tanamera und alle, die in diesem Haus leben.«